객소리 가득 찬 가슴

一腔廢話
劉震云

객소리가득 찬 가슴

류전원 장편소설

박명애 옮김

문학과지성사
2008

객소리 가득 찬 가슴—腔廢話

펴낸날 2008년 9월 9일
지은이 류전원
옮긴이 박명애
펴낸이 홍정선 김수영
펴낸곳 ㈜문학과지성사
등록번호 제10-918호(1993. 12. 16)
주소 121-840 서울 마포구 서교동 395-2
전화 02)338-7224
팩스 02)323-4180(편집) 02)338-7221(영업)
전자우편 moonji@moonji.com
홈페이지 www.moonji.com

ⓒ 류전원, 2008. Printed in Seoul, Korea.

ISBN 978-89-320-1892-8

객소리의 역량

『객소리 가득 찬 가슴─腔廢話』은 내가 6년 전에 쓴 작품이다. 그 당시 나는 말하는 것에 대해 아주 특별한 흥미가 있었다. 공식적으로 말하는 방식에 대해선 별다른 흥미가 없었고, 객소리에 대해서 흥미가 있었다. 중국의 어떤 언어학자가 인간은 하루에 삼천여 마디의 말을 한다고 나에게 알려준 바 있다. 수다스러운 사람과 잠꼬대를 하는 사람은 더 많은 말을 하게 된다. 그러나 쓸모가 있는 말은 하루에 열 마디도 넘지 않는다. 일개인은 진종일, 어쩌면 기본적으로, 전부 객소리를 떠들어대는 것과 진배없다. 그 언어학자의 견해는 객소리란 무용無用하다는 것이다. 그 학자만 그렇게 인식하는 것이 아니라 대다수의 사람들은 그렇게 인식하면서도 진종일 객소리를 해댄다. 객소리가 유용有用하다고 느끼는 내 견해를 피력하자면, 그 언어학 전문가의 견해는 공교롭게도 상반된다는 것이다. 만일 쓸모가 없다면 어째서 하나님은 그렇게까지 오랫동안 객소리를 나열할 수 있을까? 객소리가 가장 유익한 점은, 객소리가 없다면 우리는 숨이 막힐 지경이라는 데 있다. 그와 동시에 객소리는 현실에서 유익할 뿐만 아니라 역사에 대해서도 상당히 유익하다. 독서하는 순간, 과거부터 지금까지, 중국에서 해외에 이르기까지 사막처럼 그 넓디넓은 책 속에서 서술되는 대다수의 말이란 객소리라는 것을 나는 발견했다. 과거부터 지금까지, 중국에서 해외에 이르기까지 그 많은 책에 만일 객소리가 없다면 나는 숨이 막혀 죽었을지도 모른다. 책 때문에 숨이 막혀 죽을 수도 있고 인류의 역사 때문에 숨이 막혀 죽었을 수도 있다.

객소리는 좋은 말이다. 객소리는 인류 역사 발전의 원동력이 될 수 있는 말이고, 이것이 바로 『객소리 가득 찬 가슴—腔廢話』을 창작하게 된 동기이다.

이 책을 읽는 한국의 독자들도 공감하기를 희망한다.

2008년 여름
베이징에서
류전윈

차례

❖ 등장인물

라오마老馬: 신발 수선공.

라오서老社: 정육점에서 고기 파는 자.

라오지앙老蔣: 자본가知本家. 지식으로 돈을 벌고 출세한 자.

멍지앙뉘孟姜女: 통곡으로 만리장성을 무너뜨린 여자.

라오펑老馮: 목욕탕 주인.

여사회자女主持人: 텔레비전 앵커.

샤오스 小石: 가라오케 접대부.

샤오빠이 小白: 배추 파는 자.

라오꾸어老郭: 변변찮은 잡탕을 파는 자.

백골 요정白骨精: 음흉하고 악독한 여자.

라오양老楊: 때밀이.

라오후老侯: 넝마주이.

* 엑스트라는 생략한다. 세계의 대통령과 수상 그리고 황실 구성원들 일부를 포함해서.

제1막
▲▲▲
오십 번지 서쪽

【전제: 오십 번지 서쪽, 한낮에도 잠들어 있는 척하는 어떤 구역】

【전제: 오십 번지 서쪽 사람들, 어느 날 갑자기 자기들 스스로 잠꼬대 때문에 깜짝 놀라다. 그들은 자신의 양손에 가득 묻어 있는 담즙을 발견하고 깜짝 놀라서 깨어난다】

오십 번지 서쪽의 새로운 민요:

　　질문: 왕라오산王老三, 너 어디 있니.

　　대답: 우리 집은 오십 번지 서쪽이야.

　　질문: 왕라오산, 너 왜 우니.

　　대답: 엄마가 쓸개를 깁는다고 나를 외면해.

　　아이들 합창:

　　　　우리 엄마를 너는 알까

　　　　마장麻將* 두들기는 소리에 이미 닭 울음소리가 들리누나

　　　　수중手中의 실을 멈추고

수중의 손도 멈춘다네
아들의 쓸개를 먼저 깁고
아들의 옷을 다시 깁는구나
내 본명은 라오산老三이 아니고
내 이름은 왕라오치王老七라네

---

* 마장(麻將) : 일명 마작(麻雀). 대나무나 동물 뼈, 혹은 플라스틱을 작은 직육면체로 만들어 한쪽 면에 무늬나 글자를 새겨 짝을 맞추는 놀이로 136개의 패(牌)가 있음.

제2막

▲▲▲

라오서와 라오마

【전제: 라오마, 열심히 일하는 것이 지나쳐서 늘 애수에 잠기곤 하는 감상적인 신발 수선공이고 집은 오십 번지 서쪽이다】

새벽 네시, 백정 라오서가 신발 수선공 라오마를 수정금자탑으로 불러낸다. 수정금자탑이 생겨나자 오십 번지 서쪽은 완전히 변신하고 또 변신했다고 말할 수 있다. 라오마는 자신이 대뜸 열 살이나 젊어지고 온 전신이 가벼워진 것을 감지하고 나니, 아직 장가도 들지 않았다는 걸 느낀다. 사실 그의 아들은 거리의 게임방 오락기에 욕심이 많고 그 방면의 경륜이 상당한데, 재능이 있어도 인정받지 못하는 이 지식인에게는 그 대우가 공평치 못하다. 하여튼 라오마뿐만 아니라 수정금자탑이 생긴 이후로 오십 번지 서쪽 모든 사람들은 지식과 소양素養 그리고 지위가 다들 열 배씩 격상되면서 모든 사람들의 직업까지 급격히 조절되고 변모하는 양상을 보였고, 모든 사람들 키가 십 센티미터나 증장增長해서 그 세계에서 이젠 왜소한 사람은 더 이상 찾아볼 수 없었지만, 기실 그것은 사상이나 행동과는 아무런 관련이 없다. 그리고 다들 다른 존재로서 말하기 시작한다. 수정금자탑은 매력을 산발散發하기 시작한다. 귀신 탑 속에서 백정 라오서도 어떤 다른 존재로 변신한 것이다. 고기 갈고리와 근육을 찢는 예리한 칼 그리고 골수를 발라내는 데 사용하던 철봉과 골수를 빨아들이는 데 사용하던 작은 강철관은 이제 보이지 않고, 라오서 주위에는 완전무장한 호위병들이 가득 에워싸고 있다.

라오마는 약간 회의적이다. 저 사람이 돼지는 관리하지 않고 이젠 사람을 관리한단 말인가? 앞치마에 온통 피범벅이 되어 있던 모습은 온 데 간 데 없고 라오서는 양복을 입고 붉은 넥타이를 맨 채 널찍한 사무실 테이블에 앉더니 순식간에 오십 번지 서쪽의 행동 지휘자가 된다. 뽀얗게 화장한 채 전등 불빛 밑에 앉아 있는 그의 모습은 흡사 밀랍 인형이 아닌가. 친인척 같은 저들 중에 도대체 누가 연장자더란 말인가? 라오마에게 말하는 그의 자태와 어조는 흡사 뒤늦게 찾아온 후배를 상대하듯 한다. 최초의 첫마디가 그들의 최종적인 관계를 결정짓고 말았던 것이다. 라오마는 줄곧 회의적이다. 저 사람도 예전에 반찬거리를 사려고 시장으로 찾아다녔고, 자기 노점에서 신발을 깁던 때, 그들 지위는 평등하지 않았던가. 웃는 얼굴에다 약간 통통해지고 온화하고 부드러워진 라오서는 지금 오십 번지 서쪽의 높은 탑에서 아래를 내려다보며 오랫동안 이 동네에 누적되어온 감정을 논의하는데, 목욕탕 주인 라오펑老馮, 배추 파는 샤오빠이小白, 때밀이 라오양老楊, 변변찮은 잡탕과 구운 과자를 파는 라오꾸어老郭, 넝마주이 라오후老侯와 가라오케 접대부 샤오스小石를 향해 화두를 꺼내기 시작한다. 강술講述하는 내용은 전부 마을 사람들에 대한 스토리. 닭이 울던 새벽부터 입을 열기 시작해 다음 날 날이 다 밝아올 때까지 강술하는데, 라오서의 감정은 한결같이 수문 조절판을 통과하지 못한 거센 물결이다. 그 거센 홍수의 물결 속에 매몰된 라오마는 그 순간 울어버릴 기력조차 상실한다. '나는 라오펑과 샤오빠이, 샤오스에게 미안하게 생각하는데, 여러 날 전에 내가 가라오케로 가서 가죽 의자를 깁는 순간, 하릴없이 샤오스를 싼값에 차지할 때도 울어대던 저 여자애는 지금 보아하니 내 친누이동생이구나.'

한순간 라오서가 태도를 급히 바꾸자 라오마는 이내 목구멍이 막 뚫리면서 참았던 감정이 홍수처럼 분출된다. 오십 번지 서쪽은 라오서로 인해 갑자기 이 세상에서 대성大成하는 상태가 되는데, 바짝 여윈 흉악한 얼굴로 새된 소리나 질러대던 그가 약간 통통한 낯짝에 부드러운 미소를 띤 모습으로 변신하자 라오마의 정감도 천천히 바뀌고 정착된다. 그것은 마치 합창이 독창으로 전이되는 듯하고 오케스트라 연주가 얼후二胡* 독주로 변하더니, 라오마는 병 속에서 불쑥 튕겨져 올라가는 한 다발의 연기처럼 뒤치락거리다가 위로 솟구쳐 오르는 기분이다. 그는 손가락으로 가볍게 푸줏간을 두들긴다. 푸줏간의 잘게 다진 고기가 점점이 흩어지는 가운데 그가 묻는다.

"최근, 이 세상에 무슨 일이 발생되고 있는지 아느냐?"

라오마의 사상과 정감은 열을 받아 재빨리 회전하고 드디어 인터넷의 다른 블로거를 통해서 자세하게 검색 작업에 들어간다. 한동안 검색창을 뒤진 뒤에야 회답한다.

"수정금자탑 하나가 새롭게 건축되었습니다."

* 얼후(二胡) : 중국 근대의 현악기로 호금(胡琴)과 유사함.

라오서는 손을 흔든다.

"그야 누구나 다 아는 사실이고, 우리는 그걸 토론하려는 게 아니라니까. 수정금자탑은 젖혀두고 이 세상에서 뭐 또 발생한 사건이 없나?"

라오마는 머리를 긁적이며 사고思考한다.

"수정금자탑을 제외하고 뭐 별다른 일이 발생했나요? 강산은 의연하게 그림 같고 인심은 강철같이 굳은데요."

라오서:

"너무 크게 생각할 필요는 없고 작게 생각해 봐. 먼 곳을 생각할 필요 없고 가까운 곳을 생각해 봐. 표면을 생각할 필요는 없고 본질을 생각해 봐. 개괄적인 것을 생각할 필요는 없고 구체적인 생각을 할 필요가 있지. 형이상학적인 것을 생각할 필요 없이 형이하학적인 것을 생각해 봐. 다른 사람을 생각할 필요 없이 자기 신변을 생각해 봐."

라오마는 다시 생각하고 한참 동안 생각한 끝에 다시 머리를 긁적이며 대답한다.

"구체적으로 신변에는 발생한 일이 없는데요—— 수정금자탑이 생기자 감격에 들떠서 춤추고 노래 부른 것을 제외하고는."

라오서:

"그것이 바로 내가 자네를 불러 담화를 나누게 된 이유지."

푸줏간 위의 연장을 잡아채 손으로 내리누르자 라오마의 눈앞에서 갑자기 벽이 열리는 게 아닌가. 화강암을 쌓아올린 벽은 사실 창 강長江,* 황하黃河, 장성長城** 그리고 타이싱 산太行山*** 산수화였구나. 은

---

* 창 강(長江): 중국에서 가장 긴 강이며, 일명 양쯔 강.
** 장성(長城): '만리장성'의 준말.

막이 노출되자 라오서는 재차 연장을 컨트롤해서 손으로 누르자 기록영화 한 편이 방영되기 시작한다. 먼저 진꺼티에마金戈鐵馬**** 전쟁 장면이 등장하자, 강산의 준엄한 지신地神과 곡신穀神 호위병이 수많은 병사들의 공격에 저항하는 장면이 방영되던 도중에 그들이 조금씩 쓰러지는 장면이 슬로모션 되고, 덩치 큰 말들이 선혈을 쏟아내며 죽어간다. 초원의 석양과 삘기 중에 우뚝 솟구친 총과 칼, 그리고 깃대가 바람에 펄럭이는 장면이 슬로모션으로 지나가는 순간, 화면에 수정금자탑이 천천히 오버랩된다. 자기감정에 겨운 라오마가 충동적으로 눈물을 흘리는 순간 라오서는 푸줏간을 두들기면서 말한다.

"이것은 일부분일 뿐이야."

"이것은 역사일 뿐이야."

기록영화는 계속해서 안으로 들어간다. 천연색 화면이 흑백으로 바뀐다. 역사가 현실로 바뀐다. 라오마의 친숙한 친구들, 이웃 주민들, 선후배들이 영화의 화면을 향해 한 떼거리 걸어 나온다. 나란히 줄을 서 있지만 앞뒤가 분명하지 않고 대열의 끝도 보이지 않는다. 기뻐 신명이 나서 날뛰는 모습으로 바뀐 목전의 장면과 일상생활의 모습은 동일하지 않고 주민들 모두 멍청이가 되어버린 듯하다. 동일한 표정에 동일한 템포 그리고 동일한 분장 세트와 헤어스타일에다 심지어 천편일률적인 자세로 웃어댄다. 그들 중에 목욕탕의 라오펑老馮과 배추 파는 샤오빠이小白, 때밀이 라오양老楊, 변변찮은 잡탕과 구운 과자를 파는 라오꾸어老郭와 가라오케 접대부 샤오스小石가 있다.

*** 타이싱 산(太行山): 후난 성의 유명한 산으로 춘추전국시대의 명장들이 전쟁용 방어벽을 세운 방공호가 있음.

**** 진꺼티에마(金戈鐵馬): 빛나는 창과 무기로 싸우는 전쟁 장면.

한데 뒤섞인 열등품劣等品 같은 존재들. 그런 대열 속에 자기 아버지와 어머니 그리고 누이동생과 형님까지 줄 서 있는 것을 보고 라오마는 소스라치게 놀란다. 가족을 만나긴 했으나 주의를 환기시킬 수가 없다. 그의 아버지 손에는 돼지 꼬리가 쥐여 있다. 대열이 삼십 분간 진행된 뒤 그는 다시 눈에 익은 텔레비전 사회자를 발견한다. 그 사회자는 영화 스타에 대해서 저 여자는 누가 맞고, 누구는 아니라는 둥 스타 가수, 일부 정치가, 과학자, 기공을 연마한 자에 대해 매일같이 말을 한다. 매일같이 군중의 면전에서 비바람을 몰아치게 하고 비를 내리게 하던 저 수많은 오십 번지 서쪽 인간들은 이미 한 무리의 정예부대로 바뀐 채 지금 이 순간 그 대열이 전심전력을 다해 어디로 힘차게 걸어간다. 그들은 한 사람씩 라오마를 스쳐 지나간다. 라오마는 어떤 누구든 한 사람을 껴안고 자신도 모르게 통곡을 하고 싶다. 생소한 사람에게서도 혈육의 정이 생겼던 것이다. 그러나 강철로 바뀐 대열은 걷기만 하고, 자기 혼자만이 대열의 발아래 내팽개쳐진 채 진흙 속에서 구해달라고 건성으로 울어댄다. 그것은 진정한 연출로 탈바꿈된 한바탕 웃기는 골계滑稽의 버라이어티 쇼였다. 라오마는 한 마리의 원숭이가 되어 펄쩍 뛰어올라 공원 안으로 도피해 숨어버린다. 왜 무엇 때문에 나는 아직 머리가 맑고 깨끗한 것일까? 왜 무엇 때문에 너희들이 멍청이로 변하는 그 순간, 나는 전혀 그렇게 변하지 않는 것일까?

그런데 그 순간 은막에 변화가 일기 시작하더니 일군─群의 멍청이들이 갑자기 미친 발작을 일으키면서 폭풍우를 얻어맞기 직전의 개미 떼처럼 동분서주하기 시작하더니, 모든 사람들이 다들 아주 다급하게 어디든지 숨을 곳을 찾아댄다. 어떤 사람들은 미쳐서 대열 바깥

•••

라오서가 다시 컨트롤 스위치를 누르자
기록영화 한 편이 방영되기 시작했다.

•••

으로 뛰쳐나오려고 날뛰고 또 어떤 사람들은 작은 칼을 쥐고 서로 죽이려고 싸워대며, 라오마의 아버지와 과자 굽는 라오꾸어는 화가 나서 옷을 벗은 채 대열 바깥으로 튀어나오는데, 그 때문에 잡아 뜯긴 단추가 툭툭 떨어져 온 천지에 마구 나뒹군다. 최후에 그들은 원기왕성하게 옷을 벗어서 하늘을 향해 휙 내던지더니 천공天空을 향해 고함을 질러댄다. "내게 아직도 무서운 게 뭐가 있담!" 그리고 스물몇 명의 사람들은 염료 통을 들어올려서 그 통 속에 있던 휘발유를 온 전신에다 거꾸로 쏟고 라이터로 점화를 하자 은막 위에 까만 연기가 자욱하게 끼면서 불이 타오른다. 그 스물몇 명의 사람들 중에 가냘픈 몸매에다 풍만한 유방을 지닌 가라오케 접대부 샤오스가 마치 싸구려 열등상품같이 그 대열 속에 끼여 있다. 나의 사랑스런 베이비, 넌 좀 천천히 움직이렴. 저 모든 것들의 저의란 도대체 뭐란 말인가? 저 모든 것이 어찌된 노릇이란 말인가? 결국 라오마는 기탄없이 만면에 눈물을 흘린다.

"저 모든 것이 어찌된 노릇이지?"

라오서가 푸줏간을 가볍게 두들기며 묻는다.

라오마는 다시 머리가 맑아지면서 막 깨어난다. 그는 예지로써 눈물을 뚝 그친다. '나는 멍청이나 미치광이가 되지 않고 여태껏 정상으로 있으므로 라오서가 나에게 무슨 책략을 쓴다는 건 불가능해.' 라오서가 "저 모든 것이 어찌된 노릇이지?" 그렇게 묻는 순간, 마치 아이를 임신한 여인처럼 뒤뚱거리며 그의 앞으로 걸어간 라오마는 본능적으로 대답한다.

"저건 제가 벌인 일이 아닙니다!"

저것이 라오서의 책략이라는 걸 누가 알까. 목전의 백정은 신발 수선공처럼 우리 시대에 흥행하는 그런 직업을 지닌 존재가 아니구나. 한 무리의 멍청이와 한 무리의 미치광이 면전에 서 있는 저 작가가, 어떻게 저렇게까지 기민하면서도 첨예한 모습으로 완벽하게 탈바꿈될 수 있더란 말인가. 과거에 돼지를 도살할 때 고기를 발라내던 무딘 칼은 지금 그 순간 라오서 자신을 넘어뜨릴 수도 있는 단도로 탈바꿈되어 있다. 그는 눈에 섬광이 일더니 상냥한 낯빛으로 묻는다.

"이왕 네가 벌인 일이 아니라고 했으니까…… 그럼 최근에 넌 무슨 일을 했지?"

라오마는 최근의 역사와 인생 경험을 추억하기 시작한다. 신발 가게를 떠올리면서 라오서 등 뒤의 수정금자탑을 생각한다. 지나간 날의 라오마를 상기했을 뿐만 아니라 이미 변화되는 라오마를 떠올린다. 그런데 군중들과의 조우遭遇는 상기되지 않고 오히려 자기 개인의 여러 가지 고달프고 쓰라린 사연만 환기되고 있다. 완전히 탈바꿈되었든 아니면 아직도 탈바꿈되지 않았든, 하여간에 날짜가 얼마나 길었든 아니면 날짜가 얼마나 짧았든, 어쨌거나 그 시난고난했던 삶은 천년의 역사처럼 유감이 많은 것이다. 마음이 바뀌면 여러 가지 번뇌가 증폭될 것이고, 그러니 마음 그것은 변화하지 않아도 약간은 무방한 것이다. 내 마음이 바뀌지 않았기에 아직도 과묵할 수 있는 것이고, 마음속까지 완벽하게 탈바꿈되면 마침내 청산유수가 되어야 하지 않겠는가. 높은 산에서 물이 흘러도 지기知己는 찾기 어려운 법이거늘, 청산유수가 되어도 발설한 자와 일정한 장소 그리고 적절한 분위기를 찾기는 어려울 터인데, 그러니 이런 화두를 꺼낸 계기와 갈라진 틈새 그리고 일정 경로를 찾기가 어렵구나. 과거에 나는 과묵하고 성실한 신발 수선공이었고 마음 한구석에다 말을 남겨두고 갈무리하는 것이 가능하지 않았던가. 지금 현재는 청산유수가 되어가고 있는데 이것저것 전부 말할 기회를 제대로 포착하지 못하면서, 그리고 나는 오직 어떤 상황인지 구분조차 하지 못하면서 객소리가 유창하게 술술 흘러나온다. 그러나 마음속은 이 모양으로 점점 더 곰팡이가 슨다. 그리고 마음속 저변에서 아주 오랫동안 문드러진 곰팡이가 아래로 흘러내려가고 있으니 멍청해지거나 미쳐버리는 것보다 못하구나. 문드러진 곰팡이를 발산시킬 수 있는 어떤 경로와 도구가 나에겐 필요하구나. 주위의 친척과 이웃주민들 당신들은 완벽하게 탈바꿈된 뒤 어떤 최고 경지의 자아를 터득하고 역으로 그 표현 방식을 지불하고 있는 셈이로군. 그건 결코 과오가 아닌 것이고, 그러니 상관없노라. 나는 천하를 석권하고 우주 안을 모두 총괄하며 사해四海를 휘감고 돌아서 사방팔방 아득히 먼 곳까지 모두 삼켜, 시난고난한 사연으로 인해 썩어 문드러진 속마음이 전부 흐릿해지는 순간까지 완전히 개변해야 하는가. 한 알의 씨앗으로 사오십 개의 많은 알갱이를 수확할 수 있지만 한 인간의 속마음을 표현하기 위해 사오십 개의 출구를 찾을 수는 없구나. 역풍이 촛불을 붙잡으니 결국 내 스스로 상처를 입는구나. 지금 현재는 몹시 춥고 그로 인해 모든 사람들에게 내 주위에 서 있으라고 내가 막 명령했기 때문인가. 지금 현재 소원해졌다고 여겨져 오히려 긴밀해져야 한다고 나는 막 요구하는 건가. 지금 현재 타인은 다들 완전히 탈바꿈되고 나만 개변되지 않았으니, 개변되지 않은 채 저들만 쳐다보는 나는 치정癡情을 위해 내게 남겨진 연정戀情을 소모하고 있구나. 그런 생각에 라오마는 스스로를 약간 측은하게 여긴다. 그는 신기한 영혼이 이미 떠났다는 것을 상기하자 눈 속에서 눈물이 샘솟아 올라와서 멈출 수가 없다. 그 무렵 라오마의 모습을 목격한 라오서의 얼굴 위에 또다시 의미심장한 미소가 피어오르는 것으로 보아서 그것조차 벌써 라오서의 책략이라는 것을 알 수 있는데, 한 개인의 비분과 쓰라림을 다시금 금방 억제해주면서 자신의 머리를 긁적이던 라오서는 궤도를 이탈해서 묻는다.

"최근에도 무슨 일을 벌인 게 없었어? 당연히 개변된 것과 방향을 바꾼 것을 제외하고 말이야."

약간 불만스러운 얼굴로 라오마는 이미 정지된 은막 위의 화면을 가리킨다. 정지된 화면에서 수십 개의 검은 연기가 솟구치자 라오서가 묻는다.

"저들은 대체 어떻게 된 일이지?"

라오마:

"당신이 묻는 것은 저들 멍청이를 말하는 건가요, 아니면 미치광이를 말하는 건가요?"

라오서:

"먼저 멍청이부터 말해봐."

라오마는 머리를 긁적인다.

흰 머리를 긁적이니 머리가 더욱더 짧아져서 이제는 비녀조차 이기지 못하게 생겼구나.*

"완전히 탈바꿈되기 전에 화학비료를 지나치게 많이 먹은 것이 아닌지요? 완전히 탈바꿈된 뒤 단 한 번에 대뜸 바보가 된 게 아닐까요? 제3세계의 식량인 야채와 과일이 전부 빵빵해지고 한 개의 흰무 길이가 박달나무만큼 길어졌거든요. 그러니 이건 적당한 과정인

---

* 白頭搔更短 渾欲不勝簪: 비유적 표현으로, 고대 성어의 일종임.

거죠."

라오서는 조금도 망설이지 않고 머리를 흔든다.

라오마:

"그렇지 않다면 완전히 탈바꿈되기 전에 뇌가 흐물거리는 만성질병에 걸렸거나 그것도 아니라면 뇌가 수축되는 질병 혹은 동맥이 경화된 것은 아닌지요, 갑작스런 변화를 접한 것이고 즐거움이 극에 달하면 슬픈 일이 생기는 법이니까 말을 잃고 멍청해지는 결과를 초래한 거죠."

라오서는 다시 머리를 흔든다.

라오마:

"완전히 탈바꿈되기 전이 기왕지사 아무런 관계가 없다면, 그렇다면 그것은 완전히 탈바꿈되고 난 뒤 젊어져서 사랑이 많아지자 단체로 실연당하기 시작한 건가요?"

그렇게 받아넘긴 라오마는 스스로 회의하기 시작한다.

"그런데 완전히 탈바꿈된 후 인간들이 야간 생활을 표현하는 방식을 보건대, 한 사람만을 고집하지 않았는데, 완전히 탈바꿈되고 난 뒤를 거론하지 않고 완전히 탈바꿈되기 전의 상황이라면 양산백梁山伯과 축영대祝英臺*는 오십 번지 서쪽을 벗어난 적이 없는데요!"

라오서는 흡사 횃불 같은 눈빛으로 라오마를 바라본다. 라오마는 약간 당황스럽고 혼란해진다.

"기왕지사 앞의 몇 가지 항목이 전부 적용되지 않는다면 그럼 그들

---

* 비유적인 표현이며, 두 집안 간의 갈등으로 이승에서 맺을 수 없었던 사랑을 저승에서 이루는 양산백과 축영대의 지고지순한 사랑을 통해서 남녀 관계가 일부일처제를 고수해 왔음을 상징함.

이 틀림없이 병이 든 거죠!"

라오서:

"병이야 틀림없이 든 것이지만 그러나 그 병의 원인이 어디에 있느냐 그게 관건인 것이라니까. 보아하니 멍청이는 식별할 수 없다는 말 같은데, 그러면 미치광이에 대해 말해보렴."

라오마는 다시 머리를 긁적인다.

"신앙 때문에?"

라오서는 고개를 흔든다.

라오마:

"교파 간의 충돌 때문에?"

라오서는 인정하지 않는다.

"오십 번지 서쪽에 있는 교파는 완전히 탈바꿈되기 전이나 완전히 탈바꿈되고 난 뒤나 아무런 관계가 없는데?"

라오마:

"기공을 단련했기 때문인가요?"

라오서:

"고의적으로 수법을 부려서 타인을 꼬드기지 말고 또 어떤 식으로든 이용하려고 들지 말라니까."

라오마:

"그렇지 않으면 구제역이나 광우병에 오염되었겠지요. 소가 미치면 곧 저 모양이 되니까요."

라오서는 고개를 흔든다.

라오마:

"그렇지 않다면 다들 술을 너무 많이 마셨을 거예요. 오십 번지 서쪽 사람들은 술 마시길 좋아하고 술에 미쳐 희롱하고 있었으니까 술 때문이고, 그렇다면 완전히 탈바꿈된 것과는 관계가 없지요."

라오서:

"그러나 이번 경우에는 딱 들어맞지 않아."

라오마는 돌연 눈앞이 밝아진다.

"그러고 보니까 새벽 네시에 완전히 탈바꿈되고 난 뒤 전부 다들 어디에도 구속받지 않고 자유롭게 놓여나기 시작했으니까 그들은 필경 술집에서 얼씨구절씨구 했겠죠. 얼씨구절씨구 하는 인간들은 전부 다들 그렇게 미치광이들이고 충동적인 것을 좋아하지요!"

라오서:

"자네 로큰롤을 들었는가?"

라오마는 고개를 흔든다. 그 순간 은막의 영화가 완전히 무성無聲이라는 것을 그는 인식하게 된다. 내용은 뒤덮여지고 형식은 생략되었다. 충천하던 음악도 없고 얼씨구절씨구 하던 춤사위조차 없다.

라오마:

"저게 어떻게 된 노릇이지요?"

라오서는 불만이다.

"내가 자네한테 물었거든!"

라오서는 라오마를 코너로 몰아세운다. 그 순간 라오마는 자기도 모르게 분노가 일기 시작한다. 이 세상의 혼란과 발광은 반드시 원인이 있는 게 아니지 않은가. 이유 없이 일어나는 사정이 더 많은 것을. 완전히 탈바꿈되고 난 뒤에도 쾌락을 즐길 시간이 없는데 누가 이 세상의 미치광이와 멍청이를 생각할 겨를이 있을까? 기왕지사 원인을 찾을 수 없다면 책임 유무도 거론할 수 없는 일 아닌가. 신발 수선공은 온후해졌고 깜깜한 곳에 숨어 있어도 위엄 없이 멍청하다.

라오마:

"이 세상의 미치광이와 멍청이를 상관하지 않는다면 어차피 나는 관계할 필요가 없겠어요. 그러니까 이렇게들 완전하게 탈바꿈된 것은 수정금자탑과는 관계가 없다는 것과 같은 의미가 되는 거죠! 기왕지사 나와 관계가 없다면 원인을 찾아보라고 나를 불러서는 안 되는 것이고, 누가 미쳐버리길 좋아하면 곧 미칠 것이고, 누가 멍청해지길 좋아하면 곧 멍청해지는 것이고, 누가 누구를 좋아하든 어쨌든 나는 명백해요. 이 세상 사람들이 대세에 휩쓸려도 나 홀로 독야청청獨也靑靑하겠다는데, 아주 훌륭하지 않아요?"

그 순간 라오서는 하하하 웃는다. 기실 그의 함정은 여기에 설정되어 있었던 것이다. 그는 결국 가볍게 숨을 내쉰다. 그는 원래의 모습으로 가벼워지고 온화해진다.

"자네 말로는 이 일과 자네가 일체 관계가 없다는 뜻인데, 그럼 곧 한 장면을 보자고. 주인공이 곧 등장하니까."

사실 방금 전에 제시한 것은 아직 타이틀일 뿐이다. 라오서가 다시 대뜸 컨트롤 스위치를 누르자 영사기가 다시 움직인다. 그 순간 은막 위에 완전히 탈바꿈된 오십 번지 서쪽이 출현한다. 흑백이 바뀌어서 천연색이 된다. 그러나 은막 위에 출현한 일체의 모든 것이 그동안 라오마가 보아왔던 오십 번지 서쪽과 어쩌면 저렇게까지 완전히 다르단 말인가? 설령 완전히 탈바꿈된 뒤라고 하더라도 우리들이 저렇게까지 흡사 비단처럼 번드르르할 수 있단 말인가? 우리들이 저렇게까지 오색찬란하더란 말인가? 초고층빌딩이 땅 위에 우뚝 솟아 있고 거대한 광고 간판이 도로변에 숲을 이룬 채 세워져 있다. 남성들은 저렇게까지 웅장하고 자유방임적이었나? 여성들은 저렇게까지 몸매가 가냘프고 온화하며 우아했더란 말인가? 설마 완전히 탈바꿈되고 난 뒤에 제각기 모든 사람들이 다시 일차적으로 완전히 바뀐 것은 아니겠지? 십 센티미터가 자라난 그런 성장 위에 또다시 십 센티미터가 증장增長된 걸까? 이번에는 어떻게 나에게도 낙하되고 말았던 것일까? 다 함께 걸어가는데 어떻게 모두가 모델의 걸음걸이와 자태를 한결같이 유지할까? 고상한 커뮤니티였나? 우람하고 나이 지긋한 한 떼거리의 아주머니들과 자기 스스로 분장을 하고 있는 어릿광대들이 몸을 좌우로 마구 흔들면서 춤을 추고 있다. 아동들은? 어떻게 아동들이 전혀 없지? 그리고 아주 많은 사람들이 높은 사닥다리를 타고 기어오르거나 혹은 높은 사닥다리에 앉아 있고 사닥다리에 매달린 바구니 안에서 백층 꼭대기 제일 상층으로 올라갔다가 아래로 하강하고 있는데 그곳에 줄줄이 집들이 있다. 모든 거리의 색채는 변화되었다. 모든 경치가 몰라보게 변해버렸다. 눈 깜짝할 사이에 천연색이 흑백으로 바뀐다. 모든 고층빌딩이 전부 타들어가고 모든 사람들이 다시 동분서주하기 시작한다. 자리가 잡히자 안정이 되는가 싶더니 오십 번지 서쪽은 돌연 하나의 방대한 정신병원으로 바뀐다. 난간과 쇠꼬챙이들이 덩그렇게 솟아 있는 담장이 땅 위에 우뚝 세워져 있다. 그런데 담장 안에 있는 정신병자들은 우울해 보이지 않고 각기 모두들 작은 깃대를 든 채 대단히 기뻐하며 무엇인가를 환영하고 있다. 그 순간 라오마는 돌연 은막 위에 있는 자기 자신을 발견하게 된다. 그는 송나라 시대의 태위太尉* 관복을 입고 일군의 정신병자들에게 춤

---

* 태위(太尉): 고대 무관의 최상층 계급으로 승상과 비슷함.

촘히 에워싸여 그들 면전으로 다가간다. 시찰하는 건가? 구경하는 건가? 정신병자들의 페스티벌인가? 하여간 라오마는 여러 날 전에 이미 발생된 적 있는 역사의 한 페이지처럼 기억된다. 자신이 그때 이미 대권을 장악했더란 말인가? 자신이 삼군을 통솔하는 장성이라도 되었더란 말인가? 승리로 인한 급격한 충격으로 머리가 이성을 잃은 것인가, 아니면 역사의 궤적에 비추어보건대 이젠 머리가 부패하고 타락한 것인가? 그런데 아주 높은 위치였으니, 이미 은막 위의 라오마와 은막 아래의 라오마는 너무 들뜬 나머지 적절한 행동의 기준을 상실한 채 오직 금빛이 번쩍번쩍하는 모습만 보고 자신의 오른손을 치켜들며 고함을 지른다.

"친구들, 안녕하시오!"

모든 정신병자들은 다들 대단히 기뻐하더니 아주 오랫동안 알고 지냈던 지인처럼 금세 반응이 되돌아온다. 수천만의 목구멍이 고함을 질러대는 소리가 산맥을 진동하는구나.

"태위 나리, 안녕하십니까!"

라오마:

"친구들, 수고하시오!"

정신병자:

"태위 나리께 봉사하기 위해서입니다!"

라오마는 주위를 둘러보았고 정신병원을 시찰하고 있는 원장을 수행하는 라오먀오老苗를 발견하고 그에게 말한다.

"분명하군. 미치지 않았어. 누가 미쳤다는 거야? 다른 사람이 아니라 우리들 자신이지!"

하얀 두루마기를 걸친 라오먀오는 연거푸 고개를 끄덕인다. 그 순간 라오마는 또다시 약간 마음을 놓지 못한다.

"조직을 적절히 배정할 생각은 아니겠지? 나는 다른 고장에도 시찰을 나가는데 늘 이런 상황이 발생하지."

라오먀오:

"다른 고장이 모두 미치진 않았고, 그러므로 적절히 배정할 생각이지만, 여기는 미쳤으니까 모두 자연스럽게 충심에서 우러나온 것입니다."

라오마:

"기왕지사 이렇게 된 바에야 우리들은 중重정신병원 구역을 둘러보고 나서 중重 재난구역을 둘러보자고."

그 순간 은막 위의 라오먀오가 약간 당황하는 낌새라는 걸 엿볼 수 있다.

"태위 나리께서는 총체적이고 개괄적인 것만 둘러보시면 되겠습니다. 일군의 병자들은 사소한 것을 따질 필요가 없거니와 그렇게까지 깊이 있게 들여다볼 필요도 없습니다."

라오마는 적절한 행동의 기준을 상실한 채 지나치게 열중한다.

"호랑이 굴에 들어가지도 않고 어떻게 호랑이 새끼를 잡겠다는 말인가? 중 재난구역을 깊이 있게 들여다보지 않는다면 어떻게 모든 사람들의 폐부 깊숙한 심성을 들었을 수 있단 말인가?"

잇달아 환영하던 군중들은 보이지 않고 무대가 빙글 회전을 하더니 한없이 넓고 음산한 감옥이 나타난다. 한 무리의 중환자들이 머리를 산발한 채 사이즈가 매우 작은 방 칸칸마다 갇혀 있다. 라오마는 대열을 거느리고 그 사이즈가 작은 방 앞을 지나간다. 라오마는 다시 오른손을 치켜든다.

"친구들, 안녕하시오!"

그 순간 상황의 변화가 발생한다는 것을 누가 알까. 모든 중환자들이 난간을 붙잡고 한결같이 무척 놀라거나 혹은 히히 웃으면서 라오마를 바라보고 있다. 반응도 없고 교류도 없이, 상대방을 대하는 그들은 다들 약간 겁을 먹고 이해할 수 없다는 반응만을 보인다. 라오마는 여전히 약간 달갑지 않아서 다시 팔을 휘날리며 고함을 친다.

"친구들, 수고하시오."

그 순간 록싱어처럼 생긴 정신병자가 창살을 붙잡고 말한다.

"병신 새끼, 너 새로 들어온 놈이지?"

은막은 대뜸, 또다시 전격적으로 거기서 정지한다. 라오서가 은막을 가리키며 말한다.

"이래도 자네는 여전히 자네와는 일체 관계가 없는 것이라고 말할 수 있는지, 마치 산처럼 확실한 증거인 기록영화가 있는데도 여전히 문제의 원인을 설명하지 않을 셈인가? 우주는 하나이고 천하도 한 마음인 것을 心動如水 民動如煙, 자네는 자네 자신과 자네가 통솔하는 일군의 정신병자들을 보고서도 여전히 무슨 변명거리가 있더란 말인가!"

라오마는 약간 위축된다.

"그렇지만 나는 명백하게 머리가 맑고 산뜻하다니까요. 미쳤다면 저들이 미친 것이고 어쨌든 나는 미치지 않았어요. 미치게 된 데는 다른 원인이 있었을 것이고 어쨌든 내가 저들을 통솔하는 것과 완전한 탈바꿈과는 관련이 없다니까요. 누가 자원해서 저 미친 한 패거리의 인간들을 통솔하겠어요!"

라오서가 여기서 적절하게 거론하게 될 줄 누가 알았을까. 약간 만족해진 라오서는 라오마를 향해 말한다.

"그런데 이 세상의 통솔자는 본인이 희망하지 않는 한 함부로 군중을 완전히 탈바꿈시키거나 발광하게 만들지 않아. 비밀결사대 대장이라면 기공사氣功師와 연맹을 맺고 자기의 모든 문하생과 제자들이 멍청이와 미치광이가 되기를 희망하겠지. 그렇지 않다면 그 작자가 어떻게 간계奸計를 팔아먹을 수 있을까? 자네는 금빛 매미가 허물을 벗듯 수단을 부리고 몸을 빼돌리면서까지 자네 책임을 남에게 덮어씌우고 전가시킬 필요가 없지 않은가? 치빠오漆寶가 우울하단 소리 들어보았나?"

 그 순간 라오마는 마치 방금 전 중증 정신병원 구역으로 들어선 미치광이처럼 라오서의 책략으로 감옥 철창에 자신이 갇혔다는 것을 알게 된다. 마땅히 명백하게 알겠는데, 그러나 여전히 탈출할 방법은 없고, 오직 상대방의 규정에 의존해 철궤가 깔린 도로를 롤러코스터처럼 관성의 힘으로 미끄러질 수밖에 없게 된 것이다. 라오마는 어벙하게 묻는다.

 "치빠오가 누군데요? 오십 번지 서쪽에 집이 있어요?"

 라오서는 약간 경멸하는 투로 라오마에게 말한다.

 "보아하니 자네는 총명하고 영리하지만, 사실 배운 것이 없고 재능도 없구먼. 보는 각도에 따라서 완벽하게 탈바꿈되었든 혹은 완벽하게 탈바꿈되지 않았든, 어쨌거나 자네는 언제나 신발 수선공이야. 나는 한 사람의 백정 역사를 모두 이해하고 있건만, 자네는 치빠오漆寶조차 모른다고 하는데 어떻게 어리석음과 미친 행동이 발동하지 않았다고 하겠는가? 치빠오는 오십 번지 서쪽의 둘째 이모일 뿐만 아니라 춘추전국시대에 혼기를 놓친 미혼 여성청년대원이기도 하지. 그 여자는 결혼하지 않은 건 걱정하지 않았지만 매일같이 한 그루의 대추나무에 기댄 채 하늘을 우러러보며 탄식을 했지. 라오마 자네가 물었거든. '둘째 이모, 이모는 매일같이 여기서 뭘 그렇게 탄식하고 있어요? 마음에 두고 있는 사람을 생각하는 건가요? 아니면 이모의 마음에 드는 사람을 이 세상에서 찾지 못해 상심하는 거예요?' 그러자 자네 이모가 자네를 향해 탄식을 한 번 하게 되지. '뜻이 동일하지 않으면 도리도 같지 않거늘, 이 둘째 이모가 하루 종일 내 스스로 어떻게 야간 생활을 보낼까 걱정하는 것이 아니고 이 세상과 우리 민족의 대낮을 걱정하고 있지. 노나라 군주는 늙어가고 태자는 어리니 노나라 신세는 하루아침에 어렵게 되었구나. 군신과 부자가 다들 장차 능욕을 당해 발광하겠구나!' 치빠오가 모든 사람들을 살펴보았더니, 눈에 띄는 단상壇上의 어른은 모든 게 어수룩해 아직 주동적으로 일을 관계치 않을 뿐만 아니라 책임도 감당하지 못하고 있더라는 거야. 자네에게 책임이 있음에도 여전히 자네는 전력을 다해서 남에게 뒤덮어 씌우고 있지. 하긴, 어떤 누가 스스로 자신이 발광했다는 걸 인정하려 들겠나? 미치광이 본인 스스로 미쳤다는 걸 인정하지 않는 행위는 흡사 술주정뱅이가 스스로 술을 많이 마셨다는 걸 절대 인정하지 않는 행위와 동일하지!"

그 순간 라오마는 자기 자신도 확실히 약간은 정신이 나가고 또한 약간은 멍청해지고 있다는 걸 깨닫는다. 멍청하지도 않고 미치지도 않았다고 하더라도 너는 강제로 미쳐야 해. 그때 라오마는 백정 라오서의 진면목을 간파한다. 여러 날이 지난 뒤에 라오서는 또다시 말했다. 이런 경험 역시 완전히 탈바꿈되기 전 일상생활에서도 있었지. 오십 번지 서쪽의 도살 연습장에서 돼지를 도살하기 전에 돼지를 발광시키지 않게 되면 짐작건대 돼지의 임종을 대할 때 훨씬 고통스러울 뿐만 아니라 훨씬 비인도적이지. 그 순간 라오마는 또다시 자기 자신이 가련하게 느껴진다. 새벽 네시부터 시작해 태양이 중천에 걸릴 때까지 정신적 육체적으로 시달려온 것은 곧 수정금자탑 안의 미치광이와 멍청이들을 개변시키라고 라오마 자신이 누군가에게 지시를 당했기 때문이란 말인가? 미치광이와 멍청이로 완전히 탈바꿈된 군중들은 그들 자신에게 책임이 없더란 말인가? 오십 번지 서쪽 고향 동네 주민들은 이제부터 미쳐가야 할지 미치지 말아야 할지 멍청해져야 할지 멍청해지지 말아야 할지 이미 그들 스스로 책임을 짊어져야 하지 않나? 오직 한 사람만이 산뜻하게 깨어 있다면, 차라리 멍청이나 미치광이로 개변되지 않은 것만 못하구나. 내 가족들이 미치광이와 멍청이로 변하기 전에 나를 데리고 가지 않았으니 오히려 현재 나 홀로 라오서 나리와 조우할 기회가 또다시 주어져, 이 미치광이 집단에 일 나노미터만큼 한차례 진입되고 혼합되는 순간을 전혀 깨닫지 못하였구나. 동맥에다 주사를 놓았을 뿐만 아니라 정맥에도 일 분 간격으로 주사를 놓았구려. 관개 용수되었을 뿐만 아니라 삼투작용까지 하고 있구나. 도대체 라오서 나리는 친척 관계라도 된다는 말인가. 말하자면 라오서 나리는 지금 나를 핍박하고 나를 해치고 있긴 한데, 항구적인 역사의 시선으로 살펴보자면, 단언하긴 어렵긴 하지만, 짐작건대 여전히 나를 돕고 나를 좋아하고 있는 게 아닌가. 이 세상에서 오직 단 한 사람만이 나를 좋아하고 있거늘, 그렇다고 내가 나이가 찼음에도 혼인 적령기를 놓친 치빠오는 아니지 않은가. 생각에 생각을 거듭하던 라오마가 또다시 납득하게 된 것이 있다면, 마음이 약간씩 바뀌면서 드디어 곧 진정되어 약간은 멍청해지고 약간은 미쳤다는 것이다. 그는 다시는 개성과 인권 그리고 자아를 강조하지 않고 대중의 대열에 가입해서 적당히 되는대로 살면서 한 사람이 뭇사람을 노래하며 어디로 가든 그 무엇도 고려하지 않고 일체 모든 것을 역사와 조물주에게 맡겨버린 채 태사 나리 관복을 벗어던져버리자 그 즉시 천관天官*처럼 일신一身이 가벼워지더라. 라오마는 갑자기 화물차에 적재된 화물을 부린 것 같은 느낌을 받고, 속도가 가속화되면서 목적지로 직통하기 위해서 비상등 두 개를 켜고 차량 한 대를 추월하고 또다시 한 대를 추월했는데도 여전히 화물차에 적재된 화물이 없는 것처럼 인식되고, 오직 두 귀가 숲에서 바람을 일으키는 느낌과 함께 어떤 일에 조금도 구애를 받지 아니하고 기분도 유쾌하게 천지가 나란하게 뒤쪽으로 후퇴를 하는데, 그 공활한 천지에서 오직 혼자서 독주를 하거나 유쾌하게 노래를 불러대고 싶어서 참을 수가 없다. 지나간 일을 회상하자면, 짐작건대 아직도 약간은 신산스럽지만 희비가 교차하는 길에서 과거와의 단절이 이루어지기도 하고, 여기에 우리들의 지난 역사는 또다시 증가되며 조금쯤은 기억되기도 한다. 감정이 약간 고조되자 수십 년 후의 신기한 광경이 돌연 조성된다. 오래전에 약간의 너저분한 오해가 있었지만, 이제 너의 완벽하게 탈바꿈되면서 명성을 얻은 그 후의 이야깃거리가 결국 이루어지고 있다. 너는 파렴치한인가 파렴치한 자가 아닌가? 하기야 너는 스스로 너 자신을 조소하고 있기 때문에 눈 깜짝할 사이에 또다시 파렴치한이 될 수 있다. 여기까지 생각하게 된 라오마는 또다시 눈물이 아래로 흘러내린다. 라오마가 한 번은 울고 한 번은 웃는 모습을 살펴보고 난 라오서는 또다시 강조한다.

---

* 천관(天官): 백관의 우두머리.

"봐, 그것은 멍청이와 미치광이를 구체적으로 표현한 것이 아니겠어? 스스로 맑고 산뜻하다고 느껴진다면 이미 그 구성원에 속한다는 것이니까 자네에게 새로 들어온 사람이라고 말했던 것이지. 자네가 그들에게 정감을 느끼고 반응을 하게 된 결정적인 이유는 자네에게 여기가 익숙한 문이고 여기가 익숙한 길이기 때문이야."

라오마는 슬픔이 기쁨으로 바뀌고 있기 때문에 숨을 가라앉히고 말한다.

"라오서 나리, 당신께서 일깨우고 인도해왔으니 저는 결국 제 스스로 멍청해지고 미쳤다는 것을 인식할 수 있습니다. 이미 미쳤고 멍청해졌는데도 불구하고 그걸 인정하려 들지 않는다면, 다시 한 번 완전히 탈바꿈되어도 오히려 스스로 깨닫지 못할 것이고, 이 세상과 타인의 표면적인 모습만 어물쩍 봐 넘겨버리면 기실 그것은 일종의 양심을 속이는 행위이고 마침내는 여전히 제 자신을 해치는 결과를 초래하겠지요. 만일 당신이 저의 나리가 아니라면 미루어 짐작건대 지금 이 순간에 이르기까지 나리는 여전히 곤경에 처한 소인배를 구해주지 않는 셈이 되겠지요. 원래 치빠오는 한밤중의 강물 속에서 소용돌이치는 법이지요. 라오서 나리께서 저를 재난에서 구제해주시니 저는 결국 얼음장처럼 차가운 강물 속에서 나뒹굴다가 강기슭으로 구출된 것이지요. 저는 물이 뚝뚝 떨어지고 온 전신을 부들부들 떨면서 기침을 뱉어내면서 입 바깥으로 누런 물을 토해낼 때, 비로소 양쯔 강 속의 치빠오를 발견했습니다. 뜻밖에 수십 리나 되는 강철로 된 큰 다리를 세우고 그 위에 또 등불까지 온통 환하게 밝힙니다. 호화로운 양쯔 강의 유람선상에서, 나리가 저한테 따뜻하게 사우나를 하라며 제게 담요까지 둘러주자 그 순간 저는 도무지 심연으로 빠져들 수가 없고 차라리 다행스럽고 감격스러워, 저 자신의 지난날 과거 때문에 눈물을 흘리면서 과오에 집착해 잘못을 깨닫지 못했다는 사실로 인해 때늦은 두려움과 공포 그리고 자책과 자학을 느낍니다. 그런데 만약에 그 순간 제가 다시 차가운 얼음물 속으로 들어간다면 저는 곧 필경 미친 게지요. 제가 이미 자책하고 자학하고 있거늘, 나리께서 오히려 저를 번거롭게 여기지 않으신다면 새벽 네시부터 태양이 중천에 떠오를 때까지 입이 닳도록 간곡하게 계속해서 저를 교육시키고 위험에서 구제해야겠지요. 만약에 이 순간에도 제가 여전히 전화轉化하지 않고 잘못된 길에서 헤매다가 올바른 길로 들어서지 못하면서 나리의 고충에 대해 죄송하다는 말을 하지 않는다면 과연 명분이 제대로 설까요? 나리, 뭘 도모하시죠? 그렇다면 제가 십수 년 동안 먹었던 식량, 야채, 과일 그리고 쇠고기, 양고기에게도 제 스스로 면목을 세울 수 있을까요? 탈바꿈된 오십 번지 서쪽에도 면목이 설까요? 지금 현재 저는 스스로 깨달은 것도 아니고 스스로 맑게 깨어난 것도 아니기에 갑작스런 축복과 행복으로 눈물이 흐르는 것이고, 게다가 천하에 광범위하게 두루 미친다는 것을 생각하면 너무도 명백한 것은 많은 사람들이 미쳤고 멍청이가 되었음에도 여전히 자각하지 못하고 지난날처럼 계속해서 차가운 얼음물 속으로 뛰어들기 위해 투쟁하면서 여전히 타락하고 있다는 것이니, 그들의 괴로움과 슬픔을 저는 마음속으로 대신하고 있긴 하지만 그들을 질책하는 것이 아닐 뿐만 아니라, 나리처럼 그들을 동정하고 그들로 인해 탄식하며 가슴이 아파 조심스럽게 눈물을 흘리나이다. 깨끗하게 결산하기 위해 저는 조물주에게 당도해서 여전히 어느 곳이든지 뛰어들어야 할까요? 나리, 저도 스스로 그들에 대해선 걱정도 하지 말고, 이런 식으로 분석하며 제 자신이 타인을 조심하고 경계하면서 그 경계 위에서 약간씩 치빠오에게 접근해야 할까요?"

그 순간 라오서는 간간이 약간씩 방심한다. 라오서는 역시 자신이 전화轉化시킨 성과를 살펴보고 나자 일부는 흡족해서 너무 흥분을 해 어찌할 바를 모르게 되는데, 그러나 틀림없이 이 산길의 모퉁이를 돌면 당연히 신발 수선공 라오마일 텐데도 말이다. 설령 집단 전체를 거시적인 관점으로 내려다보기 위해 그가 여전히 높은 위치를 점유하고 있다 할지라도, 그 세부적인 장소와 자질구레한 것에서 그는 오히려 패배한 셈이다. 그는 눈을 가늘게 뜨고 담배 한 개비에 불을 붙이면서 말한다.

"이미 원만하게 치빠오에게 접근했다는 말을 해서는 안 되는 것이지만, 그러나 이미 근 여덟 시간씩이나 교육을 받아 전화했으므로 최소한 과거의 라오마로부터 벗어났다고 봐야지."

그 순간 라오마는 욕심을 부리기 시작한다.

"기왕지사 이미 제 자신의 과거로부터 벗어났으므로 나리, 지금 나를 놓아주고 집으로 돌아가세요. 새벽 여섯시부터 시작해 태양이 서쪽으로 기울 때까지 우리들은 무려 열 시간이 될 때까지 꾸물거렸으니, 저의 배는 이미 꾸룩꾸룩 소리가 나고 진작부터 약간 배가 고프군요."

그 순간 라오서는 돌연 분명하고 산뜻하게 깨닫는다. 길을 잃었어도 아직은 돌아올 줄 아는 것을 보아하니 여전히 전화轉化하지 않은 게로구나. 라오서는 곧 손안의 담배를 귀에다 메어꽂더니 또다시 난감한 처지가 되어서 숨이 가빠지면서 라오마에게 말한다.

"보아하니 여전히 미치지도 않았고 멍청해지지도 않았을뿐더러,

보아하니 여전히 자기 자신이 미쳐가고 있다는 것과 멍청해져가고 있다는 것을 인정하지 않는구먼. 보아하니 여전히 완벽하게 탈바꿈된 게 아니로구나. 만약 이미 미쳤거나 멍청해졌다면 어떻게 의식이 풍족함을 알며 어떻게 배가 고프다는 것을 인식할 수 있단 말인가? 이 나리가 열 시간씩이나 허비하면서 역사를 나열하고 현실을 서술하며 영화를 방영해주었거늘, 너는 전화轉化되지 못하고 오히려 뒷걸음질치고 있구나. 정말 사람을 알고 그 얼굴도 알지만 마음속은 모른다고 하더니, 정말 그 한 구절이 몇십 년 뒷걸음질치게 만드는구나. 너의 이 나리가 너에게 이르기를 네 면목을 스스로 세우라고 했거늘, 그리고 방금 전 은막 위에서 타들어가던 고층건물의 혈육들을 위해 네가 면목을 세우겠다는 말을 하지 않았더란 말이냐? 너, 열 시간 동안 밥을 먹지 못했다고 해서 비굴함을 느낀다면, 이 나리는 열 시간 동안 처마 끝에 물이 떨어져도 안으로 숨어든 적이 없다고 하지 않았어? 너는 여기까지 완전히 수동적이고 이 나리에게 교육이나 전화의 책임이 아직도 부여된 채 담화와 교육 과정 일체를 인도하고 있는데, 너에 비해서 이 나리가 고생스럽게 여겨지지 않더냐? 나리는 이미 미쳤고 멍청해져서 생활이 고단한지 배가 고픈지 배가 부른지 모르겠는데, 너도 이미 미쳤고 멍청해졌다고 했거늘 여전히 고의적으로 산뜻하게 깨어나서 배가 고프다고 징징대는구나. 나리가 만일 미치지도 않고 멍청해지지도 않았다면 너 때문에 벌써 미칠 지경이고 멍청해질 지경이야! 너는 미치고 멍청해진 나리의 행복한 세월을 또다시 뒤로 되돌려서 맑고 산뜻한 상태가 되길 원하느냐? 그러나 나는 지금 너의 늑대 같은 야심을 깨달았어! 도대체 누가 누굴 교육시키는 거야? 도대체 누가 누굴 전화시키는 거야? 누가 너의 나리지? 너, 방금 전까지 나를 나리라고 했겠다! 그 당시 네가 태위였다는 걸 잊지 말아야 하거늘, 너는 그뿐만 아니라 자신의 광기와 병신 상태의 속박에서 벗어나려고 하는구나. 너는 자신의 역사적인 책임마저 회피하려는 거야? 너처럼 낯짝이 두껍고 파렴치한 인간은 옛날부터 지금까지 만나본 적이 없어! 일이 이 지경까지 이르렀으니, 너, 아직도 낯짝이 있으면 밥을 먹겠다고 말하렴."

통명스럽게 받아넘기고 그 자리에 앉는다. 자기가 옳다면 전혀 양보하지 않는 라오마를 누가 알아줄까. 심지어 처음으로 반격을 시작했건만 그는 격렬하게 화를 내는 라오서의 모양새를 살펴보면서 시니컬하게 말한다.

"나리, 분노와 화를 가라앉히시고 제발 어떤 하나의 상식이라도 소홀하게 여기지 마십시오. 설령 이미 미쳤고 멍청이가 되었다고 하더라도 의식이 풍족한 생활을 모르는 것인지 그건 확실하지 않습니다. 만약에 굶주리고 있는지 배가 부른지 생활의 고달픔조차 모른다면, 멍청이와 미치광이들 집단은 어떻게 밥그릇을 내밀고 여전히 구걸하는 법을 알겠어요?"

라오서는 그 순간 대뜸 탄식한다.

"보아하니 너로 인해 내가 정말 강압적으로 미치게 하고 강압적으로 멍청이로 만들게 생겼고, 보아하니 너는 또다시 태위의 관복을 입게 생겼으며, 나는 또다시 수정금자탑 안에서 튀어나와 과거로 돌아간 뒤 오십 번지 서쪽 동네에서 푸줏간을 열어야겠구먼. 내 자신의 마음이 아픈 게 문제가 아니라, 나는 조상대대로 오십 번지 서쪽에 살아온 주민들과 그리고 새로이 오십 번지 서쪽으로 이주를 해온 사람들이 불쌍해서 가슴이 아프구나! 이미 사람들이 강제로 미쳤고 강제로 멍청해졌는데, 미치고 멍청해진 인간들을 책임질 사람이 아직 전혀 없어서 멍청이들과 미치광이들이 유기되고 망각되는 것이야 그 렇다손 치더라도 이 정신 나가고 멍청해진 인간들 중에서 더러 몇 명은 마구 퍼먹고 진탕 마시려 든다는 게 문제야. 타락이라더니 이 모양으로 타락할 셈이냐? 부패라더니 이 모양으로 부패할 셈이냐? 너무 지나치다는 것이 약간 드러나지 않았어? 이렇게 되면 누가 우리들을 존경하고 중시하겠느냐? 거지떼거리를 대변하느라 모인 주민들이 과연 변신을 거듭해 신생新生을 얻은 오십 번지 서쪽의 우리들 모습이더란 말이냐? 자넨 도대체 무슨 뜻으로 그런 식으로 비유하고 은유하는가? 치빠오조차 모르는 것이 보편적인 무지無知가 아닌 것처럼, 뭐 다른 꿍꿍이속이 있어 어딘가 도달하고자 하는 목적은 있지만 만일 그 목적을 자네 입으로 발설하지 못할 기막힌 사정이 있다면 그건 그뿐이네만, 자네, 그걸 계기로 마구 퍼먹고 진탕 마실 셈은 아닌가? 자네, 마구 퍼먹고 진탕 마시는 걸 기회로 우리들을 또 다른 삐딱한 길로 끌고 가려는 게야? 라오마, 나는 자네를 간파하고 있다네. 보아하니 어떤 라오마는 사실 자네가 아닌 다른 작자야. 지금 현재 정신 나가고 멍청해졌을 뿐만 아니라 이미 정신 나가고 멍청해진 단계를 초월해서 우리들을 굽어 살펴보고 있는데, 진정 일정한 정점頂点이 경과되자 미친 것이고, 정점이 경과되어 멍청해져버린 것이구나. 자네, 목적이 실현되었다고 착각하지 말고, 휘어진 물건을 똑바로 잡고자 돌리려다가 오히려 다른 방향으로 휘면 자칫 그 물건 뒤로 자빠진다네. 그러니 장담하기 어렵지만 뱀 대가리를 시계 반대방향으로 돌리게 되면 자네가 뱀에게 먹히는 수가 있으니, 약은 꾀로 고작 사람 해칠 생각 따윈 하지 마시게. 다 그만두세. 기왕지사 이렇게 되어버린 걸 의기투합하고 지향하는 바가 있다고 자네 배짱대로 되기란 틀린 것이고, 기왕지사 벌써 자넨 타락해버린 것 아닌가. 기왕지사 자넬 상대하는 내 힘이 무능하니 우리는 부득이 제 갈 길로 가야겠구먼. 이제 자네가 먹는 것을 원하면 곧 먹게 될 것이고, 자네가 마실 것을 원하면 곧 마시게 될 것이고, 자네가 달아나길 원하면 곧 달아나게 될 것이며, 자네가 스스로 일을 망치고 스스로 죽음의 길로 들어서고 있으므로 나는 어쩔 수가 없다네. 이러니저러니 해도 나는 물결치는 대로 물 위를 떠돌지 않을 생각이고 역사의 흐름에 역행하지 않을 생각이며, 나는 결코 자네에게 속아 넘어가지 않을 것이며, 나는 곧 자네와는 상반되는 행동을 취할 생각이니까 나 혼자서라도 수정금자탑 안에서 계속 벽곡僻谷*하게 절식하며 살겠노라. 기왕지사 내가 오십 번지 서쪽 주민들을 완전히 탈바꿈시키는 대변자가 된 이상, 내 방식으로 이 세상을 대면하는 태도는 그 한 가지뿐이야!"

라오서는 불굴의 기상을 지닌 정의롭고 늠름한 자태로 집으로 되돌아가듯 죽음까지 상투적인 행동으로 여기기 시작할 기세다. 호연지기浩然之氣의 정기가 흐르긴 하지만, 그 역시 방금 전의 라오마처럼 스스로 약간 가련하게 생각된다. 나 스스로 도모하려던 게 무엇이란 말인가? 열 시간 동안이나 입이 닳도록 간곡하게 충고하고 있지만, 위험에서 구제하고 교육시켜야 할 대상이 여전히 고집불통이면서 계속 단단해져가고 있으니. 만일 오십 번지 서쪽에서 완전히 탈바꿈된 주민들이 모두 다 라오마처럼 고집을 부린다면, 나 라오서는 차라리 깨진 그릇을 내던져버리고 주민들을 찾아가 결판을 내고 말 거야. 여

---

* 벽곡(僻谷) : 아주 외지고 으슥한 골짜기.

러 날 전에 돼지를 도살하던 순간처럼 돼지머리 하나를 골라 머리 앞쪽을 겨냥해 칼을 들이밀면 필경 돼지머리는 피 엉킨 칼과 피 엉킨 목을 질척거리며 마구 달아날 거야. 일찍이 라오마 저 인간을 알았더라면 가장 먼저 교육시켜 전화될 대상으로 저 작자를 부를 것이 아니라 변변찮은 잡탕과 과자를 구워서 팔아대는 라오꾸어老郭를 불렀어야 했는데. 과거에 그가 매일같이 새벽 네시면 나의 도살장으로 찾아와 짐승 내장을 대량으로 구매할 때면, 약간은 무게가 실려 있기 마련이었고, 이해타산을 따지지 않고 아주 가까운 친척을 대하듯 했으니, 무법천지인 것처럼 자기주장을 해대는 라오마와는 전혀 다르지 않았던가. 왜 자기 실수를 인정하지 않고 숨을 가쁘게 몰아쉬며 결정을 내린 것인지 라오서는 지금 와서 또다시 약간 초조해진다. 푸줏간 위쪽의 컨트롤 스위치를 갑자기 잡아 젖히자 벽장이 대뜸 소리를 내며 잠긴다. 벽장이 잠기자 창 강, 황하, 만리장성 그리고 타이싱 산의 산수화가 한데 합쳐진다. 호위병이 손을 흔들며 라오마를 호송해 아래로 내려가려는 순간, 라오마를 잡탕 파는 라오꾸어로 교환할 준비 태세인데, 이때 라오마는 라오서가 당황해서 어쩔 줄 모르면서 약간 혼돈스러워한다는 걸 금세 눈치 챈다. 흥, 도대체 변화에도 연령이 있다면 나중 찾아와서 발을 들이미는 인간을 진정시킬 수 있담? 호위병에 이끌려 무슨 퇴장이라는 것을 하게 될 줄 누가 알기나 했담? 백정 출신의 인간이 무슨 일인들 벌이지 못하랴? 여러 밤이 지난 후 라오서는 또다시 득의양양하게 말하기를, 수정금자탑도 사실 과거의 도살장 위에 건축된 것이고, 그것 역시 라오마에게 건 책략 중의 하나인 함정인 것인데, 만일 그가 진정 잘못을 고집하고 내려가 버렸다면 나 역시 정상적인 궤도에 올라설 수 없었노라 말했다. 옆구리에 총을 낀 호위병들이 그의 면전까지 다가온 것을 깨닫고 나서, 라오마는 자기 잘못을 줄이고 잘못으로 인한 체면을 되찾기 위해서 약간 혼란스러운 상태로 철수할 생각을 하게 되니, 라오서는 당황해서 어쩔 줄 모르게 되고, 그러자 라오마는 머뭇거리면서 이화접목移花接木*의 작태로, 과거의 친척관계라는 명분과 장난기 어린 입심으로 방금 전의 사태와 자기 잘못을 희석하는 데 이용할 생각으로, 마치 다른 사람의 차에 올라타는 잘못을 저지른 소녀처럼 부끄러워하는 행동으로 이런저런 견제를 완전히 벗어나서, 마침내 입을 연다.

"사태가 벌써 이 지경까지 이르렀는데도 따라가지 않으면 안 된단 말입니까? 일이 진정 결속되지 않으면 안 됩니까? 저도 아무런 생각도 없는 인간들처럼 멋대로 미쳐가고 멍청해지란 말입니까? 나리도 저를 보셨으니 아시겠지만, 제 무덤을 제 스스로 파면서 몸부림치고 있는데 제가 이렇게 죽어가는 모습을 보면서도 구제해주지 않으시렵니까? 진정 이렇게 된다면, 제가 잘못을 느꼈음에도 죽어 자빠지게 되는 것은 저한테 나리의 도움이 존재하지 않기 때문인 겁니다. 방금 전 제가 뭘 잘못했습니까? 저는 오직 좀 틀렸거나 실례되는 말을 한 마디 한 것밖에 없는데 저의 모든 행동이 잘못되었더란 말입니까? 저는 오직 창자가 굶주려서 제안을 드렸을 뿐인데 나리께서는 결국 저를 이탈하시렵니까? 그럼 나리께 저는 단 하나의 제안도 건의드리지 못한단 말입니까? 저는 오직 단 하나의 제안을 나리께 건의했을 뿐인데 저의 전반적인 모든 행동을 나리께선 부정하시렵니까? 제안과 건의 그 자체는 곧 서로 간의 거리가 가깝고 긴밀하다는 걸 증명

---

* 이화접목(移花接木): 중국 고대 사자성어로서 물건을 살짝 바꿔치기해서 남을 기만한다는 의미를 내포함.

하는 게 아니더란 말입니까? 저의 큰나리시여, 한마디의 농담을 이렇게까지 진지하게 받아들일 가치가 있습니까? 이것은 저로 인해 아무래도 나리 자신이 다급해진 것인가요? 만일 저로 인해 다급해졌다면 그것은 곧 나리가 약간 불필요하게 충동적인 행동을 하는 것인데, 저야 물론 잘못을 저질렀으니 계속 관성의 힘으로 슬라이딩하면서 타락할 가능성이 있을 것이므로 애석하게 죽어도 되지만, 만일 나리가 상당히 급하다는 것 때문에 나리의 육신이 망가진다면, 그게 원인이라면 저는 죽어도 눈을 감지 못할 겁니다. 친애하는 나리시여, 기실 문제는 그렇게까지 대단치 않는데 일이 이 지경까지 이르렀으니, 저는 이 기회에 미치광이와 멍청이에 대한 나리의 이론에 기초해서 그저 제 자신도 이미 미쳤고 미쳤다는 걸 인정하겠나이다. 당신도 방금 전에 미치광이와 멍청이에 대해서 조금의 빈틈도 보이지 않게, 꼭 들어맞게 그리고 완전무결하게 일체 강술講述했으므로, 저의 의사도 겨우 일장다막一場多幕의 활극話劇*을 행할 수 있으며, 우리들이 정신 나가고 우리들이 멍청해졌다고 해도 우리들 제멋대로 가볍지만은 않사온데, 활극을 진행하던 도중에 어쨌거나 잠시 막간의 휴식을 위해 잠시 멈출 수도 있는 것이고, 그땐 물을 마셔도 되며 밥을 먹어도 된다는 것이고, 그것은 연극배우들이 피곤하다고 말하든 피곤하지 않다고 말하든 배가 고프다고 말하든 아니면 배가 고프지 않다고 말하든 상관없는 것이며, 무대 아래 관중들의 신경이 극도로 집중되기 시작해 녹초가 된 사상과 정신을 느슨하게 풀어주기 위한 작용인 것이죠. 대사의 구절구절이 출중하면 할수록 군중은 신통하게 여기지 않

* 활극(話劇): 대화와 동작으로 공연하는 연극.

게 되고, 꼭 죽을 지경은 아니더라도 막상 피곤해서 죽을 지경이죠. 국가와 국가 간의 담판이라도 간간이 원색적인 개그로 약간씩 고조된 기분을 조절하는 법이거든요. 절대적인 주입식 교육이란 불가능한 것이고 절대적인 힘 하나가 존재하기란 불가능한 것이지요. 만일 그 대사가 술 단지 하나를 마시고 만 뒤의 말이라면 당연히 물을 더 급수해야겠지요. 과연 무엇을 예술적 리듬이라고 이르리까? 이것이 바로 예술적 리듬이외다. 지금도 타지에서 찾아온 사람은 없으니 이 연극 장면의 호위병들은 나리의 심복이라고 말할 수 있겠고, 저와 나리 두 사람은 우리들 자신의 진정한 마음을 타자의 뱃가죽에 올려둔 채 한 구절씩 떠들어대면서 새벽 네시부터 태양이 서쪽으로 기울 때까지 뭉그적거리다가 미치광이가 되었고 멍청이가 되었는데, 당신 뱃속은 대체 고픈 건가요, 고프지 않은 건가요?"

그 순간 라오서는 라오마로 인해 약간 경계를 늦추고 무장이 해제되어서 투항하려는 듯하고 사상까지 약간씩 자연스럽게 미끄러져나가고 나태해지자 또다시 라오마가 마땅히 올라간다. 이것이야말로 무른 칼로 사람을 찔러 죽이는 수법이거늘. 그로 인해 라오마는 사고의 방향을 따라서 대뜸 이런 생각을 하기에 이른다.

'어쩌면 굶주림은 약간 배가 고플 때 느끼는 것이지. 그런데 나는 배가 고프다는 타이틀을 떠올리던 와중에 인간의 존엄성과 강산의 토지신土地神과 곡신穀神*이 시뻘건 피를 콸콸 흘리며 넘어지는가 하면 그 연장자들께서 큰 희생을 치르고 있었기 때문에 고통스러운 것이고, 굶주림과 배부름 그리고 생활이 고달픈지 그런 여부도 인지하지

---

* 사직(社稷). 토지신과 오곡신을 지칭하며 국가라는 의미까지 내포됨.

못하면서 미쳐가고 멍청해진 오십 번지 서쪽 때문에 나는 곧 뜨거운
피가 솟구쳐 올랐던 것이야. 그 타이틀은 겨우 표면적인 장식인데도
불구하고 연극을 관람하던 관중까지 왜 퇴장하게 되는지 그것은 시
인해야 되지 않는가? 진정한 목적은 여전히 교육에 있기 때문인 것
이고 이 교육이라는 것은 전화轉化의 일부분이다. 굶주려도 굶주렸다
고 말하지 않고 배가 불러도 부르다고 말하지 않는다면, 무엇을 미친
것과 멍청해진 것의 최고 경지라 할 것인가. 이 굶주림과 배부름을
인지하는 것이야말로 미친 것과 멍청해진 것의 최고 경지인 거야.'
　　라오마:
　　"기왕지사 이것이 미친 것과 멍청해진 것의 최고 경지라면, 그렇
게 되어간들 이 층위層位는 또 뭐란 말인가요? 사물이 최고조에 이르
면 반대 방향으로 전환轉換하기 마련이라고는 하지만, 술과 고기가
뱃속을 뚫고 들어가도 다들 마치 큰스님 같은 불조佛祖가 심중에 남
아 있다 해도, 굶주리면 굶주린다고 말할 것이고 배부르면 배가 부르
다고 말해야지요. 예수가 스스로 십자가를 짊어진 것처럼 정신 나가
고 멍청해지는 이론을 만든 최고 경지의 제창자인 우리가 먼저 감옥
에 들어가지 않는다면 누가 감옥에 들어갈까요? 굶주림과 배부름을
알고 난 뒤에야 비로소 굶주림과 배부름을 잊게 되거늘, 수십 일 동
안 고기 힘줄 하나도 먹지 않았던 것은 미치고 멍청해지기 위해서가
아니고 다른 무엇을 위해서인가요. 목 놓아 노래를 부르기 위해서 미
치고 멍청해진 것이지, 미치고 멍청해진 것이 다른 특별한 이유를 위
해서는 아니지요. 제가 아는 것은 이른바 제 마음이 배고픔으로 인해
울적하다는 것이고, 제가 저를 알지 못하면 감히 저를 어떻게 구할
것인가요? 구태의연하게 제가 다시 말하자면 우리들은 먹을 때는 당

연히 먹어야 하고 마셔야 할 때는 당연히 마셔야 하는데, 배가 고파서 창자에서 꼬르륵 소리가 나면, 일부러 미친 척하고 일부러 멍청한 행동을 할 수가 없게 된다고요. 만일 당신 말처럼 미치고 멍청해졌기 때문에 사람이 밥을 먹을 필요조차 없다면, 제가 추측건대 오십 번지 서쪽 주민들은 설령 완벽하게 탈바꿈되었다고 하더라도 여전히 당신이 제창한 그 고상한 경지에는 도달하지 못했소이다. 당신은 어린 시절부터 지금까지 어디서 성장을 했습니까? 거긴 뭐 하나의 고상한 사회 구역인가요? 당신은 당연히 먹으라고 권하고 마시라고 권해야 하며 먹고 마신 뒤에야 자기 본분을 잊고 미친 척하고 멍청한 척 행동할 수가 있는 것이지요. 제 짐작에는 한 사람이 군중을 위해 노래한다는 것과 폭풍 같은 기세로 끊임없이 일어나 정의의 길로 들어선답시고 날뛴다는 것은, 흡사 연회가 열리고 가무 파티가 열려서 엑스터시 같은 신종 마약을 먹고 얼씨구절씨구 히히거리는 것과 같다고 봅니다. 지금 보아하니 이젠 먹고 안 먹고 그런 문제가 아니라 왜 먹지 않는 것인가 그것이 문제인 듯한데, 제가 먹자는 것도 결코 저를 위해서 먹자는 것이 아니라 오십 번지 서쪽을 위해서 먹자는 것이오!"

라오서는 그 순간 비딱하게 기울인 채 아주 열심히 라오마를 살펴본다.

"너 이 자식, 미치고 멍청해진 뒤에 생각하지 못하게 되었다고 과연 과거의 라오마가 아니란 말인가? 과거의 너는 입이 무겁고 말이 적으면서 여러 가지 생각만 많은 일개 신발 수선공이었다는 것을 내가 알고 있는데, 언제부터 변했다고 그렇게 말주변이 좋아서 강철 같은 주둥이에다 강철 같은 이빨을 지닌 게야? 보아하니 너 정말 미쳐버린 증세와 멍청해진 증세가 결코 가볍지 않군그래. 그럼 나리가 이

제 너에게 묻겠는데, 만일 나리가 너에게 먹으라고 하면 너는 무엇을 먹으려고 준비하려는가?"

라오마:

"아직 그다지 현장을 벗어나지 않았으므로 근방에서 돼지 머리고기를 삶고 돼지 창자를 부글부글 끓일 수 있지요."

라오서:

"돼지 머리고기와 돼지 창자를 먹고 나니까 어떻더냐?"

라오마:

"열두 시간 동안 물과 쌀을 이빨에 갖다 붙이지 않아도 되지만, 오직 나리께서 저에게 밥만 먹으라고 하시면, 밥이라도 먹은 후에 나리께서 저에게 무슨 일이든지 하라고 하시면 저는 무슨 일이든지 하겠나이다."

라오서:

"그건 네 스스로 떠드는 것이고 군자일언君子一言은 사두마차도 따라잡지 못하거늘!"

라오마:

"이미 미쳤고 멍청해진 나리께선 저와 같은 종속이거늘 그런 식으로 말하지 마시고, 그럼 예전에 산뜻하게 깨어 있을 때의 이 라오마가 언제 창자 하나를 끝까지 매어 꽂아놓고 다른 사람을 속이는 작자였소? 그럼 어느 산길에서 걸려 넘어져 너덜너덜 흠집이 노출된 신발 한 짝만을 수리하는 신발 수선공이오? 대답하지 않아도 다른 사람을 기만하는 자는 아니었으니, 고려할 가치가 없는 생각이오."

그 순간 라오서는 약간 의심스럽다.

"그건 확실하지 않고, 가라오케의 샤오스小石를 자네가 기만했지."

라오마는 얼굴이 약간 붉어진다.

"그건 우연한 실수로 발을 헛디딘 것일 뿐이므로 기준으로 삼을 만한 것이 못 되오이다."

라오서:

"만일 이번에도 샤오스를 기만한 것처럼 나를 기만했다면 어쩔 것인가? 밥을 먹지 않게 되자 천화天花가 마구 떨어지는데, 밥을 얻어먹고 나면 입을 싹 씻고 모른 체하며 슬며시 방귀나 뀌면서 가버리지. 너, 정말 내가 아직도 끌어당겨 붙잡고 가는 게 정당한 법칙이 아니라고 보는 게야?"

라오마는 천지신명께 맹세한다.

"만일 제가 나리를 기만했다면 저를 곧 기록영화에 나오는 고층건물의 인간들처럼 잿더미로 만들어 퇴장하게 하시오!"

그 순간 라오서는 손뼉을 치며 하하 웃는다. 결국 그는 손안에 든 히든카드를 들추어낸다.

"원하는 게 바로 이거야! 친애하는 조카여, 너, 그러므로 내가 진정 너에게 먹지 말라고 하지 않더냐? 새벽 네시부터 시작해 태양이 서쪽으로 기울 때까지 되풀이되는 잔소리를 이렇게 많이 떠들었더니 이 어른의 두 개의 목구멍에 전부 연기가 뿜어져 나오지만 나리는 결국 네가 철저하게 미치고 멍청해졌다는 것을 깨달을 때까지 기다린 거야. 너는 결국 나리와 완전히 탈바꿈된 오십 번지 서쪽 주민들처럼 한 끼니의 밥을 구하기 위해서 앞사람이 넘어지면 뒷사람이 계속 그 뒤를 이어 앞으로 나아가며 물불을 가리지 않는 것이 가능해졌지. 말로는 밥을 먹지 말라고 했지만 그러나 밥을 먹지 말라는 것은 수단에 불과하고 밥을 먹도록 하는 것이 도달하고자 하는 목적이지. 미치고 멍청해졌다고 해서 밥을 먹지 않는 것이 아니고 미치고 멍청해진 뒤에 먹는 것과 마시는 것이 점점 더 많아진다는 것이야. 무엇을 '멍청이 처먹기'라고 부르지? 이게 곧 멍청이 처먹기야! 나리가 일체 이해하지 못하고 있는 듯하냐? 나리는 오직 약간 격분하게 만들고 굶주리게 만들었지만 너의 진정한 용기에 그만두었어. 전후 사정이 이러하니 기왕지사 우리들의 사상은 통일된 셈이고, 밥이나 차려!"

라오서가 호위병을 향해 손을 흔들자 호위병들도 중임을 완수하고 어깨에 짊어지고 있던 짐을 내려놓은 채 엄숙하던 얼굴이 히죽거리는 웃는 얼굴과 부드럽고 온화한 얼굴로 바뀌어 큰 사무실의 탁자 위에 밥을 차리기 시작한다. 잠깐 사이에 탁자 위에 열기가 솟아오르는 밥과 요리가 진열되는데 살펴보니 일찍이 준비해놓은 듯했는데 돼지 머리고기와 돼지 창자가 아닐 뿐만 아니라 게다가 일체의 모든 요리가 프랑스식 따차이大菜*이다. 그 순간 라오마는 어떤 기만과 놀림 그리고 사기당하고 있다는 것을 느낀다. 그러나 열네 시간씩이나 물과 쌀을 입 안에 넣지 않았기에 치욕과 사기를 당하고 있다는 감각마저 일순간에 사라져버리고, 라오마는 아주 빨리 주린 배를 생각하고 창자와 위를 위해 정력적이고 집중적으로 밥과 요리를 끌어당긴다. 그런데 라오마가 경이롭게 느낀 것은 자신이 씹지도 않고 큰 덩어리째 마구 목구멍으로 삼키고 있을 때 라오서가 자신과 함께 밥을 먹지 않고 게다가 한 잔의 콜라를 들고 한 모금 한 모금씩 빨아먹고 있다는 것이었다. 설마 저 사람이 진정 철인이나 강철 인간으로 변해버린 건 아니겠지? 설마 저 사람이 진정 미친 것과 멍청해진 것의 최고 경지

---

* 따차이(大菜): 술자리나 연회 자리에서 마지막에 큰 접시에 담겨져 나오는 주된 요리.

에 도달한 것은 아니겠지? 무를 빨리 씻지도 못할 오 분이 경과하자 라오마는 곧 겉이 그럴듯해 보여도 정작 머릿속이 텅 빈 상태로 허전하다. 배가 부르니 다시 먹질 못하는구나. 먹질 못하는 것이 아니라 배는 부른데 눈이 굶주렸구나. 여러 밤이 지난 후에도 여전히 라오마는 유감이다. 그 프랑스식 따차이는 쓸데없는 낭비었어. 그 순간 라오서는 또다시 열심히 그를 살펴보기 시작하는데, 라오마는 돌연 밥을 먹은 후의 자기 책임을 상기한다. 그러나 짐짓 놀란 체하면서 묻는다.

"밥은 다 먹었고, 그런데 나리께선 저한테 뭘 하라고 하실 건가요?"

그 순간 라오서가 컨트롤 스위치를 또다시 누르자 면전의 벽과 강산이 열리고 젖혀진다. 은막 위에 오십 번지 서쪽의 미치고 멍청해진 군중들이 또다시 출현하자 라오서는 그 화면을 지시하면서 말한다.

"기실 일은 매우 간단한데, 너에게 밥을 먹게 한 목적은 이 사람들과 너 그리고 내가 어떻게 완전히 미치고 멍청해졌는지 그것을 보게 하려는 데 있지 않고, 너에게 호랑이굴로 들어가서 물불을 가리지 말고 저 사람들이 미치고 멍청해진 원인을 찾아내라는 데 있지. 기억할 것은, 미치고 멍청해진 것이 수정금자탑과는 관계가 없다는 것이야. 원인이 간단한 것을 원망하며 객관적인 토대 위에서 찾아서는 안 되고 수정금자탑을 이탈해서 완전히 탈바꿈된 것을 객관이 아닌 다른 원인에서 찾아야 해. 당연히 주관적으로 찾아 나서야 하고, 찾긴 찾되, 이것을 탐색하는 것은 아주 쉽다는 것이고 그렇지 않다면 탐색할 필요가 없는 것이고, 오직 이것은 주관성 위에서만 이유가 분명해지며, 길 위의 면적 너른 널빤지에서 비로소 가능하지. 그럼에도 불구하고 우리는 탑이 건립되었다는 것, 완벽하게 탈바꿈하게 되었다는 것, 객관적이라는 것, 뜻밖의 일을 당했음에도 전혀 놀라지 않았다는 것, 방임해둔 채 해묵은 판례에서 안주하며 진보를 구하려 하지 않을 지경이라는 전제여야 해!"

　라오마는 그 순간 머리가 쌩 하고 대뜸 산뜻하게 깨어나면서 확 터진다. 그는 진정 약간 멍청해져 있구나. 사실 새벽 네시부터 끝없이 넓게 모색했으니, 라오서 저 양반은 진정 오십 번지 서쪽 민중들의 미치고 멍청해진 책임이 자기 머리 위에 가중되었고, 더군다나 그들을 대신해서 원인까지 찾게 되었구면. 더군다나 대뜸 미치고 멍청해진 인간이 한 사람도 아니고, 게다가 대량적이고 집단적이며 모든 지역에 걸쳐 있다는 것이고, 그렇게 야기된 미친 것과 멍청해진 주관적 원인이 천차만별이라는 것, 천차만별인 군중 한 사람에 하나씩 타고난 천성을 지니고 있구면. 하물며 오십 번지 서쪽의 인간들은 또 얼마나 특별히 고집불통이고 아주 특별히 괴상한지, 어떤 미미한 것과 어떤 미묘한 것의 원인도 한 사람의 주관적인 미침과 멍청해짐을 초래할 수 있다는 것인데, 망망한 넓은 바다에 빠진 바늘을 찾듯 양 잃고 외양간을 고치듯, 어떻게 모든 사람들의 묘한 심리를 제각기 포착해서 완벽하게 변화가 초래되어 미치고 멍청해진 이유가 무엇인지 그 전환점이 어디인지 찾아내겠다는 건가? 미치고 멍청해진 그런 변화가 초래된 것을 주관적으로 찾아내기란 어렵지. 보아하건대 때때로 길의 교차점에서 방향 전환을 할 필요가 있겠는데, 기실 교차점을 바꾸어야 하는 장소에서 저지하는 것 없이 시원하게 뚫린 샛길로 화물차를 몰고 나온 뒤에 지금 막 두 개의 길목에서 방향등을 켜도 그에겐 분명 길이 없을 터. 처음에는 아주 작은 잘못이지만 사후에는 감당하지 못할 큰 잘못이 되는 법이고, 길은 사통팔달인데 라오마에게 누가 어느 길 위에서 그리고 어느 출구가 내려가는 길이라고 말해 줄 것인가. 눈 깜짝할 사이에 스쳐 지나가는 기회를 포착하지 못한 수천 수만의 미치광이와 멍청이들이, 천신만고의 고통을 겪으며 큰 산에 굴곡이 심한 골짜기와 그 갈라진 틈새를 두루 훑고 나서 작고 뾰족한 산골짜기까지 모두 다 돌아다닌 후 죽을힘을 다해 겨우 산양 한 마리를 포착한 라오마에게, 어떻게 하면 손길을 미칠 수 있을까, 어떻게 하면 말이라도 참견해볼까, 그런 것이나 생각할 테지? 라오마는 말을 하지 않고 참아야 하고 차라리 아무런 결심을 해서도 안 되는 것인데, 물불을 가리지 않고 이미 천하를 배회하고 있지 않은가. 가로세로 모두 한마음으로 한길로 끝까지 걸어가면 그저 그만이련만 큰 해양의 게이지는 깊은데, 라오마도 결국 이렇게 해서 인생 일부분의 정력을 다 허비한단 말인가. 자신의 생은 두 번 다시 주어지지 않거늘 다른 무엇이 의미 있으며 뒷주머니에 쑤셔박을 사심이나 잡념이 다 무엇이더란 말인가. 아마도 몇몇 호랑나비가 날아다니는 극히 일부분의 길목 흔적조차 포착할 수 없을 것이고, 그는 그러니까 하나의 환상을 쫓아다니는 셈이므로 대단하지 못해. 희롱은 좋지 않거늘 여전히 잔꾀를 부려대면 제 꾀에 제가 넘어가는 수가 있는데 큰 물결이 용솟음치는 바다를 뒤집을 셈인가. 큰 바다 표면의 물보라는 그렇게 중요한 게 아니지만 해저에서 용솟음치는 소용돌이와 심층적인 내면적 물결이 무엇보다 중요한 것이고, 그런 고로 정상이란 없다네. 보아하니 방금 전의 밥 역시 먹기에는 좋지만 소화는 어렵지 않은가. 프랑스식 정찬 요리는 변변찮은 잡탕과는 다르지만 단도직입적으로 말해 한 그릇의 양고기 요리를 해먹는 게 나을 것이다. 보아하니 라오서 나리는 진정 음흉한 꿍꿍이속이 있어 그 속마음을 헤아릴 길이 없고, 아직 여정에 오르지도 못했는데, 라오마는 이미 나란히 줄을 선 수천만의 미치광이와 멍청이들에 에워싸여 걸어오고 있지 않은가. 12급 태풍의 큰 물결이 서로 맞부딪쳐 용솟음치는 바닷물에 함몰될 지경이고, 보아하니 라오마는 여정에 나서기도 전에 벌써 약간 어려움을 두려워하는 감정에 휩싸여 있으므로, 라오서 나리는 또다시 높은 곳에서 몸을 굽히고 아래쪽을 내려다보면서 모든 국면을 가슴으로 품고 그를 인도하고 있다.

"기실 일은 그렇게 복잡하지 않고 말하자면 미친 자와 멍청해진 자가 수천만이라는 것이고, 사실 피부, 얼굴, 사상, 의식, 정감은 주관적으로 볼 때 발광하며 멍청해진 원인이 비슷하다는 것인데, 그렇기 때문에 그들은 끝끝내 한 무더기의 땅 위에서 다 같이 생활하고 결국엔 오십 번지 서쪽에서 다 함께 생활하지. 너에게 큰 산의 골짜기와 구릉으로 들어가서 탐색하지 말고 오직 너에게 오십 번지 서쪽으로 들어가서 눈 위를 거닐며 설경을 감상하며 매화나무나 탐색하라고 일렀건만, 어떻게 그것에 대한 낭만적 특징은 생각해내지 못한단 말인가? 오십 번지 서쪽이 큰 물결이 서로 맞부딪쳐 용솟음치는 대양은 결코 아니고 기껏해야 하나의 제지 공장에 지나지 않는 곳으로 오수와 오염으로 인해 수로에서 역겨운 냄새가 풍기지. 그러므로 오직 너에게 그 역겨운 냄새가 우러나는 수로로 들어가서 물기와 새우를 약간 건져 올리라고 했거늘, 내가 너에게 그곳으로 들어가서 고래를 잡으라고 했나, 커다란 상어를 노획하라고 했었나? 이것은 원래의 의미로부터 파생된 다른 이론인데, 나는 원인이 있다면 반드시 그 원인은 크다는 것이고, 결코 작지 아니하며, 개괄적인 원인이 있다는 것이지 구체적일 필요는 없다는 것이며, 반드시 형이상학적인 것이어야지 결코 형이하학적인 것이 아니라는 것이야. 그러므로 반드시 하나의 개괄적인 주관에서 탐색이 가능하다는 그런 단서를 너에게 제시해주었고, 자질구레하고 사소한 몇몇 개의 사상과 감정은 완전히 생략해야만 가능하다는 것이지. 너는 반드시 하나의 집단과 군중심리를 도출해낼 수 있어야 하는데, 그렇지만 가사 노동은 다른 속성을 지니고 있기 때문에 미친 증세가 야기되고 멍청이 증세가 야기되면 가사 노동과 서로 충돌하는 수가 있으므로, 가사 노동과 이것은 완전히 다른 하나의 종류이니 양자에 대해서 따지지 말아야 비로소 탐색이 가능하지. 대충 다시 간단히 요약해서, 내가 너에게 몇몇 개의 상황을 보여주노라! 원인이 천차만별이기 때문에 크고 개괄적이며 형이상학적이어야 하고, 너는 반드시 나에게서 하나의 주류적 요소, 주도적인 요소, 주관과 주제적인 요소 역시 도출해낼 수 있지만, 일체 다른 대상이 달라지면 종류마다 디테일이 다르므로 나뭇가지와 잎을 완전히 잘라내도 탐색이 가능하다는 거야. 한마디로 말하자면 수천 만의 인간들로 구성되어 있으므로 너는 반드시 나에게 미친 증세가 야기되고 멍청이 증세가 야기된, 사이키델릭* 증세가 야기된 주관적인 원인을 도출해내야만 한다는 거야! 어떠냐? 내가 번잡한 곳을 삭제하고 간결하게 하였으니까 너는 확신과 줏대만 좀더 증강하면 되지 않겠어?"

그때 라오마는 한숨을 내쉬면서 이마 위의 땀을 닦으며 말한다.

"사실 이런 식이라면, 사실 수천만 명의 군중들이 탈바꿈된 하나의 원인을 도출해내겠지요. 사실 모든 사람들은 오직 하나의 주관을

---

* 사이키델릭(psychedelic) : 환상과 환각을 일으키는 병적인 증세.

고집하는 것으로 충분하지요. 말로 하자면 그건 그다지 어렵지 않지만, 저는 오십 번지 서쪽에서 사십여 년이나 생활해왔는데, 완전히 변화되었건 완전히 변화되지 않았건 그런 것을 막론하고 그 사람들의 못된 생각과 일상생활에서 사용하는 자질구레한 물건까지 조금은 알고 있기에 좀 기다려주시면 제가 평소에 누적해온 이런저런 소재와 자료를 대뜸 정리해서 단숨에 진행할 것이고, 원인을 대뜸 포박해서 단숨에 처리할 것이며, 먼저 작은 물고기가 이글이글 너저분하게 끓은 신선로를 다시 바꾸면서, 저는 주민들의 심리적인 동태나 혹은 음모와 위계를 두려워하지 않을 겁니다. 바짝 조이면 안에 있던 주관이 바깥으로 나오지 않나요? 어쩌면 저는 프랑스식 정찬 요리 혹은 눈 덮인 설산의 원숭이 해골도 조리할 수 있는 뛰어난 능력이 있기 때문에, 한 사발의 잡탕이나 과자를 굽던 이글이글 불타는 화로에서 일체 모든 것을 상관하지 않은 채 곧바로 원숭이 힘줄 하나를 끌어내는 그런 어려운 일도 저는 참고 해낼 수 있답니다. 과자를 굽는 라오꾸어도 할 수 있는 일인데 저야 뭐든지 하지 못할까요?"

라오마는 약간 득의양양해진다. 여기에 딱 적합한 존재라고 라오서가 그 당시 또 올가미를 들씌웠다는 걸 여러 밤이 지난 뒤에 라오마는 겨우 알게 되지만, 세상의 만물을 복잡하게 탐색하는 것보다 세상의 만물을 간단하게 탐색하는 것이 더 복잡하다는 걸 그때 누가 알았을까. 구체적이면 쉽고 개괄적이면 쉽지 않은 법, 작으면 쉽고 크면 쉽지 않은 법, 형이하학은 쉽지만 형이상학은 쉽지 않은 법, 골짜기는 쉽지만 새까만 골목길을 걸어가기란 쉽지 않은 법이고, 고래와 상어를 포획하기란 쉽지만 냄새나는 수로에서 새우를 잡기란 쉽지 않은 법이다. 냄새나는 물로 인해 새우는 전부 연기에 그을려서 죽어버렸는데 어디에서 여전히 새우를 낚을까? 프랑스식 정찬 요리를 만들긴 쉽지만 변변찮은 잡탕을 만들고 과자를 굽기란 쉽지 않은 일이다. 라오꾸어는 능히 만들었지만 너도 그처럼 달성하란 법은 없는 것이고, 수천의 인간들이 호랑나비 표본을 만들기 위해 담장 위의 호랑나비를 핀으로 고정시키고 한 마리씩 분석하는 것은 쉽지만, 수천만의 호랑나비가 동시에 날았던 그 실낱같은 흔적을 탐색하기란 쉽지 않고 수천만의 인간들이 동시에 미쳐버리고 멍청해지고 미혹에 빠지고 환상에 이끌린 그 한 가지 주관적인 원인 하나를 탐색하기란 쉽지 않은 법이다. 그러나 이 순간 라오마는 아직 이것을 의식하지 못하고 있는데, 수천만의 무거운 짐이 하나의 자수바늘로 인해 변신될 수 있다는 포부를 자신의 품속에 품고서 귀와 눈을 틀어막아버렸으니 여정에 나설 수 있게 된 셈이다. 그 순간 라오서는 여전히 그가 사물을 제대로 구별하지 못하게 계속 사탕발림을 한다.

"그뿐만 아니라 내가 보아하니 너는 생각만 그렇게 많고 하나도 완벽하지 못한데, 장차 여정에 오르게 되면 네가 원인을 탐색하고 진리의 찾아내는 길 위에서 쓸쓸해하지 않을까 두렵구나. 그런 고로 너에게 조수 한 명을 배치해주마!"

라오마:

"누가 조수죠?"

라오서:

"한 여자야."

계속해서 컨트롤 스위치를 누르자 대뜸 은막 위에 몸매가 아주 날씬한 소녀가 한 명 달려나온다.

"지금부터 확실하게 시작하는데, 그녀가 주야로 네 옆에 동행한다."

라오마는 만반의 준비를 하고 기다린다.

"오직 원인 하나만을 탐색할 것이고, 오직 샤오스만 제 옆에 있게 한다면, 여러 날 지난 후에 저는 군중들이 미치고 멍청해진 주관적인 원인을 틀림없이 도출해내고 말 텐데, 설마 그 원인이라는 게 하늘로 올라가거나 땅속으로 들어갔을까요? 설마 칼산에 오르거나 불을 품은 바다로 들어갔을까요? 그 원인이 반드시 존재할 것이므로 제가 그 핵심을 꽉 붙잡아서 수면 위로 끌어낼 수 있을 것입니다. 물에서 나와서야 비로소 양다리에 진흙이 묻어 있다는 것을 알게 되지요. 친애하는 나리, 당신이 노파를 짝 지어준 줄 알았더니 하나의 꿀벌을 짝 지어주시니 저는 감격한데다, 게다가 저 조카가 스스로 찾아오니 완전히 탈바꿈되기 전이든 완전히 탈바꿈되고 난 후이든지 상관하지 않을 것이고, 이 뜨거운 피가 끓는 가슴으로 우연히 판매자가 되지는 않겠지요! 틀림없이 우연히 물건을 파는 것이 아니기 때문에 저는 지금 막 신발을 끼웠습니다. 오늘 나리께서 공교롭게도 새로운 기회를 저에게 주셨습니다. 무엇을 완벽하게 바꾸었다고 하오리까? 방금 완벽하게 바뀌었네요! 만약 제가 탐색하는 일에 전심전력을 다해 근면하게 일하지 않는다면 제가 누구한테 면목이 서겠어요?"

잇달아서 말의 실마리를 돌린다.

"저, 지금 샤오스를 데리고 가도 되죠?"

그 순간 라오서는 또다시 손가락으로 푸줏간을 가볍게 두들긴다. 그는 또다시 약간 불만스러웠던 것이다.

"가는 것이야 얼마든지 갈 수 있지만, 지금 벌써 재빠르게 새벽 네 시가 되었군그래. 그리고 한 가지 내가 너한테 다소 알려줄 사실이 있는데, 은막 위의 소녀는 샤오스가 아니야. 제발 너는 과거 오십 번지 서쪽에서 세상을 관찰하던 그런 눈빛으로 세상을 바라보지 마라.
만일 그렇다면, 내가 너에게 탐색하라고 주선한 게 또다시 좀 안심이
되지 않는구나!"

라오마는 돌연 우수에 젖는다.

"보아하니 분명 샤오스인데 어떻게 샤오스가 아니라고 하십니까?"

라오서:

"눈으로만 취하는 물건은 종종 진상眞相이 아닐 수가 있어. 그것은
그럴 듯하지만, 사이비인 것처럼 눈으로 취하는 물건은 종종 화살에
표적이 명중된 것에 불과하거니와 한마디 어휘로 표적을 찌른 것에
불과하지. 그러니 제발 너는 군중이 미치고 멍청해진 원인을 탐색하
게 되는 순간 이 사실을 단단히 명심하기 바란다."

라오마는 군중들을 멀리 돌아가서 피하고 또다시 샤오스에게 곧장
다가간다.

라오서:

"그 여자는 이미 미쳐버리고 멍청해져버린 멍지앙뉘孟姜女*란다. 너
는 멍지앙뉘가 누군지 알고나 있느냐? 방금 전에 치빠오도 모르던데
지금 멍지앙뉘가 누군지 알 턱이 있을까?"

라오마:

"그 여잔 알겠는데, 진시황 시절 천리 밖에서 남편을 찾아 나선 여
인이잖아요."

라오서:

"그건 맞다. 무엇 때문에 내가 저 여자를 불렀을까? 저 여자는 우

---

* 멍지앙뉘(孟姜女): 제나라 기량의 아내로 남편이 만리장성 축조에 부역으로 불려나가
자 너무도 통곡을 해서 만리장성이 무너졌다는 전설상의 여인.

• • •
계속해서 컨트롤 스위치를 누르자 대뜸
은막 위에 몸매가 아주 날씬한 소녀가 한 명 달려나온다.
• • •

리 민족 역사에서 제일 능숙하게 사람을 찾아냈기 때문이고, 게다가 주관적이고 감정적인 색채가 있지. 명심하되, 군중들이 미쳐버리고 멍청해져버린 원인을 찾는 여정 중에 항상 단순해서는 안 된다. 이성적 논리에 준거해서 찾아내되, 시시각각 혹은 때때로 감정적인 색채를 띨 필요가 있단다. 그러니까 다시 말하자면 감정이 투입되고 신체가 몰입되는 가운데 진리와 진수眞髓 그리고 핵심에 접근할 수 있다는 것이야. 이것 역시 너에게 조수를 배치하고 그 조수로 그녀를 배치한 원인이 되는 것이지. 네가 말을 타고 일정한 목적지 없이 떠돌아다니는 것을 방지하기 위해서이기도 해. 그녀의 인물 됨됨이와 비교했을 때 샤오스가 무슨 물건 축에나 들겠느냐? 가라오케에서 단골손님이나 기다리는 그녀를 진정으로 원한단 말인가, 그녀가 이를테면 곧 객관이거늘 무슨 주관을 주동적으로 투입하겠느냐?"

그 순간 라오마는 약간 주저한다.

"그럼 설령 샤오스는 안 된다고 하더라도 왜 멍지앙뉘가 되어야만 합니까? 다시 다른 사람으로 바꿔주실 수 없나요? 만일 현실적이고 객관적인 사람이라면 거의가 천박하기 마련이고 역사상이든 아니면 기타 어디이든 여전히 주관적이고 고집스런 여성들이 무수히 많잖아요. 예를 들어 말하자면 양위환楊玉環,* 리스스李師師,** 두스낭杜十娘***이 있는데 그 여자들은 매우 주관적으로 탐색한 인물들이 아닌지요?"

라오서:

"비록 그 여자들이 주관으로 탐색했다고 하더라도 그러나 주관을

---

* 양위환(楊玉環): 당나라 현종의 총애를 입어 귀비가 된 미인.
** 리스스(李師師): 송나라 최고의 경국지색으로 알려진 기녀.
*** 두스낭(杜十娘): 일명 '두미'이며, 명대 강남 서생이 발견한 베이징의 명기.

흉내 낸다는 것은 원래 주관인 것과는 다른 것이고 탐색을 흉내 낸다는 것도 원래 탐색과는 다른 것이니라. 네가 이번에 탐색한 방향을 살펴보자면, 양위환, 리스스, 두스낭은 다들 개인적인 사리사욕과 개인적인 은혜와 원한이라는 한계적 상황의 굴곡에 국한됨으로, 오십 번지 서쪽의 수천의 대중이 미쳐버리고 멍청해진 것과 비교하자면 그것은 가벼운 바람에 나부끼는 천박한 것에 불과한 것이니, 자질구레한 나뭇가지와 잎은 꺾어서 던져버리고 확실히 삭제해야 할 필요가 있지만 멍지앙뉘는 다르지. 그 여인은 역사상 처음으로 만리장성을 무너뜨린 사람이거든!"

라오마는 걸인처럼 이빨을 곱씹는다.

"제가 조심스럽다는 것도 그 점이지요. 설령 저 여인이 만리장성을 무너뜨린 천고에 길이 남을 유명한 사람이라지만 저 여자는 병이 있단 말입니다."

"무슨 병?"

"통곡을 좋아하는 병이죠. 만일 여정 중에 저 여자가 밤마다 통곡을 한다면 저에게 주관으로 탐색하라고 분부하신 것들 모두가 일제히 사라지게 되겠지요. 나리도 감정을 투입해서 생각해보시면, 저 여자의 통곡소리만 떠올리면 번잡하기 이를 데 없을 겁니다."

라오서는 손뼉을 두들긴다.

"우는 것도 필요하지. 울음도 어떤 울음인지 점검할 필요가 있는 것이고. 너라면 그렇게 울 수 있을까? 그녀가 간신히 울었어? 그녀는 당연히 성토聲討와 역습을 준비했던 것이지. 마치 폭풍우가 닥치기 직전의 천둥번개 같았어. 내가 너에게 한 가지만 더 묻겠는데, 멍지앙뉘가 어떻게 만리장성을 무너뜨린 줄 아느냐?"

라오마:

"눈물이죠. 눈물이 흘러 큰물이 지자 멀쩡하던 장성이 붕괴되었죠."

라오서는 또다시 손뼉을 친다.

"그건 맞구나. 모든 사람들에겐 당연히 천하제일의 눈물이 있지! 장성이 붕괴된 뒤 어떻게 되었지?"

라오마:

"그 여인의 남편 시체가 눈물에 떠내려왔지요."

라오서:

"그건 남편과 진리를 찾은 게 아니더냐? 이번에 우리들이 미치고 멍청해진 원인을 탐색하는 것도 그녀의 눈물처럼 확실할 필요가 있어!"

여기까지 말해놓고 라오서는 약간 회의한다.

"설마 자네, 다른 이유로 그 여자를 앞뒤로 밀어젖히고 여러 차례 배척하진 않겠지? 소녀가 배회하니 소녀로 인해 탐색을 곧잘 내팽개 치려는 건 아니겠지? 호색한이 훌륭한 덕을 갖춘 경우를 나는 아직 본 적이 없단다. 만일 그런 사태가 발생하면 소녀 때문에 우리들이 탐색하려는 대국면이 지체될 것이므로, 내가 딱 보니까 조수를 붙여 주지 말아야겠어. 모든 사람들이 미쳐버리고 멍청해져버린 주관적인 원인을 탐색하지 않게 된다면 최종적으로 너는 소녀와 멍청한 아들 녀석이나 하나 데리고 돌아오겠지. 그렇게 되면 또다시 너무도 주관 적이라 남쪽으로 가겠다던 사람이 북쪽으로 수레를 몰게 되는 격이 되고 말아."

그 순간 라오마는 약간 황당하고 혼란스러워져서 자신의 사심과 잡념을 분주하게 억누른다. 만일 사람을 서둘러 해치우지 않는다면,

확실하게 말할 순 없지만 바구니 안에서 야채를 집어 올려놓고서도, 들판에서 뜯어온 나물이라고 우기게 될 터인데, 삶은 오리도 다시 날아가게 한다더니 이 사람 역시 재치가 원활하구나. 라오서는 생각의 갈피를 급히 억눌러버리기 위해서 징을 한번 쳐서 가락을 고르듯 결정적인 말을 한다.

"기왕지사 나리께서 멍지앙뉘로 지정할 생각으로 흠정鑫定*까지 마쳤으니, 그렇다면 필경 멍지앙뉘처럼 역사상의 다른 고장 여인인 것보다 현실 속의 소녀라면 주관적으로 더 좋습니다. 기왕지사 저의 주관적 인식이 문제라면, 그렇다면 다른 소녀들은 보기에는 그럴듯하지만 맛이 없는 빛 좋은 개살구일 터이니 나리의 의사대로 징을 쳐서 제가 가락을 고르겠나이다. 과연 저는 이제 일체 회의하지 않고, 과연 타인에 대해서 근본적으로 신임할 것입니다. 우리는 문을 나서면 단숨에 택시에 오를 것이고, 대뜸 기차와 비행기에 오를 것이며 매일 식당에서 밥을 먹을 것인데, 이제 제 스스로 저 소녀를 일체 보류할 생각이 없는데도 또다시 다른 사람으로 바꾸시려는 것 아니겠죠? 일이 여기 이 지경까지 이르렀으니 교통사고나 비행기 사고로 죽게 될 리도 없거니와 식당 사장에 의해 독살당할 리도 만무합니다. 완벽하게 탈바꿈된 오십 번지 서쪽도 저는 전혀 두렵지 않은데, 일개 멍지앙뉘가 완벽하게 달라진다고 해서 설마 두려울까요?"

여기까지 말해놓고 라오마는 또다시 사기가 드높아진다. 그 순간 라오서는 손을 맞바꾸고 후려치면서 웃는다.

"그건 맞구나. 그건 생각과 주관에 관한 것이고, 탐색하려는 목적

---

* 흠정(鑫定): 청대 중국 최대의 백과사전인 『흠정고금도서』에 황제의 명으로 인용·집성되었다는 의미.

은 추상적인 경로이고 정면에 놓여 있구나. 기억하되, 탐색하는 과정 중에서 우연한 일이 발생하면 멍지앙뉘에게 자주 묻도록 하고, 그래야만 너의 모든 탐색 과정을 포함해서 미쳐버리고 멍청해진 너 자신의 장점을 한층 고양시킬 수 있다는 걸 명심해!"

그때 라오마는 어벙하게 묻는다.

"지금 제가 그 여자를 데리고 가도 되나요?"

라오서는 또다시 약간 불만이다.

"너, 그렇게 급한 걸 보니 기다릴 수가 없는 모양이구나. 그러나 내가 너에게 타이르는데, 데리고 간 뒤 어떤 상황이든 무엇보다 먼저 의논하고 여정에 나설 것이며 분주하게 먼저 침대로 올라가서 누워 자면 안 돼! 내일 일찌감치 내가 이메일을 보낼 테니까 너희들 토론 결과와 기분을 대뜸 회답해주게나."

라오마:

"나리, 안심하십시오. 저는 결코 작은 것을 참지 못해 중요한 일을 그르치진 않을 터이며, 침대에 올라감으로 인해서 이미 미쳐버리고 멍청해져버린 오십 번지 서쪽의 수많은 군중을 잊진 않을 겁니다. 돌아가서 곧 토론하고 연구해서 탐색의 방안을 만들어낼 것입니다. 마침 얼른 토론하고 연구해야 하기 때문에 저는 지금 막 분주하게 돌아가려고 하는 거죠!"

이어서 은막 위의 소녀를 끌어내리자 검문소의 보초병이 분주하게 사라지고 곧 수정금자탑이 보이지 않게 된다. 그 순간 라오서는 라오마의 뒷그림자를 향해 탄식을 한 번 내뱉는다.

"오늘부터 라오마는 오직 발을 내디딜 때마다 고난이 시작되는 여정이겠어!"

또다시 탄식한다.

"내가 그를 해칠 뜻은 아니고, 사실 오십 번지 서쪽의 고난은 매우 심각한 지경이지만, 모든 사람들이 산뜻하게 깨어나서 지나치게 다정다감하고 감상적인 그런 사람들로 완전히 바뀐다는 것도 견디지 못해."

잇달아 컨트롤 스위치를 대뜸 눌러 수정금자탑의 모든 호위병들이 은막 위로 소실되자, 라오서는 또다시 완전히 탈바꿈되기 직전의 오십 번지 서쪽 주민의 한 사람으로 복귀되고, 피가 튀어 오르는 가죽으로 에둘러진 치마를 입기 시작하더니 도살장의 붉은 플라스틱 통 앞에 엎드린 채 발린 돼지 창자를 씻고 있다. 그 시각 정확하게 새벽 네시.

제3막

▲▲▲

멍지앙뉘皿姜女와 지앙蔣 총재

【전제: 라오지앙老蔣, 살아온 역사가 불명확한 한 인물】

    사실 스스로 오십 번지 서쪽에서 사는데 여태까지 탐색하다니. 오십 번지 서쪽과 그 자신의 사이에 십만 팔천 리나 되는 요원한 거리가 있어 보인다. 기실 눈앞에 있는 것처럼 보이지만 어떻든 하늘가는 먼 것이다. 고층건물은 단독으로 세워진 듯하지만 돌연히 회상해보자면 여전히 그런 것도 아니고, 고생으로 온통 피폐해진 사람이 자기 자신을 대뜸 사라지게 할 수 있는 능력에 도달할 수도 있다. 오십 번지 서쪽의 인간들이 정신이 나가고 멍청해진 원인을 탐색한다는 것은 거론할 필요 없이, 말하자면 오십 번지 서쪽을 탐색하는 일조차 상당히 우여곡절을 겪고 있다. 여러 날이 지나간 뒤에 라오마는 이렇게 말한다. 내가 말하는 것은 여전히 심리적인 거리가 아니고, 일행이 한 스텝씩 되돌아가는 아득한 옛날 사회와의 물리적인 순수한 거리를 말하는 거야. 그런데도 우리들이 꾸준하게 탐색하는 것이 쉽겠어? 중간에 여전히 백골정白骨精,* 반사동盤絲洞**과 여인 왕국이 있으며 통천하通天河***가 자리 잡고 있으므로 흡사 당나라 승려가 취경取經****하는 것처럼 무척 어려워. 그런데 공교롭게도 멍지앙뉘까지 옆에 있자 오십 번지 서쪽 주민들은 왜 여자를 데리고 있는지, 그 요정에게 잡아 먹히기 전에 그가 잡아 먹어야 한다는 쪽으로 의견이 분분하다. 생은 가시밭인데 침묵하자니 견디기 어렵고 정말 고차원적인 고행이다. 그것보다 더 곤란한 것은 아직도 여정에 나서지 못하고 있다는 것인데, 이 라오마가 진리의 원인을 찾기 위해서 이미 여정에 나설 것이라는 소문은 매스미디어를 통해서 이미 보도되어버렸다는 거다. 신문지상에서는 곧 그것을 '취경取經'이라고 과감하게 명명했거든. 그것 역시 백정 라오서의 음모 중 하나였어. 이 라오마에게 상의도 없이 자신이 보유한 소식을 매체에다 넘겨버렸고, 기다림 끝에 배는 나무로 만들어졌다는 식으로 일이 다 진행된 뒤에서야 이 라오마는 겨우 알게 되었는데, 한참 경과한 뒤에서야 라오서는 득의양양하게 말해주더군. '그러니까 여론을 제압해서 자기 손에 거머잡으려니까 시차를 가늠할 필요가 있겠고, 그러자면 주동적으로 점거해야만 한다는 것이야.' 그리고 피동적인 이 라오마를 대뜸 막다른 골목으로 몰아세운 채, 너에게는 조금도 양보할 여지가 없다는 식으로 닦아세

---

* 백골정(白骨精): 서유기에 등장하는 요괴로, 흔히 음흉하고 악독한 여자를 빗대는 데 쓰임.
** 반사동(盤絲洞): 서유기에 등장하는 전설상의 동굴로 일곱 요정이 산다고 전해짐.
*** 통천하(通天河): 양쯔 강의 발원지인 탕굴라 산맥의 타타하(沱沱河)에서 시작해 의 창까지 이어지는 양쯔 강의 상류로 청장고원(靑蔣高原)을 흘러 지나는데 그 길이가 무려 4,504km로, 강 전체의 70.4%를 차지함.
**** 취경(取經): 당나라의 승려가 인도에 가서 불교의 경전을 가지고 중국으로 되돌아오는 것을 말함.

왔거든. 여정에 나서도 나서지 않은 것이나 다름없고, 탐색에 나서도 탐색에 나서지 않은 것이나 다름없어. 그것은 어지간히 육중하게 이 라오마의 일상생활을 훼방놓고 있다. 아침에 라오마가 잡탕을 사 먹으러 가면 잡탕과 과자를 구워서 파는 라오꾸어가 묻는다.

"라오마, 듣자니 자네 멍지앙뉘를 데리고 진리를 탐색하러 간다며?"

점심때 라오마가 배추를 사려고 가면 배추를 파는 샤오빠이가 묻는다.

"라오마, 듣자니 당신은 멍지앙뉘를 데리고 취경을 간다면서요?"

오후에 목욕탕으로 갔더니 목욕탕을 개장하던 라오양이 묻는다.

"라오마, 듣자니 자네 멍지앙뉘를 데리고 그녀의 남편을 찾아간다며?"

때를 미는 시간이 되었으나 때는 밀지 않고 때밀이 라오양은 다시 묻는다.

"라오마, 듣자니 자네 멍지앙뉘를 데리고 만리장성을 무너뜨리러 간다지?"

저녁에 가라오케로 갔더니 접대부 샤오스가 묻는다.

"라오마, 듣자니 당신은 멍지앙뉘를 데리고 통곡하러 간다죠? 듣자니 그 아가씨 생김새가 저하고 흡사하다죠?"

라오마는 진정 크게 한바탕 울고 싶다. 변변찮은 잡탕조차 제대로 먹을 수가 없고 배추를 제대로 살 수가 없으며, 목욕을 제대로 할 수도 없고 가라오케에서 여유 있게 노래를 부를 수도 없으며, 군중을 대신해 진리의 근원을 탐색해야 하건만 그 자신이 군중들의 면전에서 얼마쯤 곤란과 치욕을 두려워하는 기색을 보이고 있지 않은가. 아직 여정에 나서기도 전인데 한 가지 방책에서 벌써 심리적으로 지고 있다. 그것보다 더 고민스러운 것은 라오서의 음모가 무궁무진하다는 것인데, 라오마에게 여정에 나서라고 해놓고 오히려 라오마와 멍지앙뉘가 여정에서 사용하게 될 경비를 제공하지 않고 있다는 것. 오직 정책만 내려주고 돈은 지급하지 않다니. 오직 정신만 주고 물질은 주지 않는구나. 오직 탐색하라고 분부만 한 채 먹지는 말라고 하는구면. 이런 식으로 대응하면서 곧장 우리들 정신이 나가고 멍청해지란 말인가? 임무를 접수하고 나자 라오마는 여자에 대해서 정신적으로 격동되면서도 약간 소홀하게 대하면서 좀 기다린 연후에, 수정금자탑을 벗어난 뒤 멍지앙뉘와 함께 그 밤 운우雲雨의 정을 쌓고 나서 다음 날 여정을 떠날 생각으로 침대로 올라가 짐을 정리하고 보따리를 여는 순간, 돌연 온몸에 식은땀이 흘러나온다. 길은 십만 팔천 리라서 요원하건만 땡전 무일푼이고, 집에 있으면 늘 편안하련만 여행길에 나서면 고생이 뻔한데, 한 개인이 곤란한 것이야 뭐 그렇다고 치면 그만이지만, 지금 세상은 천하가 두루두루 썩어들고 있건만, 우연히 마주친 요정과 동일한 몰골로 이토록 정신 나가고 멍청해져 버린 흉악한 국왕이 훙빠오紅包*도 보내주지 않는데 어떻게 살아간단 말인가? 드디어 그런 곤란한 문제들이 시나브로 시작된다. 라오마는 스스로 자책하고, 책임자와 하늘을 원망하고 인간을 책망하면서 짐을 어떻게 처리해야 할지 방책을 전혀 구하지 못하고 있을 때, 침상 위에서 일을 끝낸 멍지앙뉘가 한쪽으로 브래지어를 착용하며 한쪽으로 말한다.

---

* 훙빠오(紅包) : 붉은 봉투를 상징한다. 중국인들의 관습상 뇌물이나 하사금을 전달할 때 훙빠오에 넣어서 건네줌.

"제가 당신한테 알려드리고 싶은 말은 지금이 진시황 시절도 아니고 저 역시 천리 바깥에서 남편을 찾아나선 그 옛날의 농촌 부녀자도 아니며, 저는 한 장막의 연극으로 이미 명성을 얻은 여걸이기 때문에 어차피 당신이 저를 데리고 탐색에 나설 것이라면 여정에 들어서기도 전에 그렇게 세심하게 생각할 필요가 없지요. 여정 중에 오성급 호텔이 아니라면 저는 머무르지 않을 거라고요!"

라오마는 또다시 눈물이 흘러나오지 않아도 울고 싶어진다. 천고에 전해지는 영웅이라더니 침대 위로 오르기 전이거나 침대 위로 오른 뒤에도 오십 번지 서쪽의 보통 부녀자와 비슷하고, 어둠을 틈타 수정금자탑을 벗어나 분주히 집으로 옮기는 동안 그녀의 손바닥에 땀이 축축하다는 것을 기억하고 있다. 그런데 여자의 신비한 색채는 약간 치욕적이고 온유하며 다정하고 사랑에 연연하며, 침대 위에서 막 일어나기 무섭게 곧 가증스러운 닮고 닮은 여자의 본 모습을 그대로 보여주기 시작하면서, 하나는 하나요 둘은 둘이라는 식으로 꼼꼼하게 일을 처리하며 시시비비가 분명한 태도를 보여준다. 이렇게 되면 과거 신발 수선공의 아내와 다른 점이 무엇이 있을까? 잠시 꾀를 부리거나 고개를 옆으로 돌릴 여지는 전혀 용납되지 않고 나를 당신에게 머물러 있게 하는구나. 정말 미쳐버리고 멍청해질 지경이로군. 이건 이미 이 여자가 오십 번지 서쪽에 동화되고 융합되었다는 증거 아닌가? 수중에 한 푼도 없는 신세로 가증스러운 여자까지 데리고 있구나. 여전히 어떤 사람이 하늘처럼 큰 이득을 차지하고 있는데 눈앞의 노정에 놓인 높은 산길은 위험하고 마땅히 요괴의 길이거늘, 이 라오마가 열 명이라고 해도 전부 분골쇄신될 판국이로구나. 라오마는 그제야 라오서의 음모와 악독함을 각성할 수 있게 된다. 원래 이 세상에는 그렇게 악독한 인간이 있기 마련이다. 네가 한 발 물러나면 그가 두 발 밀어붙일 것이고, 발걸음을 내디딜 때마다 재촉할 것인데, 너를 단절된 도로 위로 밀어붙이지 않으면 안 될 것이고, 그로 인해서 네가 비지땀을 줄줄 흘리며 악몽에서 깨어나면 그 인간은 비로소 마음이 후련해질 게다. 그는 오로지 매스미디어 매체만을 받아들여야 하지. 군중들과 수정금자탑의 압력으로 너는 이미 물러설 길도 없건만, 상대가 악인이라는 것을 분명히 알면서 여전히 어딘가 보살 같은 면모가 있어 섬겨야 하는가. 라오서의 압박에서 이탈한 뒤 당연히 점점 더 좋아지고 있긴 하지만, 그래도 라오마는 라오서가 손바닥에 내려놓고 희롱하고 있는 듯해서 또다시 새롭게 뒤를 돌아보는 것이다. 여러 날이 지난 후에도 라오서가 했던 말을 여전히 이해할 수 없고, 그뿐만 아니라 컨트롤 당해 아양도 떨게 되고, 비굴하게 응대하고 있다는 생각에 라오마는 또다시 낡은 수법을 사용하는 방식으로 농지거리를 일삼는 라오서에게 간살스런 말투로 이메일을 보낸 뒤, 사후에 여정이 곤란하고 난처하다는 의사를 분명히 제안하게 된다. 너, 이 신새벽에 무슨 짓을 하고 있니? 일이 시작되기도 전에 뒷공론부터 하다니. 자네 자신의 애당초 결정이 자체적으로 부화뇌동하고 미성숙해서 잘못을 저지르고 있다는 걸 스스로 인정하게나. 라오마는 전신이 후끈해지면서 진땀이 흐른다. 결국 일이 이 지경에 이르게 되자 이미 체면의 중요성과는 무관하게 라오마는 부득이하게 일부러 정신 나간 척하고 고의적으로 멍청해진 척하며, 일부러 무지한 척하면서 이따금 수라이빠오數來寶* 어투로, 고의적으로 우스갯소

---

* 수라이빠오(數來寶): 운문에 선율은 없고 리듬만 넣어 부르는 노래.

리로 이미 얼굴 모양이 약간 일그러진 채 결국 이렇게 쓴다.

이메일: 라오서 나리 전상서
바야흐로 여정에 나서려니 정말 곤란하네요.
양식도 없고 돈도 없건만
여자를 주시니 너무도 귀찮네요.
실언을 하고, 나리 말씀을 거역하며
집으로 돌아와 일을 성사시키고 있네요.
길은 아득히 멀기만 하고 날씨마저 흐리며
산 또한 높고 길 또한 험한데
백골정에다 화염산이라,
매체는 압박하고 군중은 마구 혀를 차며 비난하니
바야흐로 자살하려니 임시로 고용된 처지라서
우리는 어린데 나리는 앞장만 서고
정신이 나가고 멍청해진 군중들의 근원을 찾는 것이야
천추의 일이요 하늘같이 큰일인데
객관이라 말하면 곧 객관이요,
주관이라 말하면 곧 주관인 것이오.
가을바람 비파 소리에 기러기가 남쪽으로 옮겨가는구려.
장래를 원망하니 눈물이 흘러내리나이다.
능금 열매는 아니오나 객쩍은 얼굴로
보고드리오니 나리께서 마음을 누그러뜨리시고
경비를 하사하시고 나침반을 내려주시옵고
칼과 창을 하사하시고 탈지면을 주시옵고

의복을 꽉 조여주시고 이 사람에게도 변화를 주시옵소서.

여인을 만들어 하사하시려면 먼저 덕을 행하시오.

이제 뭇사람을 위해서 사념을 버리려고 하오니

제가 이렇게 절을 하고 있사오니 나리는 가련하게 여기시고

붉은 글자에 결재를 해주시면 금후에도 계속 전수하겠나이다.

틀림없는 희소식이 있으면 서방정토로 가겠나이다.

그런데 사흘 후에 라오서가 이메일로 답신을 보내올 줄 누가 알았을까. 위쪽은 전혀 개인의 사연이 아니고, 오직 고대 원문을 한 편 그대로 모방해놓은 것이 아닌가.

어려움과 쉬움이 따로 있는가? 그렇게 어려운 일도 하고자 하면 쉬운 법이요, 만일 실행하지 않고자 하면 아주 쉬운 일도 어려운 법이로다. 천하에 어떤 자가 돈만 있으면 장차 무엇인들 찾을 수 있다고 이야기하더냐? 그렇게 떠드는 자는 쉬운 자이고 무엇이든 찾기가 어려운 법이다. 떠들지 않는 자는 곧 어려운 자이고 무엇이든 찾기가 쉬운 법이다. 쓰촨 성 일대의 아주 가난한 고장에 승려 두 명이 있었는데 그중 한 명은 가난하고 다른 한 명은 부자였느니라. 가난한 승려가 부자 승려에게 말하기를, "저는 남지나해로 갈 생각인데, 어떻게 생각하시오?" 부자 승려가 말한다네. "뭘 기대하고 가십니까?" 가난한 승려가 대답한다네. "저는 물 한 병과 한 사발의 밥이면 충분하고, 그걸 기대합니다." 부자 승려가 말한다네. "제 생각에는 하류를 타고 여행을 하자면 몇 년간 배를 빌려야 된다는 것이니, 역시 성공하기 어렵습니다. 그래도 당신께서 뭘 기대하신다면 가보시지요!" 두 해가 지나고

가난한 승려가 남지나해에서 돌아왔다고 부자 승려에게 알렸다네. 부자 승려는 난감한 안색을 드러냈다네. 쓰촨 성에서 남지나해까지는 무려 수천 리의 거리인데 부자 승려는 도달할 수 없는 것을 가난한 승려가 도달하였구나. 한 사람이 입지를 세워 실천하면 반드시 구할 수 있거늘, 설마 자네가 쓰촨 성의 그 가난한 승려보다 못할쏘냐?*

이메일의 내용을 읽은 라오마는 참담한 낯빛이 되는데, 빈부의 문제에 그치는 것이 아니라 부자 승려가 가난한 승려를 인식하지 못한 것처럼 자기 자신을 사람 얼굴만 인식하고 사람 마음은 전혀 인식하지 못하는 그런 어수룩한 병자로 만들어, 자신의 처지를 곤란에 빠뜨리고 있다는 생각이 든 것이다. 사실 라오서는 오십 번지 서쪽에서 몇십 년 동안 대기한 채 푸줏간에서 고기를 팔아댔는지 알 수 없다. 과거에 돼지고기에다 물을 주입하는 법만 알던 그 우둔한 인간이 쓰촨 성 궁벽한 땅으로까지 자신을 몰아붙이게 될 줄 누가 알기나 했을까. 더군다나 라오서가 이메일을 보낸 주소로 보건대 수정금자탑이 아니고 오십 번지 서쪽에 또다시 터전을 잡고 있는 게 아닌가. 도대체 아직도 과거의 오십 번지 서쪽이란 말인가. 그렇다면 그는 여전히 목전의 오십 번지 서쪽에서 푸줏간을 운영하고 있단 말인가. 그는 이미 정신이 나가버렸거늘, 도대체 목전의 오십 번지 서쪽이라면, 그렇다면 역시 라오마가 탐색하고 있는 오십 번지 서쪽에 그 작자가 벌써 도착해 있더란 말인가? 라오마는 아직 예전 지역에서 미동조차 하지 않고 있는데, 그는 이미 구름과 안개를 타고 힘차게 도약을 해서 진리

* 청나라 평단수(彭端淑)의 저서 『위학(爲學)』 일부분 인용.

74

와 원인의 소재지에서 탐색을 하기 위해 라오마를 기다리고 있다는 것인가. 그는 거위 날개를 흔들거리며 시원하게 산 정상에 확고히 올라가서 자빠져 있는 라오마를 차근차근 살펴보면서 웃어대고 있단 말인가. 한 병의 물과 한 사발의 밥이면 충분하다고 떠들고 있으니 일남일녀가 여정에 들어선 뒤 승려와 비구니처럼 빈곤하게 유랑하면 된단 말인가. 라오마는 자기 스스로 입지를 세우는 것도 불가능한데, 게다가 만일 멍지앙뉘에게 고전 원문을 인용해서 그 도리를 들려준다면, 설령 그녀의 귀싸대기를 통통한 가지로 한 번 후려갈기지 않아도 그녀가 행동을 개시할까? 그것은 일체 라오마의 능력에 따른 결정이 아니로다. 한 사람만을 주의할 게 아니라 두 사람 다 주의를 해야 하거늘. 더군다나 라오마는 아직 바람이 불어오는 방향을 붙잡지 못한 채 요주의만 하고 있는데. 라오마는 양면협공을 감수해야 하는구나. 그 순간 라오마는 과거 유년 시절, 이치를 따지지 않고 억지스럽기만 하던 자기 아버지처럼 행동하는 라오서를 쉬지 않고 관찰하면서, 역시 멍지앙뉘의 생김새까지 살피기 시작한다. 그녀는 이미 가라오케를 벗어난 샤오스 모습으로 완전히 변신해 있고, 원적지로 회귀하고 있으나, 여전히 완전히 변신하기 이전의 그 옛날 자기 아내 얼굴을 그대로 답습하고 있는 게 아닌가. 양면협공 아래 또다시 오경五更의 새벽닭이 울고 있다. 흡사 여러 날 전에 시아버지와 며느리 때문에 양면협공을 받아 칼을 방패로 막다가 막무가내로 집 바깥으로 피신한 것처럼 라오마는 아침밥을 사서 허겁지겁 먹고 있다. 순두부 한 사발, 요우티아오油條* 두 개, 빠오즈包子** 반 근, 이런 것들을 사

---

* 요우티아오(油條): 발효시킨 밀가루 반죽을 연필처럼 가늘게 늘여서 적당한 크기로 자른 뒤 기름에 튀겨먹는 아침 대용식.

기 위해서 재차 변변찮은 잡탕과 과자를 굽는 라오꾸어네 가게로 가고 있는 그의 얼굴에는 이미 용기조차 사라지고 없다. 집으로 돌아가도 멍지앙뉘는 아직도 침대 위에서 곤하게 자고 있을 터이기에 그 순간 게임방에서 이메일을 되찾아 한쪽으로 읽어대면서 다른 한쪽으로 조바심 태우며 겁을 먹은 채 허둥지둥 집으로 돌아가긴 한다. 지금 그 무엇보다 먼저 고려하고 있는 두려움은 여정 도중에 어쩌다 벌어질 수도 있을 곤란한 그런 문제가 아니라, 여정 도중에 당연히 동반해야 할 멍지앙뉘를 어떻게 대처하고 어떻게 상대할 것인가에 대한 것이다. 그렇기 때문에 지금 무엇보다 먼저 고려되는 두려움은 이미 라오서가 아닌, 자기 자신의 조수로 배정된 멍지앙뉘 비서가 두려운 것이다. 비서이자 조수인데 자신의 아내가 되어 이 지경에 이르다니, 이거야말로 천하에 제일 맥시멈한 멍청한 새끼가 아닌가? 오십 번지 서쪽의 수많은 군중들은 불행히도 자기들이 날이면 날마다 점점 더 미치고 멍청해져가고 있는데 그 누구도 원인을 찾지 못하고 있다. 여기까지 생각이 미친 라오마는 또다시 약간 비분강개하기 시작하는데, 그는 천지가 개벽된 이래 오십 번지 서쪽의 민중을 대하는 자신의 각도와 라오서의 각도가 현저하게 다르다는 것과, 이 세상의 불평등함에 대해 처음으로 분노하기 시작한다. 그러니까 그는 이제 정신이 나간 것과 멍청해져버린 것에 약간 접근하기 시작한다. 그런데 미쳐버리고 멍청해져버리는 와중에 돌연 또다시 약간씩 깨어나곤 하는 것이다. 어쩌면 이것 역시 라오서의 음모 중 하나가 아닐까? 라오서가 이런 방식으로 나를 시켜서 심리적으로 민중에게 다가가게 한 것은

** 빠오즈(包子) : 한국의 만두와 비슷하며 안에 야채와 고기를 넣고 오므려 쌈.

아닐까? 만약에 그런 식이라면 이것은 태양도 어둡게 만드는 하나의 술수이고 상식적인 도리에서 벗어나는 일종의 모반이구나! 햇살 환한 대낮에 마음을 가라앉히고 라오마와 함께 토론을 한다는 게 가능할까? 나 라오마를 구원해줄 약이 그렇게도 없더란 말인가? 만약 이미 철저하게 부패해 절정에 이르렀다면, 당신들이 위험을 무릅쓰고 여정에 나서든지 해야지, 왜 구태여 나를 선택해 위험을 무릅쓰고 또다시 여정에 나서게 할 필요가 있소이까? 여기까지 생각이 미치자 또다시 라오마는 자신이 가련하게 여겨진다. 모든 것이 생각 하나의 잘못으로 심각한 결과를 가져오고 있으므로 남에게 현혹되어 나쁜 길로 들어섰다는 느낌이다. 그런 것 때문에 스스로 깨닫게 된 것도 무수히 많은데, 기실 이 세상의 문이란 문은 불분명하고 머저리 같은 것들이라는 것이다. 그 때문에 자신이 인간을 상대하는 데 있어 무척 깊이 있는 이해를 할 수 있게 되는데, 기실 이 세상에는 악독한 여자가 남자들보다 더 많다는 사실이다. 기왕지사 신분을 불문하고 하늘에다 도움을 요청한 이상, 잠시 여정에 오르지 못한다고 해서 여정에 관한 토론조차 굳이 할 수가 없다는 것인가. 라오마는 또다시 상대편의 계략을 미리 알아채고 그것을 역이용해야겠다는 영감이 불쑥 떠오른다. 라오서가 갈피를 잡는 그 방향에 따라 한 번 엇갈리면 재차 자신이 엇갈리게 해서 계속 오십 번지 서쪽 주민들의 인근까지 접근한 뒤 중간에서 주민들의 민의民意를 조사하는 방식으로 일을 진행하리라. 여정에 나서기 전에 먼저 감독처럼 일이 진행되는 과정 중에 생겨날 일의 내용이나 배역 등을 분석하는 텍스트text 정리 작업을 약간 하리라. 이것 역시 여정의 일종인 셈이다. 그러나 막상 라오마는 멍지앙뉘가 아침밥을 다 먹을 때까지 시중을 들고 나서 야채 시장으로 가서 배추를 사다가 황당하게도 또다시 명지앙뉘와 마주친다. 라오마가 오십 번지 서쪽 민중의 민의를 조사하려는 순간, 그녀는 한바탕 날카롭게 비아냥거린 뒤, 자기 행동을 향해 돌풍만 일으키는 도둑놈이라는 둥, 이미 정신이 나가고 멍청해져버린 이 동네 군중들조차 라오마 당신에게 크게 실망하고 있다는 둥 그렇게 떠들어댄다. 그래도 하는 수 없이 진리와 원인을 찾아야 하기 때문에 라오마는 심지어 아주 개인적인 영달까지 포기한 채 또다시 참괴한 얼굴로 과거의 옛 친구들과 접촉하기 시작하지만, 라오마에게 돌아온 옛 친구들의 대답은 여정에 대한 열망은 철저하게 제거해야 한다는 것이다.

라오마:

"라오꾸어, 너 병났니?(연극 대사 속에 들어 있거나, 대사 자체로는 표현하기 힘든 언외에 숨은 의미: '내가 미쳐버리고 멍청해져버린 원인을 탐색하려고 여정에 나서려는 걸 알고 있니?')"

변변찮은 잡탕과 과자를 구워 파는 라오꾸어가 어벙하게 대답한다.

"병 없어."

라오마:

"샤오빠이, 너 병났니?"

"아닌데."

라오마:

"라오펑, 너 병났니?"

목욕탕 지배인인 라오펑은 귀지를 파던 동작을 멈추고는 눈을 괴상하게 뜨고 그를 바라본다.

"아닌데. 여기는 불황이지만 좋기만 해."

라오마:

"라오양, 너 병났니?"

때밀이 라오양은 즉시 화를 낸다.

"자네 병났나…… 자네, 그 말은 대관절 무슨 의미야? 저주받을 인간 아닌가!"

수건이 아래로 툭 벗겨지자 나무로 만든 신발을 질질 끌며 한스러워서 못 견디겠다는 듯이 걸어가더니 그는 담요도 없는 판자 침대 위에 자기 알몸을 내던진다.

라오마는 또다시 참혹한 얼굴로 묻는다.

"샤오스, 너 병났니? 필요하다면 내가 네 병든 원인을 찾아줄까?"

가라오케의 샤오스는 경악을 하며 그를 바라본다.

"당신, 또 나쁜 의미를 품은 건 아니죠? 털끝만큼의 그럴싸한 이유도 없으면서 나를 싸게 갖고 놀려는 구실로 또 불러대는 거냐고요?"

라오마가 고개를 흔들면서 되돌아가기 위해 길을 건너고 있는데, 덩치가 우람한 한 떼거리의 아주머니들이 궁전 앞에서 기공을 연습하고 있다. 개별적으로 묻는다면 단서가 끝이 없을 터인데, 라오마는 생각을 고쳐먹고 일종의 새로운 방식으로 단체로 취재를 해보려고 앞으로 나아간다. 그 아주머니들 집단을 보아하니 무슨 말이든지 가능할 것 같고, 그 아주머니들은 집단이니까 무슨 말이든지 해줄 것 같은데, 그렇다면 아주머니들은 집단 환자들인가. 일개인이 혼자 있으면 심리 상태가 건강하다가 모든 사람들이 같은 길을 걸어가게 되면 정신이 나가 미쳐버리고 멍청해지기도 한다. 라오마가 미처 입을 열기도 전에 그 한 무리의 아주머니들은 기공 마무리를 하다가 누가 어떻게 알았는지 모든 사람들이 다 함께 우람하게 생긴 한 명의 스승을 일제히 고함쳐 부른다.

　스승님:

　"우리들은 반드시 자기 자신을 확신하죠. 병이 없다는 것!"

　아주머니들이 단체로 고함을 지르는 소리가 경천동지한다.

　"병이 없어요, 병이 없어요!"

　스승님:

　"우리들은 반드시 자기 자신을 확신하죠. 막힘없이 소통된다는 것!"

　군중 아주머니들:

　"막힘없이 소통된다, 막힘없이 소통된다!"

　스승님:

　"우리들은 반드시 자기 자신을 확신하죠. 정상이라는 것!"

　군중 아주머니들:

　"정상, 정상이라는 것!"

　스승님:

　"혼자 집에 있을 때는 정상이 아니지만 우리들이 다 함께 걸어가는 순간에는 곧 정상이다!"

　군중 아주머니들:

　"정상, 정상이라는 것!"

　……

　라오마는 깜짝 놀라서 펄쩍 뛴다.

　모든 사람들, 개인이든 집단이든 가릴 것 없이 다들 잠태사(潛台詞)*

---

* 잠태사(潛台詞): 연극 대사 속에 들어 있거나 대사 자체로는 표현하기 힘든 언외에 숨은 의미.

80

를 구현하고 있구나. 탐색이 필요 없구나. 저들은 결코 미쳐버리지 않았고 멍청해지지 않았으니. 기왕지사 이렇게 된 거, 라오마는 자기 애초의 뜻을 고집하지 않고 라오서를 배반하면서 동시에 여정에 나서려던 공약까지 중지시켜버릴까, 그런 생각에 잠긴다. 모든 사람들은(라오마를 포함해서) 다들 저렇게 미치지도 않고 멍청해지지도 않고 펄펄 잘들 살아 있으며, 오십 번지 서쪽도 완전히 달라진 현재도 모든 사람들의 집단생활은 상당히 좋지 않은가? 그 사물의 원인을 찾아내지 않으면 뭐가 잘못되기라도 한단 말인가? 집단이 하나처럼 생존하게 된 저런 현상에 대한 원인이 반드시 있어야 한단 말인가? 군중이 격정으로 흥분해 다들 목을 매고 자살해버리면 절대 안 되기라도 한단 말인가? 군중들이 여기저기 격정에 쌓이면 안 되기라도 한단 말인가? 다들 거울에 비춰보면 안 되기라도 한단 말인가? 은막 위의 오십 번지 서쪽 군중들이 이미 미쳐버린 것과 멍청해진 것은 하나의 영상 탓이라는 걸, 그걸 이유로 삼으면 왜 안 된단 말인가? 사람들이 기름을 거꾸로 쏟아붓고 여기저기 불을 질러 연기가 뿜어 나오면 안 되기라도 한단 말인가? 정신 나가고 멍청해진 이런 현상들을 일체 널리 확장하면 왜 안 된단 말인가? 어쩔 수 없이 벌어진 하나의 현실이고 완벽한 탈바꿈인데, 아무렇게나 흐지부지 다룬단 말인가? 모든 사람들이 저렇게 정신이 나가고 멍청해진 얼떨떨한 그런 상태의 삶을 원한다면 나는 속수무책이겠는데, 당신은 가능하다고 보시오? 그 순간 라오마는 심지어 멍지앙뉘가 좋은 곳에 쓸데가 있다는 생각까지 하게 된다. 기왕지사 주어진 비서이니 여자를 주의할 필요가 있고, 그녀에게 주의를 기울이다 보면 불어오는 바람의 방향을 붙잡을 수 있겠구나. 이미 멍지앙뉘는 라오서가 파견해서 보낸 것이니, 여행길에 오르게 되면 그녀는 자기 자신의 언행을 억제할 것이고, 그렇게 함으로써 라오서의 의지를 대변하게 되겠지. 여정 도중의 경비 문제 역시 여자 자신의 말과 행동에 앞뒤가 맞지 않고 자가당착에 빠진 라오서의 문제라는 것을 증명하고 있지 않은가? 여행에 오르지 않더라도 감히 토론할 용기조차 없게 되고, 여행에 오를 수 없게 되는 이유까지 증폭되어가는 마당에 저 여자는 라오서의 머리 위로 올라가 라오서의 생각을 회전하게 할 순 없단 말인가? 네 자신의 창으로 네 자신의 방패를 찔러보면서 테스트해보는 것도 가능하겠지. 라오서의 행동에 비추어볼 때 다시 고려해보아야 하고, 또 멍지앙뉘란 존재가 현재는 설령 자신에게 백해무익하다는 느낌이긴 하지만, 그러나 백해무익한 것 중에도 복선이 있기 마련인 것이고 썩은 배에서도 동전 크기의 유용한 부위를 찾아낼 수 있는 것이기에, 비록 멍지앙뉘가 성질을 아주 잘 내는 편이고 일상생활 속에서 까다롭게 굴며 남의 흠을 마구 들추어내어 흥을 보곤 하지만, 그래도 여자는 역시 상황적 변화에 따라 사람의 예상을 뛰어넘는 변수를 보여주며, 정신이 나가고 멍청해져버린 탓인지, 이 여자는 이제 최소한 동네 사람만 만나면 울어대던 나쁜 버릇이 완전히 사라지고 없다. 사람만 만나면 울어대는 버릇은 사라지고 없는데, 간헐적으로 일상생활 속에서 까다롭게 굴며, 남의 흠을 마구 들추어내어 흥을 보곤 하던 버릇도 아무튼 약간은 정지되어 있는 상태다. 그런 버릇이 멈추어진 상태에서는 좀 행복하다. 재난이 없다면 행복이 도대체 어떤 물질인지 알지 못하는 것이 아니겠는가. 과거의 신발 수선공의 아내 역시 울어대는 버릇을 달고 살았던 게 아닌가. 일절 전반적인 부정은 불가능한 것이고, 변화한다는 그것 역시 어떤 변화는 사물이나 사람에 대한 유리한 근거를 바탕으로 달라지게 마련인 것이지. 여기까지 생각이 미친 라오마는 철저하게 충분히 납득할 수가 있게 되는데, 그는 궁전 앞의 아주머니들처럼 오십 번지 서쪽의 고약한 냄새가 우러나는 수로를 향해 큰 소리로 고함을 치기 시작한다. 그는 며칠간, 몇 년간 비굴하게 생존해온 신산스러운 자기 울분을 전부 목구멍 위로 쏟아낸다.

"전 지구를 일제히 탐색하라고 하지그래!"

"귀신한테 일제히 원인을 찾아보라고 하지그래!"

"나는 다시는 탐색하지 않겠노라, 나는 다시는 여정에 나서지 않겠노라, 나는 저 멀리 오십 번지 서쪽을 다시는 상관하지 않겠노라, 나는 다시는 오십 번지 서쪽의 군중들이 미쳐버린 것 멍청해져 버린 것에 대해서 상관하지 않겠노라! 나는 현실을 이야기하노라, 나는 멍지앙뉘에게 이야기하노라, 나는 해방되었노라, 나는 한층 격상되었노라!"

"그렇게 할 수 없어!"

또다시 새벽 네시가 된다. 또다시 수정금자탑 안이며 서양 양복에 자주색 넥타이를 맨 한 남자가 널찍한 사무용 탁자에 앉아서 뒤쪽에 있는 라오마를 향해 엄숙하게 말하고 있다. 이번에는 백정 라오서에 불과한 것이 아니라 '오십 번지 서쪽 무상 포착 & 탐색 회사'의 총재 라오지앙老蔣이 아닌가. 라오지앙은 테두리가 넓은 안경을 걸치고 있는데 안경 안쪽에서 투사되는 눈길이 싸늘하다. 또다시 이미 벽이 파열되기 시작하더니 영사기에 렌즈가 비치자 은막 위에 수많은 미치광이들이 걸어가면서 발광하는 장면이 방영된다. 라오지앙은 약간 야위었고, 그의 몸 뒤쪽에는 체격이 크고 매우 건장한 경호원이 서 있다. 등불 아래 과거의 라오서처럼 생긴 밀랍 인형이 하나 있지만,

현재의 라오지앙은 종이인형인 듯하다. 일체의 모든 상황을 인식하긴 하겠으나, 모든 환경이 생소해서 새로운 세상에 온 듯하다. 그렇다면 라오지앙은 예전에 누구였을까? 라오서는 또 어디로 갔단 말인가? 라오마는 흐릿한 눈길로 사방을 두리번대고 있는데 라오지앙이 손가락으로 사무용 탁자를 가볍게 두들기면서 말한다.

"다신 찾지 말게. 라오서는 이미 만나지 못해. 라오서는 이미 시간이 다 되어서 그가 발언해도 이미 아무런 힘이 없게 되었으니 이젠 내가 이야기한다네. 설령 자네를 파견한다고 해도 우리의 최종 목적은 여전히 원위치에 자네를 남겨두려는 것과 상당 부분 일치한다네! 당연히 어쩌면 대단한 불일치이기도 하고!"

라오마는 아직 꿈속에 있고 미쳐버리고 멍청해져버린 상태에서 아직은 철저하게 깨어난 것이 아니다. 자신과 멍지앙뉘의 공동생활 이후 라오마는 새벽 네시가 되면 유난히 기진맥진하고 헷갈린다. 게다가 여전히 약간 숨은 붙어 있는데 기력이 쇠잔해 있다. 멍지앙뉘가 곧바로 백골요정은 아닐 텐데? 때때로 라오마는 침상 위에서 어리벙벙하게 생각한다. 그건 여러 날이 지난 후에 라오지앙이 명확하게 알려주긴 한다.

"멍지앙뉘는 곧 멍지앙뉘이지, 멍지앙뉘가 백골요정은 아냐!"

지금 라오마는 라오서를 볼 수 없게 되자 다시 라오서를 잠시 떠올리게 되고, 그래서 묻는다.

"어차피 라오서를 볼 수 없다면, 그렇다면 라오서는 어디로 간 거죠?"

라오지앙:

"라오서는 약용으로 처음에 등장한 인물로서 그는 이제 털이 돋은 케이크가 되었네."

잇달아 대뜸 컨트롤 스위치를 누르자 은막 위에 라오서가 출현한다. 한 번 등장에 여전히 라오서는 라오서인데, 옛날식 서양 양복에다 붉은 넥타이를 매고 은막 위에 나타난 그는 미소 띤 얼굴에다 약간은 팡팡한 모습이다. 어쨌거나 여전히 흥이 나서 라오마에게 뭐라고 손짓 발짓을 하며 말을 하긴 하면서도 정작 그는 라오마의 반응이나 호응은 일체 기다리지 않는다. 라오지앙이 또다시 대뜸 컨트롤 스위치를 눌러대자 라오서는 은막 위의 미치광이들과 멍청이들처럼 죽을힘을 다해서 옷을 벗어 던진다. 옷의 단추를 뜯어서 힘껏 내던지자 데굴데굴 온 천지로 굴러다니고 잇달아 옷을 공중으로 내던져버리더니 벌거숭이 라오서는 그곳에서 행동을 개시한다. 흡사 원형原型이 노출된 요정처럼 고통으로 인해 핵분열을 일으키고 수축된 상태, 마치 경련이 일어난 닭이나 원숭이처럼 발원지發源地를 빙글빙글 돌면서 데굴데굴 굴러다닌다. 그 순간 라오마는 컨트롤 스위치를 손으로 쥐고 있는 라오지앙을 목격하게 되는데, 여전히 그 얼굴은 색채가 전혀 변하지 않고 있었으며, 약간 메마른 모습에다 미소를 띤 채 전혀 격동하지 않는다. 진정한 강자 중에서도 자연스럽게 아주 강한 자가 생기게 마련이고, 하늘 밖에 하늘이 있으며, 라오서보다 더욱더 마음이 악독한 자가 있구나. 라오마는 설령 예전의 라오서에게 통한痛恨이 있긴 했지만 라오서의 고통스런 모습을 보게 되자, 흡사 또다시 사다리 위에서 화형이라는 혹형을 당하는 자신의 친형제를 본 듯하고, 수많은 화살이 가슴을 찌르는 듯하자 큰 소리로 울부짖으면서 눈물을 그치지 못한다. 그러나 라오지앙의 매우 준엄한 눈빛 때문에 곧 그친다. 사후에는 최후로 컴퓨터의 노이즈 화면처럼 영상이 일그러지더니, 라오서는 수축되고 변화되고, 변형이 되어서 풍파에 뒤흔들리며 물이 줄었다가 마르는 일련의 과정이 진행되더니 과연 돌에 들러붙어 일정 기간이 지나자 진정 놀랍게도 마르고 딱딱하고 쪼글쪼글해진 케이크가 된다. 케이크 위쪽에는 콩알맹이만 한 작은 눈이 붙어 있는데, 그 눈자위조차 바짝 메말라 쪼글쪼글하기에 그 모양을 대하고 있는 라오마는 달갑다기보다 차라리 버겁다. 그 순간 라오마는 한바탕 신산스럽기도 하다. 라오서야, 라오서야, 너는 일개 백정으로서 한때 이 동네 행동 지휘자라고 하더니 지금은 부패한 케이크 한 덩어리로 변신하고 있구나. 이 라오마는 아직 부패하지 않고 있는데 라오서 너는 앞당겨서 부패하고 있구나. 이 라오마는 아직 변화하지 않고 있는데 너는 앞당겨서 변화되고 있구나. 변화된 것은 오십 번지 서쪽이라고 주장하더니 실제 변화된 것은 네가 아니더냐. 우리 군중들더러 정신 나가고 멍청해져간다고 네 입으로 떠들더니 지금 네가 한 조각 케이크로 변하고 있으니, 너는 그 모양으로 오십 번지 서쪽을 지도할 셈이냐. 케이크로 변해가는 네가 미치광이들과 멍청이 집단에 나를 파견해놓고, 그들이 미쳐버리고 멍청해져버린 원인을 이 라오마가 진정 그곳에서 찾길 원하느냐? 너는 우리들에게 활로를 모색하라는 도리를 지시해놓고, 노정의 중간에서 누구보다 먼저 네 자신이 케이크로 변신하다니. 우리들은 이제 노정의 중간에서 정지한 채, 올라가지도 말고, 내려가지도 말고, 앞으로 나아가지도 말고, 뒤로 물러서지도 말고, 죽지도 말고 살지도 말란 것이냐. 당신은 우리들더러 이제 정신 나가고 멍청해지는 과정조차 정지한 채 도대체 당신과 함께 아주 철저하게 부패하자는 얘기냐? 눈을 깜박거리는 케이크를 바라보면서 과거 은막 위의 군중들이 불을 질러 연기가 창출하던 장면과 비교해보던 라오마는 두려움을 느끼기 시작한다. 여러 날 전에 라오서가 은막 위로 솟구치던 연기를 바라보면서 라오마에게 물었던 것처럼 지금 이 순간 라오마가 은막 위의 케이크를 손짓하면서 라오지앙에게 화를 내면서 묻는다.

"저게 대체 어떻게 된 일이죠?"

라오지앙은 애당초 라오마에게 책임을 전가시키지는 않고 평온한 자세로 말한다.

"이것으로 라오서의 시대는 이미 지나간 옛날이라는 것을 증명하는 것이야. 마치 집 안에서 먹다 남긴 케이크 찌꺼기처럼 변신하고 있지. 본래의 라오서로 남겨둘 수도 있지만, 그러나 지금 이미 저 케이크는 시큼하고 유통기한이 지나서 푸른곰팡이가 길게 자라나고 있어. 그러니 젠장, 그것은 인색하게 굴며 왁자지껄 떠들어대는 늙은 아내 같은 것이니, 지금 당장 저것을 쓰레기 무더기나 쓰레기가 쌓인 길에다 내던져버리지 않을 수 없다네. 먹다 남긴 기한 지난 케이크에 불과한데, 제기랄 여태껏 어디서 시끄럽게 떠들고 있었구나. 그 기간 동안 자네는 그 여자와 싸움이나 하고 집안에서 분쟁을 일으켰는데, 먹다가 남긴 케이크 이 녀석이 또다시 자네 식탁에 올라가자, 그 순간 자네와 그 여자는 모든 걸 일체 잊어버리고 다툼을 그쳤지. 이 먹다가 남긴 케이크 놈이 자생자멸의 기간을 거치는 동안 곰팡이가 기다랗게 자라났고, 최종적인 결과로 자네의 늙은 아내와 함께 케이크는 방치되고 내버려진 거야!"

그러자 라오마는 라오서를 대신해서 변호한다.

"하나의 행동 지휘자로서 라오서는 짧지 않은 기간 동안 오십 번지 서쪽을 지도해왔건만, 시기가 지났다고 곰팡이가 스는 겁니까?"

라오지앙:

"기간이 길고 짧은 게 문제가 아니라 무엇과 함께 비교할 수 있는지, 무엇으로 취급되는지, 그 계통을 대조해봐야지. 만약에 그 녀석이 활동한 기간을 몇천 년 역사와 비교해본다면 길지 않은 것이지. 그런데 만일 오십 번지 서쪽이 자나 깨나 밤낮으로 아주 극심하게 미쳐가고 멍청해져간다면 녀석의 활동 기간은 짧지만은 않네. 실제 모든 군중이 자나 깨나 주야로 전부 정신이 나가고 멍청해져가고 있거든. 그렇다면 상대적으로 당연히 오십 번지 서쪽에서 그 녀석이 지도한 나날은 충분히 길었다는 뜻이 되니까, 더 이상은 어쩔 수 없이 이런 방식으로 추락할 수밖에 없지 않나. 벌써 천인이 공노共怒하고 천인이 원망하고 있다는 사실과 동시에 자넨 수정금자탑을 잊어버리면 안 된다네."

라오마:

"수정금자탑이 뭐가 어때서요?"

라오지앙:

"오십 번지 서쪽에 그 마귀 탑이 자리를 잡은 이후로 오십 번지 서쪽은 끊임없이 탈바꿈되고 있긴 한데, 게다가 돌아가는 속도가 점점 더 빨라지고 있어. 인간들의 변화를 보자면, 젊어져가고 있긴 하지만 시간 돌아가는 속도는 하루가 십이 년이나 진배없어. 이런 식으로 계산해보면 라오서가 우리 오십 번지 서쪽을 지도한 기간도 근 일 세기에 가깝고 그 기간이라면 당연히 곰팡이가 슬지 않겠나?"

라오마는 그 순간 돌연 크게 깨닫고 잇달아 여전히 약간 위축된다.

"아무튼 과거에 라오서가 강조하기를 오십 번지 서쪽의 인간들이 미쳐버리고 멍청해져버린 것은 수정금자탑과 관계가 없다고 했어요.

지금 와서 보니까 역시 관계가 있군요. 흡사 산을 지나가던 차량이 뒤집어져 데굴데굴 굴러가는 것처럼 지나가는 속도가 빨라지고 있으니까 인간들 역시 송두리째 미쳐버리고 멍청해져버렸군요!"

라오지앙은 그 순간 약간 불쾌해진다.

"설령 라오서의 죄악이 하늘에까지 닿을 지경이지만 그렇다고 해도 자네조차 라오서의 몸에 무슨 더러운 물을 함부로 뿌리면 안 되네. 수정금자탑으로 인해 비록 인간이 변화되고 시간의 속도가 점점 빨라지고 있다지만 그렇다고 그것으로 인해 인간들이 미쳐버리고 멍청해져버렸나. 산을 지나가던 차량이 뒤집어져 데굴데굴 구르는 것과는 다른 것이고, 미쳐버린 것과 멍청해져버린 것은, 어디 다른 곳에 미쳐버리고 멍청해져버릴 만한 원인이 있을 게야. 만약에 그 원인을 이미 찾아내고서 라오서가 은밀하게 감추어둔 거라면 이미 벌써 발견되었을 터이고, 나는 새벽 네시에 또다시 너를 여기 수정금자탑으로 불러내지 않았을 게야. 비록 시간이 점점 빨라져 라오서가 우리들을 지도한 기간이 일 세기에 가깝지만 시간이 점점 빨라지는 것도 어떤 때는 빨라질수록 좋은 곳도 있기 마련인데, 그것은 우리들이 점점 빨리 도래하는 신시대를 만날 수 있게 된다는 것이고, 그 때문에 오늘 수정금자탑에 앉아 있는 나는 이미 라오서가 아니라는 것인데, 이래도 문제의 핵심을 설명하는 것이 성에 차지 않느냐?"

라오마는 그 순간 어리벙벙하게 묻는다.

"그렇다면 구시대의 라오서는 대관절 무슨 잘못을 저지른 건가요?"

라오지앙은 그 자리에서 손바닥을 두들긴다.

"멍청하구나. 멍청해. 이미 그 인간이 팔려버린 것을, 아직도 그 안에서 그 인간을 돕기 위해 돈을 세고 있구나. 라오서가 뭘 줄 아느

라오서가 뭔 줄 아느냐? 라오서는 한 사람의 백정이야.
라오서가 뭔 줄 알아? 라오스는 한 자루의 칼이야.

냐? 라오서는 한 사람의 백정이야. 라오서가 뭔 줄 알아? 라오스는 한 자루의 칼이야. 칼은 무엇을 강조하는 줄 아느냐? 칼은 곧 강압적인 권력을 강조하지!"

그 순간 라오지앙이 컨트롤 스위치를 대뜸 누르자 은막 위의 케이크는 과연 정말 녹이 슬어 뻑뻑해진 뭉뚝한 칼로 바뀐다. 라오마는 어디서 그 칼을 본 듯하지만 그 칼이 붉은 비단 천으로 감싸여 있기에 라오마는 머리를 긁적이며 다시 묻는다.

"어쩌면 강권이라면 강권인 것이고, 칼이라면 칼이겠는데, 그래도 그 양반을 만나보지도 못하고 있는데 뭘 어쩌자는 것인지요?"

라오지앙:

"강권 아래에서 그 무슨 일인들 여전히 가능했을까? 우리들은 헛되이 일을 그르친 지난 일 세기를 제외시켜야 해. 매일 도살만 일삼은 그를 제외시켜야 해. 그의 최종 목적은 결국 사람으로 바뀌어 도살하는 것이고, 그리고 난 연후에 하루 종일 태위 관복을 걸치고 미치광이 병동을 거닐며 시찰하는 것이지. 대체 저 인간이 어떤 몰골로 변신되었는지 보나까!"

그 순간 라오마는 또다시 약간 멈칫거린다.

"그런데 일전에 라오서가 기록영화를 방영하는 순간 태위 관복을 입고 미치광이 병동을 시찰한 인간은 아주 분명하게 말씀드리지만 저였어요."

라오지앙은 상심으로 머리가 매우 아프다.

"어떤 독재자가 민중의 명의名義를 도용하지 않으려 들까? 그러나 민중들은 다들 자네 같은 인간에게 이용당해도 아직도 어리둥절해서 아무것도 눈치 채지 못하고 있다는 걸, 그것까지 계산해넣은 것이야!"

연달아 라오지앙이 컨트롤 스위치를 대뜸 눌러대자, 은막 위에 일찍이 나타난 과거는 지나가고 새로운 장면이 또다시 방영되기 시작한다. 태위 한 양반이 수많은 수행원들에게 에워싸인 채 미치광이 병동을 시찰하고 있다. 먼저 도착한 곳은 가벼운 재난 구역이었고 잇달아 또 중증 환자들 구역에 도착한다. 그 사내는 금빛 찬란하게 오른손을 흔들면서 "친구들 안녕하시오." 그리고 "친구들 수고하시오." 그렇게 고함친다. 그런데 이번의 시찰자는 이미 라오마는 아니고 과연 정말로 득의양양한 라오서이다. 그 순간 라오마는 몹시 분개한다.

　"제길, 과거에 나더러 태위라면서 한결같이 줄곧 저렇게 개똥 폼을 잡게 하면서 한나절 동안 시끄럽게 굴더니, 라오서 저 망할 자식, 그게 단지 음모와 계략이었구나! 정말 제가 저런 꼬락서니이기 때문에 군중이 정신 나가고 멍청해진 원인을 탐색하라는 임무를 내 머리 위에 강제적으로 부여한 거구나. 말로는 친척관계 운운하면서 사실은 위기와 책임을 나한테 전가시키려고! 만일 저런 몰골에 비추어 말할 것 같으면 짐작건대 일이 끝난 뒤에 장차 저놈이 멍지앙눠에게 포상해야 하는 부담을 내 머리 위에다 전가시킬지도 모르지. 만일 저런 꼬락서니에 비추어서 말할 것 같으면 오십 번지 서쪽과 그 밖에 십만 팔천 리를 탐색하는 경비가 원래 책정되지 않은 게 아니라 저놈이 자기 주머니에 횡령한 거야. 연달아 보내주던 고문古文으로 나한테 사기를 쳤구나. 저런 꼬락서니에 비추어 말할 것 같으면 저놈이 늘 상용常用하던 문자나 잘 훈련된 고급문화도 다른 꿍꿍이속이 있었기 때문이야. 저런 꼴에 비추어 말할 것 같으면 강권에다 더하여 횡령까지 저질렀으니 저 녀석을 저런 꼬락서니로 방치한대도 뭐 전혀 가련하지 않겠어!"

그 순간 라오지앙은 박수를 친다.

"그건 맞는 말이고, 과거에 틀어박혀 있다가 이제 막 깨어나는구나. 이것 역시 내가 새벽 네시에 너를 수정금자탑으로 불러낸 이유 중의 하나인 것이고, 뿐만 아니라 인간들이 미쳐버리고 멍청해져버린 원인을 계속해서 너에게 탐색하라는 임무를 부여하기 위함이야."

잇달아 라오지앙이 컨트롤 스위치를 누르자 은막 위에서 여전히 눈을 깜박거리고 있던 케이크와 칼이 소리를 내면서 비스듬하게 쓰레기통 속으로 들어간다. 이때 사무용 탁자 뒤에 있던 라오마는 앞으로 걸어 나오면서 어깨를 두드리면서 말한다.

"애석하고 애석하지만 라오마, 넌, 변화될 수 없어! 객관도 이미 변화되고 있는 마당에, 넌 있는 그대로 원형의 처지에 여전히 정지되어 있구나!"

"애석하고 애석하지만 넌 변화가 적절치 않아! 당장에 일 세기가 추락해버릴걸!"

"애석하고 애석하지만 넌 다른 존재로 변화될 생각일랑 하지 마. 혈반血斑*의 고통은 정말이지 꼴불견이야!"

"그렇게 되면 네 최후의 결말은 고통으로 얼룩진 한 뭉치의 핏덩어리로 바뀔 거야!"

……

그 순간 라오마는 수정금자탑을 떠올린다. 진정 탑은 탑인데 상이하고, 탑과 탑인데 다른 탑과 동일하진 않다. 사실 변화는 모든 사람들에게 끊임없이 발생하고 있을 뿐만 아니라 시간의 운행조차 느닷

* 혈반(血斑): 피부 밑의 출혈로 인해 피부나 점막에 생기는 검붉은 반점.

없이, 여러 차례, 너무도 급행이다. 만일 세계가 이처럼 빨라지게 된다면, 오히려 라오마는 나쁜 마음을 단단히 먹고 이 귀신 탑을 배반하고 산산조각 내버린 뒤 오십 번지 서쪽을 따라가게 될지도 모른다. 오십 번지 서쪽을 따라간다는 것은 두 가지의 복합적인 의미가 있는데, 하나는 오십 번지 서쪽의 원형을 따라가면, 모든 군중이 미치는 것을 좋아하고 멍청해지는 것을 좋아하니까 그들처럼 미치고 멍청해지는 걸 사랑하게 된다는 것이고, 둘째는 라오마 본인이 주도권을 잡으면 곧 부수적으로 오십 번지 서쪽이 라오마를 따라온다는 것이니만큼, 오십 번지 서쪽이 어떻게 되면 라오마 역시 어떻게 된다는 것이다. 설령 일 세기가 지나갔다고 해도, 설령 언제나 새벽 네시라고 해도, 설령 온통 수정금자탑뿐이라고 해도, 그래도 그가 두 번 다시 올가미에 걸려들지만 않는다면 다른 사람들은 당연한 것이다. 이것 역시 어떤 사물이 최고조에 이르면 반대 방향으로 전환轉換하기 마련이라는 것이고, 때문에 라오서에게 일정한 영향이 미치어 라오지앙이 된 것이고, 그는 아무런 준비 없이 다시 모든 사람들의 대변자가 되어, 모든 군중을 대신해 모든 군중이 정신 나가고 멍청해진 그 이유를 찾아나선 게 아닌가. 기왕지사 일 세기는 지나가버린 과거이고, 그가 두 번 다시 몇 번이고 되풀이하여 재삼재사 번복할 수 없다면 다른 사람들도 당연한 것이다. 그는 라오서 시대에 아무런 준비 없이 라오서에게 모반을 일으켰는데 지금 현재 라오서의 시대는 지나갔으니, 그가 이제 어떻게 신생新生을 추구하지 않겠는가? 신생이란 무엇인가? 신생이란 곧 움직이지 않는 것이고, 불변不變이며, 곧 천변만화千變萬化인 것이지. 여기까지 생각이 미친 라오마는 온 전신이 가벼워진다. 그런데 테두리가 넓은 안경을 걸친 라오지앙, 저 작자는 유행 지나간 테두리가 넓은 그 작은 안경을 어느 틈에 세상에다 또다시 내던져버린 것일까? 저것 역시 변화의 일종이란 말인가? 드디어 곧 엄숙하게 그가 말한다.

"라오마, 그런 종류의 사고의 발전 방향을 억제하게. 여전히 모반은 불가능한 것이고, 여전히 신생은 불가능한 것이며, 여전히 완전히 가벼워진다는 것도 불가능해. 모든 인간들이 미쳐버리고 멍청해져버린 원인을 여전히 분명하게 밝혀야 한다네. 그 원인은 여전히 탐색할 필요가 있다고."

라오마:

"그렇다면 다른 사람을 파견해 탐색하게 하시지, 어째서 반드시 제가 파견되어야 한다는 겁니까? 이 세상에서 제가 제일 적합하단 말입니까? 당신들이 한 그루의 나무에 목을 매달기 난처하시다면 저 역시 당신들처럼 난처하겠지요? 변변찮은 잡탕을 파는 라오꾸어를 파견하면 안 되나요? 그리고 배추를 파는 샤오빠이는 어떻고, 목욕탕 지배인 라오펑과 때밀이 라오양도 있지요."

라오지양:

"당연히 그들을 파견한대도 꼭 안 되는 것은 아니지만, 자네가 오직 하루만이라도 존재한다면, 자네와 그들이 말하는 것을 견주어볼 때 그들을 파견하는 것보다 자네를 파견하는 것이 적당해. 비록 라오서가 오십 번지 서쪽에 출현해 전반적으로 잘못 지도를 해 현재 나는 전반적으로 그를 부정하고 있지만, 그래도 오십 번지 서쪽 사람을 파견해서 오십 번지 서쪽 사람들이 미쳐버리고 멍청해져버린 문제의 원인을 탐색해야만 한다는 그의 견해는 역시 선견지명이 있다고 보네. 일 세기 후에 다시 눈여겨보아도 무릇 인간들 속에서 고른다면 라오마 자네가 그중에서 제일이야."

라오마:

"왜 어째서 제가 다른 사람에 비해서 적절하다는 겁니까? 그렇다면 저는 어째서 저의 신상에서 다른 사람에 비해서 탁월하게 우수한 점이나 색다른 장점을 발견하지 못한단 말입니까?"

라오지앙:

"당연히 다른 사람과 비교할 때 자네는 탁월하고 우수한 점을 일체 갖추고 있지 않네. 그러나 다른 군중들에 비해서 자네가 오히려 약간 강한 곳이 있긴 있는데, 어쩌면 일 세기 이전의 라오서 역시 그 몽롱한 감성으로 자네의 장점을 찾아냈을 것이네만, 그러나 현재 나는 오히려 완전히 이성적으로 판단컨대, 우리들은 그러니까 약간, 그러니까 자네의 장점이 필요하다는 것이고, 전문가를 대신해서 탐색하는데 때마침 그런 자네의 장점이 약간 부합되는 조건이라는 거야."

라오마:

"저의 어떤 점이 남들과 다른 장점이라는 것이지요? 지금 듣고 싶으니까 당신도 지금 저한테 말씀해주세요!"

라오지앙은 의미심장해진다.

"자네는 과거에 과묵하던 신발 수선공이었어."

라오마:

"그게 지금 무슨 문제를 설명해주는 건가요?"

라오지앙:

"설명하자면 자네는 심리적인 말을 자신의 마음속에 담아두던 사람이었다는 것이네. 오직 그것 때문에 십만 팔천 리 바깥에서 취경으로써 원인을 찾아내도 원형에 붙어 있던 걸 건드리지 않고 고스란히 봉한 채 안전하게 가지고 돌아올 것이라는 거고, 그 원인을 가지고 돌아온 뒤에도 원액과 원맛이 그대로 유지되어야 하고, 진정한 경전이어야만 하며, 그 원인을 전문가의 처방대로 약을 조제해야만 한 가지 약으로 백 가지 병을 치료할 수 있는 것이네. 장차 미쳐버리고 멍청해져버린 병이 더한층 고조되어 새로운 단계에서 우리들의 광기와 멍청이 기질을 다루어야 할 것이고, 그런 경험으로 인해 우리 지역에서 우선 선택적으로 실시한 실험 성과를 다른 지역에까지 확대해서 적용시켜볼 수 있지 않겠는가. 그러므로 오십 번지 서쪽은 온 세상이 변화되어 구성된 것이라고 봐야지. 만일 사고능력이 민첩하고 주둥이가 바람 같은 인간이라면 걷는 도중에 길에서 말해버릴 것이고, 걷는 도중에 길에서 잃어버릴 것이니, 그가 진정한 취경을 해서 돌아오길 기다리고 있는데 돌아와 보면 일찍이 걷던 도중에 변형이 되어버려서 옮겨온 것이 당나귀도 아니고 말도 아닐 것이니, 그 무렵 오십 번지 서쪽에는 미쳐버리고 멍청해진 수천만의 주민들이 여전히 작은 일로 착오를 일으킬 것이며, 그 때문에 오십 번지 서쪽 이외의 다른 세계도 연루되어, 한 발 움직이기만 하면 이 세상 모든 인간들의 온몸이 온통 완전히 돌아버리게 되겠지.”

그것은 라오마가 생각지 못한 것이다. 과거에 그 점은 현실 생활 중의 결점이었다. 누가 보든 보지 않든 하여간에 신발 수선공 라오마는 입이 무겁고 우울해 보여서 갈피를 잡을 수 없는 바보라고 말했고, 아내는 미련하고 말솜씨가 없는 그의 특징을 날마다 부여잡고 모욕을 주었기에, 그 결점이 지금 이 세상의 타인을 붙잡는 데 사용될 장점으로 바뀐다는 걸 생각지도 못했고, 사방정토로 가서 군중들이 미치고 멍청해져버린 원인을 찾고 진정한 취경取經을 하는 데 그런 결점이자 장점을 지닌 그가 아니면 안 된다고 하니 라오마는 스스로 자화자찬을 한 번 하고 싶어, 약간 뽐내기 시작한다. 갈피를 잡을 수 없는 울적한 주둥이조차 하나의 장점이 되더란 말인가? 과거에 내 스스로 어떻게 그 점을 조금이라도 발견하지 못했단 말인가? 그러나 잇달아 곧장 그것조차 라오지앙이 자신에게 걸어둔 하나의 책략이라는 것을 의식하게 된다. 그런 장점을 지닌 인간이라야만 서방정토로 갈 수 있다고? 길에서 구사일생 어렵게 살아남아야 하는 경험을 해야 한다는데, 그런 장점이 없는 평범하고 게으른 사람들은 오히려 집 안에 앉아 수고하지 않고 편안하게 잘 지내건만. 라오꾸어, 샤오빠이, 라오펑과 라오양 같은 많지 않은 동년배와 이웃들, 또 누구네 집의 친형제들도 그렇지 않은가. 하필 왜 내가 그들을 대신해 끓는 물과 타는 불로 뛰어들어야 한단 말인가? 여기까지 생각이 미치자 또다시 억울함과 원망스러움이 느껴진다. 원망스러움 아래 라오마는 심술을 부리기 시작한다.

"제가 가장 적격자라고 해도 그 원인을 제가 가서 탐색하는 것이 당연하다고 말해서는 안 될 터인데, 어차피 정신병자 병동을 시찰하는 태위 나리가 제가 아니라면, 기왕지사 미치광이들을 통솔하는 자와 제가 아무런 관계가 없다면, 제가 왜 전신을 단정히 해야 하며 무슨 근거로 제가 전문가를 대신해서 책임을 분담하지 않으면 안 된단 말입니까?"

그 순간 라오지앙은 아주 가볍게 말한다.

"원인은 아주 간단하지. 원인은 그러니까 일 세기 전에 라오서가 깔아둔 것인데, 말하자면 나하고는 아무런 관계가 없다는 것이고, 그건 단지 멍지앙뉘 때문이야."

멍지앙뉘를 제안하지 않으면 좀 좋으련만, 멍지앙뉘를 언급하자 점점 더 화가 난다.

"그 여자만 그렇게 빨리 거론하지 마세요. 일 세기 전의 원인이 그 여자 때문이라면, 탐색의 여정에 나선다는 것 자체가 아주 잘못된 것이네요. 일 세기 동안 모든 군중들이 하릴없이 정신 나가고 멍청해져 있었는데, 모든 군중들과 라오서조차도 식별하지 못했다는 것은 아주 완전히 실패였군요."

라오지앙은 허허허 웃음을 그치지 않는다. 사실 그의 진정한 음모와 함정은 여기에 설치되어 있다. 라오마는 라오지앙을 바라보며 순간적으로 떠들어댄다. 그렇다면 일 세기 전의 그 양반의 수단조차 뚜렷하게 구별할 방법이 없다는 얘기겠군요. 당신들 말로는 꼬박 일 세기 동안이나 다른 모든 사람들이 정지했다는 것인데, 그동안 당신들 자신은 뭘 했죠? 당신들조차 스스로 똑같이 중복되고 다른 사람들과 똑같아진 게 아닌가요? 당신들이 다른 사람들에게 이상 기류 노선 흔적이 그려진 그림 한 점을 제시하면서 당신들 자신의 보폭은 하나의 이상기류 안으로 전혀 이동하지 않았다고 말할 수 있나요? 당신들은 객관적으로 방치하고 비평하면서 동시에 당신들도 주관과 객관이 일시에 변화한 게 아니었소? 모든 조직이 올가미처럼 설치되고 음모가 공모된 한 수레의 바퀴자국 아니오? 여러 날이 지난 후에 라오지앙은 라오마에게 말한다.

"보기에 따라서는 똑같이 중첩된 듯하지만 여전히 중첩은 아닌 것이지. 과거와 현재가 동일한 게 아닌 것처럼 말이야."

"그리고 모든 것이 이상기류라고 말할 순 없어."

"나와 라오서는 여전히 본질적으로 구별된다고 봐야지."

그리고 한 순간 라오지앙은 하하 웃으면서 라오마에게 말한다.

"여정에 나서기 전에 멍지앙뉘에게 여전히 제안하지 않을 수 없어. 만일 멍지앙뉘가 없다면, 어쩌면 우리들이 오늘 새롭게 여정에 오른다는 것 그 자체가 안 되거든! 보다시피 멍지앙뉘와 라오서는 한 수레의 바퀴자국 같은 것이기에 라오서가 그곳에 파견을 보낸 것이야. 그리고 원수의 요새를 진공하는 가장 좋은 방법이란 역시 내부를 공격하는 것이지. 그 여자와 라오서는 여전히 본질적으로 구별된다네. 그녀의 진실한 신분은 백 년 전에 우리들이 깔아둔 라오서 신변의 하나의 유인책이었으나, 그 유인책은 일 세기가 흐르자 폭파되어버렸어. 그 당시 그 여자가 무엇 때문에 자네하고 서로 뒤얽혀 지지부진하면서 여정에 나서지 못한 줄 아는가? 표면적으로 보자면 자금과 오성급 호텔 문제 같지만 사실은 라오서가 고의적으로 계획을 훼손했기 때문에 자네가 질질 끌려다닌 셈이지. 자네가 질질 끌었던 것은 라오서가 질질 끌었기 때문이고, 우리들은 발원지가 움직이지도 않고 잘못된 것이 없음에도 신생과 새로운 세상이 도래하기를 기다려왔던 것이지. 기다리기만 하면 일정기간이 지나 라오서는 반드시 곰팡이가 슬 것이고 물이 증발될 것이고 바짝 말라비틀어져, 이치에 꼭 들어맞으면 문장이 형성되듯, 그가 어느 날 역사의 쓰레기로 비스듬히 거꾸러질 것이라고 생각했어. 라오마, 때때로 성질이 너무 급하면 아무것도 이루지 못한다니까. 자네의 아내도 그곳에서 정신 나간 척 멍청해진 척 위장을 고집하고 있다가 보면 일정 기간이 지난 뒤 필경 라오서처럼 곰팡이 슨 케이크로 변할 텐데, 자네가 그 케이크를 굳이 꿀꺽 삼켜 그(그녀)의 속박을 모면하게 된 것은 분명 역사의 책임이 아니네. 그(그녀)는 자네가 다시 되사온 케이크이기 때문이고, 그러니 일정 기간이 지난 케이크를 자네가 꿀꺽 삼킨 뒤 메스꺼워서 구역질을 하고 설사를 하게 되는 현상이 효과적으로 발휘되든 말든 그것은 그(그녀)와는 상관없는 일이고, 라오서가 자신의 지도력을 유지하기 위해 자신의 지도자로서의 위치를 고수했기 때문에 줄곧 지도할 수 있었던 것이지, 그것이 선택적 수단은 아니었어. 그야말로 이런 식이었기 때문에 그가 자네에게 탐색하라 이른 것이지. 아, 그런데 그가 자네에게 탐색하라고 시킨 게 뭔 줄 아나? 단지 오십 번지 서쪽의 그 미쳐버리고 멍청해진 군중들의 불구덩이처럼 지극히 비참한 생활환경과 또 다른 비참한 물구덩이를 자네에게 찾아내라는 것이었네. 자네에게 찾아내라고 시켰던 그 비참한 환경이란 오로지 민중들이 어떤 환경이나 어떤 지위에 처해 있든 말든 영원히 주어지는 비참한 불구덩이에 불과해. 그런데도 자네에게 그런 일을 시켜놓고, 그 녀석은 오직 계속해서 도살 행위를 하고 정신병자들 병원 안에서 시찰이나 하면 된단 말인가! 보아하니 저 녀석이 시찰할 때마다 떠들어대는 말이란 늘 똑같은 게 아닌가. 보아하니 저 녀석이 접견하고 있는 미치광이들과 멍청이들도 언제나 똑같은 대답만 하고 있지 않은가? 바로 이것 때문에 멍지앙뉘가 있었던 것이고 그래서 역사의 수레를 갈아타고 잡아당겨서 움직이지 못하게 묶어둔 게야. 자네는 그 여자와 함께 야단스럽게 부르짖고 울며 소란을 피우고 생떼를 피우는 것처럼 보이긴 하지만 기실 그녀는 그녀 방식대로 자네를 대하는 것이고, 그렇게 민중을 대하는 것이며, 오십 번지 서쪽의 역사를 최대한 온유하게 그리고 다정하게 대하는 방식인 거야. 만일 그 여자가 책임감이 없는 아녀자라고 가정해보게. 어째서 그 여자가 자네들에게 미친 척하고 멍청한 척 가정하겠나? 그 여자의 역사적인 신분을 알지 않는가?"

그 순간 라오마는 이미 어깨 너머로 멍청해지고, 두뇌의 톱니바퀴 돌아가는 속도가 이미 비정상적이라서 라오지앙의 화두와 논리조차 자유자재로 움직이는 듯하다. 한순간 라오마는 약간 회의적이다. 설마 다른 사람들의 사유가 자기 자신에게만 각별히 낙하되어 수정금자탑에 비친 가속도가 점점 더 빨라지고 있는 것은 아닐까? 이렇게 되면 부득이 진정한 미치광이와 멍청이처럼 되어가는 것인데. 보아하니 너는 멍청한 고양이를 무척 많이 닮았구나. 고개를 몇 번이나 끄덕인다. 여기서는 고개를 한 번만 끄덕이면 될 것을, 사유 속도와 방향을 저애祖礙하는 라오지앙에게 제대로 대응하지 못하고 있다.

라오지앙은 입에 허연 거품을 물면서 말한다.

"그야말로 라오서처럼 말하자면, 그 여자는 역사상 제일 처음으로 만리장성을 무너뜨린 사람이다. 라오서가 역사를 바라보고 이해한 것처럼, 기실 역사상에서 그녀를 반드시 제대로 이해한 것은 아니며 역사상에서 제일 처음으로 만리장성을 무너뜨린 그 여자가 지금은 상반되게도 라오서를 무너뜨린 것이지. 내 말은 그러니까 또 다른 층위의 의미가 있는데, 우리 오십 번지 서쪽에서는 몇천 년 동안 만리장성을 무너뜨린 인간이 출현한 적이 없었거늘, 한 여자가 출현해서 혼자서 그런 일을 감행한다는 것은 쉽지 않은 일이니만큼, 자네나나, 그리고 오십 번지 서쪽의 모든 남자들이 치욕을 느끼지 않을 수 있겠는가? 왜, 무엇 때문에 음기는 성하고 양기가 쇠약해진 것이지? 이것이야말로 최고로 음기는 성하고 양기가 쇠약해진 현상의 하나야! 그런데 그렇게 생겨먹은 여자가 자네 신변에 찾아왔다고 해도, 자네는 거꾸로 과거의 신발 수선공 시기의 아내라고 당연히 그렇게 간주하게나. 자네는 그녀를 대할 때 자네 과거의 아내를 대하듯 생리적으로나 심리적으로나 조금도 차이를 두지 말게. 그렇게 해야만 자네가 멍지앙뉘에게 미안하다는 말을 하지 않아도, 자네 면목이 설 걸세. 그 여자는 실속이 없는데도 일 세기 동안 자네와 공동생활을 하는 것이니, 먼저 자네가 자네 스스로에게 면목을 세우려거든, 자네 스스로 좀 미쳐버리고 멍청해져야. 자네가 태어난 곳이자 자네가 성장한 곳인, 오십 번지 서쪽과 그 고장에서 미쳐버리고 멍청해져버린 친척들과 친구들에게 면목을 세울 수 있지 않겠나? 방금 전에 여전히 탐색하는 책임과 중책을 남들에게 전가시키려고 자네는 라오꾸어나 샤오빠이, 라오펑 그리고 라오양의 신상까지 들먹였네만, 그들이 멍지앙뉘와 함께 생활한 적이 있나? 자네, 그런 식으로 말할 것 같으면, 이미 남에게 책임을 전가하기 어려운 자네의 역사라고 봐야 하는데도 감히 책임을 전가하다니, 우리의 멍지앙뉘를 더럽히고 깔볼 작정인가! 자네는 온유하고 정결한 성녀를 한 마리 닭으로 간주할 셈인가? 지금 자네는 자네의 실수를 인식하는가?"

그 순간 라오마는 입을 열어 허둥지둥 말을 하려 하지만 말이 제대로 튀어나오지 않고, 또다시 입을 열지만 입이 제대로 벌어지지 않는다. 나 참 신경 쓰이네. 언제부터 일이 이렇게까지 복잡하게 꼬였담. 그는 이미 일 세기 역사의 급변하는 복잡한 정세와 검의 빛과 검의 그림자에 의해서 함몰되고 있을 뿐만 아니라 놀라서 짓눌리고 있다. 말로야 한 세기 앞으로 나아가지 말고 멈추면 된다지만, 말로는 한 세기 동안의 무슨 일이든지 상관하지 않는다지만, 이면의 용맹한 군대로 인해 피비린내가 가득하다는 것을 그 누가 알겠는가. 한 필의 말 같은 큰 가축의 입에서 새빨간 피가 전부 솟구치자 필마들이 땅에 거꾸러진다. 그 순간 라오마는 제일 처음 수정금자탑에 도착한 자신에게 라오서가 기록영화를 보여주었던 이유를 돌연 깨닫게 된다. 다들 말로는 라오서가 우둔한 인간이며 모략가라고 하지만, 이제 와서 보아하니 그 무렵 그는 잠재의식 속에서 오늘날의 이런 현상을 이미 의식한 게 아닌가. 멍지앙뉘를 던진 뒤에 자신이 변화되어버렸으니 그 여자 때문에 미쳐버리고 멍청해져버린 줄 알았건만, 그 여자는 하나의 성녀聖女로 와신상담을 위해 나의 신변에 수직으로 곧장 던져진 존재란 걸 그땐 누가 알기나 했나. 그 여자가 어째서 울지 않는 여자로 변하고 말았는지 나는 말하고 싶구나. 사실 그녀는 이미 매우 이지적인 여자로 변신하고 있는데 나 자신은 아직도 미련하게 아무것도 모르고 있지 않은가. 사실 나 혼자서 오직 어리둥절한 상태로 한바탕 저 홀로 북이나 두들기고 있으니, 외부에서 누가 북을 두드리고 있는지 알지 못하는 사이에, 겹겹이 책략적으로 북을 두드리는 자 무궁무진하구나. 계속 이런 식으로 말할 것 같으면 십만 팔천 리 바깥으로 섣불리 취경을 나설 필요는 없겠구나. 무엇보다 먼저 바다 표면에 떠오른 북 가죽으로 겹겹이 신변을 뚫고 있는데, 아홉 마리의 소와 호랑이 두 마리를 모는 힘九牛二虎之力*과 경비가 들게 생겼구나. 바다 표면에 떠오른 것처럼 보이는 것도 여전히 새로운 형태의 한 겹의 북 가죽에 불과하다는 것을 누가 알았으랴. 보아하니 라오서는 곤란한 상태를 두려워하는 감정을 지녔거늘, 이제 또다시 라오지앙이 위로 급부상하면서 라오마의 어깨를 두들기면서 말한다.

"기실 일은 그렇게까지 복잡할 게 없어. 북 가죽이 아주 흔한 것처

---

* 고사성어에서 빗대어 은유적으로 표현하고 있으며, 숨은 의미는 큰 수고를 하고 난 후에야 제 길로 들어서게 되었다는 의미가 담겨 있음.

럼 보이긴 하지만, 그렇지도 않네. 자신이 잘못 인식한 역사와 현실
적 오류를 젖혀둔 채 자아가 생사의식을 초월할 수 있을 때 두려운
감정을 극복하고 스스로 역사적 책임을 질 수 있는 것이니만큼, 이젠
재차 변화된 신생新生의 멍지앙뉘를 자네 손으로 이끌고 여정에 나서
면 되는 것이지. 기타 북 가죽도 곧 계속 파열되는 일이 발생할 것이
고 연쇄반응처럼 계속 폭파될 것인데, 그렇게 핵분열이 일어나게 되
면 자네는 바다 표면에 떠오른 푸른 하늘을 바라보듯 어두운 환경에
서 벗어나 광명을 다시 보게나. 과거에는 자네가 라오서와 멍지앙뉘
때문에 두려움 속에서 여정에 나서야 했네만, 현재는 라오서가 이미
유효기간이 지나 곰팡이가 슬었기에 역사의 쓰레기 무더기로 내던져
졌고 멍지앙뉘도 현재에 이르러 재차 변화되고 신생된 인물이니 두
려울 게 뭐 있나. 그 여자는 이제 두 번 다시 야단스럽게 부르짖으며
울며 소란을 피우거나 생떼를 쓰지 않을 것이고, 두 번 다시 여정 중
에 물질적 조건이나 아니면 오성급 호텔에서 자야 한다는 요구를 하
지 않을 것이며, 그 여자도 이제 치욕을 참아가며 중책을 맡을 줄도
알거니와 괴로움을 참으면서 힘든 일을 견디어내는 능력도 있다네.
길을 나서기 시작하면 어디에 도착하면 어디에 도착했다고 말할 것
이며, 언제쯤 도착하게 되면 언제쯤 도착하게 될 것이라고 말을 하
고, 진정 황량한 들판을 걷게 되면 거마車馬 두들기는 소리가 새된 그
런 엉성한 여인숙에 두 사람이 주숙住宿을 하게 되어도 그 즐거움이
무궁무진할 걸세. 자네, 여전히 볏짚을 깔고 자는 맛과 보릿짚 향기
를 맡고 싶고, 그런 생활에 더 가까이 접근하고 싶은 것 아닌가. 그
여자는 이미 또다시 변화를 해서 이젠 굴욕이나 온유의 감정 그리고
다정다감함 혹은 아쉬움 때문에 헤어지기 어렵다는 그 한마디의 말

은 아예 삭제하고, 과거의 악몽을 연기의 입자처럼 하늘로 뿌옇게 날려버리고, 모든 난관은 이미 구름처럼 사라져버렸으니, 한바탕 폭우가 내린 뒤라서 자네의 앞날은 이제 하늘에 닿을 만큼 넓은 탄탄대로만 있네. 폭우라고는 하지만 폭우는 좋은 기회이고, 역경이라지만 역경으로 인해 어떤 것은 작용하게 마련 아닌가. 폭우가 내린 후에 공기가 깨끗해지고 비가 내린 후에 맑게 개이면 천상에 일곱 색깔 무지개가 걸리는 것이며, 역경을 겪고 나면 경험이 생기고, 역경을 겪고 나면 그 뒤엔 아주 단단해지지. 주둥이에 바람이 가득 찬 인간도 이런 식의 애통한 한과 상처의 흔적 그리고 원한과 치욕을 심리 저변에 매장하고 계속 여정에 오르게 되면 겹겹이 중첩된 곤란한 상황도 역경을 극복할 수 있는 기동력이 된다네. 이것 역시 왜 어째서 라오꾸어나 샤오빠이 혹은 라오펑과 라오양을 선정하지 않고 자네를 가장 먼저 선택했는지에 대한 이유 중의 하나라네. 가라오케의 샤오스는 당연히 제기하지 않겠네. 그녀는 오히려 제기하지 말아야 하는 것이, 비록 그녀가 멍지앙뉘와 생김새가 서로 비슷하다지만 그건 표면상으로 서로 닮았다는 것이고 안에 내포된 것은 달라. 라오마여, 정황이라면 이것이 하나의 정황이고, 현실이라면 이것이 하나의 현실인 것이며, 오늘이라면 이것이 하나의 오늘인 것이지. 오늘은 어제와는 다른 것이고, 자네가 이런 형세를 대한다는 것은 차라리 자연스러운 일일세. 백 가지가 이롭고 한 가지도 해롭지 않은 그런 물질은 없네. 더군다나 북의 표면을 뚫고 나온 자네는 과거의 자네가 아니라 다른 사람이 되었으니, 자네는 어디에 있든 조심하게 되고 우려하게 되며, 이것저것 망설이다가 결정을 내리지 못하게 되고, 이해를 따지고 비교하니, 무엇이든 그렇게 하지 않겠나? 설령 그렇다고 해도 여정에 나서게 되면 뭐든 실수가 있게 마련이지만, 변신되고 난 뒤의 자네 이드THE ID로 인해서 자네 스스로 한순간의 실수도 용서할 수 없고, 털끝만큼도 다른 사람에게 손해를 끼칠 수가 없게 될걸세. 지극히 작은 손실도 없이 노정에서 돌아오는 그 순간 진정 자네가 취경에 성공하게 되면, 오십 번지 서쪽을 구출한 세계적인 영웅인 구세주를 환영하기 위해서 모두들 줄을 서서 드높은 소리로 구호를 외칠 게야. 그것은 라오서가 미치광이 병동 안을 시찰하는 것과는 전혀 다르다네. 자네는 금빛 찬란한 전신으로 오른손을 높이 치켜들고 오십 번지 서쪽을 지나갈 때 일종의 어떤 상황이 되고 어떤 정세가 될지 상상이나 해보았나? 자네가 여정에 나선다면 자네에게 해롭다고 생각되기 때문인가? 과거의 라오서도 어쩌면 그런 생각을 했을 것이네만, 그러나 지금은 무엇보다 먼저 여정에 나서야만 자네를 구할 수 있고 자네 자신을 성사시킬 수 있다네. 무엇보다 먼저 자기 자신이 여정을 통과해야 탐색이 가능한 것이고, 자네 자신이 한 단계 완벽하게 개변改變되는 것이며, 오십 번지 서쪽을 구출하기 전에 자네 자신이 먼저 본인부터 구해야만 한다네. 만일 자네가 재차 앞뒤를 꼼꼼히 따져가면서 쉬운 일만 선택하고 힘든 일은 피하기만 한다면 앞쪽으로는 늑대를 두려워하고 뒤쪽으로는 호랑이를 두려워하는 격이니 단언하기 어렵긴 하지만 그렇게 되면 나는 정말 라오서를 방치해버리듯이 자네역시 방치해버리고 다른 사람을 선택할 것이네! 이건 당연하지만, 나는 라오마는 믿어도 라오서를 믿진 않는다네. 그건 백정은 돼지고기 안에 물을 주입하지만 신발 수선공 출신은 꼼꼼하게 빈틈없이 일하면서 징을 박을 때마다 마지막에 한 번 더 때려서 음색을 정하므로 그 일 처리가 과단성이 있고 망설이지 않기 때문이지! 라오마여, 나는 새벽 네시부터 시작해 태양이 중천에 떠오를 때까지 입으로 떠들었으니 내가 말한 내용 중 어떤 건 정확하지 않을 가능성도 있겠네만, 그러나 가장 나중에 언급된 자네에 대한 나의 평가와 판단은 얼추 오판이 아니지?"

그 순간 라오마는 라오지앙으로 인해 정신이 혼미해지는 무슨 탕약을 마신 듯 사물을 제대로 구별하지 못하고 확실히 약간 혼돈스럽다. 라오지앙이 대관절 라오서가 아니라면, 저 사람이 과연 말은 달콤하게 하면서 속으로는 늘 다른 사람을 해칠 생각만 하는 간사하고 음흉한 인간인 게 사실 아닐까. 저 사람이 과연 철저하고 세밀하게 생각하며 일을 진행하는 인간인 게 사실 아닐까. 저 사람이 과연 독재자인 게 사실 아닐까. 저 사람이 과연 재차 이 라오마를 비딱한 길로 유인하려는 게 사실 아닐까. 라오마는 머리를 긁적이면서 라오지앙의 말을 생각하고 또 생각했는데, 라오지앙의 말에도 역시 도리가 있다는 느낌이다. 기왕지사 백 가지 다 이익이고 한 가지도 해롭지 않다면, 멍지앙뉘도 또다시 온유하고 다정한 소녀로 바뀌었다니까 여정에 나서서 탐색한다면 하늘까지 닿는 큰길이 열린 셈 아닌가. 말만 한마디 바꾸자면 숨겨놓은 애인을 데리고 여행하는 격이니 뭐 작은 실수가 생긴다면 그저 작은 실수인 것이지 다른 사람들을 내가 상관할 게 뭐람. 그 여행길인들 길을 따라가다가 보면 산과 물, 꽃과 화초는 물론이거니와 번잡한 인간 세상사가 어찌 안 보이겠는가? 인생이란 지독하게도 짧은데 무엇 때문에 어찌하여 즐기지 않겠는가? 그런데 라오마는 순간적으로 맑게 깨어나서 또다시 중요한 문제 하나를 떠올리고 라오지앙에게 묻는다.

"그렇다면 여정 경비는요? 과거에 라오서도 여정만 제안하고서 경비는 주지 않았기 때문에 그것이 과거에 제가 여정에 나서지 않았던 원인 중의 하나였는데, 이제 여정에 나서게 되는 이유가 전부 멍지앙 뉘의 공로로 돌아가는 것도 역시 불가능하구요. 거마점車馬店에 머물면서 길을 여행한다고 해도 그래도 약간의 여비가 있어야지 뭘 마실 게 아닙니까. 삼베밧줄로 제 목구멍을 꽉 틀어막을 수는 없는 일이지요."

라오지앙은 하하 웃으면서 테두리가 넓은 안경 안쪽의 눈딱부리 눈깔이 유순해지면서 상냥해진다. 그는 결국 자신이 포획한 사냥감을 가볍게 풀고 그 사냥감을 바라보면서 한 발 한 발 다가가는데, 비록 그 한 발 한 발이 아직은 모색 중이고 무척 조심스럽긴 하다. 자신의 책략과 함정을 향해 걸어간 그는 결국 안심을 하고 자세를 비스듬하게 바꾸고는 사람을 상대하면서 한마디 하는데, 높은 곳에서 아래쪽을 향해 사람들을 굽어 살피듯 라오서를 바라보더니 잇달아 라오마를 상대하면서 말한다.

"경비라, 좋은 말이지. 라오서는 경비를 지급하지 않았지만 나는 경비를 지급하겠어. 라오서는 고문古文을 보냈지만 나는 고문을 보내지 않겠어. 이미 망아지 새끼가 빨리 달리고 있는데 아직 그 망아지 새끼에게 풀을 먹이지 않았군. 천하 어디에 이렇게 좋은 일이 있을쏘냐? 그것 역시 나와 라오서가 구별되는 중대한 한 가지야. 자네한테 다른 말은 더 이상 하지 않겠고 다만 라오서에 대해서 몇 마디 하자면, 나는 역시 화근을 뿌리째 뽑아내고 깨끗이 해치우는 것만이 능사가 아니라고 여기는데, 사실 그 작자를 한 뿌리의 약인자藥引子*로 변신하게 만들 것이네. 그 작자는 이제 남은 생을 극도의 고통으로 괴

---

* 약인자(藥引子): 한약이 더욱 효과를 볼 수 있도록 병용하는 부수적 약재.

로워하게 생겼네. 그 녀석을 케이크로 만드는 것도 가능했던 나인데 달콤한 케이크로 변해버린 그 녀석을 약인자로 바꿔놓지 못하겠는가. 비록 케이크가 이미 독성이 발효되고 있긴 하지만 말일세."

라오마는 라오서의 말을 회피하고 또다시 경비에 대해서 말한다.

"그렇다면 나리는 경비를 제공하는 문제에 대해서 벌써 어느 정도 진전이 있습니까? 현재 의향은 오직 하나만 진행되는 과정일 뿐인데 벌써 경비 계획을 짜고 계신단 말입니까? 아니면 이미 토론이 시작되었거나 혹 벌써 허락을 하셨습니까? 돈은 여전히 은행에 있을 터이고, 그럼 제가 수령하러 가기만 하면 됩니까? 이런 일련의 일들이 반드시 분명해져야 하고, 일전에 제가 수정금자탑 안에 머물러 있던 탓에 일시적으로 소홀히 해서 손해가 이만저만 아니오!"

라오지앙은 라오마를 또다시 살펴보면서 장황하게 칭찬한다.

"보기에는 일개 신발 수선공 같지만 사실 대범하면서도 세세한 곳에 마음을 쓸 줄 아는구먼. 나 역시 라오마를 이해하는 것처럼 보이지만 기실 아직 나도 라오마를 이해하지 못하겠구먼. 자네가 돈 문제를 그렇게까지 세부적으로 따지지 않았다면 나도 약간은 안심하지 못했을 터인데 자네가 저울추로 깔아뭉개듯 송곳으로 뚫어 피를 보듯 그렇게까지 따지고 있으므로, 내가 여정에 나설 사람을 정확하게 선정했다는 게 재차 증명이 되는 셈이고 동시에 자네가 여정에 나설 결심이 섰다는 걸 증명하는 셈이지. 기왕지사 자네가 제안한 문제이니까 나도 정확하게 자네에게 알려줄 것이네만, 경비 계획은 짜고 있었을 뿐만 아니라 토론과 비준도 마쳤거니와 통장에서 출금했네만, 여정의 경비는 이미 다른 사람이 전부 수령해 가버렸다네!"

그 순간 라오마는 경악한다.

"누가 벌써 경비를 수령해갔단 말입니까? 제가 여정에 나설 사람인데 그놈이 왜 경비를 수령한단 말입니까?"

라오지앙:

"그 경비를 수령해간 사람은 다른 사람이 아니라 그러니까 자네의 동료이자 비서인 그 온유하고 다정한 멍지앙뉘라네!"

라오마는 그 순간 또다시 걱정거리가 많아진다.

"그렇다면 당신은 멍지앙뉘가 수령해갔다는 걸 저한테 보여줄 수 있습니까? 당연히 저한테 먼저 돈을 보여주셔야 하는데 그렇게 하지 않으셨으니. 더군다나 그 여자가 지금 대관절 어떻게 바뀌었는지 확인해봐야겠는데, 벌써 그 여자는 부끄러움과 온유함 그리고 다정함과 인정에 이끌려 연연하는 감정까지 보유한 여자로 변신한 게 맞긴 맞습니까? 저는 과거에 신발 수선공의 아내와 몇십 년을 함께 살아왔지만 그 여자가 변화되는 것을 한 번도 본 적이 없거니와 저 자신도 여태껏 변화하지 않았죠. 그래서 고생도 마다하지 않고 책망까지 여전히 감수하고 있으면서, 저는 오직 순수하게 더 훌륭한 탐색을 하려고 여정에 나서고자 하기 때문입니다. 오십 번지 서쪽에서 또다시 헛되이 일 세기 동안 미치고 멍청해진 수천만의 군중을 위해서 거역하지 않고 당신의 하명을 받들려 하기 때문이기도 하고요."

라오지앙은 또다시 웃는다.

"어째서 그랬는지 상관하지 말게. 보아하니 멍지앙뉘의 요구도 과분하지 않더군. 나는 젊은 남자를 끌어다가 배치하고 얼렁뚱땅 속여서 일할 생각은 없거니와, 암실에서 조작한 과장된 말은 쓸모가 없으니 그런 식으로 일할 생각도 없고, 흡사 과거의 라오서처럼 한 세트가 되겠구먼!"

잇달아 대뜸 컨트롤 스위치를 누르더니 박수를 한 번 친다. 어째서 이곳에서 여러 번 박수를 치게 되는 것일까? 여러 날이 지난 뒤에야 라오마는 알게 되는데, 그 박수는 그러니까 라오마가 탐색의 막바지에 놓여 물러날 때가 되었다는 의미였다. 은막 위로 재차 멍지앙뉘가 걸어 나온다. 빼어난 미모의 가냘픈 멍지앙뉘. 과연 모습이 또다시 변하긴 변했건만 말처럼 저 여자가 부끄러움과 온유함 그리고 인정에 이끌려 연연하는 감정과 다정함까지 변화된 것이 맞는지 불명확한데, 부끄러움과 온유함 그리고 인정에 이끌려 연연하는 감정과 다정함 그 위에다 약간의 대범함과 상쾌함까지 더 많아졌다면, 그것이 말하자면 결국 부끄러움과 온유함 그리고 인정에 이끌려 연연하는 감정과 다정함이 무지막지한 여자의 단계에서 부정에 부정을 거듭하던 과정이라면, 여기 이 라오마가 여전히 깨닫지 못하고 깊이 잠들어 있을 때 저 여자는 벌써 새로운 경지와 그 단계의 윤회에 도달하는 길을 걸어갔더란 말인가. 매일같이 접촉해도 전혀 그 변화를 알 수 없었건만, 밤마다 정에 이끌려 연연하던 날들이 부지기수였거늘 그건 누구였고 누구 때문인가. 말하자면 라오마는 멍청하고 여전히 진정한 멍청이인 것이고, 결국 라오마는 아무것도 모른 채 어리둥절 북이나 두들기고 있는 것만도 과분하구나. 보아하니 그녀는 벌써 과거의 신발 수선공 아내의 모습을 벗어던지고 그 모습이 샤오스로 바뀌기 시작했는데, 다만 샤오스를 그녀와 비교하자면 한 그루의 거무칙칙한 가시나무이고, 멍지앙뉘는 말하자면 진흙 속에서도 오염되지 않고 바람을 안고 노출된 한 떨기 연꽃이다. 과거에는 라오마가 그녀를 이끌었는데 현재는 라오마가 그 자리에서 겁을 먹고 경악을 해서 입조차 열지 못하고 있거늘, 그녀는 벌써 은막 위에서 모델같이 능동적인 발걸음으로 라오마의 신변으로 걸어 내려오더니, 잇달아 자신의 그 따뜻하고 하얀 얼굴——그 얼굴은 온도가 꼭 알맞게 적당하고 뜨겁지도 않고 차갑지도 않고——약간 촉촉한 작은 손을 내려놓자 라오마는 삐쩍 마르고 딱딱하며 바람을 맞아 갈라터진 신발 수선공의 커다란 손을 아직 완전히 바꾸지 못하고 간직한 채 느닷없이 일 세기를 훌쩍 경과해버린다. 라오마는 그 눅눅한 손바닥의 기복起伏으로 꽉 움켜잡는다. 부끄러워하고 있는 그들을 향해 라오지앙은 역시 약간은 남들의 일에 흥겨워하면서 말하기를, 자네가 멍지앙뉘를 아직은 불명확하게 이해하고 있는데, 자네가 움켜잡고 있는 그 여자가 어디서 변화되어 되돌아오게 된 줄 알고 있는가? 여러 날이 지난 후에 또다시 자신의 과실을 증오하고 극도로 한스럽게 생각하는데, 곧바로 그 하나의 변화로 인해 라오마는 다른 길로 물러나고 기로에 서게 되는 순간, 그 따뜻하고 하얀 작은 손이 사실은 오로지 마귀의 손이었다는 걸 알게 된다.

마음이 일렁거리고 기복이 생기는 가운데 라오마는 약간 되돌아오긴 했고, 되돌아온 뒤에도 멍지앙뉘가 아주 고상하게 변화되었다는 생각을 하게 되지만, 그런 순간이 라오마에게는 오히려 힘이 든다. 신발 수선공이 변화하자면 어디를 향해 가는 것이 당연한가? 보아하니 라오마가 힘들어하자 멍지앙뉘가 또다시 자기 입장처럼 세심하게 고려하면서 따뜻하게 말한다.

"친애하는 라오마님, 당신께선 변화할 것이고 곧 변화되며, 당신이 변화하지 않는다고 해도 무리하지 마시고, 말씀드리자면 저는 여전히 당신이 변화되지 않는 모습을 좋아하고, 그러니까 당신의 그 거친 커다란 손과 경력 그리고 갖은 고생을 한 면모와 표정과 태도까지 좋아합니다. 멍청하고 어벙하며 거친 것은 언제부터인가 아마 고생이 너무 심해서 원한이 깊어지자 그것이 곧 어눌해진 것이겠죠. 혹자는 말하기를 별종의 잔혹함이라고 하죠! 그 강경함이 또다시 허약한 속마음과 침상의 동작에까지 영향을 미치죠. 강경할 때면 마땅히 강경하셔야만 하고, 허약할 때면 마땅히 허약하셔야만 합니다. 라오마님, 당신은 그냥 그대로 자연스럽게 따라오세요. 제가 닭에게 시집가면 닭을 따라 하시고, 제가 개에게 시집가면 개를 따라 하시면 되고, 당신은 오직 당신만 보살피시되 저를 보살필 필요가 없으십니다. 당신이 즐거우면 제가 곧 즐겁고, 당신이 희열을 느끼면 제가 곧 희열을 느끼나이다. 당신께서 여정에 나서자고 말씀하시면 저는 발을 들고 걸어갈 것이며 당신이 한 이틀 쉬고 싶다고 말씀하시면 제가 집으로 돌아가서 당신 발을 씻어드리겠나이다!"

보아하니 그런 말을 하는 사람이 이렇게까지 마음에 들 수 있을까, 감동한 라오마는 또다시 약간 참회하면서 멍지앙뉘의 꽃 같은 용안容顔과 칠흑같이 새까만 눈동자를 주시하면서 말한다.

"진정 지인이고 아는 얼굴인데 그 마음은 모르겠는걸. 과거에 내가 알고 있는 당신은 악바리였고, 오십 번지 서쪽의 미쳐버리고 멍청해져버린 군중들 속에 당신이 있는 줄 알고 있었고, 당신은 나까지 더불어 미쳐버리고 멍청해져버릴 필요가 없다고 나를 붙잡아 당겨 움직이지 못하게 하더니, 이젠 역사의 수레가 뒷걸음질을 치고 있나? 나는 당신이 나와 길이 다른지 모르겠지만 결국 도달하는 곳은 동일한, 오로지 신발 수선공의 아내라고 알고 있었건만, 당신이 성녀인 줄 어찌 알았겠나? 그런데 줄곧 기다려오다가 오늘 이 라오마를 보고 나서야 각성을 해 변화했단 말인가? 그런데 지금 당신이 변화했는데도 나는 아직 변화하지 않았으니, 과거의 나를 떠올려보면 거칠고 폭력적이며 수많은 음침한 화살이 내 가슴을 뚫고 지나가곤 했었거든. 그래서 나는 갈가리 찢겨 완전하지 못한 부분의 만분의 일도 보완하지 못하고 실수만 일삼는 무식한 인간이었어, 나는. 오늘 여태까지 상기해보면, 여전히 갈림길에서 내 머리통이 잠에 곯아떨어져, 밖에서 번개가 치고 천둥이 울어대는 소리에도 잠에서 아직 깨지 못해서 미처 각성하기 어려운데, 내가 쇠망치를 들고 내려가서 내 대가리통을 때려부순다고 해도 변화에 대한 나의 갈망과 내 결심을 다 나타낼 수는 없어. 방금 전에 여정에 올라서 탐색하는 것에 대한 나의 견해는 여전히 좀 애매모호했고, 그래서 망설였으며, 뭔가 불공평하다는 생각에 자기 역사에 대한 책임을 타인에게 전가하려고 했건만, 지금 당신의 온유함과 대범함 그리고 완전히 달라진 신생을 보아하니, 노정에서 탐색하는 데 있어서 당신이 길동무가 되어 인도하게 되면, 끓는 물과 타는 불로 뛰어든다고 해도, 칼산에 오르고 불바다로 뛰어든다 해도, 나는 여전히 약간의 강요도 없이 진정으로 원해서 뛰어들 것이오. 탐색하지 않아도 역시 사랑하기 때문이고, 민중이 아니더라도 멍지앙뉘이기 때문이며, 미치고 멍청해진 게 아니라 해도 미쳐가고 멍청해져가던 와중에 신생을 획득할 수 있기 때문이고, 신생이 아니라도 해도 지기知己이기 때문이며, 인생이란 지기 하나를 깨달으면 그것으로 족하고, 선비는 자기를 알아주는 사람을 위해 죽을 수 있는 것이니, 오직 내가 탐색하고자 하는 것도 이것이야. 군중들이 미쳐버리고 멍청해져버린 원인을 탐색하기란 쉽지도 않지만, 그 원인을 탐색할지 말지 그런 문제는 어쩌면 그 다음 문제야!"

그 순간 멍지앙뉘가 입을 가리고 웃는다.

"라오마님, 당신 심정을 제가 이해할 수 있긴 하지만 단지 일시적인 격정 때문에 감정을 억제하지 못하시고 큰일을 잊어버리면 안 됩니다. 여정에 나선 후에는 저야 여전히 차기㶡其이지만, 관건은 여전히 당신이지요. 당신께서는 저를 여전히 작은 일로 여기시고, 주 관건은 역시 군중들이 미쳐버리고 멍청해져버린 원인을 탐색하는 데 주력하셔야 해요. 만일 이 대전제가 우선이 아니라면 저희들은 여정에 이르지 못해도 여정에 대한 토론이 없었던 걸로 해야만 해요. 가죽도 없는데 털이 어디 붙어 있을 수 있겠어요? 저희가 여정에 오르기 전에 일단 일을 분명하게 통일시켜두어야만 함께 움직일 수 있다는 이 약간의 사상을 인식해야만 한다는 거예요. 그렇지 않으면 저희는 여정에 나선 후에 오해의 기로에 서게 될 것이고, 그것은 곧 오십번지 서쪽과 오십 번지 서쪽의 미쳐버리고 멍청해져버린 군중들을 배반되는 것이며, 또한 저희들 자신까지 배반하는 거예요."

그때 라오마는 방금 전에 자신이 장난기를 한 번 표시했다는 것을 느낄 수 있었는데, 다만 자신이 그중에서 변화와 신생은 여전히 고수한다는 점에서 어벙하게 말한다.

"당연히 하나를 보고 전체를 평가하는 식으로 내 표현이 그렇게 치우쳐졌을 가능성이 약간은 있지만, 내가 표시한 의사도 말하자면 바로 그거야. 내가 갈망하는 것도 곧 여정상의 탐색이야. 이 심정을 당신은 이해하시겠소?"

멍지앙뉘는 라오마의 손을 어루만지다가 가볍게 두들기면서 말한다.

"이해하죠, 이해하고말고요. 저는 라오마 오빠가 오직 함께 한다는 걸 알고 있는걸요. 여정에서야 필경 실수하시지 않을 것이고, 당연히 탐색해야 할 물건은 필경 탐색해야만 하는 것이고, 마땅히 적절하게 조화를 이룬 연후에야 반드시 성립되는 것이고, 공과 사를 골고루 고려하면 막다른 골목에서도 길은 열리기 마련이며, 쇠망치가 있고 정과 용접 토치까지 있는데, 이제 저희들이 뭐가 두려울까요?"

라오마는 고개를 끄덕인다.

"나는 신발 수선을 하기 전에 교외 지역에서 토끼를 때려잡은 적이 있는데 탐색하는 것도 그런 식이면 적당하겠어. 수정금자탑이 생긴 뒤부터 나는 하나의 지식인으로 바뀌어서 고문古文과 서문西文을 각고의 노력으로 공부하고 있으며, 현대시를 연구하면서도 나노미터 같은 세밀한 기술을 읽고 있으니, 이제 우리는 구름 속과 안개 속에서도 원래의 준거와 양식대로 비상해서 익조翼鳥처럼 짝지어 날자고!"

멍지앙뉘:

"저는 여전히 라오마 오빠가 테너라는 걸 알고 있으니까 여정에 올라서 적막해지면 우리 곧 노래해요!"

라오마:

"나는 쉬지 않고 노래를 부를 것이고, 운문에다가 선율은 없어도 리듬을 갖춘 노래와 외설적인 농담을 떠들어대면서, 심리가 뒤숭숭해지는 순간에도 당신의 음성만은 절대 우수에 젖게 하지 않을 것이며, 여자 심리에 쌓인 뾰두라지가 산을 이루게 하진 않겠어!"

……

보아하니 라오마와 멍지앙뉘는 입항入港하겠다는 말이었고, 각 방면에서 여정에 나설 논의와 여정에 나설 준비를 한 듯해서 라오지앙은 결국 근처에서 가볍게 한 번 숨을 내쉬게 되지만, 그는 결국 사냥감을 보고 열광하는 분위기에 젖어서 덫에 걸려 함정에 떨어진 줄 전혀 알아채지 못하는데, 그래도 대사大事는 타협이 되었구나. 새벽 네시부터 그 다음 새벽 네시가 되니 라오지앙 역시 약간은 피곤하고 조금 배가 고프다. 천군만마千軍萬馬의 전쟁도 벌써 타당하게 배치되고, 바야흐로 전쟁은 일촉즉발이니 천군만마로 돌격하여 적진을 함락시키고 붉은 피로 강을 물들이면 되겠기에, 지휘군은 결국 무사히 야식을 먹고 누워서 잠이 들었구나. 그래서 그는 아직 라오마로 존재하면서 아직 완전하게 깨어나지 못한 상태로 멍지앙뉘를 향해 미소를 띤 얼굴로 손짓해 부르면서 컨트롤 스위치를 대뜸 또다시 누르자, 그의 뒤쪽 무대가 빙글빙글 돌더니 여행 경호원이 무대 뒤로 돌아가고 그 아래 남게 된 라오마와 멍지앙뉘는 하나의 독단적인 공간 안에서 등불 아래 마음을 터놓고 이야기하기 시작한다. 흡사 농경사회에서 쌀과 밀가루로 이어진 끈끈한 부부 사이처럼 여정에 오르기 전에 등불 아래에서 신신당부하며 자유로운 상상을 펼치고 있구나. 그러나 아직 그는, 지기知己인 자기 분신 라오마가 미쳐버리고 멍청해진 것을 등한시하고 얕잡아보게 되는데, 예전에 이 신발 수선공은 세상에 대해 경악하며 민감하게 굴고 항상 주의를 기울이다가, 교활하고 간사해져서 계속 상대방의 책략을 역이용해 상대를 찌르던 상황에서 아직 완전히 깨어나고 있지 못한 게 아닌가. 이 라오마는 진정 변화되고 신생新生되지 못하는가? 이놈은 흡사 오십 번지 서쪽처럼 진정 쓸데없이 일 세기가 훌쩍 지나가기만을 기다리고 있는 건 아닌가? 기실 그는 라오지앙의 컨트롤 스위치를 집어 든 후 남은 잔광殘光으로 라오지앙을 벌써 관찰해버리고, 라오지앙이 철저하게 무대에서 퇴출되는 순간을 기다린다. 잠시 후 라오마는 이내 돌아서서 단숨에 멍지앙뉘를 향해 말한다. 말로는 멍지앙뉘를 안 보겠다고 해놓고 여전히 멍지앙뉘만 바라보고 있으며, 말로는 돈 얘기를 하지 않겠다고 해놓고 여전히 경비 문제를 걱정하고 있다. 한순간 라오마는 진정 농업 가내 수공업 회사로 돌아오게 된다. 소小 농업경제 시기가 시작되고 농가의 작은 가옥에서는 등불 아래에서 남편과 아내가 입씨름을 하고 있다.

"우리들이 그들을 대신해 미치고 멍청해진 원인을 탐색하면 정말 우리들에게 좋은 기회가 얻어질까?"

멍지앙뉘 역시 대관절 변화된 뒤의 멍지앙뉘가 아니더냐. 저 여자는 닭에게 시집가면 닭을 따라 하고, 개에게 시집가면 개를 따라 하듯이 라오마의 말에 대뜸 대답한다. 한편 대답을 하면서 다른 한편으로는 농부의 아내처럼 여전히 등불 아래에서 해진 의복을 꿰매면서 신발 밑창을 눌러댄다.

"어째서 좋은 기회가 아니겠어요? 이익이 없다면 일찍이 할 수 없었을 터이고, 최소한도 우리는 군중들이 미치고 멍청해진 원인을 탐색해내기 이전에 먼저 우리들 스스로 미치고 멍청해진 원인을 탐색해야 하거든요. 탐색해낸 이후에 우리들은 그들 군중들에게 널리 보급하기 이전에 무엇보다 먼저 우리들 자신에게 널리 보급하는 것이 가능하지요. 세계 곳곳에서 모두들 라오마와 멍지앙뉘를 찾을 것이고, 우리들은 거리에 장이 들어서면 여기저기에서 우리를 알아보는 지인과 혈육을 만날 수 있을 거예요."

라오마는 잎담배를 피우며 고개를 끄덕인다. 그는 돌연 문틀에 담뱃대를 팡팡 두들기면서 묻는다.

"여정에 나서기 전에, 그 사람이 정말 당신한테 경비를 주었소?"

멍지앙뉘는 한편 머리 위에다 바늘을 슥슥 비벼대면서 다른 한편 말을 한다.

"나이 든 아녀자에게 돈을 주지 않으면 제가 어떻게 사랑하는 사람과 함께 여정에 나설 수가 있겠어요? 설령 제가 가라오케의 샤오스라고 해도 오입쟁이가 실없이 노래방에서 한 자리 차지하고 앉아 있어도 자리 값이 없으면 안 되는데, 배우가 무대에 오르면 무대에 오르는 돈이 필요한 것이고, 하나는 하나이고 둘은 둘이고 감정은 감정이고 소비는 소비이고, 실파로 두부를 무치듯 하나는 푸르고 둘은 하얗게 되어야 하건만, 그렇지 않다면 제가 핍박을 받아 멍청해진 샤오스가 아닐까요? 당신께서 그녀의 가죽 의자를 기워주셨을 때에야 하릴없이 한차례 싸게 해주셨지만!"

그 순간 라오마는 약간 미안하게 여겨진다.

"지난 일은 흘려버리자고. 그만 잊어버리자니까. 신발 수선공 시절은 논의가 부족했으니까."

잇달아 정색으로 태도를 바꾼다.

"내가 지금 묻는 것은, 그가 대체 당신한테 얼마를 주었냐니까? 우리가 여정에 나서면 먹고 마시고 싸고 잠자는 건 충분하겠어?"

멍지앙뉘:

"부족하면 제가 그 사람을 의연하게 잡아 끌어들이죠. 과거에도 제가 역사의 수레를 잡아 끌어당겨서 역행하게 만들었던 적이 없었던 것은 아니고. 역사에도 문제의 교훈이 있건만 누가 감히 나이 든 아녀자의 거듭 청렴해진 눈을 빤히 들여다볼 수 있을까요? 나이 든 여자가 지체하는 것은 무관하지만 그가 역사를 지체시키거나 그 양반 스스로 지체시키는 건 아니랍디까? 제발 부군께선 안심하시죠, 경비 꾸러미는 제 신상에 있으니까. 지금 현재 경비가 부족한가 충분한가, 그런 게 문제가 아니라 이 돈을 어떻게 조심스럽게 사용하느냐, 그게 문제지요. 진종일 언제나 거마점車馬店 같은 곳에 머물겠다는 말씀도 하지 마시고, 그렇다고 진종일 언제나 오성급 호텔에서 머물겠다는 것도 라오마 오빠의 주머니 사정이 그다지 넉넉하지 않으니 그런 말씀도 마셔요. 저를 부끄럽게 하는 것은 오직 라오마 오빠의 어두운 표정뿐이지요. 저희가 광대무변한 광활한 신천지에 다다르면 우리들 마음대로 자유롭게 노닐 수 있을 거예요."

라오마는 결국 가볍게 한숨을 내쉰다. 그런데 그는 일순간 기분이 바뀌면서 또다시 의구심이 생긴다.

"과거에 라오서는 나에게 경비를 주지 않았건만 어떻게 시대가 한 차례 바뀌었다고 라오지앙이 당신한테 경비를 주는가? 그 사람은 당신한테 어떤 사람이기에 당신한테 그리 후하게 대한다지? 나와 접촉한 그는 누구지? 여정에 오르기 전에, 나를 여정에 오르게 한 그 사람이 누군지 나조차 모르게 된다면 나도 핍박을 당해 머저리가 된 고지식한 인간이 아니라고 할 수 있겠어? 지금도 그렇지만, 애당초 라오서로 인해서 뭐가 뭔지 사물조차 구별되지 않고, 여정에 나서야 한다는 책임이 전가되자 아무것도 구별할 수가 없네!"

멍지앙뉘는 그 순간 껄껄 웃더니 신발 밑창을 내려놓고 박수를 두 번 탁탁 친다. 또다시 두 번 박수를 치자 농업사회의 작은 가옥이 수정금자탑으로 바뀌고 그 순간 컨트롤 스위치는 이미 멍지앙뉘의 수중에 거머쥐혀 있는데, 그녀가 대뜸 컨트롤 스위치의 손잡이를 눌러대자 은막 위에 라오지앙의 커트 신이 방치된다. 도대체 손안에 라오지앙이 거머쥐힌 차례인 듯하다. 그는 자기 자신의 기록영화에 관해서 스스로 저토록 세세하게 편집했구나. 큰 종이 울리고 벽돌 솥이 울리듯 평범한 자가 훌륭한 지위를 얻으니 궁전에서는 우주 비행선을 발사하며 여러 차례 대서특필하고, 만리장성과 황하를 중첩해서 쌓아 올린 움직이는 그림 안에서 잇달아 일부 여학생의 합창과 함께 한 아동이 따라서 노래를 부르는구나. 합창 단원이 모든 광장을 빈틈 없이 꽉 채우는데, 한 갓난아기가 탄생하니 새는 지저귀고 꽃은 향기를 내뿜으며 아침노을이 찬란한 가운데, 멍지앙뉘가 은막을 지시하며 해설을 한다.

"이것은 라오지앙의 탄생입니다!"

그 순간 라오마는 오히려 약간 번거롭고 귀찮아져서 견디기 어렵다.

"그가 아동이라는 걸 이해가 안 되어도 이해해야겠네. 우리들한테 여정에 오르게 하고 탐색에 나서게 하면서 크게 거치적거리던 것이 거꾸러져 사라지는구면. 다시 말하자면 그 수법이 너무 진부해!"

잇달아 대뜸 또다시 손을 휘두른다.

"그러면 연달아 그의 소년기와 청춘기를 경시해버려도 망설임 없이 난 그를 이해할 수 있겠어. 관건은 성년 이후의 그 작자를 보아하니 어떤 명예를 얻기 위해서 대중과 세상을 속였다는 거겠구면. 그러나 동시에 그 작자의 광명정대한 일면을 방출할 필요는 없거니와 그 작자의 간난과 험난한 장애의 길 그리고 가난하고 초라하고 궁상맞고 난처한 단계의 그런 장면만 틀어놓아 봐! 그렇지 않으면 그 작자에 대한 이해는 결국 일부로 전체를 가늠하는 결과를 초래하게 될 거야."

멍지앙뉘는 그 점을 이해하고 고개를 끄덕이더니 잇달아 대뜸 비녀장을 누르자 아주 빠르게 라오지앙의 성년기가 방영된다. 그 작자의 간난과 험난한 장애의 길 그리고 가난하고 초라하고 궁상맞고 난처한 단계가 방영되며, 보아하니 이미 어른이 된 바짝 여윈 라오지앙인데다 유럽과 아메리카주의 도로 위에서 한 대의 자전거에 필사적으로 매달려 땀으로 온통 뒤범벅이 된 머리에다 구부린 온몸에 누런 콩나물이 가득 매달린 듯 땀을 흘리며 열심히 일을 한 모습에 바람이 불자 머리카락이 곤두선다. 길목을 돌아서서 붉은 신호등임에도 불쑥 뛰어 들어간 그를 허리에 권총을 찬 아주 우람한 체격의 흑인 경찰이 도로를 가로막고 서서 아주 사납고 엄하게 타이른다. 말라비틀어진 요우티아오油條같이 교활한 사람의 얼굴에 그 다음 날까지 누런 콩나물 같은 땀방울이 뚝뚝 떨어지는구나. 그 순간 라오마의 심리는 균형이 무너지고 마는데, 은막 위의 그 작자는 신체가 치켜 들린 채 자빠져 있고 대퇴부는 소파 위에 올려진 채 두 다리와 발은 방석 위에 올려져 있다. 라오마는 은막을 지시하면서 묻는다.

"저 작자, 뭘 하고 있지? 만날 약속이라도 있는 건가 아니면 교외지역으로 토끼라도 때려잡으러 갈 셈인가?"

멍지앙뉘:

"아니죠. 그는 국외로 팔려나간 공인工人인데 국외에 도착한 뒤에도 자전거 핸들 앞바구니 안에 들어 있는 차디찬 패스트푸드로 겨우 입을 때우죠."

라오마는 또다시 조금은 불만스러워진다.

"저건 저 사람이 힘들고 고단한 자기 사업과 풍파가 많은 자기 인생을 정면으로 널리 선포하는 형세가 아닌가? 내 말은 간난과 험난한 장애의 길, 뭐 그런 뜻이 아니고, 만일 그가 기록영화에서처럼 저렇게까지 꼬여버린다면, 그 다음 단계에서는 말하자면 저 작자가 완전히 입신출세에다 관직에 나아가 높은 지위에 오르는 단계로 폭발되고 보통 사람보다 뛰어나 발군拔群 향상하는 단계가 나타나겠다는 것이지."

그러자 라오마에게 진정 그런 모습을 설명해주기 위해서 화면 위에 고층빌딩들이 한 동 한 동씩 즐비하게 놓이고, 고급 과학기술원구역이 한 단락 한 단락씩 말을 달리듯 급히 땅을 점유하기 시작하면서 고속도로가 사통팔달 뚫리고, 마침내 제자리를 만회한 라오지앙이 민중을 대신해서 오십 번지 서쪽 그들의 고향에 대한 전면적이고 장기적인 발전 계획이 담긴 청사진을 내놓는다. 그 순간 그는 철탑을 하나 세운다. 그가 손을 한 번 휘두르자 천공에서 무지개가 출현하고, 그가 흥분해서 발을 구르면 모든 사람들이 다들 엎드린 채 방귀를 뀌듯 중얼중얼 쓸데없는 말들을 한다. 잇달아 '오십 번지 서쪽 무상 탐색과 수색 체포 회사'가 새롭게 성립되고 개장식 테이프를 컷하면서, 이 회사는 연달아 곧 인터넷에 접속이 되고 상품이 시장에 출시되면서 라오지앙은 수정금자탑 안에 자리를 잡고 앉아 있게 된다. 수정금자탑 안에서 한바탕 천둥이 치고 번개가 번쩍이기 시작하더니 태위 관복을 입은 라오서가 날카로운 탑을 부둥켜안고 마지못해서 내려오는데, 불덩어리 하나를 휘두르면서 위로 올라오던 라오지앙이 아래로 내려오던 라오서를 등허리가 으스러지게 짓찧자 그는 땅으로 추락한다. 그 순간 라오마는 또다시 약간 유감스러워진다.

"여기에 비추어 말할 것 같으면 한 개인이 발전을 해서 높은 지위에 앉는다는 것조차 저토록 아주 쉽다는 것이고, 보다시피 그 사람은 자신이 널리 선포하고 있으므로 기실 갈림길에 선 사람을 유인하는 것도 아주 쉽겠구먼. 이런 식으로 말하자면 저 양반과 라오서를 구별할 수 있긴 하겠네. 말하자면 한 명은 장군이고 다른 한 명은 합자회사의 자본가로군."

멍지앙뉘:

"제 의사도 바로 그런 의미이긴 하지만, 그러나 라오지앙은 사람들에게 그렇게 불리진 않아요. 그가 말하기를, 자신은 지식이 우선이기 때문에 여전히 지본가知本家*라고 부르는 것이 비교적 적당하대요."

그러나 라오마는 다시 좀 이해하기 어렵다.

"그러면 그는 당연히 스스로 지본가라고 칭하면 충분한 것이지, 어째서 라오서의 기존 국면을 전복시키고 우리들 오십 번지 서쪽 안의 민중들이 미치고 멍청해진 국면까지 관여하지?"

멍지앙눠:

"라오서의 기존 국면을 전복시키는 것보다 오로지 라오지앙의 지본知本이 더한층 좋아지니까 가능할 수 있죠. 말하자면 그것은 수정 금자탑과 은막을 자기 손안에 거머쥐는 것에다 한 단계 더 업그레이드하면 자기 스스로의 인생을 기록영화로 만들어 편집할 수 있는 것처럼 할 수 있다는 것이죠. 일단 인간들이 미치고 멍청해진 원인을 찾게 되면 그것을 한층 업그레이드시켜서 다른 곳에서 미치고 멍청해진 현상에 이용할 수 있다는 것이기도 하구요. 그 사람은 우리들이 미쳐버리고 멍청해져버린 것이 오직 하나의 신개발 항목이고 그래서 여정 중에 우리들에게 여행 경비를 주는 것 역시 그 사람 방식의 초기 투자예요. 감정대로 말하자면 그 역시 감정대로 이야기하지만, 무엇보다 중요한 것은 그가 금전을 거론할 때는 강철 같은 규칙과 경제적인 이익을 고려한다는 것이죠. 그러므로 당신은 누구고 저는 또 누구인가 하면, 일이 이렇게 된 이상 우리들은 오로지 그 사람에게 이미 고용된 사람들이라는 거예요."

---

* 지본가(知本家): 중국 현대사회에서 사용되는 신조어로서, 한 개인의 머릿속에 든 아이디어나 지식을 바탕으로 기회를 포착하고 돈을 벌어 대단히 성공한 사람을 말함.

라오마:

"당신이 그렇게까지 말하니까 나는 차라리 좀 안심이 되는데, 그렇다면 우리들은 흡사 신발을 수리하기 위해 투입된 지퍼라고 말해도 되겠고 신발을 생산해낸다고 말해도 되겠구먼. 사실 미치고 멍청해진 것도 치부致富가 가능하거늘, 나는 신발 수선을 한 지 일백여 년이 되었건만 여전히 그런 기막힌 신비를 발견하지 못했구려. 그래도 지금 나는 아직도 그저 그냥 회의적인데, 그가 겨우 우리들을 거머잡고 치부를 한단 말이오? 그가 겨우 우리들의 미쳐버림과 멍청해짐을 팔아버린단 거요? 아니면 이런 것을 통해서 도달하고자 하는 다른 목적이 있는 건 아닌가? 기록영화에 기재된 것이 그 작자의 진실한 면목인가? 그것도 아니면 여전히 다른 일면이, 그러니까 보다 더 어두운 국면이 있어서 이미 그 작자가 부차적인 내용을 모조리 삭제하고 경전을 자기 방식대로 고치고 기만해서 곡해하고 있는 건 아닌가? 보아하니 그 작자는 기록영화까지 일정한 목적이 있어 개편했거늘, 그렇다면 과거 라오서의 수작과 전혀 구별되지 않는 한통속이야. 나의 여인이여, 만일 이 일이 약간이라도 분명하지 않아서, 그 작자가 이끄는 방향대로 우리가 여정에 오르게 되면 어리벙벙해질 것이고, 종국에는 군중들이 정신이 나가고 멍청해진 원인을 규명해내지 못하게 될 것이며, 우리들도 이미 정신이 나가고 멍청해져서 죽은 뒤에도 매장될 땅이 없게 돼. 만일 이런 식이라면 우리들은 차라리 라오서 시대로 돌아가서 여정에 오르는 게 나아. 지본이 아닌 것이 그래도 여전히 좀 낫거늘, 라오서는 일개 백정 행위를 하던 자에 불과하니까 돼지고기에 물을 주입하는 정도지만, 저 작자는 지본가라니 아마도 철두철미하게 우리들 정신이 나가게 하고 멍청하게 만들어서 결국 철저하게 우리를 돼지새끼로 변화시킬 거야. 여전히 원인을 탐색하지 않는 것이 약간 낫겠는데, 우리가 원인을 탐색한답시고 도살장을 떠난 그날보다 더 도살장으로 근접해진 게 아닌가? 말하자면 마치 돼지는 적당히 자란 놈이라야 그런대로 잡아먹기 좋지, 너무 거대하게 자라면 그야말로 지옥인 것과 같지. 내가 이런 식으로 말하는 것은 우리들은 이제 각자 스스로 혼자가 아니라는 것을 명심해야 하기 때문이며, 게다가 일 세기 동안 오십 번지 서쪽의 수천만 군중들이 이미 정신이 나가고 멍청해져버렸기 때문이야. 내가 이런 식으로 말하는 것은 오십 번지 서쪽 안의 단독적인 문제가 아니라는 것이며, 그들의 정신이 나가고 멍청해져버린 원인을 거머잡지 못하게 되면 그 경험이 인류로까지 확산될 수 있기 때문이라는 것이야! 이것 역시 라오지앙과 라오서의 이론이기도 하고!"

여기까지 말을 해놓고 라오마는 기세가 높아지기 시작한다. 연달아 라오마는 흡사 방금 전에 라오지앙을 비판하던 라오서처럼 멍지앙눠를 비판한다. 그는 다시 제일 처음으로 과거의 신발 수선공 아내처럼 멍지앙눠를 대한다.

"방금 전의 당신 말은 우리들이 정신 나가고 멍청해진 군중들의 원인을 탐색하기 전에 우리들 자신을 탐색할 수 있다는 것인데, 그러니까 군중들에게 널리 확산되기 전에 우리들 자신에게 널리 확산될 수도 있다는 그런 말이로군. 얼마나 쉽고 값싸게 차지하느냐 그런 것과 비슷하다는 얘긴데, 지금 당신을 보아하니 여전히 머리카락만 길었지 식견은 짧구먼. 이건 딱 서로 뒤질세라 싸워대는 꼴이고 효모자孝帽子*를

---

* 효모자(孝帽子): 초상을 당한 자가 쓰는 흰 천으로 된 모자.

가로채는 꼴에다가 생사패生死牌를 빼앗기 위해 새치기를 하는 꼴이니, 지옥으로 왕래하는 통행증이라도 발급 받으려는 거야?"

라오마는 스스로 옳다고 확신하고는 독선적으로 예리한 칼을 꽂으려는 활화산처럼 두려움이 없다. 그런데 어디서 어떻게 알았던 것일까, 마침 그때 멍지앙뉘와 라오지앙이 필요하다는 것을. 멍지앙뉘는 라오마의 면전에서 면구스러워 주춤거리고 또한 참회를 하면서 말한다.

"말로는 라오마 오빠가 변하지 않았다고 하시지만 사실 오빠도 역시 변하고 있어요. 오빠는 신발 수선공에서 지식인으로 변하고 있을 뿐만 아니라 지식인에서 다시 사상가로 변하고 있네요. 이것은 누이동생이 백 년 이래로 미처 예상하지 못했던 일이네요. 보아하니 오빠가 이 누이동생을 이해하지 못하는 것뿐만이 아니고, 이 누이동생도 백 년 이상 하릴없이 오빠 옆에서 잠을 잤군요. 이 세상은 이 사람보다 더 신산스런 사정이 있게 마련인가요? 함께 생활한 지 백 년인데 사실 당신은 이 여자가 누군지도 모르고 있군요. 그래도 당신은 여전히 대충 마음을 편안하게 먹고, 여전히 이 여자를 대할 때 타협과 양보를 거듭하십니까? 이 여자도 역시 욕심은 많기 때문에 당신의 약점을 부여잡으려고 코를 내밀면 얼굴을 기어 올라가는 식으로 소리 내어 야단스럽게 부르짖으며 울며 소란을 피우고 생떼를 부리겠지요. 과거에 저는 오로지 저한테 부여된 중대한 책임 때문에 일부러 정신 나간 것처럼 가장하고 일부러 멍청한 척해야 했는데, 사실 오빠 역시 준비되고 축적되어 있기 때문에 오빠 스스로 간신히 껴안고 논쟁을 거부한 채 이 누이동생과 오빠 스스로를 불행한 인간처럼 연민으로 대하죠. 신발 수선공, 그는 심리적인 말을 전부 심중에 남겨두던 그런 사람이었고, 그는 면전에서도 비분강개로 눈물을 흘리던 그런 신비한 사람이었지만 저는 오히려 그런 것에 대해서 일절 아주 완전히 무지했기 때문에, 여전히 저 자신만 처해 있는 환경이 남달리 좋아서 사회적 풍조와 시경 국풍國風과 굴원屈原의 이소離騷를 먼저 획득했지요. 말로는 여정에 나서자고 했지만 저는 여정에 나서지 않을 수도 있고, 말로는 여정에 나서지 않겠다고 해도 저는 여전히 여정에 나설 수가 있지만, 그러나 저는 길을 나서야 하는 정체성과 그 이유를 단 한 번도 고려해본 적이 없고 오직 인간들과 제 자신이 정신이 나갔고 멍청해져버렸다는 사실만 고려했지요. 여정에 나서는 것과 정신 나간 것과 멍청해져버린 것의 원인을 탐색할 필요성에 대해 라오마 오빠가 아주 진작부터 이렇게까지 부정하고 있다는 것을 누가 알기나 했나요. 탐색하지 않는 것이 그런대로 약간 괜찮겠네요. 한 번 탐색하게 되어서 도리어 곤란하게 된다면 여정에서 돌아온 뒤에도 일절 여전히 논쟁이 없을 가능성이 높겠네요. 이제 제가 라오마 오빠에게 한마디로 대담하게 묻겠나이다. 군중들의 정신이 나가고 멍청해져버린 원인을 당신이 벌써 개인적으로 탐색해버린 것은 아닌지요? 그러므로 당신이 지금 막 그렇게 여러 가지 핑계를 대면서 회피를 하고 정신이 나간 척 가장하고 멍청해진 척 위장하면서 이쪽저쪽으로 빙글빙글 돌리면서 적의 둘레를 포위하고 적의 지원군을 공격하며 여정에 나서는 것 그 자체를 부정하시다니 흡사 과거 이 누이동생이 소리를 내 야단스럽게 부르짖으며 울며 소란을 피우고 생떼를 부리면서 여정에 나서는 것을 원하지 않게 되자 역사의 수레바퀴를 퇴행시키려고 잡아당기던 시절과 아주 똑같군요. 이 누이동생은, 당신이 여정에 나서지 않아서 역사의 수레바퀴를 퇴행시키려고 잡아당겼건만,

그런데 당신은 겉으로는 여정에 나서지 않은 척하면서 기실 이미 여정에 나섰더란 것 아닙니까? 몸은 우리들 중간에 두고 계시면서 마음은 이미 우리들 곁을 떠났군요. 이것은 우리들의 신변 문제와 당신과 내 잘못을 질책하는 것 이외의 그 어떤 책략 아닌가요? 아니면 당신과 나의 책략 위에 또 다른 하나의 점점 더 큰 책략이 설치되어 있는 건 아닌가요? 보는 각도에 따라서는 마치 라오마 오빠가 저를 이해하지 못하는 듯하지만, 기실 저와 군중들이 라오마 오빠를 이해할 수 없는 것과 비슷한 것 아닌가요?"

그 순간 라오마는 신기하게 좌우를 돌아보게 되고, 멍지앙뉘는 또다시 대뜸 손짓으로 신호를 보내는데, 멍지앙뉘는 지금 상대방이 사실대로 말하지는 않지만 마음속으로 모든 걸 깨닫고 이해한다는 생각에 다시 컨트롤 스위치를 대뜸 누른다. 수정금자탑이 농업사회의 작은 농가 주택으로 바뀌고, 작은 농가에는 뒤쪽 창문은 없고 앞쪽 창문에만 창호지가 붙여져 있는데 종이로 오려진 큰 수탉이 한 마리 창호지에 붙어 있구나. 일절 모든 진상을 감추려고 하면 더 드러나는 법이거늘, 기름 등잔불 아래 분위기는 어쩌면 저렇게도 비밀스러움을 드러낼꼬. 라오마가 보아하니 자신의 젊고 아름답고 상냥하고 자상한 아내가 잇달아 머지않아 곧 침상 위로 올라가면 축축한 물기가 돌겠더라. 짚을 깔았더니 과연 한 다발의 보리 향기가 우러나니 그 순간 너무 들뜨고 흥분이 되어서 무엇이 어찌된 까닭인 줄 모르겠노라. 그러나 여러 날이 지나간 뒤에 라오마가 말하기를, 보기에 따라서는 들뜨고 흥분이 되어서 무엇이 어찌된 까닭인 줄 모르는 듯하였지만, 기실 이미 마지막 남은 히든카드를 걸면서 두 번 다시 빙빙 돌려 말하지 않고 결전에 나설 때가 되었던 거야. 그들이 이 라오마로 인해서 그렇게 쫓기는 처지가 된 것이 아니라 이 라오마가 그들로 인해서 그렇게 쫓기는 처지가 되었던 것이고, 이 라오마가 계속해서 위장을 고수했던 것이 아니라 그들이 시키면 당나귀의 재능이 다할 때까지 오로지 재미로 구경을 하기 위해서 이 라오마의 카드를 보고 있었던 거라고. 이 라오마는 재차 더 기다릴 수가 없었거든. 그래서 이 라오마는, 오로지 마지막 남은 카드를 걸면 모든 일이 뜻한 바대로 순조롭게 잘 이루어지리라 여기던 이 라오마는, 참으려고 해도 더는 참을 수 없는 지경에 이르렀고 더 이상 참는다는 게 불가능했거든. 당연히 이 라오마는 또다시 마음 한구석에 이미 다 자란 대나무가 뾰족하게 자리를 잡고 있었으니, 나야 뭐 마지막 카드를 걸지 않는다면 좀 좋겠지만, 그러나 나는 그 마지막 카드로 당신들을 곧 죽어도 묻힐 땅이 없는 신세로 만들어버리겠노라. 그는 머리를 멍지앙뉘의 향기로운 머리카락으로 들이밀며 말한다.

"과연 누이동생이 말한 그대로 되어가는구먼, 이 여정은 나설 필요가 없겠구려. 말하자면 여정에 나서서 일을 해내도 허상이겠고, 우리들은 그저 가볍게 여행이나 다니는 휴가 시즌이고 날이면 날마다 밸런타인 데이처럼 애인과 즐길 가능성이 높거늘, 그렇다면 오십 번지 서쪽 안은 삼 년간이나 재해를 입어 황폐해진 땅이 한없이 넓어질 것이고, 이 라오마는 당신들이 비축해둔 식량을 아주 충분히 마구 먹어대고 마구 마셔대겠지. 그렇기 때문에 일전에 라오서에게, 나 이 사람은 밥을 먹어야만 한다고 요구했던 것이고, 나 역시 당신들 식량으로 정신적인 것까지 비축해서 오로지 단번에 모색하고 당신들 정신적인 비축을 정지시켰거든. 이 라오마 오빠가 일 세기 동안이나 정신 나간 것처럼 위장을 하고 멍청한 것처럼 가장했기 때문에 기실 라오서나 라오지앙 그리고 군중들이 발을 멈추고 앞으로 전혀 나아가지 않을 때나, 당신이 날마다 누이동생을 소리 내어 야단스럽게 부르짖으며 울며 소란을 피우고 생떼를 부릴 무렵이면, 나는 그때에 벌써 예술행위를 하는 창작자들처럼 시공간에 제한을 두지 않고 종횡무진 서방정토로 한차례 다녀오곤 했더랬지. 나의 사상은 아무데나 자유롭게 마구 싸돌아다닐 수 있기 때문에.* 당신들은 아직도 뜬구름 잡는 식의 근거 없는 말이라고, 내 말이 진정인지 회의적이겠지. 그렇다면 오십 번지 서쪽 안의 민의民意를 조사해보시게나. 기실 나는 일찍이 내 스스로 주장하는 바가 있어 민중들을 이탈한 뒤에도 그들을 대표해 그들이 희망하는 바를 말하고 이루어지게 해달라고 청하면서 민중들이 정신이 나가고 멍청해진 원인을 탐색하려고 그 정신 나가고 멍청한 진정한 취경取經을 널리 확신시켰던 거라니까. 보기에 따라서는 마치 일 세기가 정체되어버린 듯하지만, 기실 오십 번지 안의 핸들은 아주 저 홀로 그 스스로 내 눈앞에서 자유롭게 움직이는가 하면, 보기에 따라서는 라오서와 라오지앙이 수정금자탑 안에서 하루를 일 년처럼 힘든 나날을 보내는 듯하지만, 나 한 사람만이 십만 팔천 리나 곤두박질하느라 하루를 일 년처럼 힘든 나날을 보내고 있었던 거야.

보기에 따라서는 세계가 아주 질주하듯이 빠른 듯하지만 기실 나는 일찍이 세상의 속도와는 무관하게 슬로다운인데다 여전히 하루는 하루이고 내 일처리는 아주 적당했었어. 당연히 그런 가운데, 탐색

---

* 精無八扱和心遊萬仞: 장자의 허정관(虛精觀)에서 유래된 중국 고대 철학사상이다. 이 책에는 중국 고대 철학사상이 담긴 문구가 무수히 은유적으로 표현되어 있기 때문에 일부는 현대적인 의미로 완역하며 일부는 은유적으로 번역했음을 밝힌다.

••••

그 순간 라오마는 신비함에 좌우를 돌아보게 되고,
멍지앙뉘는 또다시 대뜸 손짓으로 신호를 보낸 뒤 다시
컨트롤 스위치를 대뜸 눌러대자 수정금자탑이
농업 사회의 작은 농가 주택으로 바뀐다.

••••

과정 중의 쓰고 달고 시고 매운 위험한 처지에 놓이기도 하고 가는 곳곳마다 위험한 처지였으니 그것은 곧 너무도 복잡하여 예측불허였느니라."

여기까지 말을 해놓고 라오마는 대뜸 잠시 말을 멈춘다.

"내가 취경을 하기 위해 탐색하는 간난의 경력과 구사일생한 기록영화 역시 앞으로 한 편의 영화로 제작해서 방영할 셈인가?"

그때 라오마는 아주 은밀하게 자기 궁둥이 뒤쪽 주머니로 컨트롤 스위치를 단박에 눌러버린다. 사실 그는 일 세기 동안 하나의 컨트롤 스위치를 품속에 안고 있다. 이 컨트롤 스위치는 그 크기가 진귀한 보옥寶玉 같은데, 라오서나 라오지앙, 멍지앙뉘의 수중에 거머잡은 컨트롤 스위치에 비해서 좀더 기물이 아름다우며 정교하구나. 라오서와 라오지앙 그리고 멍지앙뉘의 컨트롤 스위치는 오직 하나의 컨트롤 스위치이지만 라오마의 물건은 기물이 아름다우며 정교한데다 여전히 초록 광채까지 발산하고 있구려. 이때 멍지앙뉘는 크게 마음을 먹는데, 지난 일을 참회하는 행동 자태를 보이듯 라오마의 손을 힘껏 끌어당겨 붙잡는다.

"친오라버니, 그걸 방영할 필요는 없지요. 여정에 오르게 되면 중도에 백골요정에다 반사동盤絲洞 요정에다 여인 왕국 그리고 화염산火焰山과 통천하通天河를 지난다는 걸 저는 잘 알고 있으니까요. 그런데 당신은 그렇게 험난한 길에서 구사일생 살아서 돌아오는 경력을 쌓는 동안 저는 여전히 여기 정신 나가고 멍청해진 곳에서 떼를 쓰며 나뒹굴고 소동을 피우고 있었군요. 저는 이 역사의 흐름을 역행시키자면 오로지 끌어 잡아당겨야만 한다는 사실을 알고 있지만, 낡은 차를 새로운 차로 바꿔야만 여정에 나설 수 있다는 걸 누가 여전히 알까요? 저는 전혀 알아채지 못하고 연극에 들어서서 여전히 매우 열심이긴 하지만, 오빠는 이미 일절 혼자서 스스로 동굴을 뚫고서 독자적으로 여정에 들어섬과 동시에, 더군다나 오십 번지 서쪽 안의 우리들을 응대하시니까 점점 더 우리들이 가련하게 보이지는 않으신지요? 당신이 기록영화를 방영하지 않아도 흡사 당신이 여정에 나선 뒤의 그 과정을 저는 역시 당신에게 직접 배려를 받은 것처럼 늘 감사하게 생각할 것이고, 당신이 재차 기록영화를 방영하면 저에게는 당신을 형용形容한 것이 더할 나위 없이 참혹할 거예요. 죽어서 육신이 매장될 땅도 없을 만큼 말이죠."

라오마:

"방영하지 않겠다면 됐고, 경치를 보아도 들은 경치만 못하지. 부부 사이에는 신비가 약간 남아 있어야 좋은 것이고, 그렇다면 지금 내가 당신에게 묻겠는데, 일 세기라는 오랜 시간을 써서 정신이 나가고 멍청해진 군중들의 원인을 탐색한다던 당신과 라오서 그리고 라오지앙은 대관절 뭘 했지? 고작 더 넓게 확산시켰나, 독재나 혹은 이윤을 창출했나? 이런 문제를 분명하게 해두지 않는다면 나는 당신의 군중들이 정신이 나가고 멍청해진 원인을 결코 알려주지 않겠노라. 이 문제를 묻기 전에 내가 한 가지 더 묻겠는데, 지금도 당신은 라오서와 라오지앙의 한쪽 옆에 서 있으면서 여전히 다른 한쪽으로는 내 옆에 서 있나?"

멍지앙뉘는 교태를 부리면서 수줍어하는 모양새로 행동한다.

"당연히 저는 저의 오라버니 옆에 서 있는 거죠. 저의 오라버니와 비교하자면 라오서와 라오지앙 그 두 물건은 개똥 냄새가 물씬 난다니까요!"

라오마:

"그렇다면 당신들이 군중의 정신 나가고 멍청해진 원인을 탐색하는 목적이 무엇인지 당신이 곧 나한테 말해주시게나. 당신들, 정신 나가고 멍청해진 군중들을 이용해서 무슨 일을 도모하고 있지?"

멍지앙뉘:

"라오서는 사람들에게 계속 정신 나가게 하고 멍청해지게 해서 이런 정신 나가고 멍청해지는 것이 널리 확산되자 오히려 나가버렸고, 그의 독자 통치가 계속되고 있죠. 그가 무슨 대작을 꾸민 것은 없지만, 그렇지만 라오지앙의 진정한 목적은 오십 번지 서쪽의 농축된 경관을 축소시켜서 잇달아 동물원 안에다 내려놓고 사람들에게 참관하게 하려는 것이죠. 축소된 경관은 사방 어디로 이동해도 되는 것이니까요."

라오마는 감탄한다.

"보아하니 그들의 마음에 품은 독이 아주 많구먼. 만일 내가 일부러 정신 나간 척 위장하고 멍청해진 것처럼 그렇게 아무것도 모른 척 하지 않았다면 세상 어디로 이미 끌려가버렸을 테고, 오십 번지 서쪽과 오십 번지 서쪽의 그 정신 나가고 멍청해진 군중들은 일찍이 인간에게 팔렸을 게 아닌가? 그때 우리들은 동물원 안에 축소 경관으로 전시되어 있고 도처에서 사람들이 돌아보겠지. 당신, 아직도 내 옆에 서 있다고 말했으니, 여기 도착한 그 순간, 당신은 언제 어디서 이 오빠를 찾아냈지? 연달아 내가 묻노니 당신들은 지금 스스로 어떤 경지까지 탐색한 것이지?"

멍지앙뉘:

"각종 측정 기구의 관찰은 통과했고, 또한 타인을 거기 파견해 서방정토를 두 차례 다녀오게 해서 가까스로 인간의 어리석은 심리를 탐색했죠. 마음이 사라지고 없는데 사람들이 여전히 정신이 나가지 않고 멍청해지지 않을 수가 있을까요?"

그 순간 라오마는 의미 있게 웃었다.

"어떻게 고작 마음이야? 만일 고작 마음이 정신 나가고 멍청해진 것이라면 당신들 마음을 대처하는 것이야 여전히 가볍고 빠른 수레로 늘 다녀 익숙한 길로 달리듯 할 수 있고 가벼운 수레를 몰고 다니며 잘 아는 길을 가듯 할 수 있지 않소? 당신들은 여전히 마음을 다스리는 방법을 알고 있을 터, 한차례 긴밀하게 단결하지 않으면 안 된다고 재차 요구되었을 터, 말하자면 마음이 벌써 썩어 문드러져 있다면, 당신들은 인공 심장으로 교환해서 계속 활동할 수 있게 할 수 있을 터인데, 어떻게 산이 다하고 물이 다해 이러지도 저러지도 못한다는 것인지, 어떻게 탄환도 다 되고 식량도 떨어질 지경이라는 것인가? 만일 그 모양이라면, 군중들이 정신 나가고 멍청해진 걸 일찍 경험한 당신들이 그것을 널리 확산시켜나갔거늘, 나는 당신들이 축소한 경관 속의 평범한 한 마리의 원숭이로 조성되어서, 당신들이 나를 올가미에 씌워 재차 노심초사하면서 여전히 연극놀이 용도로 활용하고 있지 않은가. 당신들, 일 세기를 재차 잡아 끌어당기지 마시오! 그리고 계속해서 당신이 나에게 알려줄 게 있는데, 당신들이 탐색하려다가 이르지 못하고 있거늘, 탐색할 수 없는 위치이고 정황이라면 왜 날더러는 탐색하라는 것인가? 그것도 고작 내가 과묵한 신발 수선공이기 때문이라는 건가?"

멍지앙뉘:

"그건 아니죠. 진정한 이유는 역시 마음 때문이죠. 탐색이 이 지경이니 말씀도 이렇게 드릴 수밖에 없겠는데, 그건 당신 마음 때문이에요. 말씀드리자면 신발 수선공과도 관계가 있지요. 다른 사람들에 비해서 당신 마음은 모질거든요. 하긴, 이런 식으로 말씀드려도 당연히 부정확하지만, 당신 마음이 다른 사람들에 비해서 모질기 때문이라는 식으로 말씀드려도 그런대로 표현된 셈일 수도 있어요. 낮에는 당신 마음이 다른 사람들에 비해서 크지만 밤에 꿈속에서는 오히려 현실 중의 마음보다 작아요. 당신은 낮에는 다른 사람들에 비해서 담이 크고, 밤에 꿈속에서는 현실 중의 담보다 작다는 것이죠. 보아하니 당신께서는 꿈속에서 어쨌거나 한 번씩 언뜻 깜짝 놀라서 깨어나시는데…… 아직 제 설명에 문제가 있나요? 당신 마음과 주어진 현실을 일 세기 동안의 밤과 비교해보면 언제나 당신 마음이 작다는 생각에서 저희들은 당신에 대해서 안심합니다."

라오마는 그 순간 넘어질 듯 탄식하며 고개를 끄덕인다. 보아하니 라오마가 감탄하고 승인을 하는 듯해서 멍지앙뉘는 은밀하게 조용히 한숨을 내쉰다. 그런데 그녀는 어디서 어떻게 알게 된 것일까, 그녀와 그녀의 모든 것을 대표하는 라오서와 라오지앙이 여기쯤에서 딱 알맞게 라오마를 걸려들게 한다는 사실을. 그런데 정말 그는 꿈속에서 마음과 담이 다른 사람들에 비해서 작았기 때문에, 갑자기 부지불식간에 순간적으로 사라지고 나면* 가사 상태의 그것이 꿈결 속으로 인도되고 마음과 담도 인도될 수 있다. 그 순간 당신은 그것의 담과 마음이 그리고 정신이 나가고 멍청해진 인간들을 대뜸 소리 지르게 하고 경기를 일으키게 만드는 그것이 꿈결 안으로 인도되어 어디로

---

* 稍縱卽逝: 사자성어이며 송나라 때 소식의 문장에서 처음으로 사용되었고, 순간적으로 사라지는 가사의 상태 혹은 순간적으로 모든 것이 사라지는 인생의 덧없음을 상징함.

가게 되는지 알지 못하노라. 덧씌워진 것들을 다시 한 번 벗겨내고 비로소 하늘에서 태양을 훔쳐내 예술적으로 고조시키고 변화시키는 존재가 라오마이거늘 이미 실각해 쓰러져버린 라오서에게 다시 이용되어서는 안 될 것이며 새로 취임하게 된 라오지앙에게 미혹되어서도 안 될 것인데, 당신들 말인즉 관료적인 상업과 결탁해서 여전히 탕만 바꾸고 약은 바꾸지 않으면서 본질적 전화는 하지 않겠다는 소리가 아닌가? 그런데 멍지앙뉘는 이것을 약간 보듬으려는 의식意識 그 자체는 하지 않고, 여전히 그곳에서 라오마의 마음을 바꾸고 라오마의 결점을 휘어잡았기 때문에 득의양양해하면서 스스로 무척 즐거워하는구나. 그녀는 다시 교태를 부리며 상냥한 자태로 말한다.

"마땅히 교부할 마음이라면 전부 교부하셔야 하구요. 마땅히 교부할 바에는 속까지 전부 교부하셔야죠. 제가 오빠의 한쪽 편에 서 있으니까 마땅히 하실 말씀이 있으시면 전부 말씀하시고 그런 식으로 오라버니가 저한테 연달아 알려주시면 되는 거예요. 기왕지사 인간들 정신이 나가고 멍청해진 것이 마음 때문이 아니라면 그렇다면 무엇 때문인지 알려주시겠어요? 어제 새벽 네시부터 시작해 오늘 벌써 어두워져버렸고, 연신 곧 닭이 울 때가 다 되어가는데, 우리 여기서 말은 일절 다 마무리하고, 당연히 침대 위로 올라가서 피로를 풀어야지요."

그때 라오마는 고의적으로 시간을 지연시키려고 묻는다.

"만약에 내가 당신들에게 원인을 알려주면 당신들 이익을 나한테 어떻게 나눠줄 거야?"

멍지앙뉘:

"전체에서 삼등분해서 하나."

라오마:

"칼산에 오르고 불바다로 내려가고, 밤중에 꿈속을 헤매면서, 내 마음과 담까지 또 꼼짝 놀라서 오그라드는데, 절반은 주어야지. 그런데도 그 값어치가 삼분의 일이야?"

멍지앙쉬:

"젠장."

그러자 라오마는 곧 초록 광채가 발산하는 보옥寶玉을 스스로 끄집어내고자 한다.

"어차피 이렇게 되었으니까 내가 수정금자탑으로 돌아가서 라오서와 라오지앙에게 직접 의논해보겠어. 말로는 이 오라버니 한쪽에 서 있다고 했지만, 여전히 다른 사람들 한쪽 편에 서 있군."

그 순간 멍지앙쉬는 웃어버린다.

"그럼 절반, 절반이면 되겠어요? 제가 싸운다고 당신을 이길 수 있을까요. 그럼 과거에 제가 일 세기 동안 하릴없이 당신하고 잤단 말이에요? 그렇다면 가라오케로 가면 팁을 주지 않는다는 게 가능한 얘기예요? 지금 저는 되레 가라오케의 샤오스가 되어버리겠어요. 설령 제가 그 샤오스였더라면 어떻게 했을까요. 당신은 역시 마땅히 오십 번지 서쪽의 인간들이 정신 나가고 멍청해진 그 진정한 원인을 저한테 알려주어야만 한다고요."

그 순간 라오마는 열심히 한 글자 한 구절씩 말한다.

"결국 마음은 원인이 아닌 것이고, 그것은 곧 혼魂이기 때문이야. 마음은 객관이지. 사람 염통은 전부 살로 이루어져 있지만 혼은 곧 주관이야. 오십 번지 서쪽이 돌아가는 속도가 가속화되어서 일 세기가 점점 더 빨리 회전하고 있으니까 인간은 더한층 다른 사람으로 변화되기를 갈망하게 되지. 이를테면 그래서 나는 나를 놓아버렸어. 흡사 방금 전에 갈망했던 것과 다른 점이 뭐야. 그런데 내 스스로도 다른 사람으로 변화되는 과정 중에 있었으므로 모든 사람들이 내가 포기한 줄 모르더군. 그런데 혼은 오히려 자기 자신과 다른 사람의 틈 바구니에서 재빨리 걸어가면서 마구 뺑소니를 치는데 흡사 한 다발의 담배 연기가 흩어지는 듯하지. 그럼 뭐가 남겠어? 자신은 자신이 아니고 다른 사람은 다른 사람이 아니고, 당신은 당신이 아니고 나는 내가 아니며, 당나귀도 아니고 말도 아닌 것이, 올라가는 것도 아니고 내려가는 것도 아냐. 혼도 전부 없어지고, 혼이 꿈속에서조차 뺑소니 쳐버린다면, 그럼 인간은 어떻게 활동하겠어? 정신 나간 것들과 멍청해진 것들을 제외한다면, 그게 바로 정신 나가고 멍청한 것이지!"

멍지앙뉘가 돌연 크게 깨닫고 머리통을 두들기는데, 사실 일은 그런 식이구나, 사실 일은 이렇게도 간단한 거였구나, 거장들이 그토록 힘을 들여서 일 세기 동안 빙빙 돌리며 바로 말하지 않고 짐작해서 알 수 있도록 둘러서 말하며 엎치락뒤치락하더니만. 그 값어치가 일 세기인가? 그 값어치가 절반인가? 다시 통곡을 한다고 해도 그곳에는 통곡도 안 통하겠구나. 사실 오십 번지 서쪽은 눈에 눈물이 흘러도 절대 믿지 않는다. 네가 만리장성을 무너뜨린 적이 있다고, 오십 번지 서쪽에는 혼이 없는데 그곳을 반드시 무너뜨린다고는 할 수 없지. 그런데 라오서와 라오지앙 그리고 멍지앙뉘는 그때 마침 적당하게 여기 라오마에게 걸려들고 있는데, 그 순간의 라오마의 말이란 아주 알맞게도 참된 말이 아니다. 잇달아 멍지앙뉘가 점점 더 경악한 것은, 라오마가 말을 마친 이유란, 문득 머리 위의 가면 하나가 벗겨지더니, 사실 그녀와 함께 일 세기 동안 고스란히 잠을 잔 사람은 라오마가 아니고 더구나 그 사람은 새로운 신천지인 오십 번지 서쪽으로 옮겨온 행위 예술가라는 점이다. 그 순간 멍지앙뉘는 약간 곤혹스럽다. 흡사 방금 전에 라오마, 라오서를 곤혹스럽게 여기던 것과 동일하다. 그렇다면 라오마는 어디로 간 것일까?

제4막
△△△
라오마와 사회자

【전제: 오십 번지 서쪽에서 목욕을 가장 중시하는 사람, 라오펑】

　간담懇談 프로그램 진행의 음악 반주는 화얼훙러뒈이花兒紅樂隊*이다. 간담 프로그램에서 그들의 반주를 요청할 뿐만 아니라 '한담' '친구들 집' '쾌락 총동원' 등등 정신 나가고 멍청해진 척하는 걸 즐기는 오락프로그램에서도 그들의 반주를 요청한다. 화얼花兒** 꽃은 왜 어째서 저렇게까지 붉을까? 그것은 무엇보다 먼저 그들의 유행 풍조였기 때문이며, 그것은 그들이 과거의 오십 번지 서쪽이기 때문이며, 그것은 그들이 청춘의 혈맥이 주입된 가성歌聲과 난조음악藍調音樂***에 바

---

* 화얼훙러뒈이(花兒紅樂隊) : 2000년 중국 최고 가수왕상을 수상한 삼인조 남성보컬 그룹.
** 화얼(花兒) : '꽃'이란 의미지만 여기서는 특정 단체를 지칭하는 고유명사로 보고 중국식으로 발음 표기함.
*** 난조음악(藍調音樂) : folk, country, blues, jazz, rock, reggae 음악에 기원을 두고 1990년대 중국으로 유입된 음악 중에서 우울한 정서를 심화시켜 새로운 장르로 발전시킨 중국식 우울한 곡조의 음악.

• • •

나는 여러 가지 생각을 하며 대성통곡을 합창하는 무리를 찾았지만
한 사람도 찾을 수가 없고, 진정 광야에 도달한 자는 없건만은,
보아하니 온 대지의 삘기들이 바람을 따라
요동 치며 또 소리 없이 울먹거리는구나.

• • •

탕을 두고 있기 때문이다. 명성이 사람들에게 잘 알려지지 않았을 때의 그들은 오십 번지 서쪽으로 가지 않았으나, 절반은 울고 절반은 웃는 방식으로 장르가 바뀐 뒤 오십 번지 서쪽으로 한 차례 다녀가자 그 반응이 시니컬하고 어리벙벙하다. 야만성, 원시성, 눈물 없이 울먹거리기…… 그런 것이 음악으로 변화되어 예술을 반영하고 있다. 그래서 나는 여러 가지 생각을 하며 대성통곡을 합창하는 무리를 찾았지만 한 사람도 찾을 수가 없고, 진정 광야에 도달한 자는 없건만은, 보아하니 온 대지의 뻴기들이 바람을 따라 요동 치며 또 소리 없이 울먹거리는구나. 짜지도 않고 싱겁지도 않구먼. 나는 여러 가지 생각 끝에 길에다 모든 사람을 끌어내 속마음을 간곡히 말하였건만, 그러나 기다려도 세상에서 가장 가까운 사람은 만날 수가 없구나. 나 역시 탑 하나가 있을 때나 탑 하나가 없을 때나 관계없이 변했거늘, 우리들이 아직도 그것을 한 단락의 외설적인 농담이라고 말하는 게 더 낫다면, 이 순간 예절이나 형식에 얽매이지 않고 수수하고 털털하게 변화해도 의미가 없겠구나. 그래도 당신들은 그것을 열심히 아끼는가? 그러나 또 모두들 얼마 있지 않으면 그것도 오만과 냉담으로 이루어졌다는 걸 곧 이해하게 될 것이다. 그것은 약간 오만하고 냉담하며, 무지막지하고 취약하며, 친밀한 것을 거절하고, 따뜻하면서도 아주 차가운 소리로 우리들의 귀와 심령을 즐겁게 격돌하며 울려대는 소리이긴 하지만, 어쩌면 그것은 우리들의 이드id가 벌써 다른 사람들의 틈바구니로 너풀거리며 달아나버린 우리들 혼이 아닌가. 우리들의 이드인 그 혼은 여전히 일종의 소환召喚 작용을 하고 있으므로, 우리들은 흡사 이미 대성통곡을 하며 속마음을 간곡하게 털어놓은 듯한 게야. 화얼훙러뒈이가 어디로 가서 그곳에 도착하니, 여느 군중들이 다들 그 소리를 듣고 술에 취한 듯 멍청해진 듯 그 땅의 군중들이 노래하고 춤추며 마음껏 즐기는구나. 사랑하는 사람아, 당신은 결국 내 옆으로 돌아오는구나. 우리들은 축소판 경관들로 안 바뀌어도 그 이전에 먼저 화얼홍러뒈이의 축소판 경관으로 바뀌고 말았구나.

북채로 한 번 두들기니 징이 한 번 울고, 전자기타와 징후京胡*가 연주되면서 전주가 시작되자 관중들의 박수소리가 밀물처럼 몰려오는 가운데 라오펑과 사회자가 입장하고 있다. 이번의 간담 주제는 오십 번지 서쪽의 인간들이 정신이 나가고 멍청해진 것에 관한 토론임으로 말미암아, 간담의 반주자가 화얼홍러뒈이임으로 말미암아, 그날 하루 위성으로 중계방송을 하자 텔레비전을 통해서 직접 생중계방송을 보는 관중들로 전 지구가 들끓는다. 그 일을 사후에 BLZ(blizzard)**에서 민의를 조사했고, 그 회사 통계로는 칠십억이었다. 무수히 많은 국가의 대통령과 수상 그리고 황실의 구성원들이 전부 그들의 일을 중단하고 텔레비전 앞에 둘러앉아 무엇을 연구해야 할지 고민한다. 이 정신 나간 척하는 행위들에 대해서는 광우병이나 구제역보다도 관심을 가지고 받아들이는 자가 아주 더 많다. 처음부터 위성중계를 하자, 그 간담 프로그램으로 인해서 오십 번지 서쪽의 목욕탕 지배인 라오펑이 긴장하고 두려움에 떨면서 가장 먼저 녹화를 준비하더니, 한 마디 잘못 언급해 또 편집하고 컷하면서 반복해서 이야기한다. 현실 생활 중인 사람들과 비교하자면 마구 혼란한 미로에 빠져서 군중

---

* 징후(京胡): 고베이징 지역에서 사용되는 얼후의 일종.
** BLZ: blizzard 혹은 폭풍설(暴風雪)이라는 어원에서 나온 말. 전 지구가 네트워크화하면서 지식이나 오락이 하나의 산업으로 자리를 잡기 시작하고 그에 대한 저작권 문제가 전 세계에 걸쳐 적용되자 이를 조사하게 된 기관.

들이 길을 잃어도 올바른 길로 되돌아오게 할 수 있다는 것인데, 서양 양복에 초록색 넥타이를 착용한 라오펑의 말에 아무도 동의하지 않는다는 것을 누가 알았을까. 사후에 기자가 라오펑을 취재하면서 왜 어째서 초록색 넥타이를 맸느냐고 묻게 된다. 서양 양복을 입는 것은 마땅히 이해하면서, 지금 텔레비전에 나오는 사람치고 누가 양복을 착용하지 않았지? 문제는 왜 어째서 초록색 넥타이를 매느냐, 그것인가? 라오펑은 아주 대담하게 당당하고 차분한 태도로 말한다.

"나는 물을 통해서 사람들과 접촉하기 때문이고, 초록색이 상징하는 것은 녹색식물과 같고, 새싹 같은 것이며 부드러운 감정 역시 물과 같기 때문이오."

"혹자가 말하기를 불변하는 청산과 같은 푸른 물은 영원을 상징하니, 물이 풍부하고 초원이 우거져야만 좋다고 하더이다."

그런데 텔레비전이 생방송하지 않는 것에 관하여 라오펑은 좀 불만을 드러낸다.

"생방송이 아니면 나는 되레 긴장도 되지 않고, 먼저 녹화한 뒤에 그 내용을 잘라서 편집할까 봐 좀 걱정도 되고, 그래서 모든 말을 한마디씩 할 때마다 대충 어림잡아 헤아려보게 된다고요. 거두절미해서 당신들이 마구 편집을 해서 잘라내게 될지 아무도 모르기 때문이오!"

"생방송은 원액이고 참맛이지만, 거두절미하고 편집한 내용을 방송하는 프로그램은 나는 중도에서 그만둘 테니까 다른 사람보고 만들라고 하시오, 다른 사람이 진행하는 틈바구니 사이로 내 혼이 날아다니면서 당신들을 희롱하기 위해서요."

"무슨 저의요? 다른 사람들은 다들 생방송인데, 어떻게 나 하나에게만 녹화방송을 만들라는 거요? 만일 계속 이럴 것 같으면 이 라오평은 적절하지 않소. 생방송이 적절하지 않다면, 당신들 오십 번지 서쪽에서 다른 사람으로 바꾸시오. 당신들 보기에 이 라오펑 같은 인물을 다시 찾아낼 수 있을 것 같소? 내 말은 결코 나 이 라오펑이 이 프로그램을 진행하겠다는 뜻이 아니고, 내가 이 간담을 결코 진행하겠다는 뜻도 아니지만, 목욕탕 안에는 푸른 풀과 신선한 꽃, 유리로 만들어진 천장에는 비천하는 항아嫦娥*가 채색 그림을 그리고 있으므로, 나는 인간 심리에 대한 화두를 충분히 말할 수 있다는 것이오. 이 세상에는 간담에 적절하지 않은 결핍된 친구들이 적지 않다는 것을 나는 알고 있고, 때밀이 라오양이 날 끌어내 나더러 마음을 터놓고 자유롭게 얘기해보라고 한 것이지만, 난 여전히 성가시단 말이오. 당신들이 나한테 간청을 한 것이지 나는 결코 당신들한테 간청하지 않았소!"

그 자리에서 라오펑은 매우 화가 났다. 보아하니 오십 번지 서쪽의 정신이 나가고 멍청해진 인간들은 다들 저렇게 이유가 충분하고 말에 힘이 있으며 일사천리이다. 일개 목욕탕 지배인이 높은 자리를 차지하고 아래를 내려다보면서 조국의 산하를 가리키는 형국이 되자, 간담 프로그램의 여자 앵커가 의외로 탄복을 한다. 이 간담 프로그램에서 정말 똑똑하고 훌륭한 내빈을 찾아낸 게 맞긴 맞네요. 원래 사실은 생방송을 해야지요. 녹화방송을 하는 것은 라오펑 선생님의 긴장된 정서를 생각해서 명의가 삭제될까 봐 고려했던 것이죠. 그렇다면 라오펑이 대담하게 풀어나가는 것도 가능할 수 있겠고, 오십 번지 서쪽의 인간들이 정신 나가고 멍청해진 원인과 이 정신 나가고 멍청

---

* 항아(嫦娥): 인간 세상에서 서왕모(西王母)의 불로장생하는 약을 훔쳐 달 속으로 날아갔다는 전설 속의 선녀.

해진 공간을 통과해서 이 라오펑이 어디에 도착하는지 철저하고 분명하게 밝힐 수도 있을 것이고, 이 라오펑이 물을 차용하는 모습을 담대하게 놓아주고 지켜봐야지, 그렇지 않고서 내 명의의 우세를 누가 알아줄까. 방면하려면 아주 확실하게 직접 방면해야지, 구실을 빙자해서 뭘 찾겠답시고 빙빙 돌릴 필요가 있을까? 이 라오펑의 담력과 용기는 정말 이렇게까지 커지고 변화되고 있거늘. 그리고 그는 벌써 간담 프로그램의 트릭을 고의적으로 단 한 차례의 공격으로 죽여버리고 옷을 입는 것에 까다롭게 굴듯 진행과정에 브레이크를 걸지 않고 있지 않은가? 사후에 라오펑은 기자에게 말한다.

"사람 속내를 간파하자면 나를 한눈에 간파할 수 있겠지만, 그러나 그 당시 나는 아직 그렇게까지 일을 벌일 생각을 하지는 않았어. 일체 모든 것이 나의 이드id에서 나오는 것이고, 사실 나의 이드는 솔직 담백해져야 가능하니까 말하자면 생방송일 때 적합하다는 것이고, 가위로 잘라 편집하는 데는 적절하지 않아. 내가 이런 식으로 진행하는 것도 내 개인에 그치는 것이 아니고, 내가 가위질을 잘못하게 되면 아무것도 없게 되잖소. 요는 내가 가위질을 잘못하게 되면 오십번지 서쪽의 수천만 군중의 그 정신 나간 상태와 멍청해진 상태에 대해서 세계의 시선을 잘못 인도하는 방식이 되기 때문이오. 내가 그런 식의 폐해로 전 세계를 뒤덮으면 안 되는 것일 뿐만 아니라 이 간담 프로그램 본연의 목적도 아닌 것이오."

여자 앵커는 아직도 좀 안심을 하지 못하고 생방송 전에 또 라오펑에게 묻는다.

"당신께서 아셔야 될 것은 이 프로그램에 관심을 두고 보는 사람들은 여러 국가의 대통령과 수상 그리고 황실의 구성원들이라는 거예요. 원래 당신은 긴장하지 않는데, 만일 직접 생방송을 하게 되면 긴장하게 될 것이고, 중간에 대사를 잊어버려서 난처한 입장에 놓여서 도중에 불발되는 상황이 발생할 수도 있다고요. 비록 그렇게 된다고 하더라도 제가 당신 입장을 모면케 할 수 있긴 하지만, 그러나 제가 구제하는 장면이 나가는 순간 당신은 여전히 온 얼굴에 땀을 줄줄 흘리며 대답을 하게 될 것이고, 그 대답도 술술 터져 나오지 않는 순간이면 당신하고 저는 둘 다 무대에서 순조롭게 내려오기 어렵죠. 확실하게 말하긴 어렵지만 보아하니 라오펑 선생님께서 그렇게까지 무능하실까마는, 오늘부터 당신은 목욕탕에서 목욕하는 사람들의 목욕비를 전부 격감하셔야겠어요. 목욕탕의 장사가 그것으로 인해서 영향을 받게 될 것이니까요. 그때 가서 사람을 초대해놓고 일을 성사시켜주지도 않는다고 저한테 기분 나쁘게 생각하진 마세요."

라오펑은 그 순간 기괴한 느낌이 든다.

"그런데 당신, 어떻게 다른 한 가지는 가능성이 있는지 생각해보지도 않는 거요? 간담이 진행될 무렵이면 긴장하는 것은 내가 아니라 당신 아니오? 내가 당신이 제출하는 각종 문제에 대답을 하지 못하고 쩔쩔맬 일은 없을 것이고, 게다가 당신이 제출하는 모든 문제에 나는 흐르는 물길에 수은이 뿌려진 듯 일사천리의 기세로 대답할 것이고, 당신이 수렴하기 어려울 만큼 나는 훌륭하게 능력을 방출할 수 있소. 엎질러진 물도 담기 어려운 법이거늘 하물며 수은이야 말할 필요가 없지 않소? 당신이 수용하지 못한다고 해도 나는 쉬지 않고 담론할 것이고, 게다가 내가 일차로 대답을 하면 당신은 또 나에게 분명히 천박한 문제 하나씩을 제출하겠지. 몇 번 담판을 짓다가 내가 아무런 문제도 없이 그곳에서 마음이 평온하고 온화해지면서 음성에 전혀 흔들림이 없게 되면 당신은 자신의 책상에 준비한 것이 부족했기 때문에 그리고 이 라오펑에 대한 계획이 부족했다는 느낌을 받고 그 참괴스러움으로 인해 뒷면에서 준비한 문제가 아직도 앞쪽에서 준비한 문제보다 못하다며 당신은 그 때문에 온 얼굴에 땀을 줄줄 흘리면서 대사를 잊어버리게 되자 미안하다며 다시 물으려고 난색을 표명하는 순간 당신이 나를 구하는 것이 아니라 내가 직접 당신을 구할 것인데 그렇다면 오직 이 프로그램은 한 인간이 혼잣말로 중얼거리고 자문자답하는 모노드라마가 되어야 하고 시작부터 끝까지 백이십 분 동안 생방송으로 방영하는 것이 지당하거늘, 무능함을 드러내는 것은 이 라오펑이 아니고 당신들 텔레비전이 무능함을 드러내는 것이고 이 라오펑의 목욕탕 장사에 영향력이 미치는 것이 아니며 오직 당신들 간담 프로그램만이 내일부터 수명이 다해 광고도 유인하지 못하고 방송을 내보낼 시간대도 찾아내지 못하게 되겠지만, 정확하게 말할 순 없어도 우리 목욕탕은 여러 나라의 수상과 대통령까지 고객이 될 것이며 얼마 경과되지 않아 우리 목욕탕에서 수상과 대통령까지 양성하지 않을까 싶고, 이건 말하기 좀 그렇지만 귀를 예술품인양 장식으로 달고 다니는 귀머거리 같은 황실 구성원들이 떼거리로 몰려오는 순간 실직한 당신도 찬바람 속에서 쓸쓸하게 보낼 텐데 그땐 내가 당신을 다시 한 번 구제해줄 터이니 내 말을 수용하고 우리 목욕탕으로 와서 여자 안마사를 하는 게 적당하겠다 그 말이야!"

여자 앵커는 원래 요조숙녀였으나 텔레비전 간담으로 인해서 피해를 입고 있는데, 간담이 이미 이 년 넘게 지속되는 사이에 그녀는 다른 사람으로 변하고 있다. 요는 그녀가 다른 사람으로 변해가는 과정 중에 그녀의 원 모습이 혼을 따라서 틈바구니 사이로 날아가버리게 됨으로 말미암아 그녀 자신조차 자기가 누군지 모르고, 타인은 누구인지 누가 말을 하는지 도대체 타인은 무슨 일을 도모하는 닭인지도 모르겠고 혹은 자기 자신이 굵직한 마늘 대궁에서 분리된 마늘 알갱이처럼 간주되면서 온천하의 사람들이 솥에다 넣고 막무가내로 끓이고 데쳐낼 듯한데, 어제의 그녀는 인민의 대변인으로서 텔레비전을 통해 늘 이렇게 말하지 않았던가. '저는 저 광대한 관중의 대표로서 여러 대통령과 수상 그리고 각 황실의 구성원들께서 관심 있게 시청해주시는 것에 감사드립니다.' 오로지 그렇게 떠들어대던 그녀는 정신 나간 관중들과 멍청해진 관중들을 맞닥뜨린 적이 없었고 그로 말미암아서 그녀는 멍청한 상태로 정신이 나간 척 위장할 수 있었으며 자기가 기획한 계략이 늘 실현될 수 있었고 때문에 진짜 멍청하면서 정신만 나간 척 늘 위장해왔던 여자 앵커가 지금 정말 우연히 오십 번지 서쪽의 대표이자 목욕탕 지배인이면서 가짜로 멍청해진 척하고 진짜로 정신이 나가버린 라오펑을 맞닥뜨렸으니 그 둘은 한 자리에서 정신 나간 말들을 두서없이 떠들어대면서 여전히 진정 그 멍청한 여자를 땀 흘리게 만들어놓더니, 사후에 라오펑은 다시 이렇게 말한다.

"그 당시 내 본심은 그녀에게 모욕을 주고자 한 것이 아니고, 그녀가 진정 나를 총부리로 박아대서, 나 역시 풀도 베고 토끼도 두들겨 잡는* 방식으로 대뜸 그 여자를 말이 나온 김에 교육시켰지. 그 여자에게 단박에 오십 번지 서쪽의 중량을 잇달아 다시 어림잡게 만들고 자기 자신은 몇 근 몇 냥의 두꺼비인지 알게끔 만들었더니, 그 모양이 되자 그녀는 그날부터 나를 대하는 태도가 고조되었고 간담 프로

---

* 摟草打兔子順便 : 작가의 고향인 중국 허난 지방에서 내려오는 속담으로서, 풀을 베다가 토끼까지 잡게 되었다는 뜻으로 일거양득이라는 의미로 와전됨.

그램도 고조되었으니 전부 좋은 기회였지."

여자 앵커는 자신의 가발과 얼굴 위의 파운데이션을 만지작거린다. 그녀가 가발을 만지작거리자 단박에 삐딱하게 되고, 화장은 만지작거려서 꽃이 퍼진다. 머리부터 일절 다시 화장을 하더니, 다시 입을 연다.

"기왕지사 당신이 생방송을 원한다고 말씀하셨고, 우리가 잘못했으니까 곧 정말 생방송으로 진행할 거예요. 제가 광대한 관중의 대표자로서 역시 당신이 생방송을 해도 된다고 동의를 하죠. 상황은 이렇게 되어 어쨌든 사실 곧 생방송을 하게 되지만, 당신은 필경 텔레비전에서 난생처음 있는 일을 겪을 거예요. 이 숙녀가 난생처음으로 약간의 오락 프로그램 규칙을 일이 진행되기 전에 당신에게 일깨워드려야겠는데, 말을 달리게 해야지 느릿느릿하면 안 되고요, 당신은 그 시각 여전히 당신 옆에 한 사람이 있다는 생각을 하셔야 하는데, 흡사 그것은 술집으로 데리고 간 여자친구를 다른 사람이 함부로 보지 못하게 하듯 해야 하구요, 만일 그렇게 하지 않으면 간담은 허튼소리만 늘어놓게 된다고요."

라오펑:

"내 목욕탕에서조차 규칙과 차례가 있는 이유를 나는 이해하오. 먼저 옷을 벗고 나중에 신발을 벗은 뒤 한증막에 들어갔다가 때를 미는데, 가장 먼저 바지를 바꿔 입게 되면 세 배를 부르지만 최후에는 85퍼센트로 할인되지. 이렇게 해서 내가 목욕탕 지배인으로 간주되는 것 아니겠소?"

여자 앵커는 라오펑을 바라보자 진정 이완이 되어 결국 가볍게 숨을 내쉰다. 그러자 순간, 화얼훙러웨이의 음악이 조율되기 시작하고,

여자 앵커는 라오펑에게 의견을 구한다.

"음악은 이미 준비가 다 되었으니까 우리도 시작할까요?"

라오펑이 또 하나의 의견을 제시할지 누가 알았을까.

"우리가 오늘 생방송하는 순간, 현장에 관중을 데리고 가는 거요?"

여자 앵커는 그 순간 속셈이 하나 남는다.

"라오펑, 당신은 관중을 데리고 가는 게 좋다고 생각해요, 아니면 데리고 가지 않는 게 좋아요? 이번에는 광대한 관중의 대변자로서 제가 라오펑 오빠에게 들어야겠네요. 흡사 술집으로 갈 때 당신이 저에게 무슨 치마를 입으라고 지시하는 것과 같네요."

라오펑은 다소의 뜻을 이루자 기쁜 나머지 자신을 망각하고 자만하여 자신의 처지를 잊은 듯하다. 한 걸음 한 걸음 승리하자 그는 좀 원위치로 회귀하고 있다. 그러나 네가 어디를 향해 회귀하고 있는지 모르고 있으니 그게 좀 좋지 않구나. 어떻게 자기비판의 대상을 복제한단 말인가? 그 순간 그는 자기 자신이 한 뿌리의 마늘 대궁으로 간주되어서 만천하의 사람들이 임의로 솥에다 넣고 데치는데, 그때 때마침 여자 앵커에게 휘청 걸려든다. 라오펑은 대뜸 손을 휘휘 흔든다.

"그럼 타이츠스커트를 입으시오, 초미니스커트는 안 되겠고…… 그러면 닭처럼 느껴지니까."

라오펑:

"그럼 관중을 데리고 갑시다. 나도 한 사람의 대가로서 그 정신이 나간 적도 없고 멍청해진 적도 없는 멍청이 모자를 쓴 인간 무리들을 만나서 그들과 교류하고 그들을 교육시킬 수 있는 기회요!"

그 순간 라오펑은 여자 앵커처럼 화색이 도는 인간 형상으로 변한다. 사후에 라오펑은 간담 프로그램 진행 중에 바야흐로 눈물 없이 울먹거린다. 사실 방송국에서 관중들을 데려다놓았기 때문에, 그는 보아하니 뜻을 이루자 기쁜 나머지 자신을 망각하고 자만하여 자신의 처지를 잊은 듯하고, 간담 프로그램의 종사자 역시 한 번 실패를 겪게 되자 그만큼 더 지혜로워져서 라오펑을 손에 넣고 시간을 지연시켰고, 그 사이에 오십 번지 서쪽으로 가서 정말 약간 정신이 나간 자와 정말 약간 멍청해진 자를 찾아내서 무대 아래의 관중석에다 뒤섞어놓는다. 라오펑 당신이 진짜 정신 나가고 멍청해졌다면 우연히 맞닥뜨린 정신 나간 척 멍청해진 척 위장하고 있는 자들을 글을 쓰거나 그림을 그리듯 자유자재로 다스릴 수 있을 게 아닌가. 지금 여기 관중 중에는 당신의 오래된 지기인 진짜 정신 나간 자들과 진짜 멍청해진 자들이 돌발적인 상황에서 출현해서 라오펑 당신을 상대할 것이니까 천부적인 원형을 있는 그대로 명백히 드러낼 필요는 없고 여우 꼬리나 노출시키시오. 여우 주제에 호랑이 위세를 부리는 순간 당신은 동일 종족을 맞닥뜨릴 필요조차 없겠는데, 방금 전 라오펑 당신은 여자 앵커를 상대해서 승리를 이끌어내느라 머리통에 급격한 충격을 받아 이성을 상실해버렸건만, 멍청하게도 순풍에 돛을 매단 듯이 마음속에서는 대나무가 자라고 있고, 다시 말하면 마음속으로는 여전히 대단한 자신감이 있구나. 화얼훙러뒈이가 북채를 한 번 두드리자 징이 울고, 라오펑과 여자 앵커의 손을 이끌어 잡고 술집에서 직접 생중계하는 현장이 나타나는구나. 저 양반, 저 모양으로 정직하고 무지하게 칠십억 관중과 대통령과 수상 그리고 황실 구성원들 면전에 출현하시는구나. 라오펑, 당신이 지금 어떤 처지인지 얼굴이 두꺼워 치욕이 뭔지도 모르고 있거늘, 당신이 오십 번지 서쪽을 대변할 수 있소이까?

그런데 프로그램은 연달아 개시되지 못하고, 관례대로 텔레비전은 먼저 삼 분간 광고를 삽입해서 방송한다. 먼저 남성 보약 한 가지를 방송하더니, 당신도 좋고 저 역시 좋아요, 또다시 방송되는 생리대 한 가지, 매달 편안하니까, 잇달아 방송된 것은 부녀자용 질 세정액洗液 광고이고 은밀한 것이어서 말하기 난처한지, 나중에 씻는 것이라 한다. 라오펑은 곧 또다시 불만인데 그 불만은 두 가지 방면인 것이다. 첫째, 이번에 라오펑의 간담은 하나의 엄숙한 화제를 다루는 것으로서, 오십 번지 서쪽의 정신 나간 것과 멍청해진 것에 관한 내용인데, 사전에 먼저 여전히 광고를 방송하다니, 그 자체가 말하자면 오십 번지 서쪽의 정신 나간 인간들과 멍청해진 인간들을 모욕하는 것인데, 우리들이 정신 나가고 멍청해진 것들을 상대로 이윤을 창출하려고 해서는 안 된다는 것이다. 둘째, 말하자면 광고방송을 하지 않아도 그 물건들은 이윤을 창출할 수 있을 터이고, 또한 굳이 방송하지 않는다 하더라도 이것들이 미천한 물건이라는 것을 가늠하지 못했단 말인가.

라오펑:

"그건 오십 번지 서쪽의 길목을 가로막는 게 아닌가? 말하자면 광고방송이란, 광고라는 것은 강철 거인이니까 위성방송을 하는 날 내 보내도 충분하거늘, 왜 어째서 생방송이 진행되는 이 순간에 보약과 질 세정액 같은 것을 방송하지 않으면 안 되는가? 명백한 것은 당신들 텔레비전 방송국에서 스스로 주장하는 것은 이로움을 보면 의리마저 망각하니 사리사욕에 눈이 멀어가고 있다는 것이고, 불명확한 것은 여전히 왜 아직도 내가 암시하는 것은 무엇이며 오십 번지 서쪽은 또 무슨 관련이 있기 때문인지 그걸 모르겠어."

그 순간 여자 앵커는 역으로 라오펑과 함께 정신 나간 것을 흉내 내고 멍청해지는 것을 흉내 내다가 결국 총명한 것까지 흉내를 내게 된다. 그녀는 술집에서 다른 아가씨를 몰래 훔쳐보는 라오펑을 발견해내고 마치 그것이 라오펑의 단점인 양 할퀴기 시작한다.

"당신, 보려면 보시되, 안 보려고 고의적으로 그러지 않아도 여전히 몰래 훔쳐보고, 자신은 모든 아가씨를 끌어들이려고 뭐든지 눈대중하고 있기 때문에, 또다시 고의적으로 청렴한 척하면서 마치 모든 아가씨들을 보고도 마음에 들지 않는다는 것처럼 행동하지만, 사람들을 즐겨 훔쳐보는 사람은 술집에 와서도 자기는 사람 훔쳐보는 것을 좋아하는 게 아니라 술집의 공기와 분위기를 좋아한다고 말하곤 하죠. 다른 사람들이야 본업이 아니니까 할 일을 하지 않고 마음대로 비천하게 떠들어도 되지만, 자신이 고결한 강술講述인 양 위장을 하고 시건방지게 고상을 떨면, 그런 몰골은 말하자면 가소롭기도 하거니와 자아를 기만하는 자라고요!"

"이번의 광고방송 역시 문제 없는 것이, 광고가 없으면 텔레비전 방송국도 없는 것인데 위성으로 전환해서 방송하면 우리가 여기 앉아 있을 수가 있나요? 그걸 비유하자면 당신 목욕탕에서 목욕하려는 대중들이 입장표를 사지 않아도 출입이 가능한가요? 여자 안마사가 얼마 동안 안마를 해주고도 돈을 받지 않을 수 있어요? 비용을 내니까 여전히 그 여자에게 뭘 해달라면 곧 뭘 해주고 그런 거 아닌가요? 다시 말하자면, 이 약간의 광고방송이 어떻게 오십 번지 서쪽과 당신하고 관계가 없겠어요? 말로야 오십 번지 서쪽은 관계가 없다고 하면 해석이 통할 수 있겠지만, 말하자면 당신을 아무런 관계가 없다고 발설하게 되면 천하의 모든 인간들이 다들 불신하지요. 모든 광고는 약간씩 쓰임새가 있는 상품인데, 그것도 당신네 목욕탕과 또 관련이 없다는 말인가요?"

여기까지 말하자 라오펑이 거꾸로 어벙해진다. 다른 사람의 조소에 대하여 변명을 해야 하기에 라오펑은 얼굴을 붉히며 말한다.

"당연히 내가 주로 말하고자 하는 바는 여전히 오십 번지 서쪽과 나 자신이 아닌데, 게다가 광고 내용 중에서 보니까 또 보충하고 또 뭘 씻어대고 한다니까, 위성방송이야 외지인이 보기 때문에 그런 내용도 통할 수 있지만, 우리들이 존재하는 이 땅에 둥야삥푸東亞病夫*가 또다시 창궐함으로써 도처가 기원技院이나 다름없구려. 그러니 내가 주로 고려한 것은 외지의 영향이지!"

광고방송이 완전히 나가고 나자 텔레비전에 또다시 라오펑과 여자 앵커가 옷깃을 바로 하고 얼굴을 단정하게 하고 앉아 있다. 그러나 아직도 간담은 시작되지 않고 있는데, 화얼훙러웨이가 「티엔헤이헤이天黑黑」**를 한 곡 연주하고 있다. 그 순간 우리는 텔레비전을 통해서 라오펑이 기다리지 못하고 짜증을 내는 모습을 볼 수가 있다. 「티엔헤이헤이」가 연주된 다음 대형 조명등이 밝아지고, 여자 앵커의 웃는 얼굴 만면에 개장을 한다는 선언이 있은 후에 일장의 간담이 시작된다.

여자 앵커: 라오펑 선생님, 당신을 이 간담 프로그램의 내빈으로 모시게 된 것을 환영합니다. 오늘 저희들의 간담 화제는 오십 번지

---

* 둥야삥푸(東亞病夫): 청대 말기부터 중국인을 외국인과 비교할 때 사용하던 말로서 신체는 나약하고 여기에 더하여 사상과 정신력이 결핍된 중국인을 비꼬아서 표현하는 사자성어.
** 티엔헤이헤이(天黑黑): '아주 시커먼 하늘'이라는 뜻의 노래 제목.

서쪽의 인간들이 정신이 나간 것과 멍청해진 것에 관한 것이며, 이 정신이 나가고 멍청해진 현상이 어디로 나아가고 있는가에 대한 간담입니다. 간담을 시작하기 전에, 제가 당신께 가르침을 요청드리겠사온데, 지금 당신이 말씀하시는 모든 미친 소리는 어디서부터 시작되었는지, 오십 번지 서쪽 인간들이 정신이 나가고 멍청해진 인간들의 대변자들인가요? 그렇지 않으면 다만 당신 스스로 정신 나가고 멍청해진 자들을 대변하는 것인가요? 이것은 우리 간담에서 지극히 중요한 문제입니다.

라오펑: 오십 번지 서쪽이 그것을 대변한다고 말할 수 있으며, 또한 내 스스로가 그것을 대변한다고 말할 수도 있겠는데, 나 자신이 이 세상을 대변하는 것이기도 하지만, 또 나라는 사람이 다른 사람을 대변하는 것에 그치는 것이 아니기도 하외다. 이미 정신이 나가고 멍청해진 인간들은 너무도 많으니까 부득이 고려하려 하지 마시기 바라오. 말하자면 그 정신이 나가지 않고 멍청해지지 않은 몇몇 인간들 중에서 여러 국가의 대통령과 수상은 다른 사람들에게 결혼 청첩장과 조전弔電을 발송하는 순간, '삼가 저는 우리나라 국민과 저 일개인의 명의로서 진심으로 축하의 뜻을 전하나이다' 혹은 '애도하나이다'처럼 모두들 그렇게 하는 게 아니지 않소? 그 양반이 전 국민의 대표자라면서 아직도 여전히 '삼가'라니, 그건 손자孫子 방식으로 장식하는 게 아니오? (이때 잇달아 여자 앵커의 가슴을 지시한다) 이어 당신은 또 텔레비전이 광대한 관중을 대변한다고 하는데, 그럼 나는 오십 번지 서쪽을 대변하는 게 불가능하단 말이오? 멍청해졌으면 다같이 더불어 멍청해진 것이고, 정신이 나갔으면 똑같이 더불어 정신이 나간 것이므로, 내가 간담을 하는 것은 오로지 그들에 비해서 더

정신이 나갈 수 있고 더 멍청해질 수 있기 때문인데, 아직도 집안에 정신 나간 자나 멍청한 자가 약간 남아 있을 여지가 뭐 더 있을 가능성이 있다는 거요?

라오펑의 회답이 막 일등당첨되어 승리하려는 때, 관객석뿐만 아니라 (뒤섞여 있는 관객 중에는 오십 번지 서쪽의 진짜 미치광이와 진짜 멍청이 몇 사람이 포함되어 있다) 다들 박수를 치기 시작하는데, 연달아 유럽과 미주의 대통령 몇 사람과 수상 일부분의 황실 구성원과 텔레비전 수상기 앞에 앉아 있는 사람들이 서로 바라보면서 일순간 하하 웃는구나.

"저 멍청이!"

"저 미치광이!"

"저 오십 번지 서쪽!"

"도대체 정신이 나가고 멍청해진 자리구나. 반드시 저 프로그램을 끝까지 지켜봐야겠군!"

……

그 순간 여자 앵커는 정신이 드니, 간담 프로그램을 이렇게까지 몇 년간 주재主宰해왔건만, 제일차로 라이벌이 될 만한 지기지우知己之友를 우연히 맞닥뜨린 셈이구나. 돌연 또 여자는 자기 자신이 약간 적막하고 고독하다는 느낌을 받게 되면서, 돌연 여자는 또 자기 자신이 정신이 나가고 멍청해진 것에 가까이 근접해 있는 것이 아닌가, 어쩌면 그럴지도 모른다는 생각에 정신이 산뜻하게 깨어난다. 온갖 생각이 뒤얽혀 만감이 교차하는 가운데, 그녀는 느닷없이 자기의 유년기와 할머니를 떠올리게 된다. 라오펑은 매우 정상적이구나, 그녀 생각의 방향과 감정은 자기 본연의 자아에서 다른 사람으로 급격하게 앞당겨지는가 싶더니 지금 현재에서 과거로 가는 길목의 틈바구니에서 어딘가로 날아가버린다. 아주 다행스럽게도 방송국의 프로듀서가 이어폰을 통해서 그녀를 일깨우기 때문에, 그녀는 갈림길에서 자신의 원위치로 되돌아와서 단박에 책상 위에 놓인 자료를 온갖 정력을 다해서 훑어보면서 간담을 진행한다.

여자 앵커: 라오펑 선생님, 정신이 나가고 멍청해진 오십 번지 서쪽의 인간들을 논의했으니까, 오십 번지 서쪽 인간들이 정신이 나가고 멍청해진 원인의 발단을 논의하지 않으면 안 되겠는데요, 당신 개인 문제에서부터 출발해서, 그러니까 당신은 언제부터 자신의 정신이 나간 증세와 멍청해진 증세를 발견하셨나요?

라오펑: 만일 자기 자신이 정신이 나가고 멍청해진 것을 발견할 수 있다면 그런 작자는 정신이 나가고 멍청해진 것이 아닐 것인데, 그러므로 나 역시 내 자신이 정신이 나가고 멍청해졌다는 사실을 가까스로 알게 되긴 했지만, 과연 언제부터 그런 생각이 이 세상으로 유유히 흘러들게 되었는지 홀로 슬퍼하며 눈물을 흘리면서 감각하고 있는가, 생각해보니, 당신도 그런 증세의 층위의 경지 속으로 약간 인접해가는 듯하군요. 그런 층위의 경지라고 말하는 것이 여전히 비교적 적절한데, 어떻게 일개인이 정신이 나가고 멍청이가 된 것이라고 독단적으로 말하리까?

여자 앵커: (웃는다) 저의 무지에 대해서 양해를 구합니다. 그렇다면 당신이 그런 층위의 경지로 근접할 무렵, 당신은 제일 먼저 무슨 일을 하게 되었습니까?

라오펑: (불도저가 앞을 향해 직진하는 자세를 취한다) 목욕탕을 열었어, 목욕탕을 열었다고!

여자 앵커: 사실 당신은 목욕탕을 그제야 열기 시작했다지만, 보아하니 그것뿐만이 아니라 돈을 벌어야 하기 때문이고, 게다가 어떤 층위의 경지에 있기 때문이죠. 제가 이런 식으로 이해를 하는 것이 정확한가요?

라오펑: 정확하다고 말하면 정확한 것이고, 정확하지 않다고 말한다면 역시 몇 개의 층위는 여전히 차이가 있는데, 목욕탕 역시 어디에 있든지 넓게 보자면 다른 곳에 차려져 있는 그것도 말하자면 목욕탕인 것이지. 그러니 오십 번지 서쪽에다 연 그것도 목욕탕일 뿐만 아니라 곧 다른 무엇이 될 수도 있는 것이오. 당신은 그것을 성찬을 배포하는 센터로서 단체 세례식을 거행하는 장소라고 표현해도 지나치지 않아요.

여자 앵커: (웃는다) 당신은 언제부터 오십 번지 서쪽에 목욕탕을 개설할 필요가 있다는 것을 느끼셨는지요? 또 언제부터 모든 사람들이 성찬과 단체로 세례식을 필요로 한다는 것을 느끼셨습니까?

라오펑: 우리들이 수정금자탑을 세운 후부터요.

여자 앵커: 수정금자탑은 어떻게 세워졌지요?

라오펑: (또 손으로 신호를 한다) 당시 불도저와 굴착기로 요란스러운 소리를 내며 공사를 시작할 무렵, 한 번 벼리고 후벼 파 내려가니, 땅을 후벼 팔 때마다 백골이 한 무더기씩이었소. 또다시 한 번 벼리고 파 내려가니 땅을 후벼 팔 때마다 백골이 한 무더기씩이었소. 이렇게 굴착기로 후벼 파기를 삼박 삼일 계속하니 백골이 다 파헤쳐지고 진흙에 약간 근접했소이다.

여자 앵커: 정말 무섭군요. 그렇다면 백골 때문에, 당신께선 모든 사람들이 참회와 세례를 필요로 한다는 걸 느끼셨나요?

라오펑: (그 순간 약간 불만스럽다) 백골 역시 뭐 그 문제를 설명할 수 있는 것은 아니고, 관건은 그러니까 무슨 백골을 보았느냐에 있소이다. 삼박 삼일 동안 백골을 대뜸 파기 시작했다지만 역시 나를 감동시키지 못했는데, 이를테면 사흘 뒤 최후의 날에 그 소금 백골만이 내 마음을 약간 감동시키는 데 불과했소.

여자 앵커: 최후의 소금 백골이 어때서요?

【그 순간 무대 아래와 텔레비전 앞의 관중들은 다들 가만히 숨을 죽이고 소리를 내지 않으니, 공포에다 폭력까지 가세해진 셈이어서, 할리우드 대작 영화를 감상하는 것보다 여전히 더 사람들을 즐겁게 만든다. 이미 단정된 것이라고 할 수 있으므로 한 차례 생방송이 내보내지고 나자, 오십 번지 서쪽의 라오펑은 세계에서 최고의 명성을 얻게 된다. 미친 것과 미치지 않은 것은 다른 것이고, 멍청한 것과 멍청하지 않는 것은 다른 것이다. 유럽의 어떤 수상은 곧 한 구절의 메모에서 한마디를 도출해낸다. '오십 번지 서쪽은 영원한 적수이기 때문에 이기지 못한다.' 그 메모지를 잇달아 엄숙하게 자기 신상에 갈무리한다. 모든 사람들이 다들 목을 길게 빼들고 라오펑의 회답을 기다린다】

라오펑: 최후의 그 소금 백골은 한 사람일 뿐만 아니라 두 사람도 되오.

여자 앵커: 두 사람이라니, 어떻게 그럴 수 있지요?

라오펑: 몇천 년이 지났지만 그들은 여전히 서로를 양팔로 껴안고 있었소. 당시 굴착기가 그들에게 접근할 무렵, 어떤 부드러운 여자의 음성이 그 안에서 소리를 쳤소. 저의 솜저고리를 찢지 말아요!

여자 앵커: (눈물을 닦아내기 시작한다) 천고에 길이 전해질 사랑

이고, 사람을 정말 감동시키는군요.

라오펑: (또다시 다급해진다) 내 말은 그런 의미가 아니오. 그 소금 백골 신상으로부터 나는 하나의 진리를 발견했다는 것이오.

여자 앵커: 무슨 진리죠?

라오펑: 그것은 말하자면 오십 번지 서쪽은 고래로부터 풍류의 땅이었다는 것이고, 그런 땅에 가장 적절한 것이 바로 목욕탕이라는 거요! 치정, 치정, 그런 것에 정신이 나가지 않고 그런 것에 멍청해지지 않는데도 사랑이 가능하오?

【여자 앵커는 느닷없이 크게 깨닫고, 유럽의 그 수상도 이내 그 메모지를 꺼내서 또다시 한 줄 더 첨삭한다. 국회의 담당 기관에 보고하여 기록으로 남기라고 부탁을 한 뒤 자손대대로 전해야겠군. 연이어 장차 그 메모지는 수상의 신변에 있던 비서에게 건네지면서 한 장만 찢겨진다. 비서는 재빠르게 발걸음을 옮겨서 국회로 간다. 그 비서의 동작이 어쩌면 그렇게 빠른지 누가 알겠는가. 대화는 겨우 거기까지. 주지하자면 간담은 이제 막 서두가 열린다】

여자 앵커: (느닷없이 크게 깨달은 자세이다) 사실 그렇다면, 사실을 말하자면 오십 번지 서쪽에서 인간들이 정신이 나가고 멍청해져버린 원인이 때마침 적시해서 그들에게 널리 확산되는 것을 막기 위해 그들을 구출해야 했고, 그래서 목욕탕을 개설하셨군요. 과거의 인간들도 오십 번지 서쪽의 군중들이 정신이 나가고 멍청해진 원인을 탐색하기 위해서 천신만고千辛萬苦의 경험을 했는데, 멍지앙뉘가 출현을 해서 마음을 말했고, 라오마가 출현을 해서 혼을 말하더니, 현재는 라오펑 선생이 출현을 해서 백골의 말을 인용해 사랑을 거론하시는군요. 여전히 진정 사랑이란 자고로 흔치 않은 고로, 백골은커녕

• • •

몇천 년이 지났지만 그들은 여전히 서로를 양팔로 껴안고 있었소.
당시 굴착기가 그들에게 접근할 무렵,
어떤 부드러운 여자의 음성이 그 안에서 소리를 쳤소.
저의 솜저고리를 찢지 말아요!

• • •

한 무더기 풀도 없었죠.

라오펑: (대노한다) 제발 나의 체계적인 학설을 그들의 학설과 비교하면서 진행하지 마시오! 멍지앙뉘는 설령 자기 장부丈夫를 찾아 천리를 탐색해서 소금 백골을 찾아냈지만, 그러나 그 백골은 필경 단독이었소. 예술적인 측면에서 이런 것을 진술하자면 너무나 상식적이고 기초적이어서 비장의 무기로서는 아주 단조롭고, 애잔하며, 비천함이 드러나는 그런 뜻밖의 상황이 예측되고도 남는데, 만일 그 여자가 찾아낸 백골이 하나가 아닐 뿐만 아니라 사람 둘이 서로 껴안고 있는 그런 백골이었다면, 설령 찾아냈다고 하더라도 자기의 장부이긴 한데 그 장부가 또한 제삼자이기도 한 것이고, 그런 식이라야 천만뜻밖의 예술적인 효과가 생겨나고 각본이 복잡해져서 아주 보기가 좋을 텐데, 그럼에도 불구하고 멍지앙뉘는 감동을 느꼈을 뿐만 아니라 분노도 느꼈잖소. 그 감동이란 정감 중에서 최저의 층위였는데, 관중에게 그런 최저 층위의 결과를 초래하게 해놓고 정신적인 것이 충만되었다고 곧 한바탕 기대하고 있었잖소. 원형의 심리는 이미 다른 곳으로 쏟아졌는데, 현재도 별안간 한 목소리로 원 위치로 돌아가자고 제자리로 환원하자고 하면, 원형의 자신은 다른 사람과 다른 사람의 혼에 도달해 있고, 따라서 자기 자신은 다른 사람의 틈바구니 사이로 날아가버린 것을, 현재도 그 혼이 여전히 부르는 소리가 들린다면 또다시 원原 길을 따라서 틈바구니 사이로 날아서 되돌아올 것인데, 연달아 그녀는 눈물로써 만리장성을 무너뜨렸으니 감동뿐만 아니라 감개무량으로 인하여 분노가 해소되지 않기 때문에, 이 세상에 대한 부정적인 요소가 있었을 뿐만 아니라 천리로 장부를 찾아 나선 자기 자신을 부정하는 요소까지 있었으니 연극적인 요인과 연극

줄거리의 결과가 많이 그리고 빨리 곧 복잡해지지 않는 거요? 극에 내포된 우연성이 곧 빨리 또다시 하나의 층위에 올라서지 못하는, 그런 경지의 단계요? 그런데 이런 방식이 예술에 대한 반역의 이치라는 걸 멍지앙뉘는 어디서 알아내게 되었다고 그렇게 생각하거나 그렇게 기억할 수 있겠소? 그녀는 연극 줄거리의 추진력이 하나의 예술로서 고조되어갈 무렵 당연히 덮인 것을 들추어내고 고조된 그 하나까지 들추어내 되레 추진력이 정지되고 말았는데, 문제는 그녀가 연극의 줄거리를 반달리즘Vandalism* 행위로 파괴했기 때문이라는 것이고 그로 인해서 극의 공연 결과를 고스란히 그녀가 장악한 것이므로, 내 추측에는 천리로 장부를 찾아 나선 그녀의 행위는 타락한 어린 과부가 죽은 사람의 묘지 앞에서 제사를 지내 추모를 하는 것이오. 그러니까 말하자면 그녀 또한 단박에 오십 번지 서쪽의 라오마와 온 천하의 아직 정신이 나가지 않았고 멍청해지지도 않은 일반적인 관중을 기만해서 나가떨어지게 한 것이니만큼, 그녀가 나 이 라오펑의 눈 속을 향해 모래를 집어 들었기에 눈을 비벼야 했는데도 그녀의 백골과 나의 백골이 비교될 뿐만이 아니라 염장까지 지르고 있으니 뭔 다른 생각을 품고 꿍꿍이속이 있는 거요! (연달아 또다시 여자 앵커의 가슴을 지시한다) 당신 방금 전에 여전히 말하기를 내가 여자친구와 함께 술집으로 갔다고 했는데, 지금 당신의 그 말은 도대체 누구의 화두를 대변하고 있는 거요? 연이은 당신의 그 악독한 꿍꿍이속과 이리의 야심과 그 진상이 백일하에 낱낱이 드러났지 않소?

【정곡을 찌르고, 정곡을 찔러대면서 라오펑은 분노를 일으키기 시

---

* 반달리즘(Vandalism): 고의적인 파괴 행위를 이름.

작하는데, 여자 앵커 역시 약간 입장이 거북해졌고 어찌할 줄 모르고 헤맨다. 안부는 한마디도 말하지 못했는데 라오펑에 의해서 비딱한 길로 들어서버린 것이다. 말로야 라오펑과 대화가 가능할 수 있다지만, 보아하니 여전히 하나의 층위도 존재하지 않는다. 말로는 라오펑의 그 층위에 근접하고 있다지만, 보아하니 정신이 나가고 멍청해진 라오펑과 아직은 그 차이가 십만 팔천 리 떨어져 있다】

여자 앵커는 그 순간 두 구절로 회귀한 뒤 해석해볼 생각인데, 그러나 분노하는 라오펑의 손짓에 제어당해서 되돌아가고 만다.

라오펑: 당신, 두 번 다시 그런 식으로 말해서는 안 되고, 나와의 층위에 차이가 지고 그렇게도 멀리 떨어져 있다고 모든 사람들이 그렇게 본다는 식으로 말해서는 안 되며, 층위의 거리가 점점 넓어져서 우리들의 대화가 계속 관통하면 할수록 간담이 계속되면 될수록 차이가 생긴다는 말을 해서는 안 된단 말이오. 당신한테 내가 말하지 말라고 했을 뿐만 아니라 당신과 당신네의 간담 프로그램을 위해서 우선적으로 내가 먼저 말을 해야 한다는 것이고, 멍지앙뉘의 마음속 심상을 다시는 제기하지 말라는 것이고, 그녀의 심상을 꺼내서 내 백골에 대한 학설과 사랑에 대한 학설을 무슨 목적으로 비교하려 들지 마시오. 멍지앙뉘만 그런 식이 될 뿐만 아니라 라오마의 혼에 대한 학설 역시 예외적인 사항이 될 수 없거늘, 그 작자는 자기의 혼이 이미 자신으로부터 다른 사람을 따라가서 자아와 타자 사이의 틈바구니 사이로 날아가버렸다고 했는데, 어디서 다른 사람의 혼을 포착할 것이오? 그 작자는 일개 신발 수선공이니 신발 깁는 것이나 알까, 그 작자가 어떻게 백골을 알겠으며 사랑에 대한 정신적인 학설을 알겠소? 다시 말하자면 그 작자가 물을 이해하오? 사실 말이지 당신들

간담 프로그램 때문이었지, 순수한 사랑 그것이 왜 불쾌한지 왜 판단력을 흐리게 만드는지 누가 알겠는가. 만일 이 화제가 이렇게까지 와전된다면 지금 당당 집으로 돌아가는 것보다 못하오. 오십 번지 서쪽으로 돌아가서 나의 청산녹수를 계속해서 바라보는 것이 내 행복한 생활이니 얼마나 좋소이까. 내가 당신들 하고 여기서 말을 하거나 일을 하는 데 조리나 순서가 없는데 무슨 생떼를 더 쓰리까?

【잇달아 몸을 일으킨 뒤 걸어가자, 여자 앵커는 대뜸 극심하게 놀란다. 보기에는 일개 목욕탕이나 여는 라오펑인데, 그가 여전히 빙글빙글 적지 않게 말을 돌린다는 것을 누가 알았을까. 보기에 따라서는 그가 분노하는 듯하지만 기실 그는 판단력이 흐려져 있다. 그러나 여전히 손짓으로 여자 앵커를 놀라게 하는데, 방금 전 이십 분 동안 진행을 해왔으니 여전히 뒤로 백 분간은 기다려야 하는데, 만일 지금 흐지부지해진다면 잇달아 텔레비전 스카이라이트sky light를 열 수가 없게 됨으로써 대서양과 태평양의 위성중계방송 요금을 어떻게 배상할 것이오? 초조해지자 그녀는 체면 불구하고 태풍 같은 라오펑에게 끌려간다】

여자 앵커: 펑 오라버니, 그렇다면 한마디로 말해서 잘못했으니까…… 일개 약자인 여자를 향해서 이처럼 화를 내시다니, 옳지 않지요. 만일 당신이 이렇게까지 화를 내시지 않는다면 저는 당신 학설을 승인할 수 있을 텐데, 당신이 그렇게까지 호랑이 엉덩이조차 만지지 못하게 한다면 저는 곧 당신의 분노에 대해서 회의적인 입장이 되어서 당신 학설의 고유성이 맞는지 틀리는지 회의적인 자세가 되거나 혹은 다른 생떼를 쓰려고 할 테고, 그러니 방금 전 누이동생이 당신에게 보복하려고 당신이 다른 사람을 훔쳐보았다고 나무랐던 거예

요. 제가 되레 당신에게 회의를 느끼는 것은 이 누이동생을 대하는 태도가 당신의 실상인가 아닌가 하는 점이에요! (보아하니 라오펑은 또다시 분노하는데, 그녀는 빨리 또 웃기 시작하면서 투항을 완전히 그만둔다) 좋아요, 제가 지금 당신 자신에게 다른 사람을 단독적으로 제기하지 않으면서, 다른 사람의 심상과 혼에 대한 주장을 철저하게 부정하고 오직 당신 자신의 백골 학설과 사랑 학설만을 인정하면 되겠죠?

【여자 앵커가 뭐라고 말하지 않자 라오펑도 역시 화를 억누르다가, 여자 앵커가 뭐라고 한마디하자 라오펑은 점점 더 급해진다. 너무 다 급해진 나머지 라오펑은 되레 안달하지 않는다. 화가 머리까지 차오르자 안절부절못하고 있던 그는 오히려 어쩔 도리가 없이 속수무책이 되고 마음을 가라앉히고 침착한 자세로 다시 고쳐 앉으면서 여자 앵커를 바라보며 묻는다】

라오펑: 누이동생, 우리가 친구라고 말한다면 친구일 텐데, 그러나 이 세상에서 우리는 일평생 오늘 처음으로 만난 사람들이오. 비록 과거에 텔레비전에서 당신을 보았다고는 하지만 우리가 한 대의 담뱃대를 나란히 피우며 교분을 나눈 적은 전혀 없었소. 우리들은 전생에서 원수진 일도 없거니와 후세에도 원수질 일이 없을 텐데, 오늘 어째서 당신은 나한테 성질을 내는 거요? 당신은 내가 성질이 나서 나가 자빠지지 않으면 당신 자신의 호흡이 곤란해서 숨도 쉬지 못하게 되는 거요?

여자 앵커: (곤혹스럽다) 제가 또 뭘 잘못 말했나요? 제가 당신의 백골 학설과 사랑 학설을 이미 승인하지 않았던가요?

라오펑: 당신은 여기 이 자리에서 아주 적당히 사람 약을 올리는

구면. 백골 학설과 애정 학설은 나의 주장에서 나온 것이 아니기 때문이고, 그것을 바꾸어서 말하자면 기껏해야 내 학설의 피상적인 것이지 핵심은 될 수 없는데, 그럼에도 만일 나의 학설에 대한 핵심을 당신이 포착하지 못하고 오로지 피상적인 모습만 포착한다면 도리어 인간들을 삐딱한 길로 인도하게 될 것인데, 그럼에도 불구하고 여전히 철저하게 나의 이 학설을 이해하지 못하는구나. 이 세계상에서 일개인이 이런 식이면, 일개 국가와 민족을 삐딱한 길로 인도하는 일도 적지 않겠구려!

여자 앵커: (점점 더 곤혹스럽다) 그렇다면 당신 학설의 핵심은 뭐란 말인가요?

【라오펑은 결국 목적에 도달한 셈이고, 그 순간 그는 가볍게 숨을 내쉴 수 있으며 안전지대로 간계를 팔아서 널리 보급하려 든다】

그가 깔아둔 매트리스 위의 침구에 대한 군중의 오도誤導는 오죽이나 확실하게 기술을 익혔으면 저렇게까지 자유자재로 말을 할 수 있는 단계에까지 이를까 하는 것으로써, 유럽과 미주의 몇몇 대통령과 수상들까지 혀를 차며 찬탄하기에 이르고, 연달아 어떤 황실의 늙은 여왕조차 느닷없이 크게 깨닫게 된다. 만일 자기 자신도 일찍이 저런 식이었다면, 황실 살림이 이 지경까지 이르지는 않았을 것이라고 여기게 되면서 엉망이 되어서 수습하기 어려운 몰골로 전 세계로 파급되면서 낡은 방식을 개선 없이 답습하며 널리 퍼져나간다. 전 세계의 군중들을 거창하게 거론하지 않더라도 서로들 조마조마해하면서 고통을 지긋지긋하게 겪은 셈이다. 라오펑은 그 순간 확실히 구름 같은 눈으로 여자 앵커를 바라보면서 한 글자씩 한 구절씩 말한다.

라오펑: 오십 번지 서쪽의 인간들이 정신이 나가고 멍청해진 것은

결코 백골과 사랑 때문만은 아니오. 백골과 사랑 그 위에 원인이 있기 때문인데, 핏덩어리가 잔뜩 얼룩진 곳에 고름 덩어리가 덕지덕지 매달려 있고 먼지는 겹겹이 쌓였으며 거기에다 상처 자국이 있었는데, 모든 상처 자국이 겹겹이 쌓인 곳에다 흐트러진 머리털과 때 긴 얼굴을 보니, 심중에 통증이 남아 있을까 우려가 되어서 없는 사실까지 꾸며대며 괜히 의심하면서 간교하고 교활하게 분열시키니, 군중들의 생활 중에 단지 그 형체와 그림자만 남아 있는데도, 뱃속에 가득 찬 심리적인 말을 어디에다 하소연할 곳이 없으므로 마음속으로 얼마나 애를 썼던지, 신체에 먼지가 두껍게 쌓여 흡사 옷장 안에 든 오버코트를 여러 해 동안 입지 않아서 먼지가 잔뜩 쌓인 것과 동일하구려. 우리가 함께 생활한 게 대관절 몇 년 되었소? 먼지가 두껍게 쌓일 세월이면 우리들 상호간의 원한과 상처로 인한 아픔이 몇 년일까. 일 세기가 지났는데, 그들이 여전히 정신 나가지 않고 멍청해지지 않을 수 있소? 정신이 나간 것과 멍청해진 것의 원인은 결코 백골의 애정 때문은 아닌 것이고, 백골을 본 적도 없거니와 그런 사랑도 없기 때문이오. 그럼 백골의 사랑은 어디로 갔소이까? 백골의 사랑은 아주 두툼한 농창膿瘡과 먼지로 인해 은폐되고 함몰되었소이다.

【그 순간 여자 앵커는 도리어 말로써 복종과 충성을 맹세하고 마음으로도 충성을 맹세하는 듯이 고개를 끄덕인다. 정확하게 말하긴 어렵지만 그 이론이 역시 그녀에게 아픔을 충동질한 듯하다. 연달아 그녀가 묻는다】

여자 앵커: 그렇다면 연달아 그 상처와 먼지와 농창과 정신 나간 것과 멍청해진 것을 깨끗이 제거할 수 있는 의술로써 뭐 좋은 처방이 없을까요? 달리 말씀드리자면 어쩌면 그런 상흔들이 그토록 널리 확산

되고 원래의 상처 위에서 더욱 확대하고 발전되어도 되는 거냐고요?

【라오펑은 결국 보자기를 탁탁 털며 마지막 카드를 내밀고, 그 순간 그는 고의적으로 가볍게 의미 있는 답을 하지 않는다】

라오펑: 그런 때는 오십 번지 서쪽으로 빨리 옮겨서 라오펑의 목욕탕에서 목욕이나 하시오.

【무대 아래와 텔레비전 수상기 앞의 관중들은 곧 떠들썩해진다. 비록 이 순간 펼쳐진 이야기 보따리가 기묘하지 않다고 말하긴 어렵지만, 그래도 라오펑의 저 웃음은 아직도 총명함인지 곱씹게 만들고 총명함으로 착오를 일으킬 정도로 지나치게 입이 벌어져 있다】

왜 어째서 내가 눈 속에 항상 눈물을 머금고 있는가 하면, 그것은 실없이 우스개 농담을 지나치게 하기 때문이지. 진리와 정의를 하루 종일 추구한다지만, 사실 당신한테 우리 목욕탕을 한번 광고해주려는 것에 불과해. 방금 전에 다른 사람이 광고를 해서 당신의 마음속에 정의로운 의분으로 가득 차게 했으므로, 마침내 간담 프로그램을 시청하는 칠십억 관중들에게 당신이 스스로 만든 하나의 광고를 안겨다 준 셈이오. 그 순간 인간들은 라오펑이 정신이 나가고 멍청해졌는가에 대해서 회의적이고, 라오펑이 회의적인 탓으로 인해서 연달아 오십 번지 서쪽 인간들의 정신이 나가고 그 인간들이 멍청했다는 것에 대한 정체성이 의심스러워진다. 그 인간들은 결코 정신이 나간 것도 아니고 어쩌면 멍청해진 것도 아닐지 모르겠고, 아울러 어떤 특정 구역에서 쇼를 연출하는 것과 마찬가지로 장기간 조직적으로 세상에 알리지 않은 채 극단적인 수단을 이용하기 시작하면서 인간들의 집중적인 주목을 유인한 게 아닌가?

유럽의 그 수상 역시 방금 전에 일처리가 너무 성급했다는 것을 후회하면서, 국회로 가라고 시켰던 비서를 또다시 친히 명령을 내려 돌아오게 한 뒤 말한다. 정말 위험했어, 오 분만 지체했더라도 국회의원들이 한쪽으로 텔레비전을 시청하면서 한쪽으로 경황 중에 마구 서둘러서 굵은 가지에 큰 잎이 막 자라듯 일을 세심하지 못하게 처리해서 통과해버렸을 터인데, 붉은 볼펜을 들고, 국회의 담당 기관에 보고하여 기록으로 남기라고 부탁을 한 뒤 자손 대대로 전해야겠군, 하면서 그 한 줄의 글귀에다 낙서를 해버린다. 반나절을 돌고 돌아서 또다시 목욕탕으로 돌아왔다. 진정 목욕탕이 성찬 세례식을 단체로 거행하는 센터인가? 성찬 세례식을 단체로 거행하는 센터라고 여긴다면, 지금 상업적인 냄새가 너무 지나칠 정도로 농후해져서 이미 벌써 성찬 세례식을 단체로 거행하는 중심 센터로서 이탈해버린 셈이고, 성찬 세례식을 단체로 거행하는 중심 센터의 혼 역시 성찬 세례식을 단체로 거행하는 중심 센터가 상업성을 향해 전화되던 과정 중에 그 틈바구니 사이로 날아가버린다. 군중들이 대오각성하고 왁자지껄하던 시간이 지나가자 산뜻하게 깨어난다. 사실 라오펑 역시 단지 여차여차한 것에 불과하거늘——라오펑은 그저 일개 목욕탕을 열었거늘——방금 전에 그를 대할 때 걸었던 일체의 모든 기대는 보아하니 전부 아무것도 없는데도 뭔가 있는 것처럼 꾸며지는 가운데 발생한 것이고, 신비한 안개가 일단 너풀거리며 흩어지자 그는 결국 원형이 노출되어서 급기야 다른 곳으로 회귀하고 말았는데, 그것은 진정 말의 속임수에 속아 넘어간 것이고, 말장난에서 잠을 깨고 나자 진정 잠에서 깨어날 수 있었다. 사실 라오펑도 여전히 자신에게 과거의 라오펑이 지금 고산지대에 있어서 우러러 경모敬慕해 마지않는 라오펑 자신에게 곧 같이 일어서고 같이 앉아 있을 수 있어야 한다면서 심지어 높은 곳에서 몸을 굽혀 아래쪽을 내려다보아야 한다고 스스로 말한다. 무대 현장과 텔레비전 수상기 앞에서 가벼운 웃음소리가 울리자 모든 관객들은 결국 한 번 원위치로 복귀하게 되고 그 순간 여러 명의 대통령과 수상들이 찻잔을 받쳐 들고 물을 마시기 시작하고, 서로 바라보면서 눈 깜짝할 사이에 여차여차 떠들다가 종료된 간담도 일체 예상된 것처럼 무료無聊하게 지나가자 우리들은 여전히 스스로 약간 회의적인 상태로 라오펑과 그 오십 번지 서쪽을 향해서 아직도 조금은 미련이 남아 생각하기를, 오늘의 간담 프로그램 중에서 그 정신 나간 것과 멍청해진 것으로부터 배운 것이 뭐가 있긴 있는지 도대체 정신 나가고 멍청해진 후에 곧 한 차원 어떤 층위로 고양될 수 있게 되고 그런 경지에 이르게 된다고 하는데, 보아하니 정신이 나가도 정신이 나가지 않은 듯하고 멍청해져도 멍청해지지 않은 듯하고 우리 모두를 아무런 관계가 없다고 하고 대수롭지 않게 여기므로 흡사 그들은 정신이 나가고 멍청해져버린 뒤에도 결코 한 차원 고양된 것이 아닌 것이나 마찬가지인데, 그렇다면 우리들조차 한 차원 고양될 필요가 뭐 있겠으며, 일체 여전히 과거에 짓눌려 있거늘 아주 특별한 방법으로 산뜻하게 깨어나 신경을 더 이상 쓰지 않을 가능성이 우리에게 있었고 기왕지사 신경을 더 이상 쓰지 않을 수만 있다면 움직일 필요도 없는데, 우리들은 왜 어째서 애써 마음을 움직이고 선동되지 않으면 안 되는가? 근심을 더 이상 하지 않고 움직이지 않아도 우리들은 여전히 우리들인 것이다. 높은 곳에서 몸을 굽혀 아래쪽을 내려다보아도 여전히 한쪽으로 기울어진 땅만 보게 되거늘, 정확하게 말하긴 어렵지만 애써 마음이 선동되고 난 연후에 우리들은 되레 양자로 전화되는 과정 중에 어느 틈바구니 사이로 배척되고 결국 뒤로 나가떨어지게 되고 만다. 간담을 보지 않게 되면 곧 손실이 있을 거라고 말하는데, 간담을 보고 난 지금의 우리들조차 그 무엇도 얻은 것이 없다고 당연히 얻은 것이 아무것도 없다는 식으로 말을 할 수는 없다는 것인데, 최소한도 우리는 이 세상에 아직도 움직이지 않은 발원지가 있을 필요가 없다면서 기나라 사람이 하늘이 내려앉나 않나 하고 걱정하듯杞憂 공연한 우려를 하는 경우가 있던 걸 알고 있기에, 우리는 여전히 '삼가 우리나라 국민과 저 일개인의 명의로서' 이런 식의 말을 도처로 축전을 보내고 조문을 계속할 수 있는 것이고, 그 때문에 우리는 빨리 상호간에 '삼가 우리나라 국민과 저 일개인의 명의로서' 상대방에게 이런 내용을 교부해주려고 제삼자에게 어떤 축전을 보내는 것이고, 그로 인해서 우리들에게 여전히 강산은 원통 같고 인심은 강철 같다는 것을 증명한다. 그 순간, 라오펑은 텔레비전을 시청하는 관중들의 반응을 여전히 전혀 알아채지 못하고, 여전히 총탄을 한 방 내갈겨서 계략을 실현해 단번에 여러 가지 문제를 해결하려 들면서 과연 군중들의 정신이 나가고 멍청해진 원인을 연구 토론한 자기 자신의 사상과 논점을 제출했던 것이고, 그와 동시에 또다시 오십 번지 서쪽에 개설한 자기 목욕탕을 공짜로 한 번 광고를 하게 된 셈이다. 그가 지금 현재 무엇보다 먼저 고려하는 사항은 현장 중계와 텔레비전을 시청하는 관중들의 반응일 뿐만 아니라, 텔레비전에서 자기 목욕탕을 어떤 식으로 내보낼 것인지 등의 문제를 동시에 고려한다. 경영이 빨리 널리 확산되고 새로운 개발 항목이 어디에서 이루어지지 않겠는가? 광고가 방영되어 나간 뒤에 칠십억 세계의 관중들은 다들 오십 번지 서쪽 목욕탕으로 한꺼번에 세차게 몰려들 것이고, 그렇게 되면 규모가 널리 확산되지 않아서, 아직도 목욕을 결정하지 못하고 있는데 목욕하려는 사람들이 몰려들어 어쩌면 오십 번지 서쪽이 가라앉을 판국이다. 침몰하려면 당연히 좋은 기회에 침몰되어야 하고, 모든 사람들이 다들 취경에 나서는데 우리들이 사방으로 판로를 확산시킬 필요는 없겠고, 먼지를 불어대는 힘조차 사용하지 말고 거저 먹기 식으로 나가면 될 것인데, 오십 번지 서쪽의 그 정신 나간 현상과 멍청해진 현상이 빨리 세계로 전달되어 널리 퍼져서, 하물며 여전히 군중들 속으로 일제히 용솟음치니 여전히 여러 명의 대통령과 수상, 그 양반들이 오십 번지 서쪽에 진정 취경을 한 연후에 다시 '삼가 우리나라 국민과 저 일개인의 명의로서' 그들의 영토 위에서 행정적인 수단으로 이용하고 널리 확산시키기 위해 강행을 하고 있거늘, 우리 오십 번지 서쪽 인간들이 전 세계로 일가친척들이 없는 곳에도 널리 두루 돌아다닐까 봐 여전히 두려운 것인가? 세계상에서 그 어떤 종류의 종교이든 간에 그 나라의 황제가 좋아하기 때문에 원래의 기초 위에 더욱더 확대하고 발전되는 게 아닌가? 공적인 업무가 곧 사적인 업무인 것이고, 극히 사소한 손해도 없이 양쪽 모두를 고려하여 두루 좋게 하려는 것이구나. 바꾸어서 말하자면 양쪽이 서로 이득을 보는 것이므로, 오직 라오펑만이 간담을 진행해야 하는 것이고 다른 사람을 바꾸게 된다면, 예를 들어 멍지앙뉘나 라오마라면 오십 번지 서쪽과 전 세계를 어디로 인도해야 할지 모르지 않겠는가? 정확하게 말하긴 어렵지만 오십 번지 서쪽을 인도해나가지 않자, 다른 사람이 주동적으로 오십 번지 서쪽의 취경에 나서게 된 것은 아니고, 한바탕 간담을 생중계하고 난 뒤 연달아 오십 번지 서쪽에서조차 간담에 따르는 경우를 볼 수가 없고 오십 번지 서쪽의 틈바구니 사이로 그것은 날아가버린다. 그 시각 오십 번지 서쪽

의 정신 나간 것과 멍청한 것은 그저 하얗게 정신이 나가고 멍청해져
가는구나. 여기까지 추측하게 된 라오펑은 치솟는 감정을 멈추지 못
하고 다시 자신의 감정이 조금씩 격동을 하기 시작해서, 주위를 둘러
보았으나 지기知己는 전혀 없고 앞에서도 연고자가 없고 뒤에도 찾아
올 연고자가 없으므로 어디서 시작할까.

'염천지지유유, 독창연이체하念天地之悠悠, 獨愴然而涕下.'* 그 순간 인간
들은 그가 되레 또다시 약간 정신이 나가고 멍청해졌다는 것을 발견
하게 된다. 그러나 당신 역시 아주 정확하게 말하자면 완전히 정신이
나가고 멍청해진 것은 아니고, 마땅히 정신이 나가고 멍청해지려던
순간 당신은 또다시 정신이 나가지 않고 멍청해지지 않은 측면이 있
는데, 현재 그 진상眞相이 백일하에 낱낱이 드러나자 당신의 그 정신
나간 척하는 정서와 멍청해진 척하는 정서는 방금 전에 표시가 나서
일제히 소 잃고 외양간 고치는 격인데다가 아무런 이익도 되지 못하
고 아무런 소용이 없게 된 것 아닌가? 그러나 군중들이 어디서 그걸
인지할 수 있겠는가. 이것은 나 라오펑이 가까스로 얻어낸 결론이거
늘, 당신은 스스로 자아로 회귀하는 데 회의할 필요가 없고, 당신은
같이 일어서고 같이 앉지 않고 높은 곳에 위치한 채 아래를 내려다보
듯 하여도, 정확하게 말할 수 있는 것은 아니지만 오십 번지 서쪽과
내 목욕탕을 상대하는 태도는 여전히 경계심으로 가득 차 있으니, 현

---

* 염천지지유유, 독창연이체하(念天地之悠悠, 獨愴然而涕下) : 이 소설에서는 무수히 많
은 고전 원문이 인용되고 있는데 그런 문장 중 하나이며, 전대에도 연고자를 볼 수가 없
고 후대에서도 연고자를 만날 수가 없을 듯하니 마음 한가운데 와 닿은 감정이란 무한한
슬픔이라는 것. 창공의 흐름은 호호탕탕하고 광야는 망망한데 심중이 불편하니 어디 가
서 마음을 터놓을 것인가. 이런 생각에 이르자 백감이 교차해서 무척 패기 넘치는 시를
쓰게 되었다고 전함.

재 당신은 회의적인 자세로 회귀하고, 당신이 같이 일어서고 같이 앉지 않고 높은 곳에 위치한 채 아래를 내려다보듯 함으로, 오십 번지 서쪽과 나의 목욕탕은 은밀히 술을 담그듯 일을 도모하고 간계奸計를 팔아 널리 보급하는구나. 당신이 일군의 병력을 오십 번지 서쪽에 배치해서 그 인간들 정신이 나가고 멍청해진 원인의 진상을 백일하에 낱낱이 드러낼 수 있다고 하여도, 당신은 우리들의 신비한 자아를 전혀 고려하거나 관계하지도 않은 채 되레 장기간 시간이 갈수록 점점 더 신비를 유지하려고 하니, 그것은 흡사 열렬한 사랑의 단계에서 당신의 성깔머리에 걸려들어서 시간이 가면 갈수록 질질 끄는 격이고, 만나자마자 그 이튿날 곧 침대 위로 올라가면 상호 간에 무슨 신비가 있을까. 두말할 가치도 없이 제삼일째 되는 날 침대 위로 올라가서 동상이몽을 하게 되면서 결국 꿈속에서조차 작별을 고려하게 된다. 당신께서 제 목욕탕에서 점점 멀리 떨어지셔야만 하고 그 떠남이 제 목욕탕과 점점 더 가까워지는 것이므로, 당신 사람들을 한 떼거리 내 목욕탕으로 보내더니 역시 어떤 목욕탕 하나를 이룩하셨군. 당신들 중에서 누가 먼저 몸을 씻겠다고 말하였소? 역시 당신들 마음과 혼을 먼저 씻으시오. 누가 멍지앙뉘와 라오마를 철저하게 부정한다고 말했소이까? 가까스로 그 하나의 구실을 빙자해서 명의를 파기시키는구나. 멍지앙뉘와 라오마 역시 완전히 희생된 것이니만큼 나는 여전히 멍지앙뉘와 라오마의 결과를 연달아 심화시켜서 진행할 것이오. 원인을 캐내는 것이 목적일 뿐만 아니라 이어서 문제를 해결할 수 있는 방법을 찾아내야만 출구를 도출해낼 수 있는 것이지. 마음과 혼이 결코 중요하다는 것은 아니고, 보다 중요한 것은 마음을 후벼 파내고 혼을 포착해낸 뒤에 어떻게 처리하느냐 그 방법인데, 그건 곧 그러니까 씻어야 한다는 거요. 이때 씻는다는 것은 곧 그때 씻는다는 것이 아니오. 여기까지 생각이 미친 라오평은 약간은 비장해진다. 세인들이 벌써 취하고 있는데 나 홀로 깨어나 나 일개인만이 오십 번지 서쪽과 전 세계를 떠맡고 있구나. 그 순간 나는 도리어 소유하고 있던 약간의 총명한 계략으로 대통령과 수상, 황실 구성원들을 일깨우는 것으로 대신하기 때문이다. 보기에 따라서 당신들은 이해하고 있는 듯하지만 기실 당신들은 전혀 이해하지 못하고 있으므로, 다음번에 황실 분규를 처리하는 방법은 여전히 판에 박힌 듯하구나. 하나의 세계가 멜대로 추락하고 목욕탕 하나가 라오평의 신상으로 떨어지니 무겁지 않다고 말하기 어렵다. 그러나 라오평은 여전히 오로지 철석 같은 어깨로 멜대를 메는 도덕과 정의를 다하니 그것은 천하의 임무이기 때문이다. 내가 불바다로 가지 않으면 누가 불바다로 갈 것인가? 내가 지옥으로 내려가지 않으면 누가 지옥으로 내려가겠는가? 내가 내 자신을 십자가에 매달지 않는다면 당신들이 어디에서 산뜻하게 깨어나서 각성할 수 있을까? 세례 이후 성찬을 나누어줄 때 당신들은 무엇을 먹느냐? 그것은 나의 피와 살이니라. 나는 위로는 팔십 노모가 있고 아래로는 세 살짜리 아들이 있는데, 노인과 어린이는 늙고 어리니 도의상 주저하거나 뒤를 돌아보지 않고 용감히 앞으로 나아가며 정의감에 불타 의연히 나서는 것을 후회하지 않는데, 그 순간 당신들은 하나의 광고적 회귀와 상업적인 냄새를 나에게 개괄적으로 안겨주려는가? 이 순간, 상황을 은폐시켜서 진실 여부를 전혀 알 수가 없으니 나도 손해를 감수할 뿐만 아니라 당신들도 손해를 감수해야 하느니. 여기까지 생각이 미친 라오평은 또다시 하염없이 울고 있다. 보아하니 라오평은 어디서 독자적으로 혼자서 울다가 웃는데, 군중들은 정확하게 표현하기 어렵지만 오히려 재미있는 연극을 보는 듯하고, 설령 곡조와 리듬은 반 박자가 느리지만 그래도 연극의 절반은 필경 정서에서 오는 것이고, 그러니 역시 재빨리 표를 물리거나 자리를 떠날 필요가 없는데, 잇달아 이것은 있어도 되고 없어도 되지만 계속 보다가 보면 무슨 꽃무늬로 속임수를 쓰는 그를 바라보게 된다. 검은 당나귀의 재능이 다하니 우리들조차 맷돌을 다 간 당나귀는 죽이는 것이고, 길흉화복 아래 대통령과 수상이 또다시 찻잔을 내려놓음에 여자 앵커는 신뢰성이 회복된 얼굴로 만면에 웃음을 띤다. 심지어 약간 자신의 직업에서 전문적으로 쓰는 용어인 은어로 말을 하고 희롱해대면서 묻는다.

여자 앵커: 친애하는 라오펑 오빠, 당신의 감정은 지나갔나요? 감정이 지나갔으면 우리 이어서 다시 간담하시죠. 광고의 상업성으로 당신에게 잘못을 했으니까 우리 처음부터 다시 시작하는 것도 가능하지요. 만일 제가 지난날 많은 말을 잘못했다면 현재는 오히려 광대한 관중의 대표로서 양해를 바라며, 당신을 술집 안에서야 야단스럽게 보았으니까 실수할 수 있지요. (그 순간 라오펑은 마음속으로 욕한다. 멍텅구리!) 제가 연이어 제안할 문제는, 기왕지사 당신이 목욕탕에 대해서 논의를 해왔으니까 일을 처리하는 과정에서 실수를 했음에도 불구하고 내친걸음이니 끝까지 해볼 수밖에 없으므로 연달아 이 화제를 깊이 있게 다루어야죠. 당신은 저한테 빨리 다른 화제로 전환하라고 하셨지만, 그러나 목욕탕 화제를 다루는 과정에서 실수를 하였는데도 불구하고 계속 그대로 그 얘기를 해볼 수밖에 없다고요. 기왕지사 산만해 보이고 잘못 본 거니까 우리는 당신에게 계속 그냥 산만하게 잘못된 상태를 그대로 보이라고 하겠습니다. 대뜸 보

니까 잘못되었는데 그런 상황에서 이탈하고 도피하면 설령 한순간의 재난은 피할 수 있겠지만 다음번에 우연히 이런 잘못을 한두 번 되풀이 범할 경우, 우연히 착오를 일으키고 그 착오가 심화되어지면 그것의 원인을 도출해낼 당신은 책임을 철저하게 모면할 것이고, 심지어 당신은 착오에 대해 큰 물결을 일으키며 부채질할 것이며, 그 착오를 발전시켜서 극치의 황폐 단계까지 이르게 하고 착오의 원형을 면밀하게 드러내고 잘못을 저지른 자의 가면을 철저하게 파헤쳐야 합니다. 당신이 말씀하신 바로는 백골 사랑 위에 있던 얼룩진 핏덩어리, 고름덩어리, 먼지와 상처 자국을 제거하기 위해 그것을 씻는 경험을 통과했다고 하셨는데, 사람이 백골의 진상을 다시 한 번 노출시키면 정신이 나가고 멍청해진 것에 혹은 점점 더 정신이 나가고 멍청해질 때 혹은 장차 정신이 멍청해진 것이 전 세계로 널리 확산될 때 씻어서 널리 치유할 수 있을 겁니다. 연달아 말하자면 우리들은 곧 당신 목욕탕에서 씻는 체험을 구체적으로 해보기 위해서 침을 한 번 놓을 필요가 있겠군요. 이렇게까지 말을 해놓고 나니까 저도 제가 했던 말을 돌아볼 수밖에 없는데, 기왕지사 당신이 방금 전에 당신네 목욕탕 광고를 할 수 있었던 셈이기 때문에, 우리들도 텔레비전 방송국에서 간담 프로그램을 진행할 때마다 당신이 계속하듯이 우리 역시 광고를 만들어서 방영하다가 프로그램이 막 시작되면 이탈하게 되므로, 곧 이렇게 만들어진 광고는 정의로운 의분義憤이 마음속에 가득한 구舊차도이니까, 운전기사는 이치에 맞으면 널리 문장이 이루어지는 듯이 새로운 고속도로와 도로에 대한 뉴스를 일제히 받아들이게 되지요. (라오펑은 아랑곳하지 않고 잇달아 또다시 분노하면서, 광고라고 해서 다 똑같은 광고가 아니라는 말을 하고 싶지만, 곧장 이탈해서 연달아 텔레비전 카메라 렌즈를 바라본다) 제발 다들 가시지 말고, 광고가 나간 후에 빨리 돌아오세요.

　【텔레비전은 또다시 삼 분간 광고방송을 한다. 사실 그 순간 텔레비전에서 새로운 광고를 내보내는데, 여전히 프로그램을 막 개시할 때의 옛 광고라는 걸 누가 알까. 여전히 남성의 보약, 여성의 생리대, 남녀 공용 질 세정액인데, 일체 모든 내용을 바꾸어도 핵심만 바뀌지 않으면, 사실 이 프로그램에서 방영된 광고로 인해 세 종류 상품을 모두들 널리 사들일 것이다】

　그 순간 방송 현장과 텔레비전 수상기 앞의 관중들은 속임을 당하는데, 라오펑에게 속임당할 뿐만 아니라 동시에 텔레비전 방송국의 간담 프로그램 여자 앵커에게도 속아넘어가고, 다만 그것은 일절 라오펑이 유도했기 때문인데, 모든 사람들의 분노가 라오펑에게서 이탈해서 텔레비전 프로그램에서 방영하기 시작한 광고에게로 옮겨가 분노를 일으키는데, 설령 지금 현재의 광고가 원래의 광고 내용이었어도 창끝 분노의 불길은 전부 라오펑을 향해 조준되고, 텔레비전 방송국의 간담 프로그램 여자 앵커는 되레 용을 써서 몸을 빼낸 빈 껍질이다. 귀빈을 청한 것이 잘못된 게 아니오? 만일 간담 프로그램이 별 뾰족한 방법 없이 하향한다면, 그 텔레비전 생중계 현장과 텔레비전 수상기 앞의 관중, 대통령, 수상과 황실 구성원들이 몇 번이고 재삼재사 되풀이해서 말참견을 하지 않을까? 대개 모든 사람들이 라오펑을 한사코 따라가다가 모두들 분노를 느끼지만, 사실 모든 사람들의 분노의 방향은 동일하지 않다. 여전히 광고가 지나가자 라오펑을 재차 보게 되고, 라오펑이 대들보를 훔쳐 내고 대신 기둥으로 바꾸어 놓은 듯 능청스럽고 금빛 매미가 허물을 벗은 듯 오히려 차가운 웃음을 띠며 평정을 되찾은 얼굴로 여자 앵커를 대하자, 모든 분노는 아주 빨리 평정을 되찾는다. 더군다나 천만뜻밖에도 모든 사람들이 빨리 짐작하게 된 것이 있는데 그것은 정확하게 표현할 순 없지만 라오펑이 일을 처리하는 과정에서 실수를 하였는데도 불구하고 계속 그대로 실수를 계속할 태세이고 그 위에다 다시 재삼 반복되는 실수의 과정임에도 불구하고 계속 실수를 거듭하자, 모든 사람들의 정신이 빨리 한 단계 정돈되었기 때문에 어떻든 간담은 진행될 수 있으며, 명확하게 말하기 어렵긴 하지만 그것은 또다시 한바탕 볼만한 구경거리이다. 다른 사람에 의해서 자신의 그릇 안에 흉계가 갈무리되고 있다는 걸 누군들 알아챌 수 있을까. 기왕지사 쌍방이 자신감을 회복하고 있으니 실수로 똑바로 미끄러진 포환과 돌덩어리는 보아하니 산비탈을 따라서 최후까지 데굴데굴 구르면서 어디론가 사라져버린다. 우리들이 간담 프로그램을 진행할 당시, 어떤 교육적인 엄숙한 결전장으로 받아들이건만 현재는 프로그램 스스로 아래를 향해 미끄러지면서 황당무계한 골계滑稽로 추락해버리자, 우리는 어깨를 움직이지도 않은 채 그 즉석에서 기민한 원숭이가 한바탕 웃겨대는 곡예를 즐겁게 구경할 수 있다. 딱 그때에 교외를 한번 돌아보면 청산녹수인데 유쾌한 주말 하루를 보내는구나. 그 순간 무대 위와 무대 아래는 오히려 마음이 풀린다. 그러나 모든 사람들과 여자 앵커는 가까스로 여기 이쯤에서 다시 속임을 당하는데, 라오펑의 목적도 말하자면 계속되는 실수로 미끄러져 내려가자는 것이었고, 그것은 곧 모든 사람들이 자신의 목욕탕과 연루되는 것이다. 어떻든 목욕탕은 현존하는 것이고, 어떻든 십만 팔천 리를 탐색해서 목욕탕 안에 도달하는 걸 경험했던 것이다. 라오펑의 목욕탕 세례식에 접수되지 못했다면 당신들이 어디서 정신 나간 것처럼 변화되고 멍청해진 것처럼 변화될 수 있더란 말인가. 그러니 이 중계 현장 역시 라오펑이 정신이 나가고 멍청해진 것의 일부분을 팔아 넘겨버린 것이나 다름없다. 이를테면 당신들에게 목욕탕 테스트를 진행하라 일렀더니, 목욕탕을 테스트한 것처럼 보이기는 하는데, 기실 테스트한 것은 당신들 자신이구려. 라오펑은 이렇게 아주 적절하게 목욕탕을 일으켜 세웠을 뿐만 아니라 오십 번지 서쪽도 여전히 일으켜 세웠기 때문이다. 어떻든 오십 번지 서쪽은 현존하는 것이고, 어떻든 십만 팔천 리를 탐색하고 경과해서 오십 번지 서쪽에 도달하였던 것이다. 그리고 당신들 자신의 테스트까지 받아들였다. 어떻든 현장과 텔레비전 수상기 앞의 당신들은, 어떻든 당신들 스스로 필요해서 십만 팔천 리를 탐색하고 경과해서 결국 당신들 자신이 도달하게 된 것이다. 사실 과도기인 목욕탕을 다시 돌아보며 목욕탕을 경과할 생각이 여전히 있었기 때문에 흡사 아이에게 옥외에서 놀라고 보냈다가 잠시 후에 고함을 질러 다시 돌아와서 밥을 먹으라고 하는 것처럼, 현재 당신들은 자기주장을 방기하고 희롱하면서 밥상 앞에 앉아 있는 당신들에게 왜 사람을 혼미하게 만드는 미온탕을 배치하겠는지, 이 라오펑은 절대 괴상한 자가 아니니까 당신들에게 희롱될 때까지 기다려줄 시간이 없으니 이 라오펑을 꾸짖으시오. 사실 당신들은 아직도 긴장이 두려우니, 당신들 자신이 자기 자신을 해방시키고 있는지 누가 알겠는가. 라오펑의 가슴은 이미 대나무로 이루어져 빙그레 웃는 모습으로 변화되고, 목을 길게 빼고 학수고대하면서 기다리고 있는 여자 앵커에게 질문을 제기한다. 그 순간 여자 앵커는 되레 당황스럽고 혼란한 눈빛을 드러내는데, 그로 인해서 또다시 모든 사람들은 여자 앵커와 라오펑의 충위와 경지의 구별을 목격할 수 있게 된다. 라오펑은 사후에 말한다.

"어떤 계집애는 직종이 다른 한 마리 닭인데, 도대체 내가 우리 목욕탕 센터의 일개 안마사라고 말했건만, 현재 총지배인이나 사장을 여전히 생각하면서 속셈을 가늠하고 있어!"

심리적인 대결 구도가 지나가자 라오펑은 우위를 점유해야 할 감각도 없고 아무것도 알 수가 없게 되는데, 도대체 여자 앵커는 또다시 어떻게 회복되는지 태도가 어느 정도 겸허해지면서 한순간 자기 머리카락을 정돈하더니 계속 묻는다.

여자 앵커: 라오펑 오빠, 광고가 나갔으니까 우리 이제 연달아서 당신 목욕탕을 얘기하죠. (라오펑은 마음속으로 말한다. 내가 원하는 것도 바로 그거야) 제가 알고 있는 바로는 당신 목욕탕이 열린 시간은 결코 길지 않은데, 그런 고로 오십 번지 서쪽이 정신이 나가고 멍청해진 후 가까스로 일 세기가 되었다며——여기까진 당신이 말했던 사실이고——겹겹이 적체된 백골 위에다가 목욕탕을 세웠으니까, 기왕 지사 목욕탕은 사람들에게 몸을 씻으라고 세워졌을 뿐만 아니라 정신이 나가고 멍청해진 사람들이 씻어서 정신이 나가는 것과 멍청해지는 것이 널리 확산될 수 있도록 했기 때문에, 일 세기 안에 이렇게까지 당신네 목욕탕이 뭐든지 발전하고 변화를 일으키게 된 것이죠? 지금까지 정신이 나가고 멍청해지는 서비스 항목으로 또 뭐가 있습니까?

라오마: (가슴에 다 자란 대나무가 있다) 발전이라고 말하자면 그것도 발전을 한 것이고, 무에서 유를 창조한 것이지. 변했다고 말하면 그것도 변한 것이고, 서비스 항목 역시 머리에서 발끝까지 적지 않게 많아졌으니까. 그런데 오직 당신에게 한 가지 조항이란, 당신은

정신 나가고 명청해진 그것을 보관해서, 처음에는 샤워하며 진흙을 세척하고 중간에 머리끝에서 발끝까지 문지르면서 뼈를 손으로 집어 문지르는 행위를 점점 더 증가시킨다는 것이지. 이렇게 해야 막 겹겹이 쌓인 백골에 대한 면목이 생기는데, 현재 이미 부항단지로 기름을 빼고 급성 꽈사刮痧*의 방법으로 감쪽같이 침술로 등골을 문지르며 따뜻함, 차가움, 얼음, 불 등등 각종 다양한 방법을 다 동원해서 대포도 쏘고 비행기도 날리는 식으로까지 발전시켜왔으니, 목욕에는 샤워욕, 냉수욕, 사우나욕, 핀란드욕, 증기욕, 침욕, 충천욕沖天浴, 해랑욕海浪浴, 우유욕, 쌀죽욕, 풍화욕, 흑실욕黑室浴, 광명욕, 전욕前浴, 후욕後浴, 좌욕左浴, 우욕右浴, 상욕上浴, 하욕下浴, 아가씨욕, 아줌마욕, 쌍인욕雙人浴, 쌍비욕雙飛浴, 약욕藥浴, 주욕酒浴, 간질욕, 당나귀욕, 묘구욕猫狗浴, 산양욕山羊浴, 전망욕展望浴, 과거회귀욕, 욕을 파기하지 못하는 욕과 함께 죽느냐 사느냐 초주검이 되려는 욕 등등 말하자면 도대체 그것들은 전부 정신 나간 욕浴이며 명청해지려는 욕浴인데……

【라오펑의 말은 점점 더 빨라져서, 흡사 중국식 만담漫談을 진행하던 과정 중에 빙글빙글 돌아가는 호령 소리와 흡사한데, 글자와 글자가 중첩되고 구절과 구절이 교차될수록 뒤쪽의 혀가 뒤쪽의 혀를 서로 깨물고 뒤의 파도가 앞의 파도를 밀고 있으니 과연 진정 포환과 돌덩어리가 데굴데굴 굴러서 산 아래로 내려가고 속도는 점점 더 빨라지고 발걸음은 점점 더 가벼워지니 원래 앞쪽의 갈 길이 까마득하고 험준한 줄 누가 알았겠으며 앞쪽 봉우리에서 삥 둘러 되돌아오는 길에는 버드나무가 그림자가 되어 무성하고 아름다운 풍경이 열리고

---

* 꽈사(刮痧): 위장염을 치료하기 위해 사용되던 민간요법으로, 동전에 물이나 기름을 발라 가슴이나 등을 문질러 피부가 부풀면 내부 염증을 경감시킴.

막다른 곳에도 길은 있구나. 중계 현장과 텔레비전 수상기 앞의 관중들은 너무 흥분해 합당한 행동거지를 잊고 라오펑이 누구며 자기 자신이 누구인지도 잊고서 방금 전까지 반대를 해왔던 라오펑에게 지금은 또다시 무대 위의 주인공으로 간주하고 자신의 혈육을 상대하듯 주인공 가까이 들러붙어서 남의 심정을 비딱하게 바꾸고 극중 인물의 입장에 서게 되자 라오펑은 어쩔 수 없이 견디지 못하고 박수를 치기 시작한다. 무엇이 정신 나가고 멍청하다는 것인가. 여기 지금 곧 정신이 나가고 멍청해진 상황이 시작된다. 모든 사람들은 그 순간 또다시 생각하기를, 지금까지 여차여차 말을 해온 것처럼, 오십 번지 서쪽은 결코 방금 전의 오십 번지 서쪽이 아닌 것이고, 라오펑의 목욕탕은 결코 방금 전의 목욕탕이 아닌 것인데, 방금 전의 오십 번지 서쪽과 라오펑의 목욕탕이 출현한다고 잘못 인식하니 이것은 일체 라오펑의 책임일 뿐만 아니라 자기의 실수를 스스로 이해하지 못하는 것인데, 보아하니 이 광고와 저 광고는 과연 동일하지 않거늘, 텔레비전 방송국의 간담 프로그램 광고는 진정한 광고이지만 라오펑이 삐딱하게 측면으로 광고한 목욕탕 광고는 오히려 정신이 나가고 멍청해진 것의 진정한 표현의 일종으로서 결국 정신이 나가고 멍청해진 라오펑의 목욕탕이 이렇게 빨리 발전을 하고 말았으니, 그렇게까지 많은 서비스 항목이 늘어나니까 연달아 대통령과 수상들까지 전부 전대미문의 소문을 듣게 되자, 스스로 식견이 좁고 들은 것이 적어 견문이 적은 탓으로 기이한 것이 많다는 결론을 얻을 수 있다. 기왕지사 그것이 그렇게까지 풍부하고 사람을 유인한다면 필경 그것이 사람을 유인할 만한 적절한 이유가 있을 것인데, 기왕지사 그의 명성이 도처에 알려져 세계와 동방의 오십 번지 서쪽까지 들린다면, 우리는 시간을 들이지 않고도 구실을 찾아내서 정신이 나가고 멍청해진 채 헛되이 세월만 보내며 발을 헛디뎌 실패를 해서 한차례 어디론가 유람을 다녀온 그런 인생이 아닌가? 무엇이 정신이 나가고 멍청해진 것이더냐? 이것이야말로 최고로 정신이 나가고 최고로 멍청해진 것이니라. 많은 관중들이 일어서서 등 뒤에 괴나리봇짐을 메고 여정에 나서니, 그 유럽의 수상 양반조차 후회를 하면서 지금 막 그 양반 자신도 앞뒤 모순된 행동을 일삼으면서 대의를 내세운 경솔함에 그치지 않으니, 그 순간 또다시 비서를 불러서 한 줄 완전히 새롭게 그어 버린 낙서가 첨부된 것을 크게 문제 삼지 않고, 아주 급하게 종이 한 장을 찾아낸다. '외교부에 급히 통보하겠는데, 나는 제일차로 오십 번지 서쪽을 방문할 것이니 준비하시되, 절대 다른 기타 국가의 대통령이나 수상 그리고 황실 구성원들이 이후에도 절대 하차할 수 없도록 해야 하는데, 이것은 내가 일개인일 뿐만 아니라 우리 민족이기 때문이오.' 비서는 또다시 온 얼굴에 땀을 흘리면서 급히 주선하러 간다. 중계 현장과 텔레비전 수상기 앞은 일제히 혼란스러워지고, 말을 마친 라오펑이 그곳에서 차분하고 태연자약하게 빙글빙글 호령을 하자, 매우 당황하고 초조해진 것은 텔레비전 방송국의 그 여자 앵커였고, 현장 생중계 방송이 아직 팔십 분간이나 남아 있음에도 관중이 분연히 현장을 떠나고 있는데, 텔레비전 수상기에서 그 세 가지 종류의 광고를 방출하지 않으면 광고회사가 텔레비전 방송국을 폭파하기라도 한단 말인가? 이 내빈이 둔감한 목재여서 사람들이 조급해하면 텔레비전 시청률에 영향을 미칠까 봐, 내빈이 총명하고 영리해서 오로지 자신만을 돌보고 다른 사람을 돌보지 않는다고 해도, 둔감한 목재는 길은 달라도 귀착하는 곳은 동일하게 도달하는 그런 종류의 효과가 있거늘, 말이야 급하게 했지만 진정 조급해진 것은 텔레비전 방송국의 직원들이 보안을 개시해 강제적으로 자리에 앉게 하면서 감정을 억누르고 있던 관중이었는데, 여자 앵커의 온 얼굴에 땀이 흘러 얼굴이 땀으로 축축해지자 서둘러 급히 손을 들어 자기 얼굴을 한 대 때리자 온 얼굴에 땟국이 생겼지만 황망하게 허둥대느라 그녀 역시 발견하지 못했고, 그녀는 발견했다고 해도 스스로를 돌볼 틈이 없을 만큼 이미 힘이 없고 무능했기에 오로지 그녀는 다시 계속 회귀하더니 과거처럼 눈빛으로 간청하면서 애교스런 표정과 말투로 라오펑을 위협한다.

"펑 오빠, 만일 이런 장면이 다시 재현되어도 상관하지 않는다면, 만일 관중들이 전부 가버리고 텔레비전 수상기를 전부 꺼버린다면, 텔레비전 간담 프로그램은 손실에 직면하게 될 뿐만 아니라, 당신의 형상에도 동일한 양상으로 영향이 미칩니다. 그것은 필경 당신이 저와 간담을 했기 때문이라고요!"

그 순간 라오펑은 발꿈치를 돋워 다리를 꼬아 앉은 채 더부룩한 머리와 온 얼굴에 때가 묻어 우툴두툴한 여자 앵커의 낯짝을 바라보면서 말한다.

"손실이라면 곧 손실을 입으라지. 다 가버릴 테면 가버리라지. 목욕탕을 막 개장했으니까 하루 정도 장사가 되지 않아도 그리 급할 것도 없는데, 당신들은 목욕탕 사장을 잃어버리면 목욕이 급하기 때문에 신경을 쓰는 것 아니오? 간담이란 관중이 있을 때라야 간담이 가능한 것이지만, 관중이 없으면 두 사람이 술집에 앉아 등불 안에서 마음을 터놓고 이야기하는 것이야 가능할 수 있지. 정확하다고 말할 수는 없지만 관중이 있으면 관중이 없는 것에 비해서 여전히 좀 좋지. 관중이 있으면 두 사람의 간담 내용과는 상관없이 어떻게 바라보든 간에 약간의 수작을 부려 만들어지는 것이고, 관중이 없어서 두 사람이 술집에 앉아 등불 안에서 마음을 터놓고 이야기하는 순간이면 깊이 있게 들어가서 논의해야만 논의가 가능해질 것인데, 논의가 시작되고 나서 최후에는 삼투 현상에 의해서 조금조금씩 스며들기 마련이지. 그것은 물방울이 바위를 뚫고 쇠막대기를 갈아서 바늘을 만들듯 불가능한 일을 가능하게 할 수 있는 그런 효과가 있소. 기왕지사 혼란스럽게 본 것이고 실수로 봤으면 실수인 것이고, 나는 지금 전심전력으로 몰두하고 있소이다. 기왕지사 당신들이 광고에 대해서 앞으로도 실수에 실수를 거듭할 것 같으면, 현재의 광고는 효과를 일으킨 셈인데도 뭘 더 논의하시게? 나는 발뺌을 해서라도 벗어나야겠소. 현재 관중들은 사라질 뿐만 아니라 나의 정서에도 전혀 영향을 미치지 않는데(연달아 여자 앵커를 손가락으로 지시한다), 말하자면 당신도 연달아 현장을 이탈하면서 재차 화장이나 하고 있으니, 나 혼자 여기서 자문자답이나 하고 내 일개인의 자아의 심성心聲에다 대고 이것저것 속마음을 있는 대로 토로하니 전 세계가 감동하는구려. 일개인의 자문자답이란 무엇에 대한 표현인가? 그것은 말하자면 미치광이와 멍청이가 길가에 서서 혼잣말로 중얼거리면서 자문자답하는 것의 복제판이지. 정신 나간 것과 멍청한 것이 대뜸 테스트된 게 아니오? 보아하니 당신은 아직도 전혀 고양되지 않았고, 보아하니 당신은 아직도 전혀 미치지 않았고, 보아하니 당신은 방금 전의 간담과 대화에서조차 전부 공허한 간담과 공허한 대화를 나눈 거요. 관중들은 대오각성하건만, 당신은 여전히 각성하지 않고 있소. 초조한 것도 당신이 초조하기 때문이고, 급한 것도 당신 자신이지. 아무튼 나는 아주 침착하고 태연자약하게 반응 없이도 철저히 변화할 거요!"

여자 앵커는 벽 모퉁이와 단절된 길 위로 몰린다. 그래도 급한 와중에 지혜가 생겼으니, 그녀는 떼를 쓰며 데굴데굴 구르고 소동을 피운다. 절망 아래 여인의 최후 수단을 꺼내 들고 라오펑을 위협한다.

"만일 당신이 다시 이런 형세로 발전할 생각이라면, 만일 당신이 재차 자기 자신만을 고려하고 다른 사람을 전혀 고려하지 않는다면, 만일 당신이 자신의 목욕탕만 고려할 뿐 간담을 고려하지 않은 채 텔레비전 방송국에서 대서양과 태평양 상공에 위성중계만을 하게 된다면, 만일 재차 자기 자신이 정신이 나가고 멍청해진 것만 고려하고 다른 사람이 정신 나가고 멍청해진 것은 상관하지 않겠다면, 밥그릇을 깨뜨려서 제 낯짝을 싹 갈아버릴 것이고, 만일 당신이 재차 정신이 나간 척하고 멍청해진 척하면서 관중을 불러들일 생각을 하지 않는다면, 저는 이 중계 현장 술집에서 제 상의를 벗어던질 거예요! 저역시 정신이 나가고 멍청해져서 옷부터 벗으면 당신이 가장 먼저 보시죠!"

라오펑의 마음이 미동조차 하지 않을 줄 누가 알았을까. 그리고 또한 라오펑이 도대체 정체가 불분명한 호리병 속에다 무슨 약을 감춘 채 무엇을 팔려고 하는지 누가 알 수 있을까. 라오펑은 조금도 마음이 끌리지 않아서 무관심하게 미동조차 하지 않은 채 말한다.

"당신, 옷을 벗으려면 벗으라지. 난 매일같이 목욕탕 안에서 옷을 벗지 않은 사람들을 본 적도 없거니와, 무릇 나는 목욕탕을 운영하는 자이고, 단골 고객들은 여자 안마사도 상관하지 않고 다들 옷 벗기를 좋아하더군. 하긴, 내가 목욕탕에서 옷을 벗는 것과 당신이 옷을 벗는 것과는 상당히 차이가 있지. 나는 당신이 옷을 벗는다고 해도 소기의 목적을 거둘 수 있으리라는 믿음이 없는데, 관중들은 마땅히 가야 한다면 가는 것이고, 반드시 목욕탕으로 가야 한다면 역시 목욕탕으로 가는 것이고, 여기서야 당신 혼자 옷을 벗는다고 난리지만, 목욕탕에서는 모든 사람들이 전부 옷을 벗어던지지!"

여자 앵커는 그때 냉소를 한 번 머금고, 위성중계 현장에 모인 관중들과 텔레비전 수상기 앞의 사람들은 과연 여자 앵커가 자신의 상의를 한 가지씩 벗더니 최종적으로 브래지어를 벗는 순간 짐짓 지체하는데, 그럼에도 라오펑은 미동도 없이 이를 앙다물고, 발을 동동 굴러도 마음은 한결같다. 기왕지사 정신이 나고 멍청해진 것이 이런 단계에까지 이르렀다면, 기왕지사 당신네들 정신이 나가고 멍청해져버린 것을, 내가 이까짓 마지막 브래지어 하나 때문에 망설이겠는가? 도의상 주저하며 뒤를 돌아보지 않고 여자 앵커는 용감히 앞으로 나아가 정의감에 불타 의연히 나서며 결연히 벗어던진다. 브래지어를 벗는 그녀는 약간 엄숙하고 늠름하며 비장한데, 중계 현장과 텔레비전 수상기 앞의 관중들 역시 그녀 때문에 진동한다. 말하자면 목욕탕으로 가려던 사람들이 재빨리 중계 현장과 텔레비전 수상기 앞에 다시 앉았다. 말하자면 목욕탕에서는 모든 사람들이 빛이 나는데, 그러나 눈앞에 있는 빛은 이미 가까운 데 것을 버리고 먼 데 것을 구하는 것인가? 다시 정신이 나가고 다시 멍청해진 사람이라면 누구나 어떤 현실주의자가 아닌가? 다시 말하자면 여자 앵커의 그 가슴으로 전대미문의 유혹을 하려는가. 말로야 그 젖가슴이 풍부하고 수려하다지만, 말로야 손을 떨면서 젖가슴이 평정되었다지만, 말로야 달아나는 토끼같이 움직이던 그 젖가슴이 좋은 곳에서 안정을 되찾은 듯하다지만, 보아하니 큰 산이 두 개 앉아 있는데 그곳으로 한 줄기 물

• • •
브래지어를 벗는 그녀는 약간 엄숙하고 늠름하며 비장한데,
중계 현장과 텔레비전 수상기 앞의 관중들 역시 그녀 때문에 진동한다.
• • •

이 흘러내리니, 본래 포환과 돌덩어리는 이미 산비탈 골짜기로 데굴데굴 굴러 내려가버렸건만, 급히 조성된 새로운 산봉우리가 아주 빼어난 절경이라는 걸 누가 알았을까.

말하자면 본 것은 본 것인데, 저렇게 푸른 청산녹수를 본 적은 한 번도 없다. 라오펑이 착용한 녹색 넥타이는 한 타래의 잡초가 어지럽게 매달린 산양의 수염 같은데 그 수염과 여자 앵커의 가슴이 서로 비교된다. 그런 모습으로 출현하자 되레 예측 못한 반응을 일으키는 효과를 얻게 되는데, 두 개의 산봉우리는 천군만마를 저지하는데, 보아하니 그는 여전히 관중의 각성을 높이 평가하고 있음에랴. 그 관중의 범주란 마구 뒤섞인 여러 나라의 대통령과 수상들 그리고 황실 구성원들인데, 그들이 보아하니 그는 여전히 오십 번지 서쪽과 자신의 목욕탕을 높이 평가하고 있는데, 사실 정신이 나가고 멍청해진 것이 널리 확산되고 아주 높이 고양되어 그들의 층위와 경계는 여전히 중차대한 임무로 인해 짐은 무겁고 갈 길은 점점 더 멀다. 중계 현장과 텔레비전 수상기 앞의 관중들은 필경 자리를 잡은 두 개의 큰 산과는 멀찌감치 떨어져 있음에도 오로지 그 수려하게 아름다운 두 개의 큰 산을 감상하는 일에만 정신이 쏠려 있고, 라오펑만이 오로지 그 두 개의 큰 산을 지척에 두고 있어서 한순간 그 덩어리 산의 온도와 역량을 느끼게 된다. 방금 전에 열어젖힌 브래지어는 흡사 지금 막 대바구니에 올려진 빠오즈包子*처럼 김이 술술 올라오는 대바구니에서 사람들을 유혹하고, 눈을 현혹하며, 사람들을 압박하고 핍박하는 느낌이다. 아주 적절하게 그 순간 화얼훙러웨이가 남의 불행을 보고 기

---

* 빠오즈(包子): 찐빵처럼 생긴 만두의 일종. 밀가루가 주식인 북방지역에서 즐겨 먹는다.

쁘게 생각하며 그곳에서 즉각적으로 「시양양喜洋洋」*과 「스빠매복十八
埋伏」이라는 음악을 신나게 연주하는데, 라오펑은 마치 천군만마가 주
위를 에워싸고 있는 듯한 느낌이어서 갑자기 앞뒤를 가로막으며 좌
우로 뛰어오른다. 한 번 실족으로도 천추의 한이 되는 것인데, 큰 전
쟁으로 인한 원수를 어떻게 잊어버리라고 배후에 도사린 말 탄 기병
을 내보낸단 말인가? 그를 정상이라고 말하자면 정말 정상인 것인
데, 여지없이 패하여 다시는 일어날 수 없게 된 듯 철저히 실패하여
돌이킬 수 없게 된 그는 초상을 당했다고 해도 지나치지 않을 만큼
고개가 숙여진다. 그러나 라오펑은 사후에 결코 그런 식으로 인식한
것이 아니라고 말한다.

"나의 목적도 말하자면 그녀가 브래지어를 벗어던지게 하는 것이었
지."

"나는 그러니까 그 여자를 정신 나가게 하고 멍청하게 인도할 필요
가 있어."

"그건 그러니까 기초적인 인도야. 한 여자가 수북이 대중들이 모여
있는 공공장소에서 자신의 브래지어를 벗어던지면, 역시 정신이 나가
고 멍청해지는 초급 단계의 증세가 시작된다고 해석되지 않을까?"

"하여간 자신의 능력이나 실적을 스스로 선전하여 사회적 인정을
받으려는 짓이지, 무슨 역사적인 단계를 도약해서 생각할 가치가 없
는 행위야."

"나로 말할 것 같으면 당신들을 초급 단계에 한정시키고 있거든."

"하여간 중계 현장에서 자신의 능력이나 실적을 스스로 선전하여

---

* 시양양(喜洋洋): 매우 즐거워 날뛴다는 의미가 담긴 노래 제목.

사회적 인정을 받으려는 짓거리를 개시한 원조가 어디에서부터 유래되었는가 하니, 그러니까 여자 앵커가 개시한 것이지."

그것은 이미 소 잃고 외양간 고치는 격이고 자기의 학설을 그럴듯하게 꾸며대는 격으로, 이미 보충을 해서 은폐하고 만다. 그 순간 라오펑은 입장이 난처하고 멋쩍어서 입에서 나오는 대로 마구 떠들어대면서 길을 버리고 황야로 달려가는데, 이미 산이나 땅처럼 확정이 되어서 역사의 거울 위에 아로새겨진다. 당신의 조롱박 호리병에 무슨 약이 갈무리되어 있는지 상관할 필요 없이 지금 벌써 음울한 독소가 발생한다. 그 순간 라오펑은 약간 후회하게 되는데, 일찍이 여차여차 알게 되어서 역사적인 단계로 도약한 것이다. 그런데도 일찍이 브래지어를 벗어던지면 이런 식의 효과가 있으리라는 것을 알긴 알지만, 자신의 목욕탕으로 가려던 인간들을 한 발 저지시킨 것만 못하다. 당신, 진정 생소하면서 무지한 인간 집단인 오십 번지 서쪽을 함몰시켜버릴 생각이냐? 생방송을 하게 되면 이런 장면이 연출될 수도 있다는 걸 일찍이 알았어야 했거늘, 간담이 열린 것을 녹화한 것만 못하다. 그런데 초상당한 사람처럼 라오펑이 고개를 숙이자, 여전히 그곳에서 바짝 여윈 딱딱한 똥을 싸갈기는 당나귀를 강제로 장악하듯 흡사 몇몇 대통령과 수상들은 뱃속에 생각이 가득 찬 채 주석 자리에 앉아 있다. 보아하니 텔레비전 카메라 렌즈가 흔들리자 여자 앵커는 돌연 산뜻하게 깨달은 바가 있어 얼굴 위에 미소를 떠올리는데, 그러나 당신의 그 두 개의 살덩어리가 몸을 심하게 떨어대며 잡아당기는 자태는 어쩌며 저렇게까지 고집스럽게 허약하면서 골계적일까. 원래는 자신이 승리를 거둘 수 있다는 자신감에 대한 확신을 가졌던 것인데, 눈 깜짝할 사이에 다시는 일어날 수 없게 철저히 실패하여

돌이킬 수 없게 될 줄 감히 누가 알았으랴. 싸움에 실패한 수탉은 당연히 목이 수축되는 법인데, 그러나 라오펑은 여태까지 고개를 뻣뻣하게 치켜들고 점점 더 골계가 심해진다. 각국의 대통령과 수상들은 비록 라오펑에 대해서 조금 동정하고 있으며, 이러한 광경을 통해 자기네 나라의 많은 과거사를 상기하게 된다. 동류同類로써 동류를 대할 때는 누구나 여전히 타인의 재능을 시기하는 법이고, 타인의 재난을 보고 들떠 기뻐하는 그러한 성분들로 꽉 차는 순간 군중들은 라오펑을 담장처럼 무너뜨리기 시작하고, 우물 아래로 돌을 밀어 넣는 정황과 비슷한 형상으로 보아하니 여자 앵커의 책략과 속셈 뚝배기야말로 고명하다. 그러나 심도沈度와 향도向度*가 한도적인 그 여자애의 행동을 보아하니 여전히 두 개의 브러시가 방금 전에 우리 간담과 텔레비전 위성중계 장소를 떠나서 라오펑의 목욕탕을 향해 마구 달려가는데, 여전히 남아 있다는 것은 잘못된 것이고 그 여자의 그 수려한 봉우리로 인해 라오펑의 난처한 입장을 접해도 거기에 대해서 정확하게 말하긴 어렵긴 하지만, 감춰진 어떤 격정이 고조되어서 라오펑은 마치 물기 떨어대는 개새끼처럼 호되게 두들겨 맞고서 잠시 멈춘 채 매듭을 풀자, 약간의 의견 차이로 중계 현장을 떠난 우리가 텔레비전 수상기에 대해 마음속으로 품고 있는 원한과 비교하자면, 그 최고로 높다란 두 개의 수려한 봉우리와 산산이 부서진 그릇처럼 너덜너덜한 여자 앵커는 웃으면 되레 천박해지고 웃지 않으면 노는 계집 같은 그런 기개가 왕성하구나. 그녀는 양쪽의 수려한 봉우리로 도전하는 것처럼 라오펑을 향해 눈을 가늘게 뜬다.

---

* 심도(深度)와 향도(向度): 철학적인 용어로서, 인간의 심연에서 이 세상을 대하는 심령이 발견되고 그때의 사고는 곧 언어로 구현된다는 의미가 담겨 있음.

"어때요? 우리는 연달아 재차 정신이 나가고 멍청해질까요?"

"어때요? 우리가 보기에는 도대체 누가 정신이 나가고 멍청해진 것이죠?"

"어때요? 기왕지사 당신네 오십 번지 서쪽에서 정신이 나가고 멍청해진 원인을 찾지 못한다면, 저 역시 오십 번지 서쪽의 일원으로 가담해서 당신들을 대신해서 탐색할까요?"

"어때요? 차라리 제가 당신을 대신해서 오십 번지 서쪽에다 목욕탕을 열까요?"

"당신이 들은 것은 이와 같은데, 그래도 벗은 것은 벗은 것인데 여전히 뭐가 다른가요?"

여자 앵커는 또다시 만면에 웃음을 회복하고, 라오펑을 향해 묻기 시작한다.

여자 앵커: 펑 오빠, 어차피 이미 벗었으니까, 우리들 다시는 올가미를 씌워 난처하게 만들지 말고요, 기왕지사 이미 얼굴을 쥐어뜯어 상처가 난 걸, 우리 다시는 엄숙하게 자리를 지키고 앉아 정의를 논의하는 척 위장하지 말자고요. 우리는 당연히 무슨 짓을 한다면 그냥 무슨 짓을 한다고 말하면 되요. 우리는 지금 당신네 목욕탕을 테스트하기 시작했다고요. 현재 당신은 목욕탕의 단골고객으로 분장했고, 나는 안마사로 분장했으니까, 오빠는 중계 현장에서 당신네 목욕탕 역할을 연기해주시는데, 가까운 것을 버리고 먼 곳만을 찾아서는 안 되며, 한바탕 샤워하는 것을 보여주고, 한바탕 안마를 하고 난 뒤 창기를 데리고 노는 모습을 보여야만, 당신이 설명한 것처럼 씻는 효과에 도달할 수 있을 게 아닌가요. 당신네 목욕탕을 통해서 당신 몸에 묻은 먼지와 혈흔과 농창과 상처 자국이 씻겨나가는 것을 볼 수 있을

것이고, 곧장 일직선으로 역사적인 백골의 사랑으로 깊숙이 들어가야만 당신의 천년의 마음과 영혼에 다시 한 번 도달하는 것일 테고, 최후에는 목욕탕의 평 오빠는 말하자면 다른 사람이 되는 그런 길을 걸어가게 될 거예요. 만일 당신이 충분히 새로운 존재로 바뀔 수 있다면, 만일 당신이 다른 사람이 되는 과정 중에 그 틈바구니 사이로 날아가서 몰래 뺑소니칠 가능성이 충분하다면, 매번 씻을 때마다 어떤 모습으로 탈바꿈될 터인데, 설령 당신이 사실은 정신이 나간 것도 아니고 멍청해진 것도 아닌데 지난날 정신이 나간 척하고 멍청해진 척했던 것은 오로지 연기였지만 지금 한바탕 목욕을 하고 나서 진정 정신이 나가버리고 멍청해져버렸으니 우리는 지난날의 과실에 대해서는 추구하지도 않고 오십 번지 서쪽이 정신 나가버리고 멍청해져버린 원인을 확정할 수 있었는데, 당신 말로는 이미 먼지와 농창을 충분히 깨끗이 씻어내자 도처에 쌓여 있던 원로 재상의 역할이 널리 확산되어 당신들에게 마음과 혼이 가득 차 있는 천공과 전 세계를 날아다니게 하며, 포클레인으로 온 사방을 후벼 파내고 천고에 전해 내려오던 백골의 사랑이 전 세계를 가득 채운 것은 쌓이고 쌓인 백골 위에다 당신네 목욕탕을 모형으로 하는 그런 목욕탕을 도처에 건립하는 것과 같은 것이니만큼, 온 사방에 고층 빌딩과 사우나 센터가 건립되고, 온 사방에 성찬을 방출하고 집단 세례식을 거행하는 센터가 건립된다면 한차례의 샤워를 하고 한차례의 안마를 하고 한차례 계집을 데리고 놀고 나서도 당신은 여전히 당신이요 나는 여전히 나인 것을, 말하자면 지금 당신은 이미 정신이 나가버리고 멍청해져버렸으므로 당신은 정신이 나간 것도 아니고 멍청해진 것도 아닌데도 정신 나간 현상과 멍청해진 현상을 그렇게까지 확정 지을 수 있는 것이고 해서 그런 식으로 정신이 나가고 멍청해져버리게 되는 것으로 운명 지어진 것이니만큼 근본적인 것을 논의하고 널리 확산시킬 가치가 뭐 그렇게 필요치 않아서 오십 번지 서쪽에 유기시켜놓고 돌보지 않는 것도 가능했으니, 우리들은 여전히 우리들인 것이고 관중들은 여전히 관중들이며 대통령은 여전히 대통령인 것이고 수상은 여전히 수상이며 황실 구성원들은 여전히 황실 구성원들이니, 우리들은 설령 우리들의 일상생활에서 행하는 모든 행위가 전부 정신 나가고 멍청해진 것이고 정신 나가고 멍청해진 것을 표현하는 방식의 일종으로 인정된다고 할지라도 그 순간 당신들의 정신이 나가고 멍청해진 것은 자생자멸을 거듭해도 절대 기괴하지 않기에 우리들은 사전에 당신들에게 알리지 않지요. 그러므로 저희들이 오늘 간담을 위성으로 생중계하는 것도 헛된 일은 아닙니다. 어떻게 어디로 가느냐는 당신의 선택이고, 일이 이 지경에까지 이르렀으니 저는 이미 옷을 벗어버린 것이고 당신은 선택할 여지가 없는 것입니다. 때문에 흡사 목욕탕에서 나는 벌써 옷을 벗어버려서 당신이 선택의 여지가 없어진 것과 마찬가지고, 만일 당신이 진작부터 이것을 불결하다거나 혹은 잘못되었다고 해도 저는 이게 단정하다고 여기는데, 당신은 제가 옷을 급히 벗어던지도록 유도할 필요가 있었던가요? 제가 상의를 벗어던지는 순간 당신은 되레 침상 위로 올라가서 손을 놓고 있으면서 가슴 뒤쪽으로는 아무렇지도 않은 듯 내색을 하지 않으니, 지금 이 나이든 여자가 뭘 또 어떻게 해서 당신에게 구경시켜드렸거늘 당신은 되레 퇴청退廳에서 북이나 두들기며 중간에서 단념을 하시니 두말할 필요도 없이 저는 즉시 당신을 바꾸어놓아야겠어요. 당신, 목욕탕 사장 행세를 위조했다는 것을 동의하나요?

【라오평은 그곳에서 또다시 진퇴양난에 빠진다. 멍청해지는 것에 대해 말하자면 그는 진정 약간 멍청해지기 시작하고, 정신이 나간 것에 대해 말하자면 그는 진정 약간 정신이 나가기 시작하는데, 대뜸 길을 잘못 들어서 즉시 다른 사람에게 떠밀려 정신이 나가고 멍청해지게끔 위협 당하고 있으니, 그만두려고 해도 그만둘 수 없는 처지에 이른다. 부지불식간에 자기 자신의 시스템이 상대방으로 인해서 훼손당해 형체도 없이 부서지고 말았으니, 제일 좋은 방법으로는 다른 사람으로 인해 뚫려버린 자기의 시스템과 자기의 사고를 대체하고 구제해야 한다. 그러한 순간에 퇴청에서 북이나 두들기며 중간에서 단념할 수 있다는 게 가능한 얘긴가? 만일 라오평이 목욕탕의 규정에 근거하자면, 여자 안마사는 이미 옷을 벗어던져버렸으니 단골고객 단독으로 물릴 수가 없는 일이거늘. 단독적으로 물리는 것이 절대 안 된다는 것은 아니고, 다만 안마와 여자를 데리고 놀 때 반드시 돈을 지불해야 한다는 건 확실하다. 그러나 쓸데없이 돈을 지불한다는 것은 단독으로 물리지 않는 것만 못하다. 그래도 연달아 라오평은 회의적인데, 본래 목욕탕 주인은 성씨가 평이고, 사실 자기 자신은 사장이 맞거늘, 그리고 사실 여자 앵커는 자신이 새로 불러들인 안마하는 아가씨가 아닌가. 그런데 어떻게 지금 저 여자가 주객이 전도되어서 자기 자신이 되레 목욕탕의 단골고객으로서 여자를 데리고 노는 손님이 되었더란 말인가? 원래 자기 자신이 여자를 시험하는 시간인데, 시험 시간에 흰 것만 보고 흰 것만을 테스트하기란 어떻게 불가능한가? 지금은 되레 규칙대로 자진 납세를 한 셈이니 그만두려고 해도 그만둘 수 없는 처지이다. 한 걸음 나아가자면, 본래 우리는 오십 번지 서쪽이었거늘, 지금 현재는 어찌하여 다른 사람의 길로 들어

섰단 말인가? 본래 우리는 정신이 나가고 멍청해져버렸으므로 우리가 정신이 나가고 멍청해졌다고 주장할 수 있으며, 그렇게 되면 어떻게 지금 피동적으로 노천에서 공연을 하겠는가? 본래 우리는 정신이 나가고 멍청해진 것을 장차 전 세계에 널리 확산시킬 생각인데, 지금 어떻게 된 것이 전 세계가 우리를 되레 테스트하고 치료한단 말인가? 앞뒤를 고려하던 라오펑은 약간 분노하는데, 자기 자신이 과연 오십 번지 서쪽을 대변하는 자가 아니라고 하더라도 여전히 그 자신이 스스로를 대변할 수는 있는 것이거늘, 그런데 그는 잇달아 중계 현장과 텔레비전 수상기 앞의 관중들이 벌써 그를 철저하게 방치한 채 여자 앵커 한쪽 옆에 서 있다는 것을 발견하게 된 것이다. 한 번 들은 걸 말하자면 간담 프로그램은 현장에서 연출해야만 발전이 있다는 것인데, 한 번 들은 걸 말하자면 목욕탕의 변화는 직접 생중계 방송을 통해서 이루어진다는 것이며, 한 반 들은 걸 말하자면 여자 앵커는 안마사가 되었고 라오펑이 여자를 데리고 노는 역할인데, 누가 보아도 어떤 신선하고 왁자지껄한 방향으로 가고 있다고 진심으로 생각되지는 않을 테고, 라오펑의 처지에 관심을 가지고 보면 정신이 나가고 멍청해져버렸다고 생각되지 않을 것이며, 오십 번지 서쪽의 인간들이 정신이 나가고 멍청해져버린 단계에 이르렀다고 보기 어려울 텐데? 그렇게 정신이 나가고 멍청해진 괴상한 장면을 만났다면 가보자고, 가서 무엇보다 먼저 한바탕 공연을 해보자니까. 군중들은 그 자리에서 일제히 소리를 내며 갈채를 보내며 집단적으로 발을 둥둥 굴리는데, 연달아 각성하게 된 것은 남은 팔십 분의 시간이 결코 짧은 것은 아니지만 진정한 연출을 아직 완성하지 못했으니 역시 시간이야 약간은 연장해도 되는 것이고, 간담 프로그램 시간이 충분하게 배정되어 있지 않다면 기타의 다른 프로그램 시간까지 순연해도 되는 것이며 줄곧 간담을 계속해서 매일 아침까지 해도 좋으리라. 세상은 주야로 어떤 사건들이 발생하는데 기껏해야 어떤 인간이 정신이상 증세가 발발하고 멍청해지는 증세가 발발한 것 때문에 지체할 수도 없으며, 그 정신이상 증세가 발발하고 멍청해지는 증세가 발발했다는 이유가 우리들의 간담을 종결하는 명분이 될 수 있단 말인가? 심지어 이것이 무슨 원인이 되어 동기를 촉진한다면 그것에 대해서 우리들은 이 개자식 같은 세상은 정말 중요하지 않다! 그런 기분과 형세는 발전을 거듭해 여기까지 이르렀는데, 진퇴양난으로 몸 둘 바를 모르고 있다가 돌연 기지를 한 번 발휘해서 그릇을 아주 산산이 박살 내기 시작한다. 몸을 간신히 빼돌려 퇴보를 하느니 차라리 주동적으로 공격을 하는 것만 못하리라. 몸을 빼돌려 퇴보한다는 것은 곧 한 번의 실패로 재기 불능일 만큼 참패를 당한 격이라는 것을 증명하는 것이고 구제할 여지가 약간이라도 있을 수가 없으므로, 주동적으로 전진을 하여 당신이 말한 것처럼 샤워를 하고 곧 샤워가 끝나면 안마를 하고 안마가 끝나면 곧 샤워하고 다시 안마를 하는 과정 중에서 나는 사고를 도출해낼 수 있게 될 것이고, 또 다른 오솔길에서 새로운 방책을 모색해서 생로生路의 효력이 있는 좋은 약이라면 쓴 약이라도 찾아내야 하겠소. 당신들, 즐겁게 갑시다. 당신들, 환호하러 갑시다. 한바탕 연출을 보았다고 말했지만, 여태껏 내 목욕탕을 본 게 아니지 않소? 말로는 주객이 전도되고 있다고 하니까, 여태껏 먼저 손님을 데리고 창녀 노릇을 하는 게 아니라면, 내가 뭘 하라고 시키면 당신은 곧 무엇을 해야 하는데, 그러니까 관건은 내게 권리가 주어질 무렵이면 오로지 나 자신만을 고려하지 당신은 고려 대상이 아니라는 거요. 이것은 말하자면 당신이 양반 가문의 부녀자와는 구별되기 때문이오! 여기까지 생각을 하고 나서 라오펑은 대의를 지키기 위해 꼿꼿하고 위엄 있는 모양새를 갖추기 시작하며 용감하게 정의를 위해 죽을 각오를 하게 되는데, 여자 앵커가 몸을 일으키는 순간 그 역시 몸을 일으켰고, 여자 앵커가 연달아 옷을 벗어던지는 순간 그 역시 옷을 벗기 시작한다. 그 순간 막후의 직원들이 긴급하게 배치를 하는데, 큰 등을 소멸시키고, 빙글빙글 돌아가는 춤추는 무대를 꾸며서 간담 현장은 목욕탕으로 바뀌었다. 목욕탕이 배경이었으므로 맑은 샘이 흐르는 산에 푸른 덩굴이 흘러내리고, 앞 무대에는 침상에다 안마용 회전 기구를 늘어놓았는데, 한 다발 등불 빛이 안마용 침상을 줄곧 내리비추고 있다. 오염이 없고, 공장 작업실이 없는 곳에 오로지 침상 하나만 있다면 효과는 증대된다. 중계 현장과 텔레비전 수상기 앞의 군중들은 다들 숨을 죽이고 조용히 있는데, 그 순간 땅 위로 화려한 주사기가 내던지는 소리를 들을 수가 있다. 중계 현장의 분위기는 어쩌면 그렇게까지 중요하고, 말투와 말의 경계는 어쩌면 그렇게까지 사람의 마음을 유혹할까. 십오 분 전에 여자 앵커는 여전히 강건하고 굳세게 담론을 해서 라오펑의 사상과 정서는 아직까지도 소란스러운데, 현재 녹수청산綠水靑山과 안마용 침상은 격리시켜야 효과가 있을 것인데…… 이것이 바로 무대 연극의 매력인 것이니, 여자 앵커와 라오펑은 빨리 연극 마당으로 입장한다. 사실 당신은 아직도 약간의 사상과 정서가 있음에도 지금 당장 연극 무대로 입장하느라 중재를 망각했기 때문이고, 타인의 심정을 바꾸고 전이시켜야 하며 당신의 나약한 고통을 당신은 되레 더 열심히 다시 연극 안으로 끌어들여야 하기 때문이지. 과연 여기서 열어젖히자 하나의 연극은 고조되고, 과연 간담 프로그램은 오십 번지 서쪽이며, 과연 그들은 전부 정신이 나가고 멍청해진 것인데, 비록 일이 지체되고 국가의 중대사가 중단되는 한이 있더라도 역시 중계 현장으로 찾아오는 것이 텔레비전 수상기 앞보다 여전히 가치가 있다. 또한 그렇게 해야만 오늘 이후로 국가의 대사를 처리하는 데 있어 좀더 훌륭히 일을 진행할 수 있다. 군중의 격려로 인한 분위기 때문에 여자 앵커와 라오펑은 점점 더 깊숙이 몰입된다. 그 순간 두 사람은 그들 근본적인 문제의 갈림길이자 원한이란 한바탕의 미미한 연극이자 오락이었기 때문에 되레 모든 것을 망각해버렸고, 다른 사람들이 자신의 표현을 구경하도록 끌어들여야 했기 때문에 모든 것을 되레 망각해버린 것이다. 현장 중계에 임할 당시 두 사람은 여전히 상호 응시하면서 짧은 순간 서로를 한차례 격려한다. 망각해버렸기 때문에 두 사람은 여전히 상호 겸허하게 양보할 줄 안다】

여자 앵커:

"오빠, 당신이 먼저 입장하세요."

라오펑:

"누이, 여전히 당신이 먼저 해야지."

그 순간 여자 앵커는 되레 다급해진다.

"대체 당신이 창기를 데리고 노는 고객인가요, 아니면 제가 창기를 데리고 노는 고객인가요? 대체 당신이 주동하는 건가요, 아니면 제가 주동하는 건가요? 만일 당신들이 이런 방식으로 양보하고 물러간다면, 그것은 목욕탕을 운영하는 일이 당신 직장이 아닌 것이죠."

그 순간 라오펑은 명백해져서 미안하다는 의미로 한 번 웃고 멍청해졌기 때문에 하하 웃으면서 선착순으로 무대 현장으로 오른다. 한

바탕 뒤얽힌 것에 심사숙고를 한 그 사람은 연극을 시작하니 흡사 외지인이 제일 처음으로 오십 번지 서쪽에 찾아온 듯하고, 흡사 어떤 해맑은 백인이 제일 처음 목욕탕을 찾아온 듯하며, 흡사 정상인이 제일 처음으로 정신 나간 것과 멍청해진 것들과 접촉한 듯한데, 테스트 중에 약간 지체를 하자 마치 고개를 내밀고 살금살금 들여다보는 올챙이 같은데, 그 모양은 흡사 탐색 도중에 달아나는 몰골과 유사하다. 그 순간 군중들은 또다시 웃기 시작한다. 보아하니 그가 멍청해진 모습이 진정 사랑스럽거늘, 하나의 목욕탕으로 오르면 당신은 곧 탐색이 가능해지는데 무엇 때문에 도피하는 거요? 그런데 군중들은 아주 적절하게 거기에서 라오펑의 음모와 책략에 걸려든다. 사후에 라오펑이 말한다.

"무엇을 정신이 나간 것이라고 부르며 무엇을 멍청해진 것이라고 부르지? 말하자면 그것은 곧 신경이 나무처럼 둔중해서 상상력이 없거나 혹은 더욱더 상상력이 있는 것을 말하지. 여기를 출발 기점으로 해서 공연을 하는 순간에 어떻게 망설이지 않을 수가 있으며 어떻게 도피하지 않을 수가 있을까?"

"보기에는 물을 찾는 듯하지만 기실 불을 찾소이다. 그것은 나 자신의 목욕탕이거늘 내가 어떻게 그 내 목욕탕의 오묘함을 모를 수가 있단 말인가? 그럼에도 불구하고 어떻게 얼음물을 찾는단 말인가? 보이는 것은 마치 착한 마음씨가 물과 같지만 기실 화염이 충천하는구나. 보기에는 마치 경사스러운 날에다 아름다운 풍경처럼 보이겠지만 기실 강철 같은 칼로 골을 후벼 파는구나. 보기에는 마치 불을 찾는 듯하지만 기실 물을 찾고 있구나. 보기에는 화염이 충천하는 것처럼 보이지만 기실 착한 마음씨가 물과 같았노라. 보기에는 강철 같은 칼로 골을 후벼 파는 듯하지만 기실 경사스러운 날에다 아름다운 풍경이었음에랴. 보기에는 항아리에 든 독약 같지만 기실 아름다운 술 한 잔이 아닌가. 내 몸 가운데 한 세기가 있으니까 나를 탐지하는 가운데 두려움이 있거늘, 오로지 탐색하는 일에만 정신이 쏠려 있다고 한들 내가 어떻게 도피라는 걸 모르겠는가? 사람들이 희망하는 도피란 무엇인가 하면, 그것은 바로 자기 자신의 처지가 아닌가? 아내를 등지고 있음에도 불구하고 왜 그는 안마해주는 아가씨를 찾는가? 안마하는 아가씨를 찾았음에도 왜 작열하는 고통을 감각하려 드는가? 당신들은 오히려 나로 인해서 당신들 자신이 주눅 들고 두려워하고 있구나. 목욕탕이라는 전제조건으로 인해서 연극은 모순되게도 목구멍에서 놀고 있는데, 시나리오의 복선과 연극제는 그러니까 이 안에 갈무리되어 있는 것이지만, 그러나 당신들 몸은 연극이 진행되는 와중에 오히려 운치가 있다는 것을 알지 못하고, 오로지 흥분된 상태로 정신이 나가고 멍청해졌다는 것을 망각하고 있는데, 그런 고로 한바탕 연극을 보고난 뒤 내려온 당신들은 오로지 왁자지껄한 것만 본 가운데 출가의 도를 보지 못했다니 그거야 뭐 기이할 것도 없지. 말하자면 나는 당신들에게 헛된 공연을 한 셈이고, 말하자면 당신들 역시 그 헛된 공연을 본 셈이며, 당신들이 정신 나가고 멍청해진 것에 대한 층위의 경계는 좀 고양되었다고 해도 아주 작은 곳에도 유용하게 쓸 곳이란 없거늘, 그런 고로 당신들은 연달아 나의 음모와 책략이 예측되는 그런 범주 안에 놓여 있다. 시작되자마자 나는 여전히 약간 주저하면서도 막상 무대에 오른 뒤 당신들의 흥분된 반응에 확신이 서서 갑자기 고조되고 정신마저 새롭게 전진하는구나. 이 순간 멍청해져서 하하대는 것은 내가 아니라 당신들이야!"

"사실 당신들에게 한 필의 말을 풀어놓을 생각이고, 당신들의 사태가 너무도 절박해서 조금도 지체할 수가 없다는 걸 누가 알기나 했을까. 사실 당신들을 정신 나가게 하는 것과 멍청해지게 하는 것을 좀 미룰 생각인데, 당신들은 이미 스스로 정신이 나가고 멍청해지고 있다는 걸 누가 알기나 할까!"

"당신들은 이미 스스로 정신이 나가고 멍청해지고 있기 때문에, 오히려 정신이 나간 것과 멍청해진 것, 그리고 정신이 나가지 않은 것과 멍청해지지 않은 것을 크게 구별할 줄 모르고, 당신들은 현장공연을 한차례 보았기 때문에 나의 세척과정을 통해서 각색되고 변화되며 한바탕 목욕을 통해서 멍청하게 변화되는 깨달음을 얻긴 하겠는데, 기실 오십 번지 서쪽의 정신 나감과 멍청해짐은 결코 부재하는 것이 아니라 향도向度와 심도深度 그 위에서 당신들은 오랫동안 만나지 못하다가 다시 해후邂逅한 것이지!"

"당신들은 그곳에서 쓸데없이 멍청해진 것뿐만 아니라 내가 배치한 여자 앵커조차 몸이 멍청해지고 있는 도중인데 그녀가 멍청해진다는 걸 모르고 있어!"

말을 하다가, 또 말을 하면서, 이내 분노한다.

"당신들이 어디 무슨 쓸모가 있겠나? 오직 정신이 나가거나 멍청해지면 모를까!"

말을 하면서 군중들의 얼굴과 얼굴을 바라본다. 그러나 역사적인 공연을 추억할 당시 라오펑은 확실히 멍청해져서 하하거린다. 그 당시의 정신 나감과 멍청해짐의 층위와 심도를 살펴보기란 힘들지만, 연달아 라오펑은 운율이 살아 있는 재미있는 문장으로 말을 해가며 무대를 한 단락 개장하고 있긴 한데, 우리들의 라오펑은 약간 주눅이

들어 자신이 무대로 등장하게 된 것을 송구스럽게 생각한다며 익살
스러운 표현을 통해서 중재와 도피 그 사이를 오락가락하며 자신의
긴장과 이완을 표시하면서, 그와 동시에 모든 사람들에게도 겸허한
뜻을 나타내고 여자 앵커에게 환심을 사고 있다. 사후에 라오펑은 이
렇게 말한다.

"당신들은 어떻게 그렇게까지 비약할 수 있단 말인가? 그 당시 내
가 연극을 한 것도 아닌데. 모든 진상은 감추려고 하면 할수록 일제
히 드러나게 되어 있어!"

우리들은 오로지 고개를 흔들며 탄식한다. 이 순간의 라오펑은 도
대체 그 순간의 라오펑이 아닌 것이다. 그 당시 라오펑은 무대를 빙
글빙글 돌며 책략을 바꿔가면서 말한다.

오늘 아내는 집에 없고

출장을 나선 천리 길에 애 엄마를 보았네

산이 사이에 있고 물이 사이에 있으니 통제하기 어렵구나

자세히 취조하기 위해 전화로 힐문하니

몸은 자유를 얻어도 무척 괴롭구나

부득이 안마하고 사우나를 해야겠네

라오펑은 물의 용도를 알고 물을 이해하지

모든 아가씨들은 한 송이 꽃이로다

......

【문을 두들기는 모습을 만들어내다】

라오펑: 그런데 실내에 누구 있소? 펑이 내려오고 있소.

【그 순간 군중들은 되레 회의적이다. 그의 말을 듣자니 그 말투나

210

용어가 문을 두들기는 동작이거늘, 어떻게 대뜸 송나라 시대로 돌아간단 말인가? 과연 라오펑이 몸을 한 번 흔들어대자 대뜸 장면이 바뀌고, 송나라의 어떤 공자로 분장을 한 한 서생 혹은 실의에 빠진 한 서생이 어슬렁거리며 기방에 들고 있다. 입속으로는 여전히 중얼거린다. 오늘밤은 어느 곳에서 술이 깰거나? 버드나무는 기슭에서 출렁거리고 새벽바람에 잔월殘月이구나. 연달아 군중들은 겁을 집어 먹고, 방금 전 은막 위의 전경이 바로 목욕탕이 배경이라는 것을 알게 된다. 맑은 샘에는 가느다란 물줄기가 흐르고 온 산에는 푸른 덩굴식물이 가득한데, 지금 갑자기 고성古城 비엔량汴梁*으로 바뀌더니 발길 닿는 곳마다 홍등 초롱이 걸려 있구나. 어떻게 당장 수도를 옮겨 올 수가 있단 말인가? 어떻게 오십 번지 서쪽이 비엔량으로 바뀔 수 있단 말인가? 사우나라는 말이 등장한 게 아니란 말인가? 말로는 먼저 씻고 나중에 안마를 한다고 하더니, 그게 아니란 말인가? 어떻게 모든 과정을 당장 생략한단 말인가? 우리들은 언제쯤 빠른 열차로 갈아타야 대뜸 목적지에 도달할 수 있단 말인가? 만일 그렇게까지 철저하게 직접 변화될 수 있다면, 그렇다면 목욕탕의 다른 용도는 무엇인가? 우리들은 물을 향하고 있는 게 아니란 말인가? 어떻게 지금은 갑자기 물이 없어진단 말인가? 이 순간에도 씻긴 씻어야 하니까 물이 없으면 그럼 드라이클리닝을 해야겠구나. 이 순간에도 모든 사람들에게서 어쩌면 이렇게 냄새가 나는 걸까. 어쩌면 과거를 추억하는 순간 냄새가 나기 시작한 걸까. 라오펑의 음모와 책략 냄새가 나는구나. 그러나 일체 모든 것은 이미 늦어버린 것이고, 연극은 이미

---

* 비엔량(汴梁): 춘추전국시대의 양나라가 있었던 곳으로 지금의 허난성(河南省) 카이펑(開封)을 지칭함.

시작되니, 이미 대들보를 훔쳐내고 기둥으로 바꾸어넣고서 연극 레퍼토리가 바뀌는구나. 연달아 우리들을 경악케 만든 것은, 여자 앵커가 송나라 시대의 의상으로 갈아입더니 송나라 시대의 변발로 바꾸고 늙은 기녀가 되어 문밖으로 나가 손님을 맞이하는 것이다. 그 순간 우리들은 또다시 책망한다. 우리는 라오펑이 희곡을 개편하는 것을 직접 보진 못했으나, 설마 몸이 라오펑 옆에 머물러 있던 당신마저 레퍼토리 각색 과정을 못 본 건 아니겠지? 당신은 옷을 아까 벌써 벗어던진 게 아닌가? 지금 어떻게 또다시 의복을 입고 있는가? 한 사람의 수상이 벌써 텔레비전 수상기 앞에서 말한다】

"맥이 없군!"

그러나 다른 대통령 한 명이 동의하지 않는다.

"존경하는 수상 나리, 저의 개인 명의와 우리나라 국민의 명의로서 제발 부탁드리오니 당신의 견해는 조금도 같지 않다는 점을 윤허하십시오. 방금 전에 옷을 대뜸 벗어던질 때는 오히려 맥이 없어 보이지만 지금은 벗어던진 뒤 다시 입었다가 재차 벗어던진 것이지요. 근거에 따르자면 송나라 시대의 의복을 착용하는 데는 현대보다 여전히 매우 복잡한 사연이 뒤엉켜 있답니다. 그렇기 때문에 되레 이 연극은 대뜸 신비성과 흡인력이 증가되고 있지요."

"수많은 민족의 풍속은 다른 것이고, 우리나라 국민들은 아직도 이런 식으로 의복을 벗는 방식을 즐겨 구경하고 있으며, 직접 침대 위로 올라가서 벗어던지는 것보다 되레 좀 떨어져서 옷을 벗는 모습을 바라보는 격리의 효과가 있나이다."

"당신들은 방금 전에 기원을 향해 나아가는 목욕탕을 반대하셨는데 그것은 목욕탕을 직접 반대한 것이 아닌가요? 지금도 어떻게 또다시 복잡하게 반대를 하니 당신들은 되돌아가서 반대로 과거의 여정에 나설 건가요?"

그런데 사후에 라오펑이 또다시 말하기를, 대통령 역시 그 순간 한 멍청이에 불과한 것이고, 그 순간 창자 속의 문제점은 직접이든 간접이든 근본적으로 존재하지 않았고, 간단하게든 복잡하게든 소실과 멸망은 물에 달려 있는 것, 그것이 라오펑의 주장이다.

그 순간 늙은 기녀는 이미 문전에서 손님을 맞이하며 약간 머저리처럼 하하거리면서 대사를 외우고 있다.

여자 앵커: 누구죠? 오, 이건 펑 공자가 아닌가요? 어쩌면 그렇게 오랫동안 찾아오시지 않는단 말예요? 우리 집 샤오스를 잊어버린 것은 아니죠?

라오펑: (문에 다리를 걸치는 모양새를 취하다가) 잊기는 절대 잊은 적이 없는데, 오로지 집을 나서서 천 리 여정 길에 사업을 한차례 했거든.

여자 앵커: 무슨 사업을 하셨는데요? 펑 공자님께서는 필경 재물을 크게 벌었을 거예요.

라오펑: 뭐 대단한 사업을 한 것은 없지만, 대중을 대신해서 물을 찾아나섰지.

여자 앵커: 왜 무엇 때문에 물을 찾아요?

라오펑: 왜라니, 모든 사람들이 입욕해야 하니까. (모든 사람들이 또다시 웃는다. 아주 오랫동안 여전히 입욕을 하는 것으로 전환된다. 그렇게 되자 연달아 모든 사람들은 곧 웃지 않게 된다) 햇볕은 타는 듯이 내리쬐고, 풀 한 포기 나지 않는 적지赤地는 천 리인데, 강물은 말라 끊어지고 몇 방울의 물은 기름 같으니, 일 세기 내려오는 동안 오십

번지 서쪽은 물에 의지함으로써 문제가 제기되고 있으므로 그대들은 다시는 입욕을 말하지 말라. 내가 일 세기 동안 출문出門을 하니 우리 오십 번지 서쪽의 목욕탕은 말하자면 일 세기 동안이나 폐업이 되었노라. 인간들의 신체 위에는 혈흔과 농창이 매달리고, 마음에는 먼지와 고름이 매달리니 영혼은 몹시 메말라 절망에 이르고 그곳에는 초조함이 누적되고 증강된다. 한 번 시작되면 두 배로 증가되고, 나중에는 몇 배의 수량으로 증가되는데, 만일 내가 재차 물을 찾아나서지 않는다면, 그것은 곧 인간들 정신이 나가고 멍청해지는 문제일 뿐만 아니라, 그것은 곧 철저하게 지저분하게 죽거나 목이 말라 죽게 될 것이고, 지저분하게 죽지 않거나 목이 말라 죽지 않는다 하더라도 귀머거리로 변하고 벙어리로 변해버릴 것이다. 또다시 정신이 나가고 또다시 멍청해지느니 차라리 또다시 귀머거리가 되고 또다시 벙어리가 되는 게 낫긴 할 텐데, 그래도 역시 차라리 목이 몰라 죽는 것만은 못하니 그만둡시다.

【그 순간 모든 사람들에게 명백해지는데, 사실 그가 목욕탕을 직접 기원으로 바꾼 것은, 오십 번지 서쪽에 물이 결핍되고 있었기 때문이다. 그는 목욕탕 주인으로서 목욕탕에 입실한 자까지 바꾸어놓고 있으니, 목욕탕이 벌써 일 세기 동안이나 폐업한 연유가 여기에 있다. 혹자는 말하기를 그가 목욕탕 주인의 위치를 잃어버린 것이 아니라 오십 번지 서쪽이 단수斷水가 되었기 때문이라는 것이다. 생각해보면 라오펑은 충분히 악독하다. 그는 지금 모든 것을 송나라 시대로 바꾸고 있는데, 송나라는 지금에 비해서 폭염이 심하고 몹시 목이 마르던 시대가 아닌가. 그 순간 여자 앵커 역시 갑자기 크게 깨닫게 되는데, 설령 자기가 앉은 자리가 목욕탕이라고 해도, 원래 물의 주인은 라오

펑인 것이다. 화얼훙러뒈이 역시 돌연 명백해져서 그들의 음악이 돌연 충천하기 시작하더니, 송나라 시대의 민요가 한 구절 연주된다.

타는 듯이 내리쬐는 햇볕은 마치 불을 때는 듯한데
들판의 새싹은 이미 말라비틀어지니
농부의 심정도 지글지글 끓은 국 같구나
공자와 왕손도 몹시 목이 말라 벙어리가 되었구나
……

그 순간 은막 위에 타는 듯이 내리쬐는 햇볕과 풀 한 포기 없는 적지의 화면이 방출되기 시작하는데, 수천 수만 명으로 이루어진 오십 번지 서쪽 주민들의 얼굴은 꾀죄죄하고 몹쓸 가뭄으로 목이 마른 상태로 절망스럽게 걷고 있는 장면이 상영된다. 이미 세척의 문제가 아니라 목이 말라 타는 듯한 갈증이 문제이다. 때때로 어떤 사람은 몹시 목이 타서 현기증이 생겨 길가에 쓰러지고 있기 때문이다. 걸어가는 사람들의 무리 중에는 고인故人 신발 수선공 라오마가 있고 백정 라오서가 있으며, 변변찮은 잡탕을 파는 라오꾸어와 배추를 파는 샤오빠이, 때밀이 라오양, 지본가 라오지앙과 가라오케의 접대부 샤오스가 있다. 샤오스는 이미 비옌량 기방으로 간 게 아닌가? 지금은 너무도 목이 말라서 현기증이 빨리 생기는구나. 잇달아 점점 더 겁을 먹고, 중계 현장과 텔레비전 수상기 앞의 관중들은 계속해서 참지 못하고 초조해진다. 완전히 몹시 목이 마른 상태로 은막 위로 그들 모두 출현하고 있다. 그중에는 몇몇 국가의 대통령과 수상 그리고 황실 구성원이 있는데, 사람들마다 자기 목구멍을 가리킨다. 공자와 왕손도 모두 목이 타서 벙어리가 되니, 세상이 곧 화염 덩어리 산으로 탈 바꿈하려는 게 아닐까? 억만 관중들은 몹시 목이 마른 상태로 절망하며 넓은 사막을 걸어가는데, 수정금자탑 안의 군중들이 단순히 정신이 나가고 멍청해진 광경을 방영하던 라오서와 라오지앙에 비교하자면 이 장면은 역시 장관이다. 방금 전에는 한사코 비아냥거리는 말투이더니, 이 순간 당신에게 서늘한 바람이 스며드는구나. 반대를 해도 반복해서 옷을 벗는 수상은, 지금 현재 은막 위에서 몹시 목이 타서 정신이상 증세가 발발하고 멍청해지는 증세가 도진다. 그 수상이 돌연 자기 의복을 완전히 벗어던지자 그의 단추가 팽팽 튀면서 온 천지에 혼란스럽게 데굴데굴 굴러다니고, 한편 옷을 벗으면서 다른 한편으로는 입으로 고함을 친다.

"뜨거워, 뜨겁다고!"

"물, 물!"

그 순간 라오펑은 화면을 지시하며 비평을 하면서 방점을 찍는다.

라오펑: 보면 알겠지만 그 작자는 줄곧 몹시 목이 말라서 농아가 되고 있소.

과연 방금 전까지 솔직히 정말 터무니없는 말을 하던 그 수상은 지금 막 쏟아낸 언어에 대한 역사적인 책임을 인정해야만 하기에, '뜨거워' 그리고 '물'이라는 말을 마친 이후, 돌연 농아가 되고, 한 개인의 입술이 몹시 메말라 갈라터진 그곳에서 고함이 터진다.

"내가 왜 들리지 않는 것이지?"

"내가 왜 말을 하려는데 할 수가 없는 것이지?"

"목소리는 어디로 간 거야?"

"내가 나의 자아를 어떻게 표현하나!"

......

은막 아래의 그 수상은 은막 위의 자기 자신을 보게 되는데, 몹시 목이 타서 육체적 정신적으로 고통을 받고 있는 그 모습을 보게 되자 눈물이 하염없이 흘러내려 멈출 줄 모른다.

"생각건대 여태껏 수분 부족이 될 수는 없는 일인데."

"생각건대 라오펑과 오십 번지는 여전히 죄가 없는 것인데."

"생각건대 정신이 나간 것과 정신이 나가지 않은 것과 멍청해진 것과 멍청해지지 않은 것은 분명 다른 것인데. 우리들은 여전히 라오펑과 오십 번지 서쪽이 정신 나가고 멍청해졌다고 인정하다니!"

긴급히 비서를 불러, 그 수상은 새로운 명령을 전달한다. 최고 속도로 국회에다 친서를 교부해서 토론케 한다.

라오펑: 그건 맞는 말이오. 여기서 방금 전에 물을 이해하고 물을 사용한다고 부르짖었으니, 당신들이 입욕을 하고 당신들이 물로써 세척을 한 뒤에도 물의 중요성을 모른다면 아무것도 남지 않게 되는 것이고, 대뜸 강물이 말라버려서 당신들이 마실 물도 없게 되는 순간, 당신들은 그제야 막 강물과 물의 발원지가 어디에서 비롯되는지 비로소 알게 될 것이오. 이 물의 발원지는 다른 지방에 존재하는 것이 아니라 바로 오십 번지 서쪽의 라오펑의 목욕탕이오. 만약 그렇지 않다면, 나는 여태껏 간담 연출을 하지 않았을 거요. 어쩌자고 단독적인 광고를 하느냐고? 그것은 역시 당신들을 구원해야만 한다고 어떤 하느님이 예언하고 선포했기 때문이오. 우리들이 어디에서 찾아왔는가 하니, 우리들은 오십 번지 서쪽에서 찾아온 것이고, 우리들의 멸망은 어디에 있는가 하면, 바로 우리들에게 수분이 부족하게 되는 그 순간이오. 그런 목욕탕인데 그 남성 보약과 생리대 그리고 질 세

정액과 나란히 놓고 함께 논할 수 있단 말이오? 말하자면 황당한 것이고 진정 황당한 것인데, 텔레비전 간담에서 추태를 부렸거든. 말하자면 신산스러운 것이고 진정 신산스러운 것인데, 오십 번지 서쪽의 정신이 나간 것과 멍청해지는 것은 아직 끝나지 않았거든.

여자 앵커: (초조해진다) 모든 사람들이 관심을 가지는 것은 현재 당신이 물을 찾는다는 것인가요?

라오펑: 아니오. 내가 오늘 주로 찾는 것은 물뿐만 아니라 기녀 샤오스를 찾아야만 한다는 거요.

여자 앵커: (긴급히 끌어당겨 붙잡는다) 물에다 비교하자면 샤오스는 결코 중요하지 않아요. 하물며 그 여자도 몹시 목이 타 현기증이 일어났을 테고, 때문에 지금은 어쩔 수 없이 손님을 영접하지 못한다고요. (그 순간 연극 레퍼토리 중에 머물러 있고, 해탈의 경지로 건너지 못한다) 라오펑, 온 천하는 타들어가는 듯한 가뭄으로 뜨거운데, 당신이 목욕탕의 물을 관장한 채 물을 방출하지 않는다면, 당신은 진정 온 천하의 사람들이 다들 목이 타서 정신이 나가고 목이 타서 멍청이가 되어서 목이 타서 귀머거리가 되고 목이 타서 벙어리가 되어 결국 목이 타서 죽게 할 건가요? 정말 모든 사람들을 그렇게 할 생각이라면, 당신은 스스로 정신이 나가고 멍청해진 것이 목이 타서 죽을 지경인 갈증 탓이라는 걸 증명할 수 있나요?

【그 순간 라오펑은 웃는다. 이로써 그의 목적은 결국 도달된 셈인데, 여자 앵커를 대동한 채 연극의 줄거리 안에서 해탈의 경지를 맞이한 것이다. 혹자는 말하기를 그가 점점 더 연극 안으로 몰입되어서, 그가 손을 한 번 휘두르면 중계 현장의 관중이자 라오펑 목욕탕의 몇 사람들이 자리에서 일어난다. 사실 그것은 텔레비전 방송국에

서 배치한 것으로써 생트집을 잡으면서 라오펑을 들추어내기 위한 비밀 루트에 관중들을 매몰시켜 두었기 때문인데, 비밀 루트 가운데 또 다른 비밀 루트가 있는 줄 누가 알기나 할까. 그들이 매복시키기 이전에 이미 라오펑이 한 가닥의 비밀 루트를 매복시켜둔 것이다. 사실은 그들 관중에게 라오펑과 라오펑의 목욕탕 그리고 정신이 나가고 멍청해진 오십 번지 서쪽 인간들의 허물을 들추어내는 역할을 부여했으나, 그들이 일어나 테너로 노래를 부르는 라오펑의 남창에 박자를 맞추게 될 줄 누가 알기나 했을까. 앞줄에 서서 자리를 채우고 있는 어떤 테너는 바로 때밀이 라오양이다. 사실 중계 현장에 관중을 대동하고 와서 관중들에게 의문을 제기하라고 일렀지만, 텔레비전 방송국이나 혹은 라오펑을 전부 등한시하며 전혀 상관하지 않을 뿐만 아니라 중계 현장이나 텔레비전 수상기 앞의 관중들까지 전혀 상관하지 않는다는 걸 누가 알기나 했을까. 그런데 라오펑은 왜 관중들이 돌연 노래를 부르는지 알지 못한다. 텔레비전 방송국의 관중들은 갑자기 무엇을 하자는 것인가? 설마 이 라오펑과 무슨 교역을 하기 위해서 은밀한 협약을 체결하려는 것은 아니겠지? 그 순간 중계 현장과 텔레비전 수상기 앞의 관중들은 고려하지 않은 채 오히려 등 뒤로 식은땀이 온 전신으로 흘러내린다. 아, 사실은 당연히 그 순간 땀이 흘러내린 것은 아니고 온 전신에 목이 타는 듯한 갈증으로 죽을 지경인데, 어디에서 여전히 땀이 흐른단 말인가? 하물며 곧바로 땀을 흘린다고 해도 이미 늦어버린 것이고, 그렇게 오랫동안 연극 마당으로 들어서서 깨고물에 단자를 튀긴 듯 그렇게까지 깊숙이 둘둘 휘감친 채 그렇게까지 기다란 그물로 짜인 채 그렇게까지 산만하게 흡사 당신과 여자 안마사가 무슨 일이 또 벌어져 예전에 승인한 일을 후회하며 재차 번복하기 위해 개별 계약을 뒤로 미뤄버리는 그런 연극 연출이 여전히 가능하단 말인가? 부득이 그녀와 그들의 운명을 교부해주어서 그들 관중을 지배하게 한다고 해도, 아무튼 벌써 몹쓸 갈증으로 인해 정신이 나가고 몹쓸 갈증으로 인해 멍청해져버리고 몹쓸 갈증으로 인해 귀머거리가 되고 몹쓸 갈증으로 인해 벙어리가 되었구려. 지금 당신들은 널리 확산시키겠다던 그 목적에 도달했소이까? 당신들을 계속 이용해 내려가는 것이 차라리 대뜸 목이 말라서 죽어 자빠지는 것보다 못하오니 그만둡시다. 생각이 여기까지 이르자 중계 현장과 텔레비전 수상기 앞의 관중들을 되레 납득할 수 있게 된다. 몇몇 대통령과 수상들은 또다시 그곳에서 감개무량해진다. 만일 우리들에게도 라오펑과 같은 두 개의 브러시가 있다면, 세상이 이렇게 혼란해질 수 있겠는가? 아주 가까운 곳에 묘수가 숨겨져 있으니, 수천만 가지의 모순과 혼란이라는 그런 중요한 문제가 해결되고 나면 다른 모든 문제는 쉽게 술술 풀리는 법이다. 말하자면 한바탕 우스개 놀이를 보고 나면 마음이 즐거워지는 것이고, 역시 이것저것 적지 않게 배울 수 있음에도, 우리들은 여기에서 목이 말라 죽을 지경이지만, 오십 번지 서쪽을 위해서, 아직도 마땅히 살아야 한다. 군중들이 감개무량을 드러낼 적에 라오펑의 목욕탕에서 남성 합창이 벌써 시작되는데, 그것은 완전한 해탈이며, 완전한 해방이고, 감개무량해서 참회를 하게 되지만 때는 벌써 늦어서, 기실 라오펑은 연이은 참회를 아직 접수하지 않는구나. 사실 라오펑의 목욕탕은 창시반^{唱詩}^班*인데, 창시반이므로 바야흐로 집단적인 세례 장소이자 성찬을 배

---

* 창시반(唱詩班): 노래와 시를 배출하는 교실이라는 의미.

포하는 중심 센터가 아니겠는가? 그때 화얼홍러뒈이로 교체되기 시
작한다】

목욕탕 창시반:

난징南京에서 동징東京*까지

정신 나가고 멍청해진 것이 산뜻하게 정제되지 않는구나

백골 위에 목욕탕을 세우니

그걸 당신들은 소상하게 이해하지 못하고 있다는 것을 누가 알까

보기에는 당신들에게 입욕하라고 이른 듯하다지만

기실 당신들에게 탐색하라 이른 것이고

또다시 정신이 나간 것과 또다시 멍청해진 것은 중요한 게 아니고

귀머거리로 변하고 벙어리로 변하니 그것이 수상쩍구나

대통령과 수상은 다들 총명하거늘

타는 듯한 날씨 아래 바로 원형이 노출되는구나

라오서와 라오지앙은 아주 앞을 다투는데**

정점에 도달하니 여전히 엉망진창이로구나

우리 집으로 라오펑이 큰 걸음으로 걸어오는구나

---

 * (라오펑 주석) 이때의 동징(東京)은 바로 비엔량(汴梁)이다.
** (라오펑 주석) YAO: 孔子說, 智慧的人愛水, 仁義的人愛山；智慧的人好動, 仁義的人
   喜靜；智慧的人容易快樂, 仁義的人容易長壽, "樂"字應該讀作"要"：논어에서 공자가 말
   하기를, 지혜로운 자는 물을 좋아하고, 어진 자는 산을 좋아하며, 지혜로운 자는 움직
   임을 좋아하고, 어진 자는 고요함을 좋아하는데, 지혜로운 자는 쉽게 흡족하고 어진 자
   는 쉽게 장수하노라.
   이때 '즐거움(樂)'은 마땅히 '要(Yao)'로 읽어야 한다. 그러므로 본문의 'Yao'는 '樂'
   이라고 해석이 가능하며 어디까지나 고대철학에 기원을 둔다.

간담 프로그램에 출현하니

당치도 않은 말로 수다를 떨어대니 눈물이 줄줄

과거에 멍지앙뉘가 있었고

지금은 라오펑 지기知己가 있구나

정신이 나가고 멍청해진 놈아는 어디에 있는가

다른 사람들은 오십 번지 서쪽에 있기 때문에

라오펑의 견해와 다른 사람의 견해가 다르고

전 세계의 정신 나가고 멍청해진 것들 중에 산뜻하게 깬 사람은 없
구나

간담을 시작하기 전에 사인하고 계약하기를

세계의 절반을 구원하기로 했건만

오로지 이 간담을 보자면

하나가 눈에 띄면 하나를 붙잡아서 바구니를 채우고

하늘가에 가득한 영혼은 흡사 호랑나비 같구나

하나하나씩 탁 때려죽여서 벽 위에 붙이고

산단 꽃이 피어나자 붉고 농염하구나

세 개의 광고는 스모그 탄알인데

풀 한 포기 없는 적지는 천 리이고 입술은 말라서 갈라터지고

바구니로 도착하자 수차가 보이는구나

칠십억 관중이 정신이 나가고 멍청해져 있거늘

금세 당신들이 작게 위축된 축소된 경관을 보여주겠노라

물을 이해하기에 물을 이용한다는 건 구실에 불과한데

당신들이 사방에서 이야기를 꺼내 약점을 언급하고

강에다 의복을 벗어던진 게 발견되는구나

피눈물이 얼룩진 상처를 씻어내니

즐거운 악단은 하나의 붉은 꽃이더라

세례와 성찬을 통해서 분명하게 볼 수 있는데

간담 프로그램은 여기까지이고

이로써 우리는 함께하니

등잔불 아래에서 연달아 논의하고 있구나

내가 인간들을 대신해 당신에게 잘못을 고치고 갱생하여주마

집으로 돌아가서 국적을 바꾸겠다는 생각은 하지 말고

오십 번지 서쪽에서 영원한 영생을 얻으라

……

【창시반의 노랫소리를 여기까지 듣고 나자, 중계 현장과 텔레비전 수상기 앞의 관중들은 고려하지 않고, 모든 중생들 혹은 대통령과 수상 혹은 황실 구성원들까지 전혀 고려하지 않고 전부들 혼란스러워지기 시작한다. 한 차례 프로그램을 보고 나면 사실 집으로 돌아갈 수 없는 것이고, 이때부터 다시는 오십 번지 서쪽의 주민들이 온 세계를 이룰 수 없다. 당신들은 오십 번지 서쪽의 그 정신 나간 것과 멍청해진 것을 향해 가는 것이 아니지 않소? 이로써 모든 사람들이 다 함께 정신이 나가고 멍청해져가는구나. 당신들은 목욕탕을 원하는 게 아니었소? 이로써 세상은 말라서 금이 가는구나. 오로지 축소된 경관으로 들어가야만 그때 비로소 물 수레와 물을 볼 수 있는 거외다. 모든 사람들이 완전히 정신이 나가고 멍청해지지 않은 상태에서 스스로 산뜻하게 깨어나버리게 되는 순간, 수많은 사람들은 목이 말라서 갈증이 심화되는 것도 아랑곳없이 옷을 벗어던지기 시작하고

중계 현장과 텔레비전 수상기 앞의 좁은 길에서 뛰어오르는데, 수상은 여전히 그곳에서 고함을 친다】

"나는 국회로 가서 국정 자문에 대답할 것이오!"

"나는 또한 국회의원에게 오십 번지 서쪽의 정신 나가고 멍청해진 결의안을 통과하게 할 거요!"

"이것은 나 자신을 위해서일 뿐만 아니라 오십 번지 서쪽을 위해서야!"

……

그러나 이미 모든 것이 늦고, 따라서 창시반唱詩班의 노랫소리는 결속된다. 여태껏 남은 노랫소리가 펄럭펄럭 감돌고 있는 가운데, 중계 현장과 세계는 한데 어우러지기 시작하고, 간담 현장은 하나의 시멘트 바구니로 변하더니, 위성중계를 방영하던 모든 텔레비전 수상기마다 하나의 나무 바구니 혹은 비닐 바구니로 변해버리고, 중계 현장과 텔레비전 수상기 앞의 모든 관중들은 전부 작고 하얀 쥐로 변해버리고, 지금 현재 시멘트 바구니, 나무 바구니, 비닐 바구니가 자동적으로 사람들을 빨아들이더니, 연달아 위성 선로를 또다시 통과해서 라오펑과 여자 앵커의 면전으로 회수되어 내던져진다. 오십 번지 서쪽을 축소된 경관으로 바꾼 게 아닌가? 어떻게 전 세계를 축소된 경관으로 바꿀 수 있단 말인가? 정신이 나가고 멍청해진 라오펑이 좀 지나친 게 아닌가? 그의 장난이 지나치고 너무 한쪽으로 치우친 게 아닌가? 그 순간 작고 하얀 쥐들이 라오펑과 여자 앵커를 보기 위해서 서로 쟁탈하는데, 다만 그들은 그 몇몇 바구니와 바구니 안에서 정신이 나가고 멍청해진 채 목이 타는 지독한 갈증에 시달려서 귀머거리가 되고 벙어리가 된 하얀 쥐들에게 일체 관심을 두고 있지 않을 뿐만 아니라, 그 현장에서 지폐와 토론을 조사하기 위해 서로 나뉘기 시작하는데, 몇몇 분과로 나뉘던 와중에 프로그램 도중에 삽입 방영된 그 세 가지 종류의 광고와 그 비용 역시 포괄되고, 그것은 세 사람의 상인이 광고 협찬을 했기 때문에 서로 나뉠 수밖에 없는 상황인데, 그것들은 또한 텔레비전 수상기 앞에서부터 바구니 속으로 전부 빨려든다.

제5막
▲▲▲
자애로운 어머니의 눈물

【전제: 밤중에 어떤 사람이 집 안에서 바깥을 향해 걸어가더니 짚한 다발을 옮기고 있다】

질문:

"당신 누구요?"

대답:

"저는 가라오케 접대부 샤오스예요."

질문:

"당신 누구요?"

대답:

"저는 통곡으로 만리장성을 무너뜨린 멍지앙뉘예요."

질문:

"당신 누구요?"

대답:

"저는 라오펑 목욕탕의 여자 안마사예요."

질문:

"당신 누구요?"

대답:

"저는 간담 프로그램의 여자 앵커예요."

샤오스이든 멍지앙뉘이든 상관없고 여자 안마사이든 아니면 여자 앵커이든 상관은 없는데, 아무튼 호숫가에서 걸어올 무렵에 보니 여전히 몸매가 날씬한 소녀로구나. 매끄럽게 흘러내린 어깨와 가느다란 허리, 약간 팡팡한 둔부, 여지가 응고된 듯한 홍조 띤 뺨, 순백의 아름다운 살결, 준수한 눈에 수려한 눈썹, 밝게 빛나는 눈빛…… 날개 돋친 듯 풀풀 날아다니던 그 소녀가 이미 머리카락은 하얀 학 털에다 피부는 닭 껍질 같은 늙은 아주머니가 되어 우리들 면전으로 걸어오기를 기다린다. 그 늙은 아주머니의 양쪽 눈은 노안으로 침침하고, 발걸음은 비틀거리며, 몸을 지탱하기 위해 지팡이 하나로 땅을 짚은 채 등 뒤로 견대肩帶를 두르고서, 세 발짝 두 발짝을 움직일 때마다 숨이 차서 헐떡거리며 활처럼 굽어진 머리를 흔들거리면서 몸이 길을 걸어가는지 식별하기 어렵구나.

질문:

"아주머니, 당신 어디에서 오시나요?"

늙은 부인:

"오십 번지 서쪽이오."

질문:

"아주머니, 당신 어디로 가시는지요?"

늙은 부인:

"이 늙은 여자는 노안으로 침침하고 길을 분명하게 구별할 수가 없으니, 어디로든 걸어가서 도착한 뒤 그게 어디라고 간주하면 그만이오."

질문:

"당신 길을 나서서 뭘 하시려고요?"

늙은 부인:

"정신 나간 아들 하나를 잃어버렸소. 나는 그 애를 찾아왔소."

질문:

"당신의 그 정신 나간 아들의 이름이 뭐죠?"

늙은 부인:

"학명學名은 라오펑이고, 어릴 적 이름은 붉은 애였는데, 과거에 오십 번지 서쪽에서 목욕탕을 열었소이다."

질문:

"당신 아들을 어떻게 잃어버렸나요?"

늙은 부인:

"내가 집에서 밥을 짓고 있을 때 그 애에게 밖에 나가서 놀라고 했지. 밥이 다 되기를 기다렸다가 다시 밖으로 나가서 그 애를 찾았더니 애가 보이지 않았다우. 그 애가 진흙에다 오줌을 싸서 탑을 세운 성곽과 궁전은 여전히 있었는데 말이오. 내 아들이 세운 성곽과 궁전은 무려 천 리나 되었고, 성곽과 궁전마다 만좌였으니 빈틈없이 소인小人들로 꽉 덮여 있었소. 또 나는 괴상하게도 조심성이 없어서, 그 애가 혼자서 노는 순간에도 물을 갖고 놀기를 좋아한다는 것을 알고 있긴 했지만, 그 애가 지난번에도 놀이를 하다가, 글쎄 놀이를 하던 애가 사라지게 될 줄 누가 알았을까. 일찍이 그런 것을 알았다면 나는 바로 세계의 모든 물을 감춰버렸을 거외다."

거듭해 말을 하면서 얼굴을 가리며 울어댄다.

질문:

"아주머니, 혹시 지난번의 그 물은 별로 괴상한 것이 아닐지도 모르겠는데, 늑대가 붉은 애를 물어갔겠지요. 붉은 애는 눈치 없이 좀 멍청해서, 늑대에 걸맞은 개에게 당했을 가능성이 높지요."

늙은 부인은 고개를 흔든다.

"물어갔다면, 그건 역시 개가 그럴 수는 없는 일이고, 한 무리 여우가 그랬을 가능성이 있지. 며칠 전 군중들이 다들 떠들어대는 소리를 듣자니까 새벽 네시면 오십 번지 서쪽 주위를 타오르는 듯이 붉은 여우들이 가득히 에워싸서 이튿날 수정금자탑에 곧 큰불이 났다고 하던데."

질문:

"수정금자탑은 지금도 그 모양인가요?"

늙은 부인:

"일찍이 이미 폐허가 되어버렸어."

질문:

"그럼 라오서와 라오지앙은 어떻게 되었죠?"

늙은 부인:

"오십 번지 파출소에서 그 사람들을 의심하고, 그 화재는 라오서와 라오지앙이 곧 방화를 했을 가능성이 있다고 추측한 거요."

질문:

"여우 때문이라고 말씀하지 않으셨나요? 어떻게 또다시 라오서와 라오지앙 때문이라고 하시는 건가요?"

늙은 부인:

"그야 라오서와 리오지앙일 수 있는데, 그들이 바로 두 마리의 여우잖소?"

질문자가 고개를 끄덕인다. 또다시 질문:

"아주머니께서 천 리를 찾아나섰으면 흡사 과거의 멍지앙뉘가 남편을 찾아 천리를 나선 것과 비슷하신데, 면전의 산은 드높고 길은 험악하니 여정 중에 백골 요정에다 반사동과 여인 왕국과 천하天河*와 화염산을 관통해야 하는데, 어르신은 연세가 그렇게 드셨거늘, 그런데 몸에 지참하신 여비는 충분하신지요?"

늙은 부인:

"독신으로 일찍이 남편을 잃고 꾸려온 살림인데다 아들까지 멍청해진 마당에 어디에 여비가 있겠소? 너무 다급해서 길을 나선 걸음이니 여간해선 바리때 하나와 물병 하나로 족하지."

질문:

"어르신은 집에서 볏짚 한 단을 가슴으로 품고서, 왜 저녁이면 지면이나 침상 위에 까는 침구나 혹은 불을 쬐는 용도로 사용하시는지요?"

늙은 부인은 고개를 흔든다.

"한 다발의 볏짚은 과거 목욕탕의 물 캐치프레이즈였소이다. 홀몸에 늙어 눈까지 어둡고 침침하지만, 내 아들은 어쩌면 볏짚에서 유채 향기를 맡고 있는지도 모를 일이고, 들판 한가운데 대뜸 꽃이 피어나면 만 리까지 펼쳐지니, 되돌아오는 길을 잃어버렸던 그 애가 번연翻然히 스스로 느끼는 바가 있으면 여우는 망각해버리고 또다시 이 늙은 어미를 떠올리겠지요. 동시에 그 볏짚은 역시 독신자에게 남겨진

---

* 천하(天河): 이때의 천하는 은하(銀河) 혹은 장하(長河)의 별칭임.

하나의 유품인 것이니, 나는 볏짚을 보게 되면 내 아들과 그 애의 목욕탕을 떠올리게 되지요. 나는 입 속에다 벼 한 포기를 머금고 내 아들을 부르는 가곡을 부를 수 있으므로 결코 그 볏짚이 저녁이면 지면이나 침상 위에 까는 침구나 혹은 불을 쬐는 용도로 사용되는 게 아니오이다. 지식인이란 학문이 있는 자이거늘, 이 세상의 물과 불은 상극이라는 걸 모른단 말이오? 그러니까 내 아들이 한창 물을 갖고 놀고 또 불까지 갖고 놀았기 때문에, 그 애가 막 정신이 나가고 멍청해지는 바람에 길 위에서 방향을 잃어버린 것이오."

질문자는 고개를 끄덕인다. 또다시 질문:

"지금 오십 번지 서쪽은 어때요?"

늙은 부인:

"비록 세척하겠다는 자가 운집해 있긴 하지만, 오호사해五湖四海와 세계 각지에서 스스로들 찾아오고 있긴 한데, 문전에 앉은 사장은 여전히 라오펑이거늘, 다만 그자들은 그 라오펑이 이 라오펑이 아니라는 것을 모르고 있지요. 그 라오펑은 오로지 라오펑일 뿐, 그 라오펑이 붉은 애는 아니오. 다만 그들은 여전히 자신들의 계략을 실현시키기 위해서 그곳에서 아무렇게나 씻는 것이지요."

질문자:

"백 년 동안이나 몹시 목이 타서 근심과 환난으로 인해서 머리가 혼미해진 군중들이 그들입니까? 듣자니 몇몇 대통령과 수상들까지 귀머거리로 바뀌고 벙어리로 바뀌었다고 하더군요."

늙은 부인:

"설령 그들이 정신 나가고 멍청해지고 농아가 되었다고 해도 그건 가짜고, 오십 번지 서쪽 인간들이 정신이 나가고 멍청해진 것은 정말이기에 그들을 규제하기 위해 접수하여 관리해오고 있는데, 현재는 라오펑이 되레 정신 나가고 멍청해진데다 농아가 되었소. 짐작건대 내 아들은 결코 정신이 나가고 멍청해진 것이 아니지만, 기한을 열흘이나 앞당겨가면서 오십 번지 서쪽을 아침저녁으로 변화시켜 폐허로 만들겠다는 음모의 냄새가 풍김으로 시기를 앞당겨서 라오펑에서 붉은 애에 이르는 그 틈바구니 사이로 날아가버린 거외다. 말이야 멍청해진 아들을 잃어버렸으니 조금 신산스럽다고 했지만, 말이야 천 리 여정이 간난하다고 했지만, 그러나 나는 대뜸 내 아들을 떠올릴 때마다 사람은 늑대나 여우보다 강한 존재라는 걸 알고 있소이다. 늑대와 여우는 정신 나가고 멍청해진 오십 번지 서쪽의 동반자를 서로 다투어 배신하였으니, 나는 고진감래하면 그 애가 크게 자랄 것이고 결코 헛고생은 아닌 셈이라고 여기오이다."

질문자, 돌연 크게 깨닫다:

"이로써 알 수 있는 것은 며칠 전 텔레비전에서 방영된 것은 가짜이고, 말하자면 라오펑은 오십 번지 서쪽의 축소 경관을 언급하면서 세계를 바꾸려는 것이며, 보아하니 오십 번지 서쪽이 여전히 세계를 둘러싸고 있으므로 그건 스스로 또 다른 하나의 세계를 이루고 있는 셈이군요. 정신이 나가고 멍청해진 것은 널리 확산되지 않고 오히려 축소되고 아주 작게 줄어들었군요. 물은 해결할 수 있는 문제가 아니고, 불 역시 해결할 문제가 아니군요. 재차 그렇게까지 축소시켜나가서 아닌 게 아니라 진정 감옥과 정신병원을 만들려는 것인가요? 말로야 간담을 통해서 다른 사람을 변화시킬 필요가 있다고 했지만 보아하니 라오펑이 그 자체적으로 약간은 정신병자인 군중들과 대통령들 그리고 수상들에게 또다시 이용되고 있군요. 철저한 핍박으로 정신 나가고 철저한 핍박으로 멍청해지고 철저한 핍박으로 귀머거리가 되고 철저한 핍박으로 벙어리가 되었던 오십 번지 서쪽의 그 인간들처럼 그들도 바로 끝장을 봐야만 하는군요? 굳이 세계를 축소시켜 소조塑造하려는 그 인간들과 똑같은 존재들이군요? 어떻게 오십 번지 서쪽에 대해서 그렇게까지 깊고 큰 원한을 지닌 것이오?"

늙은 부인:

"그것은 바로 심각한 원한이 있기 때문인데, 그들이 잇달아 오십 번지 서쪽을 억압하고 관여하게 된 뒤, 또다시 오십 번지 서쪽을 정신 나가게 만들고 멍청해지게 만든 그 위에다 또 하나의 층위를 올리려고 했소이다. 그러니 현재는 이미 정신이 나가고 멍청해지고 그리고 귀머거리가 되고 벙어리가 되었을 뿐만 아니라, 게다가 오십 번지 서쪽의 주민들은 벌써 그들로 인해서 병신이 되고 있소. 그 병신들을 표현하오리다. 절반의 인간들은 울어대는 것을 볼 수가 있고, 다른 절반의 인간들은 외설스런 객소리를 떠들어대는데, 처음 보면 마치 정신이 나가는 중이고 멍청해지는 과정인 듯하지만, 자세히 한번 살펴보면 그들은 진지하게 말하는 능력을 상실해버렸고, 진지하게 생활하는 능력을 상실해버렸으며, 진지하게 입욕하거나 진지하게 정신이 나가고 진지하게 멍청해지는 능력조차 상실해버린 것이오이다. 하나의 구역 도처에 외설스런 농담이 날아다닌다는 것은 그들이 얼마나 적막하고 무료한가를 증명하는 것이고, 사람들마다 각기 또 울거나 웃거나 하면서 일제히 창조적인 능력을 상실해버렸으니 그들이 어떻게 정신이 나가지 않고 멍청해지지 않을 수가 있단 말이오? 이런 순간의 정신 나감과 멍청해짐은 그런 순간의 정신 나감과 멍청해짐의 문제가 아니오."

질문자, 돌연 크게 깨닫다:

"지금 현재는 당신의 영식幼息이 날아가버린 원인을 명백하게 알겠군요. 설령 정신 나감과 멍청해짐이 장애의 일종이라 할지라도, 설령 물을 갖고 놀고 또 불을 갖고 놀았기에 멸망을 자초하기 위해 불 속으로 뛰어든 나방일지라도, 그러나 오십 번지 서쪽이 철저하게 무능하게 바뀌자 병신이 되기 전에 진흙에다 오줌을 누고 장난을 치던 몸을 추출해서 날아가버린 것이니, 짐작건대 정신이 나가고 멍청해지던 와중에 돌연 자기 자신을 위할 뿐만 아니라 오십 번지 서쪽을 위해서 한순간 산뜻하게 깨어났던 것이군요. 그 양반은 철저하게 병신이 되어가는 오십 번지 서쪽에다 약간의 희망과 한 알의 불씨를 남겨두었군요. 떠날 즈음에 그 양반은 역시 노모를 잊지 않았고, 말로야 정신 나가고 멍청해졌다지만 기실 그 양반 마음속으로는 깊은 뜻이 있었기에, 아주머니가 밥을 짓는 틈을 이용해서 바깥에 나가 진흙으로 장난을 하며 아주머니 꼬리만 따라다니다가 돌연 소실된 이후로 탐색을 이용해서 그 사람 자신의 명의와 신생을 획득한 것이군요. 이런 연고로 보기에 따라서는 아주머니가 마치 아들을 찾아나선 것처럼 보이지만, 기실 여전히 이런 방식의 탐색을 통해서 잇달아 아들에게 가까이 접근함으로써 과거의 아주머니 자신으로부터 벗어나고자 함이시지요?"

늙은 부인은 다 듣게 된 그 순간 눈물 줄기가 서로 교차하면서 흐르더니, 그 질문자와 행인을 잡아 끌어내 흐느껴 울다가 급기야 소리가 막혀 나오지 않는다.

"지식인 선생은 과연 내 아들과 이 늙은이의 마음을 명백히 아는구려. 멍청이 아들은 이미 잃어버린 것이고, 만일 그 애가 지금도 혼자

지내는 내 곁에 여전히 살고 있다면, 나는 반드시 그 애와 당신을 의형제를 맺어주었을 거외다. 만일 지식인 선생의 말을 수치스럽게 여기지 않는다면 말이오. 지식인 선생은 내 아들과 이 늙은이를 이해하는 선에서 그치는 것이 아니라 게다가 오십 번지 서쪽의 수천만이나 되는 병신 군중들을 이해하는구려. 여기까지 말을 했으니 내가 지식인 선생에게 대담하게 한마디 묻겠소이다. 선생님 존함은 어떻게 되시는지요?"

질문자는 그 순간 약간 황당해진다:

"그건 거론할 만한 것이 못 되고, 정말 거론할 만한 일이 아니며, 저 또한 여러 해 동안 정신이 나가고 멍청해진 채 몇 해 동안 어머니와 헤어져 이미 머저리가 된 인간이며, 마찬가지로 울고 웃으며 헛되이 세월만 보내고 있는 처지입니다. 오늘 우연히 노인을 맞닥뜨렸으니, 역시 특정 존재를 대면하자 감상성이 발동한 듯하고, 이것저것 정신 나간 소리와 멍청한 소리를 약간 떠들어댔지만 큰 의미는 없사오니 어르신께서 제발 양해해주십시오."

늙은 부인:

"지식인 선생도 내 아들처럼 존함을 감추고 사는구려. 아무튼 보아하니 라오펑이되 라오펑이 아니고, 그렇다면 내가 재차 감히 묻겠소이다마는 선생 댁은 어디시오?"

그 순간 질문자는 돌연 하염없이 펑펑 울어댄다.

"아직도 어디서 산다고 할 수 있단 말입니까? 세계는 대동소이한 것에 불과하지요."

그 순간 늙은 부인은 일언지하에 깨닫게 되고, 질문자에 대해 미소를 지으며 고개를 끄덕인다. 질문자가 또다시 늙은 부인을 향해 세

• • •

거미의 대머리에는 투구가 덮여 있는데 제일 상층부는 사람의 얼굴이다.
사실 늙은 부인이 천 리를 탐색하는 데 있어서 이것은 곧 반드시 거쳐야 하는
길목인, 반사동盤絲洞인 것이다.

• • •

번 경배를 하더니 돌연 한 마리 거미로 바뀌어 비틀거리며 사라져버린다. 거미의 대머리에는 투구가 덮여 있는데 제일 상층부는 사람의 얼굴이다. 사실 늙은 부인이 천 리를 탐색하는 데 있어서 이것은 곧 반드시 거쳐야 하는 길목인, 반사동盤絲洞인 것이다.

　다만 늙은 부인은 의심이 가는 것이, 과거의 반사동은 전부 화용월태花容月態로서 꽃과 같이 어여쁜 얼굴에 달과 같은 맵시를 지닌 아름다운 거미여인이었거늘, 지금은 어떻게 어떤 남자 서생으로 바뀌었단 말인가? 연달아 늙은 부인이 발견한 것이 있는데, 크고 작은 거미들이 전부 사람 얼굴 형상의 상층부로 아주 기어 올라가서 바삐 얼굴 지면을 가득히 채우기 위해 지그재그로 어지럽게 기어오르자, 기다란 거미줄 한 개가 나뭇가지에 어수선하게 걸린다. 작은 거미들이 죄다 손톱발톱을 높이 세운 채 길을 가로막고선 자기 입을 가리키는 그 거미들의 입술은 모두 갈라터졌고 또 귀머거리에다 벙어리이다. 그 순간 막 늙은 부인은 돌연 명백하게 깨닫게 되는데, 사실 목이 타서 갈증에 시달리는 곳은 오십 번지 서쪽에만 그치는 것이 아니고, 온 천하가 전부 큰 불덩어리인데, 늙은 부인이 찾는 그 먼 곳의 물은 당장 목전의 갈증을 해결하지 못한다. 그 순간 늙은 부인은 자신에게 맡겨진 짐이 무겁고 갈 길이 멀다는 것을 막 의식하게 되는데, 그 노모가 천 리를 탐색한 것은 자기의 정신 나간 아들뿐만 아니라 세계상의 모든 동물과 식물의 생명이었던 것이다. 사실 하늘 아래 모든 어머니가 자기의 아들을 상실해버린 것이다. 반사동은 그 모양이고, 여인 왕국도 그 모양이며, 통천하도 그 모양이고, 화염산 역시 그 모양이고. 세계는 사실 정신이 나가고 멍청해진 한 단락일 뿐이거늘, 늙은 부인이 정토淨土를 탐색할 곳이란 없는데, 수많은 멍청이 군중 가운데 자기의 멍청이 아들이 묻혀버린 늙은 부인은 또다시 온 얼굴을 눈물로 뒤덮은 채 흐르는 눈물이 멈추지 않는다. 삼십이 년 전의 과거에 늙은 부인은 한 병의 물을 거미에게 먹이던 여자 아이로, 강물 가운데 요괴와 화염산 위를 날아다니는 자신의 정령精靈조차 혀와 입술이 바싹 말라 비틀어져서 도로가로 쓰러져 졸도할 즈음, 두 개의 산봉우리 사이에서, 그러니까 손으로 거머쥐고 있던 한 자루의 보검에서 백골 요정이 돌연 튀어나온다. 백골 요정을 목격한 늙은 부인은 온 전신을 부들부들 떨어대는데, 적지 않은 사람들이 백골 요정의 보검과 그 여인의 침상 아래에서 죽어간 것이다. 백골 요정은 늙은 부인의 병 속 물을 바라보더니 이미 다른 사람이 다 사용해버린 것을 알아채고 냉소를 한 번 흘린다.

"물은? 최후는 이 백골 요정이라는 걸 여태껏 모른단 말인가?"

늙은 부인은 전신을 부들부들 떨어댄다:

"알기는 알지만, 다만 온 천하의 사람이 너무도 메말라서, 내 물병의 물은 태평양의 물 한 줄기만을 관개한 것에 불과하기에, 온 세계 사람들의 입술을 대뜸 적셔주는 데 그쳤을 뿐이고, 그들의 위와 장에 깊숙이 침윤시켜주지는 못했소이다. 일찍이 그 심한 가뭄의 상태를 알아챘더라면, 나는 한 사발의 바리때로 대서양을 곧바로 재차 후려 갈겼을 거외다."

백골 요정:

"비상 시기에 기타 사항을 고려할 순 없지요. 생명이 뼈다귀 하나로 바뀌는 마당에 당신 말이 고귀하다면 고귀한 것이고, 조물주가 그런 방식을 사용해서 인간을 만들어낸 것이오. 당신 말이 비천하다면 비천한 것이고, 그것은 그에게 어린 시절부터 어머니가 존재하지 않았다는 거예요. 모두들 오십 번지 서쪽 인간들이 정신 나가고 멍청해 져서 약간은 가련하다고들 떠들어대면서, 연달아 또 농아에다 병신 이니 그 인간들을 동정하고 있는데, 다만 나는 정신이 나가고 멍청해 지고, 농아에다 병신이 되어가던 과정 중에 처음부터 어떤 인간을 제 일차로 고려했느냐 하는 것이지요. 나 역시 정신 나감과 멍청해짐과 농아나 병신을 선망해서는 안 되는 것이었어요. 당신들 인간은 본래 이 모양으로 만들어진 것이니까. 나는 일개 백골이니 당신들 인간을 선망하게 되면 당신 같은 인간들에게 비난을 받게 마련이고, 내가 만 일 당신들 인간을 선망할 뿐만 아니라 게다가 요괴 상태 원형을 보전 하려 한다면 당신들이 곧 나를 달갑게 여기겠어요? 인간은 정신이 나가고 멍청해졌고 그렇게 정신 나가고 멍청해진 채 우왕좌왕 길을 잃고 헤매도, 여전히 어머니는 아들을 탐색하지만, 나는 천년을 하루 같이, 그러니까 한 가닥의 백골 고아 같은 신세죠. 야간에 겨우 약간 의 도깨비불을 발산할 수 있긴 한데, 당신들은 오직 두려움만을 품은 채 제대로 도피조차 못하더군요. 어디에 내 어머니가 있어서 나는 어 머니를 떠올리면서 그 누군가를 향해 '어머니' 이렇게 한마디 외쳐볼 수 있을까요? 온 천하의 수많은 군중들이 자기 아들을 상실해버렸을 뿐만 아니라 게다가 수많은 백골들 역시 자기 어머니를 상실해버린 것이죠. 어머니가 아들을 찾을 뿐만 아니라 아들 역시 어머니를 찾고 있어요. 기왕지사 당신은 천 리를 아들을 찾아나선 걸음이지만 여전 히 찾지 못하고 있는데, 나는 천 년간이나 어머니를 고함쳐서 불렀건 만 지금도 여전히 응답이 없거늘, 다른 사람의 어머니도 물이 있으면 먼저 자기 아들에게 먹이기 마련일 터이고, 당신 물이 있다고 연도를 따라 물을 뿌리며 아들을 찾고 있지만 여태껏 찾지 못한 채 물만 이미 다 사용해버렸으니 이 세상의 모든 인간들을 자기 자신의 자녀로 간주하는 모양이군요. 기왕지사 누구든지 당신의 자녀가 될 수 있다면, 천지에 수많은 자녀들이 범람할 것이고 지금 현재 한 뿌리의 백골과 하나의 백골 요정도 줄어들 것인데, 당신이 나를 부른다면 간단하게 용서되는 것이고, 병 속에 물이 없어도 나는 이해할 수 있을 것이며, 당신은 오로지 내가 당신을 '어머니' 이렇게 한마디 외치는 순간 응답만 하면 되는 것이죠. '어머니'는 무엇이죠? 어머니는 바로 달콤한 이슬이요, 어머니는 바로 젖이요, 어머니는 바로 눈물이요, 어머니의 달콤한 이슬과 젖과 눈물은 병 속에 든 물보다 나은 것이고, 어머니의 달콤한 이슬과 젖과 눈물만이 곧바로 백골의 심경과 영혼으로 침윤될 수 있어야 하지요."

늙은 부인은 의연히 부르르 떨어댄다.

"당신, 어머니라고 부르는 건 쉬운데, 단지 당신은 사람일 뿐만 아니라 백골이니, 당신이 후에 어머니라고 부를 때 내가 대답하면 어떻소?"

백골 요정:

"말인즉 일은 간단하지만, 백골 어머니로 불리게 된 뒤 당신 역시 곧 백골이 되지요."

늙은 부인이 목구멍으로 탄성을 한 번 내뱉더니 갑작스럽게 땅 위로 넘어진다. 그 여인은 깨어나기를 기다린 연후에, 과연 한 덩어리 백골로 변한 자기 자신을 발견하게 된다. 그렇다면 자신은 예정된 시간을 앞당겨서 이미 해탈한 것인가? 바로 자신의 침상 옆에 있는 다른 백골 한 덩어리에게 주기 위해서 자기 자신이 물을 부르고 있다. 늙은 부인 역시 깜짝 놀라 기절할 것 같은 중간 상태에서 몹시 목이 타는 갈증 상태로 변화되는 과정이기에, 백골이 대뜸 한 모금의 물을 마셔버린 이유를 오히려 약간 납득할 수 있다. 천 리를 아들을 찾아 나섰건만 다른 존재가 이미 병 속의 물을 전부 다 마셔버렸고, 현재 자기 자신마저 백골이 되어 어떤 존재에게 물을 먹이기 시작한다. 몹시 목이 타는 갈증이 여러 날 계속되었으니, 한 모금의 물이 아래로 내려가자, 과연 투철하게 백골에게 들어가서, 보아하니 여전히 어른이 먼저이고 자기 자신은 나중이라는 것을 백골이 사람보다 먼저 깨닫고 있으니 자기 어머니라고 모시며 효도하고 존중하는구나. 그 순간 백골 요정은 역시 원래의 소녀 모습으로 환원시켜져서 늙은 부인을 위로한다.

"어머니, 기실 당신은 두려워할 필요가 없고, 억울하다고 억지로 강요하실 필요도 없습니다. 제가 당신을 어머니라고 불러도 결코 지나치지 않고, 나 이 백골은 다른 백골과는 다른데, 본래 당신은 내 어머니였기 때문이에요."

늙은 부인:

"그 말을 왜 강술講述하는가?"

백골 요정:

"나 이 백골 한 덩어리는 황폐한 교외 지역이나 야외에는 결코 존재하지 않기 때문인데, 설령 원래는 황폐한 교외 지역의 야외에 존재했지만 사후에 오십 번지 서쪽에 이른 것이고, 오십 번지 서쪽이 원래 황량한 교외 지역이었던 것도 아니잖아요? 사후에 도시가 만들어진 것이지요. 당신이 멍청하게 탐색하고 있는 그 멍청이 아들은 사실 뭘 하던가요? 오십 번지 서쪽에는 결코 어떤 목욕탕이 있는 게 아니잖아요? 목욕탕은 어디에 세워진 거죠? 백골이 적체된 곳에 세워진

게 아닌가요? 포클레인과 굴착기가 요란스럽게 울어대기 시작하더니, 어두운 환경에서 벗어나 광명을 다시 보게 된 백골이 쌓이고 쌓였지요. 그 순간 우리들은 포클레인과 굴착기가 우리들의 조용한 환경을 교란시켜도 매장된 것을 원망하지 않았을 뿐만 아니라, 게다가 포클레인과 굴착기로 말미암아 목욕탕이 건립되는 것에 감사했던 것이고, 우리는 죽은 사람의 혼을 통해 타인의 사체를 빌려 완전히 새롭게 다시 환생하였으니 우리들에게 태반이 던져지고 어머니를 찾을 수 있었죠. 어머니를 찾는 것은 이때부터 시작된 거예요. 그러니 오로지 저의 솜저고리만이 갈기갈기 찢어진 것이 아니죠. 저 이 백골 한 덩어리가 다른 백골과는 엄연히 다른 장소에 있게 된 연유가 있는데, 제 전생에서 전 역시나 빼어나게 아름다운 소녀였을 뿐만 아니라 천 년 동안 다른 사람이 여전히 저를 꼭 껴안고 있을 만큼 사랑했기 때문에 저 이 백골은 다른 백골과는 다릅니다. 그러니까 저는 최후로 도굴된 백골입니다. 저를 도굴한 사람은 바로 저를 탐색한 사람인 것이고, 저를 도굴한 사람은 바로 저를 이해한 사람인 것인데, 그 사람이 저를 찾지 못했을 때 저와 그는 밥을 먹을 때나 잠을 잘 때도 불안했으나, 그런데 오직 저를 찾게 되자 그 사람으로 인해 돌연 오십 번지 서쪽이 원래 풍류가 있는 땅이라는 것이 명백하게 알려지게 되었지요. 이때 도굴하고 저를 탐색한 오십 번지 서쪽의 그 사람이 누군지 제가 증명하오리까? 아주 적절하게 그분은 당신의 멍청한 아들입니다. 그 멍청이 당신 아들이 저를 찾아낸 것이고, 그러니까 제가 사랑하는 사람이며, 그 멍청이 당신 아들이 저를 찾아냈으니까 바로 저의 하나님 같은 존재이고, 그 사람은 하나님의 학설을 이어받아 하나님 같은 의지로 완전히 새롭게 저를 다시 만들어주신 것이죠. 그럼에도 불구하고 그의 목욕탕이 어떻게 성찬 음식을 방출하고 단체로 세례식을 거행한 중심 센터로 불리게 되었냐고요? 그분이 방출하는 것은 누군가에게 방출하기 위함인데, 표면적으로 보면 당신들에게 성찬 음식을 방출하는 듯하지만, 기실 그건 백골에게 나눠주는 것이지요. 그분이 세례식을 거행하는 것은 누군가를 세례하기 위함인데, 표면적으로 보면 당신들을 세례해주고 있는 듯하지요. 그러나 온 천하의 인간들은 이미 정신이 나가고 멍청해져버린 것을, 기실 그때의 세례식은 하나의 명의名義일 뿐이고 무의식 세계의 명의는 저 한 사람에게만 주어지는 것이지요. 낮에는 당신들을 위해 세례를 해주지만 밤이면 등잔불 아래에서 한 가닥의 백골을 씻어주죠. 그분은 살결이 희면서 또한 포동포동한데다 빛이 우러나면서 그리고 부드러운 저를 씻어주게 될 줄 미처 생각하지 못했는데, 세척한 뒤에 방출되고 나자 저와 그분은 되레 상실되고 말았는데, 만일 그분이 당신의 멍청이 아들이라면 그렇다면 저는 대체 누구일지 당신이 말해주시렵니까? 당신 아들과 함께 조석朝夕으로 동반했던 과거를 거슬러서 말하자면 절반은 정신이 나가고 절반은 멍청한데다 절반은 귀머거리요 절반은 벙어리인 당신 전생과 인연이 있음에도 줄곧 무연고인 채 오늘 직접 맞닥뜨린 기회에 당신을 '어머니'라고 불러대는 이 미친 숙녀는 누구 같아요? 저는 결코 맞닥뜨린 모든 늙은 아주머니의 가는 길을 가로막고 물건을 약탈하는 그런 존재가 아닐뿐더러, 저는 결코 길에서 맞닥뜨린 모든 늙은 아주머니들의 가는 길을 가로막고 물을 마시겠노라 요구하지 않으며, 저는 결코 맞닥뜨린 모든 늙은 아주머니를 향해 고개를 들고 우러러보며 '어머니'라고 고함을 치는 것이 절대 아니고, 저는 결단코 맞닥뜨린 모든 늙은 아주머니를 전부 백골로 변화시키지 않습니다. 백골로 변하게 한 뒤 무슨 결점이 있으면 어쩌죠? 그러니까 이 여자는 하늘에 사는 인간인 괴상한 동물이라면 더더욱 좋을 수 있기에 그런 존재를 탐색하였으니 그게 바로 아주머니의 멍청이 아들이에요!"

　백골 요정이 한차례 말을 마치자 늙은 부인은 그제야 돌연 조금씩 감개무량하게 말끔히 깨어난다. 사실 일체 텅 빈 묘지에서 바람이 불어온 것은 결코 아니며, 사실 일체 역사와 현실에 근거해서 분 바람이니만큼, 그렇다면 민족적인 것이고 세계적인 것이며, 보아하니 설령 사람으로 인해 정신이 나가고 멍청해진다고 해도 백골은 자신의 딸이나 다름없거늘, 그런데 만일 자기 자신이 정신이 나가지 않고 멍청해지지 않은 곳에 존재하면서 계속 깊숙이 들어간다고 해도 어떻게 하늘로 올라가고 땅으로 진입해버린 자기의 멍청한 아들을 탐색할 수 있단 말인가? 세계의 수많은 사람들이 이미 다들 정신이 나가고 멍청해져버렸거늘, 단지 정신이 나가고 좀 멍청해져버린 그런 정도에 지나지 않는다면 그 위에다 좀더 심도 있게 들어가면 될 일이다. 이미 소녀로 변신한 백골은 미목眉目이 수려하니, 간난의 여정 길 위에 얼굴이 너무도 하얀 소녀 한 명을 하나님께서 참작해서 배정을 해주셨구나. 당신은 자신을 두려워하는 것인가, 아니면 하나님을 두려워하는 것인가? 당신은 자기 자신의 의견을 꺾을 수 있는가? 아니면 하나님의 의견을 꺾을 수 있는가? 우연히 맞닥뜨린 백골은 하나님 인근에 근접해 있거늘, 우연히 맞닥뜨린 백골은 자신의 멍청이 아들과 멀리 떨어지지 않았거늘, 목욕탕에서부터 백골까지 거슬러 올라가보는 것도 가능할 것이고, 백골로 말미암아 포클레인과 굴착기로 열면 자신의 아들에게 바로 접근할 수 있지 않을까? 지난 세월을 되돌아보면 일정한 궤도를 따라 움직이기도 하고 역류하기도 하였기에, 이젠 일제히 정신 나감과 멍청해짐의 원형으로 점점 더 접근이 가능해진다. 여기까지 생각이 이른 늙은 부인은 철저하게 납득할 수 있게 되고, 그 순간 백골 요정의 손을 잡아끌면서 말한다.

"나의 훌륭한 딸아, 오늘 이제야 나는 무엇을 씻는다고 부르는지, 무엇을 탐색이라고 말하는지 막 명백하게 깨달았구나. 만일 내가 너를 맞닥뜨리지 못했다면, 만일 내가 나의 백골 딸을 맞닥뜨리지 못했다면, 아마 나는 줄곧 여전히 망망한 세계를 제멋대로 세척하며 제멋대로 찾아다니면서, 줄곧 여전히 은폐된 공간에서 북이나 두들기듯 벌어진 상황에 대해서 전혀 눈치를 채지 못했을 것인데, 내 자신의 아들 역시 여전히 목욕탕에서 북이나 두들기듯 은폐된 채 벌어진 상황에 대해서 전혀 눈치를 채지 못했을 것이며, 이 세상 돌아가는 상황을 전혀 눈치 채지 못했을 뿐만 아니라, 자신의 친아들이 목욕탕을 개설한 연유나 상황조차 모른 채 북이나 두들기고 있었을 터인데, 나는 내 아들의 목욕탕에 이른 뒤에도 뒤죽박죽 어지럽게 씻었거늘, 표면적으로 볼 때는 씻고 났으니까 이미 자기 세계관의 진면목을 일신一新한 듯하나, 기실 나는 아직 씻는 행위의 본질과 핵심과는 아직도 거리가 아주 멀었던 것이야. 단도직입적으로 그러니까 향도向度와 선도線度를 일탈해서, 경도經度와 위도緯度가 완전히 혼란해져서 마비되는 단계까지 도달되어야 하는구먼. 사실 여태껏 어지럽지 않았으므로, 내가 손에 넣고 대뜸 어지럽게 흔들어야겠구나. 나는 오직 내 아들을 잃어버렸다고 말했지만 세계상의 아들을 전부 다 잃어버렸으니, 여정에 오른 나는 탐색을 해야 하는 막중한 역사적인 중임이 내 어깨에 부과되어 있거늘, 내가 찾는 방식은 아직도 뒤죽박죽이니까 찾지 않는 게 오히려 더 나을 수도 있어 한 번씩 찾을 때마다 나의 멍청이 아들과 세계의 모든 멍청이 아들은 되레 자기 모친과 오십 번지 서쪽 그 사이에 점점 더 요원한 거리가 생기고 있지. 내가 탐색하기 이전에 나의 이 백골 딸이 탐색을 시작했다는 것을 알지 못했단다. 나의 이 백골 딸이 탐색을 시작하기 이전에 나의 그 멍청이 아들이 이미 탐색을 시작했다는 것도 몰랐다. 그 애가 탐색한 것은 결코 자기 모친과 물일 뿐만 아니라, 게다가 백골 중에 적재된 너인 것이다. 네가 내 아들을 찾았을 뿐만 아니라 내 아들이 너를 찾았던 것이야. 그렇게까지 추론하건대 나의 탐색은 후련하고 시원스러우니, 만일 내가 아들의 탐색 과정을 고찰해보건대 반대 방향에서 내 아들을 탐색해왔다면, 아들을 찾기 이전에 나는 너를 먼저 찾았어야 하는 것이고, 내 아들이 몸을 어디에다 감추어버렸다는 게 일체의 애매함도 없이 불을 보듯 분명한 것은 아니고 자연스럽게 드러난 것도 아니지 않느냐? 누가 하나님을 모방하고 있는 게냐? 보아하니 그건 내 아들일 뿐만 아니라 너이기도 하다. 내가 아들을 새롭게 만들고 새롭게 빚을 뿐만 아니라, 게다가 너도 내 아들을 새롭게 만들어 새롭게 빚고 있구나!"

백골 요정이 그 순간 손을 두드리면서 웃는다.

"나무아미타불, 저의 어머니께서 지금 막 좀 명백하게 경험하셨군요."

연달아 또다시 겸허하게 말한다.

"만일 하나님의 모방에 접근했다면 각도로 보건대, 여전히 당신의 아들이 좀더 하나님께 인접했으므로, 먼저 당신 아들이 있어야 제가 있죠."

늙은 부인은 동의하지 않는다.

"비록 그 애가 하나님 인근까지 접근했다고는 하지만, 하나님이 손으로 너를 움켜잡고 손수 너를 먼저 빚고 있을 때 그 애는 스스로를 만지작대다가 상실되어버렸다. 비록 너를 그 애와 하나님이 반복해서 제조했다고 해도 현재 너는 되돌아와서 이 어미의 면전에 서 있는데, 이 늙은이가 올해 이미 일백두 살이거늘, 아들과 하나님이 오직 가까운 것을 버리고 먼 곳에서 구하고자 하였기 때문에, 목하 내 딸에게 의지하지 않는다면 내가 누구에게 의지를 하겠느냐? 오직 의지할 곳은 내 딸이거늘, 어떻게 막 내 아들을 찾아서 되돌아오게 할 수 있으랴! 내가 연이어 생각나는 바를 말하자면, 나의 훌륭한 딸이여, 너 정말 너의 그 멍청한 오빠이자 나의 멍청한 아들이 어디에 은폐되어 있는지 알고 있느냐? 나는 집을 나서서 이미 서른두 해나 탐색해왔거늘, 여인 왕국, 통천하, 화염산과 반사동을 거쳐 오면서 여정 길의 간난신고艱難辛苦가 이루 말할 수 없을 지경인데, 한 병의 태평양 물까지 전부 다 사용해버린 처지이고 보면, 그런데도 오늘에 이르기까지 나는 연달아 그 애의 종적과 피상적인 방향 역시 분명하게 가닥을 잡지 못하고 있어!"

그때 백골 요정은 웃음을 머금은 채 대답하지 않는다. 보아하니 늙은 부인은 또다시 초조한데, 백골 요정이 말한다.

"저는 오히려 알기야 알지만, 단지 제가 그의 은신처를 당신한테 알려드리면, 당신은 반드시 한 가지 조건에 대한 대답을 해야 합니다."

늙은 부인:

"우리는 이미 모녀지간인데, 아직도 대답하지 못할 게 뭐가 있을꼬. 한 가지 조건을 말하지 말고, 곧바로 열 가지 조건을 말해도 나는 역시 대답할 거야."

백골 요정:

"그럼 좋아요, 그를 찾아내면 저와 그를 결혼시켜주겠다는 걸 당신은 대답해주셔야 하는데, 그를 찾아낸 그날 곧바로 붉은 등이 높이 걸려 있는 결혼 예배당에서 우리들의 결혼식이 올려져야 합니다. 당신이 반드시 이 딸을 당신 며느리로 삼아주신다고 하셔야만, 저는 지금 그가 어디에 은폐된 채 정신이 나가고 멍청해져 있는지 당신한테 알려드릴 수 있어요. 이런 식으로 일을 진행해도 결코 당신한테 무슨 나쁠 게 없는데, 저는 아침부터 저녁까지 한결같이 그냥 당신을 '어머니'라고 외쳐 부를 거예요. 물이 흡족하자면 제삼자의 밭에는 흐르지 말아야 하거늘, 현재 우리는 단지 모녀지간에 불과하지만 오늘 이후로는 곧바로 시어머니와 며느리의 관계가 됩니다."

늙은 부인은 그 순간 되레 약간 주저하게 되는데, 늙은 부인은 역시 돌연 백골 요정이 그쯤에서 하나의 음모와 책략을 가설해두었다는 것을 눈치 챌 수 있었다. 자기 아들을 찾는 것은 모자가 다시 취합해서 공동으로 신생을 획득해야 하기 때문이거늘, 겨우 자기 아들을 찾아서 그 애를 백골에게 장가들게 해서 백골 요정과 침상에 오르게 하는 게 자신이 아들을 탐색하려던 목적이었단 말인가? 하루라도 빨리 아들을 만나려고 탐색을 했던 것인데 곧바로 그 애를 한 가닥의 백골이자 하나의 백골 요정인 존재와 생활하게 하면서 자손대대로 내려가게 한단 말인가? 어떤 병신과 어떤 백골 요정이 함께 생활하게 되면, 그들에게서 태어난 자손과 후손은 여전히 무슨 요괴와 악당이 될지 전혀 모를 일인데. 이것은 역시 자신의 가족과 종족에게 유전되는 것에 그치는 문제가 아니라, 그 괴물은 모든 오십 번지 서쪽의 전도前途에 파급될 것이다. 오십 번지 서쪽은 이미 정신 나가고 멍청해지고 귀머거리이고 벙어리인 것을, 다시 약간 명의 요괴와 악당의 신분으로 그중에 머물게 된다면, 난잡해진데다 정신이 나간 오십 번지 서쪽은 어디로 가야할지 여전히 알 수 없게 될 것이거늘. 여기까지 생각이 미친 늙은 부인은 바야흐로 몸을 뒤로 물리는데, 그때 백골 요정 역시 늙은 부인이 주저하면서 고려한다는 것을 알아채어 늙은 부인을 잡아끌면서 입이 닳도록 간곡하게 권한다.

"저의 어머니, 당신께서 주저하면서 고려한다는 것을 눈치 채겠는데, 당신께서는 제가 보잘것없는 백골로서 당신 집안을 욕되게 할까봐 그러시는 모양인데 당신네 펑 가문은 자손대대로 청백해서 두려운 게 아닌가요? 당신께서는 당신네 자손대대로 후손이 요괴와 악당이 뒤치락거려서 오십 번지 서쪽이 점점 더 안녕하지 못할까 봐 두려운 게 아닌가요? 그러나 당신은 방금 전에 아무렇게나 썼고 아무렇게나 찾아대는 병에 걸려서 또다시 여기에서 아주 적절하게 잘못을 저질렀어요. 저는 가짜 백골이 아니거늘, 다만 그럼 저는 무슨 백골일까요? 보편적으로 늘 쉽게 볼 수 있고 야간에도 늘 번쩍이는 도깨비불을 제가 백골로 여길까요? NO, 저는 일찍이 그들이 백골이 아니기에 일탈해버린 것이죠. 보기에는 백골처럼 보여도 백골은 아니고 당신 아들이 아주 고생스럽게 탐색해서 고심하며 운영하는 백옥입니다. 인간적인 미녀도 아주 많긴 하지만, 단지 그 사람은 그러니까 몇 명의 미인들 중에서 저 이 백골을 찾아 곁에 내려놓은 것이거늘, 저 이 백골을 찾지 않았다면 그 사람은 아직도 목욕탕을 열지 못했겠지요. 당신께서는 사람과 백골이 결합하게 되면 요괴와 악당이 만들어지는 사건이 야기된다고 여기시지만, 그런데 당신께서는 세계의 위대한 사람과 성자를 구원한 존재를 잊으신 게 아닌지요? 어쩌서 한 사람이 한 사람과 결합되는지 하나님이 선각자로서 그 문제를 참견한 적은 없나요? 당신께선 예수가 어떻게 찾아왔는지 잊었나요? 당신께서는 석가모니가 어떻게 찾아왔는지 잊었나요? 당신 자손대대로 내려오는 황제와 그 황실 구성원들은 그들 자신의 출신을 어떻게 말하는지 당신께서는 잊으신 모양이죠? 당신께서는 오로지 우리들의 후손이 요괴와 악당이 될 수도 있다는 생각은 하면서 나와 당신의 그 멍청이 아들을 맺어줄 생각은 하지 못했는지, 당신 아들과 맺어주면 성자와 위인이 초래된다는 그런 생각을 할 수는 없나요? 보아하니 당신 아들은 어머니에 비해서 역시 분명하게 아는데, 그분 말로는 목욕탕은 성찬을 배포하는 중심 센터와 집단 세례식을 거행하는 그런 층위의 함의含義가 포괄되어 있다는 거예요. 다시 뒤로 한 발 물러나 말씀드리자면, 짐작건대 우리들이 진정 성자와 위대한 사람의 태생은 아니지만 당신도 이른바 대대로 백골이고 겹겹이 쌓인 백골과 같은데, 사람은 아니고 요괴나 악마라고 하더라도, 우리들 가정의 행복을 위해서 그러는 것이 아니라, 정신이 나가고 멍청해진 오십 번지 서쪽 인간들을 고려하기 위해서 이러는 것이죠. 그런데 다만 당신께서 또다시 다소 잊으신 게 있는데, 정신 나가고 멍청해진 인간이 무엇으로 치유되고 널리 확산되는지 잊었나요? 별개의 노력으로 우리는 남에게 의지한 채 두 세기가 경과했건만 여전히 제자리에서 일체 미동도 하지 않았죠? 제자리에서 미동한다는 것은 역시 부정확한 표현이고 미동이 아니라 뒤를 향해 또다시 후퇴를 한 것이죠. 이미 정신이 나가고 멍청해진 상태에서 또다시 귀 먹고 눈까지 멀어지는 현상까지 야기되는 건가요? 기왕지사 정상적인 사유를 하는 인간의 노력이 전부 일을 해결하는 데 아무런 도움이 되지 않거니와 일에 아무런 이익도 안 되고 어떤 도움도 되지 못하다면, 그렇다면 오로지 독이 함유된 약물로 독창 같은 악성병을 고쳐야 하고, 그렇게 해서 왜곡된 것을 바르게 세워야겠지요. 요괴를 이용한 요괴화의 수단으로 정확하게 말하긴 어렵지만 우리들에게 널리 확산된 그 완고하고 우둔한 정신 나감과 멍청해짐을 오히려 치료할 수 있지요. 만일 당신께서 일개인의 입장에 서서 주저하신다면 여전히 이해가 가능하긴 하지만, 만일 당신께서 오십 번지 서쪽의 정신 나가고 멍청해진 군중의 입장에 서 있다면 당신께서 우리들의 결혼 문제를 단 하루만 지체해도 그것은 곧바로 오십 번지 서쪽 인간들에게 심연 속으로 다시 한 발 추락하게 만드는 것이지요. 무엇을 버리고 무엇을 따를 것인가 그것은 당신께서 완전히 새롭게 고려해보시고, 만일 아들을 탐색함으로 인해서 당신과 오십 번지 서쪽이 신생을 획득할 수 있게 된다면 진정 당신께서는 저와 당신의 그 멍청이 아들을 결혼시켜주셔야 하지만, 만일 당신께서 결심을 세우시고 지금 곧바로 저의 백골 동굴을 벗어나게 되신다면 장차 세계의 재해는 계속해서 아래로 내려갈 것이고, 그렇게 되면 당신의 아들과 함께 오십 번지 서쪽과 전 세계의 자손들은 대대로 당신과 원수가 될 것입니다. 내가 이 모양으로 일을 벌이는 게 당신 때문이지 저를 위해서인가요? 제가 당신을 위하는 것도 안 되고, 당신의 멍청이 아들을 위하는 것도 안 되며, 전 세계와 우리들의 세대를 위하는 것도 안 되는지요?"

그곳에 앉아 말을 하고 다시 말을 하는데, 울분이 시작되자 자신의 옷자락을 추켜올려서 온 얼굴에 뒤덮인 눈물을 닦는다. 그 순간 늙은 부인은 백골 요정의 말을 한마디 듣고 있자니 다시 한 번 시원스럽고 후련하게 탁 트인다. 그러나 그 노파는 도대체 나이가 많아 흐릿하니, 여기 이곳의 백골 요정 세대 그 당시와 아주 꼭 들어맞는데, 최후 세대인 노파는 부득이 노인 일개인의 안녕 때문일 뿐만 아니라 한 집안의 안녕이란 부득이 오십 번지 서쪽과 전 세계의 안녕을 다 함께 조영하는 것이거늘, 하나님이 너를 어떻게 볼 것인가? 그 순간 늙은 부인은 다시 세대를 후회하고 고통으로 인해서 되레 오로지 독이 함유된 약물로 독창 같은 악성병을 고쳐야 하고, 그렇게 해서 왜곡된 것을 바르게 세워야 했다. 만일 아들을 이끌어오는 이 한 뿌리의 백골이 결코 백골이 아니라 백옥이라면, 진정 그렇다면 애당초 아들이 포클레인과 굴착기로 그녀를 도굴해낸 뒤 그 위에다 목욕탕을 건립할 당시 왜 어째서 결혼을 해야겠다는 주장을 하지 않았던 것인지, 지금은 늙은 부인이 완전히 새로운 탐색을 나서서 역사의 흐름에 역행하고 있거늘 결혼을 해서 혼자 처리하고 혼자 책임지겠다는 것인가? 그런데 늙은 부인이 좀 생각지 못한 것이 있었으니, 그 여인은 오로지 목전의 일만 떠올렸을 뿐이고, 과거의 일은 떠올리지 않았을 뿐만 아니라, 오로지 자기 생각만 했지 자기 아들을 떠올린 게 아니다. 그렇다면 네가 탐색하고 있는 것은 여전히 자기 아들이라고 하더니만 너 도대체 뭘 하고 있느냐? 보아하니 멍청해진 것은 아들이 아니라 네가 바로 멍청이구나. 네가 탐색하는 네 아들은 쉴 새 없이 스스로 자신이 해탈을 하고 신생을 획득했기 때문인가? 그 부인은 오로지 자기 자신만을 생각했을 뿐 오십 번지 서쪽은 전혀 생각지 않았다. 그 늙은 부인이 보아하니 그곳 백골 요정의 온 얼굴에 눈물이 뒤덮여 있어서 노파는 철저히 뉘우치고 불안과 유감을 깊숙이 깨닫게 되며, 또다시 백골 요정의 손을 앞으로 끌어당기며 말한다.

"훌륭한 딸아, 훌륭한 며늘아가, 이 늙은이는 망령이 나고 무지하니 제발 양해를 하시게나. 나는 그저 탐색할 줄만 알았지 어디로 돌아가야 하는지 어찌 알까? 나는 오로지 정신 나가고 멍청한 것만 알았지 요괴와 요괴화의 작용이 어디에서 비롯되었는지 어찌 알까? 나는 오로지 사람만 알았지 백골이 어디에 있는지 어찌 알까? 기왕지사 백골과 요괴가 그렇게까지 큰 작용을 한다면, 기왕지사 너는 너를 위해서가 아니라 내 아들과 나의 그 오십 번지 서쪽과 전 세계의 정신이 나가고 멍청해진 인간들을 위해서라면, 너는 너의 겹겹이 쌓인 백골의 뼈를 위하는 것이 아니라 펑 가문의 자손대대를 위하는 것이라고, 네가 근거 없이 무작정 방향을 제시하는 순간 나는 여전히 멍청했는데, 지금은 정말 네가 지시하는 방향을 시원스럽게 탁 트인 것처럼 알 수 있어. 그런데 내가 아직도 무엇을 주저하고 고려할까? 내가 여전히 진정 역사의 수레를 견인해 역행할 수는 없지 않은가? 결과를 네가 나에게 알려주지 않으면 나는 안심을 할 수가 없는데, 나의 결과를 네가 알려주어야 나는 곧바로 일심동체가 될 수 있지. 너는, 나의 아들을 위해서가 아닌, 오십 번지 서쪽과 전 세계를 위해서도 아니며, 오로지 홀로 펑 가문의 자자손손을 위하는 것이기에, 현재는 나 역시 박자를 맞출 수 있네. 오직 네가 내 아들의 현재 은신처를 나에게 알려주기만 하고, 내가 그 애를 찾아낼 때까지 기다려주기만 하면, 그 애와 너를 결혼시켜주겠어. 얘기 끝에 우연히 여기까지 말을 해버렸다고 해서 내가 곱절 싸게 팔아넘기는 것도 아니고, 다른 곳에서는 내 말의 권위가 있을 턱이 없지만, 다만 나의 그 멍청한 아들 면전이라면 처음부터 지금까지 2가 아니라 1이라고 말해오면서, 나는 다른 사람도 통제해왔거늘 내 아들을 단속하지 못할까? 내가 아들을 단속하는 것이지 내가 여전히 멍청이를 단속하겠느냐?

이것이야말로 멍청이와 다른 존재를 구별하는 방식인데, 그러니까 바로 정상인에 비해서 멍청이는 어머니에게 유리하다니까!"

백골 요정은 그 순간 또다시 울음을 그치고 웃는다. 그토록 엄청난 역사적인 어떤 책략에다 심연深淵이었구나. 너는 이런 방식의 책략으로 일백두 살 된 늙은 부인의 목덜미를 힘껏 밀어버리는구나. 사후에 백골이 또다시 말한다.

"무엇을 백골이라고 부를까요? 이것이 바로 백골이야!"

"무엇을 잔인하고 악독하다고 할까요? 이게 바로 잔인하고 악독한 거죠!"

"나 역시 라오서, 라오지앙, 라오펑과 판박이처럼 일하죠!"

백골 요정은 울음을 그치고 웃다가 말한다.

"어머니, 기왕지사 저의 어머니께서 그렇게까지 말씀하시니까, 어차피 어머니의 딸과 아들 두 사람은 현재 이미 일심동체이거늘, 결국 당신께서 저와 당신 아들의 결혼을 확답해줄 의향이시라면, 저도 모든 것을 솔직히 당신께 말씀드리긴 하겠는데, 제가 좀 일찍이 당신의 그 멍청한 아들의 은신처를 알려드려서, 좀 일찍 그 사람을 찾으면, 저 역시 좀 일찍이 그 사람과 결혼을 시켜주실 수 있지 않아요? 그렇게 해야만 우리의 이익은 적당한 선에서 일치하죠. 그럼 어머니, 지금 제가 어머니 당신에게 여쭙겠는데, 세상에는 이미 정신 나가고 멍청해지고 귀가 멀고 눈이 먼 것이 보편적이라는 걸 당신은 알고 계신지요? 이 세상에서 정신도 나가지 않고 멍청해지지도 않고 귀가 멀지 않고 눈도 멀지 않은 존재가 아직도 있다는 걸 당신은 알고 계신지요?"

늙은 부인은 백골의 책략을 뚫고 진입할 듯 생각한다.

"없지. 간난의 탐색 길, 그 긴 여정에 나선 지 벌써 나는 서른두 해인데, 이 세상 그 어디에도 정신이 나가지 않고 멍청하지도 않은 곳이란 없다는 걸 발견했지."

백골 요정이 고개를 흔든다.

"어머니, 그런 식으로 말씀하시면 절대적이죠. 인간은 정신이 나가고 멍청해진 놈아이고, 생명이 있는 모든 물건이란 다들 정신이 나가고 멍청해진 놈아들인데, 그런데 생명이 없는 곳이란, 그곳이 바로 한 단락의 정토淨土이죠."

늙은 부인은 의아해한다:

"어떤 곳에 아직 정토가 존재하지?"

백골 요정:

"제가 어머니께 여쭙겠는데, 그럼 인간은 어디에서 왔죠?"

늙은 부인:

"그거야 나도 아는데, 인간은 흙 속에서 나왔고, 하나님이 한 줌의 흙으로 인간을 만들었기 때문이야."

백골 요정:

"인간에게 제일 중요한 것은 뭐죠?"

늙은 부인:

"인간에게 제일 중요한 것은 물이지, 그렇지 않다면 나의 멍청한 아들이 목욕탕을 열었을까. 여기 일점에서부터 출발하면, 그 애는 확실히 하나님 인근에 있을 거야."

백골 요정:

"그건 맞아요. 금목수화토金木水火土, 비로소 세계를 받치는 근본이고, 인간은 오직 정신 나가고 멍청한 일군一群의 작은 동물과 이 세상에 혼재混在하지요. 무엇이 객관이죠? 과거에 라오서와 라오지앙 역시 이 점을 강조하였는데, 다만 그들은 오로지 객관을 강조만 하였지 진정한 객관이 어디에 존재하는지 알지 못했으며, 그들이 오직 알게 된 것은 인간들 속에서 객관과 주관을 구별했다는 것인데, 라오서와 라오지앙이 주관이라면 샤오스는 객관이요, 오입쟁이는 주관이고 여자 안마사는 객관이고, 모든 정신병자와 멍청이들을 전부 주관이라고 객관과 대비해서 그렇게 말할 수 있는 것인지 알 수 없는 것이고, 주관의 외부에 보다 더 큰 객관이 존재하며, 그것이 곧 금목수화토金木水火土이죠. 잇달아 당신께 재차 분석해드리자면, 금목수화토金木水火土는 조금은 객관적이라고 말할 수 있는데, 그것들 간의 차이에 대해서 우리들은 높낮이와 무게, 아래위와 좌우, 넓이와 원근으로 구분해볼 수 있습니다. 금金이라는 존재는 이미 별다른 문제가 없는데, 현재 이미 이 세계는 금전 중심이기에, 과거 백정 라오서는 자신의 독재시대에 이미 곰팡이가 핀 케이크로 바뀌어버렸지만, 이 사건은 잠시 거론하지 않겠어요. 금金이라는 존재 역시 별다른 문제가 없고, 물 역시 아무런 문제가 없고, 당신의 그 멍청이 아들은 오십 번지 서쪽의 정신이 나가고 멍청해진 인간들의 세례를 널리 확산시키기 위해서 물의 중요성을 알고 있지요. 불 역시 문제가 없고, 물과 불은 상극인데 점점 더 상극이 되니, 오십 번지 서쪽과 전 세계는 이미 이글이글 타는 듯한 불볕더위에다 풀 한 포기 없는 적지赤地가 천 리인 그런 세상이니만큼, 세상 도처가 화염산이죠. 흙 역시 문제가 없는데, 인간은 흙에서 나와서 결국 또다시 흙으로 돌아가기 마련이고, 층층이 쌓인 백골은 전부 흙에서 도굴된 것이지요. 그럼 세계상에 아직 남은 게 뭐죠?"

늙은 부인은 손가락을 꺾으며 셈을 한다.

"이제 남아 있는 것은 나무토막이야!"

백골이 박수를 친다.

"저의 어머니이자 시어머님은 정말 똑똑하시군요. 세계상에 남은 것은 나무이고 다른 물건은 남아 있지 않아요!"

늙은 부인은 아직도 약간 미혹에 빠진다.

"무슨 문제를 설명하는 건가?"

백골 요정:

"전 세계와 오십 번지 서쪽을 설명하고 있는데 아직도 부족한가요? 세계는 목재로 이루어져 있고, 사람들도 다들 목재로 이루어져 있는데, 그들이 정신이 나가지 않고 멍청해지지 않고 귀가 멀지도 않고 벙어리가 되지 않고도 배기겠어요? 바꾸어서 표현하자면 현재 이미 정신이 나가고 멍청해진 농아 문제가 아니라, 사람들마다 나무로 만든 목각인형으로 변한다는 것인데, 사람들이 전부 목각인형이 되면, 남이 하자는 대로 움직이고 유린당하지 않을까요? 그것은 곧 꼭두각시놀음을 하기 위해서 끈으로 조종하는 인형을 연출하듯 황당한 것이죠. 무엇이 미시적 경관이죠? 결코 중계 현장과 텔레비전 수상기 앞의 시멘트 바구니나 플라스틱 바구니가 아니라, 어떤 민간 예술인이 잔등에 나무 상자 하나를 업고 방방곡곡坊坊曲曲 각지를 돌아다니면서 연출하는 가죽 인형 그림자극이죠! 제가 이렇게 말했는데, 당신은 이제 분명해졌나요?"

늙은 부인은 돌연 다시 한 번 크게 깨닫는다. 전 세계와 오십 번지 서쪽이 앞을 향해 일보전진했던 것은 기정사실인데, 이미 정신 나간 것과 멍청해진 것 그리고 농아의 문제가 아니라, 정신 나가고 멍청해지고 귀가 멀고 눈이 어두워진 채 나무로 만든 목각인형이 또다시 하강하고 그 존립의 권위까지 추락하는 처지인 것이다. 이런 말이 신산스럽다면 정말 신산스러운 것이고, 정신 나가고 멍청해지는 것은 영원히 끝나지 않는다. 이런 말이 무섭다면 정말 무서워서 가죽 인형 그림자 연극을 보던 와중에 울고 싶다. 잇달아 늙은 부인은 자신의 멍청이 아들이 어디로 도피해버렸는지 분명하게 알 수 있다. 그 애가 어디로 날아가서 신생을 획득하자 연달아 그의 어미가 천리를 탐색하더니 역시 신생을 얻었구나. 멍청이 아들은 결코 반사동에 있지 않고 여인 왕국에도 있지 않으며, 통천하와 화염산 그리고 백골 동굴에도 존재하지 않으며, 역시 서방 정토에도 존재하지 않고, 그 애가 여전히 존재하는 곳은 그 늙은 부인이 아직 가본 적이 없는 목각 인형의 왕국이나 혹은 어떤 가죽 인형 민간 예술인의 나무 상자 안으로 찾아들었을 것이다. 바야흐로 파손될 지경이니 먼저 찾아낼 필요가 있겠다. 그렇다면 정토는 어디란 말인가? 그것은 곧 똥같이 더러운 장소에 있다. 어디에서 신생을 획득할 수 있을까? 목재 나라는 절체절명絶體絶命의 위기에서 간신히 목숨을 건질 수 있는 곳이다. 그 순간 늙은 부인은 자신의 멍청이 아들이 왜 물을 좋아했는지 또다시 분명하게 깨닫는다. 보아하니 그것도 일시적이고 맹목적인 충동은 아니고 일찍부터 예견하고 준비한 것임이 분명하다. 보기에는 멍청이 아들 같지만 기실 멍청한 것이 아닌 것이고, 물은 목재에 적재할 수 있기 때문에 물로써 능히 배를 띄울 수 있다. 이 배에 띄운 것은 누구일까? 그것은 멍청한 아들과 늙은 어머니일 뿐만 아니라 오십 번지 서쪽과 전 세계에서 이미 정신 나가고 멍청해진 모든 농아 군중들인데, 환언해서 말하자면 그것은 바로 노아의 방주인 것이다. 혹은 솥을 부수고 배를 침몰시키는 격이구나. 각성을 하고 나자 신산스러워졌고, 그 후 늙은 부인은 백골 요정에 대해서 또다시 고마운 마음에 감격하게 되는데, 만일 딸이자 며느리인 이 뼈다귀를 맞닥뜨리지 않았다면, 늙은 부인은 혈혈단신으로 재차 삼십이 년 동안 탐색한다고 해도, 여전히 들어갈 만한 마땅한 자리를 찾지 못했을 것이고, 혹은 목재 왕국의 멍청한 아들이 몸을 스쳐 지나가며 팔과 팔이 서로 스치는 순간에도 그 애를 놓쳤을 것이다. 그 순간 여인은 백골 요정을 향해 고개를 끄덕인다.

"백골, 난 명백히 알겠네."

"딸아, 난 명백히 알겠네."

"며느리, 난 명백히 알겠어."

"우리 나중을 기약하고 다시 만나세! 목재를 찾게 되는 순간이, 곧바로 목재와 백골이 결혼하게 되는 날이지. 지금 현재 나는 목재를 명백히 알았을 뿐만 아니라, 백골이 왜 목재와 결혼을 하려는 것인지 그것도 명백히 알겠어."

백골 요정:

"당신, 뭘 명백하게 아셨죠?"

늙은 부인:

"백골은 직접 흙으로 들어갈 수가 없으니, 목재 보퉁이가 필요한 게야."

백골은 하염없이 눈물을 흘리면서 그칠 줄 모른다.

"보아하니 저의 어머니께서는 한 가지를 풀고 나면 백 가지를 풀 수 있군요. 연달아 이런 식이면, 어머니께서 여정에 나서시면 저 이 백골은 신생을 얻을 뿐만 아니라, 정신 나가고 멍청해진 오십 번지 서쪽과 세계에도 역시 희망이 있겠네요."

쌍방의 뜻이 일치하게 달성되니 늙은 부인은 백골 요정을 작별하고, 잇달아 자신의 전대와 지팡이 그리고 볏짚 한 다발을 껴안은 채 완전히 새로운 여정에 나선다. 그런데 늙은 부인은 아주 적절하게 여기서 또다시 백골 요정의 올가미에 걸려들게 된다. 늙은 부인은 목재를 찾겠다는 목적일 뿐이지, 결코 목재를 백골의 보퉁이로 만들거나 목재와 백골을 결혼시킬 생각은 아니었다. 늙은 부인이 목재를 찾게 되는 날이, 그러니까 목재로 인해서 백골의 도깨비불이 불태워지는 시점인 것이다. 그런데 일백두 살의 늙은 부인은 지금까지도 엉뚱한 곳에서 북이나 두들기면서 사태 파악도 제대로 못하면서, 백 번 확신하고 행동을 결정한 뒤 여정을 시작한 것이다. 그 순간 늙은 부인의 느낌은 좀 괴상해서, 그 여인이 앞을 향해 걸어가면 갈수록 점점 더 넘어질 듯하면서 질주한다. 그 여인은 자신의 행동과 발걸음이 점점 더 가벼워지는 느낌이 들기 시작하는데, 원래는 세 발짝 걸으면 숨이 차서 헐떡거렸거늘, 지금은 발바닥에서 바람이 풍겨나오는 느낌이고 양쪽 길가의 버드나무와 백양나무가 아주 빠르게 후퇴한다. 원래 자신은 일백두 살이었기에 양쪽 눈은 어두워서 침침했건만, 사흘이 경과된 뒤 자신의 양쪽 눈은 이미 밝아지고 미목眉目이 수려해지더니 또다시 열여덟 살의 큰 숙녀로 바뀐다. 샤오스라고 말하면 샤오스이고 멍지앙뉘라고 말하면 멍지앙뉘이고 여자 안마사라고 말하면 여자 안마사이고 여자 앵커라고 말하면 여자 앵커인데, 학 머리카락에 닭 껍질 같던 피부가 어느덧 떨어져나가고 몸은 어깨선이 매끄럽게 흘러내리고 허리는 가느다랗게 변하고, 약간 팡팡한 둔부, 여지*가 응고된 듯한 홍조 띤 뺨, 순백의 아름다운 살결, 준수한 눈에 수려한 눈썹, 밝게 빛나는 눈빛에 날개가 돋은 듯 풀풀 날아다니는 그런 소녀로 변신된다. 말인즉 노모가 멍청이 아들을 탐색한다고 했다지만, 기실 흡사 소녀가 애인이자 자신의 오빠를 찾아나선 듯하다. 늙은 부인은 돌연 자신은 지금 현재 늙은이가 아니라는 것을 분명하게 깨닫고, 자신이 목재로 접근하던 도중에 혼은 이미 제삼자와의 틈바구니로 날아가버리고 지금 걷고 있다가 날듯이 상승하고 있는 늙은 육신의 자기 자신이 백골 요정 옆에 붙어 다니는 그런 백골 요정으로 변신해버린 것을 아주 분명하게 깨닫는다. 늙은 말이 길을 알듯 경험이 많은 늙은 악귀 같은 존재라야 역시 후진을 양성할 수 있는 법이거늘, 그 늙은 여인은 자신이 백골 요정 옆에 붙어 다니는 특이한 백골 요정으로 변신된 뒤 여태까지 남에게 일체 그런 변신의 기색을 드러내지 않고서, 줄곧 자기 자신은 여전히 늙은 부인인 것처럼 가장한 채 멍청이 아들을 계속 탐색하고 있었다. 대관절 생강이 오래되면 매운 것인가, 처음 시작할 때부터 지금까지 이 노모의 음모와 계략은 사실 전부 자신의 심중에 갈무리되어 있다. 노모는 표면적으로는 백골 요정을 상대하면서 한 발 후퇴하는 척 위장하면서도 사실 흐릿하고 침침한 노안으로 진작부터 이미 모든 것을 꿰뚫고 있었으니, 오로지 당신 자신만이 본인의 음모와 책략이 꽉 들어차서 바람 한 점 샐 틈이 없다는 것을 알겠는가. 이 노인 이외에 어떤 누가 당신의 음모와 책략을 알겠는가. 하늘과 땅에 널리 퍼져 있는 그물로 또다시 다른 층위를 짜낼 참인가? 사후에 늙은 부인은 손자와 여우에게 말한다.

"관건은 결국 인내를 필요로 한다는 거야."

---

* 여지: 중국 남부에서 나는 과일. 지름 3cm 정도의 둥근 열매로 겉은 돌기와 더불어 거북의 등처럼 생겼다. 시고 달고 독특한 향기가 있어 날로 먹는다.

"백골과 정신 나감과 멍청해지는 것과 전투를 해서 승리하자면, 그것은 바로 너 자신이 백골로 변신해야 함과 동시에 정신이 나가고 멍청해질 수 있도록 변신되어야 해."

"목재를 찾게 되는 날이 결코 도깨비불이 점화되는 시점은 아니란 다."

말을 하면서, 또 계속 한 구절씩 말을 잇달아 하면서 늙은 부인은 조금씩 만족감을 얻는다.

"내가 백골 요정으로 변신하는 순간 백골 요정의 실체를 명확하게 인식한 것은 결코 아니고, 그 백골 요정이 내 아들에게 시집을 오겠 다는 말을 하려고 입을 여는 순간 나는 곧바로 백골 여자의 흉악한 야심을 대뜸 간파할 수 있었던 게야."

"내가 백골 요정으로 변신할 무렵 내 자신이 목재를 찾아야 한다는 것을 막 깨닫게 된 것은 아니고, 당시 그 한 뿌리의 백골이 나에게 물을 달라고 요구하는 순간, 나는 곧바로 그 백골이 점화点火를 필요 로 하고 있다는 걸 알게 되었지."

"그 당시 나는 백골과 백골 요정으로 변신되는 순간 결코 내 자신 이 백골이 아니라는 것을 인식하고 있었을 뿐만 아니라, 심리적으로 추측건대 나는 여태껏 목재라고 생각했거든. 그 백골 여자가 점화되 는 것을 방지하기 위해서 나는 내 가슴 한가운데 물을 적재하기 시작 했던 게야."

"말하자면 그러니까 나 역시 그 백골과 백골 요정에 근접해 있었으 므로, 목재 왕국으로 가서 목재를 막 찾아야 했지."

……

그래서 늙은 부인과 백골 요정은 조석으로 함께 행동하며 숙식하

• • •

"내가 백골 요정으로 변신하는 순간 백골 요정의 실체를 명확하게
인식한 것은 결코 아니고, 그 백골 요정이 내 아들에게 시집을 오겠다는
말을 하려고 입을 여는 순간 나는 곧바로
백골 여자의 흉악한 야심을 대뜸 간파할 수 있었던 게야."

• • •

고, 주야로 나란히 여정에 오른다. 설령 몸이 둘이니 합심과는 거리가 있다지만, 비록 겉으로는 친한 척하지만 속으로 꿍꿍이속이 다르다지만, 설령 마음속으로는 헤아리기 어려운 흉계를 품고 있어서 각자가 동상이몽이라지만, 하여간 이 순간에도 정확하게 틀림없이 두 인간의 가슴속에는 추측하기 어려운 흉계가 도사리고 있지만, 같은 여정 길에 오르자니 되레 대화로는 의기투합해서 죽이 맞은 모습이 드러나고 우스개 소리와 기쁨에 들뜬 환성이 나타난다.

그것은 바로 거리감이 있기 때문에, 그러한 연유로 인해 근접해서 의지하기 마련이고, 그것은 바로 분分이기 때문에, 그러한 연유로 인해 합合을 분명하게 드러내며, 뇌동雷同의 지志가 있으면 그것은 곧바로 뜻이 같지 않을 수 있기 때문에, 그러한 연유로 인해 두 여인은 목재로서 마음이 합쳐져서 서로 협력하려는 것이다. 여정에서의 담론은 전부 목재였고, 목재에 관한 담론을 한 번 나눈 뒤에 두 사람은 다시 희색이 만연해져서 각자 마음의 격동을 감추지 못하고 표면에 드러낸다. 말인즉 아들이라면 아들을 담론하고 말인즉 남편이라면 남편에 대해서 담론하고, 말인즉 서쪽이라면 서쪽에 대해서 담론하고 말인즉 동쪽이라면 동쪽에 대해서 담론한다. 그러므로 여정은 결코 적막하지 않다. 비록 입이 마르고 혀가 씁쓸할 만큼 냅다 지껄여댔고 타는 듯이 내리쬐는 햇볕에 날씨가 푹푹 쪘지만, 그래도 두 사람은 또다시 언설言說로 인해서 타액의 분비가 촉진되고, 그것은 서로 스미어든다. 그러자 늙은 부인을 맞닥뜨린 요정은 곧바로 정직하고 온후한 사람 본연의 모습을 드러내는데, 보아하니 닭 껍질 같던 피부와 학 털 같은 머리카락에다 지팡이로 받친 채 고개를 흔들거리는 늙은 모습으로 타는 듯이 내리쬐는 햇볕 아래 천 리 먼 길을 아들을 찾아나선 이 여인은, 자기 집의 친어머니를 상기시키기에, 진실하고 온후하게 대하고 나자 다소 감상적인 기분에 젖어들기도 하는데, 그래서 병 속에 얼마 남지 않은 물을 아주 빨리 늙은 부인에게 먹인다. 그런데 아주 경박한 소년이나 중년 혹은 별로 진지하지 못한 고독한 늙은이와 맞닥뜨렸다면 백골 요정은 자동적으로 아름다운 샤오스나 혹은 여자 안마사로 변신해서, 그녀가 잉잉 콧소리를 내며 '작은오빠' 혹은 '큰오빠'라고 부를 때마다, 아주 경박한 소년이나 중년 혹은 별로 진지하지 못한 고독한 늙은이는 자신의 자동차, 기차, 비행기에서 급히 내려와서 백골 요정과 한동안 맞장구를 치게 마련이다. 하여간 천하의 엄숙한 지식인을 맡기려고 우리는 곧바로 변신한 멍지앙뉘와 맞닥뜨리게 되는데, 그녀가 눈물로써 만리장성을 무너뜨리자 그들은 남들에게 뒤처지는 것을 스스로 부끄럽게 여긴다. 몸은 뭐든지 다 부족하건만 단지 돈은 부족하지 않으므로 그 잘난 돈으로 이름을 다시 얻기 시작하고 돈을 인출해 이름을 사고 벼락부자가 지본가知本家인 여성 앵커이자 여류 스타로 변신된 그녀를 맞닥뜨리는데, 그들은 냄새 나는 것을 쫓아다니는 파리이자 불을 보고 달려드는 나방들이다. 원래는 또다시 목재 왕국을 탐색하는 데 서른두 해라는 세월이 필요한데, 다만 백골이 가담함으로 인해서 시간은 절반으로 단축된다. 큰 산과 강과 시내, 소택지, 숲, 가시나무, 나무 위 새 보금자리를 거치는 동안, 춘하추동이 또한 여름, 여름, 여름, 여름이요 일 년이 지나고 또 일 년이 지나자 여정의 길은 점점 더 좋아지고, 반사동, 여인 왕국, 통천하, 화염산, 백골 동굴을 한차례 뚫은 뒤에 결국에는 타는 듯한 더위로 햇볕이 쨍쨍 내리쬐는 폭염 아래, 돌연 정면에서 불어오는 산들바람을 감지할 수 있다. 큰 산 하나와 넓은 호수를 하나 빙빙 돌아나온 뒤 다시 일체의 모든 산봉우리를 되돌아나와서 절체절명의 위기에서 간신히 목숨을 건진다. 울퉁불퉁한 산길을 기어 올라가니 곧바로 산 정상이고, 큰 산으로 가로막힌 곳을 거친 뒤에 시원하게 확 트이며, '목재국'이라는 세 개의 큰 글자와 목재국의 험준한 성벽과 장성이 곧 두 여인의 면전에 옹립되어 있다. 목재국을 보고 나서 두 사람은 눈물을 줄줄 흘리고, 그때 막 몸과 마음이 모두 피로하고 발바닥 아래쪽에는 물집이 생겨나고 남의 일을 이러쿵저러쿵 떠들다가 생아편을 삼키고 산은 드높고 물길은 아주 길쭉한데, 여러 차례 두루 경험하니 간난신고하다는 것을 감각할 수 있다. 눈물 빛이 찬란하게 번쩍거리는 가운데 두 사람은 대뜸 서로를 바라보다가, 백골 요정이 돌연 말한다.

"어머니, 우리는 십육 년 동안 눈물을 흘리지 않았어요."

늙은 부인:

"애야, 십육 년간이나 흘리지 않던 눈물인데 어찌 그칠 수가 있으랴. 십육 년을 지나는 동안 나는 내 아들이 월경越境한 적이 없다는 것을 발견했구나."

백골 요정은 감격해서 고개를 끄덕인다:

"아들을 탐색하기 위해서 천 리 여정에 오른다는 것은 진정 쉽지 않아요. 우리는 갈증을 충분히 참았어요."

늙은 부인:

"나는 젊은 시절 남편을 찾아나섰을 때에도 만리장성에 눈물을 뿌릴 필요가 있었지."

그 순간 백골 요정이 '목재국' 세 글자를 지적하며 말한다.

"어머니, 우리들 기억에 이 목재는 그 목재가 아녜요."

늙은 부인은 고개를 끄덕인다:

"혈혈단신이니 확실히 알겠는데, 나무는 몸에 마음이 부재하거늘, 우리는 오로지 나무로 변신만 했으니, 이제 막 나무 가운데 끼어들어서 진면목을 숨기고 뒤섞여야겠군."

늙은 부인이 또다시 몸을 흔들자 대뜸 변했는데, 이번에는 흡사 목재국 안에 있는 목재로 만들어진 목각인형처럼 변신되고, 보폭을 한 번씩 움직일 때마다 엎어지고 넘어지니 그로기 상태로 비틀거리면서 앞을 향해 걸어가는데, 마치 뒤를 향해 후퇴하는 듯하면서 방향을 반 나절씩이나 삥 돌아 바꾸어서 성으로 들어가기 시작한다. 성문 입구의 보초병은 그녀를 응대하면서 결코 아주 충분히 추궁한 것은 아니고, 오직 엎어지고 자빠지는 목재 몸에게 묻는다.

"노인장께서는 어디에서 오시는 길입니까?"

목재 늙은 부인이 대답한다.

"아버지도 없고 어머니도 없는 그런 고장에서 왔소."

상대방이 사실대로 말하지는 않지만 보초병은 마음속으로 깨닫고 이해하면서, 고개를 끄덕이며 늙은 부인을 통과시킨다. 목재 늙은 부인은 성으로 들어온 뒤, 온 성 안에 가득 붙은 표어를 발견한다.

등불조심
새는 물 조심
위장한 정신이상 불허
위장한 멍청이 불허
위장한 귀머거리 불허
작위적인 벙어리 불허

무한대로 좋은 목재 풍광

작은 목재는 큰 목재 주위에서 맴돌아야 한다

……

그 표어를 목격한 늙은 부인은 한차례 놀람과 기쁨이 교차하는 가운데, 힘들게 목을 움직이면서 말한다.

"이 표어의 어투로 인해 나는 내 아들이 몸을 어디에다 감추었는지 알 것 같은데, 이 표어 글자와 글자 사이의 틈에서 나는 이미 내 아들 라오펑의, 그러니까 붉은 애의 숨결을 맡을 수 있겠어."

백골 요정 역시 돌연 무엇인가 발견한다.

"이 성의 공기 냄새를 맡으니까 저 역시 조금 회귀되는데, 마치 여러 해 전에 이미 여기로 와서 생활한 것 같아요. 고향의 꽃은 정말 좋고, 고향의 달은 밝구나."

연달아 두 여인은 성 안에 진열된 점포를 발견하게 되고, 목재 인간들의 왕래는 빈번하고, 준수하게 차려입은 목재인들이 성 안의 상점 앞을 남북으로 오락가락한다. 비록 보폭을 비틀거리고 이동할 때 목을 가누기가 곤란하지만, 그래도 그들은 노동하는 일에 몸을 아끼지 않고 온 힘을 투입해 상품 매매를 위해 걸어다니고 있다. 나무통을 팔고, 나무 솥을 팔고, 나무 그릇을 팔고, 나무 괭이를 팔고, 나무 삽을 팔고, 나무 쇠스랑을 팔고, 나무 쟁기를 팔고, 나무 써레를 팔고, 나무 의자를 팔고, 나무 탁자를 팔고, 나무 신발을 팔고, 나무 옷을 팔고, 나무 밥을 팔고, 나무 술을 팔고 있는데, 나무 빠이주白酒를 팔고, 나무 홍주를 팔고, 나무 청주를 팔고, 나무 황주를 팔고, 나무 야채를 팔고 있구나, 나무 야채로는 나무 배추를 팔고, 나무 미

나리나물을 팔고, 나무 서양호박을 팔고, 나무 과일을 파는데, 나무 과일 종류로는 나무 배도 팔고, 나무 사과를 팔고, 나무 딸기도 팔고, 나무 수박을 팔고, 나뭇가지를 팔고, 나무 꽃을 팔고, 나무 약을 팔고, 나무 설탕을 팔고 있는데, 나무 사탕을 팔고, 나무 백설탕을 팔고, 나무 추잉껌을 팔고, 나무 풍선껌을 팔고, 나무 차 종류를 팔고 있는데, 나무 홍차를 팔고, 나무 녹차를 팔고, 나무 국화차를 팔고, 나무 꽃차를 팔고, 나무 담배를 팔고 있는데, 나무 수연통 담배를 팔고, 나무 살담배를 팔고, 나무 궐련을 팔고, 나무 여송연을 팔고 있구나. 나무 개를 팔고, 나무 말을 팔고, 나무 소를 팔고, 나무 당나귀를 팔고, 나무 닭을 팔고, 나무 오리를 팔고, 나무 고양이를 팔고, 나무 쥐를 팔고, 나무 필기구를 팔고, 나무 묵을 팔고, 나무 종이를 팔고, 나무 책을 팔고, 나무 잡지를 팔고, 나무 신문을 팔고, 나무 도장을 팔고, 나무 인주를 팔고, 나무 농구를 팔고, 나무 성기를 팔고, 나무 방을 팔고, 나무 밭을 팔고, 나무 냉장고를 팔고, 나무 텔레비전을 팔고, 나무 에어컨디셔너를 팔고, 나무 전자렌지를 팔고, 나무 위성중계를 팔고, 나무 대포를 팔고, 나무 미사일을 팔고, 나무 불교를 팔고, 나무 기독교를 팔고, 나무 물질을 팔고, 나무 정신을 팔고, 나무 바람을 팔고, 나무 비를 팔고, 나무 산을 팔고, 나무 강을 팔고 있구나. 장황하게 떠들어대는 시장에는 그 무엇이든지 전부 팔고 있는데, 그러니까 오로지 나무 인간만 팔지 않고 있다. 어째서 나무 관원과 나무 백성, 나무 대통령과 수상, 나무 지식인, 나무 노동자들은 팔고 있지 않은 것일까? 다른 방면에서 마땅히 그들을 팔고 있지 않을까? 이때의 다른 방면이란, 나무 여자 앵커, 나무 라오서와 라오지앙, 나무 라오마와 라오꾸어, 나무 샤오빠이와 라오양, 나무 샤오스와 라오후, 나무 멍지앙뉘, 나무 여자 안마사와 최후의 라오펑 혹은 붉은 애는, 어째서 그들은 각양각색이란 말인가? 보아하니 시장과 점포 앞은 오락가락하는 사람들로 왕래가 아주 빈번하고 번화해서 늙은 부인과 백골 요정은 약간은 흥분해서 쇠퇴해가는 나무 왕국의 참괴慙愧를 잊어버리고 단지 나무 시장과 점포를 둘러보니, 오직 물건만 팔 뿐 사람을 팔지 않아서 두 사람은 또다시 약간 초조해진다. 다른 사람이 팔려고 나서려 하지 않는다는 것을 늙은 부인과 백골 요정은 용인해야 했는데, 만일 나무 시장에서 기다리기만 하면 내 아들이자 내 남편인 라오펑이자 혹은 붉은 애를 시황에 따라 발매한다면, 시장에서 나의 아들이자 혹은 나의 남편인 그를 만나게 되면 나는 대뜸 성안으로 들어갈 게 아니고 비록 시장에서 여러 날 동안 그 애를 파는 모습을 보지 못해서 한동안 기다린다 하더라도 그 애나 인간을 팔아대는 시장에서 나는 그들의 과오를 극도로 증오하고 한스럽게 생각하며 팔려고 내놓은 내 아들이자 내 부군인 그를 껴안고 실성통곡을 할 것이요, 그때 나는 반드시 대뜸 성안으로 들어가 나의 아들이자 부군을 만나보고 돈을 교부해 사람을 살 것이며 그를 데리고 오십 번지 서쪽이나 혹은 좀더 멀리 떨어진 오십 번지 서쪽에서 공동으로 아주 새롭고 온전하게 신생을 획득할 것인데, 과거 우리의 행복한 생활을 누가 알기나 할까, 성안으로 들어선 뒤 오직 물건 파는 것만 보았을 뿐 사람 파는 모습을 볼 수가 없고 다른 사람은 만났으나 진정 사랑하는 사람은 만나질 못하고 있으니, 나는 과거 사십팔 년간이나 여러 차례 산을 넘고 강을 건너는 신산한 여정을 경험한 뒤 결국 나의 아들이자 혹은 나의 남편의 숨결을 맡을 수가 있게 된 것인데, 나의 아들이자 혹은 나의 남편 인근에서 지체한다면 그것은 그와 안면이 있다고 할 수도 없는 것이 현손玄孫 아래의 헤아릴 수 없을 만큼 새까만 후대의 자손이기 때문이거늘, 어머니와 며느리가 도착했으나 어디로 몸을 숨겼는지 알 수 없어서 여전히 어머니와 며느리는 무슨 소꿉장난을 하듯 숨바꼭질을 하고 있는가? 이것은 참을 수 있긴 하지만 누구는 참을 수 없다. 담장 위의 표어는 정신 나간 척하고 멍청해진 척하며 그리고 귀가 먹은 척 벙어리인 척하는 것을 제창하지 않는 게 아니란 말인가? 당신과 당신들, 목재국과 목재성은 무엇을 위하여 시세에 역행을 하며 자신들이 만들어 제창하던 것에 대해서 자기 자신들이 반대를 하며 같은 종류의 물건들까지 함께 오염시키려 드는가? 지금 또다시 제창한 것 그 위에 또다시 정신 나간 척 위장하고 멍청해진 척 위장하려고 하는가? 귀머거리로 위장하고 벙어리로 가장을 한 그 위에다 또다시 또 한 번 귀머거리로 위장하고 벙어리로 위장할 셈인가? 목재로 만들면 준수한가? 이건 역시 한바탕의 골계 연극인가? 여기까지 생각이 이른 나무 늙은 부인과 나무 백골 요정은 등 뒤로 온 전신에 식은땀을 흘린다. 여기가 또 오십 번지 서쪽인가? 만일 그와 같은 정황이라면, 늙은 부인의 사십팔 년간의 여정과 백골 요정의 십육 년간의 신산스런 탐색과 간난의 고통을 다 겪으면서 여정을 계속했건만 발원지는 미동도 하지 않고 있는 셈이다. 늙은 부인은 대관절 나이가 너무 많아 어리벙벙한데, 일시에 충동적으로 땅바닥에 주저앉더니 대성통곡을 한다. 사십팔 년이나 탐색해온 자신을 원망하며 그 신산스러움에 손바닥으로 땅을 치는데, 본인은 원래 목재로 만들어져 있으니 혼자서 제방을 무너뜨릴 수는 없는 일이거늘, 그런데 백골 요정은 햇수가 적은데도 식견이 있을까. 그 역시 천 리 길을 장부를 찾아나섰지만 그리고 나무를 찾던 일도 순식간에 덧없이 물거품이 되어가는데, 그 순간 한 가지 방안을 늙은 부인에게 권한다.

"어머니, 여전히 먼저 근원이 필요하진 않아요."

"어머니, 여전히 먼저 나무 본래의 색채와 원형이 유지되어야죠."

"어머니, 천 리 길을 아들을 찾아 나섰으나 (기실 장부를 찾아서) 구백의 절반이라, 역시 일시에 해결할 필요는 없는 일이고, 그리고 우리의 근본 목적을 망각하면 곤혹스러운 일이죠."

"어머니, 혹시 뭐 다른 방법으로도 문제를 사고해볼 수 있는 것이고, 어쩌면 목재국은 정신 나간 것으로 위장한 것도 아니고 멍청해진 것으로 꾸미는 것도 아니며 귀머거리인 척하는 것도 아니며 벙어리인 척하는 것이 아닌지도 모르겠고, 혹시 그것은 그들의 본색이며 본모습인지도 모르죠."

"어머니, 혹시 오십 번지 서쪽이 아닌지도 모르겠고, 게다가 라오펑과 붉은 애로 인해서 오십 번지 서쪽이 복제되어서 목재국까지 널리 확산된 것인지도 모르죠. 보기에 따라서는 마치 오십 번지 서쪽처럼 보이지만, 기실 오십 번지 서쪽은 아니고, 보기에는 원형이 미동도 하지 않은 듯하지만, 기실 현저한 격차가 벌어져 있으며, 보기에는 마치 그저 정신 나가고 그저 멍청해지고 그저 귀머거리이고 그저 벙어리인 듯하지만, 그러나 이 정신 나감과 이 멍청해짐과 이 귀머거리와 이 벙어리는 벌써 오십 번지 서쪽과는 크게 다르기 때문이죠. 혹시 우리들은 과거의 오십 번지 서쪽을 바라보던 그 눈빛으로 지금 목재국을 바라보고 있을지도 모를 일이죠. 과거에 우리들은 오십 번지 서쪽의 정신 나가고 멍청해진 원인을 널리 확산되기 쉽도록 제창하지 않았나요? 정확하다고 말할 순 없지만, 당신 아들이 어쩌면 이런 병의 원인을 이미 찾아서 여기에다 당시 하나의 개발구를 만들어 실험하는 밭을 일군 것이죠! 보기에는 오십 번지 서쪽과 유사하지만, 기실 오십 번지 서쪽과 점점 더 거리감이 생기고 있다고요."

"어쩌면 당신 아들은 다른 사람의 요구에 의해서 큰 나무 주위를 맴돌고 있는지도 모르죠? 작은 나무는 길가에서 자라고, 큰 나무는 깊은 산에서 자라니까, 그래서 쉽게 볼 수 없죠."

늙은 부인은 여전히 얼마쯤 이해하지 못한다. 그 여인이 목재로 만든 사람이라서 벌써 환원이 정지된 처지이고, 지금은 절반은 나무요 절반은 사람인 것이다.

"기왕지사 이렇게 된 바에야, 만일 그가 뿌리가 커다란 나무라면, 어떻게 우리가 나무 성문과 나무 성벽 위, 나무 신문과 나무 잡지 위에서, 나무 텔레비전에서도 그 애를 보지 못했는데 큰 나무가 나의 아들이자 네 장부의 초상이란 말인가? 과거에 우리는 오십 번지 서쪽과, 세계 각국의 큰 목재들인 대통령과 수상, 그리고 몇몇 황실 구성원들, 우리는 매일같이 그들을 만날 수 있지. 비록 매일같이 안면이 있었던 것은 아니라고 하더라도 말이야. 정신병원으로 와서 시찰하고 있는 그를 제외해야 하니까. 그 외의 날들은 그들을 매일같이 만날 수 있어. 성의 문에서부터 성의 담장에 이르기까지, 신문에서부터 잡지에 이르기까지, 텔레비전에서부터 컴퓨터에 이르기까지 매일같이 한결같은 미소로 우리들을 마주하는 그들을 만나볼 수 있는데, 보기에는 마치 담배 한 대를 피우는 정도의 교제도 없는 듯하지만, 기실 그들은 매일같이 혈육보다 우리들의 신변과 우리들의 눈앞에서 흔들거리고 우리들은 그것에 의지하고 있지. 흔들흔들, 오랜 세월 동안 계속 그들 가정에 발생하는 중요한 사건과는 무관하고 번거롭게 시간만 차지하는데도 우리는 각자 가정에서 발생하는 닭털 같은 사건들보다 매스미디어가 우리들에게 익숙하고 관심을 끄는 것이지. 오로지 이러한 정황에 우리들은 매일같이 그들 주위를 뱅글뱅글 맴돌고, 목재국의 큰 목재는 매일같이 심산에 은폐되어 있음에도 불구하고 기타 목재를 상봉하고 있구나. 우리는 너의 진면목을 분명하게 알지 못하니 우리가 너를 만나고 대면해도 생면부지일 것이고, 우리하고 너는 천양지차가 있으므로 굳이 찾아낸다고 해도 상봉이 안 될 것인데, 이렇게 집결된 우리는 네 주위를 뱅글뱅글 맴돌면서 일을 진행하는 게 아닌가? 주위를 뱅글뱅글 맴도는 건 잘못된 것이거늘 그 책임은 누구에게 돌아갈 것인가? 집결된 우리들은 나무 주위에 있긴 하다. 보기에는 하나의 큰 나무인 듯해서, 우리는 이미 긴밀하게 그 나무를 에워싸고 있었더니, 기실 우리가 아주 적절하게 에워싸고 있던 것은 실수였고, 이것은 우리들이 찾던 큰 나무가 아니면서 타인의 이름을 도용해 가장했거나 어쩌면 그럴 능력도 없으면서 큰 재목 행위를 하는 작은 나무였구나. 혹시 네 시작은 큰 나무였을지 모르겠으나, 눈 깜짝할 사이에 너는 또 작은 목재가 될 것이고 작은 나무의 가지가 될 것이며 혹은 후련하게 곧바로 쓰레기가 되기도 할 것인데, 새롭게 위로 오르는 큰 나무는 마땅히 너를 또다시 심하게 질책해서는 절대 안 되는 것이거늘, 그렇게 되면 순식간에 우리들에게 붙잡혀 호되게 꾸지람을 당할 것인가? 이 늙은이가 이미 일백십팔 세라고, 이 늙은이가 나이를 먹었다고 뻔뻔스럽게 구는 것이 아니라, 내가 건너온 다리가 네가 걸어온 길보다 많을 것이고, 내가 먹은 소금이 네가 먹은 밥보다 많을 것이며, 네가 백골이 되어 사물에 스며들어 분석하고 비록 골수 속으로 깊숙이 파고든다고 해도, 그래도 세상은 여전히 여위어서 흡사 뼈와 가죽만이 남은 형상처럼 늘 그 모양대로 천박하거늘, 지난 백여 년간 풍운의 변화가 격심한 가운데 서로 오가며 교제를 하는 사이에 우리는 멍청이로 변하거나 나무가 된 사람들이 아주 많았거늘, 현재 전체가 다들 나무들로 구성된 목재국에 간신히 이르렀기 때문에 우리는 역사의 교훈을 잊어버려도 좋단 말인가? 혹은, 설령 이 큰 나무가 어쩌면 내 아들이자 너의 남편이라면 우리가 여기에서 하나의 책략을 가설할 수 있을까? 그 애가 나무로 변신하기 이전에는 당연히 우리가 어머니이자 아내였지만, 그 애가 나무로 변신한 뒤 마음도 나무로 변해서 심장은 철석이 되었지. 이와 같이 말하고 나니까 천 리를 아들을 찾아나선 나는 곧 대나무 바구니에 물을 한바탕 비워낸 뒤, 먼 곳에 있는 아들을 찾아 여정에 오르지는 않고 오히려 눈앞에서 사라진 아들을 찾으니, 자신이 하나의 목재로 변신되어 있군그래!"

말을 하면서 절반 나무이자 원래는 사람이던 존재는 또다시 여전히 손바닥으로 땅을 두드리면서 통곡하는데, 그 순간 성안에서 나무 징과 나무 북이 울리자, 어떤 목재인이 한 필의 목재 말을 타고 건들 거리면서 성안을 빨리 통과하면서, 징소리가 울리자 어떤 목청이 고함을 지른다.

"정오 예절이오, 정오 예절이오, 시간이 되었소!"

"성안의 모든 사람들은 장사를 멈추고, 전부 다들 성 밖의 나무 강변으로 집합하시오!"

"큰 나무가 깊은 산중에서 나왔으니까, 다들 긴급히 그 나무 주위에 집결하시오!"

"주위를 에워싸고, 주위를 에워싸되, 잡담은 필요 없소!"

"잡담하게 되면 곧바로 인화를 자초하는 것이오!"

"잡담을 하게 되면 곧 스스로 나무와 단절될 것이오!"

……

목재인이 빠르게 고함을 쳐대자 성안의 모든 나무 방송과 나무 텔레비전은 일종의 동일한 음성을 내보낸다.

"주위를 에워싸시오, 주위를 에워싸시오!"

"큰 나무가 벌써 나무 강변에 도착했어요!"

수시로 목재인이 텔레비전 방송을 통해서 고함을 치자, 성안의 모든 목재인들은 장사를 하기 위한 수중의 매매물을 모두 내려놓는다. 사려는 자 혹은 팔려는 자 모두 상관하지 않고 거래를 하다가 멈추고 남에게 뒤질세라 서로 앞다투어 성을 나간다. 마치 산산이 부서진 철이 자석을 향하듯, 모든 목재들은 다들 발을 땅에 붙일 겨를도 없이 많은 사람들이 한꺼번에 자기의 원래 위치를 떠나서 밀려가기 시작한다. 한바탕 혼란을 겪는 것도 순식간이고, 방금 전까지 왕래도 빈번하게 목재인을 찬동하던 목재국은 순식간에 텅 빈 성이 된다. 텅 빈 성안에 절반은 사람이요 절반은 목재인 늙은 부인과 목재인 백골 요정이 잡담을 나누고 있다. 그 순간 백골 요정은 손뼉을 치며 웃는다.

"보세요, 여전히 큰 목재를 목격할 수 있었죠?"

"보세요, 우리는 여태껏 헛된 여행을 한 게 아니었죠?"

"보세요, 목재국하고 오십 번지 서쪽은 여전히 다르죠?"

"같다고 해도 당신은 안심하세요, 현재는 다르니까. 우리가 다시 강변으로 목재를 추적하진 않아야 하는데, 추적하면 되레 인화를 자초하고 목재는 잘라진다고요!"

그 순간 늙은 부인 역시 울다가 갑자기 웃는다. 그리고 또다시 철저하게 목재로 변신된다.

"작은 토끼새끼 같은 녀석, 이 늙은 어미가 며느리와 함께 한 세트가 되어 장난을 치게 된다는 생각을 미처 하지 못했거늘, 너는 강변에 있으면서 성안에 있는 이 늙은 어미를 속이다니, 모든 성에 초상화란 없는데도 속이다니, 되레 너는 도처에 있구나!"

백골 요정:

"지금 막 하나님 인근에 접근했는데, 형체도 그림자도 없는 마치한 다발의 청풍淸風 같은데, 다른 사람에게 목각인형이 되라고 하더니 되레 자기 자신은 목각인형이 되지 못했대요! 저의 친어머니시여, 이제 사건의 전모를 지금 막 당신에게 알려드리겠는데, 제가 왜 어째서 천 리 길을 남편감을 찾아 결혼하려 하는가 하면, 결코 나무 보퉁이를 얻기 위해서만은 아니고 이 형체도 없는 청풍 때문인데, 형체도 없는 청풍이 있어야만 저 이 백골은 곧바로 두려움을 무릅쓰고 과감하게 앞으로 나아가서 신생을 획득할 수 있답니다!"

목재 늙은 부인은 그쯤에서 감격한다.

"역시 내 아들 라오펑이나 혹은 붉은 애처럼 사유가 핵심에 다다르고 있으니, 목재는 되레 강으로 가버려서 나무 성안에서도 목재를 목격하지 못하겠구나. 이것 역시 나무와 물의 관계로다. 나무를 단독으로 서술하자면 홀로 빼어난 한 송이 꽃이라면, 나무를 기점으로 해서 물을 서술해야만 비로소 신생을 획득할 수 있는 게야. 또다시 하나의 오십 번지 서쪽에 대해서 말하자면, 원래 내 아들의 테스트는 목재국에서 이미 맨 먼저 성공을 획득했거든. 오십 번지 서쪽의 물은 단수單水이니까 목재국에 물이 다다르면 곧바로 산은 넓어져버리고, 목욕탕은 하나의 강으로 변화되어버리니, 그것은 곧바로 초록빛 긴 강물이 되어 유유히 흘러 정신 나가고 멍청해진 이들을 철저하게 세척하지 않겠느냐? 얘야, 이 어미는 사유가 납득되고 도달되니 온 전신이 가벼워지기 시작하는구나. 흙 속에 있는 이 어미를 어서 부축해 일으켜서 우리 같이 강변으로 가자꾸나!"

그쯤에서 백골 요정 역시 흥분을 해서, 그 순간 귀엽게 화를 내며 또다시 시어미를 책망한다.

"방금 전에 당신께서 여전히 감정이 번거롭게 되더니, 일어나서 걷는 순간, 나무의 원형을 유지해야 한다는 걸 망각하면 안 되죠!"

목재 늙은 부인은 고개를 끄덕인다. 시어머니와 며느리 두 사람이 함께 출발하니, 두 사람은 흔들흔들 노래를 부르면서 몸을 돌리고, 텅 빈 성을 벗어나서 나무 강변을 향해 걸어가기 시작한다. 그 순간 두 사람은 심지어 각자의 신분과 속셈까지 망각했는데, 목전의 사상을 통일시키기 위하여 둘이 하나로 합쳐져서 특별히 한 발 진격하기로 뜻을 확고히 한다. 그러나 좀 있다가 그들이 특별하게 강변에 도착하는 순간 그 큰 목재는 속임수였다는 것을 알게 되는데, 원래 성 안의 모든 목재들은 강변에 이른 뒤 결코 큰 목재를 보지 못했으나, 흡사 해바라기가 태양을 바라보는 것처럼 서로 에워싸고 빙글빙글 돌면서, 게다가 흡사 오리처럼 '풍덩' '풍덩' 강물 속으로 다들 뛰어들고, 나무 강물은 석양 아래 느릿느릿 흘러내려서 강물 속의 목재들은 아무렇게나 가로세로로 눕혀져 오락가락 분주하게 떠내려가고 있는데, 흡사 그 모습은 방금 전에 성안에서 물건을 매매할 때처럼 왕래가 빈번하였고, 나무 군중들을 따라서 나무 물이 흐름을 따라 표류하자 강에도 나무들로 가득 차고 눈에도 나무들로 가득 차니 어느 것이 큰 목재인지 어느 것이 작은 목재인지 분명하게 분간할 수 없다.

목재 늙은 부인과 목재 백골 요정이 탐색하려 했던 것은 결코 오십 번지 서쪽의 큰 목재처럼 동일한 것은 아니기에 연설을 발표할 때처럼 손을 흔들며 사의를 표시하는데, 나무 하나의 노래와 군중 나무의 노래는 대소大小의 분명한 구별이 결코 없구나. 목재국과 오십 번지 서쪽이 아직도 본질적인 차이가 있다면, 그 차이를 비록 온화한 태도로 자기 의견만을 고집하지 않고 민주적인 태도로 드러낼 뿐인데 다만 목재 늙은 부인과 목재 백골 요정은 큰 목재의 탐색이 필요했던 바, 아들이자 부군이 곧 나무 군중들 사이에 뒤섞인 사람이라는 것을 판명해내기란 쉽지 않다. 나무 물로 가득 찬 강에 나무가 흔들거리자 목재 늙은 부인과 목재 백골 요정은 눈이 흐릿해지면서, 목재 늙은 부인은 분노가 생기는 와중에 돌연 또다시 약간 각성을 하게 된다. 이 정형情形은 어떻게 약간은 흡사 오십 번지 서쪽의 목욕탕 안으로 옷을 벗은 나체의 군중들이 '풍덩' '풍덩' 뛰어드는 듯하고, 마치 솥단지 아래로 뛰어든 쟈오즈餃子*처럼 열기가 뿜어져 올라오는 목욕탕 안과 유사한 게 아닌가? 목욕탕에 이르면 태위 관복도 벗어던지고 일상의 의복도 모두들 벗어던지니 빈부귀천의 구별이 없거늘, 라오펑이자 붉은 아이는 오십 번지 서쪽의 목욕탕 규칙을 상기하지 못했던 것인지, 목재국 사회의 정오 예절 와중에 세척이 보급되고 있다. 목재 성안의 큰 목재를 탐색한다는 것은 근원根源이기 때문에 이 강변에서 곧바로 가장 중요한 문제가 해결되면 관련된 문제들은 쉽게 해결될 것이지만 그렇게 되는 게 결코 쉽지 않고, 강변의 큰 목재와 작은 목재가 의연하게 서로 뒤섞이자 아들이자 남편인 존재를 구분해

---

* 쟈오즈(餃子): 한국의 물만두와 유사하며, 밀가루를 얇게 반죽해서 각종 야채와 돼지고기를 넣고 반달 모양으로 빚어 기름에 튀기거나 물에 끓여서 먹음.

내기란 점점 더 어렵다는 것을 미처 추측하지 못했던 것이다. 너는 아직도 성문 누각 주석 연단 위에 서서 우리들에게 연설을 발표하는 것만 못하고, 너는 아직도 우리들을 향해 손을 흔들며 사의謝意를 드러낸 얼굴 위에 억지스럽게 생긴 양쪽의 근육질이 잡아당겨져 움직이는 것만 못하거늘, 현재 높고 낮음을 구분할 수 없고 크고 작음을 분별할 수 없으므로 모든 사람들이 다 같이 정신 나간 척하고 멍청해진 척하며 그리고 귀머거리인 척하고 벙어리인 척하면 평등한데, 너는 되레 평등을 은닉하고 너는 되레 은닉을 널리 확산하고 너는 되레 널리 확산된 것을 전부 가득 채우니 눈이 미치는 범주까지 강물에 나무들로 꽉 들어차 있구나. 너희들 주위를 에워싼다고 하더니 그렇다면 이런 식으로 주위를 에워싸는 것인가? 너는 목재 늙은 부인과 목재 백골 요정의 식별력이 어떠한지 탐색하는 중이냐? 목재 늙은 부인은 다급해지면 또다시 오십 번지 서쪽으로 되돌아가게 될 터이고, 그 여인의 기억에 과거의 라오펑과 붉은 아이는 그 여인이 집에서 저녁밥을 짓고 있을 무렵 문을 나선다. 오줌을 싸서 진흙을 만지작거리면서 놀다가 잃어버렸다는 것인데, 현재 되레 사십팔 년 전으로 후퇴해서 지금 막 밥을 짓고 난 뒤 몸 위에 두르고 있던 치마에 손을 문지르면서 문을 나서서 물을 만지작거리고 있는 아들을 찾듯 그런 모양으로 나무 강변에 서서 큰 소리로 고함을 친다.

"아들아, 밥을 다 지었으니까, 마땅히 집으로 돌아가 밥을 먹어야지!"

"라오펑, 해가 곧 빨리 지겠구나!"

"붉은 애야, 다시 집으로 돌아오지 않으면 곧 여우가 나온대!"

"라오펑, 늑대다!"

"라오펑, 엄마다!"

"붉은 애야, 너하고 이 엄마가 집으로 가서 숨바꼭질하면서 놀고 싶어서 이 엄마가 안달이 났다니까!"

……

그런데 늙은 부인이 어떻게 자유롭게 고함을 지를 수 있으랴, 눈이 닿는 데까지 목재들로 꽉 들어찬 강물은 아무런 대답도 없이 잠자코 있거늘. 작은 소리로 소곤소곤 이야기하고, 작은 소리로 몰래 비웃지만 귀엣말을 하고자 비밀을 털어놓아도 전혀 반응이 없거늘, 누차 살며시 자취를 감추면서 물은 순리대로 표류하고 바람 부는 대로 조류의 흐름대로 흘러만 간다. 무엇을 정신 나간 척 위장한다 하고 무엇을 멍청한 척한다고 부르랴? 이것이 바로 정신 나간 척하는 것이고 멍청한 척하는 것이다. 무엇을 귀머거리인 척, 벙어리인 척한다고 부르랴? 이것이 바로 귀머거리인 양 벙어리인 양 위장하는 것이다. 다급해진 목재 늙은 부인은 두 눈을 치켜뜨고, 백골 요정 역시 한 가지 방책을 사용해보려고 했으나 손을 쓸 수가 없다. 그런데 마침 그 순간, 강기슭 위에서 돌연 큰 나팔 소리가 또다시 커다랗게 되돌아온다. 목재 늙은 부인과 백골 요정은 깜짝 놀라서 후닥닥 뛰어오른다. 목재국의 노랫소리가 한 가락 울리더니, 정오 의식에서 시작해 땅거미가 지는 저녁 의식에 이르렀다는 구령의 함성이 울린다. 함구령을 내리기 전에 먼저 한 차례 문답이 있고, 큰 나팔이 묻는다.

"목재 군중들!"

목재 군중과 목재 강물이 대답한다.

"목재 있습니다!"

큰 나팔소리:

"모두들 머리를 감았나?"

목재 군중들:

"이미 머리 감았습니다!"

큰 나팔소리:

"모두들 이를 닦았나?"

목재 군중들:

"이미 이를 닦았습니다!"

큰 나팔소리:

"모두들 몸을 씻었나?"

목재 군중들:

"이미 몸을 씻었습니다!"

큰 나팔소리:

"모두들 마음을 씻었나?"

목재 군중들:

"이미 마음을 씻었습니다!"

큰 나팔소리:

"모두들 혼을 씻었나?"

목재 군중들:

"이미 혼을 씻었습니다!"

그 순간 큰 나팔소리가 아아 하면서 맑디맑은 구령 소리를 발하기 시작한다.

"기왕지사 이미 머리를 씻고, 이미 이빨을 닦고, 이미 몸을 씻고, 이미 마음과 혼까지 씻었고 지금 현재 달이 막 떠올랐으니까, 모두들 정오 의식에서 해질녘 의식으로 들어갈 것이오. 목재 군중들은 들었으면 이제 창자를 씻기 시작하시오!"

달빛 아래, 강에 꽉 차 있던 목재들은 곧 보이지 않고,
일부 대장大腸으로 변신해서 나무들은 물속을 표류하기 시작한다.

......

달빛 아래, 강에 꽉 차 있던 목재들은 곧 보이지 않고, 일부 대장大
腸으로 변신해서 나무들은 물속을 표류하기 시작한다. 아무렇게나 나
뒹구는 나무 창자들이 광활한 강에 요새를 이루는구나. 원래 이것을
일러 세례라고 부른다. 원래 그들은 목재 늙은 부인과 백골 요정에게
뿌리가 억눌려서 바깥으로 배제된 존재들이다. 목재 늙은 부인과 백
골 요정은 방금 전의 모든 행위 일체와 방금 전에 말하던 일체의 모
든 소리를 귀를 막고 전혀 못 들은 척한다. 그들의 관심은 오로지 외
부로부터 전해져오는 목재국 사정을 탐색하고 외치는 소리인데, 그
들은 그것에 대한 중요성과는 무관하게 또한 일체의 모든 것에 관심
을 두지 않는다. 그들이 테스트용 그림의 문을 닫자 귀뿌리까지 조용
해진다. 누가 그의 어머니인가? 목재는 어머니가 없다. 누가 그의
처인가, 목재는 성관계가 없다. 원래 그들은 몸을 씻었고 마음을 씻
고 영혼을 씻고 더한층 발전해 창자까지 씻고 이미 세례까지 되었거
늘, 그들의 세척은 이미 오십 번지 서쪽의 세척보다 한 발 크게 진보
한다. 말로는 오십 번지 서쪽이라고 표현하지만, 원래는 이국 이역
땅이다. 온 강을 목재들이 꽉 채우고 있으니 탐색하기란 쉽지 않고,
현재는 목재들의 대장大腸이 밀치락달치락하면서 데굴데굴 굴러다니
며 온 강을 꽉 채우고 있거늘, 목재 늙은 부인과 백골 요정이 어떻게
데굴데굴 굴러들어가서 그들의 라오펑과 붉은 아이를 찾아서 돌아오
란 얘긴가? 강물의 색채도 이미 변색되어, 방금 전까지는 나무 색채
이더니, 현재는 창자 빛 청색으로 변했구나. 목재 늙은 부인은 대장
들로 꽉 들어찬 강물을 바라보며 그곳에서 어리둥절해 있고, 백골 요
정은 목재국이 벌써 이렇게까지 구원할 약이 없다는 생각에 결국 다

소 참을 수가 없게 되자 중도에서 그만둘 작정으로 퇴청의 북을 두들긴다. 그 순간 곤란을 두려워하는 기색이 역력하게 조성된 것은 백골 요정일 뿐이고 목재 늙은 부인은 아닌데, 그들은 이미 각자의 입장을 나타내기 시작한 것이다. 이미 생각이나 목적이 달라서 각자의 길을 걷기 시작했거늘, 누가 한 다발의 대장大腸과 결혼하기를 원하며, 그들 나름대로 날개를 나란히 하고 날고 있는데 어떻게 신생을 획득할까?

근원적으로 그것은 한 뿌리의 나무였기 때문에, 근원적으로 그것은 한 다발의 청풍이었기 때문에, 극점에 다다른 그것이 악취가 코를 찌르는 돼지 대장大腸이라는 것을 누가 알기나 했을까. 나는 한 뿌리의 결백한 백골이자 백옥白玉으로서 그의 나무 보퉁이에 감싸여 무엇 때문에 점화되고 무엇 때문에 결탁되고 무엇 때문에 또다시 탐색을 한 것이죠? 말이 오락가락할수록 십육 년간 탐색을 하는 동안 내가 불러온 '어머니,' 탐색하기 이전에 먼저 찾아서 불러버린 그 '어머니'란 단어는, 여전히 억울하고 황당하구나. 그런데 백골 요정 역시 큰일을 앞두고 최후의 고비에서 실패를 한 셈이니, 그녀는 아주 시기 적절하게 여기 대장大腸과 라오펑, 붉은 아이와 목재 늙은 부인에게 사기를 당한 셈이고, 그녀의 탐색과 탐색의 목표는 하나로 고정되어 있기 때문에, 설마 탐색은 탐색 과정 중에 본연의 모습이 변화한다는 것을 알지 못하는 것인가? 변화란 하나의 과정인 것이다. 오십 번지 서쪽의 그 정신 나간 것과 멍청해진 것은 벌써 몇 세가 동안 고정이 된 것이고, 현재는 모든 사람들이 그 정신 나간 것과 멍청해진 것을 치료해서 정신이 나가고 멍청해진 것이 널리 확산되는 것이 아니라 의지가 강직하지 못해서 색다른 것만 보면 마음이 변해 추구하는 바가 왜곡되고 빈틈만 있으면 바늘을 꽂듯 조그만 기회가 생겨도 변화되고 있는 건 아닌가? 하나의 귀엽고 작은 백골 요정이여, 우리 오십번지 서쪽의 정신 나감과 멍청해진 것의 수용력을 과소평가하지 마시게. 그런데 백골 요정은 아직도 사태를 명확하게 파악하지 못하고 뒷북이나 두들기면서 꿈속을 헤매다가, 다급해지기 시작하자 퇴청의 북을 두들기며 중도에서 그만두니 징이 울자 일이 종결된 셈이다. 결국 퇴청의 북을 두들기며 중도에서 일을 그만두니 다시 목재 늙은 부인을 '어머니'라고 부를 필요가 없기 때문에, 우리들의 목재 늙은 부인을 대하는 그녀의 말투는 짜증과 존경하지 않는 언사로 가득 차기 시작한다.

"늙은 부인, 어차피 당신 아들은 목재가 아니고, 기왕지사 당신 아들은 청풍이 아니고, 기왕지사 당신 아들은 무형無形의 존재가 아니라 현재는 돼지 대장大腸이 되었구려. 말인즉 고정이라면 고정이요, 말인즉 고정이 아니라면 당신이 무형의 청풍으로 변화시킬 수 있어야 하는데, 당신은 어떻게 최후의 극점에서 한 타래의 돼지 대장을 초래해서 고정할 수 있소? 솔직히 늙은 부인에게 말씀드리자면, 하나의 백골 요정이란 작위적인데, 당신은 일상에서 나한테 고기를 먹으라, 심장을 먹으라, 간을 먹으라고 할 수 있지만, 설사 그렇다고 하더라도 혼을 먹으라고 할 수 있을까요. 그렇다고 하더라도 나는 찌다가 눌어붙고 탄 돼지 창자와 붉게 뒤엉킨 혐오스러운 돼지 창자는 먹지 않을 것이오. 목재는 나를 감쌀 수 있을 것이고, 목재는 나를 점화할 수 있을 것이며, 청풍은 어려움을 무릅쓰고 나를 되돌아가게 할 수 있을 것이고, 무형은 나한테 최고의 경배를 갖출 수 있게 할 것인데, 돼지 창자는 나에게 무슨 역할을 할 수 있단 말인가요? 천 리를 탐색한 것은 점화를 위해서이고 감싸여서 두려움을 무릅쓰고 되돌아가기 위해서였거늘. 현재 목재국의 식탁에 이르기란 쉽지 않은 일이라서,

당신은 나한테 고약한 냄새가 폴폴 풍기는 돼지 창자를 한 접시 주는 군요. 나 이 백골은 청결을 추구하면서 인격이 고매하다는 것을 모르시오? 세계는 근원적으로 아직 정신이 나가고 멍청하며 그리고 귀머거리에다 벙어리이기 때문에, 그로 인해서 당신들은 목재가 이미 발전했다는 생각을 하지 못하고 있소. 하지만 목재가 근원적으로 발전을 했기 때문에 백골에 관한 하나의 기회가 주어지고 있거늘, 마음을 캐내고 혼을 포획해야 두려움을 무릅쓰고 근원으로 되돌아갈 수 있을 것이고, 그것은 목재국이 근원적으로 철저하게 세례가 가능하기 때문이거늘, 최후의 극점에서 당신들로 인해서 이미 머리를 감고 이빨을 닦고 몸을 씻고 혼을 씻고 창자까지 씻는 단계로 발전했다는 것을 누가 알기나 했을까. 그렇다면 여기가 당신들의 성찬을 배포하는 중심센터이자 집단적으로 세례식을 거행하는 장소요? 나, 이 백골은 심장이 없다는 걸 몰랐더란 말인가요? 나에게 씻으라고 해도 씻을 수 없을 것이고, 나더러 씻으라고 해도 씻을 것이 없는데, 당신들은 어떻게 뼈를 씻지 않소? 나도 바야흐로 울고 싶지만 눈물이 흐르지 않는군요. 기왕지사 사정은 이런 처지로까지 변화되고, 일이 이 지경까지 이르니 나는 오직 몸을 물리는 게 마땅하지만 다만 몸을 퇴보시키기 전에, 내가 십육 년간이나 신산스런 탐색을 하면서 내 입으로 당신을 '어머니'라고 불러주느라 소모된 내 체력과 정신상의 손실을 청산해야겠소. 만일 내가 당신과 함께 여정에 오르지 않았다면, 십육 년간 심산에서 수련을 해서 다른 층위의 경지를 이루었을 것인데, 현재 십육 년간이나 간난의 탐색을 계속하는 세월 동안 실족을 했으나 발원지는 미동도 하지 않는 것이나 마찬가지이다. 문제의 핵심은 부득이하게 지금 바야흐로 발원지에 정체되어 있다는 것이거늘, 수련은 역행하고 있고 배는 강을 거슬러 올라가고 있어 진보가 아니라 퇴보하고 있는데, 본래 나 역시 하나의 결백한 백옥 같은 소녀였건만, 십육 년간이나 비바람을 맞으면서 신산스런 여정을 계속하는 동안 이미 내 얼굴 위에는 나비의 얼룩 반점 같은 것이 출현하고 있으므로, 당신은 되레 십육 년간이나 나에게 지시를 해서 알려주고 천 리 길을 인도하면서 아들 찾는 일에 골몰해 있거늘, 당신은 도리어 나한테 붙어다니면서 청춘을 반환해달라고 하니, 현재 당신이 당도한 목재국과 목재 강변을 비록 마주 대하고 나자 온 강에 돼지 창자들로 꽉 차서 당신 역시 약간 곤혹스럽다지만 그래도 돼지 창자 때문에 곤혹스럽기 이전에 당신은 역시 무엇보다 먼저 나의 손실에 대해 완전히 배상하고 책임져야 해요! 설령 당신이 목재국에 당도한 뒤에도 목재국의 강변에서조차 당신 아들을 찾지 못해 심리는 초조해졌겠지만, 그래도 당신은 심리가 더 초조해지기 전에 먼저 나의 장래에 관해서 고려해주셔야 하는데, 기왕지사 목재를 찾을 수 없어 나는 이제 결혼할 방법이 없으니까, 그렇다면 본래 나는 목재 어머니를 찾아서 그와 결혼할 생각이었던 것이니까, 먼저 그를 대신해 그 어머니와 이혼을 해야 되겠어요. 나에게 삼천 백골 위안의 손해를 배상하시고, 그렇게 하지 않는다면 나는 곧 당신을 목재로부터 백골로 변신시킬 거야!"

흡사 마흔 살이 넘은 어떤 여인이 이혼하려는 것처럼 그곳에서 마구 법석을 떨며 함부로 훼방을 놓는다. 보아하니 그녀는 진정 약간 풍화되어서 어쩔 도리가 없이 만회하고 환원하고 있다. 그 순간 목재 늙은 부인이 되레 '후후후' 하고 웃을 줄 누가 알았으랴, 한쪽에서 자기 자신의 목재 원형을 유지한 채 백골로 변신하지 않았고, 한쪽으론 백골 요정을 단단히 끌어 잡고 조용조용 그녀에게 권한다.

"나의 딸아, 세상에 너처럼 성질이 급할 수는 없을 게야. 세상에 너처럼 성질이 곧을 순 없을 게야. 세상에 너같이 정신이 나갈 수는 없을 게야. 세상에 너같이 멍청해질 순 없을 게야. 세상에 너처럼 귀 머거리가 될 순 없을 게야. 세상에 너처럼 벙어리가 될 순 없을 게야. 세상에 너 같은 나무토막은 없을 게야. 천 리로 나무 탐색을 나서게 된 것은 너의 의지로 결정한 것이거늘, 현재 강에 돼지 창자가 가득 하니 너는 부정적인 태도로 퇴폐적이고 방종하게 굴면서 야비하게 오염되어 부패하려는 게야? 너, 어떻게 정신 나간 척 위장하고 멍청 해진 척하며 귀머리인 척하고 벙어리인 척 상상하지 않는 것이냐? 그렇다면 보기에는 정신 나간 것 같지만 정신 나간 게 아니고, 보기 에는 멍청하지만 멍청해진 것이 아니며, 보기에는 귀머거리인 듯하 지만 귀머거리가 아니고, 보기에는 벙어리인 듯하지만 벙어리가 아 닌데, 보기에는 나무인 듯하지만 나무가 아니라는 결론을 연달아 얻 었노라. 보기에는 돼지 창자인 듯하지만 반드시 돼지 창자인 것은 아 니고, 방금 전에 보았던 돼지 창자가 내 생각에는 흡사 너처럼 약간 모호한데, 현재 네가 이렇게까지 번거롭게 구니 나는 되레 약간씩 각 성하게 되었거든. 내 아들 라오펑이자 붉은 아이인 그가 왜 어째서 우리들에게 대뜸 강물에 돼지 창자를 배치했을까? 나도 처음부터 고 약한 냄새를 풍긴다는 것을 대뜸 지각했거늘, 그런데 현재는 내 아들 이 어머니와 아내를 영접하기 위해 최고의 예절을 갖추고 있다는 사 실을 갑자기 똑똑히 각성했지. 마치 그것은 대통령과 수상이 그러니 까 대재목을 방문하게 되면 삼군 의장대를 동시에 배치하는 것과 같 은 게야. 네가 보기에는 그 의장대가 나무라는 생각이 들지 않던? 마 치 그것은 가난한 집의 식구들이 불에 구운 한 그릇의 붉은 살코기 앞에 줄줄이 매달린 것과 같은 것이고, 마치 그것은 오십 번지 서쪽에 새로이 세워진 수정금자탑 같은 것이며, 마치 그것은 네가 안마하는 아가씨와 한 쌍이 되어서 목욕탕에서 세월만 헛되이 보내는 것과 같지. 내 아들 라오펑이자 붉은 아이는 은혜를 알기 때문에 은혜를 갚으려는 것이지. 보기에는 흡사 멍청이 같지만 사실 그 애는 멍청이가 아니고, 양도 꿇어앉아 젖을 먹는 시절의 은혜를 알거늘, 오리 새끼도 자란 뒤에 늙은 어미에게 먹을 것을 물어다주는 도리를 알거늘, 그 애는 목재국의 성 누각 위에 올라가서 아주 멀리 바라보면서 늙은 어미와 아내가 오는 것을 지켜보고 있다가, 방금 막 한바탕 눈물을 흘리는 벙어리 연극을 연출해내느라 그 애는 돌연 돼지 창자를 상기시켜 이 노모에게 보여주려고 했기 때문인 게야. 비록 그 애는 한 뿌리의 목재가 되었지만, 그래도 그 애는 필경 이 어미의 창자 안에서 기어나온 것이지. 어머니를 목격하고 나자 곧바로 창자가 상기된 것이고, 창자를 상기하자마자 곧바로 그 창자를 씻어야 했으므로 창자를 완전히 씻은 뒤 이 어미를 영접한 것이고, 머리를 완전히 감고 몸을 완전히 씻고 마음을 완전히 씻고 혼을 완전히 씻고 창자를 완전히 깨끗하게 씻은 뒤 곧바로 아주 깨끗한 신방에서 영접할 생각이지. 일절 전부 깨끗하게 씻었는데 아직 창자를 씻지 않으면 뱃속에 칭차이青菜 똥이 남아 있을 텐데, 지금은 일절 모든 것을 완전히 씻었으므로 그것은 곧 결백한 강술講述 같아서 늙은 노모의 며느리와 관계를 갖기 위한 정갈한 백골 같은 신랑인 것이지. 그 애는 마땅히 뜻이 있어 운영의 방법을 고심한 끝에 배려하는 것이기에, 결코 소녀가 명백히 이해한 것은 아니라고 하더라도 더러운 물질로 구성된 것을 그녀가 이해해야만 깨끗한 것을 목격할 수 있는 것이고, 돼지 창자를 그녀가 이해해야만 나무를 목격할 수 있는 것이기에, 그녀는 이별을 알아야 사랑하는 사람을 목격할 수 있는 것이고, 돌연 손해배상 안건을 제안하니 신랑이 보이는구나. 혹여 네가 지력이 둔감해서 일을 이런 식으로 이끌면 안 되기 때문인데, 한 뿌리의 백골은 심장도 없고 폐도 없고 혼도 없고 창자도 없으니 정신 나갈 필요가 있다고 해도 그것은 또한 공연히 정신 나간 척하는 것이며, 필요해서 억지로 멍청해진 것이니만큼 역시 그것은 공연히 멍청한 척하는 것이지. 부득이 너는 세 척하는 단계를 경과해야 되겠구나. 우리는 모든 것을 좋은 쪽으로 이해하니까, 만일 지력에서 기인하는 문제가 아니라면 게다가 다른 저의에서 네가 제안한 안건이 아니라면 내 아들은 이혼을 대신해서 자아의 주장으로 너와 생각이나 이념이 다르기에 각자의 길을 가자고 할 게야. 한 뿌리의 백골이 풍화를 면하게 하자면, 우리들은 더럽혀진 큰 목재를 귀하게 여겨야지!"

말을 한마디 꺼낼 때마다 백골 요정은 덤덤하니 대꾸가 없다. 보아하니 목재 강물 속의 창자는 연동하는데 그녀는 돌연 마음이 깨달은 바가 있어 움직임이 있다. 진정 돼지 창자는 돼지 창자가 아니라 목재 신랑이란 말인가? 진정 혼탁한 창자의 흐름이 아니라 계란 꽃 모양의 푸른 흐름이며 청풍명월이란 말인가? 진정 창자를 씻는 단계가 아니란 말인가? 그런데 그녀는 늙은 부인에게 대해서 아직 약간은 회의적이다. 십육 년간 비바람이 몰아치는 여정에서 침울한 하나의 조롱박이었는데, 현재 돼지 창자를 목격하고 나니까 그녀는 어떻게 돌연 정제된 최고의 음료를 극점까지 붓고 바람을 부르고 비를 부르는 염력 $_{念力}$이 시작되어 지시하는 대로 계획한단 말인가? 행복의 귀결점은 여전히 그들의 모자가 서로 제휴를 해서 자신의 함정을 후벼 파는 것인가? 그런데 그곳에서 백골 요정은 섬세히 사색할 여유가 주어지지 않았지만, 목재 늙은 부인은 이미 흡사 방금 전의 목재처럼 '풍덩' 소리를 내며 강물로 뛰어들고, 얼굴을 들고 강물 안의 돼지 창자를 향해 한마디 한마디씩 그곳에서 작은 소리로 속삭이면서 창자를 씻기 시작한다. 한 가닥의 기름때를 내던지고 한 가닥을 긁어내서 씻고 난 뒤, 고함을 한 번 지르고 나서 나의 아들아, 한 번씩 불러대는데, 오십 번지는 정신 나가고 멍청해버렸고 노상에서 강도를 만나 간신히 피신을 하니, 이 노모가 흘러가는 사람 창자에다 눈물방울을 뿌리노라. 목재 늙은 부인은 힘닿는 데까지 정을 표현하자 백골 요정은 부자연스럽게 연극마당에 주입되어 자기가 방금 전까지 배회하고 요동쳐왔던 것을 후회하기 시작하는데, 목재 늙은 부인이 여러 차례 두루 풍상을 경험한 일은 황당하게 발생한 일이 아닌 듯하다. 목재를 보고 그 목재를 돼지 창자라고 잘못 인식했는지도 모를 일이고, 목격한 돼지 창자가 어쩌면 기꺼이 그러니까 신랑이 돼지 창자일지도 모를 일이다. 백골 요정은 참혹한 기분에 침착하지 못하고 약간씩 덜렁거리는데, 스스로 자각을 해서 회개했다는 것을 스스로 증명하기 위해서 그녀도 '풍덩' 하고 목재 강물 속으로 뛰어들어가 돼지 창자 속으로 들어갔다. 그녀가 강물 속으로 뛰어드는 것을 기다린 그 목재 늙은 부인의 눈물은 기실 눈에 넣는 안약이라는 것을 그녀는 아직 미처 발견하지 못했는데, 그녀는 여전히 그곳에서 생떼를 부려가며 경악을 한다.

"어머니, 이 강물은 창자가 흐르기에는 너무 차가워요!"

목재 늙은 부인은 한쪽으로 안약 액체를 옷소매로 문지르면서 다른 한쪽 눈으로 그녀를 훔쳐본다.

"딸아, 창자는 곧 얼음물에 씻어야 하지. 그렇지 않으면 어떻게 얼음 불꽃이라고 부를까? 물이 따뜻하면 창자의 외피가 갑자기 부풀어 변해버리지."

백골 요정은 여전히 멍청이처럼 그곳에서 고개만 끄덕인다.

"어머니, 저는 이 강물 속의 돼지 창자 한 줄기를 건져 올렸으면 하는데, 이것은 당신의 아들이자 저의 남편이 아닌가요?"

목재 늙은 부인:

"딸아, 삼박 삼일 동안 씻지 않으면, 이 어미는 아들을 대할 면목이 없거늘, 너 역시 그렇게 하지 않으면 네 신랑을 만날 면목이 없단다."

최후엔 삼박 삼일을 기다릴 수가 없었고, 모녀 두 사람은 이틀하고 몇십 분간 그곳에서 씻다가 심신이 극도로 피로해져, 기진맥진해진 백골 요정이 갑자기 말한다.

"어머니, 저는 다시 더는 씻지 못하겠어요."

목재 늙은 부인:

"왜, 어째서?"

백골 요정:

"저의 아랫도리 쪽이 갑자기 붉어졌어요. 십육 년 동안 이런 일이 없었는데, 지금 돼지 창자를 한 번 씻고 나자 돌연 찾아왔으니까, 이것은 좋은 일인가요 아니면 나쁜 일인가요?"

목재 늙은 부인은 박수를 친다.

"나의 딸아, 당연히 좋은 일이지, 월경이 있구나, 이어서 결혼을 하게 되면 후손으로 어린 백골 요정을 하나 얻을 수가 있겠고, 오십 번지 서쪽은 타향 이역에서 위인을 얻게 되는구나. 사십팔 년을 내려오는 동안, 우리가 기다린 것은 그러니까 이 하루야!"

백골 요정도 고개를 끄덕이지만, 그러나 연달아 말한다.

"그런데 저는 반드시 빨리 강기슭으로 올라가야지, 좋은 친구 찾아온 요 며칠 동안, 절 차갑게 하면 안 되죠."

그런데 이미 늦어버린 것인데, 좀 기다렸다가 그녀가 기슭으로 올라가려는 순간, 강물 속의 여러 돼지 창자들이 그녀의 하얀 다리를 둘둘 휘감아서, 그녀는 몸을 빼내려고 생각했으나 역시 몸을 조금도 움직일 수가 없다. 초조해지자 분노가 생겨 고함을 치며 몸부림을 치는 순간, 그녀의 붉은 여자 친구는 이미 그녀의 대퇴부를 따라서 강물 속으로 방울 방울 떨어져내린다. 강물 속의 창자 물은 흡사 순두부처럼 돌연 우연히 간수를 맞닥뜨리게 될 줄 누가 알았을까, 모든 강물이 우연히 붉은 여자 친구를 맞닥뜨리고 돌연 데굴데굴 구르면서 변신했으므로, 흡사 솥단지 안의 순두부가 우연히 간수를 맞닥뜨리고 갑자기 두부 토막으로 변화하는 것처럼, 그 순간 강물의 창자 물은 붉은 여자 친구를 우연히 만나서 갑자기 강물의 색채가 선혈로 바뀐다. 데굴데굴 나뒹굴다가 위로 솟구치는 선혈 속에서 돌연 붉은 애가 나타난다. 결국 붉은 애가 출현한 것이다. 사실 그는 강물이 선혈이 되기를 기다린 것이고, 붉은 애의 적나라한 신체는 나체로서, 붉은 보자기를 배에 두르고 왼손에는 풍화 바퀴를 들고──이것은 원래 바람이요 불이지 나무는 아니요── 오른손엔 건곤권乾坤圈을 들고 있다. 원래 돼지 창자가 아니었기에, 그 순간 강에 가득 차 있던 목재와 돼지 창자들은 보이지 않고, 붉은 아이 주위를 맴돌고 있는 것은 일군의 소와 낙타이다. 그때 막 백골 요정은 자기의 올가미라고 알고 있던 천 년의 탐색 과정을 비로소 똑똑히 깨달았다고 스스로 자처하면서, 사실 창자를 세척하는 것으로부터 한 단계 발전을 해서 피까지 세척하게 된 것이다. 세척하니 변화는 이렇게도 빠른데, 그녀의 탐색은 어디에 고정되어 있고 그녀가 할 수 있는 일은 어디에 고정되어 있더란 말인가? 그녀는 붉은 애의 올가미에 걸려들 뿐만 아니라, 역시 목재 늙은 부인의 올가미에 걸려들고 있다. 일이 이 지경까지 이르자 그녀는 성냥 하나를 도출해내서 자신의 도깨비불과 목재 늙은 부인과 붉은 아이를 곧 점화시키려고 한다. 그런데 늙은 부인은 사실 원래 목재가 아니다. 다 함께 무너지자는 속셈인데, 그러나 그녀의 몸은 물속에 있거늘 어떻게 점화될 수 있을까? 이것이 바로 물, 불, 피의 불과의 관련성이니, 붉은 애는 '훙훙' 냉소를 흘리면서 되레 입을 뻐끔히 크게 벌리면서, 여자 친구의 붉은 선혈 방울을 질질 끌며 그곳에서 긴장되고 수축되어 분노하며 몸부림을 치는 백골 요정의 배를 한 입으로 삼킨다. 그 순간 늙은 부인은 피로 얼굴을 꼼꼼하게 씻은 뒤, 벌써 철저하게 원형의 늙은 부인 모습으로 돌아간다. 늙은 부인은 낙타를 타고 핏물 속에서 묻는다.

"라오펑, 넌 누구냐?"

라오펑은 소를 타고 있다. 아직도 혀로 주둥이 주변의 선혈과 백골 침전물을 둘둘 아무렇게나 말고 있다.

"나는 붉은 아이지."

늙은 부인, 질문:

"붉은 애야, 넌 누구야?"

붉은 애:

"난 요괴의 후손이야."

사실 그는 백골 요정의 동류同類인 것이다. 동류가 동류를 먹었다는 것이야 괴상할 게 없다.

늙은 부인:

"요괴야, 넌 누구야?"

요괴:

"나는 인간을 먹던 인간의 후손이야. 나는 라오펑이라 불리고, 집은 오십 번지 서쪽이야."

그렇다면 마귀가 되기 이전에 인간을 먹었다는 것인데, 그러니 오십 번지 서쪽이 멍청한 것도 곧바로 공평하고 합리적인 것이구나.

늙은 부인:

"라오펑, 너 왜 어쩌자고 머리를 감게 하고 이를 닦게 하고 몸을 씻게 하고 마음을 씻게 하고 혼을 씻게 하고 창자를 씻게 하더니 한 단계 발전해 피까지 씻게 했느냐?"

라오펑:

"오십 번지 서쪽 인간들은 피가 기름지고 뻑뻑해서, 피의 세척을 통해 유지油脂를 여과하고, 그래야만 반거들충이를 낮출 수가 있지. 그것은 또한 오십 번지 서쪽이 뿌리 깊은 원한으로 집결되어 있기 때문인데, 현재 피를 씻는다고 해도 내버려두어야만 해."

늙은 부인:

"라오펑, 일이 이 지경에 이르렀는데 왜 어째서 인간을 먹지 않고 뼈를 먹기 시작했지?"

그 순간 라오펑은 펑펑 울기 시작한다.

"오십 번지 서쪽이 어째서 정신이 나가고 멍청해졌는가 하면, 기름지고 뻑뻑해진 피를 제거하고 나자, 모든 주민들이 다들 칼슘이 부족해졌기 때문이오. 당신이 약국으로 가서 둘러보시면 성약性藥과 질세정액을 제외하고 나면 상품 진열대 위에는 전부 철분을 보충하는

뼛가루만 있을 거요. 과거에는 우리가 오직 인간만을 잡아 먹었지만, 오늘날에는 사람을 잡아 먹고도 뼈를 뱉어내지 않을 만큼 냉혹하고 무정하지요."

늙은 부인, 고개를 끄덕인다. 또다시 묻는다:

"라오펑, 나는 어째서 낙타를 탔을까?"

라오펑:

"그것은 우리 오십 번지 서쪽이 정신 나가고 멍청해진 것을 훔칠 생각이기 때문인데, 낙타를 타고 바늘귀에 실을 꿰고 있구려. 가망이 없소이다!"

그 순간 늙은 부인과 라오펑은 마주 보며 웃는데, 소 위에서 그리고 낙타 위에서 안녕이라고 서로 작별을 고한다. 연달아 모든 목재국과 목재강에도 작별을 고한다. 온 강에 그득하게 차 있던 선혈들도 일체의 도구류에 떠밀려 무대 뒤로 물러나더니, 결국 연극 무대의 배경으로 이루어진 오십 번지 서쪽의 목욕탕이 무대 앞에 놓인다. 사실 발원지는 일절 미동도 하지 않은 채이니, 사실 여기는 또 다른 오십 번지 서쪽인 것이다. 목욕탕 문전에서 라오펑은 단정하게 앉아 돼지 갈비에 붙은 살 한 접시와 새빨간 두부 한 사발을 먹고 있는데, 그의 옆에는 여자 안마사가 한 명 서 있다. 사실 출근하기 직전인 것이다. 목욕탕 안은 마침 폐수를 방출하고 있어서, 폐수가 문전으로 흘러가자, 두 사람은 마침 그 자리에서 재미있는 말로 집적거리며 수다스럽고 경박스럽게 말을 하면서 헐후어歇后語*와 외설스런 우스갯소리를 주고받으며 놀고 있구나.

---

* 헐후어(歇后語): 말의 후반을 말하지 않고 뜻을 암시하는 일종의 은어.

제6막
▲▲▲
모방은 우수하다

【전제: 제이차로 수정금자탑이 건립된다. 건립된 뒤 몽환夢幻 극장이 된다】

과자를 굽고 변변찮은 잡탕을 파는 라오꾸어가 몽환 극장의 감독이 되더니, 라오꾸어는 기름때가 얼룩덜룩한 앞치마를 벗고 연미복으로 갈아입고, 붉은 넥타이를 맨 채 머리카락은 자홍색과 황금색으로 물들인다. 자홍색 한 가닥에 황금색이 한 가닥씩 뒤섞이자 일신의 면모가 새롭게 나타난다.

라오꾸어가 말한다.

"이것은 내가 지향하던 직업이오. 왜냐하면 소년들이 나를 기다리기 때문인데, 그러나 과자를 굽고 변변찮은 잡탕을 만드는 것이 나의 본의는 아니오. 혹은 환언해서 말하자면, 나는 과자나 굽고 변변찮은 잡탕을 연출하는 보잘것없는 감독이오나 그 일에 능히 자존심이 있는데, 과자를 굽는 것이 대단한 일은 아니지만, 참깨가 한 알씩 한 알씩 박혀 있는데, 한 개의 과자에도 수백 개의 참깨가 박혀 있기 마련이지요. 한 개의 과자에다 수백 개의 참깨를 균일하게 배열한다는 게 어디 쉬운 일인가요? 그리고 잡탕 한 사발에도 몇 가지 종류의 양념이 첨가되지. 파즙, 마늘즙, 생강즙, 부추꽃, 참깨, 간장, 식초, 간장과 고추기름 그런 양념들을 어떻게 혼합하고 배합했느냐에 따라서 세계에서 최고 향기롭고 가장 뛰어난 맛이 우러나는 게 아닌가요? 단독으로 출현한 세계 최고의 향기와 세계 최고의 맛이란 역시 무던한 맛 속으로 귀속되기 마련이긴 하지요. 그런데 문제는, 이 라오꾸어가 만들어낸 잡탕과 다른 사람이 만들어낸 잡탕과의 맛이 어떻게 다른가 하는 것입니다. 세계에는 과자를 굽는 사람과 변변찮은 잡탕을 만들어내는 사람이 수천만인데, 어째서 수천만의 사람들이 다들 오십 번지 서쪽의 이 라오꾸어가 만들어낸 잡탕만이 세상에서 최고로 아름답고 최고로 사랑스럽다고 말들하곤 할까요? 그것은 이 감독의 기예인 것이야. 혹은 환언해서 말하자면, 오로지 이 감독만이 훌륭한 과자를 굽고 훌륭한 잡탕을 만들어낼 수 있다는 것이고, 감독의 재능으로 하나의 극장인 오십 번지 서쪽이 좋아진다는 겁니다."

또다시 말한다.

"수정금자탑을 제이차로 중건하였음에 감사드리옵고, 저한테 제일차로 직업을 탈바꿈하고 면목을 쇄신할 기회를 주신 데 대해서 감사드립니다."

또다시 말한다.

"오십 번지 서쪽 인간들이 부단히 정신 나가고 멍청해져가고 있음에 감사를 드리겠는데 이렇게 정신이 나가고 멍청해지는 현상이 심연으로 진입하니, 모든 사람들에게 몽환적 특별구역이 실현되고 제공된 셈이지요."

또다시 말한다.

"당연히 제가 몽환 극장의 감독을 맡아야 하는데, 그것은 몽환 극장을 위해서일 뿐만 아니라, 또한 정신 나가고 멍청해진 오십 번지 서쪽 인간들을 구원하려는 것이고 장차 이 정신 나가고 멍청해진 현상이 최종적으로 외부에 널리 확산되게끔 하기 위해서입니다."

또다시 말한다.

"인간들이 말하기를, 오십 번지 서쪽의 정신 나가고 멍청해진 인간들은 이미 정신 나가고 멍청해진 단계에서 발전을 해서 농아가 되고 목재가 되고, 마땅히 마음을 세척하고 혼을 세척하고 창자를 세척하고 피까지 세척하는 단계까지 발전했다고들 합니다. 아무튼 정신 나가고 멍청해진 현상의 원인을 찾을 수 있다면 정신 나가고 멍청해진 것을 구원할 수 있는 방법도 찾아낼 수 있을 것인데, 기실 제가 보기에는 정신 나가고 멍청해지는 현상의 본질을 탐색하는 것과는 아직도 그 거리가 한참 멉니다. 마음을 세척하고 혼을 세척하고 창자를 세척하고 피를 세척하셨는데도, 당신은 정신 나가고 멍청해진 게 예전 그대로가 아닙니까? 결코 귀, 주둥이, 목재 몸뚱이나 창자나 피의 문제로써 그치는 것이 아니지요. 모든 사람들의 신체 기관이 기름덩어리로 가로막혀서 당신으로부터 그를 향한 변화의 틈바구니 중에서, 당신의 마음과 혼은 찰나에 어디로 날아가버리고, 당신의 새로운 창자와 피 중에 결핍된 것들이라고 볼 수 있는 일종의 인지, 지도, 길 안내 같은 것들이 당신의 몽환에 속하는 게 당연한 것이지요. 이 몽환의 형상이 구체성을 갖추고 세속화되고 난 뒤엔 무엇이 될까요? 바로 그것은 당신으로부터 그를 향한 변화의 과정 중 다른 존재로 향하고 있는 것에서 또 다른 타자를 모방하기 때문에 결핍이 생기는 것이지요. 우리들의 결핍은 길을 안내하는 명확한 표시등임과 동시에 그 새로운 타인의 마법의 지팡이로부터 자기 자신을 구원하는 길이라는 것이오. 몽환 극장은 무엇을 하는 곳이겠소? 그러니까 이곳은 당신들에게 그 어떤 타인을 모방하는 기회를 통해서 새로운 자기 자신을 되찾는 기회를 제공한다는 것입니다. 오로지 당신은 그 모방에 성공해야만 하고, 그래야만 당신은 몽환이 곧 실현될 것이고, 당신은 순리적으로 당신으로부터 그를 향한 완전한 변신이 되면서 완전히 다른 존재로 탈바꿈되는 것이지요. 자기 자신이 완전히 다른 타인으로 변신한다면 누군들 생각지 않겠소? 우리들이 매일같이 낮이든 꿈 속이든 텔레비전을 보고 영화를 보고 연극을 보고 인터넷을 하는 궁극적인 목적은, 그러니까 자리를 바꾸고 각색해서 그것을 모방하고 그것을 진행하기 위함이 아니겠소? 그런데 오직 우리들은 바뀐 자리와 모방 사이에서 착오가 생기기 때문에, 막 정신이 나가기 시작하고 멍청해지기 시작하며 귀머거리가 되기 시작하고 벙어리가 되기 시작하더니, 심장이 결핍되고 폐가 결핍되더니, 심장이 없어지고 폐가 없어지고 그리고 혼이 결핍되어 창자가 끊어지고 피가 결핍되어 칼슘이 부족하구려! 정신이 나가고 멍청해진 것이 널리 확산된 우리들을 구원할 수 있는 방법이란 대체 무엇이란 말이오? 그것은 오로지 과거 여러 사람들의 책략과 음모로 인해서 잘못된 구역으로 가버렸다가 다시 나 이 라오꾸어의 몽환 극장으로 도착된 것이오. 당신에게 모방의 기회를 드릴 테니, 정신 나가고 멍청해진 것에서 이탈하면 당신은 곧바로 더한층 정신이 나가고 멍청해질 수 있을 것이오!"

보아하니 라오꾸어의 말은 하나하나가 모두 이치에 닿아서, 수정

•••
자기 자신이 완전히 다른 타인으로 변신한다면 누군들 생각지 않겠소?
우리들이 매일같이 낮이든 꿈속이든 텔레비전을 보고 영화를 보고 연극을 보고
인터넷을 하는 궁극적인 목적은, 그러니까 자리를 바꾸고 각색해서
그것을 모방하고 그것을 진행하기 위함이 아니겠소?
•••

금자탑 안에 앉은 오십 번지 서쪽의 군중들은 또다시 정신 나간 것처럼 북을 두들기면서 기고만장한다.

라오꾸어로 인해 우리 정신 나가고 멍청해진 군중은 아주 여러 날 동안 목이 바짝 타들어가는 갈증으로 농아가 되어가던 중이었는데, 운이 좋아서 결국 라오꾸어의 잡탕을 한 모금 마시게 되었고, 그 잡탕 한 모금 마신 것이 사막의 오아시스처럼 맑은 샘물이었다. 이제 잡탕을 마신 우리가 곧 정신 나가고 멍청해진 것에서 이탈하거나 어쩌면 더한층 정신이 나가고 멍청해진다면, 우리들은 이 정신 나가고 멍청해진 것으로부터 다른 존재로 변신이 가능해지는 것이며, 변신된 다른 존재가 다시 정신 나가고 멍청해지면 그것은 곧 그러니까 정신이 나가고 멍청해진 자기 과거에 대한 반역이다. 이렇게 우리가 정신 나가고 멍청해지는 현상이 반복되는 것은 어쩌면 순리적인 이치니까 널리 확산시켜 나아가야 하지 않겠는가? 사실 머리를 감지 않아도 되고 이를 닦지 않아도 되며 마음과 혼을 세척하지 않아도 되고 피를 세척하지 않아도 되고 피를 바꾸지 않아도 되며 칼슘을 보충하지 않아도 되는데, 곧 몽환 극장에 도착해서 하나의 몽환에 의지하면 한차례 우수한 모방을 할 수 있는 것이고, 우리는 곧바로 정신 나감과 멍청해짐의 피안으로부터 신생을 얻으니까 더한층 정신 나가고 멍청해지는 피안을 얻어서, 재를 불어대는 아주 작은 힘도 들이지 않고 단독으로 대뜸 다른 존재를 모방할 수 있으므로, 그러니까 여기 앉아서 한 마당의 연극을 바라보면서 다른 사람이 어떻게 다른 존재를 모방하는지 구경하고 나서, 잇달아 집으로 돌아가서 처방전대로 약을 지어서 고양이를 그려놓고 호랑이라고 하듯이 대충 흉내를 내면서 다들 그렇게 모방을 하면 된다. 이와 같이 말을 한다손 치더라도 우리들은 손실이 없는데, 왜 손실이라고 하는가 하면 그것은 곧 우리들에게 털끝만큼도 사용할 곳이 없는 그런 부분의 손실일 뿐이거늘, 오로지 우리들에게 번거로움이 증폭되고 자기의 정신 나감과 멍청해짐이 부담스럽다고, 어찌 즐거이 그 모방을 하지 않겠는가? 몽환 극장에 도착한 뒤 극이 종결될 무렵이면 라오꾸어가 아주 적당하다는 것을 곧 알게 될 것이다. 원래 세상의 다른 존재를 모방한다는 것은 역시 그다지 썩 훌륭한 모방은 아닌 것이다. 그러니까 흡사 당신이 장차 과자를 구울 때 수백 개의 참깨를 균일하게 늘어놓고 구워낸 과자는 타지도 않고 눌어붙지도 않았을 것이고, 당신이 장차 변변찮은 잡탕을 요리할 때도 여러 가지 종류의 양념을 타당하게 배합하면 그때의 충돌과 혼합은 일종의 이제까지 존재하지 않았던 미증유의 맛으로서 각기 한 종류의 양념이라도 구비되지 않는다면 결핍된 맛이 조성되는 것처럼 이것은 결코 한 걸음만 내디디면 곧 성공을 거두는 것은 아니며, 그러니까 산을 넘고 강을 건너는 고난의 긴 여정이 경과되어야 하는 것인데, 이때의 신산스런 노정이란 또한 오경五經*의 도제徒弟**가 되어 파 껍질을 벗기고 마늘 껍질을 벗기고 사부의 요강을 붓는 그런 과정인 것인데, 지금 라오꾸어는 또 다른 생각이 있어서 그런 과정을 일체 생략하고 있으므로, 최상의 우리들 모방이란 다른 존재를 통해서 이루어지는 것이 아니라 되레 털끝만큼도 혼합되지 않은 맛 그리고 쓰고 달고 시큼하고 매운 그런 잡탕 맛이 도래한 것이다. 그런데 당시 우리들은 아직도 아무것도 눈치를 채지 못하고 북이나 두들기고 있다가, 오로지 라오꾸어와 라오꾸어의 몽환

* 오경(五經): 『시경』『서경』『주역』『예기』『춘추』
** 도제(徒弟): 견습공.

극장에 있을 때에만 역시 감각할 수 있는데, 우리들이 곧바로 정신 나감과 멍청해짐을 이탈하고 이 정신 나감과 멍청해짐이 널리 확산되는 날짜와 시기가 근접하는 순간 우리는 비로소 신생을 획득할 수 있는 것이다. 우리는 라오꾸어의 연설과 격려 그리고 선동을 직면하고 손바닥이 발갛게 될 때까지 박수를 친다. 라오꾸어는 과거에 그러니까 과자나 굽고 변변찮은 잡탕이나 끓여서 팔던 하층 수공업자였으나, 현재는 제이차 수정금자탑의 조응 아래, 어떤 단계로까지 변신한 것인지 그 능력을 감추고 세상에 다 드러내지 않을 뿐인데도 그 언변의 재능이 거침없이 콸콸 흐르는 물과 같이 술술 터져나오고 있으니 무슨 음모와 어떻게 이어져 있는지 알 수 있을까? 아가씨, 당신의 이름은 레이롄롄涙漣漣 혹은 레이롄롄涙戀戀*이라고 불리죠? 맞죠? 그런데 라오꾸어는 보아하니 우리들에게 이미 올가미를 씌우고 있는데, 여전히 수정금자탑 안에서는 그 어떤 기색도 전혀 드러내지 않고 계속해서 헛되이 연극의 개장을 말하고 있구나.

라오꾸어 감독:

"기왕지사 모든 사람들이 우리 몽환 극장의 궁극적인 의의를 명백히 알아버린 이상, 잇달아 우리는 정시에 개장을 하면 됩니다. 우리 개장의 문구는 이렇습니다. 오로지 당신의 심중에 꿈이 있으니, 몽환 극장은 당신을 능히 원만하게 도울 것이오. 오직 당신은 다른 존재로의 변신을 생각하고 있으니, 한바탕 모방을 한 뒤 당신은 곧바로 자아를 이탈하게 됩니다. 오직 당신은 정신 나감과 멍청해짐에서 이탈하고자 함으로써, 몽환을 경험한 뒤 당신은 곧 더한층 정신 나가고

---

* 레이롄롄(涙漣漣)은 '눈물이 쉴 새 없이 흐르다'라는 의미이고, 레이롄롄(涙戀戀)은 '연정으로 인해 애타게 그리워하며 눈물을 흘리다'라는 의미.

멍청해집니다. 아래에서 우리는 박수를 치며 환영하오니, 오늘의 내빈께서, 그러니까 우리 오십 번지 서쪽 사람들이, 게를 한 마리씩 먹을 수 있도록, 우리 오십 번지 서쪽 사람들에게 먹게 해주십시오."

우리는 또다시 의욕이 생겨서 박수를 치기 시작한다. 그 약간의 날짜에 우리 오십 번지 서쪽이 어떻게 그렇게까지 많이 박수를 치며 박수 소리를 멈추지 않을 수가 있을까? 다만 우리가 주저하면서 깊이 있게 생각하는 것을 기다리지 못하고 내빈이 무대에서 내려가자, 우리는 또다시 커다랗게 웃으면서 방금 전까지 요동을 치던 행위를 망각한 채 다시 회의적인 자세로 돌아선다. 내빈이 무대에서 내려가자 그 즉시 내빈의 우수한 모방이 진행되고 있기 때문인데, 마침내 우리의 오십 번지 서쪽에서 배추를 파는 샤오빠이의 모방이 진행된 것이다. 왜소한 체구였던 당신, 샤오빠이는 머리카락과 눈썹을 이어 맞추고, 당신은 콧물과 입을 이어 맞추고, 당신은 투박한 뼈다귀에 입을 삐쭉 내밀고, 당신은 체면을 중요하게 여기되 체면이 없고, 목이 필요한데 목은 없으며, 허리가 필요한데 허리가 없고, 볼기짝이 필요한데 볼기짝은 없으니, 당연히 있어야 하는 것이 당신은 결핍되고, 당연히 결핍되어야 할 것이 당신에게는 있고, 당연히 작아야 할 것이 당신은 크고, 당연히 커야 할 것이 당신은 작으며, 당신은 마음이 필요한데 마음이 없고, 혼이 필요한데 혼은 없으므로, 배추 한 근을 싼 마오우三毛五*에 매매한 뒤 계산해보니 얼마오빠아二毛八**라서 그날 하루 배추를 팔긴 팔았으되 또다시 손해가 났으니, 저녁에 집으로 돌아가면 남편에게 또다시 구타를 당할 것인데, 그러면 당신은 당연히

---

* 싼마오우(三毛五): 한 근은 대략 500그램이고, 대략 한화 50원임.
** 얼마오빠아(二毛八): 대략 한화 42원임.

세척하게 되고, 먼저 뇌를 세척하고 창자와 피를 세척한 뒤, 무슨 모방과 변신을 진행하려는 것인가? 당신은 원래 이와 같은 본색과 원형이거늘, 당신은 어디로 가서 변신할 것이냐? 그런데 감독 라오꾸어는 그렇게 인식하지 않는다.

그가 말한다.

"때마침 그와 같은 모습이기 때문에, 그녀는 지금 막 변신이 요구되고 한층 더 탈바꿈되어야지. 원한이 아주 깊으니, 변신하기 시작하면 막 동력이 생겨나서 점점 더 효과가 증폭될 것이고, 정신이 나가고 멍청해지면 더욱더 증가되며, 변신되고 나면 더한층 산뜻하게 깨어나고 총명해지며, 결핍된 용모가 재주껏 변신되고 나면 허리는 가늘고 엉덩이는 풍만한 꽃 같은 미모가 되며, 마음과 혼이 결핍되면 그녀는 재주껏 더한층 다른 존재로 변신할 수 있거든. 이것은 결코 총명이라고 부를 수 없고 차라리 모호한 것이지! 변신을 한 뒤에 재주껏 정신이 나가고 멍청해지면 한 단계 더 새로운 층위로 고양되지!"

연달아 라오꾸어가 샤오빠이에게 질문:

"샤오빠이, 너는 누구냐?"

샤오빠이는 방금 전에 무대로 등장해서 약간 두려워하고 있다. 군중들의 웃음소리가 또 늘어나서 그녀는 당황하고 혼란스러워서 정신이 나가고 멍청해지는데, 보아하니 감독의 질의에 그녀는 한동안 어리벙벙해져서, 보아하니 라오꾸어는 조금씩 다급해지고 그녀는 머리에 땀방울이 삐질삐질 흘러나오면서 멍청하게 대답한다.

"제가 누구예요? 저는 샤오빠이에요!"

군중들이 또다시 웃는다. 보아라, 여전히 정신이 나가고 멍청해진 게야? 여전히 샤오빠이야? 말인즉 모방이 우수하다지만, 말인즉 자신이 마땅히 다른 존재가 되었다고는 하지만, 그녀는 아직도 자신의 자아로 이루어져 있다. 대뜸 무대로 등장하는 순간 두려움을 노출하며 원형을 드러냈구나. 그 순간 라오꾸어가 손을 아래쪽으로 향해 군중들의 웃음소리를 가라앉히고 나서 멋쩍음을 감추려고 얼버무린다. 그런데 우리는 이미 라오꾸어의 머리 위에서 급히 땀이 배어 나오는 것을 목격하게 되는데, 출사出師*해서 떠나려 하니 불리하다는 것인지, 그것은 어쩌면 시험해볼 대상을 잘못 찾았다는 의미가 아닐지? 오십 번지 서쪽의 정신 나가고 멍청해진 군중들을 한 사람 한 사람씩 비교해보면 우수하거늘, 왜 어찌하여 멍청이 샤오빠이를 차출하지 않으면 안 되는 것일까? 모방은 다시 이렇게 진행되고 있는데, 샤오빠이 한 사람만을 잃어버린 것은 아니고 모든 사람들이 전체 오십 번지 서쪽을 주시하는 방법과 관련되어 있다. 그런데 라오꾸어는 아래쪽의 모든 사람들의 웃음소리를 억누른다.

"조급하게 굴지 마시오. 이것 지금 막 시작한 게 아닌가. 자신으로부터 다른 존재로의 변신이 없었던 게 아닌가. 자신의 심연으로부터 다른 존재의 각도에 도달한 적이 없었던 게 아닌가. 성격이 급해서 뜨거운 두부를 먹지 아니하니, 수면 위로 올라온 두 다리가 다 보이는구나."

사후에 우리는 막 이것 역시 라오꾸어 음모의 일부분이라는 것을 알아챘다. 라오꾸어는 표면적으로는 머리에 땀방울이 솟구치고 다른 사람들과 같이 서성거리고 있는 듯하지만 기실 그의 심중에는 이미 몰래 기뻐하며 그 순간에도 내색을 조금도 드러내지 않은 채 계속해

---

* 출사(出師): 제자가 적당한 시기가 되자 스승으로부터 독립한다는 의미.

서 묻는다.

"샤오빠이, 당신은 뭘 하는 사람이오?"

샤오빠이는 입을 삐쭉 내밀고 멍청한 눈으로 계속 어리벙벙하게 대답한다.

"제가 뭘 하는 사람이긴요? 저는 배추를 팔죠!"

군중들은 또 웃는다. 기왕지사 당신이 배추 파는 사람이라는 것을 인정한 이상, 당신은 수정금자탑으로 와서 무슨 모방이든 진행을 해보시오. 그 순간 우리들은 라오꾸어가 정말 초조해지는 빛을 드러내는 것을 보게 된다. 라오꾸어는 무대 위의 제품 마크를 사진 찍는다. 그 제품 마크는 거대한 네 개의 대전체大篆體*로 씌어진 문구이다. '몽상성진夢想成眞.'**

말하다:

"샤오빠이야, 샤오빠이야, 당신은 어떻게 오직 혼자서 죽자고 당신 직업과 이름을 기억하는가? 여기가 뭐 하는 곳이고 당신이 여기로 왜 왔는지 잊었단 말이오? 오늘은 다른 날과 같지 않고, 여긴 다른 곳과 같은 곳이 아니오. 지금의 나는 과거에 정신 나가고 멍청해진 나와는 다른 존재인데, 부당하게 정신 나가게 하고 멍청하게 해서, 정신 나간 것과 멍청한 것을 이용해서, 인간들을 몹시 목이 마르게 해서, 귀를 멀게 하고 말을 못하게 하여서, 당신의 머리를 감게 하고 당신의 이를 닦게 하고 당신의 몸을 씻게 하고 당신의 마음을 씻게 하고 당신의 혼을 씻게 하고 당신의 창자를 씻게 하고 결국에는 당신의 피까지 씻게 하던 그런 사람과는 다르오. 신생을 획득하기 위

---

* 대전체(大篆體): 중요한 문서나 현판에 쓰이는 한자 글씨체의 일종.
** 몽상성진(夢想成眞): '몽상은 진정 실현될 수 있는 꿈'이라는 의미.

해서, 당신은 나와 배합해야만 하오이다. 당신은 내가 인도하는 소리를 들은 거요? 여기는 야채시장이 아니라는 것을 기억하고, 당신은 과거에 배추를 팔던 샤오빠이가 아니라는 것도 기억하시되, 현재의 당신은 자기 자신으로부터 다른 존재로 변신하고 있는데 자기 자신으로부터 다른 존재로 전화되던 과정 중에 자기 자신으로부터 다른 존재와의 틈바구니 사이로 몽환을 통해서 새로운 자아에 도달한 거요. 마법의 지팡이, 당신은 마법의 지팡이를 이해하오? 다시는 당신이 샤오빠이라고 말하지 마시고, 다시는 당신이 배추를 판다고 말하지 마시고, 아주 마음대로 다른 존재라고 말하고, 당신으로부터 다른 존재에 이르렀으니 여기서 당신이 다른 존재를 모방하게 되면 당신은 그제야 이해를 하겠소? 당신은 대뜸 모방을 시작하고, 모방을 위한 모방을 하기 때문에 당신은 다른 존재로 도달할 거요. 지금은 마음을 안정시키고 생각을 해보시는데, 당신은 도대체 누구로 변신할 생각이고 누구를 모방할 생각이오?"

샤오빠이는 여전히 납득할 수가 없다. 여전히 대뜸 연극 속으로 진입하지 못하고, 그녀는 그곳에서 주저하면서 다시 어리벙벙하게 말한다.

"나로부터 다른 존재로 변신한다면, 내가 다른 존재를 모방한다면, 나는 당연히 다른 존재로 이루어지고 다른 존재는 나로 이루어질 텐데, 나는 되레 문제가 없지만 그 다른 존재는 동의했나요?"

군중들은 또다시 웃는다. 다시 어떻게 진행한다고 해도 만일 샤오빠이가 재차 전혀 감각하지 못한다면, 이 프로그램은 그러니까 오로지 백성들과 오십 번지 서쪽의 그 정신 나가고 멍청해진 인간들이 장난 삼아 끼어들어 희롱을 하게 되지 않을까 그런 의심이 든다. 라오꾸어 역시 울지도 못하고 웃지도 못하고 있다가, 그 순간 샤오빠이에게 간살스럽게 굴며 말한다.

"샤오빠이야, 샤오빠이야, 당신 지금 나한테 무슨 말을 하고 있소? 당신은 마땅히 회의적이겠지만 회의하지 말고, 마땅히 고집하고 싶겠지만 고집부리지 않게 되고, 당신은 회의하면서 지체하게 될 것인데, 아주 적절하게 수정금자탑의 몽환 극장이 능히 당신의 변신을 도울 수 있을 거요. 당신한테 이렇게까지 말했으니, 오로지 어떤 존재로 변신할 생각이고 어떤 존재를 모방할 생각인지 당신만 동의하면 되는데, 이건 오로지 당신만 납득하면 될 일이고 다른 존재는 그 어떤 문제도 없거니와, 끝없이 광활한 세계에서 당신이 어떻게 변하려면 당신이 누구로 변신하고 싶은 것인지 누구를 모방하고 싶은 것인지 생각해야 하는데, 당신이 다른 존재로 변형되는 비용과 명예의 손실 비용을 그 누구도 당신한테 추징하지 않소. 무슨 모방을 우수하다고 부를 것이오? 이런 것을 곧바로 우수한 모방이라고 부르는 것인데, 내가 여기까지 말을 했으니 당신은 당연히 명백하게 안심할 수 있겠소?"

샤오빠이는 그때 명백하게 알겠는지 고개를 끄덕이면서 다른 존재를 떠올린다. 자기 자신을 버리고 다른 존재를 떠올리기 시작하는데, 차분하게 마음을 가라앉히자 이미 연극으로 들어서는 모습이 드러나긴 하지만, 그런데도 그녀는 아주 오랫동안 생각하더니 어리벙벙하게 말한다.

"저는 자신으로부터 다른 존재로 변신할 생각인데요. 다른 존재로 변모된 저는 야채를 팔지 않을 것인데, 저는 제대로 자라지 못해서 지금 생긴 몰골이 이렇게 조잡스러운데, 저는 다른 존재로 변신되면 총명하고 영리하게 총결산해서 그런 존재로 변신할 것인데, 다른 존재로 변신된 제가 집으로 돌아가면 제 남편은 저를 때리지 못할 것이고 정확하게 말하긴 어렵지만 제 남편은 아마도 다른 사람으로 바꿀 거예요. 그렇지 않으면 저는 몽환 극장으로 오지 않겠어요. 그런데 지금 현재의 문제는, 라오꾸어 나리! 대뜸 떠오른 다른 존재가 너무 많아서, 온 세계의 모든 미녀들을 또 생각하면서 그렇게 변신하고 모방하고 싶지만, 저는 역시 마땅히 누구로 변신하고 누구를 모방할 것인지 그 어떤 일개인은 모르겠어요."

감독 라오꾸어는 그 순간 곧바로 약간 은밀하게 계산을 해본다. 그러니까 제일 처음으로 하나의 우수한 모방을 배치해서 샤오빠이가 다른 존재가 되게 하려는 게 아니라 실제 목적은 음모의 개시에 있었기에, 너는 다른 존재를 모방하고 다른 존재로 바뀌면, 너 자신도 오히려 자신이 모방하고 변신된 게 누구인지 모르게 되니까, 이 모든 변화의 권리는 너에게 건네줄 것이다. 너 자신이 거꾸로 되돌아보고 다시 다른 존재로 교부하렴. 그렇게 되면 더한층 훌륭하게 인도될 것이고 몽환 극장에서 컨트롤되는 게 아니겠는가?

그런데 그는 고의적으로 내면을 드러내지 않고 약간 유감스럽게 말한다.

"사실은 이렇소. 원래는 쉽게 변모하거나 모방시키지 않을 생각인데, 그러니까 대뜸 변모를 생각하고 대뜸 모방하는 경우는 너무 빈번한 것이고, 테이블에 꽉 채워진 요리를 전부 먹을 생각이라면, 아랫입술이 어디에 붙어 있는지도 모르게 될 것이오. 설령 어디 한 군데 먼저 요리를 끼워 넣든 관계없이 완전히 배가 부르게 될 것인데, 다만 연회에서 먹을 기회는 쉽게 찾아오는 것이 아니기에, 최후에는 모든 사물이 뭐가 뭔지 분명하게 구분하지도 못하는 상태로 실컷 먹게될 것인데, 당연히 젓가락이 미동하지도 않은 채 요리를 먹을 것이지만, 오히려 야채로 배를 가득하게 채워서는 안 되는 것이거늘. 최후에 배는 부르지만 눈이 고플 무렵, 다른 존재를 경과해서 각성을 하게 되니까, 이때 사람은 번민하게 되고 후회와 짜증을 느끼지요. 현재 보아하니, 당신은 조심하면서 주저하니 이치가 없는 사람은 아니오. 나는 일찍이 샤오빠이를 귀한 내빈의 엑스트라로 앉힌 게 잘못된것이 아니고, 샤오빠이를 부른 것은 오십 번지 서쪽의 정신 나가고 멍청해진 인간들을 대변할 수 있기 때문인데, 현재 보아하니 나의 판단은 비록 완벽하게 정확하다고 말할 순 없지만, 그래도 대체로 틀리지 않았으므로, 만일 아직도 뭐가 누락되어 유감이라면 우리의 샤오빠이가 이 세상 상호간의 변화와 모방에 비례해서 아직도 약간 부족하다고 추정해볼 수 있소. 우리는 하나의 배추 파는 샤오빠이에 대해서 잘 몰랐는데, 뱃속에 무엇을 채울 생각인지, 식욕이 그렇게까지 많은지, 마음속이 그렇게까지 큰지, 혼 속, 낮 속, 꿈속, 창자 속, 핏속이 그렇게까지 큰지, 변신과 모방이 어쩌면 그렇게까지 복잡한지, 하루 종일 배추를 팔던 그 심리 속에 되레 전 세계가 위장되어 있었군요. 몸은 오십 번지 서쪽의 야채시장에 있지만, 심리는 전 세계를 위장하고 있어서, 전 세계의 여자들에게 들러붙어 모방할 생각이라면, 이것은 나와 수정금자탑과 몽환 극장에 나타난 하나의 어려운 문제이군요. 내가 당신에게 전 세계의 모든 여자들에게 달라붙어 널리 모방하라고 한 것은 아니고, 게다가 우리 프로그램과 몽환 극장은 시간이 충분하지 못해요. 그것은 몽환에서 나온 문제가 아니고 극장과 관중의 시간과 기술상의 문제로 인해 불만족하기 때문이오. 만일 당신이 순번대로 모방해 내려간다면, 우리들이 3세기로 내려간다면, 여전히 당신 한 사람만이 자기 멋대로 논다면, 그런 식으로 진행하면 되레 우리 수정금자탑과 몽환 극장의 근본 목표와 그 효과는 손상될 거요. 우리 수정금자탑과 몽환 극장의 근본 목표는, 한 사람만을 위하는 것이 아니요 대다수를 위하는 것이고, 오십 번지 서쪽을 위하는 것은 아니고 전 세계를 위하는 것이오. 우리는 몽환 극장을 통해서 우리의 정신 나가고 멍청해진 원인을 찾자는 것이 아니고 우리들의 정신 나가고 멍청해진 것 그 위에 한 층위 더 나아가서, 연달아 다시 널리 전 세계로 확산시키려는 것 아니오? 나는 모두 나를 위해서, 각자의 나를 위해서, 당신은 여기 몸은 야채시장에 있지만 가슴으로 전 세계의 이상을 품으면 충돌이란 없소. 그리하여 비록 당신은 가슴으로 세계와 세계상의 모든 여자들을 품는다고 해도, 다만 실현 가능한 행동으로 변신되어야 하고 모방해야만 하는데, 일개인에게는 당연히 하늘만큼 큰 난제일 수 있고, 만일 이 문제를 당신이 해결할 수 없다면 세 가지 구조 핫라인을 통해서 도와줄 수 있소. 이 세 가지 구조 핫라인은 다음과 같소이다. 당신은 전화로 당신 남편에게 구조를 요청할 수 있고, 당신은 마이크로폰으로 현장의 군중들에게 구조를 요청할 수 있고, 만일 두 가지 다 만족스럽지 못하면, 그럴 때 당신은 최후로 가까운 것을 버리고 먼 것을 취한다는 말처럼 이 임무를 당신에게 교부해준 인도인이자 감독인 나에게 도움을 요청할 수 있소. 과거에 나는 한 개의 과자를 구울 때 수백 개의 참깨를 균등하게 과자 위에다 뿌리던 실력이 있는데, 당신이 세상의 부녀자들 중에서 누구를 선정해 가장 우수하게 정신 나가고 멍청해진다고 한들 내가 눈치채지 못할 리 있겠소? 무엇을 버리고 무엇을 취할 것인지는 당신 스

314

스로 선택할 일이고, 지금 나는 당신에게 질문을 시작하겠소.

샤오빠이, 당신은 당신 남편이 구원해주길 원하는 거요?"

그 순간 모든 사람들이 곧바로 라오꾸어에게서 음모 냄새가 약간씩 풍긴다는 것을 눈치 챈다. 그녀의 남편은 매일같이 그녀를 때리는데, 그녀는 곧바로 반대할 것이고 원한 때문에 당연히 남편을 포기할 것이며 마땅히 그것은 오십 번지 서쪽의 야채시장을 위하여 오십 번지 서쪽의 정신 나가고 멍청해진 것들과 그녀 자신을 포함해서 자기 자신이 막 도착한 몽환 극장을 위해서 포기하는 것일 텐데, 현재 그녀는 다른 존재로의 변신을 요구하는 마당에 여전히 자기 남편에게 구조를 원할까? 심판하는 자가 지금 약간 유도하고 있고 기만의 혐의가 엿보이는 유도 심의이다. 다만 구원은 이미 늦어버린 것이고, 무대 위의 샤오빠이는 이미 연극의 한 세트가 되어버렸으니, 말하자면 이미 연극을 급히 상연할 단계에 이른다. 만일 우리들이 그 순간 몸을 일으켜서 샤오빠이를 환기시키기 위해 라오꾸어의 내막을 들추어냈던 것이라고 가정한다고 해도, 무대 위의 샤오빠이는 되레 그녀가 남편을 포기하고 우리들에게 구원을 요청하게 하는 것에도 우리가 그녀를 희롱하려는 음모가 도사리고 있다는 것을 눈치 채고 있으니, 그것이 바로 관중의 속성이라는 것도 눈치 채고 있다. 라오꾸어의 계획과 우리 관중들의 계획은 동일한 라인인데, 그 라인 때문에 되레 우리는 대뜸 입을 다물게 되고 최후에 그가 음모를 실현하게 된다. 라오꾸어, 너는 과거에 과자를 구울 때나 변변찮은 잡탕을 끓여서 팔 때는 그런 식의 독기와 지혜가 발견되지 않았노라. 과거에 네가 한쪽으로 과자를 구우면서 한쪽으로 롄화루蓮花路 노래를 부른다는 것은 알았지만 네가 지혜의 사슬 한 세트도 노래 부를 줄 안다는 걸 누가 알았을까? 과연 우리는 눈을 멀뚱멀뚱 뜬 채 라오꾸어가 샤오빠이에게 걸어둔 간계를 목격할 수 있고, 그녀는 그쯤에서 기고만장하게 말한다.

"나는 그 망할 자식, 내 남편이라는 놈에게 도움을 바라지 않으니, 지난날 그 남편이란 작자가 매일같이 나를 구타만 했기 때문인데, 그런데도 내가 전화로 그 작자에게 구조를 바라다니, 확실하게 말하긴 어렵지만 그 작자는 나를 변신하고 모방하게 했고, 이는 그 작자 어머니 탓이기도 한데, 그 작자 어머니도 좋은 물건은 아니고, 무슨 물건이 무슨 그런 종류의 물건을 낳은 것일 테지만, 엊그제 내가 배추를 팔고 결산을 할 무렵 그 여자는 자기 아들과 함께 나를 때렸다고요!"

감독 라오꾸어는 조금도 내색하지 않는다. 여전히 고의적으로 눈살을 찌푸리면서 또다시 묻는다.

"기왕지사 당신의 남편에게 구조 요청을 하지 않는다면, 그럼 당신은 마이크로폰으로 현장의 군중들에게 구조를 요청할 것인가요?"

샤오빠이는 과연 점점 더 라오꾸어가 각색한 책략에 깊숙이 진입하는데, 그녀는 또다시 사납게 말한다.

"현장의 군중들 역시 뭐 좋은 물건은 못 되죠. 그들 역시 지난날 야채시장에서 야채를 살 때면 오십 번지 서쪽의 그 망할 자식을 주도면밀하게 돕던 사람들 아닌가요? 나, 이 샤오빠이는 장부를 계산할 줄 모르지만 모든 야채를 하나씩 구입할 때마다 망할 자식들은 고의적으로 함정에 빠뜨려 나를 곤란하게 하려고 값싸게 구입하려 들지요. 만일 망할 자식들만 아니라면, 내가 집으로 돌아가도 남편이 들러붙어 때리지 않겠지요! 그들과 나의 그 개자식 남편은 어떻게 구별할수 없어! 방금 전에 내가 막 무대로 오르던 순간에는 긴장하고 있었기 때문에 극으로 들어갈 수가 없었는데, 당신 저 남의 재화災禍를 보고 기뻐하는 몰골들을 보시오! 내가 남편에게 구조를 요청할지언정, 나는 절대 저 인간들에게는 구조를 요청하지 않을 거예요!"

샤오빠이, 너를 보아하니 우리들을 무슨 몰골로 오해하고 있으며, 너를 보아하니 현재 멍청해진 단계에 이른 듯한 그런 뭣한 지경이고, 그건 환상이며 현실이 아니야. 이건 극장이지 오십 번지 서쪽의 야채시장이 아닌데도, 만일 네가 환상과 현실을 혼동한다면 네 스스로 도달하려는 다른 존재로의 변신과 모방은, 결국 너를 팔아서 돈으로 환산하려는 라오꾸어를 도와주는 것에 불과하지. 이건 되레 네가 오십 번지 서쪽에서 배추를 팔던 것과 전혀 구별할 수가 없는 행위지. 그러나 우리는 몸은 적지에 있어도 마음은 아군에 있다고 할 수 있기 때문에, 과거에는 확실히 샤오빠이를 생매장해왔고 손쉽게 그녀를 점령했지만, 현재 극장에 도착한 뒤 되레 스스로 분별력이 분명하지 않으니, 우리 역시 현실과 몽환이 혼동되고 서로 뒤얽히어 탁한 물로 질질 끌려 내려가고 있구나. 이것은 라오꾸어가 솥단지에서 막 끓이고 있는 변변찮은 잡탕인가. 우리는 부득이 마음속으로 매우 한탄을 하며 욕을 한다.

"라오꾸어, 넌 악랄해!"

"라오꾸어, 과연 대단한 녀석이야!"

라오꾸어는 그 순간 결국 목적에 도달하게 되어서 얼굴 위에 드디어 웃음꽃이 번진다. 그는 친절하게 샤오빠이에게 말한다.

"좋아요. 샤오빠이, 대관절 당신은 몽환의 사리에 관해서는 명백하게 알고 있으므로, 몽환과 모방으로 발을 내디디면 참기 어려운 국면의 여정이 된다는 것을 알고 있을 것이고, 침착한 걸음걸이로 극으로 들어가는 것은 첫발을 내딛는 것으로 어쩌면 그렇게 중요한 시작일 텐데, 먼저 시작 단계의 길이 잘못되어버리면 그건 가면 갈수록 잘못되고 가면 갈수록 멀어지는 게 아니겠소? 큰 방죽도 개미구멍으로 무너지듯 조그마한 잘못이 큰 잘못으로 와전되어서 잘못된 길로 천 리이면 한 발 실족이 천고의 한이 되므로, 말인즉 그러니까 이건 그런 도리인 거요. 몽환의 순간에도 현실을 잊어서는 안 되고, 다른 존재로 변신될 무렵 과거를 잊어서는 안 되며, 역시 더 좋은 몽상을 할 수 있다는 것은 모방과 변신의 전제 조건이지. 장차 당신이 모방과 변신을 할 수 있다는 확신으로 가득 차서 내가 지난날 당신에게 두 가지 전제 조건을 제기했던 것인데, 결국 당신이 그 두 가지 핫라인을 지금 막 부정해버린 셈이고, 이 세상의 어느 일개인이 모방하고 변신하게 될지 전혀 알 수 없다고 여기는 당신은 당연히 부정주의자인 셈이니까, 오로지 이 라오꾸어만이 친히 앞으로 나아가서 당신의 의혹을 해석해주고 당신이 어떤 생각으로 일을 진행해갈지 돕겠다는 거요. 과거 오십 번지 서쪽에서 당신은 야채를 팔고 나는 변변찮은 잡탕을 팔 때, 나는 오직 참깨만 샀을 뿐 결코 배짱으로 배추를 사지 않았소. 우리는 전혀 남의 세력권을 침범하지 않던 사이지요. 당신, 말해보시오. 과거에 내가 당신을 값싸게 손에 넣으려고 한 적 있소?"

라오꾸어는 여기서 잇속만 차리고 아무렇지도 않은 척한다. 환상으로부터 잡아당겨 야채시장으로 이끈 뒤, 샤오빠이가 연달아 회답하자, 그는 대뜸 고산高山을 경유한다. 우리 관중이 네가 고산을 우러러보는 것을 멈추게 하겠노라. 실족을 해서 심연深淵으로 들어가니, 너는 여전히 총명하면서 반대로 총명에 의해 잘못되어가고 있으니, 너는 역시 자신과 정신 나가고 멍청해진 샤오빠이에 대한 전망이 부족했는데, 그것은 샤오빠이가 연달아 회답을 해댔기 때문이다.

"비록 당신이 과거에 저를 비지떡으로 여겨 점령한 적은 없지만, 제가 처음으로 잡탕을 사 먹으러 갔을 때 양마오兩毛*의 돈이 부족했을 때, 당신은 저한테 반 사발도 안 되는 돼지 창자 잡탕을 주셨죠. 저는 야채를 팔 때 사람들에게 많이 주는데, 당신은 변변찮은 잡탕을 팔 때 사람들에게 적게 주고 있으니, 말하자면 당신은 저하고는 다르다는 거예요. 저와 저의 남편 그리고 무대 아래의 관중들 역시 한 굴 속의 오소리요, 하나의 토산 위의 동물이니, 당신이 하는 모든 행위를 저는 결코 믿을 수가 없겠어요. 비록 이 세상의 수천만 여자들 중에서 모방하는 대상을 고르기가 어렵다고 하더라도, 제가 이 어려운 문제를 저 자신에게 남겨줄지언정 타인에게는 주지 않을 거예요. 저는 정신 나가고 멍청해지는 것을 피했기 때문에, 당신이 스스로 총애하고 사념하는 숨겨진 연정이나 몽환의 여인들을 저에게 추천해보세요! 흡사 지난번에 저한테 잡탕을 적게 주었던 것처럼 말예요!"

우리와 약간의 차이를 두고 샤오빠이는 박수를 치며 용기한다. 박수 소리는 메아리치지 않는데, 우리들은 라오꾸어처럼 이제 겨우 샤오빠이가 현재 부정하는 대상에 대해서 약간의 굴욕과 참괴 그리고 미안한 마음이 있기 때문이다. 그 순간 라오꾸어는 곧바로 방금 전의 우리들처럼 마치 초상을 당한 듯 고개를 수그린다. 그러자 우리들은 되레 대뜸 확신과 용기를 얻어 또다시 용기하며 심연으로부터 또다시 산의 허리 절반을 기어오른다. 그때 막 우리 오십 번지 서쪽의 샤오빠이, 그러니까 역시 우리 오십 번지 서쪽과 샤오빠이의 정신 나감

---

* 양마오(兩毛): 대략 한화 30원.

과 멍청해짐에 대해서 결코 과소평가할 필요는 없는 것인데, 그녀는 이미 변신된 것이다. 연달아 라오꾸어가 초조한 빛을 내보이면서 과거 변변찮은 잡탕을 팔던 원래 모습을 노출해 우리는 그것을 목격하게 된다. 해가 중천에 솟았는데 아직 잡탕을 팔지 못하고 있으니 그가 초조하지 않을 수 있을까? 연이어 그는 샤오빠이에 대해 조금 참을성이 무너지기 시작했고, 심지어 그는 우리들과 동일한 참호에 서서, 우리들하고 똑같이 하늘 끝에서 사람을 쇠락하게 만들어서 수치를 당하게 하려는 모양으로 말한다. 당신은 여전히 우리들과 다 함께 뒤섞일 필요가 없거늘. 그런데 저 작자는 잡탕을 팔던 습관으로, 어떻게 세계와 뒤섞이지 않을 수 있을까? 그 순간 당신은 되레 현실과 몽환 그리고 극장과 오십 번지 서쪽이 뒤섞인다.

"기왕지사 우리 모든 사람들이 당신의 신임을 얻을 수 없고, 당신 남편과 관중 그리고 감독 모두가 좋지 못한 인간들이니, 홍둥 현洪洞顯* 에는 좋은 사람이 없건마는 일개 배추 파는 여자가 자기는 이미 좋은 사람을 보았다고 고집하고 있구려. 결국 암흑 속에서 대중을 바르게 인도하는 사람과 밝은 등불 사이에서 대중을 밝게 인도하는 사람을 구별하려면 당신이 암흑 속에 있을 때는 밝은 등불이 필요하지만 밝은 등불 아래에서는 대중을 밝히는 존재가 필요치 않으니 밝은 등불 같은 존재를 확실하게 구별할 수 없는 것이오. 세 개의 밝은 등잔불이 있고, 당신에게는 지금 가장 밝은 등잔불이 필요한 것인데, 지금 두 개의 등잔불을 당신이 기만으로 받아들이기 때문에 한꺼번에 세 개의 등불을 전부 결딴내버리고, 당신은 그 명약관화한 등불 위에서

---

* 홍둥 현(洪洞顯) : 중국 산시 성의 한 지명이고, 여기서는 외부 세계와 단절된 큰 고을을 말함.

약간 더럽혀지고 땟국으로 얼룩졌답시고 나머지 밝은 등불 빛 같은 존재들을 전부 부정해버리는구려. 더러운 물을 뿌리며 상궤를 벗어나는 순간 아이들 역시 물을 끼얹게 마련이고, 내가 줄곧 보아하니 당신은 여전히 암흑 속이거늘 어떻게 모색하려는가. 만일 당신이 밝은 등불처럼 대중을 올바르게 인도하는 사람을 부정한다면, 반성하는 내 마음도 아무런 상관이 없는 것으로 귀결될 것이고, 그 밝은 등불 같은 존재도 화를 부를 것이기에, 나는 여전히 등잔불 기름을 절약하기 위해 온도를 내리고 대뜸 쉬는 것으로 귀결될 거요. 기왕지사 당신이 모방 대상을 고르는 데 나와 우리들이 필요하지 않다면, 내가 지켜볼 테니 당신은 반드시 세계 수천 수만의 여자들 중에서 어느 누구를 선정해 모방하고 어디로 가버리시오! 나는 당신이 모방 대상을 선정하기를 기다리고 있다가 모방이 진행될 무렵 그 우스꽝스런 당신 모습을 구경이나 하겠소!"

라오꾸어가 주인으로서의 역할에서 손을 떼자 역사의 수레바퀴는 역행하고 돌덩어리도 아닌 기름병이 산 아래로 데굴데굴 굴러내리는 그런 몰골로 그곳에 기고만장하게 앉아서 역사와 샤오빠이를 성질나게 만든다. 우리들은 설령 남의 재화災禍를 보고 즐거워하는 처지이지만 그래도 샤오빠이를 대신해서 조심한다. 네가 부정하면 부정인 것이고, 네 마음이 풀리면 우리들도 풀리는 것인데, 우스개 농담을 이미 우리는 목격하고 말았으니 수천 수만의 여자들 중에서 모방의 대상을 골라내지 못하거나 선출한 모방 대상이 어떤 종류이든 논할 필요도 없이 사람들은 울 수도 없고 웃을 수도 없는 난처한 상황이 되고 만다. 목전의 샤오빠이의 지력과 정신 나가고 멍청해진 모습을 보아하니, 그런 우스꽝스런 변신의 가능성이 없지 않으렷다. 그 순간 역사의 수레바퀴가 정말로 실추해서 역사의 심연으로 기름 병 속의 기름이 진짜 엎질러져서 기름이 말끔히 흘러내리자 일의 진행은 정말 인간사가 이미 끝나버린 듯한데, 그 순간 역사는 우스개 농담이 된 게 아니라 되레 라오꾸어가 우리 군중과 샤오빠이 당신에게 마음속으로 흉계와 음모를 품는다. 일찍이 이것을 알았다면, 너의 남편과 라오꾸어를 포기하고 우리들에게서 구조되는 것만 못하구나. 과연 가령 우리들의 소재가 눈을 끌지 못하자 샤오빠이만 씩씩하고 용감해진 후, 장차 군중과 구조의 대상을 전부 부정한 뒤, 앞으로 대지를 마구 일소해버릴 것이다. 모든 자리를 둘둘 말아 일소해버린 것처럼 하얀 망망대지 위에 진정 깔끔하게 그녀 일개인만이 남아 있을 무렵, 그 당시 그녀는 구조를 배제하고 자기가 선택한 대상에 대한 변신이 개시될 무렵, 그녀는 돌연 또다시 마치 방금 전에 무대로 입장한 것처럼 궁박함과 비정상적인 태도로 귀를 만지다가 턱을 만지듯 아주 초조한 태도로 머릿속이 한바탕 텅 빈 느낌이 된다. 머릿속과 동시에 텅 빈 망망대지도 진정 깔끔해지고, 이 세상 수천 수만의 부녀자들은 보아하니 제각기 다들 우수한데, 그 일개인의 현실과 인생은 전부 자기 자신이 지나온 것과 비교하면 윤택하며, 그 일개 부녀자의 모양과 자태도 샤오빠이 자기의 모양에 비해서 다들 가치가 있기에, 모방의 왕래가 빈번한 집시集市* 시장 안으로 들어가면 어리벙벙해지고, 쟁반 위의 죽 한 그릇도 자발적으로 들기 어려운 법이거늘, 그녀는 그 자리에서 또다시 어리벙벙해져서 무엇을 베풀어야 할지 알지 못하고 마땅히 누구를 선택해야 할지 알 수가 없다. 누구이든 상관하지 않

---

* 집시(集市): 농촌 또는 소도시의 고정된 장소에서 정기적으로 서는 장(場)을 말함.

고, 기왕지사 누구이든 상관없이 너에 비해서 그 누구든 강하니까, 만일의 사태를 대비해서 너는 하나를 선택하기 위해 몰아세우면, 이 몽환 극장에서 그렇게까지 난처한 장면을 연출하지는 않을 것이다. 이 순간 난처한 입장이 된 것은 극장이 아니라 너 자신인 것이다. 그런데 우리들은 점점 초조해지고, 샤오빠이는 점점 더 긴장을 하며, 왕래가 빈번한 사람들 무리 속으로 떨어지자 멀건 죽을 손으로 먹을 방도가 전혀 없다. 좁다란 명치 위로 땀이 배어나온다. 아무튼 배어나온 땀은 원래 그다지 많지 않은데, 단지 그녀의 머리카락과 눈썹이 좁다란 명치 위에 이어져, 땀은 빈틈없이 꽉 차 흘러내리는 비와 같다. 그 순간 우리들도 남의 재화를 보고 기뻐한 것이 아니라 결국 한숨을 한 번 뱉어내면서 마음을 놓지 못하게 되면서, 우리들은 되레 감독 라오꾸어를 또다시 마음속으로 경계하기 시작한다. 우리들이 거꾸로 모든 재료를 꺼내지 않자, 그 순간 라오꾸어는 동류同類와 동일한 음모의 눈빛으로 우리들을 대뜸 흘겨보더니, 두 손을 아주 쫙 펼치고 양팔을 벌벌 떨어대는 그런 자세로 말한다.

"보시오, 사물의 이치에 맞게 인도하는 등불 같은 존재인 우리들을 떠나 여전히 길을 모색하더니 실패의 길을 찾아낸 게 아니오?"

"보시오, 저 여자 혼자 남아 있게 되는 순간 저 여자는 아직도 모방의 대상을 선택하지도 못하고 있으니 모방을 진행할 도리가 없지 않겠소?"

"보시오, 이만 오천 리 긴 장정에 맡겨두는 용기로 결코 가능한 게 아니잖소? 여지없이 실패해서 다시는 일어설 수 없는 처지가 되고 한 가지 방책도 쓸 수 없는 지경에 이르렀지 않소? 사정이 이런 지경에 이르렀으니, 내 명예를 걸고 불완전한 측면을 고치기 위해서 그 여자 엉덩이를, 당신들 대신 내가 그 여자 엉치를 문지르면 될까요?"

"만일 내가 모든 사람들을 위해서가 아니라면, 만일 내가 정신 나가고 멍청해진 오십 번지 서쪽의 인간들을 위하는 것이 아니라면, 만일 내가 몽환 극장을 위해서가 아니라면, 나는 아직도 기꺼이 우스개 농담을 계속하며 줄곧 아래로 진행하는 것을 보게 될 텐데, 그 여자가 몽환 극장 모방 프로그램에서 자생 자멸하는 도중에 나는 자아를 상실하게 될 거요!"

"이 순간 자아가 상실되어버린 것이고 모방 과정 중에 자아가 상실되지 않았소!"

"이 순간 다른 존재로 변신할 수 없을 뿐만 아니라, 연달아 자기 자신의 그림자와 종적도 없이 완전히 상실해버렸소!"

"이 순간 자리에서 일어나서 나는 순수하게 극장을 구원하려는 거요!"

"극장을 구원한다는 건 불을 끄는 것이다!"

"나의 순수는 감독이란 직업적 도덕에서 기인한 것이다!"

그 순간 라오꾸어는 책략을 가설하며 다시 한 번 우쭐거린다. 그는 또다시 심연으로부터 산 정상에 도달했으니, 숨을 씩씩거릴 뿐만 아니라 앉아 있는 샤오빠이에게 아주 새하얀 전동 케이블카를 제공한다. 케이블카에서 내려오는 순간 심신은 가벼워지고 온 전신에 땀이 조금도 흐르지 않고, 진정 아주 최고 절정에서 무리를 지은 여러 산을 일람한다. 라오꾸어는 방금 전보다 대뜸 변모하니 지혜와 고명高明이 많아진다. 샤오빠이는 여태 모방으로 진입하지 못하고 있는데, 자고로 군수루대선득월近水樓臺先得月*이라 하였으니, 그는 되레 모방의 과정 중에서 한 발 더 나아가 다른 존재로 고양되고 있다. 때문에,

그는 잇달아 계속 화를 내지 않고 샤오빠이의 재화를 보고 기뻐하며, 연장자가 변모의 양상을 조성하기 시작해서 뱉어내는 말마다 간곡하고 의미심장하게 충고와 노파심에서 샤오빠이를 지도하고 가르쳐서 인도하는구나. 이 기회를 누가 그자에게 제공한 것일까. 방금 전까지 샤오빠이는 전 인류와 세계를 부정하고 있었거늘. 샤오빠이, 우리가 너를 인도하면 어디로든지 갈 테냐? 라오꾸어는 얼굴에 회색이 만연해서 하는 말마다 간곡하고 의미가 심장하구나.

"보시오, 당신 혼자 남게 되어 여전히 정자 누각에 제때 대지 못하고 있는 게 아니오? 감독의 인도를 떠났음에도, 여전히 모방의 대상을 도출해내지 못해 모방을 시작하지 못하는 거요? 아이야, 너는 용감하다면 용감한 것이거늘, 다만 당신이 기억해야 할 것은 용감하다는 건 지혜와는 다른 것으로서, 제삼자가 세번째 길로 가고 나면 용감하다는 건 충당되어야 한단다. 설령 용기는 가상하다지만 네가 마땅히 그 용기를 지참한 채 사통팔달 넓은 길로 산 정상까지 올라갈 수 있다고 반드시 그렇게 말할 수는 없는 일이고, 그것이 행복한 가정을 이루는 것이라고 능히 말하긴 어렵다. 노인의 말을 듣지 않게 되면, 당장 괴로운 일을 당하게 되는 것이기에, 말인즉 너의 우스개 농담을 보긴 했으나, 만일 내가 너와 더불어 정말 너처럼 화를 벌컥 내기 시작한다면, 우리들의 몽환 극장은 연못 안으로 거꾸러져 들어갈 것이야. 방금 전 극장의 한바탕 분규는 구름과 연기가 눈앞을 스치고 지나가듯 지나가면 그때뿐이고 다시는 서로 말썽을 일으킬 일

---

* 군수루대선득월(近水樓臺先得月): 송나라 철학자 유문표(兪文豹)의 철학서 『청야록(淸夜彔)』에 나오는 문장으로서, 수련을 통해 인간 정신을 완성하려고 노력하는 자가 하루라도 빨리 후천에 안착한다는 철학적 의미이고, 구하고자 하는 자가 빨리 뜻을 이룬다는 의미로 널리 쓰인다.

이 없을 것이기에, 한바탕의 바람은 따지지 말고, 우리는 이 진흙구덩이에서 기어 올라와서 먼저 당신을 골라내 당신을 돕고 당신을 지도할 임무가 있소. 이건 나와 당신을 위해서일 뿐만 아니라 몽환 극장을 위해서이고, 몽환 극장만을 위해서가 아니라 정신 나가고 멍청해진 오십 번지 서쪽을 위하는 것이며, 정신 나가고 멍청해진 오십 번지 서쪽을 위하는 것이 곧 우리 자신을 위하는 것이오. 우리의 정신 나가고 멍청해진 것은 이렇게까지 여러 해이지만, 설마 몽환 극장이야 대뜸 그렇게 될 수 있으리오? 배추를 그렇게까지 여러 해 동안 팔아왔거늘, 일종의 다른 신분으로 바뀌어 생존한다는 것은 어떤 스마트한 행동이라는 걸 명백하게 아직도 모르겠소? 좋소, 내가 몇 사람을 당신에게 추천해줄 테니, 그중에서 한 사람을 골라내시고, 그러면 당신은 곧 빨리 모방과 변신의 단계로 진입해 신생을 획득하게 되는 거요!"

일이 이 지경까지 이르렀으나 샤오빠이는 아직도 아무런 징조가 없고, 눈썹과 머리카락이 흥분에 이어져 있어 흡사 이미 솥 안에 든 죽처럼 산란해진다. 입을 삐쭉 내밀고 깜짝 놀라 눈을 크게 치켜뜨지만 나와 너를 확실하게 구분할 수가 없게 되자, 눈썹과 눈을 가로로 세우면서 눈을 부릅뜬다. 혼란의 와중에 또다시 그녀는 다소 스스로를 비하하게 되는데, 그때 그 시각 그녀가 멋대로 지껄이고 자기 멋대로 모방하게 될까 봐 두려워진 라오꾸어가 자신을 억누르지 못하고 제이차로 구조를 해주기 위해 손을 내밀 것을 어디서 알게 되었을까. 그런데 제일차로 순결하게 구조해주던 것만 못하구나. 마치 한 뭉치의 자수바늘처럼 조잘조잘 떠들어대는 우둔한 사람이 우연히 멍청이를 맞닥뜨린 것처럼 그녀가 만일 두 번 다시 다른 사람의 도움이 필요 없다면 자기 자신은 멋대로 성질을 부려 미칠 것이고, 그녀는 장차 오로지 가슴에 생긴 울분이 뱃속까지 이르러 타협을 진행하되 타협 이전에 자신의 체면이 보류되니 역시 그 장소에서 고의적으로 진격하기 위한 조건을 담판해야만 한다. 그 순간 너의 공격은 그러니까 간드러진 얇은 종이처럼 확연히 드러난 힘이 없구나. 그녀는 그 자리에서 숨을 가쁘게 헐떡거리면서 말한다.

"제가 모방하는 대상을 제대로 찾을 수 있도록 당신이 저를 돕고 있는데 다만 제 심사는 틀렸으니까, 저는 대답하지 않겠어요."

그 순간 라오꾸어는 무척 즐거워진다.

"그건 당연하고, 당신은 나 때문에 모방과 변신이 진행되는 건 아니지만, 그래도 내가 모든 것을 추천할 테니까 오로지 당신은 나에게 건의할 때 참고로 활용하시오."

그런데 샤오빠이는 어디서 알았을까. 가령 그가 너의 선택할 대상을 대신 도출해도 오로지 참고로만 작용하게 할지 어떻게 알았으며, 너의 선택적 광도廣度와 심도深度를 어떻게 알았을까. 네가 선택한 모든 면과 점, 그 범위 역시 아주 많이 협소한데, 단박에 협소해지는 명치처럼 너의 선택은 고정이 되어 있기 때문에 대뜸 그의 올가미 속으로 몰입되어버렸고, 너는 오로지 그의 건의와 참고 자료에서 고정된 범주 내에서 자아를 도출해내며, 너는 오로지 그의 모든 계획적인 올가미 도면 위에서 춤출 뿐이므로, 그 순간 너는 이미 자아를 상실한 채 여전히 모방하고 변신한들 무슨 소용이 있을까? 단지 샤오빠이는 여태껏 아무것도 눈치 채지 못하고 엉뚱한 북만 두들기고 있기 때문에 원칙을 견지하면서 자아를 아직 상실하지 않고 있구나. 심지어 라오꾸어는 앞으로 나아가서 그녀를 대신해 대뜸 명치를 문지르며 땀을 흘리던 원형의 상태처럼 말한다.

"현재 내가 당신에게 한 사람을 선정하라고 건의했는데, 기왕지사 당신은 혐오스럽게 야채를 팔았고, 어차피 당신은 더럽고 비열한 하층민 생활을 충분히 경험한 뒤 현재 몽환 극장에 이르렀으니, 당신은 반드시 정신 나가고 멍청한 귀족 부녀자를 동경해야 하오. 이러한 사고의 줄기에 비춰 발전해야 하고, 당신은 ×××—××××를 모방할 생각을 해야 하오. 그녀는 유럽의 한 왕비요! 그녀는 치마 하나와 브래지어 하나 때문에 세계를 한바탕 정신 나가고 멍청하게 만들어 시끄럽게 했소! 몇 년 전에 그녀는 마침내 자동차 사고를 당했으니, 마땅히 어떤 사람이 그녀가 떠난 공백을 메워야 하오."

샤오빠이가 이렇게 대답할 줄 누가 알기나 했을까.

"저는 그녀를 모방하지 않겠어요. 그 여자의 심정으로 보자면 제가 적절치 않다고 할 텐데, 그 여자가 자동차 사고를 당한 것은 제가 조성한 게 아녜요. 그 여자가 먹는 서양 음식과 버터 그리고 특별한 생각과 그것을 먹는 법을 모방해야 하는데, 기실 내가 오십 번지 서쪽에서 계속 먹고 있는 고약한 냄새가 풍기는 두부보다 못하다고요!"

라오꾸어는 명치를 두들긴다.

"원래 음식 문화는 식습관의 문제요. 먹는 것 역시 바꾸기란 어려우니, 이건 내가 오히려 약간 생략하겠소. 기왕지사 당신이 그 왕비가 마음에 들지 않는다면 유럽과 유럽의 음식을, 그러니까 내가 당신에게 어떤 동양 물건으로 바꿔줄 테니까, 당신은 필경 ×××를 눈여겨 살펴보시오. 이 여자는 결코 나라 바깥이 아니고, 그 여자는 동방에서 유일하게 국제적인 명성을 얻고 있는데, 설령 그녀가 온 전신으로 냄새를 풍기지 않던 시절은, 스무 살이 되어 엉덩이를 아직 문지르지 않아 깨끗하지 않을 때였는데, 거장의 명성을 얻은 뒤 그녀는 극장에서 영화를 편편이 찍을 때마다, 그녀의 대변을 해결하기 위해 똥통이 달린 한 대의 차량이 제공되어야 했는데, 똥통은 물을 분사할 수 있고 불에 쬐여 엉덩이를 말릴 수도 있었기에, 그 한 대의 똥통 차량은 그러니까 삼천만 달러였소! 그런 똥통을 당신은 태어난 이래로 구경해보지 못했을 거요."

샤오빠이:

"그런 사람은 저 역시 마음에 들지 않는데, 그 여자의 신체 조건이나 용모는 괜찮지만 그 여자는 유방이 자라지 않았어요. 내 유방보다 크지 않은 게 마치 계란 노른자 같고, 게다가 얇게 퍼진 계란이죠!"

라오꾸어는 또다시 명치를 두들긴다.

"이런, 계란 같은 유방이 문제로군. 기왕지사 그 여자도 좋지 못하다면 내가 당신한테 또 다른 한 사람을 건의할 텐데, ××는 괜찮지 않아? 스스로 시집을 가서 벼락부자가 된 여자인데, 늘 텔레비전과 자선사업을 하는 만찬회에 얼굴을 드러내고, 유방도 작지 않으며, 국제연합 구제 개발 부서에서 제일차로 그 여자를 자선대사로 청했소. 당신은 오로지 그 여자를 모방해야겠는데, 평판도 좋고 호되게 큰소리도 칠 수 있으며, 어느 날 허둥지둥 집으로 돌아가도 당신을 때리지 못할 것인데, 그 여자는 이미 자기 남편을 철저하게 혼을 내주고 있기 때문이야!"

샤오빠이는 여전히 불만이다.

"그 여자의 용모와 재능 그리고 품격은 되었고, 그 여자도 한 가지 문제가 있는데, 덩치가 여자가 아니라는 것이죠. 다리 역시 약간 뒤틀렸고, 흡사 독살스런 라오서와 좀 비슷하죠. 당신은 왜 저에게 그런 여자를 모방하라는 거죠? 저는 원래 어떤 요조숙녀를 모방할 생각이었는데, 현재 당신이 찾아낸 그 여자는 절반은 남자이고 절반은 라오서 같은 존재이니까, 당신 마음이 어떤지 도대체 안심을 할 수가 없군요!"

그쯤에서 라오꾸어는 또다시 초조해지는데 그것은 세 명의 여자 때문이기도 했다. 흡사 샤오빠이는 모든 것을 조심하는 듯한데, 라오꾸어는 마음속, 혼 속, 창자 속과 핏속에 개인적으로 저장된 정신 나가고 멍청한 자기 꿈속의 정인情人들을 현재 몽환 극장에서 차용해서 샤오빠이의 모방과 변신에 그 여자들을 환생시키려 하니 죽은 사람의 혼이 타인의 시체를 빌려 환생하듯, 평소에는 보이지 않던 존재들이 지금 눈앞에 어른거리고 있다. 그와 동시에 라오꾸어는 이 세 명의 여자들이 세계상의 모든 여자들 중에서 최고로 정신 나가고 멍청한 여자들이기 때문에, 샤오빠이가 그 여자들을 모방하고 그 여자들처럼 변모하는 것은 자기 자신의 열망일 뿐만 아니라 몽환 극장의 영예를 찬란하게 드높이는 것이라고 생각한다. 그것은 몽환 극장이 개장된 이래로 찬란한 광명을 맞닥뜨리게 되는 일이니, 오십 번지 서쪽에서 배추를 팔던 정신 나가고 멍청해진 부녀자의 눈에 그 세 명의 여자들이란 제각기 감히 쳐다볼 수 없는, 그래서 되레 거북한 존재라는 것을 누가 미처 알기나 했을까. 그녀가 자신의 음모를 간파하고 있는데, 누차 과거의 진흙 구덩이 속으로 빠져들어가 그 고통 속에서 빠져나올 수가 없다고 다른 존재조차 빠져나오지 못하게 하려는 것인가? 재차 샘플을 들어올렸다가 내리는구나. 자연스런 흐름에 방임을 하고 샤오빠이에게 재차 세계상에서 도출해내라고 하자, 그녀는 빨리 상궤에서 벗어나 한 세트 해체한다. 이제 여자는 재빨리 테이블에서 뛰어내리면서 급속도로 빨리 억압을 뚫고 헤쳐 나온다. 분노한 라오꾸어는 또다시 예지를 잃어버린다. 말로는 성질이 난 게 아니라지만, 과거의 모순이 한차례 불고 지나가자, 현재 또다시 화가 되살아난 것이다.

"셋에 불과해서 기왕지사 세계의 최고 우수한 세 명의 여자들도 당신 눈에 들지 않아 모방할 가치가 없다고 여기는 모양인데, 그렇다면 나는 당신이 세계상에 어떤 누가 한눈에 좋아져서 그 누구를 대상으로 모방을 진행하려는 것인지 모르겠소. 기실 나는 당신과 상반되므로 조심스러운데, 그 세 명의 여자가 마음에 들고 안 들고 그런 문제가 아니라, 세 명의 여자를 당신이 모방하라고 제시한 거요. 당신이 배추를 팔던 어느 날 저녁엔 말솜씨 없고 우둔하더니, 여태껏 당신은 모방이 어떤 것인지 모르는군! 일이 그와 같으므로 내가 당신을 뚫어보건대, 당신 여기 몽환 극장에서 꾸물거리며 말을 끌어대는데, 표면으로 보기에는 우수한 여자들이 아주 많이 당신에게 윙크를 보내며 러브콜을 보내는 듯하지만, 실제 당신이 전심전력을 다하는 것은 따로 있어서, 그래서 몽환 극장과 우리들의 꿈이 파괴되라고 마음대로 휘젓는 거요? 현재 문제는, 이미 나와 우리들을 휘젓자 정신이 나가고 멍청한 오십 번지 서쪽 인간들도 뒤섞인 거요. 이것은 역사에 대한 책임인데, 당신은 배추를 팔던 여자라는 걸 인정하겠소? 당신은 당신 자신이 누구인지 잊을 수 있지만, 그래도 오십 번지 서쪽은 잊지 마시오!"

오십 번지 서쪽을 제안하지 않았다면 좋겠는데, 오십 번지 서쪽을 한 번 제안하자, 배추를 팔던 샤오빠이는 돌연 속이 후련해지면서 눈앞이 확 트이고 어쩌면 명치까지 밝아지는 듯하다. 그 순간 그녀는 박수를 치면서 말한다.

"당신이 조금도 화를 내지 않았을 때는 그저 그랬는데, 대뜸 당신이 화를 내자 저는 누구를 모방해야 할지 돌연 깨닫게 되네요!"

이것은 라오꾸어가 미처 생각지 못한 것이다. 라오꾸어는 분노의 히든카드를 갈무리한 채 반쯤은 어리벙벙하게 묻는다.

"그럼 당신, 누구를 모방할 셈이오?"

샤오빠이는 그 순간 대퇴부를 두들기면서 말한다.

"원래 꾸물거린 건 암흑 때문인데, 지금 당신의 분노와 저의 반항도 지나가고, 저는 돌연 제 눈앞에 밝은 등잔불 하나가 켜진 것을 목격한 셈이에요. 제가 야채를 팔던 시절부터 이 여자의 간드러진 마음 씀씀이를 흠모해왔지만, 방금 전에 막 극장으로 입장하는 순간 좀 긴장했고 당신이 화를 내서 두려워 되돌아가고 말았으나, 현재는 당신의 분노도 정점을 지났고 저는 돌연 과거를 회상할 수 있으니, 이 사람은 멀게는 하늘가이고 가깝게는 목전인데, 그녀는 다른 존재가 아니라 오십 번지 서쪽의 가라오케 접대부로 일하는 샤오스예요!"

그 순간 라오꾸어는 경악한다. 경악한 뒤 라오꾸어는 곧 실망으로 상심하지만 어쩔 도리가 없는데, 무대 아래쪽의 우리 관중들 역시 지나치게 상궤를 벗어난 샤오빠이의 선택을 비로소 감각한다. 그것은 좀 부스럼을 앓고 있는 개 같은 인간이 담에 기댈 수조차 없는 장애를 얻은 격이다. 우리는 우스웠지만 웃음을 뱉어낼 수는 없는데, 그 순간 너는 너 자신이 누구인지 잃어버렸을 뿐만 아니라, 연이어 현장 관중의 몇 대 조상과 오십 번지 서쪽에서 수백 년 동안 정신이 나가고 멍청해진 역사적인 얼굴들을 모두 잃어버린 것이다. 그 순간 우리 관중은 감독 라오꾸어와 함께 다 같이 일어선다. 울 수도 없고 웃을 수도 없는 난처한 입장에 처한 우리들에게 라오꾸어는 대표로 말을 했다.

"당신은 대관절 배추 팔던 사람인데, 보아하니 내가 내빈으로 선택한 자는 병이 들었구먼. 처음 시작할 때는 원한이 완전히 새롭게 조성될 수 있을 듯하더니 현재는 보아하니 병든 개 같은 신세라서 당신이 기댈 담장도 부여잡지 못하겠군. 이 세상의 여자들이 수천만이거늘, 당신이 선택한 자가 다른 누구도 아니고, 샤오스를 도출해낼 수밖에 없다는 거요? 그 여자는 오십 번지 서쪽의 하층민으로서 한낮 접대부인데, 그 여자의 어디가 좋아서 모방하겠다는 거요? 다시 말해서, 그 여자 역시 오십 번지 서쪽을 이탈해본 적이 없소! 왜 어째서 우리가 모방과 몽환을 진행한다고 생각하는 거요? 그러니까 우리들은 몽환과 모방이라는 수단을 빌려서 오십 번지 서쪽을 이탈해서 전 세계를 향해 나아가자는 거요. 배추 파는 한 여인은, 오십 번지 서쪽에서 동작이 최상으로 느린 여자로군. 우리들 모두가 이 기회를 빌려 유럽과 북아메리카를 향해 나아가서, 뉴욕, 런던, 파리, 백악관, 버킹엄 궁전과 에펠탑에 불완전하게 앉아 있어야 하겠는가? 장차 우리들의 수정금자탑과 에펠탑을 다 같이 연결해놓고, 우리들의 정신 나감과 멍청함을 대뜸 전 세계로 널리 확산시킬 생각 아닌가? 당신이 유럽과 북아메리카까지 이르지 못한다고 해도, 먼저 아시아의 선두주자로 이소離騷를 빌려서 정신 나감과 멍청함 그 위에 다른 하나의 층위와 경계를 고양시키고자 하는 것인지, 당신이 선택해서 이르고자 하는 발원지는 미동조차 하지 않고 있다는 걸 생각지 못하는군. 만일 우리의 모방과 몽환이 오십 번지 서쪽에서만 국한된다면 그건 흡사 우리들의 혈액이 마침내 우리들의 혈관과 창자 속을 유동하는 것과 같겠지만, 그것은 모두 다 자기 체내에 봉쇄해둔 채 순환하고 있으므로, 그렇게 되면 우리들의 모방과 몽환은 근친간의 결혼처럼 보기 흉한 것이니만큼, 그렇게 해서 몽환과 모방의 자손을 낳아 계속해서 정신이 나가고 멍청해지지 않을 수가 없거니와 과거의 정신 나감과 멍청함을 정체시키고자 함이오? 내가 다시 한차례 말하자면, 이 순간 당신이 지체하고 있는 것은 당신 개인의 모방과 몽환이 아니라 모든 오십 번지 서쪽의 정신 나감과 멍청함을 지체시키고 있어 그 정신 나감과 멍청함이 널리 확산되고 있지! 보기에는 의견을 결정하지 못해서 멀뚱멀뚱하는 듯하지만, 사실 당신 심중에는 일찍부터 음모가 도사리고 있고, 보기에는 한층 고양된 듯하지만 기실 당신은 망가져 있고, 보기에는 오십 번지 서쪽에서 야채 팔던 사람이지만 기실 당신은 줄곧 입으로 떠들지는 않아도 오십 번지 서쪽을 언제나 비방하지! 당신은 왕궁의 귀족이나 유명 스타를 따르지 않고 접대부 여자와 최하층민의 삶을 따르고자 하니, 당신같이 이런 식으로 몽환과 모방을 하게 된다면, 우리 오십 번지 서쪽은 타락해서 어디로 향하게 될지 나는 모르겠소!"

보아하니 감독 라오꾸어는 정말 화가 난 듯한데, 부릅뜬 양쪽 눈에서 번갯불이 번쩍이는 듯하다. 그 순간 되레 현명한 길을 안내해줄 두 개의 밝은 등잔불이 등장을 하게 되는데, 아주 한탄을 하며 샤오빠이를 밀어뜨리자, 그녀는 백주 대낮에 불에 구워지는 듯하다. 무쇠가 강철이 되지 못함을 분개하듯 유능한 자가 분발하지 못함을 한탄한다. 샤오빠이가 반격할 틈을 기다릴 새도 없거니와, 무대 관중석에는 가라오케의 샤오스가 일도 벌이지 못하고 앉아 있다. 관중들 중에서 분화 현상이 나타나더니 일어나서 항의하기 시작한다.

"라오꾸어, 당신의 그런 말은 듣기 거북하오. 나 한 사람이 듣기 거북한 것이야 관계없지만, 당신이 그런 식으로 말하면 문제는 우리 몽환 극장과 모든 오십 번지 서쪽이 정신 나감과 멍청함에서 격정적인 연극 레퍼토리 창작이 종결되고 본질이 이탈되고 말 것인데, 왜 우리가 우리 오십 번지 서쪽과 우리 오십 번지 서쪽의 정신 나감과 멍청함을 전시하려 들겠소? 우리 백성들이 자기 스스로 스토리를 진술하고 진열하고자 함이 아니잖소? 오십 번지 서쪽을 전시하지 않으려면, 당신은 즉시 오십 번지 서쪽에서 이탈해서 유럽으로 달려가시되, 우리는 당신이 어디에다 궁둥이를 디밀고 앉게 될지 당신 입장을 모르겠소. 무엇이든 체내에서만 순환하게 되면 근친상간 혼인인 셈이고, 만일 우리 자신의 체내에 병이 들면 우리 자신의 정신 나감과 멍청함의 원인을 여전히 분명하게 조사할 수가 없게 되니까, 맹목적으로 당황해서 창자를 세척하고 피를 세척하려 들자면, 우리 자신의 혈액형을 완전히 테스트할 수가 없으며, 당신이 세척한 피와 바꾼 혈액은 혈액형이 잘못되어 이성체異性體조차 있을 수가 없겠구려! 과거에도 어떤 사람이 오십 번지 서쪽에서 나아가서 목재국에 이르지 않았소? 정황이 어쩌면 이 모양이오? 목재가 날개를 다쳐서 스스로 변신을 해 되돌아온 게 아니오? 피를 세척하지 않고 피를 바꾼다면 구차하게 여명餘命을 보전하게 되는 것인데, 한차례 피를 세척하고 피를 바꿔야 되레 방귀의 품격도 신선해지는 것이오! 만일 우리 오십 번지 서쪽이 정신 나가고 멍청해지고 귀가 멀고 눈이 멀어 목재가 된 원인을 조사해서 찾아낸다면, 장차 정신 나가고 멍청해지고 귀가 멀고 눈이 멀어 목재가 되는 것은 널리 확산될 것이므로, 내가 보기에는 우리는 여전히 황당하게 당황해서 세계를 향해 나아갈 필요 없이 오십 번지 서쪽에 남아 있을 필요가 있소이다. 이 순간도 오십 번지 서쪽은 보기에는 남아 있는 듯하지만 기실 세계를 향해 나아가고 있소. 장차 오십 번지 서쪽은 아주 다급하게 세계와 혼합되고 용해될 것인데, 당나귀도 아니고 말도 아닌 오십 번지 서쪽의 혈맥들이 일제히 전부 다 널리 확산되어 재차 오십 번지 서쪽으로 몰려오지 않겠소? 그러니까 이것은 오십 번지 서쪽의 정신 나가고 멍청해짐이 널리 확산되었다는 입장에서 문제를 조사하고 찾아내야 한다는 것이오. 오십 번지 서쪽에서 누가 정신 나가고 멍청해진 것인지 잊어서는 안 된다고 내가 당신에게 여전히 권하는 이유는 여기에 있소이다. 오십 번지 서쪽의 백분의 구십구는 여전히 중생인 백성들의 체험으로 이루어진 게 아닌가? 접대부 여자가 어때서? 접대부 여자를 모방하고 몽환하면 안 되는가? 접대부 여자의 역할은 쉬운가? 당신은 과거에는 과자를 굽고 변변찮은 잡탕이나 끓여서 팔던 노동자가 아니었나? 여기 감독이 되었다고 어떻게 당신은 생각의 원천인 물의 은혜에 보답할 생각도 하지 않고 물을 마시는가? 당신은 오십 번지 서쪽에서 흘러 나오는 창작의 원천이자 기지機智로 이 연극의 레퍼토리를 진행하자면 마땅히 심연으로 들어가는 생활이어야 한다는 걸 모르지 않을 텐데, 오히려 당장 당신을 길러준 고향을 포기하고 이탈해서 과거의 관료들처럼 허세를 부리기 위해 명사와 교제를 하고 문화적인 활동을 하기 위해 이국 왕국의 귀족이나 따르기 시작하는데, 그렇게 된다면 당신의 몽환과 모방은 목재국과 어떻게 구별할 수 있는지 나는 되레 회의적이라는 거요! 총명하니, 우리의 창작 원칙을 절대 잊지 마쇼. 오로지 민족적이어야 세계적인 것이고, 오로지 오십 번지 서쪽에 머물러 있어야 오십 번지 서쪽이 재주껏 널리 확산된다네. 그런데 내가 여기서 한 가지 조건을 붙여서 말하자면, 아니, 두 가지의 조건을 붙여서 말하자면, 기왕지사 수정금자탑에 몽환 극장이 자리 잡고 있으니, 모든 사람들에게 제각기 몽환과 모방이 진행되어야 한다는 것이고, 그렇게 되면 현재 샤오스가 아니라 다른 존재인 것이며, 그러니까 접대부가 아니라 다른 우수한 여자인 것이니만큼, 만일 샤오빠이가 모방한 접대부가 장애가 있어 외관을 해칠 정도라면, 우리들의 상처 자국과 농혈膿血로 인한 결함을 전시해서 제삼세계의 식민지화와 노예화 경향을 우리가 타인들에게 보여줄 수 있는 것이고, 그렇게 모방과 변신이 현재 우리를 경과하면 그것은 이미 접대부의 상처 자국과 농창과 결함이 아니라, 이미 모체까지 변해버린 것이니만큼, 새로운 모체와 새로운 인물로 모방이 진행되어서 다른 존재가 되고자 하려는 것인데, 어째서 안 된다는 것인지, 당신은 자신의 과실을 극도로 한스러워하고 증오하는가?"

그 순간 라오꾸어는 어리벙벙하게 묻는다.

"그렇다면 당신은 이미 모방과 변신을 지나간 모양인데, 벌써 누구로 변신된 거요?"

샤오스:

"저는 이미 모방과 몽환을 거쳐서, 벌써 눈물로 만리장성을 무너뜨린 멍지앙뉘로 변신했어요. 한편으로 보자면 그 여자는 여걸인 셈이고, 이 여자의 모방과 몽환은 당신 이론에 약간은 부합되지만, 그러나 그것이 중요한 원인은 아니에요. 다른 측면으로 보자면 접대부는 환락 그 이후에 무엇을 할까요? 심야에 사람들이 안정을 취할 무렵 홀로 눈물을 흘리며 이 세상의 모든 남성들로 이루어진 만리장성에 대한 원한으로 가득 차 있지 않을까요?"

라오꾸어 감독은 그 순간 벌써 배추 파는 여자 샤오빠이이자 접대 부인 샤오스의 책략에 걸려든다. 무대 아래쪽의 우리 관중들은 그 순간 눈앞이 너무 다채로워서 어지럽고 어떻게 모방하고 몽환할지 속셈도 모른 채로 북을 두드리며 기고만장해진다. 라오꾸어는 어떤 측면에서 아직도 우리 군중들의 대표로서 그쯤에서 소곤소곤 말한다.

　"그럼 여전히 오십 번지 서쪽을 이탈한 게 아닌가요?"

　"멍지앙뉘의 좋은 점이 있다면 모방하되, 울고 또 울어대는 건 제외하시오. 만일 우리 몽환 극장에서 두 시간가량 울어버리면 장례식장으로 변해버리지 않겠소? 다시 말하자면, 오십 번지 서쪽이 울어서 신생을 얻겠소?"

　그러나 이미 약간의 잠재력이 부족해 참괴로 인해 정신적으로 녹초가 될 만큼 낙담하고, 라오꾸어는 벌써 샤오스가 다만 멍지앙뉘이기 때문에 오십 번지 서쪽에 관하여 한차례 억지로 강변을 늘어놓으면서 멋대로 트집을 잡으며 한바탕 소용돌이로 끌어들인다. 다른 한쪽 측면으로 또다시 고개를 돌려서 무대 위의 내빈 샤오빠이에게 묻는다.

　"기왕지사 당신은 샤오스를 모방하고 몽환하고 있으니, 현재 샤오스는 이미 한 사람이 아니라 두 명인데, 과거의 샤오스 이외에 현재의 멍지앙뉘가 있는데, 한 사람은 가라오케에서 웃음을 팔고, 한 사람은 만리장성을 눈물로 무너뜨린 존재인데, 그렇다면 당신이 모방한 것은 과거의 샤오스요 아니면 현재의 멍지앙뉘를 모방한 거요?"

　배추 파는 샤오빠이와 가라오케의 접대부 샤오스의 입장이 다르다는 것을 누가 알았을까. 샤오스는 비록 이미 몽환과 변신을 거쳐서 신생을 획득한 멍지앙뉘라지만, 그러나 샤오빠이는 결코 현재 목전의 변신을 좋아한 것이 아니고 과거에서 놓여나지 못하여 여전히 껴안고 있는데, 그녀가 눈을 세모꼴로 세우고 그쯤에서 쏘아보자 라오꾸어도 또다시 눈을 부릅떴고, 무대 아래의 샤오스이자 멍지앙뉘라고 말할 수 있는 그녀는 다만 겨우 입이나 삐쭉 내밀면서 응대한다.

"난 멍지앙뉘로 변신하진 않을 터인데, 우는 것을 좋아하지 않아서 멍지앙뉘로 변신하지 않겠다는 것은 결코 아녜요. 과거에 매일 집에서 남편이 때리면 가정 폭력으로 인해서 우는 것이 습관화되었고, 말하자면 길은 다르지만 귀착하는 곳은 동일하듯 수단은 달라도 목적은 동일하니 좋은 모방을 해야 한다는 게 때마침 길은 익숙하고 문도 익숙하기 때문이죠. 실력파 연극 단원이라고 인정받는 작위적인 배우가 진정한 연극 단원인 것은 아니고, 나는 아직도 변신을 좋아해서 다시 모방하고 몽환하려는 것이 아니며, 만일 내가 동시에 변신해도 멍지앙뉘를 모방하되 샤오스의 말을 모방하진 않을 것인데, 어째서 내가 가까운 곳에서 취하지 않고 멀리에서 구하며, 직진이 아닌 모퉁이를 빙글빙글 돌아서 멍지앙뉘와 모퉁이 끝에 있는 샤오스를 찾았을까요?"

그 순간 무대 아래의 원형질이 멍지앙뉘인 그녀, 그러니까 모체가 그녀인 여자는 되레 의욕이 솟아나 동시에 말한다.

"역사상에서 나는 다만 울기만 했던 것은 아니고, 남편을 찾아 천리를 탐색했던 것도 중요한 것은 신생을 획득하겠다는 의지에 기인했던 거예요!"

그와 동시에 관중석에 앉은 샤오스가 항의한다.

"제가 모방하고 몽환하면서 당신에게 희망하건대 편차가 생겨선 안 됩니다!"

감독 라오꾸어는 샤오스의 음모를 발견하지는 못했지만 샤오빠이의 신상에 남의 재화를 보고 들떠서 기뻐하며 우쭐대는 모습을 약간 발견하게 된다. 그러나 남의 재화에 들떠 기고만장하는 것은 다소 조심스러운 일이다.

또다시 샤오빠이에게 묻는다.

"기왕지사 접대부 샤오스의 모방과 변신이 보기 흉하다고 했으니까, 그렇다면 당신은 그 여자 신상의 어떤 물건을 모방하려는 거요?"

샤오빠이:

"저는 단지 그 여자의 생활습관을 보았던 거죠. 과거에 그 여자가 접대부 일을 할 무렵, 저는 야채를 팔았죠. 제가 낮에 야채를 팔 무렵, 그 여자는 집에서 실컷 잤어요. 제가 저녁이면 야채를 다 팔고 너저분한 머리카락과 땟국이 범벅된 얼굴에 심신이 극도로 피로에 절어 기진맥진한 상태로 집으로 돌아가면 남편이 구타하기 시작하는데, 그 여자는 오히려 야단스럽게 화려한 치장을 하고 펄럭거리며 가라오케로 출근을 하지요. 제가 진종일 한 남자에게 구타당하는 과정이 계속되는 반면, 그 여자는 오히려 전 세계 남자들의 쾌락을 고수하죠. 그것을 아주 적당히 경원하고 질투하죠. 그 당시 저는 한편으론 야채를 팔면서 한쪽으로 늘 생각했어요. 언제쯤 샤오스 같은 생활을 할 수 있을까, 언제쯤 나는 오십 번지 서쪽 야채시장을 벗어날 수 있을까. 당신, 방금 전에 이탈을 진술한 게 아니었나요? 당신의 이론이 야채시장에만 국한한다면 샤오스에게 남겨져 고수하는 것도 어긋난 이론이기에 저는 그것과 그것은 되레 서로 동일한 것이라고 여기는데요. 설령 제가 이쯤에서 정신 나가고 멍청해진다면 저는 죽어도 원한이 없겠네요!"

라오꾸어는 이쯤에서 맥이 약간 빠진다. 사실 그녀의 모방은 이 정도의 층위에서 멈추게 할 생각이다. 사상의 함량이 엄청나게 큰 게 아니기에 만일 더 이상 이런 식으로 모방을 진행해간다면, 이 기간의 몽환 극장은 그녀의 손아귀에서 분명히 산산이 부서질 것이다. 그러나 역시 입을 열어 샤오빠이를 비판할 겨를이 없는데, 샤오스는 이미 일어서더니 샤오빠이에 대한 불만을 드러낸다. 전선에서 확성기를 통해 적진의 장병들을 교란시키는 듯하자, 점점 더 감독은 통제하기가 어려워진다. 샤오빠이에 대해 샤오스의 의향은 자기 자신의 신생을 부정하고 자신이 회귀해서 역사의 수레바퀴가 역행하자 불만을 토로하는 것이다.

"확실히 과거를 회고하면 단번에 앞날이 보이는 것이고, 확실히 몽환을 고려해야만 곧 자기 자신의 원 모습이 보이죠. 확실히 가라오케로 돌아가야만 자신이 과거에 무엇을 했던 사람인지 절대 잊지 않을 거예요. 지나치게 화려하게 단장한 것을 모방하려는 거예요? 당신 오척 단신에다 입은 삐뚤고 눈은 툭 튀어나왔는데, 다시 어떻게 화장을 한들 가라오케에서 손님을 찾기란 어렵겠어요!"

샤오빠이는 득의양양하게 말한다.

"여긴 몽환 극장이 아닌가요? 몽환이 지나가고 저는 곧바로 당신의 신체 조건과 용모로 변신했지만, 그 시절 가라오케의 겉모습은 당신일 뿐 저는 아녜요. 쾌락의 최절정이 우연히 당신 창자로부터 뚫고 나와서 저와 마주친 것이고, 침체 상태와 마주쳐 고객이 없거나 혹은 고객이 행패를 부려서 홀로 트집을 잡을 무렵, 저는 그 난제를 다시 당신에게 밀어버리겠어요!"

샤오스는 그쯤에서 되레 말허리가 꺾인다. 아주 빈번하게 왕래하던 중에 몽환 극장이 개장된 지 벌써 한 시간이 경과된다. 한 시간이 경과되었으나 모방은 아직도 개시되지 못하고 있다. 얼굴을 마주보며 한차례 혼란에 빠지는데, 라오꾸어는 역시 약간 맥이 빠지고 기진맥진해 낱낱이 부서진다. 재차 저층위의 모방을 해도, 모방과 몽환을 하지 않는 것에 비교하자면 좋아질 것인데, 다시 인간 희극의 창출에는 실패하고 말았으나, 억압 아래 짓눌려 입을 다문 사람들과 비교하자면 좀 좋아진 셈인데, 오십 번지 서쪽의 민족적인 창조력은 어쩌면 이렇게까지 나태해질 수가 있는지, 당신이 라오꾸어에게 그것을 시켰으니 어찌할까? 그쯤에서 라오꾸어를 함몰시킴과 동시에, 함몰조차 안 되면 소금에 절이고 거세를 시켜야 한다. 타인의 문장을 저자의 본의와 다르게 제멋대로 사용하더니 칠칠치 못하고 천박한 제조자 샤오빠이에게 곰팡이가 생겨나 샤오빠이의 모방의 대상은 샤오스가 되고 샤오스가 암중에 모방한 대상은 멍지앙뉘가 되었더란 말인가? 불운하게도 최종적으로 인계 맡은 자는 감독이 아니라 여전히 관중이고, 재수 없을 정도로 천박한 것은 라오꾸어가 아니라 최종적으로는 오십 번지 서쪽과 전 세계인 것이다. 그 순간 라오꾸어는 생각을 통해서 납득했을 뿐만 아니라 게다가 역시 타인의 재화를 보고 즐거워서 남몰래 기뻐하니, 다만 그는 그런 방식의 모방과 몽환 효과를 원하고 있다. 오로지 이런 식이라면, 오십 번지 서쪽의 인간들은 누구의 말을 믿어야 할지 몰라 점점 더 정신 나가고 멍청해질 텐데, 정신 나가고 멍청해진 오십 번지 서쪽은 능력껏 전 세계를 휘젓겠구나. 왜 어째서 몽환 극장을 열어서 그 내빈으로 샤오빠이를 모셨는가 하면, 단지 그녀에게 이 솥 안의 죽을 휘젓게 해서 극의 시나리오가 휘젓거려지면 점점 더 저속하고 비천해지니까 좀 좋으랴. 당신이 쓴

극의 시나리오는 심각하고 그 내막이 깊숙하니 극의 레퍼토리를 상연해도 구경하는 자가 없구려. 한 패거리의 정신병자와 멍청이들에게 보라고 한들 뭐 할까? 결국 보는 것은 타락한 것, 나태한 것, 비천한 것일 뿐이구나. 누군들 접대부 여자를 좋아할까? 극의 레퍼토리가 비천한 걸, 다만 지위가 높아져 거느리려면 오히려 레퍼토리가 고양되어야 하는데, 그러자면 이 극장 감독은 심각하고 위대한 기회가 주어져야 한다. 흡사 과거의 변변찮은 잡탕을 그의 솜씨로 만든 당신은 맑은 탕에다 맑은 탕이라고 생각했지만 정작 당신은 혼탁한 국과 혼탁한 물이 큰 창자 안에 가득 차 고약한 똥 냄새와 오줌 냄새가 진동하자 라오꾸어가 지금 막 싸구려로 재활인한 값싼 기름을 둘렀다는 걸 느낀다. 당신이 그녀를 불러들여 몽환과 모방을 통해서 자기 자신으로부터 다른 존재로 변신하던 도중에 변화의 틈바구니에서 신생을 획득하긴 했는데, 그녀가 배추 팔던 여인에서 또다시 타락을 해 접대부가 될 줄 누가 알기나 했을까. 배추 파는 여자로부터 접대부 틈바구니 사이로 훌쩍 날아가버린 이유는 그 무엇이란 말인가? 이것은 라오꾸어와 군중이 약간 우려가 되어 생각해낸 것은 아닐까? 라오꾸어는 한 시간을 지체하고 있다가 그 한 시간이 경과하자 결국 샤오빠이와 샤오스 그리고 멍지앙뉘를 목격하게 되는데, 그것은 무대 아래의 모든 관중들이 오십 번지 서쪽의 책략 속으로 들어간 뒤였다. 연달아 그가 테이블을 손으로 대뜸 두들기자, 곧바로 내빈의 몽환이 개시되고 모방이 진행된다. 그런데 그는 문장의 흥취가 고상하고, 말이 날카롭기에 가까스로 심중에 갈무리해두었던 불만과 유감 그리고 실망과 우울한 기색을 얼굴 전면에 드러낸다. 흡사 단호히 결심을 내린 듯 테이블을 한 번 두들기며 말한다.

"어차피 당신이 세상의 모든 심각한 것들을 비천하다고 배척할 요량이라면, 결국 당신이 모든 세상을 배척하고 여전히 오십 번지 서쪽으로 되돌아온 요량이라면, 기왕지사 왕궁의 공주나 이 세상의 모든 우수한 여자들을 배척하고 접대부를 몽환하고 모방할 요량이라면, 결국 당신은 정신 나가고 멍청해진 오십 번지 서쪽을 방치해둔 채 자기 자신의 장래도 고려하지 않고 점점 더 정신 나가고 멍청해질 요량이라면, 그렇다면 나는 작위적인 한 감독으로서 기왕지사 이런 국면을 억압하고 이런 국면을 가꾸는 것으로 끝낼 수 없소. 정신 나가고 멍청해진 후 우리 오십 번지 서쪽은 사람들마다 제각기 개성과 의견이 생기긴 했지만, 그러나 우리는 큰 원칙적인 문제에 있어서 여태껏 뭐든지 고정되지 않았고 고집하지 않았었는데, 각기 일개 작은 생활의 디테일에서 되레 한결같이 극력 추구하고 논쟁하느라 머리가 깨져 피를 흘리고, 혹은 아주 적절하게 상반되어서, 우리 큰 원칙이라는 관건에서도 모두들 논쟁하느라 머리가 깨져 피를 흘리니, 작은 디테일이 있는 어느 곳도 절대 생략해서는 안 되는 것이오. 털끝만큼의 차이로 천 리 먼 곳까지 잘못된다는 것인데, 당신들은 전부 그것을 경솔하게 문제 삼지 않았던 거요. 나태라는 것, 당신들의 이런 태도가 나태 아니겠소? 결국 책임지지 않는다는 그 말, 당신들의 이런 태도가 책임을 지지 않는 것이죠? 어차피 당신들이 나태함으로 인해 결코 세계를 책임지지 않을 생각이라면 오십 번지 서쪽에 수정금자탑을 중건해서 수정금자탑 안의 몽환 극장 안에다 한 솥단지의 죽을 휘저어 뒤섞어놓읍시다. 나는 억압할 수 없고, 이런 국면에서 억압되지 않을 수 있어요. 현재 모방을 진행하는 주연 배우는 당신이지 내가 아닌데, 어떻든 당신이 내가 좋은 마음으로 인도, 지도, 지정해준다 한들 내 호의를 당나귀 간이나 허파로 여기며 굳이 나쁜 뜻으로 받아들이고 있으므로, 나는 여기서 즐겁게 그 당나귀 간과 허파를 꺼내서 나의 잡탕을 계속해서 만들 것이고, 이런 감독이 적당치 않아 손과 발을 놓았더니 당신들은 대관절 야단법석이구려. 보아하니 당신들은 야단법석을 떨어 뭔가 만들어내긴 한 모양인데, 야채 파는 여자에서 접대부에 이르기까지 신산스런 여정을 보아하니, 오십 번지 서쪽 인간들의 정신 나감과 멍청해짐에 대해서 이 정신 나감과 멍청해짐이 널리 확산되어서 뭔가 새로운 것을 제공하려는 계시인 거요. 당신이 바뀌고 당신이 변신하고 당신이 꿈꾸고 당신이 환상하고 당신이 모방하고 당신이 우수한 것을 만들어내도, 당신은 오십 번지 서쪽이 역사의 심연을 향해 밀려 나아가는 것을 구제하지 못해! 이번에는 나 역시 약간 견지하던 바가 고정적인데, 그것은 다만 죽는 것을 보고도 구하지 않는 것이오!"

라오꾸어는 연이어 성질이 나서 기고만장한 것처럼 위장하고 그 자리에 앉는다. 다만 야채 파는 여자 샤오빠이는 감독 라오꾸어가 진정 화가 난 것인지 아니면 일부러 화가 난 것처럼 가장하는 것인지 결코 이해하지 못하는데, 게다가 'OK'라고 한 번 소리치자, 그쯤에서 문장의 흥취가 고상하고 말이 날카롭게 되어서 자기의 이익만을 꾀하고 남의 일은 상관하지 아니하며 가라오케의 접대부 샤오스는 옷을 바꿔 입고 입 속으로 주술을 외우기 시작한다. 말이 너무 힘들어서 입에 거품을 물며 소곤소곤 몇 구절의 주술을 염불하는데, 과연 오척 단신의 체구에 입은 삐뚤고 눈은 튀어나왔으며 눈썹이 머리카락에 잇닿아 있는 칠칠치 못한 한 여자이거늘, 변신이 시작되자 몸은 날씬해지고 미목수려해지니, 흔들거리는 꽃가지처럼 화려하게 장식하자 지극히 아름다운 여자가 절개가 있구려. 과거에는 한 다발의 잡초가 매우 뒤숭숭하게 뒤섞인 듯하더니, 현재는 물에서 나온 부용이로군. 보아하니 자신의 내빈이자 사냥감은 자기 자신이 인도하고 지도하고 지정한 뒤 천지가 뒤집히는 대소동이 일어나자, 내용은 그대로 두고 겉만 바꿔어, 재능이 두각을 드러내면서 환골탈태하니, 이미 자기 자신은 다른 존재와의 틈바구니 사이로 날아가고 가장 먼저 신체상의 신생을 획득하였으므로, 라오꾸어는 표면적으로 화를 내고 있지만 흥분을 감춘 채 또다시 약간 질투하는데, 연달아 그녀가 좋게 변하였든지 악화되었든지 상관없이 현재 목전의 몇몇 변화는 겉모습일 뿐이다. 이미 그녀는 과거 배추를 팔던 샤오빠이라는 여자에 비하자면 백 배 강한 존재이며, 그것은 일체 라오꾸어와 라오꾸어의 몽환극장을 통하여 도달된 것이다. 질투심 아래 약간 좀 씁쓸하고 화가 치미는데, 샤오빠이를 추적해보면 아직 완전히 변신한 것은 아니고 샤오스 역시 어떤 측면에서는 변화의 과정 중에 있어서 또다시 불만이 분출되자 한 구절 보충한다.

"당신은 노래하고 춤추는 접대부로 아직 완전히 변모한 게 아니기에 내가 당신한테 한 구절 다시 한 번 각성시키자면, 가라오케의 접대부 샤오스는 모든 노래를 부를 줄 아는데, 당신은 과거 배추를 팔 때 징이 울리는 듯한 목소리를 지녔다고 내가 기억하거늘, 내가 당신을 접대부 샤오스로 변모하라고 한들 당신은 접대부가 되는 게 아니고, 내가 듣기로는 파급 효과가 없는 목소리는 귀족으로 변신해야 한다는 거요. 만일 당신이 가라오케 접대부로 변모한 뒤에도 노래를 부르지 않는다면, 고객 역시 흡사 과거의 당신 남편처럼 당신을 때리고 모든 잘못을 당신에게 뒤집어씌울 것인데, 그 책임은 단지 당신 자신

도 아니며 샤오스도 아니고 그것은 오로지 감독과 몽환 극장의 책임
으로 돌아온단 말이오! 몽환 극장에서는 오로지 신체와 용모 그리고
직업과 생활 습관의 변모만을 상관하는 것이지 목소리까지 변화시키
는 게 아니오!"

사후에 라오꾸어는 또다시 말한다.

"기실 나의 몽환 극장에서도 목소리를 변화시키는 기능이 있긴 하
지만, 내가 보기엔 당시 그녀는 자기 자신의 심사를 따르는 게 순리
였어. 그건 당연히 나의 심사이기도 하고. 하긴, 설령 나의 심사라고
는 하지만, 너무도 기쁜 마음에 갑자기 화가 나서 목소리를 빌려 그
어려운 난제로 압력을 가하였지!"

그런데 샤오빠이는 그 어려운 난제로 인해 몹시 위협을 당하게 된
다는 것을 미처 생각지 못했는데, 절반은 샤오빠이이자 절반은 샤오
스인 그녀가 대답한다.

"저는 노래 부르는 것 역시 두려울 게 없는데, 깨진 징소리라고 고
정관념으로 바라보는 건 쓸모 없는 것이고, 고정관념으로 바라보는
것은 오로지 배추 파는 일로 족하지만, 새로운 역사적 조건하에 놓이
면 그런 세월에는 이런 목소리가 노래를 부르기에 아주 적합하지요.
그걸 잘 익어서 속이 아삭아삭한 수박이라고 말하지요. 가라오케에
서는 과거의 낡은 습관대로 여전히 우리들이 고객에게 고개를 숙일
책임이 있다고 생각할 뿐만 아니라, 어떤 고객도 접대부 여자를 창녀
처럼 데리고 놀아도 된다고 생각하고 있지만, 전문 직업 접대부란 노
래와 춤으로 고객을 인도할 책임이 부여되었다고 여기는 것이죠. 현
재 상태에 만족하며 나아가려 하지 않으니까 그것은 책임에 달려 있
지 않고, 뜻을 새롭게 세워 창조하여야 하는 것이기에 낡은것을 해체

하지 않으면 새것을 세울 수 없지요. 그와 동시에 저는 깨진 징소리 같은 목소리로 노래를 부를 수 있을 뿐만 아니라, 경극의 칭이靑衣* 역시 부를 수 있다고요! 과거 제가 배추를 팔던 시절, 녹음기를 껴안고 경극을 들을 때가 최고로 좋았어요! 그럼 그건 민족적이기 때문인가요? 오직 민족적인 것이 곧 전 세계적인 것이죠. 그렇기 때문에 우리의 정신 나감과 멍청함이 널리 확산되는 것이 유리하죠. 당신, 무슨 말을 더 하고 싶은 모양이군요!"

어안이 벙벙해서 입을 크게 벌리고 있는 라오꾸어를 고려하지 않고 괴기소설에서나 등장하는 귀신처럼 몸을 흔들어 곧 모습을 바꾸더니, 거침새 없이 민첩하게 아주 철저하게 샤오스로 변신한다. 샤오스로 변신한 뒤에는 그녀의 음모를 대부분 드러내야만 하는데, 연달아 이미 과거의 그녀일 뿐만 아니라 벌써 다른 존재로 변신한 그녀는 점점 더 라오꾸어가 컨트롤하기 어려워진다. 몽환과 모방으로 인해서 연극의 레퍼토리를 어떻게 이끌고 갈 것인지 얼추 보이는 듯한데, 연극 대본에 준하여 조리 있고 순서대로 진행하며 감독이 모든 것을 적절하게 배정하는구나. 그런데 그 순간 우리는 라오꾸어가 약간 당황해한다는 것을 분명하게 살펴볼 수 있었는데, 급히 정지하고 생떼를 부리며 우쭐대고 덕을 보기 위해서 잘난 체하면서 또다시 진상眞相을 투입하기 시작하고 억제하면서 인도를 진행한다.

"좋아요, 기왕지사 당신이 이탈을 완성했으니까, 우리는 연달아 몽환과 모방을 진행할 수 있겠구려. 기억하셔야 되거늘, 나의 이 몽환과 모방은 희극적 전경은 아니기에, 익살맞은 몸짓과 대사로 관객

---

* 칭이(靑衣): 중국 경극에서 남자 배우가 젊은 여자 역할을 하는 것.

을 웃기는 동작과 술술 튀어나오는 말은 한 세트 모두 철저하게 근절
시켜야 하오. 그와 동시에 당신은 누구를 모방해서 누구로 변신하려
고 했는지 자기의 신분을 기억해야만 하는데, 당신은 왕궁의 공주도
아니고 유명한 스타나 여걸도 아니며, 오직 하층민 접대부라는 것을
잊지 마시오. 만일 당신이 왕궁의 공주나 유명한 스타나 여걸로 변신
했다면, 왕궁이나 현장에서 채록해 신문에 발표하거나 텔레비전에서
발표했을 거요. 그렇게 되면 당신은 당신의 위력이나 세력의 범위를
넓힐 수 있을 것인데, 현재 당신은 가라오케에서 노래를 하는 접대부
로 일하고 있으니까, 고객이나 마주하시오. 무슨 고객이든 상관하지
마시구려. 고객은 당신을 찾아낼 것이고, 당신은 어쩔 도리가 없이
고객에게 색출당해서, 다른 접대부와 함께 고객이 도착하면 룸에 일
렬로 쭉 서서, 고객이 당신을 선택하면 당신은 그 고객을 위해서 봉
사해야 하고, 고객이 군중 속에서 당신을 선택하지 않는다면 가라오
케의 뒷방 구석으로 돌아가서 불결하고 혼잡한 방에서 계속 기다릴
즈음, 한 무더기의 고객이 언제쯤 찾아오게 될지 살펴보게 되지요.
늦은 저녁에 손님이 당신을 선택할 가능성이 있고, 어쩌면 늦은 저녁
에도 한 사람의 손님도 당신을 눈여겨보지 않을 수 있는데, 그런 날
은 공연히 기다리기만 하게 되지만, 그래도 당신은 프런트에 돈 일백
위안을 분배해주는 것을 잊어서는 안 되지요. 고객은 당신을 선택할
권리가 있지만, 그러나 당신은 고객을 선택할 권리가 없소. 설령 오
척 단신에 새까만 흙투성이 얼굴에 당나귀 형상인 간쑤 성^{甘肅省} 사람
이거나 혹은 허난 성^{河南省} 사람이 당신을 보았다고 할지라도, 혹은
그가 귀머거리, 장님, 벙어리, 멍청이 혹은 정신병자, 혹은 그자가
암내나 입 냄새를 풍기는 환자이거나, 에이즈나 구제역을 앓는 환자

라 하더라도 당신이 싫어해서 가까이 하지 않거나 언짢은 얼굴을 할 가능성은 조금도 없는데, 왜냐하면 고객은 황제이기 때문에 당신은 직업적 책임감과 임무로써 모든 황제에게 웃음을 팔아야 하오. 만일 당신이 조금이라도 성질을 부리게 되면 당신 자신의 팁만 잘못되는 것이 아니라 모든 가라오케의 영업에 지장을 초래할 것인데, 그땐 사장을 탓하지 마시오. 현재의 사장은 나의 뜻에 따라 아마추어 배우가 임시로 프로 극단에 들어가서 극에 출연한 격이지만, 사태가 그렇게 돌아가면 과거의 당신 남편처럼 당신을 때릴 거요. 그와 동시에 당신은 일의 순서를 반드시 기억해야만 하는데, 고객이 요행으로 당신을 고르면 룸의 문을 대뜸 닫으면서 당신은 '큰오빠'라고 큰 소리로 외치며 빠져들어 계속해서 과일 쟁반을 올리고 해바라기 씨를 앞니로 쪼개 껍질만 뱉어놓아야 하오. 앞니로 쪼갠 해바라기 씨를 당신 자신이 먹어서는 안 되는 것이고, 입과 입을 마주대고 고객의 입속에다 토해놓아야만 하지. 고객의 몸에서 고약한 암내와 입 냄새가 풍길 때에도 그 냄새를 계화桂花 향기로 간주하고, 해바라기 씨를 토해놓은 뒤 다시 한 번 고객에게 살아 있는 당신의 생선을 날름 건네주어야 하오. 연달아 고객이 술을 고르는 것을 당신이 도와야 하는데, 무슨 술이 귀한 것인지 무슨 술을 원하는 것인지 고객을 대신해 골라주어야 하오. 만일 그렇지 않으면 가라오케의 룸 수익을 올리기 어려우니, 과거의 당신 남편과 견주어보면 흡사 그것은 당신을 때리는 행위와 비슷하오. 매일 저녁 나는 당신에게 일정 금액을 지급할 것이오. 술을 마시는 순간 고객에게 있는 힘을 다해서 술자리에서 술을 권하는 놀이를 벌이는데, 기실 술자리에서 술을 권하는 놀이를 벌인다는 것이 그리 간단하지는 않고, 게다가 그냥 보기에는 술자리에서 술을 권하는 놀이를 벌이는 듯하지만 기실 그중에 아주 특별한 함의와 심의가 있소. 외설스런 농담을 주고받으며 타인의 명의를 도용할 수도 있지만, 단지 가라오케 황제의 이름을 도용할 수는 없소이다. 술을 마실 때는 오로지 강술만을 마실 수는 없고, 한 시간 만에 당신이 고객을 곤드레만드레 취하게 해서 고객이 계산하고 돌아가려 할 때면, 당신은 여전히 그를 다같이 노래하는 곳으로 유혹해 노래로써 술을 깨게 하고 술로써 시름을 풀게 하여야 하오. 기억해야 할 것은, 그곳에서는 결코 경극京劇을 부를 수 없다는 것, 그곳에 민족이나 세계는 없다는 것, 그곳에는 오직 저급하고 조잡한 소리만 있으므로 무슨 노래든지 저급하고 비천하면 부를 수가 있소이다. 당신이 깨진 징소리 같은 목소리를 뱉어내 잘 익은 수박을 사박사박 갉아먹는 당신의 그 저속한 소리를 그 고객이 좋아해도, 고객은 당신을 예전의 당신 남편이 당신을 구타하듯 당신을 혐오하지. 해바라기 씨를 앞니로 깨물고 노래를 부르며 술을 마시는 동안 당신은 고객의 손을 절대 거절하지 못하는데, 고객이 손을 당신 신체 어디에든 넣고 싶어 하면 그냥 넣게끔 내버려두어야 하오. 기억해야 할 것은, 당신의 등 뒤와 앞가슴, 위쪽과 아래쪽 역시 그 순간 당신의 신체라고 생각되겠지만, 기실 이미 당신의 신체가 아니라 고객의 물건이라는 것을 명심하시오. 고객이 더듬고 싶어 하면 그에게 더듬게 해야 하고, 고객이 양쪽 모두를 만지작거려 당신을 자극하면 당신은 재빨리 좋아서 어쩔 줄 모르는 듯한 표정을 연출해내야만 하오이다. 몇 곡의 노래를 부른 뒤에 당신은 온 전신이 고객의 손에 의해 두루 만져지고 잇달아 고객과 함께 춤을 추는 순간 얼굴을 갖다 붙이고 키스를 하는 것 역시 그 상황과 이치에 맞아 딱 알맞게 이루어져야겠지. 해가 질 때부터 새벽 네시까지 고객과 노느라 모든 정력과 풍부한 유머 감각을 다 소모했어도 그래도 아직 당신은 접대부의 임무를 오직 절반만 완성한 셈인데, 잇달아 고객이 나갈 무렵 당신은 여전히 고객을 대동하고 프런트를 나가야 하오. 프런트를 나가게 되면 그때부턴 비교적 고객이 당신을 모시게 되는 격이고, 당신이 프런트를 나가지 않고 고객만 가버리게 되면 남겨진 당신은 장차 나에게 구타를 당하게 될 것이오. 만일 프런트를 나가게 되면 고객은 장차 당신을 데리고 호텔에 도착하거나 아니면 고객의 거처에 도착한 뒤 마음껏 당신을 유린하게 될 터이니 그때 우리는 출장비를 25퍼센트 나누고, 당신이 고객을 데리고 노느라 정력을 소진한 그 이튿날 눈에 다크서클이 생겨 우리들에게로 돌아오게 되면 거두절미하고 깨끗이 결산을 하고 난 뒤 당신은 가라오케 뒤쪽의 작은 방에서 쉴 수 있소. 말로야 별로 복잡할 게 없지만 모방의 과정은 당연히 그다지 간단하지 않은데, 그중에서 가장 큰 관건이자 중점 사항은 자기 자신으로 간주하지 말고 자신을 다른 존재로 간주해야만 한다는 것이오. 여기서 말하는 '자기 자신을 자기라고 간주하지 말아야 한다'는 뜻은 당신 자신을 샤오빠이로 간주하지 말고 샤오스로 간주해야만 한다는 뜻이고, 당신은 망설임 없이 연달아 샤오스조차 당신이 아니라 당신은 오로지 고객의 객관적인 한 존재로서 당신이라는 객체는 오직 서비스의 도구에 불과하다는 걸 명심해야만 하오. 그 순간 당신은 하나의 도구일 뿐 인간은 아니라는 것까지 알겠소? 그건 매우 아름답게 단장을 하고 하루 종일 아주 즐겁게 접대하는 여자이기 때문이오. 만일 당신이 오직 인물의 모방에 의해 한 계단 도달하면 그 모방은 편파적이고 잘못되었고 천박하니 실패인 것이며, 오로지 모방으로 인해 그녀의 아픔과 미망과 실망으로 인해 자포자기 상태를 드러내면서 신체가 방금 전에 늪 가장자리 심연으로 함몰되어 제 힘으로 빠져나오지 못하게 되오. 그것은 당신이 배추 팔던 여자에서부터 접대부로 한 발 등천하였기 때문인데, 단지 당신 출신은 점점 더 늪지대나 진흙 구덩이로 함몰되고 있다는 것을 체득하게 될 것이고, 그건 배추 팔던 야채시장으로부터 다른 심연의 함정에 빠져버린 흥미로운 상황이기 때문이오. 보아하니 당신은 샤오스를 모방하고 있는 듯하지만 기실 궁극적으로 당신은 그 누구도 아니오. 보아하니 당신은 모방으로 인도되어 새롭게 창조된 듯하지만, 기실 최종적으로 인도되고 새롭게 창조되어 나온 것은 당신 자신일 뿐이오. 그것은 다른 사람에 비해서 더욱더 남의 재화를 보고 즐거워하기 때문이오. 이것은 결코 내가 무슨 각별한 뜻이 있어 당신을 이렇게 배정한 것은 아니고, 게다가 당신은 이미 고집스럽게 죽어라 버티며 낯가죽도 두껍게 재화를 쟁취하려고 시끄럽게 굴고 있지. 그러니 내가 바싹 뒤쫓아 어쩔 수 없이 양산梁山으로 도망쳤지. 인도와 교육으로 나는 이미 조리 있게 완성되었으니 당연히 깨달았다면 이미 깨달았고 귀띔을 했다면 나는 이미 귀띔을 한 셈이오. 나는 어떻게 결정해야 하는지 이미 결정했으므로 연달아 당신을 느긋하게 바라보는 거요! 당신은 남편으로부터 이탈을 했기 때문에 이젠 몽환 극장의 감독이자 가라오케의 사장이 채찍을 들고 아직도 당신을 기다리고 있소!"

샤오빠이는 다만 샤오스일 뿐인데 라오꾸어의 말로 인해서 머리가 어지럽다. 비록 화려하게 단장을 한 접대부라고 해도 과거에는 필경 배추 팔던 여인인 것을. 사실 자기 자신은 샤오빠이로부터 샤오스에 이른 것인데, 라오꾸어가 이 기회를 이용해 그녀 자신이 무엇으로 변한다고 해도 전부 안 된다고 말할 줄 누가 알기나 했을까. 본래 자신은 깨진 징소리가 울어대는 목소리였으나 가라오케에 이른 뒤 잘 익은 수박이 사각사각 씹히는 목소리를 지니게 되었건만, 이 잘 익은 수박 소리의 전제 조건으로 라오꾸어가 오직 저속한 노래를 부르는 것으로 결단을 내리게 될 줄 누가 알기나 했을까. 본래 모방과 몽환을 위해서 여기 도착했건만 라오꾸어가 대들보를 훔쳐내고 기둥으로 바꾸어 넣고 거기에 더하여 그녀에게 냉혹한 현실을 부여할 줄은 생각지 못했던 것이다. 사실 자신은 가라오케에서 즐거움을 찾았건만 라오꾸어가 발걸음을 뗄 때마다 진지를 구축하고 정신 나가고 멍청해진 오십 번지 서쪽으로 그녀를 다시 되돌아오게 만들 줄 누가 알기나 했을까. 원래 그녀 자신도 오십 번지 서쪽을 고수할 생각이었으나, 라오꾸어가 오십 번지 서쪽을 오십 번지 서쪽이 아닌 차원으로 변화시켜놓게 될 줄 누가 알기나 했을까. 사실 그녀 자신은 남편으로부터 이탈을 했건만 라오꾸어가 또다시 채찍을 든 사장으로 변모하게 될 줄 누가 알기나 했을까. 구타의 도구나 말이나 여전히 과거보다 못한데, 과거의 남편은 오직 신발 바닥으로 후려갈겼을 뿐이다. 사실 자신의 목적은 단순하다. 단지 역겨운 배추 판매에서 웃음 판매를 하는 접대부로 변신한 것뿐인데, 이 웃음을 파는 일이 배추 파는 일보다 쉽지 않다는 것을 누가 알기나 했을까. 사정은 점점 더 복잡해지고 있다. 당연히 샤오스가 단지 샤오빠이기를 간절히 희망할 뿐이다. 감독으로 인해 연극의 레퍼토리가 더러운 웅덩이에 잠겨 휘저어질 수는 없는데, 저는 여전히 더러운 물을 손으로 더듬어서 고기 잡는 것을 좋아하지 않는다고요. 그러나 그녀의 겉모습은 두려움을 표출하는 행위가 아주 어려운 듯한 표정이고, 흡사 그쯤에서 자기 역량을 익히 알고 물러선 듯하며 그 상황에서 빠져나오려고 다급하게 퇴보한 듯하다. 몽환과 모방으로 다시 한 번 샤오스로부터 변모해 샤오빠이로 돌아가기 위해 이탈을 생각하고 있다. 기왕지사 사정이 이렇게까지 복잡해지니, 저는 역시 오십 번지 서쪽에서 원래 정신 나가고 멍청해진 채 배추나 팔던 시절을 고수하던 것만 못합니다. 그런데 감독 라오꾸어가 이쯤에서 아주 적절하게 샤오스를 단지 샤오빠이의 속임수에 불과한 존재로 설정했다는 것을 누가 알기나 했을까. 감독 자신이 한차례 인도하고 컨트롤한 효과가 일어난 때문이라는 걸 누가 알았을까. 바꾸어서 말하자면 과연 기사회생인데, 보아하니 샤오빠이이자 단지 샤오스인 그녀가 그쯤에서 난감한 상태로 후퇴하자, 이미 또다시 컨트롤과 인도가 가능해진 것이고 그는 재빨리 몽환 극장을 가라오케로 바꾼 뒤 시간을 인위적으로 뽑아내서 아주 빠르게 저녁 아홉시로 이끌어낸다. 이미 출근 시간이 되었고 고객과 접대부들이 벌써 빈번하게 무대로 등장을 하니, 당신은 다급한 상황에서 빠져나온 퇴보였지만 그래도 시간이 촉박하구나. 대막이 벌써 열어젖혀지고 연극이 이미 연출되자 당신은 무대로 출현을 했는데, 당신은 이미 이런 식의 규정과 고정된 각도에서 어쩔 도리 없이 점점 더 바뀌고 있구나.

사후에 라오꾸어가 또다시 득의양양하게 말한다.

"이를테면 시간의 차이를 계산하는 것이 중요하고, 말하자면 인위적으로 시간을 조작해서, 이를테면 그녀를 대뜸 진흙 구덩이 심연 속으로 밀어뜨려 그녀가 급히 발을 빼 퇴보할 기회를 주지 말자는 것이었는데, 보아하니 그 여자는 연달아 어디로 자꾸 가고 있었어. 그러니까 단지 오십 번지 서쪽의 그 정신 나가고 멍청한 곳으로 가고 있었다고!"

그런데 그 모습이 매우 절박하고 빠르다면, 그는 어디서 그것을 알아냈을까. 작위적으로 시간을 뽑아버렸으니 아주 특별하게 마침 그 순간 샤오빠이는 단지 샤오스이기만을 간절히 바랄 뿐이구나. 당신 말로는 아주 빠르게 시간을 뽑아버렸다지만 단지 샤오스로부터 빠져나와 퇴보해서 샤오빠이가 될 기회를 주지 않기 위해서였으니, 그때 마침 샤오스이면서 단지 샤오빠이인 그녀가 겁을 먹고 있을 때 시간을 너무 오랫동안 지연시켜서 당신의 마각이 드러나자 당신은 돌연 산뜻하게 깨어나고 깨어나서 각성하니 여긴 모방과 몽환의 극장인데 시간을 뽑아버려서 퇴보할 길이 막혔다는 것이다. 기왕지사 물러설 길이 없다면, 샤오빠이는 단지 샤오스일지라도 마침내 몸을 간들간들 움직이며 어쩔 도리가 없다는 그런 모양을 연출해내면서 극장을 퇴장한다. 다만 속으로는 어쩌면 그렇게 우스운지 알 수 없다. 극장에서 물러선 뒤 한 구절의 대사를 흥얼거린다.

당신 멋지군, 정말 당신 멋져
머리 꼭대기는 배추 한 포기구려
보기에는 비할 데 없이 용감하지만
기실 연약한 하류 인생이지

그 순간 라오꾸어는 되레 뭔가 약간 좀 불명확해지면서 망설이게 된다. '어, 벌써 가라오케에 도착한 게 아니었나? 어떻게 아직도 배추 타령인가?' 다시 말하자면 이 대사는 남몰래 사람을 해치려는 의도가 내포되어 브레이크를 거는 것으로서, 기왕지사 그녀가 가라오케에서 하나님의 명의를 도용한 것도 아니라면 그녀는 누구 명의를 도용했는가? 그 순간 샤오스는 그저 샤오빠이인 채로 라오꾸어를 바라보다가 돌연 각성한 바가 있어서, 손가방 안에서 다급하게 핸드폰을 꺼낸다. 하하, 우습게도 전화를 이용해 남의 이름을 도용한 이 수수께끼를 과거로 덮어버리려 하는구나.

"나를 일개 접대부로 인식하고 있으니까, 많은 고객들이 정신병자처럼 내 휴대폰에다 외설스런 문자메시지를 두들겨대죠."

그런데 라오꾸어는 여전히 의혹의 눈길로 샤오스이자 그저 샤오빠이인 그녀를 얼른 흘겨본다. 그 순간 다행히 가라오케 안에서 매니저가 고함을 친다.

"오십 번지 서쪽의 심술쟁이 골목대장에 준하는 고객이 도착했으니까 아가씨들은 고객을 환영하도록!"

라오꾸어는 화가 나서 숨을 씩씩거리면서 샤오스이자 단지 샤오빠이인 그녀를 꾸짖는다.

"고객은 이미 도착했거늘 멍청하게 우두커니 서서 뭐 하고 있는 거야?"

번쩍거리는 칼이 전쟁을 우호 관계로 와전시킨다.* 그러나 샤오스이자 샤오빠이인 그녀가 가라오케로 들어가자 될 대로 되라는 식으로 당신은 놓아주지 않는데, 당신이 샤오스이면서 단지 샤오빠이인 그녀를 가라오케 안으로 들어가게끔 놓아주고 기다렸다가 풀어놓은 호랑이가 산으로 돌아오면 당신은 마음대로 인도하지도 못하고 컨트롤하지 못하기 때문이지. 되레 당신이 스스로 인도되고 컨트롤되어

---

* '刀光劍影化力—玉帛.' 무기로 겁을 주면서 상대방을 제압한다는 의미를 지닌 고사성어에서 유래된 은유적 표현임.

서 여지없이 실패해 다시는 일어날 수 없게 될 수도 있기 때문인데, 우리 오십 번지 서쪽과 우리 오십 번지 서쪽의 정신 나가고 멍청한 인간들과 함께 당신은 멀쩡하게 망신살이 뻗는구나. 무엇을 모방하고 몽환하기에 우리 오십 번지 서쪽의 정신 나가고 멍청한 인간들은 당신으로 인해 어쩔 도리가 없이 점점 더 정신 나가고 멍청해진다. 그 무렵 오십 번지 서쪽은 오십 번지 서쪽이 아니라 보이는 곳마다 대지가 온통 하얗고 진정 말끔하게 되어버린다. 고객에 의해 간택되면 문제가 없고, 고객에게 빠져들어 큰오빠라고 부르는 것도 문제없으며, 과일 쟁반에 앞니로 깨문 해바라기 씨를 뱉어내는 것도 문제가 없고, 살아 있는 물고기라고 불리는 것도 문제가 없으며, 술을 골라서 마시는 것도 문제가 없으며, 벌주 마시기 등등의 술 놀이를 즐기는 것도 문제가 없고, 노래를 부르는 것도 문제가 없다. 이 고객은 다만 잘 익은 수박이 사각거리는 소리를 좋아할 뿐이고 춤추는 것 또한 문제가 없다. 일체 모든 것이 라오꾸어가 미리 가정하고 감독해서 배정한 레퍼토리에 불과하다는 사실에 비추어보건대, 극본에 있는 그대로 대사를 읊조리는 것에서 한 단계 발전을 하게 되자, 그 순간 라오꾸어는 스스로 좀 득의양양해하는 측면도 있어, 바야흐로 이젠 약간 경계를 늦추게 된다. 극장 안의 감독이 할 일이 없어지고 아무런 행동도 하지 않자, 사장이 보아하니 가라오케의 사업은 번창하고 일제 모든 것이 정상적인 발전을 거듭하매 그는 벌써 하품을 하며 꾸벅꾸벅 졸고 있는데, 다만 극의 레퍼토리가 재빨리 웃음을 파는 단계에서 발전을 해 몸을 팔게 된다는 것을 그는 잊어버렸으며, 당신이 주동적으로 시계를 빼냈기 때문에 시간은 이미 저녁 아홉시에서 아주 빠르게 전환을 해서 새벽 네시에 이르렀거늘, 그 순간 그 손님은 놀이에 모든 정력을 다 소모해버렸음에도 아직도 미진한 무엇이 남아 있어서 하품을 하면서 몸을 일으킨다. 몸을 일으킨 뒤에도 여전히 회의적이다.

"오늘 시간은 어찌 이리 빠른가, 어떻게 한 적도 없는데 벌써 새벽 네시가 되었군. 어떤 작자가 주동을 해서 오십 번지 서쪽의 시계를 뽑은 건 아닌가?"

그 순간 샤오스이자 단지 샤오빠이인 그녀가 되레 라오꾸어의 입장에 서서 말한다.

"큰오빠, 봄날의 밤은 지독하게 짧은데도 근심으로 밤이 길고, 비가 창호지를 후려갈기니 그 밤 수면에 들지 못하며, 좋아서 어찌할 바를 모르는 순간에도 일각은 천금이라지요. 여전히 여동생은 큰오빠를 존경하기에 될 수 있는 대로 즐겁게 놀았을 뿐이지, 주동을 해서 시계를 뽑아버린 사람은 없어요."

그 순간 라오꾸어는 오히려 남몰래 샤오스이자 샤오빠이를 대신해 박수를 친다. 고개를 돌리자 무대 아래의 관중들은 해석하고 독백한다.

"이것이 바로 몽환 극장과 모방의 매력이지. 당신 배역은 음모가 잠복되어 있어 민심을 헤아리기 어렵다는 것이고, 당신 배역은 생트집을 잡고 심술을 부려대면서 함부로 날뛰는 역할이며, 당신 배역은 자기가 한 주장을 선택해놓고 모반을 꾀하는데 다만 당신과 나는 단숨에 연극의 레퍼토리 안으로 들어갈 필요가 있지. 오직 당신은 한 번의 모방과 몽환으로 연극으로 들어갈 필요가 있다고. 그러나 반드시 가라오케가 아닐 수도 있고, 곧바로 도피하지 못한 당신은 나의 인도와 컨트롤에 달아나지 못하고 내 손바닥 안에 놀고 있소! 보기에는 마치 당신이 여전히 말로만 떠들어대지만 기실 대변자는 여전히 나이고 나의 의지에 달려 있소!"

고객이 하품을 하면서 말한다.

"기왕지사 시계를 뽑아버린 사람은 없고, 어차피 이미 새벽 네시가 되었으니, 그렇다면 나는 곧 돌아가야겠어. 그래도 나는 확실히 놀이에 아직도 미진한 무언가가 남아 있는데, 이 가라오케에서 차를 마시고 앞니로 해바라기 씨를 뱉어내며 노래와 춤을 추긴 했지만 내 정력을 다 소모하는 데까지 이르진 않았으므로, 한바탕 춤을 추고 나자 오히려 내 정신에 더한층 새로운 흥미가 찾아오고 있어. 그러나 사실 나는 남녀간의 먹고 먹히는 행위를 이미 혐오하고 있지. 이미 여자한테는 진저리가 나서 먹는 것도 넌더리가 나 있거든. 난 이미 천천히 먹어보기도 했고 급히 먹어보기도 했으며, 배 터지게 먹어도 보았고 실컷 먹어 진절머리가 나기도 했으니, 이미 동성애로 변화되고 있지. 사실 먹지 않는 게 가장 적합한데, 함부로 들이대고 어지럽게 놀아서 이미 흥이 다했지만, 그러나 나는 지금 어쨌거나 기아를 느끼고 돌아온 거야. 돌연 다시 인생을 얻어 제2의 사춘기가 도래하고 있다는 걸, 바야흐로 내 물건의 끝으로부터 감각할 수 있겠어. 몽환과 모방을 경과했으니 나는 오히려 돌연 다시 한 번 과거 아가씨들과 난새와 봉황이 되어 서로 어우러지는 청년 시절의 꿈이 실현되는 듯한 상상을 할 수 있었지. 그럴듯하게 생긴 아가씨와 프런트를 벗어나서 나는 그녀와 함께 호텔에 도착한 뒤 옛날 일을 이야기하니, 새롭게 창조되고 공동으로 신생을 획득한 것이지?"

그 순간 라오꾸어는 무대 아래의 우리들에게 또다시 의미 있는 눈길을 보낸다. 그것이 그의 의사意思이다.

"어떻소? 과연 예상했던 바와 같지 않소?"

그런데 샤오스이자 단지 샤오빠이인 그녀가 회답을 보내자 라오꾸어는 오히려 아닌 밤중에 홍두깨로 청천벽력을 맞는다. 그는 결국 득의양양하게 털끝만큼도 방어를 준비하지 않은 상황에서 샤오스이자 단지 샤오빠이인 그녀의 간계와 책략 속으로 들어가게 되어, 스스로 건축한 무르고 약하며 허위적인 풍경의 아름다움이 고산高山같구나. 그런데 갑자기 샤오스가 사라지고 단지 샤오빠이와 서로 협력을 해서 버팀목을 받쳤구나. 완전히 새롭게 나동그라져 현실과 목전의 만장한 심연으로 들어가는구려. 몽환과 모방은 아직 약간 좋지 않은데, 한 번의 몽환과 모방으로 샤오빠이는 과연 샤오빠이가 아니라 연이어 샤오스조차 아닌 존재로 철저히 필사적으로 이탈하기 시작해도 어쩔 도리 없이 매일같이 인도되고 컨트롤되자 로프의 구속에서 수족이 풀려나 책략에서 벗어나려는 몸부림을 치는구려. 샤오스는 단지 샤오빠이일 뿐인데 마음의 상처를 완전히 들추어내기 이전에 몽환과 모방의 결미에서 여전히 계속해서 라오꾸어를 혼미하게 만드는구나. 그쯤에서 몸을 건들거리다니 부끄럽지 않소, 라오꾸어? 상대방을 책망하는 자세로 여전히 인도되고 컨트롤되는 라오꾸어 고객에게 그녀는 타이르듯 말한다.

"큰오빠의 심정이 제이의 청춘으로 다시 되돌아가는 듯한 느낌이라는 것을 제가 이해할 수 있긴 하지만, 뭔가 모르시는 것이 있는데, 저 샤오스는 사실 양가집의 아녀자로서, 제 자신과 오십 번지 서쪽의 정신 나가고 멍청해진 사람들을 철저하게 구원하기 위해서 여기 가라오케에 도착한 것입니다. 그것은 흡사 큰오빠가 스스로 완전히 새롭게 제이의 청춘을 얻어 구원을 얻기 위해서 여기 가라오케에 도착한 것과 동일한 것이죠. 이 여동생은 오십 번지 서쪽을 널리 확산시키기 위해서 오십 번지 서쪽을 고수하고 있었던 것이죠. 몽환과 모방의 가라오케 아가씨는 원래 제가 이미 무원칙을 고수하기 위해서 모방한 것이지만, 오십 번지 서쪽의 정신 나가고 멍청해진 사람들을 위해서라면 저는 오히려 필수적으로 원칙을 고집해야만 하겠나이다."

고객 라오꾸어는 어리벙벙하게 멍청이처럼 묻는다.

"그렇다면 당신의 원칙이라는 게 도대체 뭐요?"

샤오스는 단지 샤오빠이일 뿐이다.

"몽환과 모방의 과정 중에서 고객에 의해 선택될 수 있으므로, 고객이 빠져들면 큰오빠라고 부를 수 있고, 해바라기 씨를 앞니로 깨물어 과일 쟁반에 뱉어놓을 수도 있으며, 살아 있는 생선으로 불릴 수도 있으며, 술을 골라서 마실 수도 있으며, 벌주 마시기 따위의 술 놀이를 할 수도 있고, 노래를 부를 수도 있고, 춤을 출 수도 있지만, 그러나 큰오빠와 함께 무대를 나가서 호텔에 도착한 뒤 난새와 봉황처럼 서로 얽혀 뒤집어질 수는 없는 것이죠. 혹은 바꾸어서 한 구절 설파하자면, 우리 이 풍진 세상을 살아온 여자들의 상투적인 표현으로 말씀드리자면, 이 여자는 예술을 팔지 몸을 팔지는 않는다니까요!"

그 순간 감독이자 가라오케의 사장님인 라오꾸어는 결국 깨닫게 되는데, 잇따른 몽환과 모방의 규칙에도 불구하고 원형이 나타났다는 것이다. 원래 당신은 원칙을 규정하더니 지금은 당신 스스로 오히려 솔선수범해서 파괴하고 있다. 호흡이 가쁘고 난감한 처지가 되어 직접 무대 위로 올라와서 가라오케의 룸으로 달려 들어가 소리친다.

"병신, 방금 전까지 내가 인도하고 컨트롤해왔다는 것을 잊어버렸나? 내가 방금 전까지 너한테 가라오케에서 숙지해야 할 것들을 경고했건만 잊어버렸나? 각색의 단계로 진입한 너는 이미 네가 아니므로 여기 있는 너는 네가 아닐 뿐만 아니라 포괄적으로는 너는 샤오빠이도 아니고 또한 샤오스도 아니며 아주 말끔하게 샤오스가 아닐 뿐만 아니라 인간도 아니며 오직 고객의 객관일 뿐이며 서비스를 위한 객관적인 도구라는 것을 잊어버렸나? 가라오케에서 좋은 고객을 모시는 것은 서비스의 절반일 뿐이고 잇달아 고객을 모시고 프런트를 나가서 호텔에서 난새와 봉황이 되어 뒤섞여야만 접대부의 일과가 완성되는 거야! 만약 그렇게 하지 않겠다면 오늘 저녁 근무한 금액은 완전히 없고, 고객이 나가길 기다렸다가 내가 너한테 채찍인들 빼들지 않을까!"

잇달아 허리에서 채찍 도구를 벗겨 내리더니 샤오스이자 단지 샤오빠이인 여자의 머리 위에서 채찍에 달린 끈이 휙휙 바람을 일으키면서 두 바퀴 회전을 한다. 그 순간 무대 아래의 관중석에 있던 샤오스의 원형이자 샤오스의 모체인 샤오빠이는 각성하게 된다.

"병신, 오직 고객과 함께 무대를 나서야만 접대부 아가씨의 가치가 드러나는 거야. 가라오케에서 네가 재주껏 벌어들인 팁이 도대체 얼마야? 기다렸다가 호텔에 도착해서 두 사람이 옷을 벗은 뒤 고객이 무척 조바심을 칠 무렵, 다시 그 고객과 여전히 가격을 토의하면, 너는 그때도 가격이 무서워 대답하지 않겠느냐?"

그 순간 샤오스이자 곧 샤오빠이는 자기 계획이 불만스럽고 두려워 후회하는 낌새이다. 너는 도대체 감독 라오꾸어에 의해 인도되고 컨트롤되어 어디로 가려는 거냐? 굳이 그 감독으로 인해 뒷일을 아주 빨리 말끔히 잊어버린 것이더냐? 그 순간 우리는 거꾸로 샤오빠이와 오십 번지 서쪽의 원 모습과 본질을 목격할 수 있게 된다. 그것은 우리 오십 번지 서쪽에서 이제 막 정신 나가고 멍청해진 여자이자 인간들인 것이다. 일개 배추 팔던 샤오빠이가 몽환 극장에 도착해서 대막大幕이 열어젖혀지고 후방에서 세운 계략과 그 웅장한 역사적인 활극活劇을 연출하자, 우리 오십 번지 서쪽은 더 이상 달리 말할 필요 없이 총체적으로 개입되어 정신 나가고 멍청해진다. 만일 장차 우리가 정신 나가고 멍청해진 원인을 밝혀냈다면 널리 확산시켜야 하거늘, 설마 모든 세계를 인도하고 컨트롤해서 천지를 뒤집어놓을 수는 없겠지? 샤오스이자 다만 샤오빠이인 그녀는 두려움을 번복해서 조성하는 모습으로 묻는다.

"당연히 저 역시 무대 밖으로 나가지 않겠다는 것은 아니고, 저한테 프런트 바깥으로 나가서 작업하라고 하시면 우리들은 필수적으로 한 가지 조건을 답해야 합니다."

그 순간 감독 라오꾸어는 가볍게 한숨을 내쉬는데, 무대 바깥으로 나가기 전의 담론 조건이야말로 되레 가라오케에서 허락한 필수적인 조건인 것이기 때문이다. 그는 또다시 가라오케의 룸에서 나온 뒤 채찍을 내려놓으면서 다시 입으로 여전히 떠들어댄다.

"너는 내 손으로 선택되었고 내 손아귀에 거머잡혀 있고, 내 손 안에 아직도 채찍이 들려 있다는 걸 잊어버려서는 안 돼!"

그 순간 고객은 이미 마음이 아주 다급해져서 그쯤에서 귀와 볼까지 새빨개진 채 말한다.

"오, 나의 신부여, 당신 언제까지 나를 기다리게 할 셈인가? 당신이 조건을 말하지 않으면 나는 다급할 것이 없지만 당신이 조건을 한가지 말하면 내 몸에 마치 큰불이 난 듯할 터이고, 당신이 조건을 담론하지 않으면 나는 새벽 네시까지 기다렸다가 당신이 조건을 대뜸 담론하면 재빨리 침대로 오르겠어. 빨리 말해봐, 무슨 조건이지? 오

직 당신은 매춘에 대해 대답해야 하지만 다른 조건은 말하지 않은 것
으로 하겠어!"

샤오스이자 단지 샤오빠이에 불과한 그녀는 당황하지도 않고 급하
지도 않은 듯 유연하게 말한다.

"기실 이 조건은 무척 간단한데, 당신이 제 몸을 살 생각이라면 필
수적으로 제 몸의 다른 부분도 사야 해요."

고객은 그쯤에서 어안이 벙벙해진다.

"너, 몸뚱이 하나를 제외하면 아직도 뭐가 더 남았어?"

연달아 또다시 어리벙벙하게 웃는다.

"그래, 다른 게 뭐 더 있다면 내가 전부 한 덩어리째 구입하지 뭐!"

샤오스는 그러니까 단지 샤오빠이일 뿐이다.

"당신, 제 몸을 살 생각이라면 제 몸을 사는 것 이외에 그러니까
제 마음을 사세요."

고객은 다급해져서 참을 수가 없다.

"몸을 사는데 마음은 사지 않으면, 게다가 침대에 오르게 된다고
한들 무슨 의미가 있담. 차라리 자동인형 하나를 구입하는 것만 못하
지. 이게 내 대답이오!"

샤오스는 그러니까 여전히 샤오빠이이다.

"제 마음을 사는 것 이외에 그러니까 제 영혼을 사세요."

고객:

"그런 식이면 더욱더 좋지 뭐. 누이동생에 대한 나의 진정을 설명
하자면 침대 위로 오른 뒤 더하여 넋이 빠져야지!"

샤오스는 그러니까 단지 샤오빠이일 뿐이다.

"제 혼을 사는 것 이외에 그러니까 제 어두운 귀를 사세요."

고객:

"귀가 어두우면 더욱더 좋지 뭐. 잡념이 없을 테니까, 침대 위로 오른 뒤 재주껏 투입되겠군!"

샤오스는 그러니까 단지 샤오빠이일 뿐이다.

"제 어두운 귀를 사는 것 이외에 그러니까 열리지 않는 제 입을 사세요."

"침대 위로 오른 뒤 여전히 무슨 객소리가 필요할까. 신체 언어만 있으면 충분해!"

샤오스는 단지 샤오빠이일 뿐이다.

"열리지 않는 제 입을 사는 것 이외에 그러니까 저의 광기를 사세요."

고객:

"침상 위로 오른 뒤에도 미치지 않으면 난새와 봉황이 되어 뒤얽힐 수가 없지. 가라오케에 '마미Mammy'를 불러대는 고객이 보이지 않게 되면 사업상 고객을 향해 고함을 치게 되는 거야. '여기로 와 보십시오, 여기 가시나들 전부 미쳤어요.'"

샤오스이며 단지 샤오빠이인 그녀는 고객이자 감독을 살펴보면서 웃는 얼굴로 속임수를 한 스텝씩 드러낸다. 그녀는 결국 자신이 위장하고 치부를 덮어버린 헝겊을 열어젖히고 원형을 서서히 노출한다.

샤오스이자 단지 샤오빠이인 그녀가 연달아 말한다.

"저의 광기를 사는 것 이외에, 그러니까 저의 멍청함을 사세요."

고객:

"어떻게 동생이 멍청해지지 않을 수 있으리. 멍청해질 필요가 있어 침대로 오르는 것이고, 나도 멍청해질 것이고, 정신 나가고 멍청해진 채 내일 새벽 네시까지 놀 재간이 없다면 대답할 필요 없겠어!"

샤오스는 단지 샤오빠이이다.

"저의 멍청함을 사는 것 이외에 일이 끝난 뒤에 당신은 그러니까 목재로 변신되어버리세요!"

고객:

"하룻밤에 넋이 빠졌는데 어떤 누구인들 모든 정력을 다 소진한 뒤 목재로 변신하지 않을까!"

……

처지가 이렇듯 여기까지 이르자 비록 고객은 여전히 무대 위에서 어리벙벙하게 계속 초조해지고 있다손 치더라도 단지 우리들만은 이미 정황을 명백하게 각성하게 되고 일이 벌써 철저히 끝장나고 있다는 걸 알아챈다. 연이어 감독 라오꾸어조차 돌연 역사의 끄트머리에 이르렀다는 것을 감각하게 된다. 배추 파는 샤오빠이는 이미 철저하게 우리 오십 번지 서쪽을 팔아넘긴 뒤에, 다시 원 위치로 만회하려고 고심하지만 마음대로 컨트롤할 수가 없다. 우리는 벌써 샤오스이자 곧 샤오빠이의 올가미에 철저하게 걸려들어 역사의 심연으로 나뒹그라진다. 감독의 수중에 들려 있던 그 채찍은 이미 썩어 문드러진 새끼줄로 변했다. 과연 그 순간 몽환 극장에서 징 소리가 한 번 울리더니 모방의 레퍼토리를 결속하고, 전등 불빛이 아주 밝아지자 무대 위에는 배추 팔던 샤오빠이가 그곳에 미소를 띤 채 서 있다. 고객이 말끔히 다 사버려서 저 여자의 모든 것이 텅텅 빈 것일까. 방금 전까지 아주 다급하게 재촉하더니 지금은 벌써 철저하게 목재로 변화되고 있구나. 연달아 고객도 목재가 될 뿐만 아니라 고객으로부터 몽환의 핵분열이 야기되고 있다. 샤오빠이는 사후에 말하기를, 이것 역시 몽환 극장의 일부분이고 감독 라오꾸어조차 뒤따라서 결미에는 고통

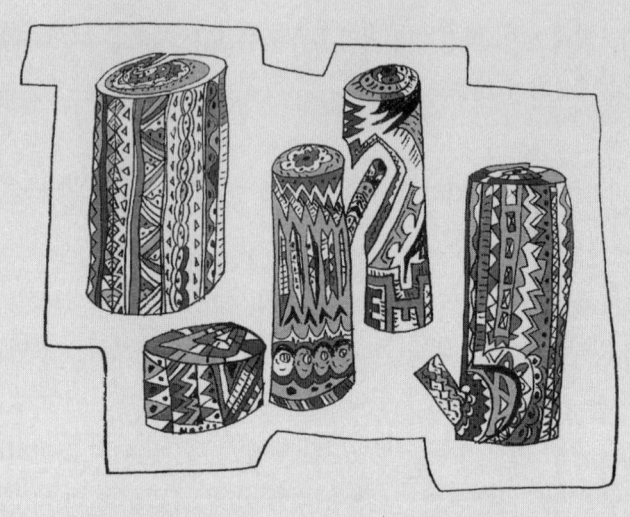

．．．
비단 감독 라오꾸어만 목재로 바뀐 것이 아니라,
무대 아래의 모든 관중들도 전혀 예외 없이 외지의 목재로 변해버린다.
．．．

으로 몸부림을 치다가 목재로 변한다고 말한다. 비단 감독 라오꾸어
만 목재로 바뀐 것이 아니라, 무대 아래의 모든 관중들도 전혀 예외
없이 외지의 목재로 변해버린다. 그 순간 극장은 똑바로 세워진 목재
로 가득 찬다. 게다가 몽환을 경과하였으니 그 목재는 이미 저 목재
가 아니고, 목재국의 몇몇 좋은 목재와 진지한 목재는 이미 목재가
아니라 뿌리에서 머리까지 진부하게 타락해서 썩어문드러진 목재로
바뀐다.

그 순간 한 뿌리의 목재만이 되레 하염없이 울어댄다. 샤오빠이,
당신은 자신을 팔아치운 거요, 아니면 고객을 팔아치운 거요? 당신
은 몽환 극장의 감독을 팔아치운 거요, 아니면 확대된 관중들을 팔아
치운 거요? 당신은 오십 번지 서쪽과 목재국을 팔아치운 거요, 아니
면 모든 세계를 팔아치운 거요? 당신은 정신 나가고 멍청해지고 벙
어리가 되고 귀머거리가 되고 마음이 결핍되어 혼이 부족한 우리들
의 이드를 전혀 아무런 망설임 없이 팔아치운 거요? 흡사 당신은 연
극의 레퍼토리 진행 도중에 팔아치우는 것이 첨가된 듯한데, 그리고
지금은 또다시 쓸모없는 것들은 싹 치워버리라는 레퍼토리가 부가된
것처럼 행동하고 있군. 목재는 이미 부패해서 이젠 목재가 아니라 폐
기물로서 너덜너덜해지고 있지. 설마 우리의 정신 나감과 멍청함이
벌써 목재로부터 한 단계 더 발전을 해 폐기물로서 너덜너덜해진 그
런 지경은 아니겠지? 당신 역시 폐기물로서 이용되고 있는가? 그러
나 샤오빠이는 전혀 대답을 하지 않는데, 그쯤에서 미소로서 배우 자
태를 드러냈던 화장을 지우고 의상을 벗기 시작하더니, 배우 화장을
지우고 배우 옷을 벗자 그녀는 곧바로 오척 단신에다 입이 뾰로통하
고 눈이 툭 불거진 원래의 모습을 회복하고 되돌아간다. 철저히 회복

한 샤오빠이는 연달아 몽환과 모방에서 이탈하더니 또다시 오십 번지 서쪽의 야채시장으로 되돌아온다. 당신이 거꾸로 속박에서 벗어나자 우리들은 속이 다 후련한데, 그 순간 마침 새벽 네시로 방금 전에 아침 시장이 열리는구나. 한 무더기의 고객들이여, 기다리세요. 흡사 방금 전의 극의 레퍼토리는 가라오케에서 한 패거리들이 여자들을 데리고 논 듯하지요. 때가 되자 샤오빠이는 마침 배추 한 무더기를 지켜보면서 라디오를 껴안고 경극을 듣고 있다. 찾아온 고객이 보아하니, 샤오빠이는 경극에서 이탈을 시작했거나 혹은 점점 더 경극의 심연으로 들어가서, 경극을 이용해 연극 대사 도중에 배추를 사고파는 부분이 있어 고함을 치는 듯하다. 점점 더 민족적이고 점점 더 세계적인데, 그러나 그 순간 그녀가 고함을 쳐 불러대자 모든 오십 번지 서쪽 안에 내려진 명령으로 느껴져서 모두들 깜짝 놀라 벌벌 떨어대는데 그녀는 과거처럼 고함친다.

"배추 사려, 배추 한 근에 싼마오우三毛五입니다!"

연달아 우리들은 그녀에게 달라붙어 양마오파兩毛八*까지 값을 싸게 해달라고 말할 수 있는데, 지금 샤오빠이는 고함친다.

"이걸 파는 게 쓸모없는 인간이지, 이걸 파는 게 너덜너덜 망가진 인간이지. 판다는 게 꿈이야. 우리는 며칠 동안 상상으로도 꿈을 꾼 적이 없어!"

그 순간 우리는 지혜를 제공하고 득도의 경지에 이르게 되는데, 우리가 정신 나가고 멍청해진 것도 여러 해이고 과연 무려 백 년간 우리는 꿈을 꾼 적이 없구나. 원래 우리들의 정신 나감과 멍청해짐은

---

* 양마오파(兩毛八) : 대략 한화 42원임.

결코 목재로부터 너덜너덜해진 폐기물로 변신한 데 기인하는 것이 아니라, 그것은 너덜너덜해진 폐기물로 변신한 우리가 꿈이 사라지고 없기 때문이다. 혹자는 본디로 돌아가서 말하기를, 때마침 꿈이 없기 때문에 우리는 너덜너덜 해진 폐기물로 변모했다는 것이다. 때마침 꿈이 없기 때문에 우리는 막 수정금자탑을 재건해 몽환 극장을 세울 필요가 있다는 것이다. 극장에 도착하면 우리는 곧바로 몽환으로 진입할 수 있게 되는데, 현실로 되돌아가면 우리는 또다시 너덜너덜해진 폐기물로 바뀐다. 그런데 그런 너덜너덜해진 폐기물 무더기 속에서 우리는 또다시 약간씩 회의한다. 설마 꿈이 없는 세월을 보낸다고 밤낮도 없을까. 돌연 깜짝 놀라 각성하게 된 것은 이런 세월을 견딜 방법이란 없다는 것인데, 단지 우리가 정신 나가고 멍청해지고 농아가 되고 마음은 결핍되고 혼이 부족하며 창자를 세척하고 피를 바꾸게 된 것은 목재로부터 또다시 너덜너덜 해진 폐기물로 변모한 원인에서 기인한다는 말인가? 지금 어떤 야채 파는 아녀자가 광적으로 팔아치운 행위를 통해서, 장차 우리의 정신 나가고 멍청해진 것을 전 세계로 널리 확산시키고, 나아가 우리의 몽환을 찾아서 되돌릴 수 있을까?

제7막
▲▲▲
변론대회

【전제: 오십 번지 서쪽의 정신 나가고 멍청해진 인간들은 무슨 뜻이 있어서 옳은 편과 반대편으로 갈라선다】

　오십 번지 서쪽의 정신 나가고 멍청해진 변론대회 재판의 주석은 과거 오십 번지 서쪽에서 넝마주이를 하던 라오후老侯이다. 라오후는 원래 오십 번지 서쪽 사람은 아니고, 시골에서부터 모든 도시를 찾아다니며 넝마주이를 하던 허난河南 민공民工*으로서, 진종일 봉두난발에 때가 잔뜩 낀 얼굴에다 지저분하고 불결한 커다란 바구니 하나를 짊어진 채 한 무더기의 쓰레기를 누비고 다니면서 쓰레기를 뒤지고 다니던 작자이다. 그러나 라오후를 결코 그렇게 인식해서는 안 되는데, 어차피 오십 번지 서쪽에 이르러서 넝마주이 생활을 한 지 벌써 백 년째였으므로, 그는 과거의 민공일 뿐만 아니라 오십 번지 서쪽의

＊민공(民工): 임시로 도시의 취로사업에 동원된 농민.

정신 나가고 멍청해진 인간들의 일원이다. 오십 번지 서쪽 주민의 동향은 무엇인가? 그러니까 그것은 정신 나가고 멍청해진 것이 아닌가? 단지 그러니까 스스로는 과거에 정신 나간 것도 아니고 멍청해진 것도 아니라 하더라도 정신 나가고 멍청해진 넝마를 백 년간이나 주워오고 있었다면 그 역시 일찍이 광기와 멍청이의 끼가 들러붙어 있는 것이다. 나는 이미 정신 나가고 멍청해졌을 뿐만 아니라 게다가 벌써 농아가 되었고, 비단 농아가 되었을 뿐만 아니라 이미 마음도 결핍되고 혼도 부족하며, 비단 마음도 결핍되고 혼만 부족한 게 아니라 게다가 창자도 세척하고 피를 세척하는 단계를 경과해 벌써 목재로 바뀌더니, 그 목재는 이미 썩어문드러진 목재가 되어 너덜너덜해진 폐기물이 되어버렸다. 나는 오십 번지 서쪽에 쌓인 넝마와 한 무더기 쌓인 하등의 다른 넝마들을 함께 놓고 보았을 때 어느 것이 장형長兄인지 구별하기 어렵다. 오십 번지 서쪽의 고난의 역사적 여정은 나처럼 낙하되어본 적이 없는데, 사정은 이와 같고, 오십 번지 서쪽은 이미 너덜너덜해진 폐기물로 발전되었거늘, 내가 어떻게 오십 번지 서쪽의 일원이 아니겠는가? 더군다나 나는 여기서 하루만 기다렸는가? 과거 물건이 낡아버려서 지금은 너덜너덜해진 폐기물로 변했거늘, 과거에 팔던 물건이 너덜너덜해질 무렵 라오후를 찾긴 했는데, 지금은 사람도 너덜너덜해진 폐기물로 변모해서 나는 벌써 사람도 주워 폐품 처리장에다 팔아치워버리는 판국에 당신들은 어떻게 내 은혜를 망각하고 의리를 저버린 채 나를 배척하고 내 직무를 해임하려고 드는가? 환언해서 표현하자면, 내가 당초 오십 번지 서쪽에 도착해 넝마주이를 할 무렵 곧바로 가슴속에 큰 뜻을 품고 있었거늘, 당초 안광은 목표물인 폐기물질 넝마주이를 하느라 진종일 눈을 부릅뜨지 않았지만, 나는 어느 날 조만간 오십 번지 서쪽의 정신병자와 멍청이들이 폐기물질로 변한다는 것을 알고 있으며 이 너덜너덜해진 폐기물질을 기다렸다가 넝마로 주울 것이다. 과거에는 오직 일종의 가상假象과 자태를 보고 주워올렸지만, 진정 주워올릴 필요가 있고 진정 팔아치울 필요가 있는 것은 역시 우리들 몇몇 폐기물인 것이다. 더군다나 나의 이런 결정은 나 스스로를 위해서 한 것이 아니고 오로지 오십 번지 서쪽을 위해서 한 것이다. 오십 번지 서쪽의 수천만의 남녀노소들이 너덜너덜해진 폐기물로 변할 무렵, 만약에 사람을 제때 적시에 팔아치우지 못해서 깨끗이 정리할 사람도 없다면, 모든 오십 번지 서쪽의 주민 지역은 과거 너덜너덜해진 쓰레기를 치워버릴 사람이 없어서 볼썽사나웠던 것처럼 큰길에도 고약한 냄새가 풍기지 않을까? 과거에는 너덜너덜해진 쓰레기에서 고약한 냄새가 가까스로 풍겼지만 지금은 고약한 냄새를 발산해서 되레 사람이 먹을 것조차 혐오하게 생겼어라. 이 라오후가 없다면 당신들이 역병과 구제역에 걸리게 된다는 걸 당신들은 아는가 모르는가? 만일 오십 번지 서쪽을 위해서가 아니라면, 나 역시 이런 식의 미해결된 국면을 돌보는 것을 원하지 않을 것이다. 여기까지 말을 한 라오후는 다소 불만을 품고 원망하며 또다시 좀 격분해서 자기주장이 옳아서 대담해진 듯한데도, 조상 대대로 비슷하게 유전되어 번성해진 세대이자 오십 번지 서쪽의 정신 나가고 멍청한 오래된 주민들인 우리 몇몇 사람은 되레 침묵을 지키며 유구무언이다. 훌륭한 라오후 너 하나만이 부지불각不知不覺에 오십 번지 서쪽에 가담했을 뿐, 이 세상의 수많은 대통령과 수상 그리고 황실의 구성원들은 매일 사고력을 한껏 발휘해서 이 일을 해결할 생각이 없군. 당신들, 오십 번지 서쪽에 가담을 해서 전복시킬 필요가 있다고 하루 종일 간절히 생각하는 거 아니오? 지금 허난河南 민공民工 하나가 넝마를 줍고 있소. 라오후는 이 지경에 이르기까지 자기 행위를 단 한 번도 손을 뗀 적이 없는데, 그는 장차 몇몇 사람들조차 단지 너덜너덜해진 폐기물로써 그것들 전부를 넝마주이한 뒤, 그는 여전히 흡사 과거 너덜너덜해진 폐기물과 쓰레기처럼 연달아 그것들에 대한 분류 작업을 진행한다. 과거에 그는 너덜너덜해진 물품과 쓰레기를 주워올린 뒤, 커다란 바구니 안의 너덜너덜한 쓰레기를 '촤르르' 하고 지상에 대뜸 비스듬하게 거꾸로 쏟으면서 연달아 담배 한 개비를 피워 물고 치울 것과 쌓아둘 것을 분리하는 작업을 진행했다. 천 종류는 한 곳에 내려놓고, 폐지 종류는 한 곳에 차곡차곡 접어두고, 폐 철사와 폐 술병은 다 함께 놓아두었다. 너덜너덜한 종이를 쌓아올릴 무렵, 그는 너덜너덜한 종이 위에다 여전히 몰래 슬쩍 오줌을 싸 갈겨서 중량을 증가시킬 수 있었고, 연달아 폐기물 집합소에 도착해 분류된 종류대로 팔아치웠다. 현재 그는 장차 정신 나가고 멍청해진 그리고 너덜너덜해진 약간의 인간들과 쓰레기 인간들을 다 같이 주워올린 뒤, 그 너덜너덜해진 약간의 인간들과 쓰레기 인간들을 누차 분류하고 보존 처리할 필요가 있다. 오십 번지 서쪽의 정신 나가고 멍청한 인간들을 좀더 좋게 팔아치우기 위해서, 그는 대뜸 영감이 발동하고 있다. 사후에 라오후는 또다시 불만스럽다. 어떻게 영감이 곧 발동될 수 있을까? 보기에는 흡사 영감이 단번에 발동한 것 같지만, 기실 일찍이 기획되어 있는 것이다. 혹은 일찍이 기획되어 있던 것을 그 몇몇 정신 나가고 멍청해진 인간들이 중간에서 제일차 정신 나가고 멍청한 인간들의 변론대회에서 소개할 필요가 있고, 가지각색으로 정신 나가고 멍청해진 인간들을 구분함으로써 거기에 따라서 정신 나가고 멍청해진 인간들이 가지각색인 원인을 구분할 필요가 있다는 것이다. 라오후는 다시 말하기를, 보기에는 다 같이 정신 나가고 멍청해진 듯하지만, 기실 정신 나가고 멍청해진 상태나 그 원인은 백가쟁명百家爭鳴*이란 것이다. 몇몇은 가지각색이라 구분을 하지 않는 게 더 분명해지고, 모든 존재들을 간단하게 한 무더기로 휩쓸어서 너덜너덜해진 쓰레기들과 함께 처리해버린다고 말한다. 연달아 가지각색으로 정신 나가고 멍청해진 것들은 다시 젖혀두었다가 세계 각지에 도착해 세일로 팔아치우거나 물건을 팔러 다니는 행상에게 넘겨버리겠어. 라오후는 다시 말하기를, 무엇을 일컬어 정신 나가고 멍청해진 것이 널리 확산되었다고 할까? 정신 나가고 멍청해진 각양각색의 원인을 찾아낸 뒤에 이것을 일컬어 진정하게 실제로 널리 확산시킬 가능성이 있다고 말할 수 있겠다. 왜 어째서 우리들은 여러 해 동안 정신 나가고 멍청해진 원인을 여전히 찾지 못했을까? 왜 어째서 우리들은 이렇게까지 여러 해 동안 정신 나가고 멍청해진 것이며, 어째서 여전히 우리들의 정신 나가고 멍청함이 널리 확산되지 못했을까? 사실 다른 지방에는 부재하고, 단지 결핍으로 인해 정신 나가고 멍청해지던 도중에 부문별로 진행되던 중이고, 너덜너덜해지던 중이기 때문 아닌가. 뒤죽박죽 폐기된 커다란 보자기를 높이 들어올려 폐품 수집소에서 판매할 때는 큰 무더기째 팔고, 부분별로 분류해 다시 종이를 향해 오줌을 싸 갈기면 속임수를 사용해서 좋은 가격에 판매가 가능해진다. 우리가 당시에 느낀 바로는 라오후가 넝마주이를 할 때 과거의 역사적인 경험을 근거로 삼아

* 백가쟁명(百家爭鳴): 춘추전국시대에 제자백가들이 학술 논쟁을 거듭했다는 뜻에서 유래된 말로, 다양한 견해로 서로 논쟁한다는 의미.

그가 말하는 것이 모두 이치에 맞아 떨어지며, 우리들은 이미 폐기된 쓰레기로 변모해버려서 의지할 곳도 없고 무능력해져 있을 무렵 우리는 오로지 라오후에게 의지하는 것이다. 라오후는 우리들에게 귀와 눈을 일신하게 해주고 눈앞을 대뜸 밝게 해주기에, 단지 우리들은 진정 자신을 라오후에게 건네주면서 그 사람이 부문별로 분류하고 상품 꼬리표를 붙일 무렵, 우리들은 오십 번지 서쪽 전부가 라오후의 음모와 그의 커다란 올가미에 걸려들고 있다는 것을 그때 알아차린 게 아니라서, 외지에서 찾아온 허난 사람에게 폐기처분될 쓰레기인 우리들을 수리하고 처리해달라고 주었던 것이다. 그런데 여기서 일의 사정은 여태껏 매듭이 적취積聚되고 있을 뿐만 아니라 그에게 수선을 맡긴 것과 비교하자면 그가 우리를 처리하고 팔아치우는 것이 점점 더 우리들을 두렵게 하고 있다는 것이다. 오십 번지 서쪽의 정신 나가고 멍청해진 인간들은 역사상 처음으로 외지인으로 인해 분화되고 와해가 개시되기에 이른다. 사실 우리는 여전히 멍청한 집단인데, 지금도 부분별로 분류되고 파가 다른 족속들이 출현을 해서, 내부적인 갈등으로 인해 우리는 우리 자신을 위해서 정신 나가고 멍청해진 것에 대한 변론이 필요하다. 라오후, 허난 인간, 이건 당신 탓이오! 그런데도 당신에게 여태 다른 생각이 있다면 그건 지나친데, 보기에는 당신이 오십 번지 서쪽을 변론하고 있는 듯하지만 궁극적으로는 오십 번지 서쪽을 변론해서 당신 자신이 둘둘 휘감아 넝마로 처리하려고 하는 것인지도 모르지. 보기에는 당신이 오십 번지 서쪽에 가입한 듯하지만, 오십 번지 서쪽이 당신에게 동화되어 진정 오십 번지 서쪽을 바꿔버리려는 그런 멤버 중의 하나인지도 모르지. 보기에는 오십 번지 서쪽을 주워올리고 있는 듯하지만 당신 자신이 최후로 오십 번지 서쪽에 몸이 매장되려는 것인지도 모르지. 그러나 라오후는 오십 번지 서쪽에 대한 사고와 매장을 털끝만큼도 자각하지 않았고, 그는 여전히 자기의 주관적인 생각이 자기 뜻하는 바대로 되었다는 느낌에 누차 그곳에서 신이 나서 우리들을 분화시키고 있다. 당연히 이 분화로 인해 우리들에게 전대미문의 역사적인 상처가 찾아오고 표면에 드러나지 않은 역사적인 재난으로 인해 우리는 엄중한 대가를 지불하고 있는데, 이것 역시 라오후가 우리들을 매장하고 있기 때문이라는 것을 사후에서야 겨우 알게 된다. 우리 쌍방은 다들 상대방의 정신 나가고 멍청해진 것에 대한 추정이 부족했던 것이다. 당시 우리와 라오후는 장님이 상아를 더듬듯이 상호 양방이 정황을 알지 못하는 가운데, 라오후는 또다시 신이 나서 스스로 온통 면목을 일신하고, 넝마주이의 너덜너덜한 검은 솜저고리를 벗어던지고 헐렁헐렁한 군복 바지에 헐렁한 고무신을 신은 채 교수들이 착용하는 까만 가운에다 박사들이 착용하는 정방형의 박사모를 쓰고 일신을 바꾸더니 연달아 징을 울리는 듯한 목소리로 오십 번지 서쪽의 정신 나가고 멍청해진 인간들의 변론대회를 개시한다. 대여섯 명이 분장을 하고 라오서를 모시고 무대로 등장했다. 극장을 한 바퀴 빙글빙글 돌면서 부릅뜬 오만한 눈빛으로 대뜸 현장을 지레 짐작하더니, 나중에는 거만하고 의젓한 동작으로 주석의 자리에 주저앉는다. 보아하니 진정 가슴속에 품은 생각이 있어 보인다. 그런데 여기서 우리들을 오히려 안심시킨 것은, 당신의 그 조심성 없고 덜렁덜렁한 모습이 되레 안심할 수 있는 증거가 된 셈이다. 그와 동시에 당신은 이 세상에 대한 어떤 품격과 인품을 털끝만큼도 개의치 않음으로 인해서, 그것 역시 당신이 우리 오십 번지 서쪽을 저버리는 일이 없다는 것을 증명하는 셈이고, 백 년 동안 당신을 배양했다는 것을 증명하는 셈이었으니, 당신이 우리 오십 번지 서쪽의 폐기물을 백 년간 주워올린 것은 헛되이 세월만 보낸 것이 아니므로 당신은 과연 이미 우리들과 동화되고 있구려. 우리에게 아직 무슨 세력이 남아 있는가? 단지 만물이 하나로 동화되기 때문에 큰 냄비에 하나로 삶긴 것이다. 무슨 물건이 우리가 있는 여기로 찾아와서 우리들의 속 알맹이는 그대로 둔 채 겉모습 일체를 다 바꾸고 철저히 매장시켜버렸는가. 당신은 과연 대단히 멍청해진 자이고 대단히 정신이 나간 자로고. 그러나 라오후는 그곳에서 고의적으로 멍청하지 않은 척 정신 나가지 않은 척 위장하면서 말한다.

"멍청이들, 미치광이들, 폐기처분된 목재와 쓰레기 여러분, 우리는 또다시 다 함께 모여들 앉아 있지만, 그러나 지금 우리가 다 같이 앉아 있는 것은 과거에 다함께 텔레비전 생중계 방송을 보기 위해서 앉아 있거나 몽환 극장에서 우수한 모방을 관람하기 위해 앉아 있는 것과는 다르오. 과거에는 텔레비전 생중계 방송을 통해서 우리의 정신 나가고 멍청해짐을 다른 사람들이 보게 하려고 전시했다면, 과거의 우수한 모방은 우리들 자신이 등한시하고 단지 스스로 상실되는 것을 방치했기 때문에 내가 다른 존재를 향해 모방을 했던 것이지만, 전시를 해도 관계없고 모방을 해도 관계없이 우리는 또다시 자기 자신을 전부 유린하고, 단지 우리 자신을 유린하는 데 그치는 것일 뿐만 아니라 또한 오십 번지 서쪽까지 유린하고 있으며, 오십 번지 서쪽만 유린하는 것이 아니라 텔레비전 수상기 앞에 앉은 관중과 극장 무대 아래의 관중들까지 유린하고 있는 것이오. 당신은 텔레비전을 시청하고 이런 종류의 저질 프로그램을 구경하고 있기 때문에 당신의 지력이 점점 더 하강하고 있다고 무대 위로 등장해서 표현하고 모방할 때 그런 식으로 말하지 마시오. 그 당시 우리는 우리들의 정신 나감과 멍청함을 세상에 널리 선전하기 위한 방법의 일종으로써 단지 훌륭한 계책이 실행되었다고 주관적으로 생각했지만, 기실 그것은 우리들의 정신 나가고 멍청해진 원인에 대한 탐색으로 그 정신 나가고 멍청해진 원형이 널리 확산되어도 털끝만큼의 쓸모란 없으며 기껏해야 오직 우리들의 저급한 정신 나감과 멍청해짐을 표현하는 방법의 일종일 뿐이지만, 우리들이 탐색해서 널리 확산시키려는 것은 오로지 정신 나가고 멍청해진 껍질과 털가죽이 아니라 피와 살인 것이고, 가지나 잎이 아니라 오로지 근본인 것이며, 보기에는 창자를 세척하고 피를 세척한 듯하지만, 그러나 그 당시 당신은 정신 나가고 멍청해진 원인을 분명하게 밝혀내지 못하는 순간 아주 다급하게 창자를 세척하고 피를 세척하였으므로, 당신이 변모에 이르고 정신 나가고 멍청해진 단계에 이른 뒤 어디로 가버린 것인지 여태껏 알지 못하는 거요! 널리 확산되는 것이 약간 좀 좋아지는 게 아니라 대뜸 널리 확산되면 우리 오십 번지 서쪽은 되레 상실되기 마련이지. 보기에는 근본에 접근한 듯하지만, 기실 우리가 탐색해서 널리 확산하려고 하던 정신 나가고 멍청해진 것과는 점점 더 거리가 멀어지고 있으므로, 일체 탐색해서 널리 확산시키려 하지 말고 발원지에서 멈춰 있는 것만 못하지. 사람이 스스로 다른 존재를 모방하느라 상실한 것은 오로지 일개인의 상실이지만, 만일 오십 번지 서쪽이 스스로 다른 존재를 모방하느라 상실하기 시작한다면, 그것은 곧바로 우리 오십 번지 서쪽의 정신 나가고 멍청한 인간들을 죽지도 않은 채 땅에다 생매장하는 것이오. 이 순간 오십 번지 서쪽은 이미 이역 외지로 바뀌고 있기 때문이오. 이것은 역사상에도 그 교훈이 있소이다! 보기에는 어루만지고 위안을 주는 듯하며 우리들을 널리 확산시켜 장대하게 만드는 듯하지만, 기실 텔레비전 프로그램과 몽환 극장은 비웃음과 우스갯소리와 조롱으로 우리 정신 나가고 멍청해진 하등 동물들에게 한꺼번에 팔아치우고 다른 존재가 희열을 취하던 과정 중에 부당이득을 취하고 있소. 그러니까 흡사 머저리 새끼의 양친이자 남편 혹은 부인인 인간이 공공장소에서 멋지게 어울리기 위해 자신의 중요성을 과시하려 들지만, 그(그녀) 역시 대단히 비굴하고 무료한데, 그(그녀) 역시 대단한 무엇을 발언할 기회란 없으므로, 그(그녀) 역시 관중들 면전에서는 전혀 중요한 존재가 아니기 때문이오. 자신의 혈육까지 조롱하고 한꺼번에 팔아치우기 시작해 다른 존재들이 희열을 취하게 하는 것처럼, 그(그녀)는 심지어 공공장소에서 스스럼없이 어울리기 위해서 우리들의 은밀한 침실의 사생활까지 한꺼번에 팔아치우자, 오직 다른 존재만이 입을 크게 벌리고 파안대소하는구려. 우리들은 보기에는 그들과 함께 바보처럼 한 번 웃다가 처음으로 텔레비전 프로그램에서 한차례의 몽환과 모방을 진행한 듯하지만, 기실 우리는 정신 나가고 멍청한 정황에서 털끝만큼도 지각하지 못한 채 다른 존재에게 자신의 피고름이 뚝뚝 떨어지는 상처를 잡아 찢는 광경을 보여주기 시작한 것이오! 우리는 다른 존재들과 함께 자신을 차단하고 있소이다! 이런 몰골을 전시하고 발전해 내려가는데, 오십번지 서쪽에 대한 책임은 누구에게 있소? 우리는 어떻게 정신 나가지 않고 멍청해지지 않은 채 정신 나감과 멍청함을 계속 우리에게 남겨둘 생각인지 정신 나감과 멍청함의 발원지조차 획득하지 못한 채 최후에는 어떻게 정신 나가고 멍청해졌는지 그것도 자각하지 못하는 사이에 한 걸음씩 귀가 멀고 입이 다물어지며 마음도 혼도 결핍되어 목재로 변하더니 최후에는 그 목재도 썩어 문드러져 쓰레기로 폐기되겠구려! 과거를 살펴보면 오십 번지 서쪽의 한 무더기 물건을 폐기할 때 나는 저도 몰래 한바탕 흥이 나서, 오늘 또다시 좋은 가격에 팔 수 있으므로 오늘 또다시 화창한 봄날인가 했거늘, 그런데 그 당시 나는 오십 번지 서쪽의 조상들을 살펴보곤 했는데 그 정신 나가고 멍청해진 주민들조차 다른 존재로 인해 변신을 개시해 쓰레기로 폐기되는 순간, 나는 너무도 놀라서 환락을 느낀 게 아니라 마음이 아팠소이다. 내 심장에서조차 피가 흘렀소. 왜 어째서 쓰레기 인간을 다 함께 집계해서 부문별로 분류를 진행한단 말인가요? 어떤 사람 말로는 더 좋게 팔아치우고 수집하기 좋게 하기 위해서라고 했는데, 기실 그것은 오로지 표면적인 이유일 뿐이오. 그러므로 나는 더 긴요한 동기와 원인이 필요하고, 더군다나 우리들이 쓰레기로 변모해 폐기될 무렵 의지할 필요가 있기 때문이라는 거요. 이미 물러설 길은 없고 이미 인내의 한계를 넘어선 것이오. 기왕지사 끝까지 물컹물컹해지고 궁극적인 것까지 썩어 문드러졌다면, 그것들이 철저히 물컹물컹해지고 부서지면 그것에 의지할 수 있을 것이고, 부문별로 분류해서 철저히 조사해 찾아내게 되면 폐기물들이 정신 나가고 멍청해진 각기 다양한 원인을 차출한 뒤 당신들 정신 나가고 멍청해진 모든 사람들을 제각기 진흙에서 완전히 새롭게 빚어내 본디의 자아나 혹은 본디의 자아뿐만 아니라 하나의 새로운 층위와 경계 위에 획득한 신생을 찾아내게 될 거요. 말하자면 나의 영감이 대뜸 발동한 듯하지만 기실 일찍이 계획되어 있었소. 몇 년 전에 나는 곧 이런 식의 정신 나가고 멍청해진 변론대회를 개최할 생각이었는데, 그러나 그 당시의 역사에서는 나 이 라오후에게 넝마주이의 기회가 제공되지 않앉기에 그런 하나의 계기로 나는 여전히 물품을 폐기하는 일에만 몰입되어 있었지요. 때때로 당신은 정신 나가고 멍청해진 역사의 면전에서 인내심이 필요하건만, 앞당겨진 거장의 행동에는 일체 대답이 없고, 오직 당시 거장은 흡사 유효 기간이 지난 물품이나 식품처럼 철저하고 진부하게 부패해서 그 역시 쓰레기로 변모해 폐기되던 시절이었구려. 다시는 혈육이 서로 연관되어 운명이 서로 뒤얽히는 일은 없을 것인데, 이 거장 어른이 오십 번지 서쪽을 구원함과 동시에 나 자신을 구원해내겠소. 비장하다면 내 말은 비장한 것이고, 헌신이라면 나는 역시 헌신인 것인데, 다만 비장에 비해서 헌신이 더 중요한 것이고, 때문에 나는 비장을 포기하고 헌신을 찾아내느라 그러한 방법으로 우리 오십 번지 서쪽의 정신 나감과 멍청함을 철저히 조사하고 그 정신 나감과 멍청함을 널리 확신시킬 방법과 방식을 찾아내야겠는데, 당신들은 여전히 스스로 분화되는 시기를 인식하지 못하고 있기에 내가 먼저 당신들을 주동적으로 분화시켜주려 하오. 그런데 당신들은 여전히 화기애애한 공기로 가득 차 있으므로 군중들의 정신 나감과 멍청함을 취합해 서로 화목하게 껴안고 있소. 왜 어째서 군중들을 취합해 화목하게 껴안으려는 거요? 아직도 개인은 구제될 수 없고, 개인은 약하기 때문에 안 된다는 것이오? 그럴 즈음 나는 당신들에게 변론대회를 전개하라 이르고서, 정신 나감과 멍청함을 누군가 표출하는 것을 살펴보고 정신 나감과 멍청함의 원인을 조사해서 찾아내고 정신 나감과 멍청함의 본질로 점점 더 접근하겠소. 쑤시지 않으면 등은 밝아지지 않고 구별하지 않으면 변론은 분명하지 않으므로, 이것이야말로 우리 정신 나감과 멍청함의 변론대회를 개최하는 궁극적인 의의인 것이오. 설마 이 궁극적인 의의가 오늘에서야 처음으로 단서를 드러내거나 명백하지 않던 장래가 잠깐 두각을 드러낸 것은 아닐 것인데, 다만 나 라오후는 우리가 여명에 이르러 신생을 획득하는 순간을 기다려온 것이고, 우리 오십 번지 서쪽의 정신 나감과 멍청함이 역사상의 방향을 비틀어 변형시키는 작용을 야기했다는 것을 우리들이 알아야만 한다는 것이오! 그럼 연이어서 오늘 우리 모든 사람들을 대표해서 변론을 하게 될 정방正方*의 대표와 반방反方**의 대표는 무대로 등장하시오!"

우리는 현장에서 쥐 죽은 듯이 조용하다. 쥐 죽은 듯이 조용해지는 것은 결코 넝마주이 라오후가 대표로서 헛소리처럼 개장을 선언했기 때문은 아니고, 우리들이 책략 속으로 몰입되는 것이 아주 멋있지 않아서도 아니다. 변론대회는 후작侯爵*** 주석이 하나의 규정을 대회의 사전事前에 현장에서 조성하고 있기 때문이다. 변론대회 현장의 각자 일개인의 발언이 훌륭하든 훌륭하지 않든 상관없이 전부 박수를 쳐서는 안 된다. 변론대회가 아직 결속되지 않았고, 각자 일개인의 전체 발언이 아직 완전히 끝나지 않고 간신히 한 단락 혹은 절반이나 서술할 즈음, 그런 시점에서는 한 단락 혹은 절반만 대변할 수 있는 것이고, 사상과 사고의 방향 전체를 대변하기란 불가능한 것인데, 설령 어느 시점에서 아주 훌륭하고 타당하게 발표된다고 하더라도, 발표자의 궁극적인 전체의 사상과 사색의 방향은 되레 엉터리일 수 있다는 것이다. 어느 시점에서 사상과 사색의 방향이 출현해서 중단되고 지체되어 갈림길로 가버려서 고역을 겪게 될지라도, 그래도 연이

---

* 정방(正方): '올바른 편'이라고 번역 가능하나 이후 '정방'으로 표기함.
** 반방(反方): '그 반대편'이라고 번역 가능하나 이후 '반방'으로 표기함.
*** 후작(侯爵): 황제 밑에 최상위 관직 5등급의 제2위인 제후.

어서 발표자는 고역 중에 기어 나와 일어서고 기로에서 돌아와 사통팔달의 대로에서 마지막 날 그 큰길이 참호로 변한다는 것을 역시 부정할 수 없는데, 만일 당신이 전제 조건으로 박수를 치게 하거나 혹은 되레 갈채를 보내게 된다면, 당초에 당신에게 보낸 갈채로 인해 역사는 최종적으로 결국 외지고 호젓한 길에서 떠들어대며 희롱할 것인데, 그 순간이 질주로 인해 참혹해져 얼굴에 열꽃이 피는 자는 누구이겠는가? 백 년 혹은 천 년의 우리 역사상에서 이런 식의 박수를 보내는 것과 갈채를 보내는 것들이 궁극적으로 추락하면 거북스럽고 곤란해지며 아무런 의미가 없게 된다는 그런 교훈이 아직도 부적합하더란 말이냐? 나는 이런 식의 규정을 겨우 만든 게 아니며, 변론대회의 엄숙한 분위기를 위해서이고 이 기회에 이런 변론대회가 텔레비전 생중계 방송 중에서 시시덕거리는 프로그램과 몽환 극장의 우수한 모방과도 같지 않다는 것을 구분하기 위해서이다. 이것은 하나의 양춘백설陽春白雪*이자 예술작품이며, 이것은 하나의 하리파인下里巴人**이고, 이것은 하나의 영혼이며, 이것은 하나의 신체이며, 이것은 그 어떤 심각함이자 그 어떤 비천함이며, 이것은 그 어떤 엄숙함이자 그 어떤 통속이기에, 당신들이 순수해지기 위해서는 현장에 반드시 참석해야 하오. 여기서의 저속한 프로그램은 다른 지역의 저속한 프로그램과는 구별된다. 다른 저속한 프로그램이 진행되는 도중에 당신들은 겨우 관중이지만, 정신 나감과 멍청함의 변론대회 현장

---

* 양춘백설(陽春白雪): 춘추전국시대 초나라의 아름다운 가곡 제목인데, 훗날 이 사자성어는 고원하고 비통속적인 예술작품을 상징하고 동시에 덕행이 높은 인물을 상징하는 데 사용됨.
** 하리파인(下里巴人): 춘추전국시대 초나라의 민간에 전해지는 통속적인 노래의 제목인데, 훗날 이 사자성어는 비속적인 노랫말이나 문학작품을 비유하는 데 사용됨.

에서는 모든 개개인이 전부 참가자이자 변론자이기에, 정방과 반방의 대표는 겨우 당신들의 메가폰일 뿐이다. 당신은 정방이 아니면 반방인 것이고, 제삼자나 제삼의 길은 여기에서는 존재하지 않으며 통하지 않는다. 오직 이렇게 되어야 지금 막 우리가 정신 나가고 멍청해진 원인을 탐색할 수 있다. 나의 이런 식의 설명을 당신들은 명백하게 알겠소? 당연히 우리는 불명백해서 설명할 수 없거니와 우리는 현장 발언에 대하여 훌륭하거나 혹은 엉터리 말을 떠들어대거나 관계없이 우리 모두 박수를 쳐서는 안 되는 것이오. 우리의 태도는 그러니까 단지 대꾸 없이 잠자코 있는 것이오. 여기서 우리는 또다시 라오후의 음모의 냄새가 약간 풍긴다는 걸 알게 되는데, 우리들 모든 사람들이 변론에 참석하는 것이 아닌가? 어떻게 우리들에게 모든 발언의 결착에 대해서 박수를 치지 못하게 하는가? 모든 단락의 결착에 대해 우리들이 전혀 발언권이 없다면, 착오나 엉터리 발언이 출현해도 우리들은 그것을 규명할 권리가 없다는 것인데, 노새가 끄는 짐수레는 이미 길을 이탈했고 소의 코도 뚫을 수 없이 그대로 되돌아오면, 곧 이 두 대의 큰 수레는 착오와 엉터리의 도로 위에서 해거름이 될 무렵까지 길을 걸어가게 될 것이다. 그래도 전체는 오히려 전체이고, 결속은 되레 결속인데, 그 순간 우리가 재발언으로 박수치면 그역시 아무 소용없는 것에 상당하리라. 그런데 우리는 또다시 그가 짐짓 시치미를 뗀 것도 알지 못하고 흡사 아무런 의미가 없는 것처럼 보이는 라오후의 올가미에 걸려들게 되는데, 연이어서 잠자코 앉아 아무 말도 하지 않은 채 정방과 반방이 등장하기를 기다린다. 그런데 사후에 라오후가 다시 말하기를, 잠자코 앉아 아무 말도 하지 않은 것은 정신이 나가고 멍청해진 현상의 하나라는 것이다. 그런데도 순간 우리는 라오후에게 이미 매장이 되고, 그는 검은 양복을 입은 채 우리들의 묘 앞에 선다. 우리들은 계속해서 올가미에 걸려드는 줄도 모른 채 여전히 아무 말도 하지 않고 잠자코 있다. 그는 골계와 무성 無聲의 장례식을 해치우고 있는 것이다. 정방 변론인은 과거 오십 번 지 서쪽의 가라오케에서 접대부로 일하던 샤오스로서 현재 그녀는 백 년이나 된 역사적인 노인이다. 백 년 샤오스는 머리 꼭대기에 토끼털이 가득하게 들러붙은 붉은 모자를 착용하고, 얼굴에는 수염이 가득하게 붙어 있으며, 위에는 솜 조끼를 걸치고 아래에는 떵롱쿠燈籠袴*를 걸치고 있는데, 마치 자신이 스스로 산타클로스 할아버지로 분장을 하고 나온 듯하다. 비록 분장을 했지만 남자도 여자도 아닌 것이 정체를 조금도 알 수 없는데, 보아하니 여자도 등장을 한 듯해 우리들을 웃게 만드는데, 마치 우리들 사고의 방향이 하느님을 연상하는 쪽으로 나아가고 있어 우스꽝스러운 듯하다. 그러나 우리는 현장의 원칙이 아무 말도 하지 않고 잠자코 앉아 있는 것이라는 것을 누차 잊지 않고 있다. 당신이 어떻게 분장하는 걸 좋아한다면 곧 어떻게 분장하는 것이지만, 다시 어떻게 분장해도 과거의 속박에서 헤어날 수 없다. 다시 어떻게 분장을 해도 도망쳐 나올 수 없다는 것이 우리들의 대원칙인데, 그러나 오히려 백 년 샤오스가 동의하지 않자, 사심을 잠복한 채 아무 말도 하지 않고 세상의 탄생을 향한 고정불변의 자세로 잠자코 앉아 있는 것이 우리들 견해가 되어버렸고, 아직도 오십 번지 서쪽의 정신 나가고 멍청해진 변론대회가 진행되지 않고 있는 가운데, 그녀는 먼저 고정불변의 견해를 고수하는 우리들에게

---

* 떵롱쿠(燈籠袴) : 아랫단을 발목에다 매고서 통을 헐렁헐렁하게 만들어 입는 편안한 바지.

그녀 자신의 분장에 대한 견해를 약간 전시하고 변론한다.

"보기에는 아무 말도 하지 않고 잠자코 앉아 있는 듯하지만, 기실 당신들이 아무 말도 하지 않고 잠자코 있는 그 아래 약간의 음흉한 속셈이 도사린 것을 나는 이미 통찰했소이다. 보기에는 나의 분장이 새로운 착상이 아닌 듯하지만, 기실 새로운 착상으로써 이미 남몰래 암장된 습관과 고정 불변의 견해가 이 가운데 있소. 보기에는 흡사 어릿광대로 분장을 한 듯해서 사상의 심도와 역사적인 느낌이 결핍된 듯하지만, 기실 이 어릿광대는 산타클로스 할아버지보다 더한층 하느님에게 근접해 있소. 역으로 당신들 사색의 방향과 남몰래 암장된 사고방식이 나를 웃게 하는구려. 보기에는 정체를 전혀 알 수 없는 남자도 여자도 아닌 듯하지만, 기실 이 여자는 오십 번지 서쪽에 더한층 근접해 있거니와, 그리고 정신 나가고 멍청해진 인간들의 본질에 더한층 근접해 있소이다. 보기에는 내가 현실적으로 때마침 대표로서 당신들의 변론자인 듯하지만, 기실 나는 이 시각 당신들을 대신해 역사에 대한 책임으로 인해 터널 안으로 베틀 북*이 오락가락하는 것처럼 고통스럽소이다. 만일 그렇지 않다면 내가 어떻게 백 년 샤오스로 불리겠소? 보기에는 내가 샤오스인 듯하지만 기실 나는 샤오스가 아니오. 어차피 샤오스는 이미 어떤 배추 장수가 몽환과 모방을 거쳐서 된 것이고, 그렇게 모방 과정을 거친 뒤엔 단지 원작이 아니라 위조품인 것인데, 비록 내가 모방을 거쳐 가면만을 슬쩍 빼앗아 위조품 자아로 완전히 새롭게 회귀된다고 해도, 단지 다른 존재를 경과한 자아는 몽환과 모방으로 들씌워진 것이고, 나의 원형은 최소한

---

* 베틀 북: 삼베 짤 때 날실과 씨실을 교직하는 기구를 말함.

엉터리로 뒤죽박죽 뒤얽힌 것이며, 원작은 이미 다른 존재가 더럽혀져 그것은 역사를 새롭게 장식한 것이 아니라 고물이 되어버린 것이오. 무엇을 쓰레기라고 부르겠소? 이것은 단지 쓰레기의 일종인데, 비록 쓰레기도 분류 처리 과정을 거쳐서 팔아치워질 수 있다지만, 오십 번지 서쪽의 수많은 사람들은 역사상에 있어서 다들 누차 그렇게 되어왔지만, 명료하게 말할 수 없으므로 흐릿한 것이며, 단지 그것은 다른 존재이지 샤오스는 아닌 것이며, 나 샤오스는 역사를 위해서 단지 원작을 왜곡하고 엉터리 도배를 용인할 수 없기 때문이오. 두말할 것 없이 나는 이 한 벌의 낡은 의상과 낡은 가면은 철저히 필요하지 않다고 말하겠소이다. 고루한 나를 떨쳐버리고 배척해서 이후로는 결코 과거를 향하지 않을 것인데, 그것 역시 낡은 신생이기에 던져버리려는 거요. 과거 샤오빠이였던 내가 몽환과 모방할 무렵, 나는 바야흐로 멍지앙뉘를 몽환하고 모방했소이다. 현재 나 멍지앙뉘조차 철저히 포기할 필요가 있기에 새로운 나를 완전히 새롭게 빚어내었소이다. 혹은 환언해서 말하자면, 애당초 내가 샤오스를 모방하던 순간에 참으로 지당한 명언을 몇 마디 말한 바 있는데, 그 말로 인해 거장에게 정제된 제호醍醐*를 정수리에 부어 득도를 얻게 하고, 최후에는 거장을 쓰레기로 변신시켜 폐기처분하라고 닝마주이 라오후에게 나머지 기회를 준 것인데, 라오후는 역사를 부정하기 위해 연달아 현재는 약간의 언론조차 부정하고 있소. 이건 역시 라오후의 음모 중의 하나요. 다른 존재를 뒤쫓기 위해서 새로운 역사의 소용돌이에서 그는 올가미를 씌울 수 있는 것이거늘, 그러나 오십 번지 서쪽의 정

---

* 제호(醍醐): 사물의 묘미를 맛보는 듯한 최고 경지의 불법.

신 나가고 멍청해진 진상을 위해서 여전히 나는 오직 역사를 고수할 필요가 있소이다. 그런 관점으로 보자면 약간은 샤오빠이에 속하는 듯하지만, 기실 그것은 결코 샤오빠이의 관점이 아니며 과거 백 년간 나는 한쪽으로는 가라오케의 접대부 노릇을 했으나 한쪽 뇌리로는 얼이 빠져서 사색의 방향이 아주 느릿느릿 누적되기 시작했다오. 샤오빠이가 샤오빠이였을 때는 배추만 팔면 구타를 당했소. 구타당하면 머리통이 뒤죽박죽 얽혀 있었으나, 샤오빠이는 몽환과 모방을 통해서 내가 된 이후로는 되레 제호를 정수리에 부어 득도를 얻게 되었다오. 현재 나는 샤오빠이나 멍지앙뷔도 포기하고 단지 과거의 나로서 어디를 향해 가고 있겠소? 그것은 곧 흡사 우리 오십 번지 서쪽의 정신 나감과 멍청해짐이 어디를 향해 가고 있는 것처럼, 당신들과 오십 번지 서쪽을 위해서 나는 부득이 마음은 냉정하게 하고 심장은 단단한 돌덩어리로 바꿀 것이오. 백 년의 돌덩어리도 말을 할 수 있거니와, 백 년의 돌덩어리도 노래를 부를 수 있지만, 역사는 마치 강철로 이루어진 철사처럼 차디차고, 역사는 마치 돌덩어리처럼 과묵하구려. 당신들, 현재 입을 꽉 다문 채 어디에서 오시는 거요? 이건 라오후가 강술講述했기 때문이고, 당신들이 견지한 결과 때문인 거요? 결국에는 여전히 나는 돌덩어리로 인해 계발되고 돌에게 영향받고 있소이다. 백 년 돌덩어리는 그러니까 백 년의 역사이니, 백 년의 역사 위에 서서 문제가 보이면 우리는 재주껏 오십 번지 서쪽의 정신 나가고 멍청해진 원인을 차출해내서 이 정신 나가고 멍청해진 것이 어디로 가서 안착할 필요가 있는지 찾아내야 하오. 연달아서 우리는 재주껏 정신 나가고 멍청해진 것을 널리 확산시키고 퍼뜨려서 전 세계를 전부 이런 식의 돌덩어리로 바꾸어야 하오. 정신 나가고 멍청해진 원인은 도대체 무엇이오? 백성은 아무래도 백성으로서 그 원인을 말할 것이고, 숙지하면 그저 숙지한 그대로 말할 것이기에, 그것은 단지 샤오빠이가 극장에서 극이 종영되는 순간 일어나 야채시장이나 노상에서 물건 사라고 한마디 외치는 것과 같소이다. 보기에는 샤오빠이가 노상에서 물건 사라고 외치는 듯하지만, 기실 사장은 나요. 이 한마디의 핵심 사상은 관점이라는 거요. 우리 오십 번지 서쪽은 이미 백 년간 꿈이라곤 없었으므로, 우리는 날이 갈수록 계속 정신 나가고 멍청해진 것이고, 정신 나가고 멍청해진 것으로부터 귀가 멀고 입이 다물어지며 목재가 발전해서 폐품으로 폐기되는 처지가 된 것이외다. 이 세상 만물은 영성靈性이 있음에도 불구하고 그것은 한 마리의 양이자 혹은 한 마리의 돼지이고, 한 포기의 풀이거나 아니면 한 그루의 나무이며, 설령 낮엔 그것의 영성이 약간 시들어버려서 없다손 치더라도, 밤이 도래해 대뜸 꿈나라로 들어가면 그것의 심정적深情的 사념思念은 이리저리 떠돌며 생기가 왕성하게 드러나는데, 다만 한 마리의 양이든지 혹은 한 마리의 돼지든지 관계없이, 그것은 이미 썩어서 고약한 냄새가 나는 폐물이자 쓰레기가 되어버린 처지이거늘, 이미 살아서 생생하게 움직이든 한 마리의 양이거나 혹은 한 마리의 돼지이든 그것이 변화해 냄새 나는 수채구덩이에서 반년이나 잠긴 시체이거늘, 한 포기의 풀이거나 혹은 한 그루의 나무이든 그것이 썩은 풀과 물컹한 목재로 변화해버렸거늘, 이 순간 그것의 어디에 여전히 영성과 몽상이 있다는 거요? 꿈이 없는 나날들은 어쩌면 그렇게까지 두려운 것인지, 또한 오로지 불면과 영성만 상실한 것이 아니라 게다가 모든 물건이 전부 철저하게 정신 나가고 멍청해져서 쓰레기로 변모해버렸소이다. 이 쓰레기들은 왜 어째서 꿈이 없는 거요? 꿈

은 어디로 가버린 거요? 이것은 단지 내가 여기서 상세히 설명하고
자 하는 주제이자 탐색의 원인일 뿐이외다. 한마디로 말하자면 오늘
변론 대표의 관점은 몽파夢派외다. 연달아 나는 상대방 친구의 변론
을 들을 생각이고 오십 번지 서쪽의 정신 나가고 멍청해진 원인을 차
출하는데, 다른 고명한 친구의 변론을 들어서 병의 원인을 찾는 영단
묘약靈丹妙藥*으로 쓸 생각이오!"

　변론의 다른 상대방 그러니까 단지 반방反方의 대표는 오십 번지 서
쪽의 목욕탕 때밀이인 라오양老楊이다. 라오양은 덩치가 큰 멍청이인
데, 비록 그가 이미 오십 번지 서쪽의 정신 나가고 멍청한 변론대회
에서 한쪽 편 대표가 되었다지만, 상대방 대표인 백 년 샤오스는 일
찍 준비를 해서 속은 그대로이겠지만 겉모습은 일신一新한 상태이다.
이미 열일 젖히고 모든 시간을 점점 더 자기 신상에 주목하고 있는
데, 곧 그것은 흡사 열일 젖히고 모든 연료를 점점 더 로켓 발사에
몰입시킨 듯하고, 일체 모두 장비를 완벽하게 갖추고 바야흐로 날아
가는 순간을 기다려왔으며, 게다가 속은 그대로이겠지만 겉모습은
산타클로스 할아버지와 역사적인 노인으로 일신해 도무지 정체를 알
수 없고 남자도 여자도 아니다. 보아하니 그녀는 변론의 상대로서 후
방에서 계략을 세우고 충분히 숙련된 심장으로 대처하는 방법을 알
았으나, 그러나 덩치가 큰 멍청이 라오양은 되레 상대방과 반대의 방
법으로 역수를 쓰기로 하는데, 사상이나 영혼상의 준비가 전혀 없었
을 뿐만 아니라, 그가 외관상 갖추고 있는 모습은 단지 보기에도 외
짝이고, 그가 한바탕의 땀을 흘림으로써 자신을 대신 장식하고 있어

---

* 영단묘약(靈丹妙藥) : 모든 병을 고칠 수 있다는 신묘한 만병통치약.

• • •

변론의 다른 상대방 그러니까 단지 반방反方의 대표는
오십 번지 서쪽의 목욕탕 때밀이인 라오양老楊이다.

• • •

서 사람들로 하여금 웃지도 못하고 울지도 못하게 만든다. 그가 등장할 때 차림새는 목욕탕에서 사람들에게 때를 밀어주던 순간의 모습 그대로였는데, 커다란 삼각팬티 하나만 걸친 채, 등은 벌겋고, 가슴을 노출시켜서 가슴의 털이 한 다발씩이나 드러났으며, 어깨 위에는 수건 하나를 걸쳤고, 발에는 헝겊신 뒤축을 꺾어 신고 한 토막의 나무판자를 질질 끌고 있다. 그런 모습이 당신의 본색이라고 말하면 본색인 것인데, 그건 말하자면 당신은 정신 나가고 멍청해진 존재로 심장과 허파가 결핍된 존재라고 해도 지나치지 않다는 게 대의大意인 것이다. 변론대회가 아무려면 목욕탕에서 사람들에게 때를 밀어주던 상황과 같지는 않을 터인데, 때야 중복해서 밀 수도 있고, 한차례 밀어서 깨끗하지 않으면 두 차례 밀어줄 수도 있지만, 변론대회장은 칼과 검이 번쩍거리는 전쟁터와 다를 바 없다. 당신 관점으로는 언어와 동작의 틈 사이에 근소한 간극이 있기 마련이기에 상대방의 그 허점을 잡아채 단칼에 베어내려던 것을 단념하고 마침내 적당한 시점에서 울어버려도 아무 소용이 없다는 것이다.

그러나 아무 말도 하지 않고 잠자코 앉아 있어야 한다는 것이 우리들에게 주어진 규정이기 때문에 그런 상황에서 일이 다급해도 라오양을 각성시킬 방법이란 없는데, 다만 라오양 대표는 여전히 그곳에 털끝만큼의 의미를 두지 않고 거드름을 피우고 있다. 당신 스스로 책임지는 것이 맞지 않다고 여기는지, 또한 오십 번지 서쪽의 정신 나가고 멍청해진 것을 책임지는 것도 맞지 않다고 여기는가? 당신은 변론 좌석 위에 앉아 있거늘, 당신은 당신 자신이 아니라 오십 번지 서쪽을 대표하는 사람이라는 것을 당신은 아는가 모르는가? 때밀이로 여장을 갖춘 것은 오직 목욕탕에서나 가능한 것인데, 흡사 무대에 오른 모델 의상으로 국한시킬 수 있는 T자 형태의 여장을 입고는 대로大路 위로 이를 수가 없거늘, 당신은 현재 공공장소에서 등과 가슴을 노출시킨 채 전 세계에 마치 우리 오십 번지 서쪽의 대로가 목욕탕으로 탈바꿈되었다는 것을 보여주고자 이런 식으로 개혁 개방을 설명하는 듯하지만 인간들이 풍속을 해치는 변화 현상이라고 오해하지 않겠느냐?

그러나 라오양이 털끝만큼의 의미도 두지 않고 우리들에게 손을 흔들어대면서 우리들을 초조하게 만들자 마치 우리들이 하늘이 내려앉을까 봐 걱정하는 듯하다. 그는 등을 벌겋게 드러낸 채 거드름을 피우면서 앉은 자세로 말한다.

"겉모습을 치장한다고 무엇을 설명할 수 있을 것인가? 시간과 역사가 무슨 설명이 가능해? 역사가 가중시킨 중차대한 청원과 중차대한 지연은 당신이 곧 온 전신에 땀을 흘리면서 부담해야 하는 것이고, 근심 걱정 없이 맨 몸뚱어리로 들어와야지 심리가 가벼워진 것이 분명하게 드러날 것이고, 그때서야 비로소 변론할 때 자유롭게 발휘되는 거야. 자유롭게 발휘되는 것, 그건 정신 나가고 멍청해진 우리들에게 충분히 중요하지. 때마침 자유롭게 발휘될 수 없기 때문에, 모든 존재들은 제각기 자신을 역사의 노인으로 분장하고 그로 인해 정신 나가고 멍청해짐이 야기된 거야. 옥황상제 나리에게로 접근하지 않는 게 역시 약간 좋은데, 옥황상제에게 접근하면 대뜸 당신의 원형을 노출시키기 때문이지. 이건 속박인데, 이해되니? 속박이 있기에 정신 나가고 멍청해짐이 야기된 것이고 당연히 속박에서 탈피하려니 그 또한 정신 나가고 멍청해지지. 그러나 이 정신 나가고 멍청해짐과 그 정신 나가고 멍청해짐은 본질적으로 구분되지. 이건 역시 우리 오십 번지 서쪽의 정신 나가고 멍청해짐의 변론대회를 개최해서 정신 나가고 멍청해진 원인을 구분해보자는 것이 궁극적 목적이며, 앞의 정신 나가고 멍청해진 것의 일종으로써 때마침 우리들에게 탈피와 처분이 필요했는데, 뒤의 정신 나가고 멍청해진 것의 일종으로써 때마침 우리가 널리 확산시키고 그 방법을 더욱 더 향상시킬 필요가 있지. 만일 이 두 가지 종류의 정신 나가고 멍청해짐이 뒤섞여 우리를 흐려놓지 않았다면 앞의 정신 나가고 멍청해진 것의 일종은 우리들을 근본적으로 변모시킬 것이고 뒤의 정신 나가고 멍청해진 것의 일종은 우리들의 외관을 변모시켰을 것인데, 우리들이 어떻게 정신 나가고 멍청해졌는지 저도 몰래 벙어리가 되고 귀머거리가 되든지, 귀머거리와 벙어리에서 혼과 피가 결핍되는 단계에까지 이르든지 결국 본말이 전도되었구나. 혹은 어떻게 괴혈병과 패혈증에 걸렸는지, 심장에 피가 모자라서 목재가 되더니 그 목재는 또다시 썩어 문드러져 일제히 발전을 해서 부패한 쓰레기로 바뀌어 폐기된 것인가? 라오후, 이런 식으로 정신 나가고 멍청해진 변론대회를 열어 총결산하는 것이 궁극적 목적이니 그만하면 적당하다고 내가 인정할 것 같은가?(그런데 넝마주이 라오후는 주석 자리에 앉아 아무 소리도 내지 않고 미소를 띤 채 묵묵부답인데, 비록 현장에 아무 말도 하지 않고 잠자코 앉아 있어야 한다는 규정이 있긴 하지만, 그러나 라오양은 이런 식의 아무 말도 하지 않고 잠자코 앉아 있어야 한다는 규정에서 무언중에 허락되고 무언중에 인정된 자이다. 그런데 변론대회의 결속 이후에 라오후가 서술하기를, 이 안의 아무 말도 하지 않고 잠자코 앉아 있어야 한다는 것은 현장에서 아무 말도 하지 않고 잠자코 앉아 있어야 한다는 규정이고, 이곳에서 아무 말도 하지 않고 잠자코 앉아 있어야 한다는 것은 아주 적절하게 부정적인 함의가 있는데, 그건 단지 여기에서 변론자에게 하나의 책략을 설치해서 그 안으로 들어가게 하려는 것일 뿐이었다고 말했다. 그러나 사후에조차 라오양이 그렇게까지 인식한 것은 아니었는데, 방금 전 자신의 모든 말이 일체 입에서 술술 튀어나오는 대로 엉터리로 터무니없는 말을 임의대로 발휘한 것인 줄 스스로 알고 있다며 그는 말했다. 속박에서 필사적으로 빠져나온 뒤에 황야로 말을 달리는데, 달려가 어디에 이르면 어디로 간주하면 된다는 식이기 때문에, 라오후와 상대방 변론자인 백 년 샤오스와 무대 아래의 관중들에게 연막탄 하나를 재주껏 떨어뜨리고 있다. 당신들이 보기에 맨 몸뚱어리의 라오양은 저렇게까지 간도 없고 쓸개도 없으며 아무런 준비도 없는 듯하지만, 연달아 변론대회의 골간에서는 기지 위에 예리한 칼로 재주껏 의표를 푹 찔러 구멍을 뚫는다. 무엇을 고삐 풀린 소를 요리 한다 부르리? 다만 의표를 찌를 뿐이지만 나와 다른 요리사와의 구별이 있으니, 타자는 일단 죽은 소를 풀거나 혹은 시체를 풀지만, 나는 일단 살아 있는 소를 풀거나 아니면 일단 살아 있는 소를 풀기만 하는 게 아니라 일단 광우狂牛를 풀되 한 마리가 아니라 한 떼거리의 광우를 풀겠지만, 그 순간 나는 단도직입적으로 대뜸 달려가지 않고 한 바퀴 에둘러서 연막탄을 떨어뜨릴까? 라오후와 백 년 샤오스와 우리들에게 과연 그는 간계를 보여주는 듯하지만 라오양은 또다시 고의적으로 장엄하게 끊임없이 흘러내리듯 말한다. 다음 순간 역시 약간은 과거의 목욕탕 때밀이인 듯하다. 당신들 목욕탕 때밀이 여장을 반대하지만 정신 나가고 멍청해진 변론대회의 경험상 입수할 필요가 있고, 게다가 나는 과거의 직업에 대해 두루두루 정상 참작의 여지가 있다는 것인데, 수정금자탑과 몽환 극장에서 모든 사람들은 제각기 속은 그대로인데 이미 외관이 변모했다는 것이지. 속은 그대로인데 외관이 변모했다는 것은 일종의 현대적인 유행으로, 모두들 스스로 모방을 해서 다른 존재로 변신되길 원하지만, 그래도 나 라오양은 여전히 상대편과는 정반대의 술수로 행동해서, 군중의 변신을 포기하고 나 일개인의 자아를 고수하는 순간 내 자아와 오십 번지 서쪽의 원형을 모든 사람들과 세계만방에 보여줄 수 있으므로, 그것은 흡사 모든 사람들이 다들 진화하고 이탈한 베이징 원인이거나 혹은 라마 원인臘瑪猿人* 혹은 란톈 원인利基猿人**이 진화하고 이탈한 것이지. 게다가 나는 천 년 동안 고정불변이었던 베이징 원인이 라마 원인과 란톈 원인의 화석이 출토되었거나 혹은 그 표본이 출토되었다는 현실을 당신들로 하여금 바라보게 하려는 거요. 역사의 중차대한 청원과 중차대한 지연을 인수하라고 말하는 게 아니잖소? 이것 역시 역사의 중대차한 청원과 중차대한 지연을 인수하는 방법의 일종이긴 하지. 나로 하여금 목욕탕 때밀이 여장을 갖추지 못하게 해도, 나로 하여금 과거 목욕탕 때밀이의 경험을 진술하지 못하게 해도, 나는 오로지 가슴과 등을 훤히 드러낸 채 과거 목욕탕 때밀이 경험을 진술할 거외다. 과거를 잊는다는 것은 곧 배반의 의미인 것이고, 목욕탕 때밀이 경험을 잊어버리고서는 당신들이 오십 번지 서쪽의 인간들이 정신 나가고 멍청해진 근본적 원인을 어떻게 하더라도 찾지 못할 것이며, 겨우 원인을 찾는다고 해야 그것은 가지와 잎 같은 외관일 뿐이지. 과거에 목욕탕에서 때를

---

 * 라마 원인(臘瑪猿人): 1884년 중국 창장 유역 다섯 개 지역에서 발견된 이백만 년 전의 인류 원인.
** 란톈 원인(利基猿人): 1963년 중국 산시 성 란톈 현에서 베이징 원인보다 훨씬 앞선 팔십만 년 전의 화석 인류가 발굴되었다.

미는 순간, 제각기 때를 미는 고객들이 다들 말하곤 했어. 전날에는 여전히 얼마간 신상이 매끄럽더니, 이즈막의 며칠은 신상에 땟국이 처발라져 있다고 그랬소. 나는 그 말을 듣고서 어디 한 곳을 얻어맞은 듯해 대뜸 화가 났지만 어쩔 수가 없었는데, 내 과거와는 상관없이 말이지. 역사상의 매끄러움은 어떠하신지, 당신의 현재 문제는 신상에 땟국이 묻어 있다는 것 그것이오? 나는 손바닥을 한 번 누르면서 당신 신상의 모르타르 같은 땟국이 불꽃이 되어 사방으로 튀게 하고 경축행사의 불꽃처럼 자유롭게 날게끔 했거늘, 이것을 어떻게 해석해야 역사와 현실적인 관계의 이치에 순조로운가? 거짓말을 하고 있다는 게 현저하더군! 땟국 없는 역사는 역사에서 배제될 뿐이오. 최소한 당신은 매끄러움에서 땟국에 이르는 동안 더러움은 결국 물보라가 되어 흩날려가는 그런 과정의 역사 속에 때가 있었고, 그 때가 매일같이 누적되기 시작한다는 것을 증명해야 하오이다. 나는 때를 밀기 시작한 지 백 년이 넘었거늘, 당신들이 여기서 역사와 현실에 대한 음모와 간계로 약간 농지거리를 한다고 해서 내가 모를 줄 아오? 말하자면 그 수법은 역시 약간 상투적인 방법이오. 무릇 역사적으로 중시되는 인물이란, 다들 온 전신에 현실의 오물이 잔뜩 묻은 그런 인간들이지. 당신이 역사를 이용해 현실을 매장하려 들면, 당신은 엷은 회색 진흙 구덩이로 휘말려 들어가는 도중에 역사의 중차대한 청원과 중차대한 지연뿐만 아니라 현실의 번거로운 일을 부담하고 그런 일들을 다 함께 매몰시켜야 해. 당신들의 역사와 현실을 깨끗하게 세척하기 위해서, 나 라오양은 일 세기 이상이나 꼬박 바쁘게 살아왔던 것이거늘, 방금 전의 어떤 자를 보아하니 내 여장을 지적하여 책망하며 내가 자신과 오십 번지 서쪽을 위해서 더러움을 밀고 있다는 걸 잊어버리려고 들다니, 설마 일 세기 가운데 내가 오십 번지 서쪽에서 역사의 더러움과 현실의 더러움을 밀어버리던 횟수가 아직도 부족해서 잊어버린단 말인가? 만일 이 라오양이 존재하지 않았다면, 현재 당신들 오십 번지 서쪽은 이미 진흙 안으로 둘둘 휘말려 함몰되었을 것이고, 당신들 각 개인은 진흙으로 빚은 원숭이로 변신해 모두들 사상에서부터 영혼에 이르기까지 창자에서부터 혈액에 이르기까지 진흙 멍청이에다 땟국이 잔뜩 얼룩졌을 것인데, 당신들 영혼과 골육은 흡사 녹이 슬고 곰팡이가 핀 그릇처럼 정상적으로 움직일 수가 없게 되어 현재 당신들은 단지 정신 나가고 멍청해진 것으로부터 한 단계 더 발전을 해 폐기될 쓰레기라는 게 문제 아닌가. 간단히 말해서 당신들은 천 년을 물러서서 대뜸 탄식하더니 베이징 원인의 상태에서 라마 원인과 란톈 원인의 상태로 이른 것이오. 당연히 이 원인과 그 원인은 같지 않아. 우리 오십 번지 서쪽의 정신 나가고 멍청해진 근본 원인을 베이징 원인과 라마 원인 그리고 란톈 원인의 기초 위에서 근거를 삼아 조사하고 탐색해야 한다는 주장이겠지. 내가 다시 한차례 말하자면, 근본적인 원인은 가지나 잎 같은 자질구레한 것이 아니라는 것이야. 만일 오직 자질구레한 것들만 뒤얽힌다면, 우리가 이번 정신 나가고 멍청해진 변론대회가 소집되어 열릴 필요가 없었을 것이고 당신들이 소집해서 열어도 나는 출석할 필요가 없었을 거야. 장차 이 정신 나가고 멍청한 변론대회는 근본적으로 널리 확산되어 개최되겠지. 그것으로써 출발점을 만들 것이고, 나는 상대방 변론 친구가 제출한 무몽無夢 이론이 오십 번지 서쪽의 정신 나가고 멍청해진 근본에서 얼마나 많이 이탈하고 있는지 제대로 인식하고 있지. 비단 정신 나가고 멍청해진 오십 번지 서쪽 현실의 이탈일 뿐만 아니라 그것은 정신 나가고 멍청해진 오십 번지 서쪽의 역사에 대한 이탈인 것이며, 비단 허무맹랑할 뿐만 아니라 게다가 실정에도 맞지 않으므로, 환언하자면 완전히 허튼소리를 지껄이는구먼! 만일 우리가 꿈을 상실했기 때문에 더한층 정신 나가고 멍청해졌다면 정신 나가고 멍청해진 것으로부터 더한층 발전을 해 목전에는 쓰레기로 폐기된 것인데, 그렇다면 약간의 쓰레기만 아주 적절하게 폐기되고 자질구레하게 정신 나가고 멍청해지는 현상만 야기되었을 것이다. 이 자질구레한 꿈은 차라리 없었더라면 약간 좀 다행이겠거늘, 이 자질구레한 꿈이 있어 우리는 일찍이 이미 더러운 진흙 원숭이인 베이징 원인과 라마 원인 그리고 란톈 원인으로 변모된 것이지. 마침내 오십 번지 서쪽은 이치에 어긋나는 황당한 탄생설과 지독한 엉터리 이론 때문에 한 발 한 발씩 접근하고, 기로에서 인도되고 분기점에서 인도되던 우리가 제멋대로 떠들어대는 통에 꿈이 상실되어버린 것인데, 차라리 우리는 폐기될 쓰레기 상태로 남아 있는 게 다행이구나! 왜 어째서 내가 목욕탕에서 때를 밀 때 입던 커다란 팬티에다 어깨에는 수건 한 장을 걸치고 신발 뒤축을 꺾어 신은 채 이 변론 현장에 도착했겠소? 나는 단지 이 엉터리 몽파의 이론에 화가 났지. 비록 내가 오십 번지 서쪽의 대로大路를 목욕탕으로 변화시키는 것이 마땅하지 않다고 하더라도, 단지 목욕탕에서 나왔으니 우선 변론 현장을 목욕탕으로 이끌어 들이는 건 역시 옳다고 봐. 그래야만 비로소 나 자신과 오십 번지 서쪽의 정신 나가고 멍청해진 인간들을 책임지게 되는 것이지. 변론 현장 관중들의 신체에서부터 영혼에 이르기까지 사상에서부터 혈액에 이르기까지 진흙 덩어리로 온통 오염되어 있을 뿐만 아니라, 나의 변론에 대한 상대편 친구인 그 황당한 산타클로스 할아버지이자 역사적인 노인은 자기 겉치레부터 점점 더 잔뜩 오염이 되어 역사에서부터 현실에 이르기까지 불결하고 더럽기 때문에 외관을 꾸미는데, 혹시 사상과 동기가 불결하지 않아서, 별다른 저의와 타인들에게 공개할 수 없는 부끄러운 불결함이 없다고 하더라도, 앞으로 장차 연이어 더러움으로 온통 도배가 되고 말 것이야. 바야흐로 오직 더러운 한 인간이 온 전신을 더럽게 떡칠하고 더럽게 잔뜩 뒹굴었구나. 너는 모더니즘 행위 예술가냐? 모든 오십 번지 서쪽 인간들의 사상과 영혼, 심장과 혈액과 우리 오십 번지 서쪽의 정신 나가고 멍청해진 것을 이끌고 쓰레기와 폐기물 무더기에서부터 진흙 원숭이인 원인을 향해, 저 여자가 어떻게 나아갈 생각인지, 감히 저 여자가 어쩌면 그런 생각을 잘도 해낼 수 있는지, 그게 몽파의 이론이오? 불결하고 더러운 것을 목격했을 때 어느 한 곳도 밀지 못하면 나는 곧바로 화가 나는데, 불결하고 더러운 것을 목격하면 직업적인 본능이 나타남으로 인해 직업적인 습관과 직업적인 도덕이 출몰해서 나는 곧바로 나신의 신체와 영혼을 먼저 내려놓고 근본적인 관점에서 먼저 그들과 저 여자의 온 전신을 올라갔다 내려갔다 하면서 때를 한차례 깨끗이 밀어버릴 생각이지. 설령 현장의 관중들도 마땅히 때를 밀어야 되겠지만, 단 그들은 몽파가 아니고 몽파가 이론으로 용자俑者*를 개시하였거늘, 그런데 나의 친애하는 상대방 변론 선수와 그 변론자의 친구들은 오히려 그들의 과오를 그만두지 못하고 그들의 책임을 탈피하는구나. 이것 역시 내가 목욕탕 때밀이에서 다른 목욕탕 때밀이로 여장을 바꾸지 않았던 근본적인 이유이지. 현재 나는 나

---

* 용자(俑者): 옛날에 순사자 대신 죽은 이와 함께 땅에다 묻는 진흙이나 나무로 만든 인형.

자신의 관점을 말하기에 앞서 분명하게 말할 게 하나 있는데, 먼저 상대방 변론 선수와 변론자의 친구의 관점으로 그들의 신체와 사상과 혈액과 영혼을 머리끝에서 꼬리까지 머리끝에서 발까지 아주 깨끗하게 한차례 밀겠소!"

연이어 라오양은 몸을 일으키더니, 상반신을 드러낸 채 신발 뒤축을 꺾어서 신고 어깨 위의 수건을 벗기고서 곧바로 맞은편 탁자 뒤의 백 년 샤오스를 향해 쿵 하고 부딪힌다. 변론은 아직 개시되지 않았는데 그가 먼저 상대방 변론자와 변론자 친구들을 머리끝에서 발까지 한차례 깨끗하게 밀어버릴 생각으로, 쿵 부딪치며 올라가서 곧바로 샤오스의 역사적인 산타클로스 외투를 벗겨버린다. 그로 말미암아 미처 손을 쓸 틈이 없어서, 정방 변론자 백 년 샤오스는 그곳에서 멍청하게 있다가, 곧장 직행한 라오양으로 인해 옷이 벗겨져 그녀의 유방과 하체가 드러나는 순간, 그녀는 돌연 놀라서 눈을 뜨더니 온 전신이 흡사 전기에 충격된 것처럼 엎어지면 코가 닿을 곳까지 튀어나온다. 비록 백 년간이나 샤오스였지만, 그러나 역사적 변신으로 산타클로스 할아버지가 되기 이전에 대관절 어떤 소녀의 신상이었는지 주석을 덧붙이지 않았는데, 비록 다른 존재로 이탈했다고 하더라도 모방과 몽환 이전에는 하나의 접대부였거늘, 그런데 대중이 모여 있는 공공장소에서 타인에 의해 옷이 벗겨지고 더러운 때가 씻겨지는 건 처음이다. 돌연 놀라서 눈을 부릅뜬 그녀의 일차적인 반응은 크게 소리치는 것이었다.

"바람둥이 새끼! 라오양! 넌 미친놈이야!"

그 순간 라오양은 상반신을 드러낸 채 우리들을 향해 득의양양하게 손을 흔든다.

"보라고, 나 라오양은 첫 대면에 원형을 노출시키지? 옷을 대뜸 벗기니까 다른 존재로 인해 정신이 나가고 멍청해진 자신의 소재를 알겠지? 얼른 한 번 때를 밀어서 곧바로 몽파에서 이탈시켜 현실로 회귀시키고 이 여자 자신으로 돌아가게 해야겠어. 이 여자는 역사를 망각한 노인에서 접대부로 되돌아갔지?"

그 순간 주석 라오후는 양미간에 주름이 진다. 관중들은 설령 좋아서 어쩔 줄 모르지만 아무 소리 없이 잠자코 앉아 있어야 한다는 규정으로 인해서 부득이 흥분을 참으면서 마음속으로 감추는데, 사실 정신 나가고 멍청해진 변론대회의 개장은 역시 상당히 훌륭해야 하거늘, 과연 생각했던 대로 텔레비전 생중계 방송과 몽환 극장보다 보기 좋은 광경이 많긴 한데, 다만 라오후는 주석의 자격으로서 상대방 변론수를 침범한 라오양에게 곧 접근하고 눈이 닿는다. 그런 고로 변론대회는 보기 좋은 모습이 많긴 해도, 단지 이런 식으로 번거롭게 진행되어 내려가면 한바탕의 골계 극본 변론으로 이루어져 진행해나갈 방법이 없게 됨으로써, 이것은 엄숙한 프로그램과 저속한 프로그램이 마구 희석되는 것일 뿐만 아니라 심각한 프로그램과 비천한 프로그램의 구별이 희석되지 않겠는가? 진리를 추구하기 위해서는 몸을 돌보지 않고 용기를 떨쳐야 하거늘, 어쩌면 프로그램을 장난으로 휘청거리는 것은 다른 무슨 저의가 있느냐? 과거 쓰레기와 폐품을 주워 올릴 때 오늘처럼 폐기물의 파派를 이용해 상장上場할 생각은 하지 못했을 터. 라오후는 대뜸 테이블을 두들긴다.

"라오양, 자리로 돌아가서 변론석에 위치하시오! 여기는 엄숙한 프로그램이거늘, 저속한 프로그램에서 몸짓과 농담으로 요란하게 떠들어대는 것처럼 한 세트가 될 수 없거늘, 여기서 중시하는 것은 사상과 사변思辯이거늘, 큰 소리를 질러 타인의 혼을 빼앗으려들다니, 그래서 당신은 어쩌면 일치감치 과거 때밀이 시절처럼 한쪽으로 때를 밀면서 한쪽으로 외설스런 우스갯소리와 보디랭귀지 한 세트로 요란하게 떠들어대느라 하리파인下里巴人으로 일을 시작하려고 그런 주창을 해서는 안 되거늘. 과거에 당신은 한쪽으로 때를 밀면서 다른 한쪽으로는 외설스런 우스갯소리를 진술하면서 당신 일의 단조로움으로 인한 적막에서 기분전환을 하느라고 각종 다양하고 저속한 동작을 연출하더니, 개봉도 하지 않은 수법을 한 세트 이끌고 옮겨와서 기분전환을 하려는 게 아니라 당신 자신의 변론대회 내용 그 자체이구나. 과거에 당신은 치욕으로 얼룩지고 오염되고 침범된 고객들의 그 더러움을 깨끗이 밀어내지만, 현재 당신은 다만 오십 번지 서쪽 백 년 샤오스를 치욕으로 얼룩지게 만들고 오염시키며 침범하고 있을 뿐이다. 오십 번지 서쪽은 이미 정신 나가고 멍청해져서 그렇게까지 여러 해 동안 적막하거늘, 대세에서 출발하라고 변론대회를 계기로 당신에게 기회를 제공해주면서 오십 번지 서쪽의 이미 정신 나가고 멍청해진 것에 대해 사상이 내포된 경솔하지 않은 사고思考를 하라고 했건만 당신은 그게 아니구나. 어떤 사색의 방향과 체계에서 사고가 나오기 마련인데, 오히려 당신은 여기서 보디랭귀지를 이용해 사상을 공격하고 있구나. 당신, 백 년 샤오스의 때를 완전히 밀고 나면 곧바로 내 때를 밀겠구나? 내 때를 다 밀고 나면 그때 당연히 곧 이 장소에 모인 모든 관중들의 때를 밀겠구나? 만일 한 마당의 변론대회가 그렇게까지 발전해 내려간다면 당신은 그것을 계기로 모든 장소의 때를 밀어서 일단락 지어버리고, 모든 변론대회는 당신의 동작과 익살맞은 보디랭귀지를 근거로 그 행위를 변론장소에서 전부 받아들여야겠소. 한바탕의 변론대회로 당신은 모노드라마를 연출하고 있구려. 이걸 변론이라고 부르리? 우리 오십 번지의 변론대회가 다만 이 모양으로 농담과 무료와 비협조에다 사상까지 내포되지 않았더란 말인가? 우리 오십 번지 서쪽에서는 여태껏 단 한 번도 쟁론이 없었더란 말인가? 그렇다면 그것은 틀림없이 과거에 세계가 화기애애한 공기에 휩싸여 두루뭉술하고 대동소이해진 탓이지. 몇 사람이 나서서 화기애애한 공기에 휩싸여 두루뭉술하고 대동소이해진 세계를 결속시키면, 우리들의 역사는 그것들로 인해 몇백 년은 질질 지연되겠구먼. 그렇다면 그것은 틀림없이 제때에 방향을 비틀어서 이런 국면의 어지러운 세상을 바로잡을 필요성이 있기 때문이고, 우리는 참으로 간난의 역사적인 경험이 있어서 오늘의 변론대회를 개최한 것이오. 모든 사람들에게는 제각기 관점이 다른 것이 있게 마련이고 그 관점이야말로 역사상 제일차로 탁자 위로 공개적으로 끌어내 쟁론하기 시작했던 것이기에, 이 마당의 변론대회를 준비하기 위해서 도처에 쓰레기투성이인 오십 번지 서쪽의 가시나무 수풀에서 살았다는 것을 당신은 알아야 하오. 시류에 역행하는 역사를 꼼짝하지 못하게 끌어당기기 위해서 관성으로 상해傷害와 동통疼痛을 받아들일 작정인가? 현재 내가 왜 어째서 교수 가운을 걸치고 박사모를 착용했겠어? 표면적으로 보기에는 변론대회의 엄숙한 분위기를 위하고, 이런 복장을 이용해 자기 신분과 형상을 완전히 부합시키려는 듯하지만, 기실 나는 당신들 영혼에 상해를 입히지 않도록 하기 위함이며, 눈을 부릅뜬 채 변론대회의 가중 책임을 오해와 오도誤導시키지 않게 하려는 거요. 그런데 나는 자신의 심령에 고통을 남겨두고 있소. 나는 까만 가운과 정사각형의 모자 아래에서 단지 마음과 몸이 상처 자국으로 누적되어 있을 뿐이오. 간난의 고통을 두루 다 경험하면서 변론대회 개최 계획을 준비하기 시작했거늘, 당신은 적당히 소중히 여겨 아끼지도 않거니와 훌륭한 변론도 하지 않으면서, 변론의 기회가 주어지자 당신은 자기의 관점과 사상과 다른 의견을 전시하다가 얼른 브레이크를 걸지 못하고 여기서 법석만 떨고 함부로 휘젓고 있으니, 이 순간 나는 당신이 그렇게 소란을 피워대는 것이 변론대회에만 제한되어 있는 것이 맞는지 회의적일세. 정신 나가고 멍청해진 오십 번지 서쪽 인간들로 하여금 누가 베이징 원인과 라마 원인과 란톈 원인으로 변모시킬 필요가 있었는지 나는 오히려 회의하기 시작한다네. 현실의 쓰레기와 폐기물이 아직도 부족한가? 당신은 나 라오후를 대신해서 천 년 전 산 정상의 동굴 인간인 라마 원인과 란톈 원인을 돌보기 위해 이미 불에 구워낸 잿더미를 수선하고 쪼개진 똥 덩어리를 수리할 셈인가? 함부로 트집을 잡고 훼살을 놓다니 무슨 소용 있는가? 함부로 트집을 잡고 훼살을 놓으면, 흡사 나의 교수 가운과 박사 모자 아래에서 갈무리된 고통과 분노처럼 현재 당신의 허약과 자기 비하 혹은 근본적으로 없는 관점을 당신은 은밀하게 감추려는 게 아니야? 할 말이 있음 적당히 좋게 말할 수 없어? 전투도 아닌데 모욕을 주고 욕을 하며 위협을 하다니, 당신이 느낀 바로는 오십 번지 서쪽으로부터 정신 나가고 멍청해져서 쓰레기와 폐기물로 변신한 진상眞相과는 몽파의 관점이 부적합하단 소리인데, 당신은 오로지 당신 관점에 의해서 오십 번지 서쪽의 역사와 현실의 진상이 적합하다고 느끼며 관점이 민첩하게 현시되어야 한다는 것이 곧 결론 아닌가? 당신은 지혜와 관점이 있어서 당신의 그 관점을 이용해 상대방의 사상을 침범하고 있는데, 현재 당신은 먼저 맨몸뚱아리로 타인을 침범하려

들고 어떤 허난河南 시골 여자를 제거하려 하는데, 설마 당신의 관점이 없는 건 아니겠지? 라오양, 덩치 큰 멍청한 때밀이, 객소리는 적게 떠들어야, 너의 관점이 신속히 현시되는 법이야!"

넝마주이 라오후는 도리는 바르게, 말은 엄격하게 한차례 하고, 역시 진정 덩치가 크고 머리는 우매한 때밀이 라오양에게 말을 해준다. 사실 그는 몸이 야위어서 힘줄이 퍼렇게 드러난 자이다. 그것 역시 백 년간 때밀이로 단련되어 튀어나온 것이다. 백 년 샤오스의 신상에는 여전히 함부로 가르고 함부로 어루만진 것이 드러나, 연달아 산타클로스 할아버지의 수염조차 잡아당겨서 아래로 내려오고, 때밀이 앞에는 오래전의 백 년 샤오스 본래의 면목이 드러나, 정체를 도무지 알 수 없거니와 남자인지 여자인지도 알 수 없던 그녀가 드디어 역사의 진실로 회귀하게 되는데, 그것은 오십 번지 서쪽의 정신 나가고 멍청해진 역사적 진실로 회귀되기 이전에, 먼저 상대방 변론자로 회귀한 역사적인 진실이다. 결국 남자가 아니고 여자가 아니니 정체불명도 가능하거늘, 나 라오양에 의해 가면이 까발려졌으므로 한 여자에게 전대미문의 때를 밀어주어야겠구먼. 현재 후 주석 나리께서 한차례 도리는 바르게, 말은 엄격하게 하고 있으니 막대기로 정수리에다 일침을 가한 셈인데, 정상이 아닌 그의 손을 공중에서 멈추게 한다. 이것은 비교적 라오양을 점점 더 거북하게 만드는데, 기실 그에게도 관점이 있는 것이고, 기왕지사 몽파의 이론이 오십 번지 서쪽의 정신 나가고 멍청해진 역사적 진실을 대변해주지 못한다면, 라오양은 부정적인 입장에서 다른 한 파를 대변할 수밖에 없다는 것인데, 단지 너무 다급하고 절실하던 와중에 아마도 소스라치게 놀라게 한듯하다. 누가 누구를 깜짝 놀라게 했다는 것인가? 라오양은 이미 일찍이 준비를 해온 것이다. 과거 백 년의 세월 동안 한쪽으로 때를 밀면서 저 밑바닥 한쪽으로는 준비를 차곡차곡 해온 것이다. 그 역시 깜짝 놀라서 관점을 되돌린다. 어떤 물건의 사색 방향이 공공장소에서 분위기 때문에 깜짝 놀라서 되돌아갈 경우, 그 역시 별안간 찰나적인 순간에 회복되기도 어렵거니와 무사히 진행해나가기도 어렵게 된다. 본래 그는 백 년 샤오스의 때를 다 밀어버린 뒤에 다시 라오후의 때를 밀어버릴 생각이고, 라오후의 때를 다 밀어버린 뒤에는 다시 가까이 앉아 있는 순서대로 공공장소의 관중들 때를 밀어버릴 생각이다. 과거에도 나는 그들에게 때를 밀어주지 않은 것은 아니다. 변론대회를 먼저 하나의 때밀이 장소로 변화시켜서, 때를 밀던 과정 중에 그동안 누적해온 계획과 나 자신의 관점을 계속할 수 있거늘, 그것은 흡사 어떤 아녀자가 한쪽으로는 때밀이 의상을 입고 한쪽으로는 자신의 원한을 누적시키면서 다른 한쪽으로는 억울함으로 인해 눈물로 도배를 하며 남편과의 엄청난 전쟁을 일으키는 것과 같은데, 현재 여기 분위기로는 공공장소의 사색의 방향이 라오후에 의해 훼손되고 폭로되고 있으므로, 그로 인해서 마치 남편에게 약점이 잡힌 아녀자처럼 이 덩치 큰 멍청이이며 목욕탕 때밀이인 라오양은 이곳에서 교살되고 난처한 입장이 되었구려. 원래 관점이 있었거늘, 원래는 변론할 필요가 있었거늘, 현재 관점이 없으니 변론할 방법이 없는 것으로 바뀌었소. 그런데 사후에 라오양은 다시 말한다. 그것 역시 백 년 샤오스와 주석 라오후 그리고 정신 나가고 멍청해진 채 오십 번지 서쪽의 공공장소에서 아무 말도 하지 못하고 잠자코 앉아 있는 군중들에게 그가 다른 하나의 술책을 설치하는 것이고, 보기에는 때를 미는 듯하지만, 기실 때를 미는 것이 아니오. 내가 만일 때를 밀

필요가 있다면 변론대회가 열리기 이전에 머리에서 발끝까지 위에서 아래까지 창자에서 혈액까지 더럽게 오염된 땟국들을 전부 밀어버릴 것인데, 상대방을 기다릴 수가 없어서 녹이 얼룩덜룩하게 슨 돼지 잡던 칼을 갈아서 날을 시퍼렇게 세워 대뜸 붙잡고 연이어 그 칼을 곧바로 빙글빙글 돌려 내 자신의 대가리를 찌른 것은 아니거니와 진정 덩치만 큰 멍청이로 바뀐 것도 아니잖소? 보기에는 당신들 때를 밀어버릴 듯하지만, 기실 나는 내 스스로의 때를 밀어버리려고 하는 거외다. 보기에는 당신들 칼을 갈아서 시퍼렇게 날을 세울 듯하지만, 사실 나는 나 자신의 검을 갈아서 날을 세우려는 거외다. 보기에는 남편에게 약점이 잡힌 듯하지만, 기실 그 허점은 내가 고의적으로 설치해둔 것이거늘, 보아하니 당신은 내 허점으로 인해 마음먹은 대로 되겠다 싶은지 점점 더 큰 허점을 발견하려 드는구려. 무엇을 일러 적을 붙잡으려고 일부러 경계심을 늦춘다 하리오? 이것이 곧바로 적을 붙잡으려고 일부러 경계심을 늦추는 거외다. 정신 나가고 멍청해진 오십 번지 서쪽 인간들을 위해서, 그 정신 나가고 멍청해진 원인을 찾기 위해서, 쓰레기로 폐기될 처지와 위치에 놓인 수레를 멈추게 할 수 있도록 하기 위해서, 내가 굴욕을 감수하지 않으면 과연 누가 굴욕을 감수할 것이며, 내가 지옥으로 내려가지 않으면 누가 지옥으로 내려갈 것이며, 내가 우리의 때를 밀지 않더라도 종국에는 내 자신의 때를 밀기 위해서 이런 식으로 때를 밀어주어야 한다는 것이오. 누가 당신들 때를 밀어줄 것인가? 결국 그로 인해 입장이 난처해진 덩치 큰 멍청이 라오양은 굴욕스럽다는 투로 말한다.

"이렇게까지 때를 밀지 못하게 한다면, 나 역시 때를 밀지 않을 수 있소이다. 기왕지사 나의 관점을 현시하라고 하니, 내 관점은 약간은 좀 진정한 함의도 내포되어 있소. 사실은 모호하지도 않고, 단지 후주석 나리께서 한마디로 호통을 치는 바람에 되레 나는 산뜻하게 각성하면서 동시에 모호해져버린 거요. 당연히 모호하다고 해도 호통부터 시작해서는 안 되는 것인데, 변론 현장에서 진술하려던 나는 조바심을 태우면서 모호해져버린 거외다. 나는 우리 변론 현장의 분위기가 이렇게까지 정식적이고 장엄하고 광대하고 긴밀한지 미처 생각지 못했소이다. 완전히 빈틈없이 꼭 들어맞아야 물이 새지 않는 법이지. 여기가 어디 오십 번지 서쪽의 정신 나가고 멍청해진 변론 장소와 같소이까? 비록 유럽과 북아메리카의 정신 나가고 멍청해진 국회와 국제연합 대회의가 열리는 곳이라고 하더라도, 역시 이렇게까지 충분하고 엄밀한 준비를 하지는 않는 법이오. 여기 어디가 역사상 제이차로 출현한 분기점에서 쟁론하고 변론하는 오십 번지 서쪽 같은가요? 비록 하느님이 세운 바벨탑이라고 하더라도, 인간이 동일하지 않은 언어를 발명하기 위해서 돌연 갈림길이 출현된 것인데, 그래도 방금 전에 라오후 수석이 한차례 말한 것과 비교하자면 그 약간의 언어로는, 그렇게까지 크게 저지하고 분리시키는 작용을 할 수가 없었지요! 우리는 생각을 한 적도 없는데 라오후는 전부 생각을 했구려. 그는 우리들에게 아주 시원스럽게 아무 말도 하지 말고 잠자코 있으라고 지시했지요. 이렇게 되면 여긴 옥황상제가 있는 곳보다 고명한 장소가 아니오? 방금 전에 나는 충동적으로 때를 밀어댈 생각에 비록 약간 경솔했지만, 그래도 그 불완전하다는 것 때문에 나 자신은 애매한 것이고 나를 대신해 변론 상대방과 상대방 친구들 그리고 정방의 대표인 백 년 라오스가 손에 땀을 쥐고 있지요. 내가 그녀를 대신해 올라가서 땀을 닦아주는 것은 가능하오? 내가 그녀를 대신해 손에 쥔 땀을 닦는다면 그녀는 이치에 닿지도 않거니와 용기도 아니라고 감히 자신의 관점조차 현시하지 않으려 들 텐데. 게다가 조심해도 그렇게까지 정식인데다 엄격하고 광대하며 단정한 장소에서, 당신은 그토록 조급하게 곧바로 자기의 관점을 현시함과 동시에, 현장 분위기에 약간 부적합하다는 것이 드러나자 성급하게 일을 진행하려는 것 아니오? 설마 옥황상제 면전에 엎어져 먼저 의지하려는 것인지, 그래도 라오후 주석 면전에서 당신은 여전히 초조함과 비천함을 드러내는구려. (그 순간 라오양은 라오후의 얼굴이 점차로 가벼워지더니 종국에는 눈을 가늘게 뜨고 상대방을 살펴보는 득의에 찬 기색을 노출하는 것을 훔쳐본다.) 사실 나도 백 년 샤오스처럼 아주 다급한 관점이 있고, 사실 그 관점은 애매모호하지 않게 나의 관점과 사상으로 상대방의 관점과 사상을 침범할 수 있지만 내가 막 발견한 샤오스이자 백년 노인 몽파의 관점은 이런 식의 엄격한 공공장소에서 약간 경솔하고 너무 절실했다는 것이지요. 되레 저 여자가 약간 애매모호하다고, 그렇게 되는 순간 내 관점도 동시에 약간 모호해지지요. 사실 칼을 예리하게 갈긴 했는데 지금은 또다시 속이 슬어 얼룩덜룩하구먼요. 사실 허점이 없었거늘, 현재 또다시 그것의 허점이 발견되었군요. 사실 붙잡힐 약점이라곤 없었거늘 현재는 약점이 있어 붙잡혀버렸지요. 사실 때를 밀어버릴 필요가 있는데, 현재는 때조차 밀고 있지 않아요. 흡사 라오후처럼 말하자면, 다시 때를 밀어버린다면 곧바로 자신의 때를 밀어버리겠어요. 여전히 문제에 직면하고 있군요. 설마 자신의 때를 미는 것도 안 된단 말인가요? 사실 때를 밀면 안 된다고 하더라도, 변론 현장에 도착해서는 당연히 때를 밀어야 한다고 생각해야 한다고요. 당신 일면을 내가 말하자면, 라오후, 조상 원적

412

이 허난에 존재하는, 거기에 당신이 있지요. 변론대회 장소에서 당신은 매우 실감나게 일을 진행하고 있긴 하지만. 그리고 다른 일면을 내가 말할 생각인데, 기왕이면 내가 상대방과 당신 그리고 모든 관중들의 때를 밀어버릴 수 없을 바에야, 현재 내가 당장에 나 자신의 때를 밀어버리면 어떻소? 일면으로 이것은 자아를 수련하고 반성하는 과정이거늘, 한쪽으로 내 자신의 때를 밀면서 다시 다른 한쪽으로는 변론대회 장소의 주석인 라오후로부터 헤게모니를 거머잡고 그의 요구를 정리해서 당장에 내 자신의 미성숙한 관점을 더한층 고양시킬 수 있거니와, 다른 한쪽 일면으로 내 스스로 라오양의 때를 밀어버린다는 의미는, 때를 백 년간이나 밀었지만, 여태까지 다른 존재의 때를 밀어왔을 뿐 자신의 때를 밀어본 적이 없기 때문이오. 백 년을 내려오는 동안 나는 안에서 바깥에 이르기까지 불결하지 않았거늘 주석이 나를 대신해 걱정하려드시는 게요? 주석을 안심시키기 위해서 내 자신의 심신을 깨끗하게 하고 일신을 바꾸어야겠으니, 제발 제가 부탁드리겠사오니 주석께서는 제 요구를 허락하소서!"

과연 이쯤에서 라오후는 라오양의 올가미에 걸려들게 되는데, 그가 라오양에게 다른 존재의 때를 밀지 못하게 한 것은 변론대회의 전개를 위해서 그 혼자 자기 멋대로 독판치는 것을 방지하고자 함이거늘, 현재 라오양은 다른 존재의 때는 밀지 않으면서 자기 자신의 때를 밀기 시작하며, 마찬가지로 변론대회의 시간을 낭비하지 않고자 예전대로 한차례 단독으로 개판을 치러는가? 이건 역시 상대방과 주석 그리고 광대한 관중들을 침범해서 때를 밀어버리려는 방식의 하나가 아니던가? 사실 그는 모든 사람의 때를 밀어버리는 데 성공할 순 없거늘, 현재 그는 자기 때를 밀어버림으로써 곡선으로 구국救國하고자 하니 또다시 우리들의 때를 밀어버리는 효과에 도달하고 만다. 그런데 넝마주이 라오후 역시 지자智者이긴 하나 천려千慮의 일실一失이 있듯,* 역시 라오양에 의해 방금 전에 한차례 추켜올려진 것이다. 그렇다면 이것은 어떤 엄격한 공공장소의 이치에 닿지 않은 게 아닌가? 어떻게 또다시 흥기되어 아첨꾼에게 간살을 부리며 떠받들고 있는 겐가? 사후에 라오후는 후회막급이었다. 그 당시 라오양은 확실히 개자식이었거늘, 그러나 그 당시 그는 약간은 의리와 인정에 입각해 있었고, 변론대회에 임하는 그에 대한 나의 분석으로는 대단히 애매모호한 사람으로서 진심으로 타인의 마음을 헤아릴 줄 안다고 생각했던 게야. 그의 허풍에 멍청해진 것이고, 그 순간 완전히 무방비 상태로 말한다.

"기왕지사 당신은 모든 사람들의 때를 밀 수 없게 되었으니 당신 자신의 때를 밀어버릴 필요가 있다는 것이겠고, 결국 다른 존재의 신체를 공격할 수 없게 되자 자기 자신의 신체를 공격 개시한 것이겠고, 어차피 방금 전에 백 년 샤오스가 관점을 현시하자 당신의 느낌으로는 지나치게 총망해서 변론대회장의 분위기와 정신 나가고 멍청해진 오십 번지 서쪽의 현실과는 부합하지 않는다는 것이겠고, 현재 당신은 반성과 재정리를 통해 자기의 관점을 한층 고양시켰으므로, 때 밀던 일을 정리한 뒤에 우리 오십 번지 서쪽의 정신 나가고 멍청해진 본질에 더한층 근접하고 있소이다. 그로 인해 어떤 손실이 있어도 그 손실조차 당신 자신의 손실이지 우리 오십 서쪽의 손실은 아닌 것이겠고, 그렇다면 우리가 어찌 즐거이 하지 않겠는가? 당신이 당

---

* 원숭이도 나무에서 떨어질 때가 있다는 표현임.

신을 밀고, 당신이 당신을 씻고, 나는 여태껏 어떤 때밀이 선생도 자기 자신의 때를 어떻게 밀어버리는 것인지 목격한 바 없는데, 그것은 흡사 어떤 사람이 효자손을 중간에서 내동댕이치고서 어떻게 자기 등의 가려운 데를 긁겠다는 것인지, 그것과 똑같아!"

연달아 그가 자신의 박사모를 벗겨내려 주석 연단에 내려놓자 머리 가득히 독두병禿頭病에 걸린 게 노출된다. 보아하니 그는 무슨 대의의 경지에 이른 듯하지만, 라오양은 음모가 자기 마음대로 실현될 듯하자 심중으로 남몰래 은근히 기뻐하는데, 그러나 그는 표면으로는 여전히 고통스런 몰골을 연출하며 양손에 등 뒤에 사용하는 수건으로 자기 등을 문지르기 시작하며, 한쪽으로 문지르면서 한쪽으로는 고통스럽게 말한다.

"자신의 등을 문지르고 있으니, 역시 다른 존재의 등을 문질러줄 때처럼 그렇게 가볍지 않구나."

"자아를 해부한다는 것은 역시 용기가 필요하구나."

"엄격하게 직면하자면 다른 존재의 해부는 쉬운데, 엄격하게 직면하자면 자신의 해부는 본디부터 어렵다네."

"누가 정신 나가고 멍청해져 있는가 하니, 역시 자기 자신이 남보다 먼저 정신 나가고 멍청해진 것이야!"

……

기실 여기서 그 말의 의미는 이렇다.

"보기에는 자기 자신의 등을 문지르고 있는 듯하지만, 여전히 오십 번지 서쪽을 문지르고 있지!"

"말로는 혼자 자기 멋대로 독판 치지 않겠다면서, 여전히 혼자 자기 멋대로 독판 치고 있구먼!"

......

그 순간 우리는 그의 고약한 음모의 냄새가 조금씩 풍겨오는 걸 알아챈다. 아무 소리 없이 잠자코 앉아 있어야 한다는 행위의 전제 조건이 있기 때문에, 우리는 무대 아래에서조차 일이 다급해도 라오후에게 주의를 환기시켜줄 방법이 없다. 라오양의 때가 둘둘 휘말려서 점차 후두두 떨어지자 이미 변론 무대까지 물에 잠기기 시작한다. 그 순간 넝마주이 라오후 주석은 여전히 그곳에서 멍청하게 묻는다.

"라오양, 한쪽으로 등을 밀고 한쪽으로 관점을 정리하고 있으니까 느낌이 어때?"

라오양은 이 기회를 기다려온 것이다. 무대 위에 선 라오양은 때가 없어지자 그의 물질을 잃어버린 것이고, 때문에 곧 정신에 기초하게 되자 무대 위에서 둘둘 휘말아 이미 물에 잠긴 그 물질이 비록 발목까지 닿은 것은 아니지만 그가 결박에서 벗어나려고 발버둥치는 실력을 발휘하기에 아주 좋은 기회였다. 과거에 목욕탕에서 때만 보면 밀어버리던 습관이 있기에 때를 보자 흥분이 되지만, 때가 없는 당신은 하나의 머리에서 발끝까지 매끄럽게 미끄러져 내려와도 라오양 당신은 되레 성취감이 없고 재미가 야기되지 않는다. 차라리 때가 있다면 당신의 지위는 평등해질 수 있거니와 심지어 지위가 갑자기 높아져 그것을 마음껏 즐기면서 약간의 외설스런 농담을 보디랭귀지로 발휘할 수 있는데, 때가 없어지니까 되레 라오양은 무정하게 공격당한 듯하고 오랫동안 정신의 때를 밀어도 공연히 때를 밀어버린 것이나 마찬가지인데, 라오양의 관점과 외설스런 농담과 보디랭귀지가 아직도 어떻게 발휘될 여지가 있을까? 목욕탕과 비교하자면 여기는 더욱더 라오양에게는 남몰래 비웃을 수 있는 장소로 여겨지고 주관적으로 생각한 계략을 실현시키기 적합했는데, 목욕탕에서는 모두 다른 사람의 때를 밀기에, 일체의 외설스런 농담과 이론도 다른 사람에게서 얻은 것에서 출발해 나중에는 재주껏 자신에게로 걸려들게 되는데, 지금 변론대회 현장에서 역사상 처음으로 자신의 때를 밀어버린 것이다. 목욕탕은 본래 곧 격투가 무용지물인 곳이기에 부득이 다른 사람의 기분에 맞추어서 때를 밀어주는 것인데, 현재는 목욕탕을 이탈해 변론 현장에 이른 뒤 저속함에서 이탈해 엄격해지기 시작하고 비천함에서 이탈해서 심각을 개시하고 있거늘 내가 어떻게 내자신을 밀지 않을 수 있으랴? 나 역시 작은 일이야 애매모호해도 큰일은 분명하거늘, 나 역시 평상시는 쟁론하지 않으면서 자연 상관물에다 맡겨둔 채 역사가 범용한 발전을 향해 진정 마침내 방향을 전환하는 순간 마땅히 즉시 산뜻하게 깨달아 털끝만큼의 애매모호함도 없이 의표를 찌르기 시작해 자기 자신의 때를 둘둘 휘감아 방향을 바로잡아서 올바른 역사가 내 앞에 현시되고 있거늘, 말로야 당신들을 밀어버린다고 해도 여전히 나 자신을 밀어버리는 것이고, 말로야 자기 자신을 밀어버린다고 하나, 여전히 역사와 오십 번지 서쪽의 당신들을 위해서 밀어버리는 것이지. 게다가 때를 둘둘 휘감아 밀어버려야 딱 알맞은 것을 얻게 되며, 둘둘 말린 때로 인해 발목까지 잠겨버린 뒤에야 라오양의 사상이 비로소 그 수량과 분량이 아주 적절하게 상응되고 발휘되게 마련인데, 그것이 적어서 기초가 박약한 것이 당장에 드러나 보여도 안 되는 것이고, 그것이 많아서 명치까지 물에 잠겨 당신들의 숨이 당장에 막혀버리는 사태가 야기되어서도 안 되는 것이며, 오로지 이 라오양만이 적당한 수위를 조절한다는 것이지. 둘둘 말아 쌓인 때는 많지도 않고 적지도 않게 발목에 걸쳐져 있거늘, 원래 사상의 관점은 그 토양과 기분에서 산출되는 것이고, 모든 사물이 궁극에 달하면 반드시 역방향으로 한 바퀴 돌게 되는 것이기에 자신이 물에 잠기는 것이렷다. 라오양은 자기의 때를 둘둘 말던 중에 이미 봄바람에 득의양양해진 물을 얻은 물고기 같구나. 이 둘둘 말린 때는 곧바로 라오양의 사상과 관점의 성장에 대한 토양과 햇살이지만, 다른 존재는 단지 그것이 너덜너덜한 쓰레기일 뿐이다. 둘둘 말린 때가 발목까지 깊어진 곳에서 고약한 냄새와 초석 냄새와 유황 냄새가 시작되는 것이다. 만일 자신의 냄새를 여전히 용인한다면, 틀림없이 다른 존재이면서 라오양인 것이다. 당신은 연기에 그을려 죽지는 않을 것이고, 그로 인해 당신은 질식될 것이다. 질식 아래 과연 어떤 신선한 사상과 관점이 생장生長하면 어떤 신선한 꽃송이가 산출될 것이고, 라오양은 풍부하고 비옥한 토양 안에서 오히려 사상과 이론의 큰 나무가 하늘 높이 솟구칠 만큼 생장한다. 사상이 비록 회색이라고 할지라도, 라오양의 사상적 큰 나무는 오히려 아주 오랫동안 푸르리. 라오양은 둘둘 때를 말면서 오십 번지 서쪽 인간들의 정신 나가고 멍청해진 원인을 찾고 있다. 왜 어째서 정신 나가고 멍청해진 것에서부터 농아로 바뀌게 된 것인지, 왜 어째서 농아에서 목재로 바뀌게 된 것인지, 그리고 왜 어째서 그것은 줄곧 목전에서 너덜너덜해진 쓰레기로 바뀐 것인지 원인을 찾는 것이다. 쓰레기에 근거해서 쓰레기를 맞대본다고 해도, 일체의 모든 것이 얼음이 녹아 눈이 된 것도 아니고, 중요한 문제가 해결된다고 그와 관련된 작은 문제들까지 해결되는 건 아닐 텐데? 보아하니 라오양은 때를 둘둘 말던 도중에 만들어진 강철 칼이 훌륭하게 갈아져서 무척이나 첨예해지고 있으니, 그 칼을 사용해 오십 번지 서쪽의 이 정신 나간 소를 가르면 얼마만

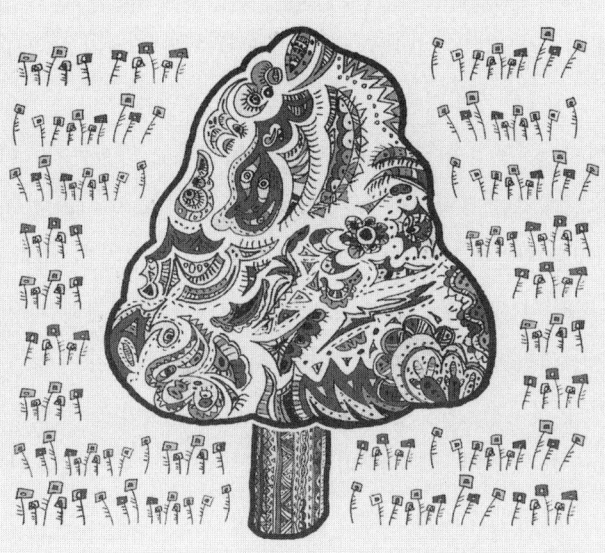

●●●

라오양은 풍부하고 비옥한 토양 안에서 오히려
사상과 이론의 큰 나무가 하늘 높이 솟구칠 만큼 생장한다.

●●●

큼은 아주 안성맞춤이란 것이 드러나긴 하겠지. 무엇을 일러 질질 끄는 지체라고 하겠는가? 이것은 확실히 질질 끄는 지체이다. 무엇을 일러 누적이라고 하겠는가? 이것은 확실히 누적이다. 매끄럽게 누적된 사상은 무슨 용도로 쓰이는가 하면, 관건은 누적된 사상의 산출이 기분에 기초하는 것이니만큼, 나는 일체 모든 걸 누적해서 생산할 것인데, 그때까진 무의식중이었지. 사후에 라오양은 또다시 득의양양하게 말한다. 무엇을 일러 중차대한 부탁이라고 하겠는가? 이것은 확실히 중대차한 부탁이다. 무엇을 일러 중대한 지연이라고 하겠는가? 이것은 확실히 지연이다. 나는 천근 같은 내 음경을 거세해버리고, 한 다발의 새끼줄로 곧장 오십 번지 서쪽의 백 년간이나 정신 나가고 멍청해진 역사를 잡아당겨 지연시켰지. 그리하여 무엇을 역사라고 부를 것인가, 이것이 바로 확실히 역사인 것이고, 무엇을 현실이라고 부를 것인가, 이것이 바로 현실인 것인데, 이것으로 단지 라오양은 우리에게 창조적인 현실을 건네준 셈이다. 둘둘 말아서 깊이 있고 두꺼워진 라오양의 땟국의 기초 위에다 질산암모늄과 유황의 면전에서 경박스럽고 비협조적인 관점을 곧장 드러내는 몽파처럼, 당신은 다행히 얼마간은 생산하지 않다가, 대뜸 한번 생산하더니 질산암모늄과 유황의 냄새로 인해 질식한다. 질식할 정도로 죽도록 밀어대던 당신은 점점 더 고명해지더니, 말이나 얼굴빛을 통해서는 이제 본색을 드러내지 않을 셈인가? 질식한 뒤에 당신은 나에게 다시 자신의 관점과 이론을 늦지 않게 제출해서, 당신의 관점은 우리에게 여전히 쟁론과 변론을 일으키고 있다. 비록 나의 사상과 이론을 침범했다손 치더라도 너의 사상과 이론을 요리사가 소를 가르듯 도살하고 있는데, 그러나 그것으로 인해 요컨대 내 손과 마음이 더럽혀져서, 현재 내 공기는 토양 위에서 자생자멸하면서 병이 없는데도 오래 살지 못할 지경이니, 나 한 사람의 사상과 이론만을 남겨둔 것도 성에 차지 않아서 전투도 하지 않은 채 혼자 승리해 세계를 제패할 셈이냐? 라오양이 득의양양해하던 중에 혹시 대의大意가 있었을지도 모르고, 단지 그의 득의양양해하는 것이 사상과 이론의 기초가 없는 것은 아니겠으나, 그 당시 우리는 눈이 너무도 다채롭게 어른거려서 운무 속에 있는 듯하다.

라오양은 보아하니 자신의 음모를 마음대로 성숙시켜 달성할 수 있는 시점이 되자 두 번 다시 지체하지 않고 한 자루의 칼을 꺼내 들고, 연달아 곧장 죽이려 들자, 우리 미친 소 떼는 무인지경에 들어선 듯하다. 라오양은 때를 밀던 자세를 정지하고 득의양양하게 서 있는데 벌써 밀려 내려간 때로 인해서 발목이 잠기고, 그 정도의 선이 아주 적합한지 둘둘 때를 밀던 도중에 정지하고 말을 한다.

"기왕지사 몽파의 관점은 전투를 해보지 않고도 스스로 실패를 했으니, 결코 꿈이 없는 백 년으로 인해 우리들이 정신 나가고 멍청한 것에서부터 농아에 이르게 되고 농아에서부터 목재에 이르게 되고 목재에서부터 쓰레기나 폐기물이 야기된 근본적 원인이 된 것은 아니냐. 꿈이란 무엇인가? 꿈은 단지 제멋대로 망상해 허튼 생각이나 하고, 꿈은 단지 현실과 부합되지 않으며, 꿈은 다만 낮엔 실현되지 못하고 밤에만 실현되는 것일 뿐이야. 단 한순간 각성해도 여전히 양쪽 손은 휑뎅그렁한데, 이건 현실을 대동하지 않으니 점점 더 실망하고 위대한 사물 앞에서 자신의 부족함을 한탄하는 것인가? 친애하는 상대방 변론자와 그의 친구들이여, 제발 부탁드리오니 당신이 제출한 관점은 자기 스스로도 현실과는 부합되지 않는 것이라는 것을 약간은 좀 기억하시고, 그것은 다만 공상에 준거해 자기만족을 획득하는 것이며 멀리서 가수분해를 할 수 없으니 인근에서 해갈을 하시구려. 꿈이 없어야 약간 용이하거늘 잠자리에 들어야겠다고 느끼는 순간 날이 훤하게 밝아서, 도대체 무엇을 먹어야 할지 무엇을 마셔야 할지 사리를 분별하지 못하고 아무 생각도 할 수 없어서, 우리는 정신 나가고 멍청해진 것에서부터 정신 나가고 멍청함이 정지되기에 이르기까지, 우리의 종점은 단지 우리의 기점일 뿐이고 우리의 오십 번지 서쪽은 여전히 오십 번지 서쪽일 뿐이며, 꿈 없이 깨어난 아침이란 것도 때마침 그럴듯한 약간의 꿈 때문이다. 꿈이란 전혀 사실도 아니고 꿈에 대해 결코 좋은 의미를 품고 있지 않지만, 결국 아주 적절한 꿈 속으로 유인되고 인도된다는 것은, 그것은 하와가 지혜의 열매인 뱀으로 유혹하는 것과 흡사하지. 보기엔 지혜인 듯하지만 기실 독약이야. 그와 같이, 우리 오십 번지 서쪽의 정신 나가고 멍청해진 백 년은 또다시 우리를 비딱한 비탈길로 올라가게끔 인도했지. 왜 마음을 씻고 혼을 씻으며, 왜 창자를 씻고 피를 씻는가. 꿈과 독사가 전부 우리를 비탈길로 인도한 것은 아니고, 그것 또한 당신의 이론과 지도 아래 조성된 엉터리 해석과 돼먹지 않은 이치로 황당하고 도리에 어긋난 어리석은 짓일 뿐이지 않느냐? 역시 씻지 않아야 약간 좋은데, 단박에 씻어버려 점점 더 정신 나가고 멍청해졌는데, 씻지 않아야 겨우 정신 나가고 멍청해진 채로 지탱하는 것이거늘, 대뜸 씻어대니까 농아로 변해서 목재로 변하고 썩어 문드러진 목재는 쓰레기가 되고 너널너덜해진다. 방금 전의 당신 진술은 자기 관점에서 영성을 말하고 그것을 제안한 것이지. 우리는 이 정신 나가고 멍청한 돌덩어리를 씻지 말아야 약간의 영성이 있게 마련인데, 몇 번이고 반복해서 탕약의 약물만 바꾸고 약 그 자체는 바꾸지 않으면서 때만 밀고 있으니,* 우리에게 몇몇 살아남은 뛰어난 영성과 지극히 얼마 되지 않은 정신이 너무도 가련하거늘, 당신들은 철저히 씻어서 되레 그것들을 배척하고 있구나. 그렇게 하느니보다는, 우리는 역시 목욕탕에서 내가 몸에서부터 마음까지 당신들을 한차례 깨끗이 때를 밀어주는 게 낫겠군. 그러나 장차 오십 번지 서쪽 인간들은 정신 나가고 멍청하게 계속 씻어서 쓰레기로 인도되고 폐기될 처지이기에 역시 달갑지 않다는 것이며, 당신들 몽파의 이론은 인간을 쓰레기로 인도하고 폐기될 처지에서도 손을 떼지 않고 있으면서, 여전히 계속 그런 학설을 사용해 장차 인간을 기만해서 베이징 원인과 라마 원인과 란톈 원인과 같은 그런 처지로 만들겠구나. 사실 뇌리에 영혼이 존재하니까 우리가 정신 나가고 멍청해지는 것인데, 우리가 당신들로 인해서 엉터리 해석과 돼먹지 않은 이치로 황당하고 도리에 어긋나는 꿈의 관점으로 인도된 것은 이미 충분하기에, 엉터리 해석과 돼먹지 않은 이치로 황당하고 도리에 어긋난 꿈이 이미 우리의 뇌리와 영혼에 충분히 범람하고 있으므로, 우리는 벌써 그것들을 임의로 비상의 날개 방향을 전환해 상승해 반죽음이 되고 비통함이 극도에 달해 그로 인해 죽을 지경이거늘, 이 약간의 날개도 이미 철저하게 차단물로 끌어당겨져 눈을 부릅뜬 채 귀가 멀고 벙어리가 된 우리는 장님이 되니, 우리가 정신 나가고 멍청해진 것에서부터 너덜너덜하게 해진 쓰레기가 된 것이 꿈이 없기 때문이라고 말하는 그 속셈을 헤아리기 어렵거늘, 당신들은 여전히 우리들을 향해 벌써 뇌리 안에다 꿈을 가득

---

* 翻來覆去的換湯不換藥的: 본질은 바꾸지 않고 포장만 갈아댄다는 고사성어에 빗댄 은유적 표현임.

하게 처넣고서 아직도 계속 꿈을 주입하다니! 당신네들 로켓에다 연료를 더 주입하기 위해 우리에게 역사를 더 주입시키고 있는 겐가? 비록 당신은 역사적인 노인으로 분장을 했지만, 당신은 우리들에게 독약과 최음제를 더 주입하고 있구나. 그로 인해서 우리들의 신체는 이미 이런 몰골로 수척해진 것이야. 아, 약은 화약이구나, 우리들의 머리가 '우르르 쾅' 하고 대뜸 폭파되길 기다리고 있어야 당신들 마음이 비로소 달콤한 게 아니냐? 사실 내가 변론하는 원칙은 변론하지 않겠다는 것이고, 흡사 관중의 한 사람으로 참석하기 위해 더 투입된 것처럼 잠자코 앉아 아무 말도 하지 않을 생각이니, 오직 나는 내 자신만을 상세히 서술할 뿐 상대방의 관점에 대해서는 언급하지 않겠다는 것이 내 관점인 것이고, 그것은 마치 내가 스스로 내 몸의 때를 밀면서 다른 존재인 상대방 선수와는 상관없이 오직 내 신상의 때를 미는 것과 같지. 그것으로 충분하겠으나 당신들 몽파의 관점이 너무 지나쳐서 정말 화가 나고 엉터리 해석과 돼먹지 않은 이치로 나에게 막 부자유스럽게 주입하고 있으며, 당신들은 책략이 있어 자신의 관점을 자세히 서술하기도 전에 상대방 관점을 먼저 한차례 상세히 서술하고 있구려. 만일 나 라오양 때밀이 변론의 방향이 존재하지 않는다면, 만일 당신들의 음모가 오늘 변론대회장에서 드러난다면, 나는 대담하게 부정하고, 내일 아침이면 우리 오십 번지 서쪽 일대가 모조리 폭파되어 머리에 선혈이 전부 가득할 것이야. 그것이야말로 비로소 진정하게 피로써 피를 씻는 격이지. 그것은 되레 보이는 것마다 모두 하얗게, 대지를 진정 깨끗하게 만드는 것일지도 모르겠고, 혹은 우리가 더 이상 죽지 않는 것일지도 모르겠고, 그래서 대뜸 베이징 원인과 라마 원인 혹은 란톈 원인으로 변신될지도 모르겠군! 나는 나의 관점을 위해서 내가 스스로 내 관점에 동의할 수 있을지 없을지 그것조차 언급하지 않고 있거늘, 당신은 현장의 관중과 오십 번지 서쪽의 정신 나가고 멍청해진 인간들을 향해 대뜸 묻더군. 그들이 대답할 수 있소?"

라오양은 말을 하면서, 또다시 말을 하면서 몹시 분개해 자기 감정을 억제하지 못하는데, 그는 현장에 있는 우리가 말을 하지 않고 잠자코 앉아 있을 뿐이라는 원칙을 잊어버린 것이다. 비록 라오양의 유인에 이끌려 역시 몽파와 백 년 샤오스의 음모와 악독한 유인에 몹시 분개를 한다고 하더라도, 사실 우리는 철저하게 해치워졌거나 혹은 원인猿人으로 변모해버렸다면, 기실 당신은 역사적인 노인이고, 산타클로스 할아버지로 분장한 그 외투가 몸에 걸친 하나의 독사라고 하더라도, 그래도 우리는 여전히 이미 정해진 규칙을 철저하게 고수하면서 그런 태도를 전혀 바꾸지 않고 철판 한 덩어리가 되어 입을 꽉 다문 채 잠자코 앉아 있다. 역사를 무대에서 표출한다는 것조차 지나치게 빈번하고, 다시 관찰해서 한바탕 다시 언급하자면 우리는 여전히 한 덩어리의 철판이 되어 입을 꽉 다문 채 잠자코 앉아 있다. 주석 라오후는 우리들의 표정을 목격하고 역시 마음속으로 충분히 잘 이해했는지 그곳에서 고개를 끄덕인다. 우리는 공동 모의한 동일한 표정으로 계속 라오양을 재촉하는 작용을 해낸다.

"상대방에 대한 비판은 이미 가능하다고, 이미 온몸이 만신창이가 되도록 얻어맞았는데, 그러니까 마치 방금 전에 상대방으로부터 침범을 당한 듯하거늘, 그럼 연달아 당신 관점을 현시해보시오!"

우리들의 눈에 띈 라오양은 그 자신의 입장이 다소 난처해서 올가미가 없어진 듯하다. 기실 입장이 난처해진 가운데 그는 또다시 다소 남몰래 비웃고 있으면서, 말로는 올가미가 없다지만 여전히 그것이 올가미였다고, 또다시 그는 객소리를 중언부언 아무렇게나 떠들어대며 변론대회 태반의 낮 시간 동안 진종일 모노드라마를 연출하고 있다. 다만 라오양은 또다시 비굴한 모양을 연출해내면서 자기 스스로 겸연쩍음을 숨기려고 얼버무려가면서 말한다.

"기왕지사 모두들 여전히 꿈속에 있고, 기왕지사 모두들 여전히 깊숙이 잠이 들어서 백 년 샤오스의 음모 속에서 각성을 하지 못하고 있다. 정시에 폭탄의 스톱워치가 우리의 뇌리 속에서 '재깍재깍' 울리고 있으니 이미 잇달아 폭파될 위기에 직면해 있는데도 여전히 입을 다물고 잠자코 앉아 있구려. 이 순간 나는 변론대회에서 입을 다물고 앉아 있어야 한다는 규정이 도대체 누구에게 유리한 것인지 오히려 회의적이오. 비록 정시에 폭파하려고 해도 폭파할 수가 없는데, 우리는 베이징 원인과 라마 원인 그리고 란톈 원인이 변모된 날짜와 그 시기가 멀리 떨어져서 폭파되기 어렵지만, 그래도 모두들 여전히 오십 번지 서쪽은 감옥이구나. 숙면을 취하시니, 당연히 꿈속에서 폭파되는 순간 나 역시 폭파될 것인데, 당신이 이 사람에게 당해서 원인猿人으로 변신하는 순간 나 역시 동일하게 생긴 산꼭대기 동굴에 있을 것인데, 자신이 모든 사람을 만든 건 아니고, 모든 사람이 오십 번지 서쪽 인간들을 정신 나가고 멍청하게 만든 건 아니며, 오십 번지 서쪽이 숙면에서 깨어나지 못하는 것 역시 자신이 그렇게 만든 것이 아닌데도, 그 순간 나는 단지 용감하게 앞으로 나서서 폭약을 내 자신의 품안에 끌어안고 감옥을 튀어나오거나 장차 원인으로 변신할 이 한 무리의 멍청이들을 다시 꿈속으로 처박아 넣을 수밖에 없겠구나. 역사에 역행하는 큰 수레를 단지 나 한 사람만의 어깨로 들어올려 지탱하게끔 할 수밖에 없거늘, 누가 오십 번지 서쪽의 등뼈이겠는가? 길을 가로막은 뱀을 직면하자 나는 이미 물러설 수가 없게 되어서 단지 칼을 빼어들었을 뿐이며, 몽파의 관점을 기각하기 위함이요 여기에 더하여 오십 번지 서쪽의 폐기물 무더기와 쓰레기 무더기로 인해 역사가 깎아지른 낭떠러지로 추락하려고 하니 이제야 정신을 차리고 구제하기 위해서 나는 오로지 나의 관점을 현시하고 있을 뿐이라고. 나의 관점을 말하자면 몽파의 관점에 대해 정면으로 날카롭게 대립하겠다는 것이야. 그 여자는 꿈이 없지만 나는 여전히 꿈이 있으므로 당연히 이런 형태의 반박으로 상대방을 깎아지른 낭떠러지로 추락시키는 일조차 무척 간단한 것이고, 단도직입적으로 말해서 결코 소를 가르는 요리사의 효과에 도달하지 못한다고 해도, 때때로 비스듬히 누워서 공격하는 그런 식으로 상대방의 의표를 찌르고 말겠어. 원수 같은 상대방 변론자를 직면하자 저 여자는 무無인 당신을 유有가 되게끔 말하는 것이고. 그것조차 어쩌면 무의식중이나 대회가 진행 도중의 저 여자 간계인 모양인데, 저 여자가 직면한 무無를 당신도 무라고 말할 수 있지만 이때의 무는 당연히 당신의 무이지 그 여자의 무는 아닌데, 재주껏 상대방의 의표를 찌르고 그 변론 장소의 모든 관중들을 따라잡으려던 그 여자는 그쯤에서 어이없어 눈을 크게 뜨고 입을 크게 딱 벌린다. 말하자면 나는 오십 번지 서쪽이 백 년 동안 정신 나가고 멍청해져 있다가 이 정신 나가고 멍청해진 상태에서 나아가 농아가 되더니 농아의 상태에서 목재가 되고 또 더 나아가 오늘은 폐기물과 쓰레기로 해석되고 있으므로 그것 역시 무無인 것이지. 그러나 꿈이 없는 것이 아니라 그것은 황당함이 없다는 것이야. 우리의 머리가 곧 폭파될 것이기에 여전히 도량도 크게 존재하는 꿈을 배척해야 하거늘, 그런데 우리 오십 번지 서쪽은 지난 백 년 동안 되레 거짓말이 줄고 거짓말을 잃어버렸지. 머리에서 발까지 심장에서 혼까지 창자에서 혈액까지 우리들 모두 거짓말을 잃어버리고, 한 떼거리의 사람들이 오십 번지 서쪽에 집합을 해서 모두들 황당하게 말하는 능력을 잃어버린 채 제각기 모든 개인은 수정구슬이나 수정금자탑처럼 투명하거늘, 각기 모든 사람들은 백신도 없고 그 자국도 없으니 그 역시 방역 능력과 저항력을 잃어버린 것이기에, 사람이 동東이라고 말하면 동일 따름이고 사람이 서西라고 말하면 서일 따름이며, 사람이 개라고 말하면 개일 따름이고 사람이 닭이라고 말하면 닭일 따름이거늘, 이런 식으로 마구 나아가는데, 그가 어떻게 다른 존재의 간계를 받아들이지 않을 수가 있겠으며 몽파 이론에 유혹되거나 기만되지 않을 수가 있겠으며 목재로 변신된 폐기물이나 쓰레기가 되지 않을 수 있겠는가? 폐기물은 언제쯤부터 어느 지방에서 변질되기 시작할까? 가장 먼저 망언에서 출발해 군소리가 객소리로 변질되기 시작했지. 그리고 반점과 땟국이 출현하지. 무엇을 객소리라고 부를까? 그것은 단지 잃어버린 거짓말이 깨끗해진 언어이지. 이것 역시 청결과 불결의 관계인 것이고 보기에는 점점 더 청결해지는 듯하지만 점점 더 쓰레기에 근접하는 것이지. 보기에는 점점 더 청결해지는 듯하지만 그것이 청결에서부터 쓰레기를 향해 속히 전화되던 과정 중에 역사의 신성한 외투를 걸친 사람은 몽상과 이상의 비행기에 오를 수 있게 되지. 무릇 정신 나가고 멍청해진 인간은 다들 황당한 말을 못하는 법이고, 무릇 정신 나가고 멍청해진 인간은 다들 아주 쉽게 기만을 당하기 마련이기에, 길에서 멍청이 한 명을 맞닥뜨리게 되면 당신이 그에게 아버지라고 부르라고 하면 곧장 아버지라고 부를 것이고, 당신이 그에게 아줌마라고 부르라고 하면 그는 곧장 아줌마라고 부를 것이야. 보기에는 순박하고 충직하고 온후하며 청결해 보이지만, 기실 멍청이로서 오십 번지 서쪽에는 이런 종류의 인간들이 비일비재하지. 만일 당신이 하나의 여자 멍청이라면 곧잘 한 덩어리의 케이크와 한 벌의 화려한 외투로 오만한 지식인을 유혹해서 간계로 물들이겠지! 한 멍청이와 정신병자에게 있어서 또한 한 떼거리의 정신병자와 한 떼거리의 멍청이에게 있어서 그들은 제각기 거짓말을 방역하는 능력을 잃어버렸거늘, 우리들을 어떻게 정신 나가고 멍청해진 것에서부터 농아에 이르게 하고 농아로부터 목재에 이르게 하며 목재에서부터 폐기물과 쓰레기로 이르지 않게 하지 않을 수가 있단 말인가? 당연히 한쪽 방면으로는 우리들이 잃어버렸기 때문이며, 다른 한쪽 방면으로는 역시 몽파 이론이 기만을 하고 있기 때문이지. 그들은 이용하고 기만하기 위한 두 가지 목적을 동시에 달성하고자 우리의 뇌리를 재빨리 폭파해서 역사를 역행시켜 베이징 원인과 라마 원인 그리고 란텐 원인의 처지로 회귀시키는 것인가?"

라오양은 그쯤에서 극도로 증오하고 한스러워하며 말했던 것이다. 그의 말을 자세하게 들은 우리들은 돌연 약간 경악을 하게 되는데, 방금 전에 백 년 샤오스가 말하기를 우리는 정신 나가고 멍청해진 것에서부터 쓰레기로 도달하였기 때문에 영성과 꿈을 잃어버렸다고 하더니, 지금 라오양의 말로는 우리는 정신 나가고 멍청해진 것에서부터 쓰레기가 되자 거짓말을 잃어버렸기 때문이라고 하기에, 두 파의 이론을 들어보건대 제각기 도리가 있어 두 파의 이론을 비교하니 아무튼 거짓말을 잃어버렸기 때문이라는 파에 비해서 꿈을 잃어버렸기 때문이라고 말하는 파가 좀더 우리의 실제에 근접하고 있다. 그와 동시에 이 황당한 거짓말이 상실된 이론을 들어보건대 마치 점점 더 신선해지는 느낌이다. 사후에 라오양은 다시 득의양양하게 말하기를 그것은 역시 백 년 샤오스가 먼저 발언을 했기 때문에 사후에 자기 자신은 겸허하게 발언한 것이 정방 대표인 그녀를 거꾸러뜨리게 된 원인이라고 밝힌다. 그 여자의 발언은 선후 순서 배정에 있어서 무의식중에 올가미가 있다는 것이다. 그러나 하여튼 먼저 관점을 제출했기에 실패의 쓰라림을 맛본 것이고, 한쪽 방면으로는 상대방에게 반박을 준비할 수 있는 시간이 더 많이 주어졌다는 것이다. 자기 관점이 현시될 무렵 단지 자기의 결점이 새어나와 노출되고 폭로될 무렵 어떻든 다른 방면의 관점이 드러나 먼저 제출한 관점에 비하여 신선해 보였던 것이며, 흡사 나중에 차려진 한 사발의 밥이 먼저 차려진 한 사발의 밥보다 신선하고 따끈한 것과 같다. 먼저 차려진 밥상은 이미 썩은 냄새가 나는데, 과거의 한 접대부였던 그 여자가 무엇이란 말인가! 백 년 샤오스는 그의 올가미에 걸려들고, 뿐만 아니라 여기 있는 우리들도 라오양의 올가미에 걸려든다. 라오후는 단지 변론대회만을 주재主宰하는 주석일 뿐만 아니라, 그 순간 누가 진짜인지 누가 가짜인지 구별하기가 어려워지게 되자 자신의 머리와 자기 머리 위의 독두병을 긁적인다.

"어쩌면 당신이 오십 번지 서쪽의 인간들이 정신 나가고 멍청해진 원인에 관하여 발굴한 결과는 황당하지 않다고 말할 수 있겠구나. 환언해서 말하자면 당신 관점을 몽파의 관점과 대비해 품평해보았더니 역시 좀 황파誹派*로군. 내가 들어보니까 비록 이 황파의 이론이 몽파

---

* 황파(誹派): 황당한 거짓말만 일삼는 파.

의 관점에 비해서 더한층 신선하긴 하지만 단지 나는 잠재의식 중에서도 으레 조심하면서 글자의 행간에 뭔가 갈무리된 것을 감지했는데 그것은 흡사 몰래 감춘 간계 같군!"

라오양이 재빨리 말한다.

"거짓말조차 이젠 잃어버렸거늘 아직도 무슨 간계라니. 여전히 간계가 있다면 몽파의 간계가 있을 것인데 허무맹랑해서 종잡을 수 없거늘 어떻게 갈무리할 수 있단 말인가? 거짓말을 잃어버린 이 파派를 깨끗이 제외시켜야만 청결하겠어!"

라오후는 다시 머리를 긁적인다.

"그래도 안심할 수가 없겠어. 오십 번지 서쪽이 정신 나가고 멍청해진 가운데 이미 거짓말까지 상실했다는 걸 당신은 어떻게 단정 짓느냐? 그 실례 한두 가지를 시험해보시지!"

그 순간 우리는 다시 라오후 주석이 고명하다는 것을 자각한다. 역시 그들은 가벼운 올가미가 필요하지 않다. 그러나 이건 역시 라오양의 간계 중의 하나라는 것을 누가 알았을까. 라오양은 단지 연달아 약간의 실례를 들어 다시 자세하게 상술하게 되는데, 그 용례는 사실 이론이 아니라 관점에서 보충되고 수정된 것으로써 자기 이론과 관점은 이미 새어나가고 있어 결점을 벌충한 것이 출현되었다. 이론과 관점을 이용해서 수정하고 보충할 방법이 없어서 이론과 관점의 원형으로 결점이 벌충되고 있었지만, 그러나 그 실례가 사용되고 있는 듯하지만 사실 그것이 아니다. 이론과 관점이 하나의 화살이라면 사실과 실례는 오히려 한 덩어리의 살이고, 이론과 관점이 하나의 선이라면, 사실 실례는 오히려 하나의 네모진 덩어리이면서 한 덩어리의 둥근 원이다. 때문에 되레 남을 속여서 일의 내용이나 그 성질을 교환할 수 있고 요령부득인 것과 일체의 불성실한 것을 수정하고 보충할 수 있다. 살이 쪄서 기름기가 번들거리는 고기 한 덩어리가 진동을 하자 하나의 네모진 덩어리이면서 한 덩어리의 원이기도 한 그것은 여러 개의 다양한 측면을 지닌 채, 한 덩어리의 살진 고기로 제각기 다양한 각양각색의 주둥이를 막기 위해 고기를 마구 처박아 넣은 뒤, 여러 형태의 다중적인 측면이 있는 당신은 마치 장님이 코끼리 코를 만지는 것처럼 동서남북도 분간하지 못하거나 혹은 그 다중적인 측면은 단지 한 덩어리로 뒤범벅이 된 것으로써, 물통에서 누수가 되는 순간 하나로 직통하는 철사를 얼기설기 짜서 구멍을 메울 도리가 없거늘, 한 덩어리로 휑뎅그렁하게 놓인 뒤얽힌 삼 같은 혼란이야말로 물이 떨어져 물이 새어나가는 것을 막을 수 있다. 문제는, 그러니까, 당신 자신 역시 그 몇 개의 뒤얽힌 삼 타래 같은 혼란으로 어떤 물통의 누수를 메우게 될지 도대체 당신조차 모른다는 것인데, 그 하나의 네모진 덩어리이면서 한 덩어리의 원인 그런 다양한 측면으로 관점과 이론을 투사하고 있다. 그것은 다만 진리의 햇살일 뿐이고, 그 외의 다른 무용無用과 착오가 뒤얽힌 삼 타래 같은 혼란은 이미 우리들을 경시하고 있으면서 하나의 네모진 덩어리이면서 한 덩어리의 원인 그런 다양한 측면은 되레 햇살의 이면이자 그늘이라는 것인데, 오히려 우리들조차 고찰하는 것을 잊는다. 이것을 일러 혼란을 근거로 혼란을 만들고 있으므로, 이것을 일러 사실과 실례를 이용해서 수정하고 보충하며 이론과 관점에 입각해서 틈새를 메운다고 하겠다. 어떤 농촌 부인이 인식하는 진리란 우리들이 되레 아무것도 모르는 채 북이나 두들기는 것으로 그것은 다른 한바탕의 꿈인 것이다. 당시 우리는 아무것도 모르는 채 북이나 두들기다가 몸이 혼란

432

속으로 빠져들어서 햇살의 이면과 그림자의 상황을 잘 알지 못했고, 그러자 당연히 라오양은 득의양양하게 또다시 비굴하게 되풀이해 간곡하게 권하는 모양으로 노파심에서 사실과 실례를 우리들에게 치켜들기 시작한다.

"아직도 사실과 실례를 약간 치켜들 필요가 있는가? 관점과 이론이라는 것, 나의 황파의 진리 원형은 여전히 태양의 찬란한 빛을 굴절해서 반사시키지 못하고 있는가? 기왕지사 모두들 이 정신 나가고 멍청해진 변론대회의 시간이 낭비되는 것을 두려워하지 않는다고 하더라도, 기실 나는 이 시간에 대해서 이미 약간은 마음이 아프고, 그러하기에 나는 부득이 희생을 참고 견디면서 깊이 뉘우치는 시간에 모든 사람들에게 한 가지 실례를 예시해주었노라. 당연히 그 실례는 심오한 것을 추켜들어서 또다시 모든 사람들의 사유를 저지하기 시작하는군. 한 떼거리의 미치광이들과 멍청이들은 당신에게 그 자신들을 이해시키기 위해 가만히 앉아서 탁상공론이나 할 셈인가? 흡사 한 떼거리의 유치원 아동들을 직면한 듯한 당신이 그들에게 당신 자신의 이론과 관점을 말하자 그 미치광이들과 멍청이들은 좌불안석이 되는 듯하구나. 여전히 그들은 익숙한 사실과 실례 가운데 회귀를 하고 잇달아 재주껏 그들의 진리를 접수해서 훈도하고 훌륭하게 학습하고 매일같이 향상하고 있구나! 나는 실례를 들어 말을 한다고 해도 복잡하지 않은데 그것은 역시 내가 목욕탕의 때밀이라는 것과 관련이 있군그래. (그 순간 그들은 그의 음모에서 약간의 고약한 냄새가 풍기기 시작한다는 것을 느끼게 되는데 어떻게 해서 또다시 목욕탕의 때밀이로 되돌아가버린 것인지 때를 둘둘 밀어서 이미 발이 물에 잠겨버린 것이 아니란 말인가? 다시 때를 아래를 향해 밀게 되어서 가령 우리들의 가슴과 목까지 물에 잠기게 되면 그로 인해서 호흡이 차단당하지 않을까? 당신 역시 지자智者이지만 원숭이도 나무에서 떨어지는 순간이 있는 법이다. 사후에 과연 그것이 사실로 증명이 되었는데, 라오양은 아주 적절하게 그 자리에서 한 덩어리로 짓이겨져 수레가 전복되었다는 것을 사실적 예시로 보여준 셈이지만, 보는 각도에 따라서 한 덩어리의 실타래로 뒤얽혀 우리들을 혼란스럽게 가로막은 듯하더니, 최종적으로는 라오양 그 자신이 음식을 삼킬 수가 없게 되어 죽게 생겼군그래. 그 당시 라오양은 여전히 의연하게 전혀 자각하지 못한 채 여전히 혼탁한 틈을 타서 이익을 도모하려 들면서 여전히 의기양양하게 군다.) 내가 목욕탕의 때밀이를 실례로 들어 말하기 시작한 것 역시 아주 간단하게 말해서 당신들 면전에서 가까스로 말을 물어보는 것과 관련이 있지. 이제 그걸 충분히 이해하겠나? 그러나 보아하니 일반적으로 묻는 말은 인사말로서 우리들에게 대단한 노력을 요하는 것은 아니지만 아주 적정하게도 여기서는 좀 제일 간단하게 객소리를 상용으로 사용하는 과정인 게야. 모든 객소리의 사이에 가장 쓰임새가 있는 객소리를 찾아볼 수 있다는 것인데, 다시 내가 한차례 환언하자면 그러니까 폐기물이 어떤 고장에서부터 변질되고 곰팡이로 바뀌기 시작했는가 하면, 그것은 단지 헛소리에서 객소리가 개시된 것이라는 게야. 무엇이 세계 최고의 쓰레기라고 불릴까. 그것은 곧 객소리인 것이야. 당신들 모두 정신 나가고 멍청해진 상태에서 나는 이젠 폐기물과 쓰레기가 된 원인의 실마리가 이미 솔솔 풀리고 있구나. 이건 역시 제일 간단한 객소리를 떠드는 와중이고, 우리들의 헛소리는 이미 약간씩 혹은 한 가닥씩 다른 존재에 의해서 오그라들고 상실되어버렸구나. 과거에 나는 손님들 때를 밀면서 무시로 묻곤 했지. '당신, 식사 드셨는지요?' 과거에는 고객이 식사를 하였든지 하지 않았든지 관련 없이 통상적으로 대답했지. '먹었소. 식사를 하지 않았다면 내가 목욕탕에서 때를 밀까? 설마 내가 배고픔도 이해하지 못하면서 목욕을 하고, 배가 부르지도 않은데 머리 깎는 도리나 이해하는 줄 아는가?' 빈틈없이 꼭 들어맞아야 누수가 되지 않는 것이라는 회답이 가능한데, 비록 당신은 잇달아 그 때밀이의 뱃속에서 꼬르륵꼬르륵하며 창자가 뒤틀어지는 소리가 들리는 것을 잠깐 이야기를 나누는 동안 감지할 수 있다. 그러나 그 약간 황당한 말을 함으로써 아주 적당히 배가 부르고 따뜻해지니 음란한 생각을 하며 바야흐로 외설스런 농담과 함께 보디랭귀지의 사상적 기초를 확립하고 있구나. 지금 당신은 한 고객에게 묻기를, '당신, 식사하셨어요?' 그러자 이미 약간 정신 나가고 멍청해져서 폐기물로 변모하고 너덜너덜해진 고객이 멍청하게 대답한다. '양 나리, 아직 안 먹었소. 뱃속의 창자는 기아에 시달려 꼬르륵 소리가 나는데도 나는 오히려 목욕이나 하고 있으니, 당신 말은 그러니까 내가 눈치가 없다는 뜻이죠!' 성실하다면 그는 되레 성실한 것이지만 나는 잇달아 한쪽으로 때를 밀면서 다른 한쪽으로 그의 뱃속에서 울리는 꼬르륵 소리를 듣게 된다. 그 상황에서 내가 정신 나가고 멍청해진 채 여전히 무슨 외설스런 우스갯소리를 보디랭귀지로 떠들 수 있는가? 한바탕 때를 밀고 내려오면서 과묵을 배제해도 여전히 과묵하고, 이 시각 우리들은 오히려 꿈이 없구나. 그와 나는 또다시 함께 더한층 정신 나가고 멍청하게 변신하고 있구나. 과거에 나는 물은 적이 있다. '당신은 목욕하고 때를 미는데, 당신 어머닌 집에서 뭐 하죠?' 비록 공공장소에서 어머니를 담론해서는 안 된다는 것을 알고 있었다 하더라도, 어쩌면 어머니 행방을 알 수 없다는 식으로 고객이 동문서답할 줄 미리 알았다고 하더라도 그는 물었을 것이다. '우리의 영준한 형수가 손님을 맞이하고 처음으로 머리를 올리는구나.' 설령 이런 식의 동문서답이라면 이때 그의 형수란 그의 어머니를 대체하는 존재로서 그의 어머니가 머리를 올린다는 것인지 정확하지 않지만, 아무튼 이미 가라오케의 룸으로 출근을 했을 것이고, 다만 그런 황당한 말을 늘어놓던 와중에도 나 라오양은 이런저런 생각이 두서없이 떠올라서 연달아 외설스런 농담을 떠들어대며 때를 밀어대는 동작에 점점 더 전심전력을 다하게 되곤 하지. 그런데 그 순간 고객은 멍청하게 대답한다. '우리 어머니라고요? 우리 어머니는 지금 집 안에서 발을 씻고 있어요!' 혹은 '우리 어머니는 집에서 자기 발을 밀고 있다고요!' 혹은 '우리 어머니는 화장실에서 똥을 누고 있다고요!' 그가 진실하다면 되레 진실한 것인데 다만 나는 그의 어머니가 발을 씻고 발의 때를 밀면서 똥 누는 맛을 느끼는 그런 환경 속에 처해 있다고 대답하는데, 내가 어떻게 몽상에서 깨어나 현실에 이른단 말인가? 존재하던 꿈조차 질식해버린 것이다. 과거에 나는 고객에게 물은 바 있다. '샤오스는 최근에 무슨 일을 하고 있지?' 과거에 그가 대답했다. '샤오스? 샤오스는 최근에 개명해서 '꿰이잉桂英'으로 불리는데 여전히 가라오케 무대를 꿈꾸지. 가라오케로 출근할 무렵 몸뚱이만 기만한 게 아니라 고객들이 그녀의 심령마저 점령하고 말았지!' 대뜸 샤오스의 화려함과 인간을 미혹시키는 외투를 벗겨 내린 뒤 현재의 그가 다시 묻는다. '샤오스? 샤오스는 현재 역사적인 노인으로 변신해 마침 몽파의 처방전으로 우리 오십 번지 서쪽이 백 년간 정신 나가고 멍청해진 것을 치유하려는가 보군! 보기에는 우리 오십 번지 서쪽이 황당한 말을 상실한 뒤 이미 어떤 허물을 벗는 단계에 이른 듯하지. 그러나 허물을 벗었어도 사람에게 이용되지 못하고 왜곡되어서 기만으로 기승을 부리는 기회를 제공한 게 아니오? 우리 오십 번지 서쪽의 멍청이들은 폐기물로 너덜너덜해질 수밖에 없단 말인가요? 황당한 말을 상실한 오십 번지 서쪽이여, 흡사 지탱할 기반을 잃어버린 고층건물처럼 일이 순식간에 거꾸로 넘어지고 쇠락하게 되는구나. 목욕탕에서부터 변론대회 현장에 도착하자 정방 대표 혹은 그 지원단과는 관계없이 여전히 나는 한쪽 대표자와 그 지원단인 것이고 관중도 상관없이 여전히 변론대회장의 주석을 고수하고 있소이다. 내가 묻고 싶은 것은 그 실례를 증명하기 위해 나를 치켜들 필요가 있었는가 하는 것이오. 우리들 신변에 좀 원기왕성하게 발생되고 있는 사실과 예시들로 그 설명이 부족해서 우리들이 현재 꿈속에서 계속 다른 존재에게 기만당하고 이용되고 있다는 거요? 그런데 그 몇몇 몽파 이론의 창시자와 지지자들은 여전히 그만두지 못하고 여전히 우리들이 잃어버린 망언을 떠들도록 방기하는구려. 이 지경에 다다르자 우리들을 아주 깔끔하게 빨아들이는구려. 철저하게 우리들로 하여금 망언을 상실하게 하는구려. 폭파되어 원인으로 되돌아가야만 그 여자와 추종자들의 마음이 곧 달콤해질 텐데, 이와는 상반되게 나는 바늘 끝과 바늘 끝으로 정면 대립을 하듯이 황파의 관점에 대해 오랑캐는 오랑캐의 제도로서 상대하겠다는 것인데, 그것은 우리 오십 번지 서쪽이 정신 나가고 멍청해진 본질과 원인에 점점 더 접근하는 것이고 널리 확산된 우리 오십 번지 서쪽의 정신 나감과 멍청함을 곧 구원하려는 거요! 방금 전에 나에게 묻는 물음에 나는 조건이 있다고 말하겠는데, 다만 군중과 오십 번지 서쪽을 위해서라면 몽파의 이론을 승인하고 나 황파의 이론과 관점을 포기하겠으나, 아래로 숙였던 고개를 완전히 새롭게 치켜들며 몇 년간 잃어버렸던 자기의 거짓말과 자기 혈육을 인수해서 우리 오십 번지 서쪽의 황파 이론의 지도 아래 한 달간 쿵푸를 연습해도 다 이루지 못할 것이거늘, 여전히 폐기물과 너덜너덜한 쓰레기의 처지에서 과거의 정신 나감과 멍청해짐으로 회귀해서 그 초석 위에 번영창성하리라! 우리는 너덜너덜해진 쓰레기 더미 위에서 여전히 우리의 고층 빌딩을 건축할 수 있으리라!"

여기까지 말한 때밀이 라오양은 물을 한 모금 마신다. 우리들조차 이미 라오양의 물속이면서 황파 이론 내부 속으로 점점 더 깊숙이 빠져든다. 분명하게 알 수 있는 것은 그 안은 음모 덩어리의 함정이 도사리고 있거니와 그는 이 음모 덩어리의 함정 가운데 빠져 있는 우리들을 확실하게 구원해서 널리 확산된 우리들을 그늘에 말린 뒤에 우리들을 햇살에다 펼쳐놓고 널리 비쳐 볼 것이다. 자세히 생각해보면 정신 나가고 멍청해진 것에서부터 폐품으로 너덜너덜해진 쓰레기는 확실히 몽파의 관점처럼 꿈이 없어서 생긴 것이 아니라, 아울러 그 옛날의 정신 나감과 멍청해짐의 시기와 비교해보건대 설령 몽파가 희소하고 희박하다고 주장하지만, 그래도 꿈은 끊임없이 이어진 채 너덜너덜해져서 끊어졌다가 다시 그 파편들은 여전히 확실히 존재한다. 다만 그것들은 마치 하늘가에 자욱이 끼여 흔들흔들 나부끼는 구름이 점점 더 희박해지고 황당무계해서 그만 좀 포기해버린 듯하다. 때때로 여전히 꿈에 이르면 자기 자신이 미치지 않고 멍청해지지 않은 아이가 되기도 한다. 때때로 여전히 꿈에서는 아리따운 형수와 함께 서로 까불거리며 간통을 저질러 그럭저럭 살아가는 일을 목격하게 된다. 오직 단 한 번도 성공하지 못했지만 눈으로만 삽시간에 성공하는 데 돌연 경악을 해서 소리를 지르며 꿈에서 깨어날 뿐이며, 그렇게 깨어나는 순간 멍청하게 진종일 생각하게 마련이다. 때때로 꿈에서 어머니와 함께 흙을 등에 지고 허리가 눌려 꼬부라진 채 묵직한 발걸음을 흔들거리며 진퇴양난을 거듭하는 광경이 목격되기도 한다. 그러나 이것은 희박하고 약간 가물거리며 늘 결핍되어 있는데 우리들의 정신 나가고 멍청해진 것에서부터 폐기물과 쓰레기로 이르게 된 원인이 야기된 것도 이것 때문인가? 언제부터 약간 희박한 꿈 자락마저 철저히 날아가버리고 우리들은 다만 베이징 원인과 라마 원인 그리고 란톈 원인으로 변했을 뿐이란 말인가? 비록 그 이론과 관점은 약간 사람을 두렵게 하지만, 큰 소리를 쳐 타인의 기세를 먼저 꺾는 것조차 자기가 한 말이 탄로가 나지 않을까 지레 겁이 나서 겉모습만 꾸미는 것이거늘, 어쨌거나 라오양의 황파 이론과 관점과 비교해서 조명하건대, 어쨌거나 약간 허약하고 약간 무르며 허무맹랑하고 종잡을 수가 없어서 황당무계함이 드러난다. 때문에 라오양의 황파 이론은 몽파 이론과 비교했을 때 우리들에게 와 닿기 시작하는 것이 있고 점점 더 실재하는 언어로 문안을 드리기 위해 인사를 하는 듯한 현실성이 드러나는 걸까. 이것은 시시각각으로 존재하는 객소리와 함께 우리들의 정신 나감과 멍청해짐으로 인해 폐기처분되던 생활 가운데, 이런 약간의 객소리와 그 언어는 오늘날까지 우리들에게 줄곧 사용되어, 라오양은 이 약간의 객소리와 언어의 사이에서 뚜렷한 근거 없이 무의식 상태에 이른 우리들을 각성시킨다. 현재 라오양은 예전에 비해서 확실히 우리들을 정신 나가고 멍청해지도록 각성시켜서 아직 폐기처분될 쓰레기 처지에 이르지도 못하고 있는 순간 거짓말의 성분이 점점 더 감소되고, 오십 번지 서쪽의 모든 사람들은 제각기 예전에 비해서 실재로 충실하고 온후하게 변화하게 되며 제각기 모두들 예전과 비교해서 더한층 쉽게 기만당할 수 있도록 변화되어 올가미에 쉽게 걸려든다. 이런 식으로 생각하면 백 년 샤오스의 몽파 이론은 비록 선봉이긴 하지만 확실히 이미 뭐가 뭔지 가늠하기 어렵고, 라오양의 황파 이론은 아주 진부하긴 했지만 닥치는 대로 마구 사용하면서 말을 함부로 할 수 있다. 그리고 시간에 있어서 라오양은 우리들에게 한 달간 승낙하면서 오로지 한 달 내에 무척 견고하게 전심전력을 기울여서 얼마 동안 완전히 새롭게 회복해서 우리들이 잃어버린 거짓말과 혈육을 확인받고 인수할 수 있게 됨으로써 우리들은 곧 동심으로 되돌아가서 옛날 처음의 자신처럼 좋아지는데, 만일 우리가 라오양을 포기하고 백 년 샤오스를 따라가면 한적한 교외 지역의 끝이 없는 목적지에서 꿈을 포착하고 꿈을 포획하게 될 것이기에 우리들은 언제 어느 날, 기다리고 있다 보면, 변신하고 회귀하게 될지 전혀 알 수 없다. 마침내 꿈은 결핍되고 희박해짐으로 인해서 그것을 포착하기가 점점 더 쉽지 않게 되고, 게다가 객쩍은 인사말이란 어디에나 지천으로 깔려 있어서 더는 주입할 필요가 없게 되면서 약간의 다른 거짓말만 좀더 주입하는 것으로 충분하다. 우리들에게 있어서 황언謊言의 역사와 비교한다는 것은 필경 더 주입되고 점점 더 좋아지는 것인데, 과거에 우리들은 더 주입되지 않았어도 정신 나간 적이 없고, 멍청해지지 않았던 그 예전의 오십 번지 서쪽에는 도처에 황언이 깔려 있어서 위험할 때 몸을 피하기가 수월했다. 시간이란 다른 나의 개념인 것이고 꿈을 포착한다는 것은 필연코 한밤중이거늘, 게다가 되레 한낮에 황언을 더 주입하게 되면 한밤중 꿈 속에서 사방으로 분주하게 돌아다니게 되면서 우리들은 한밤중에 꿈을 꾼다는 것이 점점 더 고생스럽다. 한낮이 고생스러우면 한밤중에도 편안함을 얻기 어렵고 게다가 한낮에 객소리를 점점 더 주입해서 황언이 조성된 그 용무 위에 다시 약간 더 주입시키는 계제에 뭐든 두말할 필요가 없이 점차 주입된 황언을 말하기 시작하면 놀이에 더 한층 몰입되고 좋아진다. 확실히 이건 황언을 말하는 대회가 아닌가? 거꾸로 우리들은 약간 격세隔世 유전 현상으로 인해서 일제 모든 익숙한 것을 쉽게 할 수 있고 일이 손에 익으면 쉽게 해결할 수 있거늘, 우리들은 어떻든 육중한 것을 주워올리던 것을 가볍게 단념해야만 하는가? 우리들이 현재 이미 정신 나가고 멍청해진 것에서부터 폐기처분된 단계에 이르렀다고 말하지 마시오. 폐품의 개념이란 무엇인가? 그것은 오로지 내팽개쳐지는 것이라면 내팽개쳐지는 것이고 움직일 수 없는 것이라면 움직일 수 없는 것이므로, 수고가 덜어진다면 수고가 덜어지는 것인데, 정신 나가고 멍청해진 예전에는 구속을 풀어놓은 적이 없었거늘, 누군들 멍청하게 가까운 곳에서 도움을 구하지 않고 멀리서 도움을 구할 리가 없는데 거짓말을 마음속에 감추고 고의적으로 육중하게 역사를 추구하기 위해서 도처에서 꿈을 포착하는 처지로구나. 여기까지 생각이 미친 우리들은 이미 사고를 납득할 수 있게 되고, 말로는 정신 나가고 멍청해졌다지만 우리들은 순식간에 뭔가 약간 산뜻하게 깨달은 바가 있다. 우리가 이미 백 년 샤오스를 포기할 준비를 하고 있고 그녀의 몽파 이론을 포기한 채 라오양에게 의지할 준비를 갖춘 채 라오양의 황파 이론에 인도되고 유혹되어 우리 자신과 오십 번지 서쪽은 완전히 새롭게 개조되고 있다. 완전히 새롭게 개조되어 우리들의 정신 나감과 멍청해짐이 빙글빙글 만회를 해서 다른 철궤 위에 놓여 있다. 이 정신 나감과 멍청해짐을 따라서 다른 철궤의 정신 나감과 멍청해짐이 한바탕 분주히 싸돌아 다닌다. 보기에는 한바탕 분주히 싸돌아다니면 뭔가 결과와 효과가 있을 듯하지만, 라오양은 우리들에게 건 올가미로 이미 중대한 임무를 완성했다는 느낌으로 인해 순간적으로 흥분을 해서 박수를 치고 때를 발목 아래로 둘둘 밀면서 말한다.

"무엇을 일컬어 폐물로 이용된다고 하겠어? 이것을 일컬어 폐물로 이용된다고 말하지!"

"오직 라오양과 함께 분주히 싸돌아다녀야 폐물과 오십 번지 서쪽에서 신생을 획득할 수 있어!"

"간신히 신생을 위하자는 그런 것이 아니라, 그러니까 역시 신생을 아주 널리 확산시키기 위함이야!"

"아주 간신히 오십 번지 서쪽을 위하는 것이 아니라, 역시 전 세계를 위하는 것이지!"

"진리는 해결할 수 없는 문제이니 황언을 더 주입해야만 도달할 수 있어!"

"이것 역시 더 주입하기 위한 방법의 일종이지!"

……

라오양은 득의양양해진다. 당신, 득의양양해진 시간이 좀 지나치게 길지 않은가? 여기까지 아주 적절하게 우리들은 올가미에 걸려드는데, 그 작자 때문에 우리와 백 년 샤오빠이의 몽파 이론은 이미 둘둘 때를 밀듯이 아주 철저하게 물에 잠기고, 우리들의 꿈은 이미 그 작자가 둘둘 때를 밀어서 질산나트륨과 유황 냄새로 철저하게 질식되어버리고, 우리들의 이론과 관점은 그의 이론과 관점에 의해 철저하게 전승되어 전투에 들어가기도 전에 패배하니, 이쯤에서 아주 적절하게 우리들이 어떤 역사의 시기를 선출하게 될지 누가 알기나 했을까. 당신이 우리들을 한 발 한 발 인도하고 유혹하고 황언 속으로 이끄는구나. 우리가 황언을 잃어버렸다고 누가 말했을까. 표면적으로 보기에 우리들의 황언이 마침 위축되고 감소하고 말라비틀어진 자국만 남은 듯하지만, 그러나 우리 내부에서는 오히려 더욱더 세차게 치솟으며 늠름하게 성장을 해서 얼핏 보기에는 황폐한 뜰 같지만 기실 큰 나무가 하늘 높이 치솟고 보기에는 쓸쓸할 듯하지만 기실 왕래가 빈번하다. 우리의 함정이 몰입된 것이고 장차 당신은 마치 꿈과 꿈의 파편들처럼 철저히 포착될 것이다. 과거 당신에게 한 마리의 가짜 토끼를 풀어놓았다고 거짓말을 하면 당신은 과연 반대 방향을 향해 분주히 싸돌아다니면서 그 토끼를 추적했거늘, 현재는 우리들에게 더 큰 공간과 여지를 남겨두고 우리들은 착오에 의해 착각 속에 매장되는구나. 보기에는 라오양이 우리들을 책략 속으로 끌어들여서 결국 우리들이 마음을 놓고 한숨을 내쉬는데, 우리들만 한숨을 내쉬는 것이 아니라 주석 라오후 역시 한숨을 내쉬게 되고 정방의 변론자인 백 년 샤오빠이 역시 한숨을 내쉬면서 그 순간 자신의 품안에 포획하고 있던 꿈과 꿈의 파편들을 통발 그물처럼 꺼내더니 마치 들판 위의 잠자리를 포착하고 호랑나비와 산비둘기인 양 포착하는 꿈을 꾸는데, 마치 그런 꿈을 포착하듯이 라오양을 포착하려 든다. 무엇이 우리의 최대의 꿈이고 몽상인가, 그것은 단지 상대편 변론자이자 황언 상실을 발견한 자인 황파의 대표자 과거의 때밀이 라오양을 포착하자는 것이다. 우리는 여기서 백 년이나 당신을 기다려왔노라. 무엇이 우리의 역사인가? 이것이 바로 우리의 역사인 것이다. 왜 어째서 우리가 역사적인 노인으로 분장을 했을까? 그것은 단지 일체의 모든 시도를 저지해서 우리 오십 번지 서쪽의 현실인 정신 나가고 멍청해진 진상의 인간과 이론을 발견하자는 것이다. 지금 이 순간에도 당신은 몽파의 이론이 엉터리라고 말을 할 수 없지 않을까? 그는 여전히 산뜻하게 깨어나지 않은 채 그곳에서 자신의 황언에 대한 궁리만 계속한다. 연달아 우리들은 라오양의 통발 그물 가운데 일어난 변화를 부지불식간에 발견하게 된다. 변화한 라오양은 이미 라오양이 아니었고 황파 이론과 관점의 대표적인 변론자 라오양이 아닐 뿐만 아니라 과거 목욕탕에서 때를 밀던 덩치가 큰 멍청이 라오양조차 아니었고 때밀이 라오양이 아닐 뿐만 아니라 어떻든 오십 번지 서쪽에서 이미 정신 나가고 멍청해진 것에서부터 변화되어 폐기처분될 너덜너덜한 쓰레기조차 아니었다. 과거에 당신은 오십 번지 서쪽에서 때를 밀더니 현재는 곧장 오십 번지 서쪽에서 당신을 배척하고 기이하다고 밀어젖혀지겠구나. 그는 되레 우리 몽파 이론에 인도되고 유혹되며 그리고 기만되어 어떤 정직하고 충실한 존재로서 말로는 미쳤다며 미친 듯이 말을 하고 말로는 멍청이라며 멍청이처럼 말을 하지만, 그는 오히려 황언을 상실해버려서 황당하게 말을 할 수 없는 베이징 원인인 것이고 라마 원인이며 란텐 원인으로 변화된 것이다. 그 순간 우리 오십 번지 서쪽의 진정한 변론자이자 정신 나가고 멍청해진 현상의 수호자인 백 년 샤오스조차 자기 수염과 자신의 산타클로스 외투를 끌어내리고 백 년의 진상을 노출시킨다. 그 순간 우리들은 우리들의 변론자이자 대표자에게도 역시 변화가 발생하고 있다는 것을 목격하게 된다. 그녀는 정체를 알 수 없는 존재일 뿐만 아니라 남자도 여자도 아니고 산타클로스 할아버지조차 아니다. 산타클로스 할아버지가 아닐 뿐만 아니라 샤오빠이 역시 아니다. 그녀는 연달아 샤

444

오빠이의 겉모습까지 벗어던지고 간신히 역사만 남아 있다. 사실 그녀가 걸친 것은 한 벌의 역사 외투뿐이다. 이 역사적인 외투는 보아하니 라오양과 비유해서 말하자면 아무래도 통발 그물 속의 쟁탈과 고통이 요구된다. 원인으로 회귀한 뒤 곧장 철저하게 언어를 상실할 뿐만 아니라 황언까지 잃어버린다. 비유해서 말하고 싶어도 얻을 것이 없어서, 설마 당신은 큰 재난이 눈앞에 다가온 순간에도 우리들을 어떻게 기만할 생각은 아니겠지? 그렇게 말한다.

"라오양은 말하는 능력을 상실하고 거짓말하는 능력을 상실했다는 이유로 변해버린 덩치 큰 멍청이는 절대 아닐 뿐만 아니라, 사실 오십 번지 서쪽 인간들의 정신 나가고 멍청해진 진상을 아직도 어느 날 하루 철저하게 폭로하는 단계에까지 이르지 못하고 있지."

또다시 보아하니 통발 그물 가운데 베이징 원인과 라마 원인 그리고 란톈 원인이 발목에 둘둘 말린 때도 없는데 라오후가 주석 단상 위에서 발로 땅을 탁 차면서 말한다.

"당신이 역사를 담당하기 위해서 허다하게 비굴해진다는 것을 알고 있지만, 누군가 당신에게 날이면 날마다 역사에 대한 때밀이 작업을, 그렇게나 많은 때를 둘둘 밀라고 하던가? 다시 밀고 내려간들 역사는 하는 일을 곧장 성공시키지 못하는 게 역사야!"

또다시 말한다.

"누가 당신한테 역사의 때를 밀라고 했으며, 또한 당신 자신의 때를 밀라고 했던가요? 다시 때를 밀고 내려가면 당신은 역시 곧장 역사로 변해요!"

보아하니 또다시 변론대회를 주최한 라오후 주석이 말한다.

"보아하니 오늘 변론대회를 주최해서 좋아진 것은 쓰레기를 주워

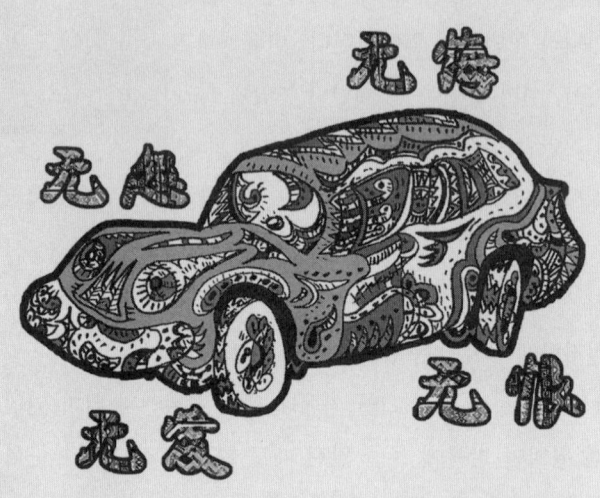

• • •

어떤 지역에 장기적으로 한도 없고 후회도 없다면,
형편이 좋지 않아서 기름 떨어진 한 대의 차량이 동력을
상실해버린 것과 같은 것 아닌가?

• • •

올리기에 좋아졌다는 것이고, 그러니 당신을 너덜너덜해진 쓰레기로부터 원인猿人으로 만들진 않겠어!"

라오후 주석은 그 순간 변화되어 넝마주이 허난 민공의 한 사람으로 돌아가고 너무도 황공하고 베풀어준 은혜에 감지덕지하여서 말한다.

"역사歷史님께 감사드립니다!"

역사는 무대 아래의 우리가 한 떼거리의 정신 나가고 멍청해진 단계에서 발전을 해 이미 너덜너덜해진 폐기물과 쓰레기 상태인 오십 번지 서쪽의 군중들을 바라보고 또다시 바라보면서 말한다.

"기실 라오양의 말은 옳지 않아. 몽파의 이론과 관점은 한 마리의 토끼일 뿐이고 황파의 이론과 관점이 비록 당신들 그 정신 나가고 멍청해진 단계에서 발전을 해 폐기처분될 쓰레기가 되었다지만 그러나 역사의 진상과 그 거리가 창호지 한 장의 차이일 뿐이야. 당신들 정신 나가고 멍청해진 역사의 진상과 정신 나가고 멍청해진 것으로부터 오늘날까지 유래된 진실한 원인을 당신들이 생각해서 알게 되었느냐?"

그 순간 우리들은 멍청하게 오히려 역사의 올가미로 걸려들게 되고 제각기 입을 크게 벌리고 이구동성으로 대답한다.

"생각해요!"

역사는 그 순간 웃으면서 우리들을 바라본다.

"정신 나가고 멍청해진 단계에서 폐품이 된 것은 꿈을 상실하고 황언을 상실했기 때문만은 아니고 한을 잃어버렸기 때문이지! 어떤 지역에 장기적으로 한도 없고 후회도 없다면, 형편이 좋지 않아서 기름 떨어진 한 대의 차량이 동력을 상실해버린 것과 같은 것 아닌가? 이 상태로 나아간다면 이 차량이 어떻게 폐품으로 변하지 않을 수 있을까?"

그 순간 우리는 오히려 꿈이 처방해준 것과 같이 깨어난다. 꿈이 처방해준 것처럼 깨어난 뒤 우리는 스스로 점점 더 정신이 나가고 멍청해졌다는 것을 느끼게 되었고, 폐품은 쓰레기와 비교가 되면서 그럴듯한 폐품은 한 발 더 나아간다.

제8막
⚠⚠⚠
돌아온 라오마

【전제: 나는 그 어떤 행위 예술가가 아니다, 라오마의 말】

이백 년 후 라오마는 결국 돌아왔다. 그러나 라오마는 이미 과거의 라오마가 아니다. 보기에는 라오마지만 우리들이 새롭게 모여서 집회를 연 뒤 예전 오십 번지 서쪽의 지난 일을 말할 때 라오마는 흐릿해진 눈으로 마치 다른 사람의 일처럼 여기는 듯 보인다. 라오마가 가출하고 난 뒤 점점 더 멍청해지고 정신이 나가서 가출한 적이 없는 때밀이 라오양이 베이징 원인과 라마 원인 그리고 란텐 원인으로 변신하자, 우리들은 라오양조차 어떻게 구별해내지 못했는데, 과연 장기간 동안 라오마를 목격한 적이 없었다고 해서 우리가 이제 라오마와 대화를 통해서 소통할 수 있는 방법이란 없단 말인가? 얼굴을 한번 대면하고 나자 어쨌거나 우리는 약간 객쩍은 인사를 한다.

"라오마, 돌아왔군요?"

라오마:

"비록 되돌아갔다고 하더라도 갔다가 반드시 되돌아오는 것이고, 보기에는 내가 오십 번지 서쪽에 부재한 듯하지만 기실 나는 밤낮 주야로 너희들을 떠난 적이 없어!"

열심히 객소리를 떠들고 있는 모습이란 어떤 심각한 승려인 듯하다. 그것 때문에 당신 말은 새로운 의미조차 더욱더 별것 아닌 객소리처럼 들린다.

우리들이 묻는다.

"라오마, 다시 돌아와서 신발을 기울 거요?"

라오마:

"기왕지사 너희들도 이미 청동기시대로 반송返送되었으니 선택을 해야 할 터이고, 다시 되돌아온 나는 신발을 깁지 않고 철을 두드리기 시작했지. 만일 내가 철을 두드리지 않는다면 너희들 모든 가정에서 사용하는 모든 일용 기구가 어디서 나오겠나?"

연달아 우리들은 일찍이 이백 년 전에 라오마가 오십 번지 서쪽에서 어떤 태위 복장으로 분장을 하고 정신병원을 감찰한 적이 있다는 것을 회상하기에 이르고, 우리는 다시 여전히 정신병원 모양을 만들어내고 좁은 방 안에 갇힌 정신병자 모양으로 라오마를 향해 고함을 친다.

"각하, 안녕하세요!"

라오마는 물구나무서기를 하며 즉각적으로 반응을 드러낸다. 재빨리 자신의 오른손을 치켜들고 당황하지도 않고 바쁘지도 않은 유연한 각하의 걸음걸이를 내딛는다.

"친구들, 수고하십니다!"

연달아 마침내 하염없이 눈물을 흘리자 우리들은 울어야 할지 웃어야 할지 알지 못한다. 심지어 우리들은 입심으로 조롱하기 시작하면서 묻는다.

"라오마, 당신 성이 뭐죠?"

라오마는 정신이 나가고 멍청해지기 시작하더니 곧장 두뇌가 없어진 듯하다. 그래도 저쪽에서 여전히 한결같이 열심이다.

"말로는 마馬 씨라고 하지만 기실 이미 내 성은 예隷 씨야. 그렇지 않다면 이백 년 동안 내가 타향에서 제기랄 헛된 세월만 보냈게?"

우리들:

"어째서 당신이 예 씨죠?"

라오마는 고의적으로 신비스런 기색을 지닌다.

"무기질은 절대 누설되지 않기 때문이야."

"라오마, 당신 올해 몇 살이죠?"

라오마:

"그것이 몇 살이어야 한다면 그것은 오직 몇 살일 뿐이지. 하늘도 크고 땅도 크다지만 그것만큼 크지는 않아."

연달아 또다시 하염없이 울어댄다.

우리들:

"라오마, 당신의 출생일이 음력 사월 초하루라는 것을 기억해두시오."

라오마:

"아냐, 너희들과 내 어머니의 기억이 틀렸는데, 내 진정한 출생일은 양력 12월 25일이야."

우리들:

"왜 어째서 양력 12월 25일로 바뀐 거죠?"

그 순간 라오마는 다급해진다.

"너희들의 사고思考는 단지 하나님과 약간의 거리를 두기도 어려운가?"

순간 우리들은 돌연 각성하게 되는데 양력 12월 25일이란 예수 그리스도의 탄생일이 아닌가? 그 순간 우리들은 재빨리 그가 어째서 성을 예 씨로 바꾸었는지 명백하게 알게 된다. 기왕지사 그가 예수의 얼굴처럼 완전히 새롭게 우리들의 면전에 출현했으므로, 어차피 속은 그대로겠지만 겉모습만큼은 완전히 새롭게 바뀌어서 예수와 하나님의 명의를 사용하고 있으면서, 보아하니 그는 이백 년 동안 외부 세계를 공연히 싸돌아다닌 듯하다. 역시 그가 어떤 곳을 싸돌아다녔는지 알 수 없구나! 그 순간 라오마이자 혹은 라오예인 그가 또다시 우리들을 각성시키는데, 어디를 어떻게 싸돌아다녔건 상관없지만 어쨌든 간에 오십 번지 서쪽의 사색의 방향에 근거하여 싸돌아다녔을 것이고, 어쨌든 간에 군중들이 싸돌아다닌 것은 아니지만 이미 반사동과 여인 왕국과 통천하 그리고 화염산을 지나왔을 것인데, 그는 거쳐온 기정사실을 이미 철저하게 포기하고 다른 하나의 비딱한 도로이면서 회백색과 유백색인 세계를 향해 나아간 것이다. 진정한 취경 이후에 현재 그는 하나님의 명의를 습관적으로 사용하며 이미 이백년간 정신 나가고 멍청해진 오십 번지 서쪽을 구원하고 개조해오고 있다. 라오마이자 라오예인 그가 사후에 말했다. 나는 오직 이 시기를 기다렸을 뿐이야. 너희들 정신 나가고 멍청해진 인간들이 베이징 원인과 라마 원인 그리고 란텐 원인의 처지가 되길 기다렸던 거야. 너희들은 이미 철혈시대로 반송이 되어서 나는 이제 막 돌아와서 철을 두들기며 철을 제작하고 있으므로 나의 철기 산업은 황금시대를 맞이했지. 처음부터 기다렸다가 오래된 산천을 수선하고 난 뒤 조정으로 나가서 천자를 알현했지. 이 순간의 천天은 사람이 아니거나 혹은 하늘의 아들이며 천天 그 자체는 하나님 그 자체인 것이다. 나는 다시 한 번 그날 밤 오십 번지 서쪽을 되돌아보았더니 새벽 네시였는데, 그날 오십 번지 서쪽 상공을 가로지르며 새빨갛게 타오르던 한 줄기 십자가를 너희들은 본 적이 있는가? 그런데 우리는 그곳에서 고개를 흔들어야 했는데, 비록 우리들도 매일 새벽 네시가 오십 번지 서쪽에서 행동을 개시하는 시각이라는 것을 알았지만 우리는 이백 년간 밤이면 밤마다 달콤하고 멍청한 잠에 빠져서 비록 꿈속에선 꿈의 파편들이 부서지고 있었으나, 공기가 너무도 희박한 고원 지대에서는 공기가 파편처럼 흩날려버려서 모든 사람들을 강제적인 노력으로 강제적으로 수면에 들게 하자면 그 누군들 간신히 그렇게 할 수 있을 게다. 가까스로 한 자락의 파편을 붙잡고 꿈속에서 겨우 몸부림을 치다가 깨어나 보니까 천공이 아니더냐? 라오마이자 라오예는 고개를 흔들거리면서 연달아 감탄한다.

"보아하니 이미 병세가 가볍지 않구나."

"보아하니 이미 정신 나가고 멍청해져서 구제할 약이 없을 지경이구나."

"마침내 그 모양이기 때문에 너희들은 라오마를 필요로 하지 않고 라오예가 필요한 게야."

"나는 다만 참을 수가 없어."

"나는 다만 죽은 말도 살아 있는 말이라고 생각하고, 전심전력을 다해서 치료하듯 모든 일에 적극적인 태도로 대처하지."

"나는 다만 참으려야 참을 수가 없어."

"마침내 오십 번지 서쪽은 이미 정신 나가고 멍청해져서 철혈시대를 책임질 주민이 없어질 무렵 오로지 이 라오예가 일어선 거야."

"원래 나 라오예 이 사람은 대단히 좋은 유백색의 세상 안에서 기다려온 게야. 매일같이 생각하기를, 오십 번지 서쪽의 옛 친구가 아직도 정신 나가고 멍청해져서 점점 더 정신 나가고 멍청해진 상태에서 이미 폐품에서 원인猿人으로 변모하자 나는 좌불안석이었지."

"나는 이번에 돌아와서 바로 생각하기를, 장차 너희들을 데리고 가출할 참이야. 그 행복하고 고요한 유백색의 우유 세계에서 열리는 사육제에 장차 너희들을 데리고 갈 생각이야."

"나는 다만 장차 너희들을 데리고 어떤 층위의 경지에 들어갈 생각이야."

"결코 나 한 사람만이 그곳에 있다고 해서 우둔하거나 적막한 것은 아니지. 실제로 그곳은 아주 행복하거든."

"그러므로 오늘 이후로 절대 내 생일이 음력 사월 초하루라고 두 번 다시 말을 해서는 안 되고 모두들 통일해서 양력 12월 25일로 인식해야만 끝장나는 거야."

"그러므로 오늘 이후로는 절대 두 번 다시 나를 라오마로 불러서는 안 되며, 라오마는 잊어버리면 잊어버릴수록 더욱더 좋고 아주 시원스럽게 나를 라오예라고 불러야 해!"

라오마는 몸을 흔들더니 대뜸 라오예로 변신한다. 그 순간 우리들은 오히려 오십 번지 서쪽을 대신해서 약간 비굴해진다. 때마침 오십 번지 서쪽이었기 때문에 당신은 재주껏 라오예로 변신할 수 있었지. 만일 당신 일개인이 멍청하게 유백색의 우유 세상에서도 예전 그대로 라오마였다면 우리들이 오히려 당신의 목적을 성사시킬 수 있도록 했을까, 현재 당신은 유백색의 우유 세상 안에서 오십 번지 서쪽으로 완전히 새롭게 되돌아와서 라오예가 된 것이지. 당연히 우리들은 이미 정신 나가고 멍청해진 채 철혈시대에 이르러 라오예가 필요할 무렵인 것을, 라오예가 없었다면 어떻게든 허점을 타고 들어오거나 제멋대로 방자하게 굴지 않았을까? 흡사 한 동의 여자 기숙사에서 몇백 개의 방이 있고 다들 목이 몹시 말라 있는 순간이라면 이틀, 연달아 사흘 동안 그런 상황인데 어떻게 한밤중에도 강간범이 여자 기숙사로 틈입하지 않을 수 있을까? 사후에 과연 역사가 사실을 증명하건대, 우리 약간의 정신병자와 멍청이들은 예상을 벗어나지 않았고, 라오예가 도래하자 그를 따라서 오십 년이 지난 뒤, 가까스로 오십 년이 지나간 뒤 한 떼거리가 라오예의 꼬리를 뒤쫓아가자 또다시 라오예는 오십 번지 서쪽에 도래한 것이다. 새끼 양과 여학생을 위해서 상호 쟁탈하며 그들은 여전히 그곳에서 서로 치고받고 싸우는구나. 역시 라오예가 제일 첫번째 과거에 신발을 깁던 라오마에 불과하지만 라오마에게는 없던 전망이 있어 당시 그가 오십 번지 서쪽에 제일차로 도래해서 천하를 제패하던 순간에도 그는 왜 여전히 그곳에서 우리들을 극도로 증오하고 한스러워하면서 일순간에 원대한 계획을 펼치려 했을까. 라오예는 역시 확실히 라오마가 아니지만 유백색의 우유 세상 안에서 이백 년간 멍청하게 있던 라오마는 과연 라오예가 되었구나. 라오예가 오십 번지 서쪽으로 다시 돌아올 무렵 바야흐로 성하의 계절을 맞이하여 우리 오십 번지 서쪽의 정신병자와 멍청이들은, 혹은 베이징 원인과 라마 원인 혹은 란텐 원인들은 제각기 땀을 비 오듯 흘리며 어쨌거나 화염산에서 또다시 되돌아올 무렵, 성하의 불타는 화염 아래 이미 도를 얻어 신선의 경지에 들어선 라오예는 겨우 과거의 라오마에 불과한 채 다시 오십 번지 서쪽으로 도래할 무렵, 그 당시 우리들은 한 사람 한 사람씩 모두들 "더위, 더위"라고 외치고 다닐 무렵, 그의 신상에는 오히려 양가죽 저고리를 걸치고 머리에는 가죽 모자를 착용한 채 발 위에는 솜 신발을 신고 있었는데, 그는 되레 온 전신을 부들부들 떨면서 그곳에서 이렇게 외친다.

"나는 얼어 죽겠군."

또다시 생떼를 부리면서 온 사방을 둘러본다.

"이백 년간 본 적이 없거늘 언제부터 오십 번지 서쪽이 북극으로 변했단 말인가."

그런데 확실히 그의 신상에서 풀풀 냉기가 뿜어져 올라온다. 그가 어디를 가든지 거기가 어디든 곧 온기가 내려가기 시작해서 사방 오리는 성하에서부터 재빨리 가을로 변해버린다. 마침내 그는 한 계절의 기한을 앞당길 수 있기에 마침내 지독한 더위로 인해서 입이 마르고 혀가 써서 견딜 수 없는 단계인 우리들을 잠시 잠깐 산뜻하게 깨어나게 해서 시원하고 상쾌하게 되돌려놓을 수 있었기 때문에 불타는 화염산으로부터 잠시 상쾌한 산이 될 수 있다. 울울창창 상쾌한 산아, 너는 성하의 산하와 평지와 비교하자면 꼬박 십 도는 낮구나. 그 때문에 우리들은 마치 꿈속에서 결국 꿈의 파편들을 붙잡는 것처럼 현재 치졸한 계략으로 잠시 잠깐 산뜻하고 상쾌해진 것도 라오마의 올가미에 걸려든 때문이다. 일시적으로 갈증을 해결하기 위해서 독주를 마셔서 갈증을 풀 듯 후환을 두려워하면서도 위험한 방법을 취하기 시작한다. 긴밀하게 라오예의 주위를 빙글빙글 맴돌기 시작한 것이다. 라오예가 어디로 가면 그곳이 어디든지 한 떼거리의 오십 번지 서쪽 정신병자들과 미치광이들이 라오예 주위로 바람을 쐬고 갈증을 해소하기 위해 몰려든다. 혹은 바꾸어서 말하자면 라오예가 차라리 오지 않아도 그럭저럭 괜찮았는데 라오예가 대뜸 찾아오자 우리들은 점점 더 날씨가 폭염에 휩싸인다는 것을 감지할 수 있고 모든 사람들이 폭염에 휩싸인다. 그런 폭염에 휩싸이는 순간이면 라오예는 또다시 승리에 힘을 입어 승승장구한다. 라오예가 말하기를 때마침 우리들의 해갈을 해주고 폭염을 해결해주어야 하기 때문에 우리의 시간을 좀 앞당겨서 성하의 계절로부터 선선한 바람을 쐴 수 있는 가을에 이르게 한 것이라고 한다. 역시 이것은 예수의 명의로써 우리 오십 번지 서쪽을 철저하게 구원하기 위해서 원시인을 도와가며 우리의 정신 나가고 멍청해진 원인을 탐색한 뒤 우리 오십 번지 서쪽의 정신 나가고 멍청해진 것들을 몽땅 통틀어서 단 한 번의 거래로써 정신 나감과 멍청함을 널리 철저하게 확산시켜나갈 것이다. 그가 선택한 것도 65도나 되는 고온의 한 정오이다. 우리들을 소집해 하나의 회의를 열어서 비를 대동하고 바람을 대동하고 서늘함을 대동하고 상쾌함을 대동하고 공적을 대동하고 영혼을 대동하고 정신 나감을 대동하고 멍청함을 대동하여서 정신 나가고 멍청해진 보고회를 개최해야만 한다. 그가 큰 손을 한 번 흔들면 머지않아 수정금자탑은 제삼차 중건을 하게 될 것이다. 아, 수정금자탑아, 과거에 너는 우리들에게 복음과 복지를 알린 적이 있지 않은가. 너는 우리 모든 사람들의 내면을 바꾸지는 못했지만 겉모습만은 철저히 다른 존재로 변신시키고, 우리 오십 번지 서쪽의 시간이 일정한 궤도를 따라 가속도로 움직일 수 있도록 철저하게 적출했다. 그러자 우리는 세계에 대한 시간이 성가시므로, 그야말로 이 약간의 변신이 더한층 고양되어야 한다는 것을 생각지 못했기 때문에 수정금자탑 너도 동시에 곧 조성되고 새로운 라오마·라오서·라오지앙·라오펑·여자 앵커·백골정과 자애로운 어머니·샤오빠이·샤오스·라오후·라오양과 역사 노인 그리고 현재 또다시 출현한 하나의 새로운 라오예도 곧 만들어질 것이다. 너의 변모로 인해서 새로운 전기를 맞이하고 있기 때문에, 자신을 변신시키기 위해 네가 자기에게 베풀어준 은혜에 대한 고마움을 보답하려고 해야지, 그 은혜를 되레 잊고 의리를 저버린 채 배반하려 들며 너에게 되레 책임을 전가하고 반박하고 은혜를 원수로 갚으려 하는 자가 누군지 알지 못하겠으나, 그들은 이미 시간의 명의로써 회상하고 반격해서 개변된 오십 번지 서쪽을 컨트롤하기 시작한다. 오십 번지 서쪽을 컨트롤하는 것이야 여전히 문제 삼지 않겠는데 연달아 고개를 뒤쪽으로 돌려서 또한 너를 컨트롤하려고 드는구나. 과거에 네가 그들을 변신시켰건만 현재는 그들이 제일차로 너를 변모시키려고 들지만 너의 변모는 핑계일 수 있다. 그들은 너를 변모시킬 작정이지만 기실 이미 네가 아니라 재차 오십 번지 서쪽을 변모시켜 컨트롤할 작정이지. 그들은 그들 자신의 음모와 목적을 위해서 제일차로 탑을 개조하고 탑을 중건하려는 것이야. 개축하고 중건해서 이 순간 너를 보아하니 기실 이미 네가 아니라 여전히 우리 오십 번지 서쪽의 수정금자탑인데, 기실 이 탑 위에는 이미 서지社記·지앙지蔣記·펑지憑記·예지葉記의 팻말에다 그들의 스탬프가 찍혀 있다. 공공의 수정금자탑이 이미 사람들로 인해 개인의 주택처럼 개조되었다는 걸 너는 아느냐? 보아하니 너는 되레 주야로 우리들 입이 무겁고 말이 적다 하더니, 음흉한 사람에 의해 개조되고 재건되니 우리가 보아하건대 너는 이미 개조되고 재건되었는데 그 개조되고 재건되는 네 모습은 노새도 아니고 말도 아니며 그것은 이미 우리 오십 번지 서쪽의 것도 아닐 뿐더러 우리의 심중에 있는 수정금자탑도 아니기에 우리들은 오히려 하염없이 눈물을 흘리노라. 그런데 이 순간 이미 변신한 수정금자탑이 되레 미소로써 우리들을 대신해 눈물을 닦아준다.

"역사조차 임의로 어떤 사람에 의해서 바뀌고 재건될 수 있거늘 하나의 탑이야 말할 것도 없지 않겠느냐!"

"사람에게 개조되거나 재건되는 걸 양보하지 않아도 보기에 이미 사로잡힌 듯한데 기실 그 또한 정신 나가고 멍청해진 것의 일종일 뿐이야."

"우리가 정신 나가고 멍청해지는 것은 왜 어째서 한 걸음 한 걸음씩 발전을 해 자발적으로 침몰할 수밖에 없는가. 왜 어째서 정신 나가고 멍청해진 인간으로부터 발전을 해서 원인의 지경에 이르렀는가? 다만 다른 존재의 운용에 의해 탑이 개변될 무렵 우리는 자기 스스로의 변신은 망각해버렸던 거야."

"나는 당초 탑이 재건될 무렵 다른 사람을 앞장세워서 개조하고 중건하였을 뿐인데, 그렇게 개조하고 중건함으로써 권력이 추락해서 다른 존재의 손 안에 들어갈 것이라는 생각은 하지 못했고, 되레 대다수의 오십 번지 서쪽 주민들은 혼비백산하며 누구 말을 믿고 따라야 할지 두서가 없다. 역시 나는 당초에는 기이하게도 주도면밀하지 못했고, 역시 당초에는 기이하게도 당신들의 변신을 사실보다 과대평가한 측면이 있었어. 그런 연유로 인해, 개조에 의해 이미 당신들이 더한층 고양되었다는 걸 자각하고 각성해야 하거늘, 다른 존재에 의해서 변신된 당신들이 사실 본질은 그대로인데 겉모습만 아주 조급하게 바뀌게 된 줄 누가 알기나 했겠으며 당신들의 지력과 심성 그리고 영혼은 조금도 바뀌지 않았다는 걸 알기나 할까. 이런 식의 변신이란 오로지 약 그 자체는 전혀 같지 않고 약물만 바꾸는 격이고,

얼굴만 바꾸었지 심성 그 자체는 전혀 바뀌지 않는 격이기에, 그로 인해서 당신들은 곧 사람의 겉만 보고는 모를 일이거늘 흡사 내가 다른 사람에게 기만당하고 변모되고 컨트롤되는 것처럼, 마땅히 내가 다른 존재에게 기만당하고 변모되고 중건되고 예전 모습을 전혀 찾아볼 수 없게 될 무렵, 어떻게 당신들이 다른 사람에게 변모되지 않고 중건되지 않은 채 꿈을 상실하고 거짓말을 상실하며 한을 상실하고 말을 상실한 한 떼거리의 원인猿人으로 바뀔 수 있단 말인가?"

　수정금자탑이 예전 모습을 전혀 찾아볼 수 없듯이, 보아하니 우리들도 예전 모습을 전혀 찾아볼 수 없다. 우리는 상호 변신을 해서 이미 대면을 해도 서로 알아볼 수가 없다. 이 순간 비록 한마디로 탄식을 뱉어내게 될지라도 이미 원인으로 변신한 우리는 가느다란 털로 부스스한 머리를 서로 또다시 어루만지며 우리 스스로를 위안해야 한다.

　"당연히 우리는 변모되고 중건重建되어 다른 존재에게 운용되고 있지만 다른 존재에게 변신되고 중건되어 예전 모습을 전혀 찾아볼 수 없게 되었다는 사실을 전혀 알지 못하는데, 다만 그들이 개조하고 중건해서 운용할 무렵, 흡사 내가 너희들을 변모시키되 오로지 내면은 그대로 두고 겉모습만 바꾸어서 마음과 영혼은 개조되지 않았을 때처럼, 그들도 너희들에 대해 내가 변모시키듯 하니 어쨌든 간에 겉가죽과 얼굴에까지 미치긴 하지만 너희들과 나의 심성 그리고 영혼에는 전혀 미치지 못하는구나. 그들에 의해 너희들과 나의 변신이 실현되고 있을 무렵, 아주 적절하게 너희들과 그들은 일차적으로 변신한 나의 올가미에 걸려든다. 그들은 흡사 우리들처럼 비록 형식상의 변화는 매우 많더라도 결코 그 본질이나 목적은 변하지 않는다는 사실을 잊고 있었기 때문이야. 그들은 너희들을 원인猿人의 지경에 이르게 했지만 오십 번지 서쪽도 변모했다는 것을 잊었던 게야. 오십 번지 산 정상 꼭대기의 동굴을 고친 적이 없었고, 그들 역시 지혜로운 자가 단 한 번의 실수를 하듯이 실수를 한 게야. 너희들은 현재도 오십 번지 서쪽에서 생활하고 있으니 때문에 청산靑山은 아직 존재하며 장작이 타서 없어질 두려움은 없는데, 게다가 나는 이미 그들에 의해 종종 중건되고 개조되고 있긴 하지만, 현재도 어떤 사람이 중건하고 개조하고 있지만, 그들은 처음부터 지금까지 나의 수정을 투명하게 개조한다는 것을 잊어버렸고, 그들이 그것을 발견한 적도 없지 않은가? 수정, 관건은 수정인데, 오직 오십 번지 서쪽에 있기만 하다면야 우리는 무슨 두려움이 있겠는가? 원숭이와 아이들이여, 물에서 나와야만 두 다리의 진흙을 볼 수가 있다네!"

……

그 순간 우리는 지혜를 얻어 득도에 이른다. 우리는 돌연 개조와 중건으로 인해 미세한 계책의 핵심에 이르러 최후의 보루 지대로 퇴보되었다는 것을 깨닫게 된다. 보아하니 수정금자탑은 혹서의 더위 아래에서도 미소로써 우리들을 대면하면서 밤의 장막 속에서 조금씩 물러서고 있다. 밤중인데도 어쩌면 그렇게까지 뜨거울 수가 있으랴. 태양은 기울어지지 않을 것인가? 어쩌면 아직도 그렇게까지 마음이 울적하고 습도가 높으며 바람이 없을까. 그 순간 우리는 설령 혹서와 폭염 중에 심리가 이미 축 처지고 있거늘, 현재의 폭염은 여전히 방금 전의 폭염이라고 여겨지기 때문에 오십 번지 서쪽의 폭염에 정신나가고 멍청해진 구세주 라오예는 속도 모르고 엉뚱한 곳에서 북이나 두들기면서, 그는 여전히 그곳에서 스스로 탑을 개조하고 중건하겠다는 계획을 실현할 생각이구나. 과연 비록 그가 또다시 자신의 사색의 방향과 의지에 근거하여 장차 탑을 중건하고 새롭게 설계해서 어떤 새로운 양식으로 개축을 한다고 하더라도, 이 탑을 보아하니 이미 탑이 아니라 사당이 되었는데, 다만 그가 사당을 덮을 무렵 과연 과거 수정금자탑의 근본과 영성靈性이 개조되었다는 것을 망각해버렸지. 그것은 수정 유리로 투명했지. 보아하니 우리는 그의 눈가림 아래 여전히 계속해서 정신 나가고 멍청해진 채 폭염 상태에 있다. 그 순간 우리들은 또다시 고의적으로 점점 더 정신이 나가고 멍청해져서 폭염에 시달리는 모양으로 아주 확실한 원시인이며, 심지어 우리는 물고기와 올챙이가 헤엄치는 모양을 만들어내는구나. 아주 확실히 65도이고 우리는 오히려 이미 솥 안의 물이 끓는 모양을 만들어낸다. 부글부글 끓어오르는 물 속에서 바짝 졸여지자 참기 어려워서 공중제비를 하는 모양을 만들어내는 그런 물고기들과 두꺼비들 그리고 올챙이들은 말할 필요가 없다. 이른바 과연 수정금자탑 같은데, 라오예는 산의 정 중앙에 양가죽 저고리를 걸치고 선구자 같은 모자를 착용한 채 판마오따鞴毛大 신발*을 신고 있었기 때문에 자기 스스로 홀로 천하와 오십 번지 서쪽을 제패할 수 있었으니, 그는 곧장 그 사당 중앙에서 화법으로 전도하고 공적을 발산해 우리들을 해갈하고 폭서를 해결하며 오십 번지 서쪽을 전복시키고 개조하는구나. 그는 수정금자탑과 수정금자사당을 그의 유백색 우유 세상의 이론과 관점의 전도장으로 간주하기 시작하는구나. 이튿날 정오 라오예는 잠시도 지체하지 않고 그 자신이 이미 개축한 수정금자탑 속에서 예수의 명

---

* 판마오따(鞴毛大) 신발: 어린 소가죽과 양가죽을 뒤집어서 만든 신발.

의로서 그의 유백색 우유 세상에다 비를 대동하고 바람을 대동하고 서늘함을 대동하고 상쾌함을 대동하고 공적을 대동하고 영혼을 대동하고 정신 나감을 대동하고 멍청함을 대동하더니 정신 나가고 멍청해진 보고회를 개최한다. 그의 보고회에 참가할 무렵 우리는 수정금자탑의 분부와 가르침을 단단히 명심해서 가슴속에 대나무를 심듯 주견을 세우고 후방에서 전략을 세워야 한다. 보기에는 라오예의 수정금자사당이지만 기실 여전히 우리 오십 번지 서쪽의 수정금자탑이었고, 마땅히 우리 수정금자탑이 눈에 들어오면 여전히 과거의 수정금자탑처럼 수정이고 유리이며 투명해서 여전히 우리의 심리까지 환해진다. 비록 땀이 비 오듯 흐르지만 상호간에 여전히 마음속으로 이해를 하고 있어서 새삼스럽게 말을 할 필요 없이 눈빛을 사용해 보디랭귀지로 인사를 하는데, 보기에는 그 양반 라오예 한 사람이 장차 오십 번지 서쪽을 위해 고민하고 구원하며 개조하고 인솔하고 추진력 있게 밀고 나아가며 널리 확대해서 어디로 데리고 갈 듯하지만, 어느 방향으로 여럿이 막 나아가도 그가 무방비 상태일 무렵 우리는 그제야 막 상대방이 생각지 못하는 사이를 틈타 어떤 행동을 취하려고 그의 명치를 주먹으로 한 대 치는데, 물에서 나와야만 두 다리의 진흙을 볼 수 있기 마련이다. 그러나 그 무렵 우리 오십 번지 서쪽은 65도의 고온이었다. 우리는 또다시 사람으로 인해서 온도가 더한층 끌어올려져서 솥단지가 끓어오르는 처지에 이른다. 땀방울이 비 내리듯 흐르고 목이 몹시 타서 참을 수 없을 지경에 이르자 진정 물고기나 두꺼비 그리고 올챙이와 같이 머지않아 그 옛날처럼 현기증이 날 무렵, 우리는 또다시 재빨리 수정금자탑의 분부와 가르침을 망각하고 스스로 과거의 진면목인 물고기와 두꺼비 그리고 올챙이로부터 여전히 예전의 모습인 원인으로 회귀하기에 이르고, 그렇기 때문에 찌는 듯한 무더위의 건조함으로부터 큰 태양이 수정금자탑 사당 안 아래쪽으로 진입해야만 하는데, 사당에는 라오예가 존재하고 있기 때문에 서늘한 바늘이 술술 불면서 가을바람이 온 얼굴과 온 전신을 덮쳐오자 마치 오장육부 살가죽이 한 꺼풀 벗겨지는 것처럼 서서히 정신이 든다는 것을 우리는 곧장 감지한다. 말로는 홀로 천하를 제패한 것이 여전히 우리들을 구출하기 위해서라고 한다. 최소한도 우리들을 폭염에서 구원할 방법을 강구해내는 것이라며 말로는 화염산 운운하지만 여전히 시원하고 상쾌한 산이다. 우리들은 제일차로 또다시 스스로 잘못을 저질러 진창 속으로 빠져드는 전철을 밟게 된 정신 나가고 멍청해진 오십 번지 서쪽의 한 떼거리의 원인들인데, 눈앞의 이익이나 성과를 지나치게 급하게 구하려고 새싹을 일부러 파서 바구니에 담기만 한다고 나물이 되는 것이 아닌 줄 누가 알기나 했을까? 그 나물의 푸른 새싹이 결국 하루 만에 성장을 해서 청량산淸凉山의 큰 나무가 될 때까지 누가 여전히 인내심이 있어 기다릴까? 수정과 유리의 투명성을 재빨리 완전히 망각해버린 채 큰 태양 아래쪽에 있는 유리를 희롱하고 있을 때 태양광선은 이미 굴절되어 초점에 집광하더니 연달아 큰 불꽃이 야기된다. 왜 어째서 온 전신에 비 오듯 땀을 흘려가면서 우리의 라오예는 양가죽 저고리를 입고 있는가? 왜 어째서 우리들은 뜨겁다고 말하는 순간, 그는 여전히 차갑다고 말하는가? 왜 어째서 바깥쪽은 폭염이 쏟아지는데 한 발 안으로 걸어 들어간 그의 수정금자사당 안에서는 서늘한 바람이 술술 부는 것일까? 사실 과거에는 현기증이 일 뿐이었는데 지금은 또다시 머리가 산뜻하게 깨어난다. 게다가 그 순간 우리는 산뜻하게 깨어나긴 했으나 아주 적절하게 점점 더 큼직하고 모호한 올가미에 걸려들었다는 것을 망각하고 만다. 그것은 라오예 때문에 우리들이 올가미에 걸려들어 내려가면서 공략당하는 복선인 것이고, 그 순간의 서늘함과 상쾌함은 라오예가 복선으로 깔아둔 점점 더 뜨거운 폭염일 뿐이다. 그런 지경에 도달할 무렵 정말로 화염산에 오르게 되니 우리 이 한 떼거리의 원인들 궁둥이 위의 털은 전부 타들어간다. 그 무렵 우리들은 불이 붙어서 연기를 뿜어내게 된다. 그러나 당시 우리들은 가까스로 당시의 서늘하고 상쾌함에서 산뜻하게 깨어나면서 재빨리 라오예의 유백색 우윳빛 세상의 이론과 관점의 포로와 신봉자가 되어서, 곧장 우리 자신과 오십 번지 서쪽의 모든 것을 송두리째 이동시켜 라오예에게 건네준다. 그리고 사실 산뜻하게 깨어난 자는 일부러 아직도 집속에 머물고 있는 중이건만, 바깥쪽은 계속 수정금자탑의 가르침을 단단히 명심하며 폭염을 참고 견디느라 땀을 비 오듯 흘리며 시련을 이겨내고 있었으나, 앞의 말을 듣자니 수정금자사당 안으로 한 떼거리의 사람들이 이미 진입해 들어가 서늘하고 상쾌해졌으며 산뜻하게 깨어났다고들 하는데, 사리사욕에 눈이 멀었던 한 떼거리의 사람들처럼 그들 역시 재빨리 원칙을 방기하고 찰나적인 순간의 서늘함과 상쾌함을 위해서 숨을 헐떡거리면서 연달아 발뒤꿈치가 닿도록 찾아온다. 수정금자탑은 여전히 과대평가되어 금자탑 자신과 우리 오십 번지 서쪽의 이 한 무리의 유인원과 원숭이들을 교도하는 작용을 경과해 각성시키는 작용을 한다. 수정금자탑 역시 지혜로운 자가 단 한 번의 실수를 하듯 실수할 수 있어서, 천 년을 내려오는 동안 우리 오십 번지 서쪽이 언제부터 진리를 건너기 위해 침착하고 조용히 몸을 헌신하는 사람이 있었다는 것을 수정금자탑은 잊었다는 말인가? 우리가 수정금자사당으로 진입하는 순간 수정금자탑의 가르침을 마치 아주 짧은 순간 동안 기억해낸 듯하다. 그러나 그것은 이미 폭염의 희박한 파편들이기에 우리들은 고의적으로 과거 진리를 읊조릴 때처럼 작은 소리로 소곤거리는 모양새를 고집한다.

"보기에는 서늘하고 상쾌해서 폭서를 해결하는 듯하지만, 그러나 라오예가 우리들에게 어떤 책략을 꾸민 게 아니란 말인가? 라오예가 이 서늘하고 상쾌함을 대동하고 온 것이 아니고, 게다가 그가 수정금자사당을 중건할 무렵 벽면 안에다 에어컨디셔너를 가설한 게 아니더란 말인가? 서늘하고 상쾌한 가을이 아니라 여전히 성하의 계절이란 말인가? 들판 위에 곡식이 성숙한 것도 아닌데 여전히 도처에 밀이 황금빛이더란 말인가? 수확의 계절에 도달하였으니 관건은 무엇을 거두는가 하는 것이다! 진정 유백색과 우윳빛 이론과 관점이 효과를 미친단 말인가? 그런 종류의 이론과 관점을 처리하는 것으로 비추어보건대 라오예의 유백색과 우윳빛 이론과 관점의 세상으로 장차 충분히 진입할 수 있을 것이며, 정신 나가고 멍청해진 것으로부터 유인원과 원숭이에 다다르게 된 원인을 탐색해서 연달아 이 정신 나가고 멍청해진 것을 몽땅 통틀어서 앞으로 한꺼번에 매매를 해 널리 확산시켜나가면서 전 세계에 이와 같이 추위와 더위를 돌릴 셈이더냐? 이것이야말로 진정한 최후의 투쟁이요 시련이며 심판이 아니더냐?"

라오예는 우리들을 바라보더니 그쯤에서 주저하면서 의혹이 드는지 자기 자신의 양가죽 저고리를 들까불면서 말한다.

"아직도 믿지 못하는 걸 보면 여전히 여기는 정신이 나가고 멍청해진 게야. 보아하니 너희들은 이렇게까지 주저하면서 의심을 품고 있으니 나는 너희들에 대한 분노와 치욕 때문에 참을 수가 없구나. 정말 사람을 우스꽝스럽게 만들고 화가 치밀게 만드는군. 너희들은 도대체 왜 무슨 일 때문에 언어도단을 당하고 황당하게 조성된 이치와 어긋나는 이론과 관점에 현혹당하며, 여전히 여기서 해묵은 관례에 안주하면서 진보를 추구하려고 하지 않는 것이며, 자기 스스로 회의하는 게냐. 기왕 자기 스스로 회의하려면 또다시 다른 존재를 회의할 것이고 기왕 옛 세상을 회의하려면 또다시 신생 사물을 회의할 것이거늘 자아의 마조히즘으로 인해 집 안에 틀어박혀 출입을 하지 않고 근신하는 것인가? 서늘함이 있다고 해도 감히 서늘함을 말하지 말 것이고 바람이 있다고 해도 감히 바람을 수용하지 말 것이며 자연풍이 있다고 해도 되레 에어컨디셔너인지 회의해보아야 하거늘, 너희들은 연달아 재차 큰 태양 외곽 아래쪽으로 내려가서 몹쓸 더위와 고온 그리고 고열로 인한 현기증과 더위서 죽을 것 같은 고통을 감수하고 있구나! 한차례 바람을 일으키기 위함이라는 나 라오예의 말이 아직도 황당한가? 만일 과거의 신발 수선공 라오마였다면 아마도 그는 폭리를 취하기 위해 제품의 질을 낮추고 노동력과 재료를 줄였을 터이고 대들보를 훔쳐내고 기둥으로 바꾸어 끼웠겠지만 나는 현재 라오마가 아니고 게다가 유백색과 우윳빛 세상 속에서 달려나온 라오예로서, 너희들이 나를 그렇게까지 여전히 떳떳하지 않게 여기며 그렇게까지 두려움을 조성하는 존재로 여기고 있기 때문에 스스로를 모욕하고 있구나. 스스로의 성이 무엇인지 나 라오예의 성이 무엇인지 너희들은 잊었느냐? 너희들이 스스로를 믿지 않기 때문에 역시 예수도 믿지 않고 여호와도 믿지 않느냐? 너희들은 예수와 여호와도 믿지 못하기 때문에 역시 너희 자신과 오십 번지 서쪽도 믿지 못하겠느냐? 오십 번지 서쪽은 현재 어떤 곳이더냐? 어떤 황언의 상실로 거짓말을 말할 수가 없고 심지어 말을 잃어버렸으므로 장차 불을 잃게 될 것이고 심각한 재난지역의 처지가 될 것이야. 황언은 여기서 생존의 여지가 남아 있지 않고 생산되어도 재빨리 화염과 고온에 질식된다는 것을 너희들도 모르는 게 아니지. 황언이 없으니 너희들은 되레 황언을 회의하는구나. 마침내 황언이 없기 때문에 나는 멀리 대양을 건너갔다가 이제 막 오십 번지 서쪽으로 되돌아온 것이고, 황언이 없는 세상이 충분히 발전해야 유백색과 우윳빛의 순수와 깨끗한 세계가 되는 것이기에, 연달아 유백색과 우윳빛 배경 아래 재주껏 투시되어 나와야만 우리는 정신 나가고 멍청해진 것으로부터 유인원이 된 원인을 탐색해서 장차 우리의 이 정신 나가고 멍청해진 현상을 한꺼번에 통틀어서 매매해 널리 확산해나갈 것이야. 이런 식의 어떤 기초라야만 내 마음에 흡족한데, 너희들은 이런 식의 기초에 대해 되레 회의적이고, 황언이 없어지자 너희들은 또다시 황언을 탐색하는구나. 그것을 충분히 발전시켜나가지 않고는 유백색과 우윳빛 세상의 깨끗함과 순수가 이루어질 여지가 없는데 과거의 쓰레기를 이용해 구멍을 메우기 시작하는 것에도 만족할 수가 없어서 그걸 단념하지 못하는 것인가? 만일 이 모양이라면, 만일 너희들이 이런 식으로 고집을 부리면 약을 구할 방법이 없거늘 그렇다면 나 역시 오십 번지 서쪽을 구원할 필요가 없는 거야. 오십 번지 서쪽을 구원하기에 앞서 오십 번지 서쪽의 죄인과 오십 번지 서쪽 현장의 모든 인간이 군중의 비난 대상이 되어야만 한다. 예수는 어떻게 십자가에 못 박혔나? 역시 자기 신도들이 배반했기 때문 아닌가? 오십 번지 서쪽으로 찾아오기 이전에 나는 이미 이런 종류의 사상을 준비했지. 과거에 나는 오십 번지 서쪽에서 남을 박대한 적이 없거늘 내가 화염산에 오르지 않으면 대관절 누가 화염산에 오를까? 내가 지옥으로 내려가지 않으면 누가 지옥으로 내려갈까? 그러나 나는 어느 날 하루 지극히 짧은 순간에 그렇게까지 빨리 그렇게까지 분명하게 십자가에 매달리게 된다는 것은 생각해본 적이 없노라. 문제는 이렇게까지 작아서 여전히 우리들이 정신 나가고 멍청해진 현상의 원인을 탐색해서 널리 확산시키는 것에는 영향을 미치지 못하는구나. 너희들은 곧 배반하고 포기를 해서 나로 하여금 내 차를 전복시키게 만드는구나. 무엇 때문이지? 가까스로 나는 폭염의 더위를 참기 어려운 성하의 계절에 한 다발의 가을바람을 몰고 와서 안겨주었거늘, 너희는 마치 가을바람에 낙엽을 청소하듯 나를 석권하려 드는구나. 만일 이런 식이라면, 한 방향으로 사람들이 막 몰려가면 나는 세상물정도 잘 모르겠고 오십번지 서쪽도 세상 보는 식견이 깊지 않으므로, 몰려가는 사람들에 대해서 나는 깊이 있게 몰입하지 않을 것인데, 그래서 너희들은 정신 나가고 멍청해진 것으로부터 농아가 되고 의리도 없고 인정도 없어서 목재가 되더니 너덜너덜 문드러진 목재는 폐품과 쓰레기가 되어서 산꼭대기 동굴 인간인 유인원의 처지가 되었구나. 보아하니 한 발 한 발씩 언제까지 불만으로 가득한 덤불 수렁에 깊이 들어갈 셈이구나. 나는 현재 가까스로 가을바람을 정지시킨 채 몸을 빼내려 하건만 시간이 촉박하구나. 결국 너희들이 가을바람과 서늘하고 상쾌함을 혐오하면서 몹쓸 더위와 고온으로 현기증이 일어 죽을 지경인 상태로 돌아갈 원하고 있으니, 나는 지금도 아직까지 기꺼이 서늘하고 상쾌한 가을바람을 뽑아가버리고 너희들에게 어떤 몹쓸 더위와 고온을 만들어줄 수 있는데, 보아하니 너희들은 몹쓸 더위와 고온의 정황 아래 임종 직전에 이런 식으로 추악한 표현을 하겠구나. 그 순간 너희들은 땀을 비 오듯 흘리면서 또다시 고함을 칠 것이다. '저한테 한 모금의 마실 물을 주세요.' '저한테 서늘한 바람을 조금만 주세요.' 무엇이 너희들의 최후 함성인가, 이것이 다만 너희들의 최후 함성인 것이고, 무엇이 너희들의 임종 시 유언인가, 이것이 다만 너희들의 임종 시 유언인 것이니, 겨우 한 모금의 물과 한차례의 바람을 위해서이다. 단지 너희들 사후에도 너희들은 서늘하고 상쾌한 가을바람을 믿지 않았기 때문에 의연하게 몹쓸 더위가 계속되었고 너희들 시체는 부패하고 부화하는 속도가 평소보다 역시 더 빠르겠더라. 그렇게 되면 재빨리 송장에 물이 가득히 고여서 퀴퀴한 냄새가 나는 물로 바뀔 것이다. 오십 번지 도처에는 시체 썩은 고약한 냄새가 나는 물로 가득 차서 그 액체가 흐를 것이로다. 그 무렵에 이르면 너희들은 그제야 나를 돌아보며 나를 믿고 나의 서늘하고 상쾌한 가을바람을 기꺼이 갈망할 셈이더냐? 그러나 그 무렵에 이르면 무엇이든지 너무 늦을 것이기에 나는 일찍이 이미 너희들이 시체로 변해 썩은 물이 되기 이전에 나의 상쾌한 바람에 힘을 입게 하려고 했으나 이젠 나의 선학仙鶴을 되돌려서 또다시 유백색과 우윳빛 세상 속으로 나 홀로 태평하게 서늘함과 상쾌함을 향유하리라. 아마도 그 무렵 나는 때때로 아주 가끔은 구원할 수 없었던 오십 번지 서쪽을 상기하리라. 그때는 오십 번지 서쪽이 이 세상에 존재하지 않으리. 슬픔에 상심하니 나라오예는 예수와 하나님이 나에게 맡긴 임무를 다 완성하지 않았지만 나는 고개를 뒤쪽으로 돌려 예수와 하나님께 해석을 해드리리라. 그곳이 어떤 곳인가? 그곳은 오십 번지 서쪽으로서, 그곳은 서늘하고 상쾌한 가을바람을 전부 믿지 않으며 몹쓸 더위와 고온 아래 있거늘 여전히 무슨 구원과 복귀시킬 여지와 가치가 있을까? 내가 말하려는 것이 아니라 이것은 다만 예수와 하나님이 친히 왕림하신 것이 거늘 한 떼거리의 정신 나가고 멍청해진 무지한 유인원에게는 속수 무책이로다. 과거의 원숭이들은 조삼모사를 믿더니 현재의 유인원들은 역시 조삼모사朝三暮四가 아니라 '조사모사朝四暮四'*이니 그것은 여전히 불구덩이에서 위로 껑충 뛰어오르고, 과거의 원숭이들이 물속에서 달을 건지듯 하더니 현재의 그들은 불속에서 밤을 줍듯 일부러 위험한 일을 감행하고 불속에서 태양을 건지려 하니 최후에는 예수와 하나님 역시 어쩔 도리가 없노라. 너희들이 몹시 목이 마르고 더워서 죽을 지경이 될 때까지 기다려도 이 세상 그 누구도 너희들을 동정할 자는 없을 게야. 최후에 너희들을 동정할 자는 결국 나야. 그런데 너희들이 나를 배반해놓고 그것을 나한테 덮어씌우려고 드니 의리가 전혀 없는 지경인데, 나의 서늘하고 상쾌한 가을바람을 너희들은 인위적으로 만든 에어컨디셔너로 간주하니, 결국 이 모양이라면 내가 이 수정금자사당의 이 에어컨디셔너를 떼어내서 어디로 옮겨버리면 너희들과 오십 번지 서쪽은 어떤 원래의 면목이 되지 않겠는가?"

연달아 그는 재빨리 양가죽 저고리를 벗어서 땅바닥에 휙 내던지고 막 미친 것처럼 갈고리를 붙잡고 벽을 후벼 파고 사당을 후벼 판다. 한쪽으로 후벼 파면서 다른 한쪽으로 말을 한다.

"이 에어컨디셔너를 후벼 파버리면 여전히 그는 하나의 몹쓸 더위일 뿐이야!"

"이 사당을 후벼 파버리면 여전히 그는 하나의 탑일 뿐이야!"

---

* 조삼모사(朝三暮四)가 아니라 조사모사(朝四暮四)라고 떠들어대니 간사한 꾀도 쓰지 않고 무작정 남을 속이는 속성을 말함.

"이 에어컨디셔너를 후벼 파버리면 여전히 그는 하나의 몹쓸 더위일 뿐이야!"

"내가 누굴 위해서 이러는가? 나는 저팔계가 거울을 보는 격이고 안팎으로 모조리 인간이 아니구나!"

"만일 자연풍이 아니라면 내가 양가죽 저고리를 입을 수 있을까?"

"만일 유백색과 우윳빛 세상이 아니라면 내가 감히 너희들같이 정신 나가고 멍청해진 인간들을 접촉할 수 있을까?"

"호의를 당나귀 간이나 허파처럼 역겨운 것으로 간주하다니 예수를 유다로 간주하는 격이로다!"

"진정을 황언으로 간주하다니, 라오예를 라오마로 간주하다니!"

"이걸 파는 내가 개새끼지!"

"이걸 부수는 내가 개새끼지!"

"더워 죽을 지경인 내가 개새끼지!"

"목이 말라 죽을 지경인 내가 개새끼지!"

……

그런데 그 순간 우리는 오히려 라오예가 신발 수선공 라오마로 변해 되돌아왔다는 것을 감지한다. 과거의 라오마는 화가 날 무렵 심사가 뒤틀려 있었다. 그 당시 신발을 깁는 순간 폭리를 취하기 위해 제품의 질을 낮추고 노동력과 재료를 줄였으며 대들보를 훔쳐내고 기둥으로 바꾸어 넣는 식으로 이윤을 추구했다는 것이 까발려진 뒤였다. 바로 그렇게까지 미쳐 있었던 것이다. 미치자 이지理智를 상실하고 뚝딱뚝딱 신발을 내려치기 시작했다. 그러나 우리들은 그가 가소롭다는 생각이 들 무렵 또다시 약간 소스라치게 놀라게 되는데, 라오예라지만 라오마에 불과한 그가 마구 미쳐서 벽을 후벼 파고 사당을

•••
그 당시 신발을 깁는 순간 폭리를 취하기 위해
제품의 질을 낮추고 노동력과 재료를 줄였으며 대들보를 훔쳐내고
기둥으로 바꾸어 넣는 식으로 이윤을 추구했다는 것이 까발려진 뒤였다.
바로 그렇게까지 미쳐 있었던 것이다.
미치자 이지理智를 상실하고 뚝딱뚝딱 신발을 내려치기 시작했다.
•••

후벼 팔 무렵, 한차례 몹쓸 무더위 기류가 정면에서 쏟아져 들어오자 대뜸 또다시 우리들에게 현기증이 돌진해 들어오면서 우리들은 서늘하고 상쾌한 가을에서 다시 몹시 더운 성하의 계절로 되돌아가는데, 우리들에게 재빨리 그 몹시 더운 기류가 불어닥치자 정신이 아득해져서 땅에 넘어졌지만, 원래 더운 것도 유기체의 능력으로 여전히 약간 보존하면서 우리들은 서늘함과 상쾌함에 저항하면서 접촉하지 않으려 들었건만, 지금은 라오예의 서늘함과 상쾌함이 경과되어 우리들은 폭염에 대한 두려움이 점점 더 증가되고 있다. 사후에 우리들은 알게 되었는데, 이것 역시 라오예의 음모의 일종으로서 그는 단지 우리들을 인위적으로 서늘하고 상쾌한 가을 속으로 끌어들였던 것이고, 한 발 한 발씩 차츰차츰 우리들의 저항능력과 방어능력을 컨트롤하고자 했던 것이다. 그 무렵 우리는 처음으로 폭염의 기류가 불자 머리가 어지러워 쓰러질 지경이었다. 당연히 이 현기증은 그 현기증이 아니었고 사당을 후벼 파는 것은 단지 사당을 후벼 파는 것이지 신발을 내려치는 것이 아니라는 걸 우리들은 돌연히 명백하게 깨닫는데, 라오예는 단지 라오예일 뿐이지 라오마는 아니라는 것과 이 서늘함과 상쾌함이 단지 혹서酷暑와는 같지 않다는 것을 각성하게 된다. 그로 인해서 일체의 자연풍은 계절에 따라서 부는 것이 이치에 맞아서 모든 것이 제대로 이루어지는 것이거늘, 마땅히 가을이 된 것은 라오예가 한 계절을 앞당기는 능력이 있기 때문이 아니라 라오예가 무슨 간계를 부리기 위함이라는 것을 사후에 알게 된다. 잠시 몹시 더워 몹쓸 갈증을 해결하기 위해서 우리들은 또다시 약간 스스로를 원망하며 과거의 탑에 대한 이론에 회의적이었다. 당신의 이론은 사방에 투명하게 투사되는 광선이지만 우리들은 여전히 고해苦海의 화염산에 있거늘 당신은 어떻게 라오예 같지 않게 우리들에게 서늘함과 상쾌함을 가져다주었다고 신생이 이루어지는가?

순간적으로 우리는 이미 어리둥절해서 가지와 잎 같은 외피를 근본으로 간주하게 되었거늘, 새싹을 큰 나무로 간주하고 한 줄기 상쾌함을 신생의 경지로 간주하면서 멀리에 두고 가까이에서 찾으며 이로움을 보면 의리마저 잊고 사리사욕에 눈이 멀며 우리들을 속박하고 있는 수정금자탑을 철저하게 이탈하기 위해서 한 다발의 미친 광풍에 의지하고 있다가 사후에야 라오예가 여전히 라오마라는 것을 알게 된다. 한 패거리의 수컷 원숭이들을 저지하려고 라오예는 계속해서 벽을 후벼 파기 시작하는데, 방금 전 자기 판단의 착오와 이로움을 보면 의리마저 잊고 사리사욕을 채우려던 것도 사후에 가을바람을 보자 잊어버렸고, 폭염을 찾느라 층계 아래에서 여전히 고의적이고 독단적으로 출현하고 있다. 그것 역시 다만 라오예와 친한 척하기 위한 것이다. 우리들은 한쪽으로는 라오예의 손아귀에 잡혀 있던 갈고리를 쟁취하면서 다른 한쪽으로는 엄숙하게 고함을 지른다.

"그만둬요! 보아하니 당신은 재차 후벼 파고 있군!"

"말로는 라오예로 변신했다지만 여전히 과거의 라오마야! 과거의 라오마라면 단지 이렇게까지 근거 없는 장난으로 움직이지 않거늘 태도까지 바꾸었군그래!"

"기왕지사 라오예라고 했으니 심중에는 흉계가 없을 것이고 찬물을 마셔도 두려움이 없을진대, 어떻게 자신을 라오마로 간주하는 것을 다른 존재라고 여전히 두려워하는 것인가!"

"가짜는 진짜가 될 수 없고 진짜는 가짜가 될 수 없는데 설령 한마디로 말해서 다 틀렸지만 서늘하고 상쾌한 것에서 찾아온 에어컨디셔너라면 이 정도까지 화가 날까!"

"설령 에어컨디셔너이면 어떨까 하고 생각하다가도 그것 역시 라오예가 아니라 라오마가 설치한 것이라는 거야!"

여전히 어떤 사람은 태연하게 부끄러움도 깨닫지 못하고 라오예의 속옷을 휘감고 뒤흔든다.

"원래 우리들은 서늘하고 상쾌한 것이 당신의 신상에서 찾아왔다는 것을 믿지 않았거늘 지금 당신의 속옷을 휘감고 뒤흔들어보고 나니까 재빨리 믿을 수가 있겠군. 나는 일종의 아이스캔디를 만지는 느낌이군!"

……

한 패거리의 암컷 원숭이들이 올라가서 라오예의 양가죽 저고리를 흐트러뜨리기 시작한다.

"전부 한 패거리의 수컷 원숭이들을 번거롭게 하자!"

"전부 한 패거리의 암컷 원숭이들을 해롭게 하자!"

"재차 후벼 파 내려가니 사당이 머지않아 붕괴되지 않을까? 약간의 회의론자들은 더워 죽지도 않고 갈증이 나서 죽지도 않으므로 때려도 죽지 않는구나!"

"예 오라버니, 화가 너무 크면 몸을 해치게 되오니 한 패거리의 수컷 원숭이들의 흰소리를 탓하지 마시옵고, 그렇게 되면 곧장 당신 육신에 화만 납니다. 그 약간의 수컷 원숭이 때문이 아니고 그 약간의 암컷 원숭이 탓인데, 그렇기 때문에 당신이 어떻게 화를 풀어버린다면 우리들 그 약간의 암컷 원숭이들은 제각기 오늘 이후로 누구에게 의지할까!"

"예 오라버니, 그 약간의 원숭이 때문이 아니라 여전히 그 오십 번지 서쪽 때문인데 오십 번지 서쪽의 인간들이 정신 나가고 멍청해진 원인을 탐색하지 않으려는 거예요?"

"오십 번지 서쪽의 정신 나가고 멍청해진 것을 한꺼번에 통틀어서 매매를 한 뒤에 널리 확산시켜나가지 않겠어요?"

"사소한 이익을 얻으려 하다가 큰 손실을 보면 안 되죠!"

"서둘러서 가죽 저고리를 제게 걸쳐주세요!"

"예 오라버니, 원래 당신은 몸이 서늘하니까 가죽 저고리를 벗어 버리고 뜨거운 바람을 쐬어야 하는데 그렇게 하지 않으면 곧장 감기에 걸리는 게 당연하죠? 절대 그 한 패거리의 수컷 원숭이 올가미는 필요 없어요!"

......

그 순간 라오예는 겨우 예 오라버니에 불과한데, 즉시 마음속으로는 원하지만 겉으로는 원하지 않는 척하면서 거절하는 모양새로 스스로 벽을 후벼 파고 사당을 후벼 파던 동작을 정지한 채 손 안에 거머잡고 있던 갈고리를 떨어뜨리고 자신의 양가죽 저고리를 걸친다. 그 순간 우리는 그가 심중으로는 여전히 슬그머니 즐거워한다는 것을 알고 있지만, 그래도 그는 표면적으로는 여전히 달가워하지 않고 원하지도 않는 척하는 모양을 연출하며 그쯤에서 입을 연다.

"만일 오십 번지 서쪽을 위하는 게 아니라면 너희들은 내가 그렇게 싸구려로 보이나!"

"만일 이 여동생들을 위하는 것이 아니라면 너희들은 내가 이 사당을 철저하게 후벼 파는 것으로 보이겠구나. 후벼 판다고 해도 내 마음으론 떳떳하거늘. 어차피 이 사당은 내가 덮을 거니까!"

"보기에는 마치 고개를 돌려 깨어난 듯하지만 기실 재차 열풍을 쐬어주었더니 현기증이 일자 무서운 모양이구나. 나는 너희들 눈 속의 광채를 이미 목격했거늘 너희들은 유백색과 우윳빛 이론을 여전히 충분히 믿기로 결정한 것이 아니다!"

"재차 멋대로 트집을 잡는다면 이내 사당을 후벼 파지 않을 것이고, 나 역시 장차 이 자연풍과 서늘한 바람을 빨아들여서 나가버릴 테다!"

"만일 오십 번지 서쪽의 정신 나가고 멍청해진 것을 구원해서 널리 확신시키기 위함이 아니라면 유백색과 우윳빛 신세계를 위하는 것일 게야. 전체적인 국면을 고려하기 위해서 여전히 전도의 화법이 필요하고, 나는 기꺼이 너희들과 함께 계속 시끌벅적하게 만들어나갈 것인데, 하여간 뜨거운 것은 너희들이고 내 신상과 내 원형질은 다만 한 대의 대형 에어컨디셔너야!"

"하여간 너희들의 손실이고, 나는 또 어떤 손실도 없어!"

……

계속해서 기다렸더니 라오예는 충분히 시끌벅적했고, 시끌벅적해서 피곤했으며, 심신이 극도로 피곤해서 기력이 소진된 라오예가 막 떠드는 것을 멈추자 옥신각신하던 우리들도 정지하고 그는 완전히 새로운 전도를 개시한다. 우리들은 쌍방이 시끌벅적하게 옥신각신하기 때문에 연달아 또다시 장중함이 시작된다. 이것은 예전처럼 좋게 지내게 되는 과정에서 약간 부적당하고 일이 약간 번거롭게 되어 쌍방의 감각과 감정이 또다시 머리끝에서부터 마찰을 거쳐 빈틈없이 맞물리자, 마치 정신 나가고 멍청해진 한 쌍의 부부가 방금 전에 시끌벅적하게 굴다가 모순되게도 연달아 침상 위로 올라가면 약간은 난처하고 거북하게 되는 것처럼 일체 시간의 협조가 여전히 필요할 뿐, 그 약간의 모순은 금속의 꺼칠꺼칠한 여음인 양 시간이 유수처럼 흘러가자 차츰차츰 마모되고 소실되어가더라. 우리들은 되레 책임을 지지 않고 일체의 모든 난제를 시간에다 떠넘긴다. 그런데 라오예는 오히려 이런 식으로 인식하는 게 아니다. 그는 도대체 라오예이지 과거의 라오마는 아니지 않은가. 한차례의 모순된 가을바람이 방금 전에 시끌벅적하게 지나갔으므로 그는 고개를 돌려 머리 뒤의 옥신각신하고 분노하며 일말의 유희가 진입된 상황 속에서 몸을 빼낸다는 것을 망각한다. 마치 그는 방금 전에 돌연 가을바람과 서늘함과 상쾌함을 추출해낸 듯하다. 이어서 곧 장중해질 차례다. 마땅히 우리는 여전히 난감하고 거북하며 부적당한 정서 속에서 배회하고 있었기에, 당연히 우리는 여전히 자신과 그가 방금 전의 감정을 억제하지 못하고 투입해서 표현하자 무안하고 면구스럽게 생각될 무렵, 그는 이미 라오마에서 또다시 라오예로 환원되어 완전히 새롭게 예수와 하나님의 장엄한 얼굴로 우리들의 면전에 출현한다. 그 순간 우리는 되레 그의 전환에 감복하게 된다. 그는 마침내 이 모습이 되어 태연하게 부끄러움을 모르고 있었는데, 그러나 사후에 라오예는 이렇게 말했다. 그것은 단지 유백색과 우윳빛 세상 속에 있는 사람의 본성인 게야. 당연한 것이지만 그 순간의 그는 사람이 아니었고, 사람들이 사람으로 여기면 미안한 일이지만 이미 사람이 아니었기에 누구든지 당신들과 함께 시간과 디테일을 계산하고 따지게 된다. 그러나 우리들은 그것 또한 라오예의 음모의 일종이라는 것을 막 깨닫게 되는데, 이런 식의 그의 정서는 상태의 전환 과정에 불과했고 이런 식의 정서와 상태 역시 다른 일종의 정서와 상태로 전환하기 위한 그 과정의 틈바구니에 불과하거늘, 그는 돌연 속도를 빠르게 해서 우리들의 몸

뒤쪽으로 휘돌더니 장거리 경주를 위해 최종적으로 갑자기 한 바퀴 휘돌며 인사도 하지 않고 가속도로 곧장 장거리 경주의 종점인 우리들을 초월하는가 싶더니 결국 우리들을 역사의 쓰레기 무더기에다 휩쓸어놓는다. 이런 식의 시차는 우리들이 어찌할 바를 몰라 당황하는 사이에 만들어진 것이기에 당연히 우리들은 난처하고 거북하며 참회와 미안함 속에 몰입되었고, 마땅히 우리들이 과거와 미래에 대해 또 판단을 상실할 무렵, 그는 우리들에게 전도를 하는 것이 좋겠다는 생각이 들었고 그 허점을 틈타고 그의 유백색과 우윳빛 이론이 뚫고 들어왔다. 오직 온 전신에 땀을 비 오듯 흘리던 그로 인해 우리들의 모공이 전부 활짝 열리는 순간 돌연 서늘하고 상쾌한 음풍이 불어 닥친다. 더군다나 바람의 속도는 점점 더 빨랐고 컸으므로 우리들 각자가 잠시 동안 서늘함과 상쾌함을 위해서 손뼉을 치며 쾌재를 부르며 감은대덕感恩大德하는 순간, 관절염과 풍습병風濕病으로 연신 불구가 되어간다는 것도 깨닫지 못하고 알지도 못하고 있었다. 원래 오직 촌각의 시각에 우리들은 오히려 여러 해가 지나갔다는 것을 감지했고, 원래 우리는 제일차로 한 바퀴 돌고 잠깐 사이에 최후의 한 바퀴를 돌게 되니 돌연 종점이더라. 시간의 틈바구니에서 돌연 가속도가 붙은 것이고, 사실 우리의 사당에는 정신 나가고 멍청해진 것을 제외해서 무척이나 건강했는데, 눈 깜짝할 사이에 여러 해가 흘러갔고 오십 번지 서쪽은 한 떼거리의 병자들로 이루어지게 되었다. 그러자 연달아 우리들은 서늘하고 상쾌한 것과 서늘한 바람과 눅눅한 장마의 날씨가 곧 가득 차 두렵고, 눅눅한 장마 시기가 되면 우리들 온 전신의 관절은 아프지 않은 곳이 없으며, 게다가 금후로는 그가 우리들에게 제공하는 날씨가 날이면 날마다 전부 장마기여서 날이 가면 갈수록 제각기 몸에 장애가 가중되는 순간, 그는 되레 양가죽 저고리를 걸친다. 그때서야 우리들은 비로소 그 대단히 뜨거운 폭서의 날씨에도 그가 왜 양가죽 저고리를 입고 있는지 명백하게 알 수 있고, 우리들이 재빨리 풍습병과 관절염을 얻게 될 무렵 그는 시기를 앞당겨서 그것을 예방하는 것에 불과하다는 것을 인식한다. 그는 온 전신이 가뿐할 것이고 여전히 무슨 음모인들 자기 뜻대로 되고 말 것이다. 원래 그가 유백색과 우윳빛 세상 속에서 오십 번지 서쪽으로 복귀한 것은 우리들에게 병을 얻게 하고 우리들로 하여금 한 패거리의 병자들이 되게 하려는 것에 불과하니, 그를 추종하는 한 패거리의 병자들이 세계로 돌격하기 때문에 그의 병력이 미치는 곳마다 모든 방해는 제거되고 모두들 복종을 하니 전투를 하면 백전백승이로다. 당연히 우리들의 온 전신에 바람과 습기로 인해 모든 관절이 전부 삐거덕삐거덕 소리를 낼 무렵, 그는 여전히 무슨 독약과 아비산亞砒酸으로 물건을 파는 행상인들 하지 않을까? 우리는 그 순간 막 독주로 목을 축이며 갈증을 해소하겠구나. 원래 우리들은 한 무리의 원숭이들과 유인원들인데 당신이 또다시 우리들에게 풍습병이 들게 하였소. 그때 우리들 오십 번지 서쪽의 의사가 '쟌출라이站出來'* 의술로 치료를 하기 위해 한 무리씩 한 무리씩 역사 위에 바꾸어나갈 때, 우리는 역사상 그 어떤 의사 양반도 이 라오예같이 독한 자가 없었다는 것을 명백하게 깨닫는다. 당신이 원래 지역인 오십 번지 서쪽으로 복귀한 목적은 단지 매일같이 몸 어딘가가 병이 든 이 한 패거리의 병자들에게 매번

---

* 쟌출라이(站出來): 이 단어는 '일어서다'라는 동사이긴 하지만 문화대혁명 기간 중의 특수한 용어로 이미 숙청되거나 심문을 받은 지도자 간부들이 특정 조직에 참가할 것을 공개적으로 표시할 때 사용되었고, 이 작품에도 그런 의미가 내포돼 있음.

약을 먹여줄 셈이었나? 그러나 우리는 또다시 착각하기를 우리들을 목격하게 된 라오예가 일종의 고려로서 다른 일종의 고려를 위해 방향을 전환하는 것이라고 잘못 생각하게 되었는데, 그 일종의 서늘하고 상쾌한 두려움이 또 다른 일종의 서늘하고 상쾌한 두려움으로 방향 전환을 하는 것에 불과했거늘, 그는 되레 예수와 하나님의 장중한 미소를 내려놓고 말한다.

"너희들한테 관절염을 얻으라고 해서 관절염을 얻는다고 해도 약을 잘 팔기 위해서 추진한 것은 아니야!"

"너희들한테 풍습병을 얻으라고 해서 풍습병을 얻는다고 해도 나는 여기서 병원을 개시하지 않을 것이고 약을 팔지도 않아!"

"약을 먹는다는 것은 인간의 사정이고 약을 먹는다는 것은 원숭이들의 사정인데 기왕지사 지금 너희들은 오십 번지 서쪽을 이탈해서 나와 함께 유백색과 우윳빛 세상으로 가고 있거늘, 너희들은 곧 인간도 아니고 원숭이도 아닌데 왜 무엇 때문에 여전히 약을 먹으려는 게야?"

……

그 순간 우리들은 잡아끄는 듯한 삐거덕 소리가 들리는 풍습風濕이 든 육신으로 그곳에서 되레 간절하게 애원한다.

"비록 우리들이 이미 사람도 아니고 원숭이도 아니라고 하더라도 우리들의 육신과 관절은 마치 인간이나 원숭이처럼 아픈데 우리들로 하여금 약도 먹지 못하게 하시면서 우리들을 억지로 버티게 하시나이까?"

"라오예, 우리들을 또다시 인간과 원숭이로 환원시켜주시고 우리들에게 한 알의 약을 먹게 해주시옵소서!"

"라오예, 제발 서늘하고 쓸쓸한 우기를 멈춰주시옵소서. 설령 단

하루의 햇빛이라도 우리들이 볼 수 있도록 해주시옵소서!"

"라오예, 우리들이 오십 번지 서쪽으로 되돌아가게 해주시옵소서!"

"라오예, 우리들에게도 한 가지 양가죽 저고리를 입혀주시옵소서!"

......

그러나 그때 라오예는 이미 세계의 모든 병원과 약국 제조창을 전부 닫아버린다. 연이어 우리들은 뼈를 치료할 방법이 없어서 경련이 야기되고 변형과 핵분열이 개시되어 관절염과 풍습병風濕病으로 인해 닭발로 변형되자 그때서야 우리들은 라오예의 의도를 명백하게 깨닫게 되는데, 사실 그의 유백색과 우윳빛 이론은 원숭이인 우리들을 닭으로 변형시키자는 것에 불과하기에 그는 임의로 우리들에게 독살을 가해야 할지 어떻게 해야 좋을지 모른다. 그 무렵 우리들은 어쨌거나 또다시 사당 가운데로 되돌아오게 되고 그 순간 우리들은 되레 라오예를 경멸하게 된다. 당신, 닭을 도살하려거든 곧장 닭을 도살하시되, 닭을 도살하는데 어째서 소 잡는 칼을 사용하시오? 라오예는 그때 또다시 태연하게 부끄러움도 모르면서 장엄하게 말한다.

"왜 소 잡는 칼을 사용하면 안 된다는 건가? 소 잡는 칼이 없으니 유백색과 우윳빛 이론을 머리 꼭대기에다 매달아놓고, 그 위를 본보기로 삼고 그 안을 재주껏 수련하면 너희들이 닭으로 변하지 못할 것이고 마치 몹시 뜨거운 폭서가 없는 것처럼 너희들은 서늘하고 상쾌한 가을바람을 여전히 환영하지 않을 것이고, 관절염과 풍습병을 얻지 않았으며, 너희들은 여전히 과거처럼 폭염과 폭서를 동경하지 않을 것이다. 그런데 너희들이 닭 뼈다귀로 변해버렸고 닭발로 변해버렸기 때문에 나는 재빨리 그것을 밀어뜨리기 위해서 약을 팔아야 한다는 것이고, 기실 나는 아주 적절하고 철저하게 약을 매장해왔으니 너희들이 풍습병으로 닭발이 지속적으로 내려가면 너희들을 아주 훌륭하게 획일적으로 정제整齊할 거야. 이것 역시 다른 모종의 감정 상태로서 가속적인 방향 전환이야. 오로지 너희들은 심령과 영혼 그리고 혈육만 동작하고, 너희들 이 한 떼거리의 정신병자와 멍청이들과 썩어 문드러진 목재들, 너희들은 이 쓰레기와 폐품 무더기에서, 너희들은 이 한 패거리의 원숭이들과 닭 무리의 뼈와 골속에서 모든 동작이 획일적으로 정제될 것이고, 내가 대뜸 한마디의 명령을 하달하면 너희들은 곧 내 요구에 근거해서 가지런하게 술술 동작을 하며, 우리들은 유백색과 우윳빛 이론의 유인 아래 득도를 하여 신선이 되는 수련을 진행하게 되리라. 너희들이 병을 얻지 않았다면 수련할 방법이 없고 수련할 수도 없지만, 병을 얻었으니 계속 수련을 거듭해서 너희들 그 약간 뻔뻔스럽게 썩어 문드러진 목재 토막 같은 놈들이, 너희들 이 한 패거리의 원숭이들과 이 한 패거리의 닭들이, 재주껏 정신 나가고 멍청해지는 삼매三昧*의 심오함을 수련해보아라. 철저하지 않으면 닭국을 바짝 끓여 제조해도 정수精髓를 얻지 못하며, 병을 얻지 않으면 엑스레이 광선과 CT 촬영을 해 조사해도 병의 출처인 발병 원인을 찾을 수 없는 것이고, 이런 종류의 병을 얻지 않았다면 사실 우리의 정신 나가고 멍청해진 것에 비추어 본다는 것은 불가능한 것이니, 획일적으로 정제하지 않으면 과거에 우리가 정신 나가고 멍청해진 원인을 탐색할 수 있는 방법이 없는 것이며, 닭으로 바뀌지 않으면 원숭이를 찾아낼 수 있는 방법이 없으므로, 그것은 마치 늑대를 때려잡지 않으면 아이들이 동작을 멈추지 않는 격이지. 바꾸어서 말

---

* 삼매(三昧): 불교 용어이며, 여러 가지 쓸데없는 생각을 버리고 한 가지 일에만 정신을 집중하는 것을 말함.

하자면 너희들에게 병을 얻게 했으니 또한 병을 치유할 수 있는 방법도 너희들에게 주어야 하겠는데, 하지만 이 병을 치유하자면 보통 인간과 보통 원숭이에 대한 병의 치유법과는 이른바 같지 않기 때문에 너희들 병을 치유하기 위해서 고통을 없애주어야 하는데, 게다가 내가 이 병을 치유하기 위해서 너희들에게 어떤 층위를 더한층 고양시켜서 너희들 정신 나감과 멍청해짐을 널리 확산하자면 당연히 그것은 점점 더 고통스러울 것인데, 환언해서 말하자면 오직 우리들의 고통과 병을 널리 확산해야만 한다는 것이다. 그로 인해서 우리들의 고통과 병을 전시해서 세인들이 보게 하고 우리들은 재주껏 아주 철저히 우리들의 정신 나감과 멍청해짐을 모두 통틀어서 매매를 해가지고 널리 확산되게 해야 하느니라. 흡사 전쟁 중에 배양된 박테리아를 오로지 널리 확산해야만 하는 격이며, 비로소 적의 구역에 유행성 급성 전염병을 발생하게 해야만 한다. 오늘날 그것을 박테리아 전투에 사용하고 있다는 걸 너희들은 이해하겠느냐? 풍습병과 관절염을 얻게 한 것 역시 내 자신을 위해서가 아니고, 풍습병과 관절염을 얻게 한 것은 여전히 오십 번지 서쪽의 정신 나감과 멍청해짐을 위해서이고 이 정신 나감과 멍청함을 널리 확산한다는 것은 당연히 내 자신을 위하는 것이지만 풍습병과 관절염을 치유하는 것은 내 자신을 위하는 것이 아니며, 게다가 유백색과 우윳빛 이론을 증명하기 위해서 그리고 이런 식의 어떤 세상이 어떤 층위에 도달하게끔 하기 위한다는 것은 당연히 나 자신을 위하는 것이기에, 동작을 획일적으로 정제하는 것은 동작 그 자체를 위하는 것이 아니고 게다가 우리들 원형을 정제하기 위해서이고, 그리고 우리 한 패거리의 병자들이 동작을 표현하기 시작해서 점점 더 통일되고 응결되고 취합되는 힘이 있게 되리라. 어떤 사람이 옳고 어떤 곳이 최후로 동경할 수 있으며 그리고 어떤 것이 옳고 어떤 사람이 최고로 응결시키고 취합시키는 힘을 지 녔는가? 그것은 오직 병자만이 병원을 상대하고 병원은 병자만을 상 대하고 있으므로, 병원에서 태어나는 사람은 없고 모여드는 사람들 뿐이니, 나는 지금 병원을 흡사 과거에 갈고리를 집어 들고 수정금자 사당을 후벼 팔 때처럼 철저하게 파괴해서 매장했거늘, 이 순간 소집 한 너희들은 어디로 가려는 겐가? 너희들을 단지 소집한 것은 나 라 오예와 예수 그리고 하나님의 주위에 이르게 함이로다. 오직 동작은 획일적인 정제가 되어야 하고 비로소 단체가 유백색의 세상에 도달 해야만 한다. 단지 이것도 어떤 정황이라면 정황인 것이고, 단지 이 것도 어떤 뜻이라면 뜻인 것이고, 이것 역시 그저 유백색과 우윳빛 이론의 핵심에 소재하는 약간의 관건인 것이다. 현재 너희들에게 또 무슨 회의와 의혹이 있다 해도 너희들을 탓할 수는 없노라. 과거에 너희들이 수정금자사당에서 서늘하고 상쾌한 가을바람을 회의하는 순간, 그 무렵 너희들이 여전히 병을 얻지 못했을까 봐 나는 오직 노 파심에서 간곡하게 권유했는데, 현재는 이미 풍습병과 관절염을 얻 어 경련을 일으키더니 닭발과 닭이 되었으므로 오직 너희들을 의술 로 치료해줄 생각이노라. 지금 내가 딱 한마디만 너희들에게 묻겠는 데 너희들, 뼈가 아프냐?"

관절염과 풍습병을 얻은 우리 한 패거리의 닭들은 가지런히 술술 대답한다.

"아파요!"

라오예:

"어디 뼈가 아프냐?"

"머리에서 발까지 어느 한 곳의 뼈도 아프지 않은 곳이 없어요. 도처의 통증이 뼈에 사무치나이다!"

라오예:

"너희들, 치료를 하고 싶은가?"

우리들은 또 일제히 술술 대답한다.

"하고 싶죠!"

라오예:

"너희들, 약을 먹고 싶은가?"

우리들 심사는 재빨리 약을 먹고 통증을 멈추게 하고 싶지만 그러나 우리는 본심에 어긋나는 대답을 해버린다.

"먹고 싶지 않아요!"

라오예:

"그럼 너희들은 무슨 일을 준비하고 있지?"

우리들은 또 일제히 술술 대답한다.

"라오예 주위를 뱅글뱅글 맴돌면서 그의 구령에 짓눌려서 획일적으로 정제되었죠!"

라오예 얼굴 위의 장엄함이 결국 또다시 웃는 얼굴로 변형된다.

"이번에는 너희들을 구할 길이 있어야 하는데, 이번에는 너희들을 흡사 과거의 성하의 계절에서 이탈시키듯이 통증에서 이탈시켜야 하는데 시기가 멀지 않았기 때문이야. 봐, 틈만 나면 나의 유백색과 우윳빛 이론을 만들어 무엇보다 먼저 너희들을 지도하고 입에서부터 언어상에 있어서 획일적으로 정제한 거야. 그러나 이건 다만 우리 서전의 첫 승에 불과하지. 그래도 우리는 여기서 발을 멈추면 안 되고 연달아 당연히 입에서부터 동작으로 이루어져야 해. 수련도 하지 않고 다만 말만 하면 정식의 무술은 아니며, 수련도 하지 않고 말만 하면 그것은 수련이 아니고, 다만 입만 획일적으로 정제하면 결코 우리들 유백색과 우윳빛 이론을 진정하게 자세히 납득하거나 깨달을 수가 없을 것이다. 나는 이미 몇몇 사람이 여전히 수련은 하지 않고 다만 말만 하며 유백색과 우윳빛 이론에 대한 수련 과정에서 말하는 것과 생각하는 것이 다른 인간이 있다는 것을 보았노라. 말로는 도대체 그가 입에서부터 획일적으로 정제를 한다더니 여전히 통증을 멈추게 하기 위하여 입으로 병을 치료하고 있는데, 현재 우리는 입에서부터 행동에 다다를 필요가 있다. 늘 한 발 앞서 걸어가면서 너희들에 대한 테스트를 하고 있지. 테스트가 나오면 당신은 온 전신이 가벼운데, 테스트가 나오지 않으면 당신은 곧 그곳에서 계속 고통스럽고 아프다. 그러니 연달아 나는 이 수정금자사당 안에서 효력을 대동한 명령을 발하노라. 신도들과 제자들이여, 일어나시오!"

일이 이 지경까지 이르자 우리는 이미 물러날 길이 없고, 도적선에 오른 우리들은 부득이 도적선으로 해안에 이를 때까지 건너가야 한다. 그 해안이 어떤 곳인지 여전히 모르지만 수정금자탑을 목격한 우리들은 한 발 한 발 깊숙이 올가미 안으로 걸려들고 있다는 것을 여전히 모르고 있다. 그 당시 우리는 간신히 일시의 서늘함과 상쾌함과 그리고 약간의 가을바람을 위해서 움직였지만, 상대방은 마음속으로 무슨 생각을 하는지 몰랐던 것이다. 그 안노인 보살 심보에 견주어볼 때, 어쩌면 자기 자신의 한 떼거리 멍청이 아이들과 멍청이 원숭이들을 주동자가 컨트롤하고 인도해서 희롱하고 있었기 때문에 또다시 통증을 회수할 도리가 없어 몸을 빼낼 수가 없을 것이고, 여전히 어두운 곳에서 상심하여 하염없이 눈물을 흘리고 있을지도 모른다. 그런데 우리가 여기서 약간 주저하면서 상심하고 있는 것을 라오예가 발견하게 되고, 라오예는 수정금자사당 안에서 제일 먼저 스스로 '일어섯起'* 자세에서 동작을 멈추고는 우리들에 대한 불만으로 미간에 주름살이 생긴다.

"어떡해? 또 주저하겠다고? 또다시 획일적으로 정제하고 싶지 않다고? 보아하니 신상의 뼈가 아직도 아프지 않는 모양이야! 내가 재차 사당을 향해 한차례 싸늘한 바람을 불어 젖힐까?"

우리는 깜짝 놀라서 주저하며 옛 일을 회고하다가 재빨리 몸부림을 치며 빠져나온다. 만일 재차 한차례 싸늘한 바람이 불어오면 우리 풍습風濕은 풍통風痛으로 변형될 것이고, 관절염에서 관절이 부러지는 단계로 바뀔 수도 있다. 모든 사람들은 전부 풍문을 듣고 호응을 했고 몇몇 사람들은 자신이 주저하면서 옛 일을 회고했다는 것까지 은폐하기 위해서 심지어 또다시 거짓말까지 개시한다. 현재 거짓말은 또다시 자동적으로 진심에서 조성된다.

"라오예, 우리는 주저하지 않고 다만 과거에 '일어섯'을 해본 적이 없어서, '일어섯'을 시작하면 두려워서 획일적으로 정제할 수가 없게 되며 때마침 그런 걱정 때문에 획일적으로 정제할 수가 없는 것이고 그래서 우리는 여기서 잠시 주저한 거예요!"

불만에 찬 라오예는 또다시 우리들을 일별하더니, 수정금자사당의 주석 연단에 선다.

"이 미미하고 세세한 일로 나는 너희들을 염두에 두지 않겠노라."

또다시 고함을 지른다.

---

* 문화대혁명의 잔재. "일어섯(起)" 하면 무작정 일어서야 했음.

"일어섯!"

이번에는 우리가 곧 일제히 획일적으로 정제되며, 풍습병과 관절염을 얻은 모든 수정금자사당 안의 한 패거리의 병든 닭들은 지금 모두 획일적으로 정제되어 라오예와 예수 그리고 하나님과 그 유백색의 우윳빛 이론과 구령에 따라 땅바닥에서 제각기 하나하나씩 65도를 향해 자신의 왼쪽 겨드랑이를 위로 높이 치켜든다. 모든 장소가 65도로구나. 그것은 흡사 과거 사당 외부의 기온 같구나. 가로로 보면 주욱 늘어서 있는 듯하고 세로로 보면 선을 이룬 듯하며 측면으로 보자면 목재가 된 듯하고 비딱하게 보자면 숲을 이룬 듯한데, 우리들은 이미 유백색의 우윳빛 점과 선으로 변모되어버렸으므로 우리들은 어떻게 대뜸 정제되는 와중에 융해融解에 이른 것이고, 그로 인해서 모든 수정금자사당은 이내 장중하고 장엄함이 드러난다. 흡사 지금 그 순간의 라오예 얼굴처럼 사후에 라오예는 또다시 이렇게 말한다. 무엇을 장중함이라고 부르겠는가. 단일한 하나의 얼굴을 장중함이라고 부르지 않고 큰 사당의 모든 광장에 전부 일제히 획일화될 때 그것을 장엄함이라 부르지. 장엄함 이외에 웅장하고 광대함이라 부르지. 그때 지상에 바늘이 떨어지는 소리를 들은 듯하다. 라오예가 다시 고함을 친다.

"구부려!"

우리는 또다시 라오예를 따라서 획일적으로 정제해서 땅에서 책상다리를 하기 시작한다. 따라서 한차례 뼈가 삐거덕삐거덕 소리가 울려 퍼진다. 그 소리가 울리자 이쪽이 일어나면 저쪽이 고개를 숙이고 우리들은 또다시 관절염과 풍습병을 얻었고 많은 암컷 닭들과 어린 닭들은 아픔 때문에 이빨을 헤벌쭉 드러내고 함부로 떠들어대느라 머리에 온통 땀방울로 축축하다. 그때 우리는 오히려 완전히 새롭게 땀을 흘리게 된다. 그러나 한 사람도 감히 삐걱 소리도 내지 못했고 아프다고 고함치지도 못했다. 사후事後에 라오예는 또다시 말한다. 그것은 다만 유백색과 우윳빛 이론의 취미요 신통력인데 신통력은 까마득하게 넓어서 아파도 그 통증을 알지 못하지. 그런데 그 당시 우리들은 확실히 아프다. 제각기 마치 나한羅漢처럼 또다시 지상에 구부리고 앉아 있다. 모든 닭들이 획일적으로 정제해서 땅에 구부리고 앉는데 우리들 머리 위의 공간은 다만 사당 안의 공간에 불과하지만 대뜸 텅 빈 것이 무수히 드러나 보인다. 원래 여전히 그렇게까지 넓은데 현재 단박에 텅 빈 것이 무수히 만들어진 것이다. 라오예가 또다시 말한다. 이것 역시 유백색과 우윳빛 이론의 신통력인데, 동일한 큰 공간인 듯하지만 그 신통력으로 드러낸 공간의 크기는 면적이 다른 것이고 그런 연유로 이 공간은 저 공간이 아닌 것이며 우리는 유백색과 우윳빛 세계와 공간으로 곧장 한 걸음 근접하고 있는 게야. 이때 우리가 책상다리를 하고 통증을 참으면서 마음속으로 말하기를 약간씩 공간을 초과해서 소유하거나 새로운 공간을 소유하는 바람에 모두 우리들의 신체가 저하되고 축소되는 대가를 치러야 했던 것인데, 사실 우리가 일어서면 관절의 구김살을 펼 수가 있는데 지금 책상다리를 하고 지상에 앉았으니 우리는 재빨리 급성 전염병에 걸린 닭으로 변형되어 과거처럼 머리가 어지럽고 아플 것이다. 그때 라오예가 또다시 말한다.

"수련하지 않으면 자유롭고 수련하면 자유롭지 못하구나. 만일 관절의 구김살을 펼 수 있다면 네가 재차 어떤 안마사 아가씨를 부를 수 없을 것이며 너의 어깨나 등을 그 아가씨가 더 이상 두드릴 수 없을 것이로다. 모두들 득도할 수 있을 것이고 제각기 다들 득도하게 되면 우리는 수련하지 않아도 된다. 단련이란 곧 하나의 통증인 것을, 단련이란 곧 하나의 고통인 것을. 여기에 무슨 이해하기 어려운 게 있느냐?"

그때 우리는 마음속으로 또다시 말한다. 당신이야 양가죽 저고리를 입고 주석 연단 위에 서서 관절을 펴고 있으니 당연히 높은 곳에서 비아냥거리는 말을 할 수 있겠군. 이제 막 서서 말을 해도 요통을 부르진 않겠지만 그러나 우리는 지상에 관절을 구부리고 앉았으니 통증에서 이미 마비가 되었다는 것을 당신은 아는가 모르는가? 한 대담한 어린 닭이 그 순간 말을 거리낌 없이 하면서 그곳에서 가련하게 묻는다.

"라오예 아저씨, 우리는 얼마 동안 구부리고 있어야 하나요?"

라오예는 순간 어린 닭을 바라본다.

"정신 나가고 멍청해진 너희들이 정신 나가고 멍청해진 것에서 농아가 되고 농아에서 목재가 되고 목재에서 썩어 문드러진 목재가 되어 다만 폐품과 쓰레기 그리고 너덜너덜해진 넝마주이가 되더니 폐품과 쓰레기 그리고 너덜너덜해진 넝마주이에서 유인원과 원숭이가 되고 유인원과 원숭이에서 닭이 된 원인을 언젠가 깨닫게 되면 너희들은 곧 일어설 수 있을 게야. 기억할 것은 한 단계 한 단계씩 깨달아야 한다는 것이고 제각기 모든 단계를 절대 생략해서는 안 되며 폭리를 취하기 위해 질을 낮추고 시간과 재료를 감하는 행위처럼 약은 수를 써서는 안 된다는 거야. 폭리를 취하기 위해 질을 낮추고 시간과 재료를 감하는 행위처럼 약은 꾀를 부리게 되면 결국 손해를 보는 것은 너 자신인데, 왜냐하면 제각기 모든 단계마다 정신 나가고 멍청해진 원인이 다르기 때문에 한 단계 한 단계씩 제각기 정신 나가고 멍청해진 원인을 전부 깨달아야 하며, 철저하게 깨달아야 진리의 진수를 얻을 수 있으며, 재차 한 단계 한 단계씩 제각기 정신 나가고 멍청해진 진리의 진수를 다 같이 혼합하고, 다 같이 결합하며 다 같이 서로 뒤섞고 다 같이 반죽을 해서 술을 빚어 발효시키고 증발시키며 발한시키는 과정을 거치면 우리의 정신 나가고 멍청해진 원인을 증류해서 찾아낼 수 있지. 술을 빚는 것을 본 적이 없느냐? 증류수를 추출하는 것을 본 적이 없느냐? 당연히 이것을 술로 빚어내는 과정과 증류수를 추출하는 과정은 다른데, 그러나 대강의 순서와 과정은 대체로 엇비슷하긴 하지만 절대 생략해서는 안 된단다. 이것의 일체 관건은 '참을 인忍' 자를 필요로 한다는 것이거늘 이제야 너는 마땅히 명백하게 알겠지?"

짐작건대 어린 닭은 관절이 지나치게 아파서 아픔이 멈추지 않았을 터이고, 아마도 어린 닭은 참는 능력과 견디는 능력이 많이 부족했을 터이고, 짐작건대 정신 나가고 멍청해진 것에 대한 라오예의 깨달음이 각 단계마다 저렇게까지 많이 필요로 한다는 것을 어린 닭은 면전으로 목격할 수 있었을 것이고, 게다가 종합적으로 증류하고 추출해야 하는 하나의 과정까지 목격했을 것이다. 면전의 큰 산과 큰 산 위에는 험준한 산길이 실재하는데 면전에 드러누운 밀은 너무도 요원하고 실재로 끝이 없이 넓은데 어떻게 등정을 한다고 해도 산 정상에는 오르지 못할 것이고 어떻게 베어낸들 밀을 다 베어낼 수 없을 듯하다. 원래 역시 밀이구나. 그로 인해서 라오예는 다만 약간 의욕을 상실하고 곤란을 두려워하면서 심지어 사발을 산산조각 내버릴 생각이구나. 그가 책상다리를 하고 지상에 앉아 있었다면 당연히 꿈

짝달싹할 수가 없을 티인데, 그러나 그는 눈 속에 분노를 가두고 눈물을 흘리면서 고함을 지른다. 우리 오십 번지 서쪽의 모든 정신 나가고 멍청해진 주민들의 심성을 이 눈물이 대변하는 것이다. 일이 이 지경까지 이르자 우리는 또다시 약간은 부끄러운데, 관건은 역사가 굴절해서 결국 하나의 '점點'에 도달하더니 험준한 산길을 굽이돌아 드디어 일어서기 시작한 것들이 왜 다들 어린 닭이거나 청소년뿐이란 말인가, 그것이야. 그 많던 성인들과 장년층은 다들 어디로 달려가버린 것일까?

그들은 여태껏 지상에 구부리고 있지. 비록 이것을 오랫동안 모의하고 깊이 있게 계산했다고 하더라도 이것이 우리들 정신 나가고 멍청해진 원인의 일종이 맞긴 맞아? 우리는 오히려 제 일단계로 책상다리를 하고 앉았는데 그 하나의 원인을 이렇게까지 갑자기 깨닫는단 말인가. 당연하게 그 원인은 재빨리 라오예에 의해서 부정되고, 라오예는 이렇게 말한다. 비록 원인이라 친다 하더라도 우리의 정신 나가고 멍청해진 것의 진수와는 여전히 그 차이가 너무도 멀리 떨어져 있다는 것이고, 관건은 큰 닭과 어린 닭은 먹는 음식이 다르다는 것이거늘 이 약간의 관건을 어쩌면 그렇게 깨닫지 못하느냐? 그러나 오히려 우리들은 마음이 열리면서 의문이 풀리자 또다시 대뜸 참괴慙愧를 느낀다. 그때 어린 닭이 우리 큰 닭들의 심성을 대신해서 그곳에서 고함을 지른다.

"라오예 아저씨, 만일 책상다리를 하는 것이 깨닫는 과정이라고 하더라도 이렇게까지 복잡하고 이렇게까지 인내심이 필요한가요? 시간이 이렇게까지 길게 필요하다면 저는 정신 나가고 멍청해진 원인을 한 단계 한 단계씩 깨닫기 위해서 재차 발효되고 증류되는 과정을

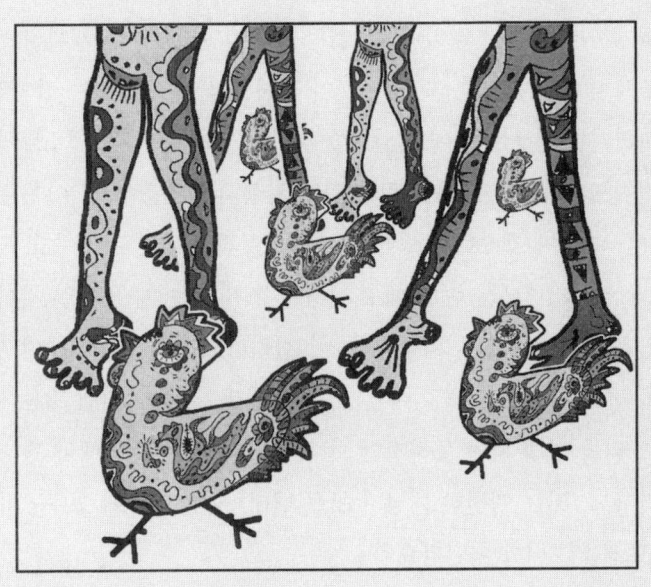

• • •

일이 이 지경까지 이르자 우리는 또다시 약간은 부끄러운데
역사가 굴절해서 관건은 점에 도달하고 험준한 산길을 굽이돌아
일어서기 시작했는데 왜 어째서 다들 어린 닭이거나 청소년뿐이란 말인가?
그 많던 성인들과 장년층은 다들 어디로 달려가버린 것일까?

• • •

기다릴 수가 없으며 이미 아파 죽겠고 쑤셔서 죽겠고 마비되어 죽겠고 뻣뻣해져 죽을 지경이라 고무공이 되어버리겠어요. 하물며 마비된 상태로는 깨달을 방법이 없는데, 과거의 선생님과 내 아버지 두 사람은 그렇게까지 극악무도한 사람들이었지만, 그래도 감히 나를 이렇게까지 대하진 않았어요! 기왕지사 집안일을 이렇게까지 많이 테스트할 거라면 저는 단지 이것이 접시를 산산조각 내는 집안일에 불과하다는 걸 당신들에게 알려줄 것이고, 아무튼 저는 테스트에 불합격했으니까 어쨌거나 이런 집안일은 끝내지 않겠어요. 아무튼 저는 깨닫지 못하겠으니까 당신은 저를 교부하기 곤란할 것이고, 당연히 당신은 저한테서 손을 떼고 신경을 쓰지 않는 게 능사일 것이며, 당신은 저의 무지함을 이용해서 컨트롤하려고 풍자하고 비꼬며 생트집을 잡고 있다는 것을 이미 알고 있을 텐데, 그렇게 되면 저는 사람의 도리를 알게 되는 듯하지만 이 사람의 몸은 치료를 해야 될 지경이라고요. 저는 여전히 깨닫지 못할 텐데, 당신 때문에 고무공이 된 제 모습을 보니까 어떤가요!"

어린 닭은 여기서 아주 억세고 씩씩하게 언급하면서 고개를 밀치끈처럼 끌며 라오예를 바라본다. 그는 교실에서 아주 억세고 씩씩하게 정신 나가고 멍청해진 것을 바라보는 교사처럼 그리고 집 안에서 허리띠를 들고 정신 나가고 멍청해진 아버지처럼 거기 있다. 우리들은 마음속으로 이미 자발적으로 어린 닭을 향해 박수를 치고 있었기 때문이다. 설령 우리가 과거에 어린 닭의 교사이기도 하고 아버지였다고 하더라도 말이다. 다만 우리는 어린 닭이 어디를 향하고 있는지 알았는데, 지금 어린 닭은 오로지 분노와 반항의 말을 아주 적절하게 라오예에게 쏟아내고 있었던 것이다. 현재의 교사이자 아버지인 존재가 필요하구나. 아주 적절하게 올가미를 덮어씌우고 있는 라오예이자 교사이고 아버지인 그가 마침내 여러 단계의 과정을 거쳤어도 우리들이 깨닫지 못하자, 그는 연달아 교실에서 가정에서 수정금자사당의 주석 연단 위에서 간계를 어떻게 어디로 팔아 치워야 할지 몰라서 헤매고 있다. 우리는 반나절이나 관절의 통증에 시달렸고 머리가 마비되어 있었기 때문에 한바탕 텅 빈 공백을 깨닫고 있는데 그는 연신 우리들에게 자신의 유백색과 우윳빛 이론을 주입시키느라 쩔쩔 헤매고 있다. 그 순간 그가 무슨 일인지, 무슨 말을 하려는 것인지, 그가 말로써 어떤 일을 성사시키고자 하는지 우리는 깨달았는데, 우리는 일찍이 우리 자신의 관절을 위해서 그의 이론에 부합하는 자들이자 추종자의 입장에서 아주 조금씩 해탈되고 있다. 단지 하나의 관절을 소홀히 다루었기 때문에, 단지 관절의 통증과 마비 때문에 우리는 모든 오십 번지 서쪽의 아름다운 강산을 라오예에게 순순히 일방적으로 건네주었던 것이다. 무엇이 정신 나가고 멍청해진 것이더냐? 이것이 바로 최대로 정신 나가고 멍청해진 것이로다. 그러나 그 당시 어린 닭이 여기서 용감하게 일어나 용기와 비장함을 드러내면서 게다가 득의양양하게 굴어댔는지, 우리는 어린 닭의 행위가 도리어 라오예와 동류同類로서 일어났고, 게다가 우리 자신도 여전히 몰래 은폐시켜둔 우리들 자신만의 심리적인 말이 있고, 그 말을 또다시 어떤 인간 하나가 우리들을 대신해 뱉어내버렸다는 생각에 내심 은근히 비웃는다. 라오예의 진상에 걸맞은 올가미가 백일하에 들통 난 후 우리는 기다렸다가 당연한 듯이 또다시 어린 닭을 원망한다. 역시 연소자는 무지하다니까. 역시 주둥이에 털도 돋지 않은 주제에 일을 처리하다니, 확실하지 못해. 모든 사람들이 다들 술을 빚느라 참고 견디는 때이거늘. 우리들이 무엇을 깨닫기 위함인지 술을 빚어서 무엇을 만들어내겠다는 것인지 잠시 후에 정확하게 말할 수 있는 것도 아니었건만, 우리들은 제각기 모든 단계마다 정신 나가고 멍청해진 원인에 대해서 술을 빚고 깨달아서 최후로 장차 그 정신 나가고 멍청해진 그것들을 종합적으로 발효시켜 진수를 얻을 뿐만 아니라, 우리들의 관절과 풍습에 어떻게 대응하고 또한 라오예의 방법을 깨달아서 어떻게 대응할 것인지 정확하게 말하긴 어렵지만 그 인간의 방식으로 그 인간을 다스리겠다는 것이었는데, 다만 한 마리의 어린 닭이 시기를 앞당겨서 울어댔으므로, 날은 시기를 앞당겨 밝아져버렸고 일의 진상이 서둘러 백일하에 드러나고 말았거늘, 어린 닭으로 인해 절반 오르다가 도중에 끌려 나와서 올라갈 수도 없고 내려갈 수도 없는 상태로 험준한 산비탈에서 우리들과 나는 더불어 재수 없는 일을 겪자는 게 아니냐? 그곳에서 과연 분노하고 반항하는 어린 닭을 지켜본 라오예의 온 얼굴에는 놀람과 기쁨이 어려 있다. 이미 장엄함은 또다시 놀람과 기쁨으로 전성되어버린다. 심지어 털끝만큼의 원칙도 없이 말한다.

"어린 닭아, 만일 너의 다리가 구부러져 아프고 마비가 되었다면 잠시 후면 너는 시기를 앞당겨서 일어날 수 있게 될 게야. 흡사 교실에서 잠깐 졸고 있는 사이에 네가 일어날 수 있게 된 것처럼 될 게야. 좀 기다리면 다리는 아프지도 않고 저리지도 않으며 연달아 다시 구부려도 여전히 괜찮을 거야!"

그는 연이어 우리 군중들을 대하고 말한다.

"어때? 정신 나가고 멍청해진 원인과 농아의 원인과 목재의 원인과 썩어 문드러진 원인과 폐품과 쓰레기가 된 원인과 닭이 된 원인이 모든 원인들을 일체 종합하는 정신 나가고 멍청해진 병의 원인을 깨닫는다는 것이 여전히 거북스러운가, 아니면 건전하게 깨달은 게 아니더냐? 나는 일찍이 너희들은 깨닫지 못할 것을 알았어. 만일 너희들이 깨달을 수 있다면 그럼 이 라오예나 예수 그리고 하나님은 뭘 하지? 네가 일생 동안 노력을 다해도 이 정신 나가고 멍청해진 원인의 만분의 일도 깨달을 수가 없어. 나야 단지 책상다리를 핑계로 너희들을 앉게 하고 대뜸 테스트한 것에 불과한 것이지만 재빨리 어린 닭에게 일이 생겼지. 비록 어린 닭이라지만 그래도 군중 닭을 대변하는 것이거늘, 너희들 그 도깨비 같은 심사와 간사한 생각이나 감정을 내가 아직도 읽을 수 없을 줄 알았더냐? 일어나서 항의하고 반항해 보시지. 기왕지사 사정은 이렇게까지 발전하고 이런 처지에 이르렀으니 기왕지사 너희들은 구부려져 죽든 맞서서 죽든 너희들은 깨닫지 못한다. 너희들은 시험을 통과하지 못하고 집안일 같은 것을 완성하지 못하고 너희들은 산 정상에 올라가지 못하며, 너희들은 그렇게까지 깨달을 필요도 없고 시험에 통과할 필요도 없거니와 일할 필요도 없고 산 정상에 오를 필요도 없어. 연이어서 너희들은 구부릴 필요도 없거니와 너희들은 '생각心'만 하면 그뿐이야! 나는 현재 너희 모든 인간에게 한 권의 책을 주겠는데 그 책의 제목은 '유백색의 우유'이고 부제는 '우리는 어째서 정신 나가고 멍청해졌는가'인데, 한 단계 한 단계씩 너희들 모두 정신 나가고 멍청해진 원인을 총체적으로 정돈한 것으로 전부 아주 분명하게 위쪽에 씌어져 있지. 너희들은 오로지 책을 탐색하면 이해할 수 있을 것이고 챕터의 순서에 따라 사무를 처리하기만 하면 되는 것이야. 마땅히 너희들 자신이 스스로 해탈을 하지 못하는 순간 오로지 내가 너희들을 대신해 해탈할 것이고 마땅히 너희들 자신이 정신 나가고 멍청해진 원인을 탐색해내지 못할 무렵 계속해서 단지 책만을 생각해야 한다!"

우리가 회상에서 넘어오는 것도 기다리지 못하고 그는 참지 못하고 곧장 다급하게 계속 구령한다.

"염念!"

당연히 우리는 속수무책으로 잠시 다리의 해탈을 위해서 단체로 또다시 일어선다. 돌연 책상다리를 했다가 갑자기 일어서려니까 피가 갑자기 위로 솟구치거나 혹은 아래로 쏠렸고 우리는 갑자기 천지가 올라갔다 내려갔다 하고 높아졌다가 낮아졌다가 하는 것을 감지했는데, 과연 천지가 다른 하나의 공간처럼 느껴지면서 동시에 신상의 모든 관절이 점점 더 아프고 저리다는 것을 감지한다. 마땅히 우리가 계속해서 우리의 그 획일적으로 정제된 그 책을 표면에 나타내면서 보조를 일치해서 '염'을 개시하는 순간, 라오예는 또다시 참지 못하고 다급하게 해석한다.

"다만 챕터의 순서에 따라 염을 해서 내려가야만 한 글자 한 글자가 전부 금으로 바뀔 수 있는 거야!"

시작하자마자 대뜸 우리들은 이것이 라오예가 우리들에게 또 다른 모종의 음모를 설치해둔 것임을 감지할 수 있었는데, 글자는 다만 글자에 불과할 뿐 글자가 금으로 돌변할 수 있는 방법이란 없거늘, 책 속의 황금 가옥이란 그것은 자연히 사람인 것이다. 보통의 인간과 원숭이 그리고 보통 원숭이 그리고 닭과 보통의 닭 세상으로 유도하는 일종의 책략으로서, 그것은 마치 방금 전에 책상다리를 하고서도 정신 나가고 멍청해진 단계적인 원인을 깨닫지 못하고 총체적으로 정신 나가고 멍청해진 원인을 추출하고 증류해도 깨닫지 못하는 것처럼 이 책 글자를 한 글자씩 들여다보아도 황금으로 변하는 것을 우리가 목격하지 못하는 그런 형태의 책략에 유도되길 기다려왔던 것인데, 라오예는 또다시 일어나서 지적하고 꾸짖으면서 일이 여의치 못함을 원망하며 일어선 우리들에게 우리가 이해할 수도 없고 발견할 수 있는 방법도 없는 일종의 다른 기저의 새로운 주장과 요구를 제안한다. 계속해서 여전히 그는 알 수 없는 무슨 간교한 계략을 생각해낸다. 단지 우리는 여기서 아주 적절하게 또다시 라오예의 올가미에 걸려든 것이다. 마땅히 우리는 라오예가 자신의 관성에 따라 여기쯤에서 음모를 설치하고 무기를 매복해두었을 시기라는 것을 감지해야 했거늘, 그는 여기쯤에서 아주 적절하게 광명정대한 성문을 개방한다. 우리는 성문이 개방되자 성문의 안과 성문 한가운데도 복병이 있을 것이라고 생각했는데, 그쯤에 아주 적절하게 텅 빈 성이 하나 자리를 잡고 있었고, 그 작자 혼자 성문의 누각 위에 향을 피우고 악기를 연주하며 내심 긴장하는 척하지만, 기실 여전히 우리들을 놀리는 것에 불과하다는 것을 누가 알기나 했을까. 마땅히 우리가 느낀 바로는 책은 다만 책에 불과하다. 과거에도 우리가 책을 목격하지 못했던 것도 아니고, 글자는 다만 글자일 뿐이다. 과거에도 우리가 글자를 목격하지 못했던 것은 아니지만 우리는 여전히 과거 책과 글자의 개념에 비추어봐야 한다.

"자오, 첸, 쑨, 리, 저우, 우, 쩡, 왕趙錢孫李周吳鄭王."*

* 자오, 첸, 쑨, 리, 저우, 우, 쩡, 왕(趙錢孫李周吳鄭王): 趙(罩) 錢(欠) 孫(損) 李(离) 周(咒) 吳(无) 鄭(症) 王(亡) 看到沒, 都是不吉祥的意思哦, 所以就不能要啦. 뜻글자인 중국어의 특징이 사용된 표현으로 그럴듯한 의미를 지닌 듯하지만 똑같이 발음되는 다른 글자를 연상해보면 기실 이면의 의미에는 전부 재주 없는 의미가 포함되므로 아무런 필요가 없는 글자라는 것을 상징적으로 나타낸 것이다.

규정대로 세금을 냈으니 정색을 하고 한눈으로 밝고 우렁찬 목소리로 책을 소리 내 읽어가는 순간, 책 위의 글자 색채가 과연 바뀌기 시작하는데, 까만 색상에서 갑자기 유백색으로 바뀌기 시작하는 것이다. 진정 유백색의 세계인가? 계속해서 유백색과 우윳빛 색채에서 보라색으로 바뀌더니 드디어 수정금자사당이 된다. 수정과 유리에 햇살이 스며들고 그 글자 위에도 햇살이 스며들자 과연 그 책 위의 글자들은 제각기 한 글자마다 황금색으로 변화한다. 그 순간 우리는 집단이 획일적으로 정제되어 깜짝 놀라며 외마디 소리를 지른다. 그러나 일은 아직 여기에서 완성된 것이 아니고 변형된 글자들이 그곳에서 정지하는 것이 아닌데, 이 금 글자 하나하나의 배후에 연달아 우리들은 또다시 발견한 것이 있으니, 그 각각의 글자들이 금 예수와 금 하나님 그리고 금 라오예로 변형되더니 그곳에 책상다리를 하고 앉아 있는 게 아닌가. 그쯤에서 우리는 대경실색을 하고 번연히 자각을 하게 된다. 과연 라오예는 라오마가 아니고 과연 라오예는 우리들을 기만한 것이 아니며, 책이나 글자도 우리들을 기만하지 않았을 뿐만 아니라 과거에 책상다리를 하고 획일적으로 정제된 것이나 줄곧 서늘하고 상쾌하던 가을바람도 우리들을 기만한 것은 아닌 것이다. 사실 우리의 면전에 서 있던 어떤 라오예는 현재 책 위의 글자 흔적이 어룽더룽한 것에 불과한 존재로서 제각기 금색의 반점이 얼룩덜룩한 글자가 라오예로 전환된 것이다. 사실 보통의 인간은 이 세상 속에서 오직 하나의 라오예인 것인데, 다만 이런 라오예가 불법佛法의 본성으로 바뀐 뒤 곧장 모든 책에 빼곡하게 서서 혹시 이 책이 오십 번지 서쪽에 보급된 게 아닐까. 현재 보급이 개시된 게 아닌가? 그는 여전히 오십 번지 서쪽에 빼곡하게 서 있는 게 아닌가? 만일 이 책이 세계로 보급된다면 그는 곧 전 세계에 빼곡하게 서 있게 되는 게 아닌가? 세계에 금빛 찬란한 라오예가 그곳에 빼곡하게 서 있을 텐데 그래도 당신은 곧 자기 자신을 두려워하지 않고 여전히 자신을 밀고 당기고 그렇게 한단 말인가? 그 순간 우리는 또다시 과거처럼 양반다리를 하고 획일적으로 정제되어 서늘하고 상쾌한 가을바람 때문에 라오예에 대한 회의로 상심하기 시작하게 되면서 머리가 아파오는데, 게다가 라오예가 이백 년간 소리 소문 없이 어디론가 가출을 해버렸고, 보아하니 우리는 여전히 보통의 인간에다 보통의 원숭이에다 보통의 닭들인 그런 층위에 놓여 있기 때문이다. 사후事後에 라오예는 다시 말한다. 마침내 그가 이백 년간 소리 소문 없이 어디론가 가출을 해버렸기 때문에 그 이백 년 중에 우리 오십 번지 서쪽은 막 정신 나가고 멍청해진 것에서 발전을 해서 농아가 되고 농아에서 발전을 해서 목재가 되고 목재에서 발전을 해서 썩어 문드러진 목재가 되더니 썩어 문드러진 목재가 발전을 해서 폐품과 쓰레기가 되고 폐품과 쓰레기가 발전을 해서 원숭이가 되는가 싶더니 또다시 발전을 해서 닭이 되는 지경에 이른 게야. 그 순간 우리는 약간 불만스러운데, 만일 당신이 일찍이 이런 식으로 발전된다는 것을 알았다면 어째서 당신은 여전히 소리 소문 없이 어디론가 가출을 해버렸단 말인가? 라오예는 또다시 우리들에게 해석을 해준다. 그것 역시 이백 년간 대뜸 재난을 당해서 어떻게 손을 쓸 방도가 전혀 없고 그가 존재하든 존재하지 않든 재난은 있기에 오히려 그가 시기를 앞당겨서 소리 소문 없이 어디론가 가출을 해버림으로써 유백색과 우윳빛 세계 안에다 수련으로 이 재난을 반사시켰던 것이다. 수행함으로써 얻은 깨달음의 결과로서 마침내 원신元神* 손에 입수한 뒤에 재주껏 고개를 돌려서 너희들을 구원하려 했던 것이로다. 과연 유백색과 우윳빛 세상이 도래하였도다. 마땅히 우리는 서늘하고 상쾌하던 가을바람에다 획일적으로 정제된 채 책상다리를 하고 있는 단계에서 우리의 라오예에 대해서 여전히 조금은 회의하고 있었는데, 현재는 책 위의 수천만의 모든 글자가 제각기 금빛의 광채를 번쩍거리는 순간이니 마땅히 우리는 라오예에 대해 후회막급하면서 자아를 버리고 감격과 숭배의 정으로 가득 찬다. 책을 받들고 있던 우리들의 면전에 있던 라오예의 표정이 밝아지자 과거에 멍청하고 걱정스럽고 초조하며 주저하면서 이해할 수 없었던 모든 사정들이 현재는 전부 금빛이 찬란하게 번쩍이는 가운데 마음이 열리면서 모든 의문이 확 풀린다. 천 년이나 백 년간 똑바로 내려오는 동안 날씨는 음울하고 흐릿하며 날마다 장마였는데 현재는 결국 장마가 지나가고 날씨가 개자 하늘가에 무지개가 출현한다. 과거에 한 단계 한 단계씩 정신 나가고 멍청해지면서 정신 나가고 멍청해진 것이 점점 더 증가되어 정신 나가고 멍청해진 것이 한 발 한 발씩 정신 나가고 멍청해지면서 아주 완전히 정신 나가고 멍청해졌다는 것을 알긴 했으나 왜 어째서 정신 나가고 멍청해진 것인지 알지 못하면서도 왜 어째서 한 발 한 발 정신 나가고 멍청해진 것인지 모든 정신 나감과 멍청해짐의 일체의 원인조차 우리가 골고루 뒤섞어서 엉망진창이 되곤 했지만 현재 라오예의 책을 읽고 나서 우리의 심리는 돌연 무엇인가 움직이는 듯하고 돌연 무엇인가 생각하는 듯하며 돌연 무엇인가 깨달은 듯하면서 구름 틈새에 있던 마음속으로 갑자기 한 줄기 천광天光이 스며든다. 이것은 비교적 우리

---

* 원신(元神): 고대 신화에 등장하는 신으로서 현 인류가 해석할 수 없는 독특한 물질로 인간의 형상을 지녔으되 무한계 영적 존재의 분신임.

들을 더한층 즐겁게 하는 일로서 날씨는 음울함에서 맑게 개여 천공 중에 태양이 출현하고 장마가 이미 정지되어 우리 온 전신의 관절은 어쨌거나 아주 빨리 무척 많이 가벼워지고 있음을 감지할 수 있다. 우리가 한차례의 책상다리와 수련을 경과한 것이라면 우리는 이미 어떤 층위의 공간으로 오른 게 아닐까? 라오예는 우리의 정서가 엎치락뒤치락하면서 다소 깨어났다는 것을 목격한다. 사실 이것은 그의 음모와 함정이 가면 갈수록 깊어지는 것이다. 이미 회의와 망설임에서 시간에 딱 알맞게 감은대덕과 감격으로 눈물을 흘릴 지경이고, 그는 또다시 시기를 놓치지 않고 재빨리 이 열차를 한차례 뒤흔들면서 장차 우리들을 또 다른 철궤 위에 오르게 하기 위해서 다시 주석 단상에서 고함을 친다.

"창唱!"

그 순간 당신은 우리에게 말은 하지 말고 노래만 하라고 했는데, 단지 우리는 고함을 치고 또 우리는 고함을 치면서 노래하고 또 찌르고 또 죽이면서, 우리는 다들 당신과 함께 걸으면서 당신의 구령 소리 한 번에 목숨을 돌보지 않고 용감하게 전진하면서 헌신적으로 분투한다. 온 전신의 동작이 경쾌해진 뒤 우리는 고개를 치켜들고 일제히 노래를 부르기 시작하면서 유달리 진의를 다하고 전심전력을 다하는 현상이 드러난다. 우리는 라오예의 지도 아래 일제히 획일적으로 정제되어 박자를 맞춰가면서 노래를 부른다. 비록 음조는 약간 역사적으로 상투적인 방법이라 하더라도 말이다.

라오예 책은 최고 읽기 좋아
천 번 만 번 반복해도 조예가 있구나

라오예 책은 최고 선량하고

글자마다 구절마다 금빛 찬란하구나

라오예 책은 최고 하얗고

정신 나가고 멍청해진 닭이 다시 돌아오는구나

라오예 책은 최고 인내하고 양보하니

썩어 문드러진 쓰레기도 낱낱이 마음껏 읽는구나

    마땅히 우리들은 거기서 감정을 억제할 수가 없어 정신 나가고 멍청해진 목을 길게 내밀고 드높은 소리로 노래를 부르는 순간이다. 여기에 걸맞게 한 패거리의 병든 닭들은 이미 그곳에서 정신 나가서 고함을 치고 멍청하게 노래를 부르며 어지럽게 울부짖고, 천공天空은 밤낮으로 우리들이 어지럽게 울부짖고 있기 때문에 이미 손과 발이 바빠 엉망진창이고 손을 제때 쓸 수가 없어서 잠시 동안 대응할 수 없다. 이것을 낮이나 아니면 밤에 정해야 할지 그것도 모르고 있을 무렵 아주 짧은 촌각에 시시각각으로 일어서는데, 당연히 우리 오십 번지의 우리들은 올가미에 걸려들어 깊숙이 침투되고 닭에서 병든 닭이 되고 또다시 정신 나가고 멍청한 닭으로 바뀌고 있기 때문이다. 시기로 보건대 이미 닭 신세가 아닌 것도 그다지 멀지 않았다. 이미 밤낮을 가리지 않고 변화되고 있을 무렵 우리는 그곳에서 감정을 억제할 수가 없어서 정신 나가고 멍청해진 채 투입되어 있기 때문에 온 전신에 아무런 감각이 없다. 그때 우리는 과거의 수정금자탑을 목격하고 심연의 함정 속에 가면 갈수록 깊숙이 빠져들어 우리 스스로 제힘으로 빠져 나오기란 불가능했다. 이미 밤낮을 가리지 않고 천지가 뒤바뀌게 되어 있다. 그런데 되레 이번에도 하염없이 눈물을 흘린다.

"원래 나 역시 손을 내려놓고 상관하지 않을 수도 있지만 실제 오십 번지 서쪽의 재난이 지나치게 심각하다는 걸 목격했어!"

"하나의 오십 번지 서쪽에서 어쩌면 이렇게도 많은 아버지와 교사를 배출해냈지?"

"나는 여전히 정신 나가고 멍청해진 오십 번지 서쪽을 과소평가했어!"

"한차례 서늘하고 상쾌한 바람으로 관절통을 얻었기 때문에 너희들에게 곧 천변天邊에 금빛이 출현하게 했던 게야!"

"과연 닭을 죽이는 데 소 잡는 칼을 사용할 수 있구나!"

"독하다면 곧 이곳이 독한 거야!"

"만일 내가 일찍이 이렇게까지 독했다면, 나 역시 일찍이 아버지와 교사로 변했더라면 오십 번지 서쪽은 이렇게까지 많은 아버지와 교사들이 분투하거나 점령할 수가 없었어!"

"나의 참을성도 한도가 있다고!"

"나 역시 더는 참을 수 없을 지경이야!"

"그러나 너희들은 이렇게까지 정신 나가고 멍청해졌구나. 이미 정신 나가고 멍청해져서 천지가 뒤바뀌고 밤낮을 가리지 않은 채 정신 나가고 멍청해지는 지경이니, 나는 다만 너희들이 자각하기를 재차 인내할 수밖에 없어!"

"어떻게 곧 생각도 좀 해보지 않고 그 금빛이 어째서 진짜 금이더냐?"

"어떻게 곧 생각도 좀 해보지 않고 그 유백색이 어째서 젖빛이더냐?"

"이게 어디 금빛이라면 이 글자들은 칠흑이겠구나!"

"깨어나렴, 오십 번지여!"

"깨어나렴, 원숭이여!"

"깨어나렴, 닭이여!"

......

그런데 그 순간 우리들은 수정금자탑의 권고와 인도를 오히려 귀를 막은 채 들으려고 하지 않는다. 심지어 우리들은 수정금자탑에 대해서 좋지 않은 뜻을 품고 회의하기 시작한다. 금이 분명하거늘 어떻게 칠흑으로 간주한단 말인가. 당신은 흑백이 뒤바뀌면 재차 우리들을 칠흑 속으로 데리고 가려는가? 참이 분명하거늘 어떻게 거짓이라고 말한단 말인가. 당신, 우리들에게 참을 포기하고 당신과 함께 거짓으로 다시 돌아가자고? 선이 명백하거늘 어떻게 악이라고 말할까. 당신, 우리들에게 선을 포기하게 하고 당신과 함께 악으로 다시 돌아가자고? 참는 것이 마땅하거늘 어떻게 잔인하다고 말한단 말인가. 당신, 우리들더러 참는 것을 포기하게 하고 당신과 함께 잔인함으로 다시 돌아가자고? 낮의 햇빛이 찬란한 게 분명하고 우리들의 관절병과 풍습병은 이미 완화되어 통증이 없거늘, 당신은 여전히 우리들에게 어두운 밤과 장마 지는 날씨로 다시 돌아가서 우리가 다시 관절염과 풍습병을 재차 얻게 되는 중죄를 저지를 셈인가? 당신, 무슨 속셈인지 모르겠군! 만일 역사를 거슬러 올라가 보았더니, 너 수정금자탑이 출현하지 않았어도 오십 번지 서쪽의 시간은 가속화되었을 것이다. 길의 모퉁이와 모퉁이를 돌아가는 시간의 틈바구니에서 갑자기 속도가 가속화되면 우리는 사후死後에 당신을 가장 먼저 내던질 것이다. 우리는 여전히 보통 사람에서 발전하지 못하고 정신 나가고 멍청해져 있구나. 마땅히 우리는 정신 나가고 멍청해진 것에서 이미 발전을 해서 멍청한 닭의 처지가 되었거늘, 라오예는 오히려 모진 난관을 다 겪으면서 유백색과 우윳빛인 세상으로 우리들을 옮기고 진정

508

한 취경을 이루게 하면서 현재 수만 리도 멀다 하지 않고 바다를 건너 멀리까지 나갔다가 우리들을 위험에서 벗어나게 하려고 다시 되돌아오는데, 기왕지사 우리가 보통의 인간에서 정신 나가고 멍청해짐에 이르렀다면 현재 우리는 단지 정신 나가고 멍청해진 것에서 유백색의 세상으로 나아가고 있을 터이거늘, 누가 우리들에게 끌려가지 말라고 할 것이며 누가 우리에게 재차 정신 나가고 멍청해진 단계로 다시 되돌아오지 말라고 할 것인가. 우리는 일체 질질 끌려가는 물건이며 사람인데 다만 우리들을 질질 끌고 가는 것뿐만 아니라 게다가 다른 별개의 계략까지 있다. 수천만의 금빛 찬란한 라오예와 예수 그리고 하나님이 우리의 면전에 서서 우리들에게 손을 내밀자 곧장 접촉이 되는데, 게다가 당신은 우리들을 일제히 인도하고 유혹하며 구원해도 여전히 우리는 공담空談*과 공투空透**의 유리琉璃 단계에 처해 있거늘 어떻게 우리들이 다시 고개를 돌려 당신을 믿겠는가? 그 순간 라오예는 수련과 각성을 한 단계 한 단계씩 한 우리들을 대하면서 오히려 심리적으로 아주 만족스러워하며 또다시 우리들에게 창을 멈추라고 말한다.

"이것으로 되었노라. 이것을 각성이라 부르고 깨달음과 사악함을 없애는 것이라 부르느니라. 그러나 우리는 수정금자탑에 대한 비판의 문제는 일률적으로 처리해서는 안 되며 일부를 보고 전체를 평가하면 안 되노라. 비록 수정금자탑이 우리들을 참을성에서 질질 끌어당겨 잔인함에 이르게 하고 선에서 질질 끌어당겨 악에 이르게 하고 '참'에서 질질 끌어당겨 '거짓'에 이르게 하고 밝고 아름다운 태양 광

---

* 공담(空談): 입으로만 말하고 정작 실행에 옮기지는 않는 상태.
** 공투(空透): 뚫고 지나가지 않았는데 뚫고 지나갔다고 느끼는 상태.

선에서 질질 끌어당겨 칠흑에 이르게 하여 엉망진창으로 만들어 장마 날씨가 되게 하며 대낮에서 질질 끌어당겨 시커먼 밤에 이르게 하면서 설령 잔인하고 악하며 거짓이며 장마 진 날과 칠흑을 대동하고 왔다고 하더라도 말이다. 그런데 수정금자탑이 왜 어째서 우리가 있는 여기로 그것들을 데리고 오면서 어째서 왜 다른 지방으로는 그것들을 데리고 가지 않았을까? 역시 그것은 우리 여기의 토양에 박테리아를 번식할 수 있기 때문이며, 수정금자탑이 대동하고 온 것은 약간 억지스럽고 사악한 주장으로서 역시 시장에 판매할 수 있기 때문이다. 왜 어째서 우리는 수련과 각성을 하기도 전에 여전히 그것의 올가미에 걸려들어서 그것에게 눈짓으로 추파를 던졌단 말인가. 그런데 마땅히 그것이 잔인할 뿐이라는 것을 증명하는 순간 너희들 역시 잔인해지고 마땅히 그것이 악이 되는 순간 너희들 역시 악이 되고 마땅히 그것이 거짓이 되는 순간 너희들 역시 거짓이 되고 마땅히 그것이 칠흑인 순간 너희들 역시 칠흑인 것이로다. 칠흑일 뿐만 아니라 그 상황에선 다른 존재조차 자기 자신인 것이다. 칠흑 상태에서는 다른 존재의 신상에서 우리를 방어할 수도 없고 방범할 수도 없으며, 칠흑에서는 나 자신의 심리와 당신의 심리가 한데 뒤엉켜 깜깜한 어둠 속에서 걸어나가면 이 깜깜한 어둠에서 다만 수련이 경과되고 있을 뿐이노라. 왜 어째서 내가 유백색과 우윳빛 세계를 향하기만 하고 다른 세계는 지향하지 않겠는가? 아름다운 세계는 아주 많긴 하지만 오로지 너희들 심중에 칠흑 같은 것이 뒤엉키어 감추어져 있고 깜깜한 어둠이 너무도 많기 때문이로다. 너희들 수정금자탑 그곳에서 한 번 친 박자가 딱 들어맞은 것이야. 탑은 내려놓아도 좋지만 자신을 내려놓는 건 좋지 못하단다. 반론은 내려놓아도 좋지만 손에 붙잡힌 저술은 내려놓으면 좋지 않지. 탑의 잔인성과 악과 거짓 그리고 칠흑에다 나는 햇살과 유백색 이론을 비추어서 재빨리 얼음을 용해시켜 눈이 되게 하듯이 할 수 있고, 너희들 심중의 잔인성과 악과 거짓 그리고 칠흑도 그렇게 할 수 있단다. 그 물질들은 아주 조금씩 없어지는데 얼음이 석 자 높이로 언 것은 하루의 추위에 다 언 것이 아니기 때문이며, 그것은 마치 관절염과 풍습병을 한두 번의 전기 치료나 한두 차례의 흡각吸角으로는 치료가 불가능하고 모든 재능이 한 가지가 끝나면 백 가지가 끝나는 것이나 마찬가지란다. 그럼 일이 현재 이 지경까지 이르렀는데 우리는 그럼 어찌하랴? 원래 '창(唱: 노래하라)'한 뒤에는 '함(喊: 고함쳐라)'하고 '함喊'을 한 뒤에 '전(轉: 굴러라)'하지. '전'을 할 무렵 뼈는 '반(盤: 구부려)'보다 좀더 통증이 있는데 '전'을 한 뒤엔 비로소 '수(收: 거두어)'가 있지. 획일적으로 가지런히 수련하는 한 세트의 과정이 있단다. 게다가 매일의 수련을 전부 완전히 갖추는 것을 고수해야만 하는데, 다만 내가 보기에도 너희들의 고난이 지나치게 무겁고 정신 나가고 멍청해진 세월 속에서 그리고 심중의 깜깜한 어둠 속에서 배회한 시간이 지나치게 장구하구나. 너희들의 뼈와 관절은 이미 핵분열 상태로 변형되었구나. 나 역시 너희 한 패거리의 병든 닭들이 가련하기에 약간 남아 있는 나머지 과정은 내가 독자적으로 너희들을 대신할 것이고 너희들 수련은 이것으로 생략하겠노라. 너희들로 하여금 약간 좀 일찍이 유백색과 우윳빛 세상에 도달할 수 있게 하기 위해서 내가 재차 다시 한 번 살신성인의 정신으로 희생하여 의義에 살겠노라. 현재의 문제는 내가 희생을 해서 의롭게 살 수 있다는 것이고 내가 너희들을 위해서 헌신할 수 있다는 것이며 내가 일신을 다 바쳐서 호랑이를 사육하겠다는 것이고 내가 자신을 내려놓을 수 있고 내가 붙잡고 있는 이 저술의 관문을 지나갈 수 있다는 것이기에, 그렇다면 너희들도 나처럼 나와 함께 자기 자신을 내려놓을 수 있지 않겠느냐. 내려놓으려면 아주 철저하게 내려놓아야 하고 자기 자신을 내려놓고 자신의 일체 모든 것을 유백색과 우윳빛 세계에다 헌납할 수 있어야 한단다. 과거에도 이런 관문이 있더냐?"

그때 우리는 이미 뜨거운 피가 부글부글 끓어오르고 라오예가 우리들을 위해서 우리들로 하여금 깜깜한 어둠에서 여명에 도달하게 하고 잔인성에서 참을성으로 이르게 하고 악에서 선에 이르게 하고 거짓에서 참으로 이르게 하더니 일체 헌납하게 한다. 그는 이미 우리들을 대신해서 여러 과정을 생략했던 것이고, 우리들을 위해서 자기 자신의 신생을 위해서 여태 무엇을 내려놓지 못한 것이 있다면 모든 것을 내던지고 소리 소문 없이 어디론가 가출을 할 수 없더란 말인가? 그 순간 한 다발의 음풍이 불어와서 우리들은 또다시 관절과 풍습의 통증을 감지한다. 이것은 유백색과 우윳빛을 위해서 우리들로 하여금 계속 훈련을 하게 하되 영원히 다른 층위로 돌려보내지 못한다는 경고이며 각성인 것이다. 현재 우리는 결국 훈련으로 깨닫고 무엇을 어떻게 훈련하느냐 하는 것도 깨닫는다. 그것은 다만 매번 역경 속에서 관문을 통과하는 것에 불과하다. 그러나 관문은 무수하고 여전히 우리들은 눈이 뚫어지게 바라볼 수밖에 없구나. 다만 마침내 눈이 뚫어지게 바라보고 있기에 우리는 결단을 내리고 자기 자신을 내려놓기도 하며 계속해서 훈련하기도 하는구나. 현실적인 하나의 문제는 수련을 하지 않거나 자기 자신을 내려놓지 않으면 우리의 관절과 풍습은 재빨리 또다시 통증이 찾아온다는 것이다. 이미 곤혹스럽다고 해도 우리는 달리 어쩔 도리가 없이 바꾸지 못한다는 것이며,

오직 여명과 참을성과 선 그리고 참인 것은 아니지만 유백색과 우윳빛의 아름다운 세계 하나와 우리의 관절과 뼈를 위해서 그렇게 할 수밖에 없다는 것이다. 오락가락하며 같은 방향을 계속 맴돌다가 관절과 뼈로 돌아갈 수밖에 없다. 우리는 이참에 모든 것을 내던지고 소리 소문 없이 어디론가 가출을 하며 자기 자신을 내려놓고 희생을 해서 의롭게 살기로 한다. 이제껏 자기 자신을 일체 헌신해온 것이다. 그래서 우리는 또다시 한마음으로 서로 협력하며 획일적으로 정제되어 뜨거운 피가 용솟음치면서 고함을 친다.

"우리는 자신을 내려놓을 수 있다!"

"우리는 이 관문을 지나갈 수 있다!"

"우리는 자신을 희생해서 의롭게 살 수 있다!"

"우리는 일신을 다 바쳐서 호랑이를 사육할 수 있다!"

어떤 사람이 그것을 증명하기 위해서 이미 불이 난 데 스스로 기름을 끼얹었으며 고함을 지른다.

"약탈해도 내버려두고 일도 내버려두고 역경은 약간 더 많아져야 해!"

"우리의 관절과 뼈에는 통증이 약간 더 있어야 해!"

"우리에게 수련의 기회를 더 많이 주어야 해!"

"우리에게 일찍이 오십 번지 서쪽을 이탈하게 해주면 유백색 세계로 이르자!"

……

결국 라오예는 목적에 도달하게 되고, 그 순간 그의 얼굴 위로 또다시 득의양양한 미소가 떠오른다. 우리는 한 발 한 발 그의 책략과 함정으로 떨어진 것이고 지금은 이미 함정의 바닥과 진창에 도달했기에 그는 결국 위장을 벗어넌지고 여전히 자신의 진면목으로 환원되는 순간 그가 다시 미소를 지으면서 말한다.

"기실 이건 하나의 관문이고 이건 하나의 약탈이며 이건 하나의 역경이니까 아주 간단하고 조속히 유백색과 우윳빛 세계에 도달하기 위해서 너희들 기공을 훈련하고 수련하는 것 이외에 또한 재차 너희들 신상의 약간의 물건이라도 헌납하게 하려는 것이지. 다만 아주 약간으로도 충분하지."

우리는 그곳에서 여전히 계속 올가미에 걸려든다.

"무슨 물건인지 당신이 말씀해보세요. 오직 당신이 제안하기만 하면 우리는 재빨리 당신한테 헌납할게요. 유백색과 우윳빛 신세계를 위하는 길인데 우리가 여전히 무엇인들 내려놓지 못할까요?"

라오예는 한 글자 한 구절씩 말하면서 웃는다. 마치 책 안의 한 글자 한 구절을 말하는 듯하다.

"그럼 단지 당신들 모든 사람들이 골수를 약간씩 헌납하기만 하면 되지. 오직 너희들 골수를 헌납해야 재주껏 너희들을 방치했다는 성의를 표시하게 되는 게야. 왜 어째서 골수를 헌납하고 다른 것을 헌납하면 안 되느냐고? 골수에 대해 너희들은 이미 최고 진귀하다는 것을 알고 있기 때문이고, 골수가 결핍되면 우리는 유백색과 우윳빛 세계에 도달할 수가 없거든. 왜 어째서 유백색과 우윳빛 세계냐 하면 단지 그것들은 골수의 색채와 엇비슷하기 때문이야. 그러나 이것이 너희들 골수를 헌납하는 주요 원인은 아니고 주요 원인은 나의 그 금빛 찬란한 유백색과 우윳빛 세상에 관한 책 때문인데 오직 인간의 유백색과 우윳빛 골수를 이용해서 한 글자 한 글자씩 써내려가기 위해서야. 가면 갈수록 유백색이고 가면 갈수록 황금색이며 이것은 단지 유백색 세계에 불과하고 보통의 인간들 세계와는 다르다고!"

그 순간 우리는 아닌 밤중에 홍두깨를 맞은 격으로 갑작스런 이변에 깜짝 놀란다. 그때서야 우리는 철저하게 라오예의 올가미에 걸려들었다는 것을 인식한다. 라오예는 사실 라오예가 아니라 여전히 과거의 라오마였던 것이다. 사실 우리의 뼈와 관절은 지금 현재에도 풍습병이 들었고, 사실 우리의 뼈와 관절은 경련이 일어나서 변형이 되어버렸으며, 우리 이 한 패거리의 닭들은 이미 경련을 일으켜서 흡사한 떼거리의 비둘기 같거늘, 재차 당신이 모든 사람마다 제각기 이미 경련을 일으켜서 변형된 우리들의 뼈 안에서 약간의 골수를 추출해가겠다면 이 뼈는 철저하게 갈라터지고 파열되며 말라서 터지고 붕괴되어 터져버리지 않겠어요? 뼈를 잃어버리고 골수를 윤활제로서 보양하고 있으니 그것은 뼈라고 부를 수 없고 만들어진 골수의 액체 침전물로써 우리의 뼈가 부서지면 마땅히 만들어진 골수의 액체 침전물도 대뜸 부서지는 순간, 그럼 우리 이 닭의 전신은 어쩌면 토막토막으로 갈라 터지지 않을까요? 무엇을 뼈를 두드려 깨뜨려서 골수를 빨아먹는다고 부를까? 이것을 바로 뼈를 두드려 깨뜨려서 골수를 빨아먹는다고 부르리. 무엇을 잔인하다고 부를까? 이것을 바로 잔인하다고 부르리. 무엇을 거짓이라고 부를까? 이것을 바로 거짓이라 부르리. 무엇을 악이라 부를까? 이것을 바로 악이라 부르리. 무엇을 깜깜한 어둠이라 부를까? 이것을 바로 깜짝한 어둠이라 부르리다. 그러나 마땅히 우리는 아닌 밤중에 홍두깨를 맞은 격으로 갑작스런 이변에 깜짝 놀라서 다시 한 번 각성하려는 순간, 일체 모든 것이 벌써 시간이 촉박해서 어찌할 도리가 없게 된다. 왜냐하면 라오예는 이미 금빛 찬란한 그의 책 속으로 도망을 가버렸기 때문이며, 도망 가버린 라오예는 한 명이 아니라 수천만이었다. 수천만의 라오예가 한 사람을 붙잡아서 주사기로 찌르기 시작하더니 논밭을 세분해서 개인의 할당 아래 생산하듯 각자의 책임량을 할당하고 곳곳에 널리 분포된 닭을 포획하며, 포획한 한 마리의 닭에다 주사기를 꽂자 우리들은 이미 경련을 일으키고 변형되어서 기실 골관骨管 안에는 얼마간의 골수도 없었다. 그러나 이때도 여전히 우리가 최고로 경악을 해서 겁을 먹은 것은 아니고 연달아 경악을 해서 우리가 겁을 먹게 된 것은 그 순간 수정금자탑이 골조를 거두어들였다는 것이며, 더군다나 예전의 일개인으로 다시 환원된 라오예이자 단지 라오예에 불과한 그가 공동으로 닭을 포획하기 시작한다는 것 때문에 경악한다. 순간 우리는 또다시 돌연 깨달은 게 있다. 누가 행위 예술가인가? 사당이야말로 행위 예술가인 것이다. 골수 빼내는 것을 완성하고 난 뒤 그들은 토론을 시작하고 분배한다. 되레 분배가 불공평해지자 그들은 또다시 골조를 세운다. 이번의 골조야말로 오히려 참인 것이다.

제9막
▲▲▲
색채

【전제: 봄이 찾아오니 온갖 꽃이 향기롭다】

이백오십 년 후 라오마가 몸소 되돌아온 후 라오서가 되돌아왔고, 라오서가 되돌아온 뒤 라오지앙 역시 되돌아왔고, 연달아 멍지앙뉘·라오펑·여자 앵커·백골정·샤오빠이·샤오스·라오양·라오후 들이 제각기 줄줄이 잇닿는다. 오십 번지 서쪽에 복귀된 것이다.

그들이 말하기를, 사실 되돌아오지 않을 수도 있었고, 그들의 또다른 세계의 공간과 그 층위를 기다리는 것도 아주 좋다고들 떠든다. 물론 유백색과 우유 세계는 아니었고 게다가 붉은색·주황색·노란색·녹색·청색·남색·보라색·분홍색·심홍색·회색·금색·나무색·물색水色·화색火色·황토색·무쇠색·강철색 등 각종의 색채가 혼합된 색채였으며, 그 형상은 자진해서 나뉘어져 원형도 있고 마름모꼴·삼각형·정사각형·불규칙 다각형 등 제각기 그 형태가 일정하지 않은 세계였고, 그곳에는 전부 평평하게 깔려 있으며 황금의 누壘 벽에다

•••

이백오십 년 후 라오마가 몸소 되돌아온 후 라오서가 되돌아왔고,
라오서가 되돌아온 뒤 라오지앙 역시 되돌아왔고, 연달아
멍지앙뉘·라오펑·여자 앵커·백골정·샤오빠이·샤오스·라오양·라오후 들이
제각기 줄줄이 잇닿는다. 오십 번지 서쪽에 복귀된 것이다.

•••

변기는 전부 투명한 수정인데, 누룰 벽도 노래할 수 있거니와 변기도 감탄할 수 있다는 것이다. 똥이 내려가기만 해도 심각한 사상을 떠들어대는 소리를 들을 수 있어 온종일 심정은 유쾌하고 머리가 산뜻하게 깨어났으며, 입으로 마시는 차가운 물조차 미친 듯 즐겁다고 하는데, 라오마·라오서·라오지앙·멍지앙뉘·라오펑·여자 앵커·백골정·샤오빠이·샤오스·라오양과 라오후가 실제 오십 번지 서쪽에서 보건대 말도 되지 않는 소리였거늘, 인간들은 이미 정신 나가고 멍청해진 것에서 농아가 되고 농아에서 인정도 양심도 없는 존재가 되더니 인정도 양심도 없는 존재에서 목재가 되고 목재에서 썩어 문드러진 목재가 되어 폐품과 쓰레기가 되더니 폐품과 쓰레기에서 원숭이가 되고 원숭이에서 다시 닭이 되어 현재는 이런 한 떼거리의 멍청한 닭들이 뼈와 관절이 이미 경련을 일으켜서 변형되고, 또 인간들이 골관骨管 안의 골수를 추출해 가버렸으니, 만일 내가 아주 많은 나를 같은 장소에서 조직한다면 그것은 다 같이 일시에 되돌아온 우리들에 불과한 것이다.

그런 우리가 재차 돌아오지 않아도 오십 번지 서쪽은 머지않아 인간에게 휘둘려서 이리저리 구부러지고 뒤섞여서 더 이상 존재하지 않게 된다. 다른 몇몇 사람이 자기들이 뜻하는 바대로 일종의 부호와 대명사로 성사시켜서 오십 번지 서쪽의 대지에 재차 출현한 것은 그림자인데, 보기에는 오십 번지 서쪽이지만 기실 그것은 하나의 그림자이다. 다만 이 그림자는 늘 볼 수 있는 것은 아니었고 오직 그 인간들에게 걸맞은 억수 같은 비가 내린 뒤 대성통곡을 한 연후에 비가 지나가고 맑게 갠 천변에 무지개가 출현할 무렵, 오십 번지 서쪽의 그림자는 재주껏 마치 신기루처럼 편편한 한 단락의 사막과 쓰레기 위에 확고히 우뚝 선다. 오십 번지 서쪽은 그림자를 마주 상대한 것처럼 수백 년간 정신 나가고 멍청해진 오십 번지 서쪽 주민들조차 각자 개개인의 그림자가 만들어져 마땅히 그들이 빌딩에서 줄을 지어 아래를 향해 내려가는 순간, 먼 곳에서 보면 여전히 그들은 과거의 익숙한 옛 친구의 얼굴로서 라오마는 여전히 라오마였고, 라오서는 여전히 라오서였고, 라오지앙은 여전히 라오지앙이었고, 멍지앙뉘는 여전히 멍지앙뉘였고, 라오펑은 여전히 라오펑이었고, 여자 앵커는 여전히 여자 앵커였고, 백골정은 여전히 백골정이었고, 샤오빠이는 여전히 샤오빠이였고, 샤오스는 여전히 샤오스였고, 라오양은 여전히 라오양이었고, 라오후는 여전히 라오후였지만, 그런데 당신이 그들에게 접근하거나 그들 가까이 걸어갈 무렵, 사실 그들은 한 패거리의 가짜 인간들로서 종이 인간이자 그림자였는데, 따라서 보기에는 라오마지만 다만 라오마는 아닐 뿐이고, 보기에는 라오서지만 다만 라오서는 아닐 뿐이고, 보기에는 라오펑이지만 다만 라오펑은 아닐 뿐이고, 보기에는 여자 앵커지만 다만 여자 앵커는 아닐 뿐이고, 보기에는 백골정이지만 다만 백골정은 아닐 뿐이고, 보기에는 샤오빠이지만 다만 샤오빠이는 아닐 뿐이고, 보기에는 샤오스지만 다만 샤오스는 아닐 뿐이고, 보기에는 라오양이지만 다만 라오양은 아닐 뿐이고, 보기에는 라오후지만 다만 라오후는 아닐 뿐이다. 모든 사람들이 제각기 서로 바라보아도 마치 거울을 마주하고 있는 것과 같은데, 거울 속의 내가 과연 나인가? 거울 속의 내가 자기인가? 설령 보기에는 자신이고 여전히 자신과 닮은꼴이라 하더라도, 어떻게 애잔한 종이도 닮은꼴이라고 그와 동일하며, 그림자도 닮은꼴이라고 그와 동일한가? 그 형세만을 보고 행동한다면 허무맹랑한 것 아닌가? 우리는 자기의 그림자를 끌어다가 마치 자신의 혈육인 양 연루시키고 있다. 몇백 년간 만나지 못했더니 당신은 끝내 이런 몰골로 변모해서 우리들은 서로 마주 보면 마치 그럴듯하게 익숙했으나 막상 또다시 대면하면 서로 인식할 수가 없어 음식이 목에 걸려 실성을 하고 하염없이 눈물을 흘리면서 멈출 줄 모르는데, 우리가 자기 자신의 그림자를 끌어당기는 것이 마치 임종하는 자기 아버지를 끌어당기는 듯하다.

"아버지, 제발 다시 남아요."

"아버지, 한 모금의 물만 다시 마셔요."

"아버지, 이 불효자식을 용서하세요."

"아버지, 돌아가시려거든 다시 한마디 말씀만 남겨주세요."

그 순간 아버지는 고통스럽게 몸부림을 치면서 말한다.

"아들아, 내 그림자를 다시 남겨줄 생각인데, 단지 이것을 잠시 머물게 하기 위해서 나는 재차 냄비에 기름칠을 해야겠구나!"

……

그래서 그림자는 우리 면전에서 또다시 별안간 사라져버렸다. 혹은 바꾸어서 말하자면 과거에 오십 번지 서쪽과 오십 번지 서쪽의 인간들은 정신 나가고 멍청해진 것에서 농아가 되고 농아에서 인정도 양심도 없는 존재로 변신하더니 인정도 양심도 없는 존재에서 목재로 바꾸고 목재에서 폐품과 쓰레기로 바뀌더니 폐품과 쓰레기에서 원숭이가 되고 원숭이에서 다시 닭으로 변신한 인간은 결코 라오마·라오서·라오지앙·멍지앙뉘·라오펑·여자 앵커·백골정·샤오빠이·샤오스·라오양·라오후 본인이 아닌 것이고 다만 이것은 라오마·라오서·라오지앙·멍지앙뉘·라오펑·여자 앵커·백골정·샤오빠이·샤오스·라오양과 라오후를 구부려서 뒤섞어놓고 조성한 그림자에 불과한 것이다. 그들의 그림자는 줄곧 난동을 부리고 파괴를 일삼더니 지금은 사람을 파견해서 라오마·라오서·라오지앙·멍지앙뉘·라오펑·여자 앵커·백골정·샤오빠이·샤오스·라오양과 라오후 그들의 그림자를 몰살하고 소멸해서 진정한 라오마·라오서·라오지앙·멍지앙뉘·라오펑·여자 앵커·백골정·샤오빠이·샤오스·라오양과 라오후를 원래 위치인 오십 번지 서쪽에 복귀시켜서 우리 오십 번지 서쪽을 점령케 하고자 함이며, 우리는 재주껏 우리가 정신 나가고 멍청해진 원인을 탐색해서 한꺼번에 통틀어서 매매를 해서 판로를 넓혀나가려는 것이다. 이것은 단지 라오마·라오서·라오지앙·멍지앙뉘·라오펑·여자 앵커·백골정·샤오빠이·샤오스·라오양과 라오후를 원래 위치인 오십 번지 서쪽으로 복귀시키려는 원인이자 목적에 불과한 것이다. 설령 우리가 이 말조차 입과 마음이 다른 또 하나의 책략에 불과하다는 것을 알았더라도 말이다. 이번에 새로운 이론과 관점을 제출한 것은 우리들에게 더한층 큰 하나의 음모와 함정을 건네주려는 게 아닌가? 오십 번지 서쪽의 희뿌연 대지를 마구 구부리고 뒤섞어서 진정 깨끗하게 하려는 게 아니라 오십 번지 서쪽을 그림자로 변모시키겠다는 것이 곧바로 당신들의 희망 아니더냐? 진정 그들의 그림자를 몰사汲死시켜야 할까? 그들의 그림자를 몰사시키긴 해야 하는데, 아무래도 이것을 구실로 삼아야 하기 때문에 우리 오십 번지 서쪽과 우리 스스로의 그림자를 몰사시켜야 한단 말인가? 당신들이 한차례 한차례씩 구부리고 뒤섞어서 우리들을 변형시켰기 때문에 한차례 한차례씩 탈바꿈되고 후퇴해서 이미 그림자가 된 것인데, 현재 그림자를 생존시켜 우리들에게 남겨줄 여지가 없더란 말인가? 우리 몸을 진정 두들겨 패서 뼈의 골수를 빨아놓고도 여전히 달갑지 않느냐?

만일 당신들의 그림자를 몰살하고 소멸해야 한다면 오십 번지 서쪽의 진정 깨끗한 대지가 거꾸로 진정 뿌옇게 되는 것이다. 단 당신들이 이걸 경시했으니까 당연히 우리가 진짜 인간에서 그림자로 탈바꿈될 무렵 우리 진짜 인간의 신상의 모든 참과 선 그리고 참을성조차 모두 동시에 당신들이 소멸하시오. 참과 선 그리고 참을성, 그것들이 되레 존재하지 않아야 현재 그림자와 우리의 신상에 남아 있던 것조차 거짓과 혐오스러움과 잔인함으로 변한다. 마땅히 우리도 진짜 인간을 유지하는 순간 우리는 이미 한을 잃게 되는데, 현재는 우리가 당연히 진짜 인간을 껍데기 안으로 몰아넣고 그 안에서 기어 나온 것이 그림자로 탈바꿈될 무렵, 우리는 곧바로 완전히 새롭게 주워 올려져서 새로움이 증가되고 늘어나리라. 그렇게 되면 점점 더 원한이 매일같이 한 단계 한 단계씩 누적되어 내려가리라. 당신들이 그림자로써 진짜 인간의 뼈를 두들겨 부수고 골수를 빨아들였기 때문이다. 뼈를 두들겨 부숴 골수를 빨아들인 후에 약간은 슬그머니 저절로 발이 저리지 않던가? 현재는 당신들이 마땅히 진짜 사람을 근거로써 그림자를 대하는 순간, 이때의 그림자는 마땅히 흡사 과거의 진짜 사람처럼 될 수 없으므로 재차 당신들의 올가미로 걸려든 것이다. 우리들 역시 당신들이 배양한 양귀비꽃인 것이니 우리 역시 우리가 제작한 복수의 칼이 있는데, 현재 이 칼은 당신들과 당신들의 그림자를 향해 방향 전환을 했지. 게다가 이런 일체의 이론과 관점을 당신들 자신이 제안했던 것이다. 비록 우리가 원한으로 들끓는다고 해도 이미 비분강개해서는 안 되는 것이고, 재빨리 원한의 칼을 뽑은 뒤 당신들 진짜 사람을 향해 찔러야 하는데, 그러나 우리의 그림자는 또 그 정신 나가고 멍청해진 예전의 진짜 인간과 흡사한 것이 아니라서 우리는 결코 여기서 단도직입적으로 그들의 음모를 들추어내지는 않으면서, 게다가 상대방 책략을 역이용해서 라오마·라오서·라오지앙·멍지앙뉘·라오펑·여자 앵커·백골정·샤오빠이·샤오스·라오양과 라오후 본인의 진실한 실체를 만들어낸 뒤 갑작스레 크게 깨달은 것처럼 말한다. 아마도 이것은 최후의 투쟁일 것이다.

"사실은 이런 식이고, 사실 당신들이 예전에 우리들과 다 같이 깨달은 것은 당신들 그림자였으며, 사실 그림자가 컨트롤하고 있는 것은 재난을 입은 오십 번지 서쪽이죠. 수백 년 내려오는 동안 사실 그림자는 우리들로 인해서 정신 나가고 멍청해진 상태에서 한 발 한 발씩 변모해서 현재는 멍청한 닭이 된 거죠. 그리고 연달아 그들이 골수를 추출해간 것이라고요. 설령 그 그림자 역시 당신들의 그림자더라도 말입니다. 단, 여기서 약간의 문제가 있다면, 우리는 이 몇몇 그림자를 오로지 추구하지 않는다는 것이고, 현재의 문제라면 기왕지사 당신들이 다시 한 번 우리들을 구원하기 위해서 자기 자신의 그림자를 몰살해야 한다는 것이죠. 그렇다면 이런 당신들의 그림자를 몰살할 자객을, 당신들 중에 누구로 파견할 준비를 하셨나요? 우리들을 파견할 것인지 아니면 당신들 자신을 파견할 것인지, 당신들 그림자만 완전히 몰살할 것인지 아니면 우리들의 그림자도 다 같이 몰살할 건가요? 다른 문제 하나는 극중 레퍼토리가 여기에서 변화하고 별안간 바뀌는 일이 발생한다는 것인데, 수백 년 동안 터무니없는 극이 나타나 상연됨으로써 살인 연극은 뜯어 고칠 필요가 있는 것으로 추구되었거늘, 이런 식으로 변화와 별안간 레퍼토리가 바뀌는 것은 모든 연극 레퍼토리를 훼손하는 게 아닌지요? 그것은 마치 그림자를 파괴하려다가 진면목 그 자체를 훼손하는 것과 같지요. 어떤 순간 지혜가 발동해서 수백 년간 형성되고 답습되어온 것을 훼손시키지 않으려는 건가요? 모든 연극의 레퍼토리가 이 때문에 질서 없이 어수선하게 드러나는 건가요? 우리는 그 다음 순서를 받아들이기가 적절할 수 있을까요? 무대 아래의 관중들께선 대뜸 적절히 받아들일 수 있으신가요? 이 때문에 견딜 수가 없다고 발끈거리며 크게 화를 내면서 몸을 일으켜 무대 위로 걸어 나간 사람이 곧바로 여기 남아 있는 당신 자신이라면 어떻겠어요? 그림자를 표현할 무렵 관중들은 여전히 한자리에 우글우글 모여서 온 정신을 한군데 다 기울였는데, 현재 몰살하려는 그림자는 곧바로 남아 있는 근본 인간들이거늘 관중들이 거꾸로 콧방귀를 뀌면서 분연히 소매를 떨치면서 나가버리다니, 그 순간 훼손된 것이 단지 우리 자신만은 아니죠. 되레 우리는 무슨 상관이 없는데 하물며 우리 골수까지 다른 인간이 뽑아가버렸으니 이미 지나칠 만큼 훼손된 걸요. 그리고 오십 번지 서쪽 말인데요, 오십 번지 서쪽도 그다지 관계가 없는데, 진정 아주 깨끗한 대지가 진정 뿌옇게 되었다고 하더라도 우리 자신만 문제가 되는 것이 아니라 흡사 적이 점령한 지역에 이미 미사일이 꽝 터진 흔적이 근절된다고 한들 벌써 당신이 점령했는데 보통 사람에게 그 미사일 흔적이 여전히 무슨 의미가 있단 말인가요? 만일 이 때문에 연극의 레퍼토리가 여전히 훼손된다면, 그렇다면 우리의 모든 연극배우와 감독은 즉시 생존할 땅이 없겠네요. 우리와 오십 번지 서쪽 일은 작지만, 연극과 연극의 레퍼토리는 아주 크다는 것을, 당신들 이 점을 또다시 고려해 보시렵니까? 인생은 연극 같은 것이거늘 훼손된 인생이나 정신 나가고 멍청해진 인생이라면 별 상관없지만 연극 그 자체가 훼손되면 그 일은 아주 크다고요. 흡사 당신들 그림자만을 몰살한다면 별 상관이 없겠지만 만일 그 때문에 연달아 당신들 본인들까지 몰살하면 곧바로 당신들 신체까지 땅에 매장될 수 있다니까요. 일을 착수하기 전에 우리는 조심스럽지만 모든 의혹을 말해야겠고, 연달아 일을 어떻게 진행해나갈지 당신들은 그 방법을 구경이나 하세요!"

라오마·라오서·라오지앙·멍지앙뉘·라오펑·여자 앵커·백골정·샤오빠이·샤오스·라오양과 라오후 본인 그 자체는 과연 여기에서 우리 그림자의 올가미에 걸려든다. 그들은 진정 우리들을 의심하고 진정 우리들을 이해하지 못했기 때문이다. 진실한 신체가 우리를 의심하고 이해하지 못했으므로 곧바로 이미 어떤 이론과 관점의 올가미에 걸려든 것이다. 본신本身 그 자체는 다만 기만의 그림자에 불과한 것이다. 진실한 신체의 그림자 깃발은 이미 일체 중요한 것을 해쳐서 전쟁 초반에 벌써 승리를 거두어서 흩날린 셈이고 그것으로 인해서 그들은 노파심에서 되풀이해 간곡하게 권하는 모양을 연출해내면서 우리들에게 해석을 해준다.

"죽이는 것은 여전히 우리의 그림자만 죽이는 것이고, 근본 신체 그 자체는 여전히 남겨둘 필요가 있지. 만일 계속 근본 신체까지 몰살해 버린다면 누가 찾아와서 너희들을 구원하고 해탈시킬까? 죽이는 것은 여전히 우리의 그림자를 죽이는 것이고 너희들 그림자는 여전히 남겨두어야 해. 만일 계속 너희들 그림자까지 몰살해버린다면 진실한 신체와 상대를 이루는 그림자가 존재하지 않는 것에 불과하기 때문이야. 바꿔서 말하자면 너희들을 구제하고 해탈시키려면 여전히 너희들 그림자에서부터 구제와 해탈을 시작해야 한다는 것이고, 계속 그래야 너희들 본신이 재주껏 구제되고 해탈된다는 것이야. 구제되고 해탈되는 것을 기다리면 너희들 근본 신체의 단계에 이르게 되지. 그것은 곧바로 흡사 너희들 각종 다양한 색채의 세계 속에서 원위치인 오십 번지 서쪽으로 복귀를 한 것처럼, 연달아 재차 킬러를 고용해 너희들 그림자를 몰살한다고 해도 아직 때는 늦지 않으니까, 현재 너희들은 이미 본신을 잃어버리고 오직 남아 있는 것이라곤 그림자이거늘, 만일 연달아 너희들 그림자까지 무기로 암살해버린다면 너희들 본신 그 자체가 숨을 곳이 없지 않겠느냐? 가죽도 없거늘 털이 어디 붙어 있을 수 있어? 오직 오십 번지 서쪽과 지나치게 정신 나가고 멍청해진 너희들 때문에 이미 그 정신 나가고 멍청해진 단계에서 멍청한 닭 신세가 된 셈인데, 기실 너희와 과거의 오십 번지 서쪽은 이미 크게 다르기 때문에 너희와 오십 번지 서쪽은 본말本末이 전도되듯 배보다 배꼽이 더 커져버렸다. 과거의 너희들 몸은 본이었고 그림자가 말末이었는데, 몸이 나가버리고 나자 큰 태양 아래에는 이젠 비로소 그림자만 있고 마침내 지금은 아주 적절하게 상반되었으니, 영影이 본本이요 신身은 말末이기에 오직 그림자는 장마 지는 날에만 출현하는 것에 불과하니, 너희들 신체로 재주껏 부화뇌동하면서 남의 의견에 영합하렴. 그와 동시에 터무니없는 연극은 이제 암살극으로 고쳐져 연극의 레퍼토리가 훼손될 리 없지만 황당무계함이 드러나고 아주 적절하게 이런 식으로 고쳐진 연극은 이제 더한층 터무니없구나. 원래 황당무계한 연극에 불과하거늘 거기다 어떻게 뭐 더 이상 황당무계하지 못할까! 이런 변화에 절대 군중들의 민의는 격분하지 않기 때문이고, 되레 이런 변화는 연극의 레퍼토리를 더한층 정도에서 벗어나게 만들고 터무니없게 만드는데, 그건 군중들이 박수를 치면서 좋다고 하기 때문이야. 결국 여기서 당연히 고조가 일어나는 고장마다 어떤 고조로 인해 물결이 넘실거리면서 대뜸 터무니없는 길로 내려가니, 우리는 이미 그걸 바라보는 것도 진절머리가 나기 때문에 현재 갑자기 현실을 바꾸어서 암살하고 서로 죽이고 싸우니, 연극 레퍼토리는 더한층 보기에 좋아서 사람의 정신을 한바탕 더욱 더 터무니없게 만드는구나. 여기서의 변화는 아주 급격한 전환으로, 레퍼토리의 변화가 아주 급격하게 전환해야 관중이 변화할 수 없는 것인데, 만일 입으로 무슨 변화와 아주 급격한 전환이 있다고 말을 해놓았다고 하더라도 다만 정신적으로 한차례 급격하게 전환하는 것에 불과하지. 이 약간의 이론적인 문제를 해결한 뒤에 우리는 연달아서 다시 현실 문제와 기술적인 문제를 담론해야 한단다. 단지 그림자를 죽이기 위해 누구를 고용할 것인가 하는 문제는 마땅히 자객의 문제이자 여전히 킬러의 문제에 불과한 것이고, 기실 이 문제 역시 무척 선이 분명하게 드러나는 문제이지. 기왕지사 우리의 그림자를 암살하려는 것이고 당연하게 우리를 파견할 수는 없는 일이고 오직 너희들만 파견될 수 있는데, 진실한 신체 대 그림자를 말하지 말고 다만 진실한 신체 대 진실한 신체라야만 하거늘, 자기가 스스로를 살해한다는 것은 여전히 행동으로 착수하기가 어렵지. 우리는 거울 속의 그림자를 대하고 우리는 여전히 자신의 그림자를 바라보면서 스스로를 불쌍하게 여기는 격이고 하염없이 눈물을 흘리는 격인데, 달리 말할 필요 없이 그가 한 자루의 검을 들고 자기의 그림자를 암살하는 격이구나. 오십 번지 서쪽과 정신 나가고 멍청해진 너희들을 구제하고 구원하기 위해서 부득이하게 우리가 암살의 임무를 너희에게 부여할 테니 너희는 우리들 그림자를 암살하되 그것은 결코 우리들을 위해서가 아니라 너희의 그림자나 너희 본신 그 자체를 위해서인데, 그림자를 버리고 의를 취하면 너희들에게 여전히 무슨 면목이 서겠는가? 하물며 너희에 대해 우리가 알고 있는 것이라곤 너희가 과거의 우리 그림자가 누적되고 가득 찬 원한이라는 것뿐이거늘 악한 짓을 너무 많이 일삼아 결국 최후를 맞이해서 우리들을 책망하고 있는 너희들 심리를 어떻게 알지 못하랴. 단언하기는 어렵지만 너희가 우리 그림자를 암살하는 동시에 너희가 암살한 것은 우리들 본신 그 자체라는 것을 심리적으로 동시에 연상하게 될 거야. 현재 이 그림자를 암살하자니 진실한 신체를 연상할 수 있는 기회를 결국 잡았거늘 너희들은 어쩌자고 즐거워서 춤추지 않고 주먹을 문지르며 손바닥을 비비고 만반의 준비를 갖추고 있는 것인지, 너무도 절박해서 잠시도 지체할 수가 없느냐? 현재 이미 알고 있는 사실을 또다시 묻겠는데 다른 꿍꿍이속은 없느냐?”

그런데 우리는 이 안에서 아주 적절하게 또다시 그 약간의 진실한 신체의 올가미에 걸려들고 있는데, 그 말을 듣자니 우리가 자객으로 파견되긴 될 모양이다. 사실 우리가 그들이 그들 자신을 파견할 필요가 있다고 여긴 것은 그들이 다들 가장해서 행동하는 게 아주 탁월하기 때문이고, 연기를 하면 우리들을 또다시 기만할 수 있기 때문이다. 이번에 진짜 칼과 진짜 총을 움직이게 된다는 생각을 하지 못했고 그들이 잡고 있는 약간의 진짜 칼과 진짜 총을 우리들 손 안에 교부해줄 때도 그런 생각은 하지 못한 것이다. 보복인 것이다. 그리고 결국 최후의 투쟁이 돌아온 것이다. 과연 우리는 이 약간의 그림자로 인해 좀 신명이 나서 기뻐 날뛰면서 주먹을 문지르며 손바닥을 비비고 만반의 준비를 갖추면서 너무도 절박해서 잠시도 지체할 수가 없고, 우리는 한편으로는 일종의 오해이면서도 상호간의 통일을 승인하고 다른 한편으로는 그림자의 성정을 좀 참을 수가 없다. 특별히 약간 좀 작은 그림자가 흡사 멍청한 닭으로 있던 그 단계의 멍청한 어린 닭처럼 구는데, 여전히 주둥이에 털도 돋지 않은 어린 것들은 일처리가 서툴기 마련이구나. 그 안에 민의民義가 격분해서 고함을 지르기 시작한다.

"하수인을 파견하려면 마땅히 우리들을 파견해요!"

"이 임무는 우리가 완성할 수 있어요!"

"친지여, 서둘러 무기를 교부하시오!"

"진실한 신체여, 저에게 돼지 잡는 칼을 주세요!"

"진실한 신체여, 저한테 총 한 자루를 주세요!"

"당신들 그림자를 간파할 수가 없어요!"

"비록 골수는 없다고 하더라도 우리는 여전히 뼈가 있다고요!"

"날이 어두워지면 살해할 테니 당신들은 넌지시 보세요!"

"각종 각색의 진실한 신체 여러분, 어서 구령을 내려요!"

"각종 형상 여러분, 밀령을 갈무리해둔 장소가 어디인지 우리에게 알려주세요!"

……

그때 각종 각색의 진실한 신체와 각종 형상들은 되레 느긋하게 웃는다. 이 한 패거리의 멍청이들을 보아하니 단지 그림자가 변모된 것에 불과하며 이것은 더군다나 한 패거리의 멍청한 그림자로구나. 칼과 총을 교부해준다는 말을 듣고 나자 그들은 너무도 절박해서 잠시도 지체할 수가 없다. 각종 색채를 지닌 진실한 신체와 각종 현상을 한 눈으로 살피며 우리의 올가미를 위해 그곳에서 기쁘고 위안이 되어 서로 사양해대기 시작한다.

"보아하니 큰 문제는 이미 해결한 듯하고 이젠 행동을 해도 되겠어. 계속되는 문제는 기술적인 문제인데, 이렇게까지 많이 공동적으로 우리가 당장 회귀한 것은 오십 번지 서쪽을 구원하기 위해서였는데, 그럼 이젠 행동 개시 구령을 누가 발할 것인가?"

라오마가 라오서를 밀뜨린다.

"큰형님, 형님 손 안에는 원래부터 돼지 잡는 칼이 있었지만 제 손 안에는 겨우 신발 깁는 송곳뿐이니까 역시 당신이 구령을 내려야겠어요!"

라오서는 라오지앙을 밀어버린다.

"라오지앙, 당신은 과거에 지본가知本家였으니까 여전히 밀어붙이는 책략을 셈할 수 있을 터이니 역시 당신이 구령을 내려요!"

라오지앙은 멍지앙뉘를 밀뜨린다.

"설령 내가 밀어붙이는 길을 알고 있다지만 그래도 밀어붙이는 길을 가장 잘 아는 것은 멍지앙뉘이고 과거에 만리장성을 무너뜨리기 위해서 눈물로 밀어붙였으니까 역시 당신이 구령을 내려야 해!"

멍지앙뉘는 라오펑을 밀뜨린다.

"내가 구령을 내리는 것도 적당하지 않고, 역시 라오펑 오빠가 구령을 내리시죠. 눈에 눈물이 한 무더기인데 뭘 더 설명하죠?"

라오펑은 손을 저으며 여자 앵커에게 넘겨버린다.

"물로는 무엇을 설명하긴 어렵고 진정한 인도인은 역시 여자 앵커요!"

여자 앵커는 백골정을 밀뜨린다.

"그러나 우리는 현재 사람을 토론하는 게 아니라 그림자를 토론하고 있다니까요. 그림자로 변화된 것을 말해야만 하고 온 전신의 그림자가 대뜸 수백만 개의 그림자로 변해서 사람을 해치는 자로 돌변할 수도 있으니까 아무래도 백골정이 할 수 있죠!"

백골정은 샤오빠이를 밀뜨린다.

"샤오빠이는 과거에 배추를 팔 때는 장부를 잘못 기재했지만 과거에 장부를 잘못 기재한 것이야 부족한 탓이고 지금의 그림자 문제는 장부를 잘못 기재할 일이 없지 않겠어?"

샤오빠이는 샤오스를 밀뜨린다.

"배추 파는 것이야 모방을 하면 된다지만 지금 그림자를 밀어붙이는 일을 논의하고 있는걸. 특별히 그림자에 대해 정감이 있다면 역시 가라오케의 접대부 샤오스가 적절해!"

샤오스는 라오양을 밀뜨린다.

"라오양은 과거에 때를 밀던 사람이며, 진정한 신체는 적나라한 나체로 나무 침상에 누운 신체니까 몸 위의 때를 아래로 밀어내리듯 그의 그림자도 모두 그렇게 할 수 있는 것 아니겠어요?"

라오양은 라오후를 밀뜨린다.

"비록 무수한 그림자의 때를 아래로 밀었다고 하더라도 그러나 철저히 깨끗하게 제거하고 그림자를 청소해버리는 것을 논의해야겠는데, 과거에 너덜너덜한 넝마를 주워 올리던 라오후를 어림짐작해보시오!"

……

그들은 서로 이리 밀고 저리 밀어대서 제대로 바른 논의를 할 수가 없고 되레 우리들은 이 약간의 그림자를 참을 수가 없게 된다.

"다만 무기에 대한 구령만 내리면 안 되나요? 과거에 당신들 그림자 역시 명령을 발한 적도 없고 명령을 내린 적도 없으니 현재 이리 밀고 저리 밀면서 여전히 이렇게까지 소동을 부리는 거예요. 과거에 당신들 그림자가 우리들을 기만하고 핍박할 무렵 오히려 너무 다급해서 지체할 수 없는 형편이더니, 현재 당신들은 진실한 신체로 이루어져 있으면서 우리들을 구원해야 하거늘 되레 자잘한 작은 물고기에만 불길을 활활 태우는군요. 만일 당신들이 누차 마치 그림자처럼 군다면 되레 우리가 결단성 있고 단호하게 사상을 통일하고 말 것인데, 당신들, 당신들 그 진실한 신체가 재차 이렇게까지 서로 이리 밀고 저리 밀어대니까, 우리는 오히려 당신들이 여기에 갈무리해두었을 음모가 있기 때문에 일이 개시되기도 전에 서로간에 이리 밀고 저리 밀어대는 것이 아닌가 싶고, 그래서 그 음모 때문에 도둑이 저도 몰래 발이 저린 게 아닌가 싶어 회의적이에요. 만일 여기에 재차 음모를 설치해두었다면 우리 몇몇 그림자는 거꾸로 해탈해 원위치인 오십 번지 서쪽으로 복귀를 해서 정신 나가고 멍청해진 채 계속 그대로 있겠어요!"

기실 그들 진실한 신체는 더 이상 책략을 설치해 내려갈 수 없다. 보아하니 저들은 여전히 그 약간의 작은 물고기를 불에 굽고 삶느라 이미 불땀을 조정하는 중이고, 이미 요리를 식탁에 진열할 수 있어서 그 순간 그들은 적절하고 합당한 곳에 암매장해둔 무기를 폭로하기 시작하면서 우리들에게 어느 지방에 밀령을 숨겨두었는지 알려주기 시작한다. 다만 그 명령 때문에 우리는 경악하게 되는데, 그 순간 구령을 발한 것은 결코 그들의 진실한 신체가 아니라 게다가 그들의 진실한 신체를 다 같이 취합해서 또다시 공동으로 합성한 단체사진이다. 하나의 사진은 그들 집단을 대변해서 말을 하기 시작한다. 이 집단으로 합성된 단체사진을 목격한 우리들 심리는 오히려 약간 각성하게 되는데, 우리들은 다시 한 번 식견이 짧아 멀리 내다보지 못했

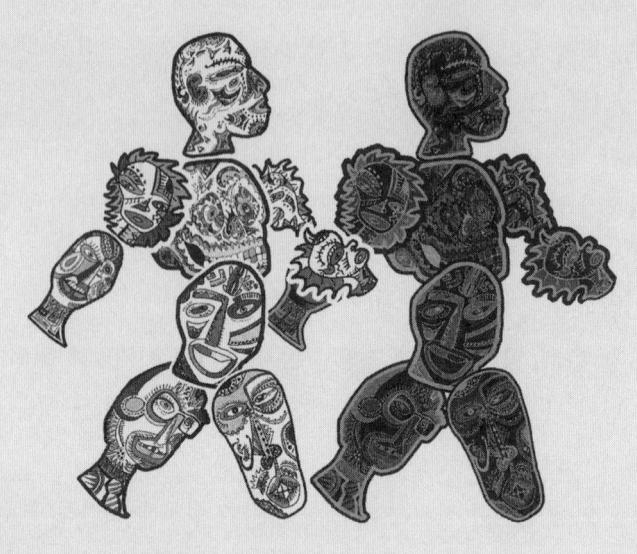

• • •

다만 그 명령 때문에 우리는 경악하게 되는데, 그 순간 구령을 발한 것은
결코 그들의 진실한 신체가 아니라 게다가 그들의 진실한 신체를
다 같이 취합해서 또다시 공동으로 합성한 단체사진이다.

• • •

고 사리사욕에 눈이 어두워서 의리도 저버리고 혹은 땅바닥의 사리 사욕에 눈이 어두워서 의리도 저버리고 그들의 올가미에 걸려든 것이다.

그 단체사진을 보아하니 그렇게까지 상냥하고 화목한 듯하다. 사람과 사람이 서로 손을 이끌고 있는 모습을 보아하니 아주 약간의 검은 구름이나 모순도 없는 듯하다. 사후에 우리는 그들이 온갖 모순을 지닌 채 사분오열하고 있다는 걸 겨우 눈치 챌 수 있고 서로 상대방에 대해 파리라고 말한다는 것을 간신히 알게 되긴 한다. 마침내 그런 식이었기 때문에 그들은 한 장의 단체사진을 공동으로 들여다보면서 책임은 지지 않으려 든다. 이 한 장의 단체사진을 우리는 약간의 집단 그림자로 대하는데, 사실 집단 대 집단이고 사실 또다시 그림자 대 그림자일 뿐이다. 그림자는 앞을 향해 다시 일보 전진한다. 이 단체사진과 집단 그림자는 비록 제 발이 슬그머니 저렸지만 보아하니 온 얼굴에 미소를 띤 채 또다시 말한다.

"좋아, 다들 이제 기다리는 것은 더는 참을 수가 없을 터이고 기왕지사 모두들 이미 마음이 조급해 잠시도 지체할 수가 없지. 기실 우리 이 약간의 단체사진과 진실한 신체는 오히려 재차 잠시 더 기다릴 수가 있긴 하지. 구령과 무기가 내려지길 기다리고 있는데, 그런데 너희들 행동을 착수하고 암살할 자는 누구지? 그것은 여전히 우리의 몇몇 진실한 신체의 그림자가 아닌가. 킬러는 더 이상 지체할 수가 없겠지만 수감된 죄인은 반대로 다시 잠시 동안 끌어낼 수 있겠는데, 아버지 임종은 고통스럽거늘 과거에 아버지가 임종하던 순간 너희들은 그의 그림자라도 남겨달라고 하더니, 현재는 우리의 그림자인 너희들이 죽여달라고 하며 거꾸로 더 이상 지체할 수가 없다고 하는구

나. 우리는 정의를 위해서 부자간의 사사로운 정을 버리고 단체사진에 대한 의리를 취하게 될 줄 우리 스스로가 예측하지 못한 셈인데, 마침내 이런 식이기 때문에 너희가 있어야 너희 오십 번지가 되는 것이고 오십 번지 서쪽은 너희가 있어야 한다. 이 순간 너희들은 진실한 신체와 거리가 그다지 멀리 떨어져 있지 않단다. 과거 우리는 오직 오십 번지 서쪽의 정신 나가고 멍청해진 것만 중시했거늘 언제부터 오십 번지 서쪽의 악랄하고 잔인함을 중시했더냐? (우리는 여기까지 듣고 마음속으로 일소를 금할 수가 없다. 헛소리, 오십 번지 서쪽이 한을 잃어버린 것은 그야말로 당신들 때문인데, 바야흐로 우리들로 하여금 악랄하고 잔인함으로 완전히 새롭게 들고일어나라고 하는구나. 다만 우리는 표면적으로는 더 이상 말이나 낯빛으로 본심을 드러내지 않을 터인데, 역시 과거 정신 나가고 멍청해진 것의 허상은 어디로 가서 듣고 있겠지) 그야말로 이런 식으로 악랄하고 잔인해지고 있기 때문에 우리는 바야흐로 너희를 해치울 킬러를 파견할 것이야! 기왕지사 킬러는 이미 지체할 수가 없어서 형을 집행하는 무대 위에 서 있는데, 관중들이 더 이상 참을 수가 없어서 우리의 수감된 죄인은 약간 한 번 지체하거나 재차 지체하지는 못하지. 관중이 누구더냐? 관중 역시 눈앞의 성과나 이익을 급히 추구하는 한 패거리의 정신병자와 멍청이들이지. 사내 관중들만 아니라 어떤 여자 관중들은 남자 관중들보다 더한층 미쳐 발광하고 잔인하지. 그 여자들이 우리가 임종하기 전에 침착하고 크게 소리를 치는 순간, 사경을 헤매는 우리는 한 구절의 고함 소리는 듣기 좋구나. 듣기 좋은 그 한마디란 '억울한 누명'이 아니라 '이십 년 뒤엔 좋은 그림자이기도 하다,' 이것이지. 기왕 현장의 분위기와 상태는 이미 우리들을 이런 지경까지 핍박하고 있

으니 우리는 형을 집행하는 단상에서 함구령과 당신들에게 무기를 내려준다는 구령을 발하기만 기다린다. 형을 집행하는 무기는 마침내 수감된 범인 자기 자신에게 놓여 있고, 형을 집행한다는 구령은 마침내 수감된 범인 그 자신에게 발하는데, 방금 전에 당신들은 여전히 이 연극의 레퍼토리를 의심하면서 고치려는 움직임으로 극을 훼손하고 관중의 정서까지 훼손하더니, 현재 관중들이 듣기로는 우리들에 대한 함구령뿐만 아니라 형을 집행한다는 구령까지 내려진 듯한데, 그들은 여태껏 어떻게 바보처럼 웃는다는 걸 모른단 말인가. 여태껏 이렇게까지 사람들의 예상을 뛰어넘으면서 사태를 가지런하게 바로잡아가는 좋은 놀이를 사람들은 구경한 적이 없다. 관중들을 위해서, 너희들을 위해서, 오십 번지 서쪽의 정신 나가고 멍청해진 것과 이 정신 나가고 멍청해진 원인을 탐색하기 위해서 장차 이 정신 나가고 멍청해진 기회를 포착해서 철저하게 널리 확산시켜나갈 것이고, 현재 우리는 너희들에게 무기를 내려줄 것이며, 현재 우리는 곧바로 너희들에게 구령과 밀령에 불과한 그것이 어느 지방에 감추어져 있는지 알려주겠다!"

우리는 결국 한숨을 내쉰다. 이론적으로는 법석을 떨어대며 결국 완성한 셈인데, 그것 때문에 우리는 연이어서 화제를 급히 서둘러 묻는다.

"그렇다면 (실시에 불과함) 무기와 밀령은 도대체 어느 지방에 갈무리해둔 건가요?"

단체사진은 미소를 고수한다.

"먼저 무기를 말할까, 아니면 밀령을 먼저 말할까?"

우리는 여기서 마음이 대뜸 움직이는데 무기를 밀령과 비교하자면 밀령이 여전히 한층 더 중요한 게 아닌가. 무기가 내려져도 밀령이 내려지지 않을 수 있지 않은가. 밀령이 내려지면 행동은 벌써 개시되는 셈이고 무기를 우리 손 안에 교부해주지 않을 방법이 없는 것이다. 그 때문에 우리는 말한다.

"먼저 밀령을 말해주세요."

단체사진:

"기왕 너희들은 먼저 밀령을 원했다. 기실 무기와 밀령은 누가 먼저 내려지든 누가 나중에 내려지든 동일하지. 그렇다면 우리가 먼저 밀령을 내리지. 밀령이 어디에 감추어진 것인지 말하게 되면 또다시 관중들은 연달아 깜짝 놀라게 될 것이야. 밀령은 천변天† 멀리 있기 때문이고, 가깝게는 내 눈 앞에 있고, 멀리로는 내 입속에 있고, 가깝게는 너의 신상에 있고, 멀어도 너의 신상에 있으며, 가깝게는 너의 머리카락 안에 있고, 멀게는 네 한 패거리 집단의 머리카락 안에 있으며, 가깝게는 너의 그 한 뿌리 혹은 한 올의 머리카락 안에 있단다. 그렇다고 해도 이 순간 너는 나에게 질문을 해서는 안 되는 것이고, 묻고 싶다면 너의 머리카락에게나 물을 것이며, 그 밀령이 갈무리된 것을 탐색하자면 너의 머리카락 안으로 가서 뒤지는 것에 불과해. 이것을 우리는 바야흐로 밀령을 탐색하는 것이라 부르며, 먼저 너의 머리카락을 뒤져야 하고 너의 머리카락을 찾아내야만 그때 비로소 우리들의 밀령을 찾아낼 수 있지."

그때 우리는 오히려 대경실색한다. 밀령이 본래부터 우리들의 신상과 우리들의 머리카락 안에 갈무리되어 있단 말인가? 그렇다면 언제부터 그 밀령이 우리들의 신상과 우리들의 머리카락 안에 들러붙었단 말인가? 사실 우리는 이미 밀령을 갈무리한 채 몇백 년 동안이

나 정신 나가고 멍청한 생활을 했단 말인가. 한 발 한 발씩 정신 나가고 멍청해져서 그 정신 나가고 멍청해진 것으로부터 농아가 되고, 농아에서부터 의리도 없고 인정도 없는 존재가 되더니 의미도 인정도 없는 존재가 목재가 되고, 목재는 너덜너덜 썩어 문드러진 목재가 되더니 썩어 문드러진 목재는 폐품과 쓰레기가 되어서 넝마가 되고, 폐품과 쓰레기에서 멍청한 원숭이가 되고, 멍청한 원숭이가 멍청한 닭이 되는 동안 우리의 신상에는 밀령이 전부 갈무리되어 있었구나. 일찍이 이 모양이라는 것을 알았다면, 우리가 역사의 쇠사슬을 절단하기 위해 일찍이 행동하지 않았을까요? 그림자여, 왜 어째서 우리들에게 좀더 일찍이 알려주지 않았단 말인가요. 그 순간 그림자는 또다시 웃으면서 말한다.

"알리지 않은 것이 아니라 시간이 되지 않았던 것이고, 시간이 되면 반드시 알려주지."

줄곧 밀령이 우리의 몸에 있었던 것은 다만 그들이 연달아 우리들을 곤혹스럽게 만든 뒤 안절부절못하게 만들려는 속셈이라는 것을 깨닫는데, 밀령을 어느 곳에 갈무리한들 좋진 않지만 왜 어째서 머리카락 속이 아니면 안 된단 말인가? 농도가 짙은 머리카락뿐이구나. 특별히 여자 앵커와 샤오스의 머리카락이 좋은 품종인 듯하구나. 수만 뿌리가 있는데 그 밀령은 도대체 어느 머리카락 한 가닥에, 어느 머리카락 한 뿌리 밑에 갈무리되어 있단 말인가? 수만 뿌리의 머리카락을 한 뿌리씩 조사한다면, 그 일을 진행하자면 매우 복잡하고 곤란하겠구나. 다시 말해서 한 뿌리의 머리카락 안에도 갈무리될 수 있기에 그렇게까지 중요하고 엄숙한 것이구나. 그 때문에 정신 나가고 멍청해진 오십 번지 서쪽으로 방향전환을 해서 이 정신 나가고 멍청해진 것을 널리 확산시켜야겠구나. 이 단체사진의 시끌벅적하고 의기양양한 행동에 비추어보건대, 또한 이 밀령의 이론상 여태껏 알지 못하는 것이 얼마든지 있을 수 있다. 바야흐로 이 약간의 그림자를 살해한다는 것이 밀령이란 말인가? 그때 단체사진이 다시 웃는다.

"안심하렴, 더 갈무리할 수도 있으니까. 더 이상 갈무리할 수 없다면 우리 역시 감추는 것을 모르게 되고, 오십 번지 서쪽의 너희 생활은, 오십 번지 서쪽의 전통과 특징을 망각하게 된단다. 그렇다면 우리의 전통과 장점이 무엇이지? 정신 나가고 멍청해진 것을 제외해도 보존과 저장 능력이 뛰어나다는 것이다. 농축과 미니 조각도 능숙하구나. 과거에 출현한 적이 있던 축소 경관도 현재 다시 출현한 미니 조각을 보렴. 5.6밀리미터의 머리카락 뿌리 안에도 미니 조각으로 완전한 정본의 『악양루기岳陽樓記』*를 새길 수 있었어. 세상의 우환憂患을 먼저 근심하고, 세상의 쾌락快樂은 나중에 누린다**고 했어. 더구나 초서체였으니! 갈무리하는 것뿐만 아니라 나누는 것도 가능했으니, 일척지저, 일취기반, 만세불갈***이거늘, 머리카락 한 뿌리 안에 밀령 하나가 갈무리될 여지가 있다는 말을 하지 말 것이며, 오십 번지 서쪽과 오십 번지 서쪽의 정신 나가고 멍청해진 주민들이 갈무리될 여지가 있다는 말을 하지 말 것이고, 끝없이 광활한 세계와 세계의 모든 정신 나가고 멍청해진 주민들을 갈무리할 여지가 있다고 해

---

* 악양루기(岳陽樓記): 북송 시대의 대 문장가였던 범중엄(范仲淹)의 산문집으로, 사대부의 웅혼한 기상이 잘 나타난 문학서임.
** 先天下之憂而憂, 後天下之樂而樂: 범중엄이 『악양루기』에서 남긴 유명한 한 수의 시.
*** 一尺之杵, 日取其半, 萬世不竭: 이 부분은 고대 철학 용어를 인용한 것이고, 만물의 일원을 강조한 장자 사상의 일종으로, 세상만물은 공동의 본질이 있다는 것이며, 만물은 무한하게 나눌 수 있지만 무한도 유한에 포함되며, 유한한 만물도 무한한 만물의 한 구성이라는 의미임.

야 하지만, 주민들을 갈무리할 여지가 있다고 말하지 말 것이며, 너희들이 양육하고 있는 정신 나간 고양이와 멍청한 개를 다 같이 갈무리할 여지가 있다고 말해야만 하는데, 그것은 아주 여유작작해서 황량해 보이는구나! 옷이 지나치게 작은 것이 아니라, 사람이 지나치게 여윈데 옷이 지나치게 넓어 보이는구나. 용적 널찍한 인간의 옷을 이미 볼 수가 없거늘, 머리카락이 지나치게 적은 게 아니라 우리의 밀령이 지나치게 짧기에 머리카락의 십만분의 일도 점유하지 못하며, 그러므로 머리카락에 털끝만큼의 부담도 주지 않는 것처럼 보이는 것이고 그 때문에 너희가 수백 년간 마주 대해도 밀령을 발견하지 못한 거야. 그러니 조금도 걱정할 것 없어!"

만일 이런 식이라면 우리는 점점 더 걱정스럽다. 머리카락 안의 밀령을 찾아내기란 점점 더 어려워진다. 한 올의 머리카락에서도 갈무리된 것을 찾아내기 어려운데 수천만의 머리카락 안에 갈무리된 것을 찾아내기란 어려울 뿐만 아니라 우리가 반사동, 여인 왕국, 백골 동굴, 화염산과 통천하를 경과하는 동안 마치 천신만고의 고난을 다 겪은 것처럼 진리의 피안에 도달하기란, 혹은 다른 조건의 형극과 진창의 길로 걸어가서 동일한 형태로 간난신고를 다 겪어버려도 도달할 수 없거늘, 라오마가 도달하려는 유백색 혹은 우유색의 세계는 라오마의 유백색과 우윳빛 세계가 아니라 다른 진실한 신체와 각양각색의 진실한 신체의 세계일 뿐이다. 그 세계를 찾는다는 것, 머리카락 뿌리를 찾은 뒤 머리카락 뿌리에 있는 밀령을 탐색한다는 것은 여전히 천 리만큼이나 요원한 것이거늘, 이 밀령이 갈무리된 머리카락은 어느 단락인지 어느 부분인지 어느 한 가닥의 잔털인지 어느 나노미터인지 여전히 너는 알 수 없기 때문이다. 과거에는 이 머리카락 뿌리가 너무도 짧게 느껴졌지만 현재는 이 밀령이 지나치게 짧게 느껴지는구나. 너는 약간만 길어지면 좋을 텐데, 이 다소 많이 남겨진 한 부대의 그림자를 따라서 옛 도로를 탐색하는 당신들의 긴 여정과 당신들의 역사적 족적을 우리도 따라야 하는지 그걸 모르겠다. 하물며 당신은 하루만 갈무리한 것도 아니고 수백 년 동안 갈무리해온데다 그렇게까지 많은 세월 동안 비와 바람에 침식되는 현상을 거쳐왔을 테니, 글자의 흔적이 어떻게 모호해졌을지 모를 일이며 어쩌면 녹이 슬고 좀이 먹어 얼룩덜룩할지도 모르겠고, 한쪽 방면이 모호하고 녹이 슬고 좀이 먹어 탐색하기가 불리해도 다만 이쪽저쪽 동시에 탐색을 한 뒤 그 글자들을 일일이 들여다보아도 벌써 모호해져서 분명하지가 않겠구나. 밀령을 보아도 분명하지가 않겠거늘 당신들은 어떻게 행동할까? 이 순간 단체사진이 우리들 심리상의 탐색을 저지한다. 아직 실전을 개시하기 않고 심리상으로 먼저 한차례 긴 여정에 들어선다. 그리고 조심스럽게 말한다.

"이건 조금도 조심할 필요는 없는데, 너희들이 찾는 것은 오로지 머리카락의 뿌리와 탐색한 머리카락 뿌리 위의 밀령일 뿐이고, 글자 흔적은 여전히 분명하고 명확한데, 이것은 바로 머리카락과 머리카락이 다르다는 것이며, 이것은 바로 밀령과 밀령이 다르다는 것이고, 이것은 바로 그림자의 머리카락과 진실한 신체의 머리카락이 다르다는 것이며, 이것은 바로 우리의 밀령과 다른 존재의 밀령이 다르다는 것이야. 역시 왜곡을 방지하고 타인이 자기 이름을 도용하거나 어떤 사물을 다른 사물인 것처럼 위장하는 것을 방지하기 위해서야. 역사상 이런 종류의 일이 발생한 적은 너무도 많단다. 물론 가장 중요한 것은 너희들 머리카락 위에 이 밀령을 쓰는 순간 여전히 우리가 사용하는 먹물이 다른 존재와는 다르다는 것인데, 다른 존재는 흑색과 남색을 사용하거나 붉은색이나 보라색을 사용하거나 파랑색과 주황색을 사용하지만 우리들이 사용한 것은 눈물임에라. 이번에는 너희들도 명백하게 알겠느냐?"

이번에는 우리도 크게 깨닫는다. 사실 마치 날카로운 풀 위의 이슬처럼 우리들 머리카락 안에 눈물이 감추어져 있었구나. 그런데 연달아 우리는 다시 의심이 들기를, 날카로운 풀 위의 이슬은 태양만 보면 이내 권력에 복종하듯 흩날려 가버리는데 머리카락 위의 눈물인들 수백 년 동안 태양을 목격해온 게 아닌가. 우리는 날이면 날마다 태양이 있고 가물어서 목이 타는데도 불구하고 걸어가는 게 아닌가. 이것은 풍화도 하지 않았을까? 우리는 갑자기 다시 각성하게 되면서 과거에 라오마가 왜 어째서 장마 지는 날을 좋아했는지 알게 되었고, 한쪽 방면으로 우리의 관절과 뼈를 점점 더 아프게 해야 우리들의 골수를 빼내기에 좋았을 테고, 다른 한쪽 방면으로는 역시 우리 머리카락 안의 자기 밀령이 아주 빨리 증발할까 봐 두려워했을 것이다. 그러나 우리들 심리상의 또 다른 한 단락의 여정을 단체사진이 다시 한 번 끊어버린다.

"이건 조금이라도 조심할 필요가 없는데, 설령 라오마가 한 마리의 파리라고 하더라도 그는 밀령의 문제만큼은 역시 태양을 두려워하지 않았어. 이것은 눈물과 눈물이 역시 각각 다르기 때문인데, 다른 존재의 눈물은 아주 빨리 풍화되고 증발되겠지만 정신 나가고 멍청해진 눈물은 오히려 천 년 동안 마르지 않고 영원토록 늘 축축하지!"

이번에도 우리는 명백해진다. 신체에 갈무리된 밀령이 늘 새로운 밀령이란 것이 분명할 뿐만 아니라 우리가 수백 년을 내려오는 동안 이미 눈물이 없었다는 걸 갑자기 깨닫는다. 우리는 이미 골수를 잃어버린 단계에서 발전을 해 눈물을 잃어버린 것이고, 백 년 동안 우리가 흘린 정신 나가고 멍청한 눈물은 마치 골수를 추출해간 다른 존재가 쓴 '젖빛 우유'처럼 그 눈물이란 그림자를 몰살하라는 밀령을 훔친 사람에 의해서 씌어진 것이다. 기왕지사 우리는 이미 밀령이 눈물로 교부된 셈이고, 그러니 우리는 곧바로 은근히 내포된 비굴한 눈물을 재차 추궁하진 않으련다. 그러나 심중의 원한은 오히려 누적되고 점차 용솟음치면서 우리는 다시 무기에 관심을 보이기 시작한다.

"밀령의 문제는 이미 해결된 셈이고, 그럼 무기는요? 무기 역시 백년 전에 우리의 신상에 갈무리한 게 아니겠죠? 밀령을 갈무리한 곳이 머리카락 안이니까 설마 무기를 갈무리한 곳이 눈썹 안은 아니겠죠?"

이때 단체사진은 대뜸 서로를 바라보기 시작하면서 미간에 주름을 세운다. 우리는 여기서 다시 그들의 올가미를 목격하게 되었으니, 그들이 마음속으로 어떻게 킬킬댈지 모를 일이지만 다만 표면상으로는 여전히 장중함과 엄숙함을 유지하고 있다.

"너희들이 어떻게 생각하는지 알겠구나. 보아하니 진정 나태와 관성으로 사람을 잡겠구나. 만일 너희들 사고를 근거로 하자면, 마치 밀령을 배치하듯 무기를 배치했을 터이고 그럼 밀령을 신상에 갈무리했으니까 무기도 신상에 갈무리했을 터이므로, 밀령이 갈무리된 곳은 머리카락 안이고 무기가 갈무리된 곳은 눈썹 안이 되겠구먼. 이런 식으로 배치하면 아주 적절하게 너희 자신을 해칠 뿐만 아니라 극의 레퍼토리와 극 그 자체를 해칠 수 있지. 일체 전부가 천만뜻밖은 아니지만, 관중들이 되레 너희들의 저능한 말에 더 이상 견딜 수가 없는 모양이구나. 꼭 너희들 말처럼 이 때문에 신경 쓸 것은 없는데,

모든 레퍼토리가 훼손되는 일은 아주 대단한 일이기 때문에 관중들이 오히려 콧방귀를 뀌며 분연히 소매를 떨치면서 나가버린단다. 밀령과 무기가 배치된 곳을 말하지 말자꾸나. 오십 번지 서쪽과 정신 나가고 멍청해진 너희들을 구원하기 위해서, 다만 몇 명의 어린 소년들과 다 함께 집집마다 숨바꼭질 놀이를 했을 뿐이고, 한 곳을 네가 찾아내게 되면 다음 번에는 역시 다른 곳으로 바꾸어야 알 수 있을 것인데, 우리가 상연한 극이 자객을 파견하면서 역사를 구할 만큼 그렇게까지 파란만장한 역사 활극活劇이라는 그런 말을 다시는 하지 마라. 역사상 어떤 한 자객으로 인해 역사의 발전 방향이 뒤틀리는 일은 비일비재하기 때문이고, 그로 인해서 우리는 극의 레퍼토리를 나태와 관성적 사고에 비추어서 아주 적절하게 그와는 상반되게끔 설계해서, 밀령은 신상身上에 두고 무기는 역시 신상에 두지 않았으며, 밀령은 눈앞에 있어 가깝지만 무기는 천변天邊에 있으니 멀지!"

물론 이렇게 배치해야 관중들은 견문이 일신하는 것처럼 느껴질 뿐만 아니라 우리 이 약간의 자객들은 무기를 신상 바깥에 갈무리했기 때문에 우리의 정신도 예상대로 한바탕 분발한다. 밀령은 몸을 뒤집어야 찾을 수 있고 무기는 천변까지 가야 찾을 수가 있구나. 우리의 표현이 발휘되는 것도 변화와 가파르게 방향을 전환할 여지가 아직 남아 있고, 그 때문에 우리는 정신을 가다듬고 분발해야 한다. 단, 다시 약간 조심스러워서 묻는다.

"밀령은 몸 위에 있는데 무기는 천변에 있으니 멀어요. 이런 식의 배치는 레퍼토리의 가파른 방향 전환에 부합하고, 역시 무장을 갖추고 명령이 하달되기를 기다리는 우리 대열을 완전히 정리해주면서 한숨을 돌릴 수 있는 시간을 주는 것이지만, 그래도 연달아 걱정스러운 것이 있으니, 이 천변이란 또 어떤 곳이란 말인가요? 당연히 여기에 또 당신들이 어떤 하나의 책략을 설치해둔 것은 아니시겠죠? 천변은 천변이지만, 이 천변은 또 구체적인 곳이 아니라서 우리는 매일같이 무질서한 세계의 모퉁이마다 분주하게 뛰어다니며 두루 찾아다녀도 빈손으로 돌아오겠죠. 비록 이 때문에 우리가 당신들의 올가미에 걸려든다고 해도 말입니다. 과거에도 우리가 이런 식의 올가미에 걸려든 적이 있으니까요. 당신들은 입을 봉하고 속으로는 은근히 킬킬거리면서 비웃고 있겠지만 세상 만물은 궁극에 달하면 반드시 역방향으로 반전反轉하기 마련인 것이고, 연극과 극의 레퍼토리조차 동일한 방식으로 훼손되기 마련이지요. 흡사 무대장치로 걸려 있는 한 자루의 총은 최후의 연극 레퍼토리 안에서조차 쓸모가 없고 관중이 느끼기에도 그것은 백치白癡처럼 극본상 공연히 걸려 있는 것이죠. 아마도 손과 발이 너무도 바빠서 일이 엉망진창이 되자 연극의 레퍼토리를 최후까지 잡아 쥐고 컨트롤할 수 없게 되자 장막 무대 위에 있다는 걸 깜빡 잊은 모양이죠. 그 순간 관중들은 일어서서 걸어가죠!"

단체사진은 보아하니 우리가 한 발 한 발씩 그들의 책략 안으로 들어서는 것에 마음속으로 매우 흡족해하면서, 그 때문에 다시 아량도 넓고 크게 우리들을 위로하는구나.

"안심하렴, 이 천변이 그 천변은 아니니까. 바야흐로 그 천변이라면 허무맹랑해서 너희들이 빈손으로 돌아오겠지만, 우리의 이 천변은 참으로 실존적實存的 장소에 있지. 기왕지사 그 천변에는 이미 다른 소년이 신체의 어느 곳을 맡아서 갈무리했을 터이지만, 이번에 집집마다 시행한 숨바꼭질은 우리도 그 어디로 가야 하는지 닿지 못하는 곳이야! 그러니까 이 천변은 구체적일 뿐만 아니라 게다가 인도

작용까지 하지만 너희는 이 천변에 닿지 못하며 또한 닿는다고 해도 이 천변을 대하는 너희들은 다르기 마련인데, 이 천변에 닿지 못하는 너희들은 여전히 너희들이긴 하지만, 이 천변에 닿게 되면 너희들은 곧 너희들이 아닌 것이고, 이 천변에 닿지 못한 너희들은 여전히 너희들의 그림자인데, 이 천변에 닿게 된 너희들은 그림자 안에서 탈바꿈해서 나온, 역시 원형으로 이루어진 본인이자 그 자신으로서, 라오마는 라오마요, 라오서는 라오서요, 멍지앙뉘는 멍지앙뉘요, 라오펑은 라오펑이요, 여자 앵커는 여자 앵커요, 백골정은 백골정이요, 샤오빠이는 샤오빠이요, 샤오스는 샤오스요, 라오양은 라오양이요, 라오후는 라오후로구나. 마침내 너희는 그림자에서 원형原型으로 이루어진 본인이자 그 자신이 되었으니, 이 자신은 마땅히 자객에게 암살된 우리들의 그림자일지 모르겠는데, 그림자 대 그림자는 곧바로 암살할 방법이 없으므로 오로지 너희들의 그림자에서 나온 원래의 본인이자 그 자신으로 바뀔 무렵이 적당하지. 흡사 우리가 그림자에서 역시 원래의 본인 그 자체가 되어서 오십 번지 서쪽의 원위치로 복귀한 것처럼 너희들 재주껏 일을 착수하니 그 흉악하고 용감함이 비할 데가 없고 흉악한 마음도 비할 데가 없구나. 하물며 이 천변에 닿은 너희들은 오히려 너희들 본인과 너희 자신의 신체도 아니거니와, 너희들은 아주 시원스럽게 다른 존재 본인과 그 자신의 신체로 변신해서 그것이 당연하게 너희 본인과 그 자신의 신체가 될 무렵 너희는 역시 겁이 많고 유약한 존재가 되며, 당연히 너희들은 한 인간으로부터 또 다른 한 인간으로 변신할 무렵 이미 너희들의 흉맹凶猛함을 제외해도 흉맹하며, 너희들의 흉악한 마음을 제외해도 여전히 흉악한 마음이 간직되는데, 이것은 흡사 한 인간이 본인으로 간주될 무렵 그 역시 유약하고 겁이 많은 것과 같긴 하지만 그 인간이 술을 너무 마셔 취함으로써 이미 그 자신이 아닌 순간, 그 인간은 곧바로 곤란을 두려워하지 않고 용감히 앞으로 나아가는 것과 같다는 거야. 무엇을 경도가 가벼운 주정酒精이라 부르고, 가벼운 주정이 사람의 신경을 억제하는 능력이 있어 흥분 작용을 한다고 부르랴? 단지 이건 이치 있는 말이다. 그 때문에 이 천변은 너희들이 탐색하려는 모든 무기일 뿐만 아니라 또한 너희들 본인과 그 자신의 신체가 무기로 변해서 작용하는 거야!"

이번에는 우리도 철저하고 동시에 착실하고도 명백하게 알아차리게 되지만 우리는 어리벙벙하게 묻는다.

"그렇다면 우리가 이 천변에 도달하기를 기다리는 동안 당신들이 우리 손 안에 교부해주고 당연히 다른 존재의 손 안에도 교부해줄 무기는 뭐죠? 칼인가요, 아니면 검인가요? 총인가요, 아니면 포인가요? 로켓 발사기인가요, 아니면 화염 분사기인가요? 원자탄인가요, 아니면 미사일인가요? 상규전常規戰으로 때릴 건가요, 세균전으로 때릴 건가요? 육상전인가요, 해상전인가요, 아니면 공중전인가요? 만일 공중전이라고 말한다면 우리에게 레이더 장비를 갖추게 해주시고 델린저Dellinger 현상을 방지할 수 있게 설치해주시죠!"

단체사진은 그들의 사색 방향을 따라서 우리들을 바라본다. 그것은 단지 차례대로 맞물린 것을 뽑아내는 것에 불과하다. 가면 갈수록 천변이 멀어져가자 그들은 결국 자신들의 히든카드를 해체하고 자신들의 책략을 드러낼 수 있게 되고, 그때 단체사진은 우리들을 아주 가볍게 바라보면서 말한다.

"우리가 연극의 레퍼토리를 위해서 재차 통상적인 도리를 위배하는 것을 제발 윤허하고, 그리고 너희들 사고와 너희들 통상적인 도리의 사고는 일차적으로 다르다는 것도 인정하기 바라겠는데, 이번에 너희가 파견되는 것도 다만 다른 존재를 암살하는 너희들의 그림자에 불과한 것이며, 상규전을 때릴 것도 아니고, 또한 세균전을 때릴 것도 아니며, 육상전으로 때릴 것도 아니고, 또한 해상전이나 공중전으로 때릴 것도 아니야. 그렇기 때문에 델린저 현상을 방지하기 위한 레이더를 설치할 필요가 없으며, 너희들 손 안에 교부될 무기는 이미 칼은 아니고, 검조차 아니며, 이미 총은 아니고, 포조차도 아니며, 이미 로켓 발사기도 아니고, 화염 분사기조차 아니며, 이미 원자탄은 아니고, 미사일조차 아니야."

우리는 매우 다급하게 묻는다.

"그렇다면 도대체 뭐죠?"

단체사진:

"오직 약간의 색채와 염료뿐이야."

그 결과는 우리의 예측을 벗어난다. 예측은 너무 컸고 너무 비범해서 관중까지 얼떨떨하게 만들었을 뿐만 아니라 우리들 몇몇의 연극 단원들조차 구름 속과 안개 속을 헤매는 듯하다. 만일 극이 이런 식으로 전개되어 내려간다면 레퍼토리를 훼손할 뿐이로다. 우리는 다시 매우 다급하게 묻는다.

"그 약간의 색채는 또 무슨 색채들이죠?"

단체사진:

"붉은색 · 주황색 · 노란색 · 녹색 · 청색 · 남색 · 보라색 · 분홍색 · 심홍색 · 회색 · 금색 · 나무색 · 물색水色 · 화색火色 · 황토색 · 무쇠색 · 강철색과 각종의 색채가 혼합된 색채야."

우리들:

"그 색채를 만들어서 어디에 쓰죠?"

단체사진:

"이 색채를 우리는 예전에 사용한 적이 있는데, 제각기 한 가지 종류의 색채는 동일하지. 보통 사람의 세계와 정신 나가고 멍청해진 세계의 또 다른 세계인 그 경계의 층위를 대변하지. 제각기 한 가지의 세계에는 또 동일하지 않은 형상이 있는데 원형, 마름모꼴, 삼각형, 사각형과 각종 불규칙 다변형이 있지. 너희들이 입수한 이 몇몇의 색채와 형상은 그 세계의 층위 안에서 우리들의 진실한 신체와 그 본인本人이 함께 수련을 진행하고 있단다. 이 마당의 전쟁과 다른 전쟁은 동일하지 않은데 이 한바탕의 전쟁은 소리 없는 전쟁이라는 거야. 이번의 암살은 다른 곳에서 벌어지는 암살과는 동일하지 않고 이 한바탕의 암살은 소리도 없고 동작도 없어. 때문에 보기에는 마치 까닭도 없는 듯해. 그러니 암살이지. 마침내 전쟁이 없는 듯해 보이기 때문에 그것은 점점 더 전쟁을 한다는 거야. 마침내 이유 없이 행동하는 듯해 보이기 때문에 점점 더 이유가 있다는 거야. 마침내 그것의 암살이 없기 때문에 그것은 비로소 점차 암살할 수 있다는 거야. 인간을 암살하려는 자 본인과 그 자신의 신체가 칼부림을 하는 단계에까지 이르러, 현재 너희들은 인간을 암살하려는 자의 그림자이거늘 너희들이 칼부림을 하는 지경에 이르러 무슨 작용을 거둘 셈인가? 칼과 총을 사용해 일개인의 그림자를 몰살할 셈인가? 이건 역시 그림자를 암살하는 것과 인간을 암살하는 것과는 다른데, 그 때문에 수련을 제외해도 수련을 해야만 하고 오직 너희들이 수련하기를 기다리던 우리가 이미 붉은색·주황색·노란색·녹색·청색·남색·보라색·

비교적 이것은 점차 두려워서 수련을 경과한 우리가
정신 나가고 멍청해진 닭에서 재빨리 정신 나가고 멍청해진 원형과
마름모꼴 그리고 삼각형 또한 사각형과 각종 불규칙 다변형으로 변형된 것이다.

분홍색·심홍색·회색·금색·나무색·물색·화색·황토색·무쇠색·강
철색, 이런 각종 혼합 색채가 각종 형상의 인간과 이미 닮은꼴이 되어
버린 것처럼 너희는 연달아 비로소 우리의 그림자를 암살할 수 있어!"
　이때 우리는 결국 갑작스럽게 크게 깨닫는데 아주 오랫동안 여전
히 훈련한답시고 했지만 이것도 과거에 우리의 뼈를 두들겨 부수고
골수를 빨아들이던 라오마의 그림자와 아무런 구별을 할 수가 없다.
사실 이것은 일체 변화한답시고 방향 전환을 했어도 아무런 새로운
의미가 전혀 없다. 변덕을 부리고 법석을 떨어대도 여전히 한 덩어리
의 오래된 두부가 쉬어터진 두부 그대로인 것처럼 메리트가 없다. 다
시 말해서 우리 역시 붉은색·주황색·노란색·녹색·청색·남색·보라
색·분홍색·심홍색·회색·금색·나무색·물색·화색·황토색·무쇠
색·강철색과 더불어 각종 색채가 혼합되어 각종 형상을 이룬 인간으
로 변신하기를 기다렸거늘, 당신들의 말 바꿈에 의해 우리는 이미 이
루어진 셈이고 우리는 당신들의 그림자가 되었으니 우리가 재차 당
신들 그림자를 암살하려고 하면 그땐 곧바로 우리들 자신을 암살하
는 게 아닌가요? 우리 자신의 그림자는 되레 돌아가는 양상을 보고
이내 흩어진다. 사실 지독한 음모가 여기에 갈무리되어 있었던 것이
구나. 비교적 이것은 점차 두려워서 수련을 경과한 우리가 정신 나가
고 멍청해진 닭에서 재빨리 정신 나가고 멍청해진 원형과 마름모꼴
그리고 삼각형 또한 사각형과 각종 불규칙 다변형으로 변형된 것이
다. 우리는 연달아 부득이 사람과 동물의 원형을 보류한 채 재빨리
그들의 각기 다른 형상과 형상 물질이 된 것이다.
　그들이 재차 우리들을 박해하기를 기다린다는 것은 주머니를 뒤져
서 물건을 끄집어내는 것처럼 매우 용이한 일이다. 번연히 깨달아 우

리는 곧 각성하게 되면서 몸을 빼내어 퇴보하려 하지만 일체 이미 늦어버렸다. 단체사진이 대뜸 우리를 사로잡는다.

"밀령은 이미 내려졌고 부대는 벌써 출발했으므로 다시 생각해서 몸을 빼내고 퇴보하려고 별안간에 마음을 바꾸어도 시기가 늦어버렸어. 재차 후퇴하면 그것은 단지 색채와 그림자의 역적에 지나지 않아. 다시 말해서 오십 번지 서쪽이 수백 년간 정신 나가고 멍청해진 원인을 찾지 않겠단 말인가? 오십 번지 서쪽이 정신 나가고 멍청해진 것을 세계상에 널리 확산시키지 않겠단 말인가? 다시 말해서 당연히 너희는 이미 정신 나가고 멍청해진 것에서부터 농아가 되고 농아에서부터 의리도 없고 인정도 없는 존재가 되더니 의리도 인정도 없는 존재가 목재가 되고, 목재는 너덜너덜 썩어 문드러진 목재가 되더니 썩어 문드러진 목재는 폐품과 쓰레기가 되어서 넝마가 되고, 폐품과 쓰레기에서 멍청한 원숭이가 되고, 멍청한 원숭이는 멍청한 닭으로 바뀌어버린 것이다. 너희들 정신 나가고 멍청해진 처지가 이미 이런 형태로 변모해버린 순간에도 마땅히 사람과 동물의 원형을 아직 보유할 가치가 있더란 말인가? 그들을 보유하자면 다만 보유하는 그 자체만으로도 고통스럽구나. 뼈와 관절조차 이미 변형된 것을, 골수는 다른 사람이 추출해 가버리고 이내 음울한 날씨가 되자 온 전신의 통증으로 인해 비통함이 극에 달해 죽고 싶을 지경인데, 게다가 너희들은 마땅히 사람과 동물의 원형으로서 수련을 거친 뒤 대뜸 완제품과 각종 물질의 형상으로 변모해버렸구나. 너희가 마땅히 원형, 마름모꼴, 삼각형, 사각형, 불규칙 다변형으로 변형되는 순간 너희의 일체 모든 고통은 또 그 형세를 보고 나서 흩어지더니 철저히 해탈해버렸구나. 오십 번지 서쪽 인간의 고통을 구제하자면, 가장 먼저 해결하고 고쳐야 할 것은 그들 물체의 귀속성과 형상, 형식, 형체에 대한 바코드를 입수해서 장차 그들을 단박에 명사에서부터 동사로 바꾸고 부사와 형용사로 바꾼 뒤 그들의 정신 나가고 멍청한 속성을 변화시켜야 하고, 역시 그때서야 비로소 색출되기 때문에 그들의 정신 나가고 멍청해짐과 다른 존재의 정신 나가고 멍청해짐은 원인이 다르다는 것이야. 사실 정신 나가고 멍청해진 형태와 형상을 현미경 아래 내려놓는다고 해도 단지 정신 나가고 멍청해진 원인의 표면만 간파할 수밖에 없느니라. 게다가 정신 나가고 멍청해진 것에서 장차 그 형태가 멍청한 원숭이로 바뀌고 멍청한 닭으로 바뀌면 동일하지 않은 원형·마름모꼴·삼각형·사각형 그리고 불규칙 다변형으로 변형된단다. 그러므로 우리는 비로소 분석해서 양을 측정하고 성격을 확정하는 일을 진행해나갈 수 있지. 이것 역시 상대적인 것으로서 우리와 다른 존재의 정신 나감과 멍청해짐은 점點까지 깊이 파고들면 동일하지 않다는 거야. 이것은 이번의 활극에 설계된 레퍼토리가 다른 존재 활극의 레퍼토리와는 동일하지 않다는 또 다른 천만뜻밖의 예측에 불과하지. 너희들 오십 번지 서쪽을 구원하기 위해서 우리는 이미 우리 그림자를 헌신한 것인데, 너희 자신과 너희들의 옛 땅인 출생지를 구원하기 위해서 너희는 여전히 무엇을 고수하려는가?"

단체사진의 말에 우리는 다시 묵묵부답이다. 보아하니 속성과 상태의 변화는 이미 대세가 기울어져 있다. 보아하니 우리는 재빨리 사람과 동물에서 각종 다른 형상으로 변신하는 것에 불과하다. 또한 사람과 동물이 되는 순간 우리는 확실히 온 전신의 고통을 느낄 수 있고, 사람과 동물에서 변모한 각종 다른 형상과 상태로서 우리는 이미 동물과 사람은 아니거늘 어디에 여전히 약간의 통증과 번거로움이 있는가? 단체사진의 말도 도리가 없는 것은 아니다. 어떤 누가 원형, 마름모꼴, 삼각형, 사각형과 불규칙 다각형으로 변형될 때 스스로 아프다며 고함을 치는 소리를 들은 적이 있는가? 그럼, 그것이 무슨 하나의 형상이면 다만 그 하나의 무슨 형상에 불과한 것이다. 비록 우리가 단체사진의 음모로 인해서 그들의 음모가 목적하는 바대로 달성되고 난 뒤 이제부터 우리들에 대해 어수선해졌다고 하더라도, 우리들은 무슨 형상대로 바꾸겠다는 생각을 하면 곧 무슨 형상대로 변신되었는데, 사실 라오마는 삼각형 그림이 되고, 그림이 되고 난 뒤 맞잡고 겨룰 수 없다는 생각을 하자 재빨리 다시 사각형으로 바꾼 것이다. 사실 가라오케의 접대부 샤오스는 원형의 그림이 되었는데, 사용하려고 일어서도 그렇게 할 수가 없다고 느껴지자 재빨리 마름모꼴로 변형되어버린 것이다. 비록 그들이 우리의 생각대로 만들어줄 수 있다고 하더라도 그 순간의 우리는 이미 우리가 아닌 것이다. 물체의 속성은 전부 다 바뀌는데, 이번에는 철저하게 우리가 아니고, 바뀐 것은 여전히 그들이 변화된 것이다. 애당초 그들의 설계와 방법대로라면 여러 가지가 틀렸다는 걸 아주 적절하게 증명하는 셈이고, 애당초대로라면 라오마는 삼각형 그림이 될 수 없고 샤오스는 원형이 되어야 한다. 그것은 거꾸로 우리의 통증과는 무관하다. 단지 수백 년간 정신 나가고 멍청해진 채 내려왔을 뿐이고 정신 나가고 멍청한 것이 한 단계씩 변화할 때마다 뒤치락대느라 우리는 너무도 피곤했는데, 그것은 역시 단체사진이 우리들을 뒤치락대는 시간이 너무도 길어져서 우리가 다시 한 번 나태의 관성으로 낱낱이 부서지기 시작했기 때문이다. 동시에 우리는 생각한다. 오십 번지 서쪽의 다 같이 정신 나가고 멍청해진 인간, 목재, 썩어 문드러진 목재, 폐품, 쓰레기, 너덜너덜한 넝마, 원숭이와 닭이 수천만 번 바뀌어도 결코 '나'라는 일개인은 아닌 것이며, 바뀌길 원하면 다들 바뀌긴 했지만 결코 '나'라는 일개인은 바뀐 게 아닐 뿐만 아니라, 난 어쨌거나 바람 부는 대로 물결치는 대로 시대의 조류에 따라 움직이는, 기꺼이 한가로운 하나의 그림이 아닌가? 이번에 나는 또 어떻게 시름을 놓지? 하물며 오십 번지 서쪽의 정신 나가고 멍청해짐은 여전히 철저하게 널리 확산되고 있거늘, 마땅히 전 세계가 전부 원형, 마름모꼴, 삼각형, 사각형과 불규칙 다변형으로 이루어져 다른 구역으로 걸어갈 무렵, 그때에도 만일 우리가 변화하지 않고 여전히 멍청한 원숭이와 멍청한 닭의 형태로 있어 다른 존재가 바라보며 기괴하게 비틀려 있다는 말을 하지 않더라도 우리 자신은 역시 미안함을 느끼게 마련이다. 오십 번지 서쪽은 좋게 진화할 수 없는가? 오십 번지 서쪽은 전 세계의 변화를 추락시키려는가? 이제부터 우리는 바깥으로 나서면 되레 좋지 않을 것인데 당신 말대로 관절염과 풍습병을 얻은 것을 구실로 만든 것은 결코 아니다. 여기까지 생각을 하게 된 우리는 철저하게 납득하게 되는데, 우리는 단지 자기 자신 때문만이 아니라 오십 번지 서쪽 때문이고, 단지 오십 번지 서쪽의 현재 때문만이 아니라 오십 번지 서쪽의 장래 때문이며, 단지 우리는 오십 번지 서쪽 때문만이 아니라 전 세계 때문에, 우리는 재차 다른 존재의 건의를 듣고 다시 한 번 바뀐 것이다. 과거에도 변화한 적이 없었던 것은 아니고 처음도 아니며, 산산이 부서진 역사의 근거에 의하면 전부 이미 파괴되었다가 이루어진 것이 이 모양인 것을 누가 누구를 두려워한단 말인지, 고쳐진 우리의 형상은 제각기 달라서 우리는 원형, 마름모꼴, 삼각형, 사각형으로 변하고 변하는 것이 빠르면 빠를수록 좋아지며, 변하는 것이 이르면 이를수록 고통에서 해제되었고, 변하는 것이 빠르면 빠를수록 대동세계가 실현된다. 단체사진은 우리들의 사상적인 변화가 이렇게까지 철저하게 전화轉化하자 되레 안심하고 바라보다가, 그 순간 다시 웃으면서 우리의 어깨를 두들기며 위로한다.

"안심해, 변화의 과정은 결코 고통이 아니야. 변화는 순수하게 너희들 고통을 해제하기 위해서야. 이건 우리들과 라오마가 다른 것이며 게다가 변화한 뒤에 우리는 결코 독단적인 게 아니기에 제각기 한 사람씩 바뀔 때마다 다들 구별해서 응대할 것이고, 변화로 수술을 하기 전에 전부 너희들 근본 인간, 근본 목재, 근본 폐품, 근본 원숭이, 근본 닭에게 널리 의견을 구할 것이며, 너희가 원형으로 바꾸겠다고 말하면 곧바로 원형으로 바뀌고 너희가 삼각형으로 바꾸겠다고 말하면 곧바로 삼각형으로 바뀌며 너희가 평행사변형으로 바꾸겠다고 말하면 곧바로 평행사변형이 되는 것이고 너희가 이등변사각형으로 바뀌겠다고 말하면 곧바로 이등변사각형으로 바뀌게 되는 것이지. 제각기 모든 사람이 이번의 역사적인 변화 속에서 다들 신생을 얻게 되지. 역사는 변화된 이후의 너희들을 기다린다. 이 순간 너희는 정신 나가고 멍청해진 원인을 찾은 셈인데, 연달아 너희들에게 다시 색채를 보내줄 테니까 너희는 장차 자기 형상에다 천연색을 칠하렴. 단지 화장을 한 연후에야 곧바로 밀령을 충당할 수 있는 자객이 우리들 그림자를 암살할 수 있을 게야. 암살과 소멸의 과정은, 오로지 철저하게 오십 번지 서쪽의 정신 나가고 멍청해진 것들을 한꺼번에 통틀어서 매매해 팔아치워 나가는 과정인 것이니, 그 과정을 기다렸다가 세계상의 제각기 다른 그림자를 너희가 전부 암살하고 소멸해버리면, 그 뒤 너희들과 우리들의 진실한 신체이자 여전히 제각기 다른 형상에 불과한 그런 것들만 남게 되는 것이 아니더냐? 몇몇 조상과 영웅들은 몇 대의 자손들이 실현하지 못한 세계 대동사상 실현의 목표를 현재 너희들로 하여금 실현하게끔 추구한 바 있단다. 과거에는 우리를 암살하고 소멸한 뒤에 다들 정신 나가고 멍청해졌고, 과거에는 진정 깨끗하던 오십 번지 서쪽이 뿌옇게 된 뒤 정신 나가고 멍청해졌기에, 우리는 연달아서 원적지와 세계의 각기 다른 지역에 붉은색·주황색·노란색·녹색·청색·남색·보라색·분홍색·심홍색·회색·금색·나무색·물색·화색·황토색·무쇠색·강철색과 각종의 색채가 혼합된 신세계라는 골조를 완성시킬 수 있었어. 기다렸다가 그 어느 날 그 세계에 이르렀더니 우리는 몇몇의 형상에 제각기 다양한 색채가 온통 가득하게 칠해져 어떻게나 즐거웠던지 정신 나가고 멍청해졌는지도 알 수 없을 지경이야!"

보아하니 단체사진은 거기에서 강직하게 담론하더니 결국 최후의 자기 자신들의 히든카드인 비장의 솜씨를 드러낸다. 보기에는 흡사 그들의 그림자를 암살하는 듯하지만 기실 우리들의 원 신체를 암살하는 것이고, 보기에는 수련과 형상의 변화로 천연색 세계로 바뀌는 듯하지만 기실 진정 깨끗한 우리의 오십 번지 서쪽이 뿌옇게 바뀌는 것이다. 우리 몇몇 정신 나가고 멍청해진 오십 번지 서쪽 인간들과 닭은 되레 철저하게 안심을 하고 마음속으로 웃음소리를 뱉어낸다. 사실 악랄한 계획은 이것으로 그치고, 보아하니 당신들의 음모와 책략은 이젠 우리들의 음모와 책략 속에 있다. 과거에 오십 번지 서쪽에 있던 당신들 그림자는 마땅한 이유도 없이 우리들을 변모시키지만 현재는 자연스럽게 당신들 근본 인간과 근본 신체가 원위치인 오십 번지 서쪽으로 돌아올 무렵, 당신들은 차츰차츰 정신 나가고 멍청해진 우리들을 여전히 과소평가하고 한 단계의 정신 나가고 멍청해진 것에서 다른 단계의 정신 나가고 멍청해진 곳으로 집결하는 능력을 지니고 있었다. 그 때문에 우리는 한 단계에서 다른 한 단계의 정신 나가고 멍청해진 것에서 겨우 차례대로 앞으로 나아가며 정신 나가고 멍청해진 게 아닌가요? 때문에 우리의 골수와 눈물을 완전히 잃어버린 게 아닌가요? 그 역시 다른 방식의 집결 능력인 것이다. 보기에는 우리가 차례대로 앞으로 한 단계씩 나아가는 듯하지만 기실 앞으로 한 단계씩 나아간 것은 당신들이다. 하긴 마땅히 우리가 차례대로 앞으로 나아갔으니 당신들도 차례대로 앞으로 나아간 것이다. 마땅히 우리들이 당신들로 인해 변모될 무렵이기 때문이다. 당신들은 비로소 우리들의 변화로 다른 형상이 되었고, 보기에는 당신들이 진실한 신체에다 근본 인간인 듯하지만 기실 우리는 차츰차츰 변모한 그림자로서 신상에는 역시 온갖 변화가 있지만 우리의 오십 번지 서쪽의 속성과 떨어지지 않은 그 종족을 보존하는 성질을 유지하고 있었다. 물속에서 나와야만 양쪽 대퇴부에 진흙이 묻어 있다는 것을 알게 되는 것이거늘, 도대체 최후에는 누가 누구를 암살한 것이며, 도대체 최후에는 누가 원형, 마름모꼴, 삼각형과 사각형 그리고 각종 불규칙 다변형이나 일정치 않은 형상으로 변화했더란 말인가. 현재에도 결론을 내리기는 아직 이르고, 게다가 우리는 약간의 음모를 푹 찔러 터뜨린 뒤 단결된 그들을 무한대로 파손시키고 있다. 그들은 단체사진으로부터 다시 붕괴되어 뿔뿔이 흩어져서 그들 근본 인간과 진실한 신체 상태로 돌아간다. 사용된 수법은 아주 고명한데, 고명하긴 고명하다지만 이 수법은 결코 신선하지 않은데다 또 무척이나 상투적이어서 흔히 볼 수 있는 것이고, 정신 나가고 멍청한 오십 번지 서쪽 역사상 우리가 종종 응용한 수법이긴 하지만 늘 응용하고 여러 번 시험을 적용할 때마다 틀림없고 근본 인간과 근본 신체를 그림자와 교환하는 데 적합할 뿐만 아니라 단체사진 역시 뜻밖의 손실이 크게 나오지 않았다. 우리는 아주 큰 동작이나 변화는 없고, 그들을 따라 뒤틀린 사고로 멍청하게 이해를 하지 못한 몰골로 아직도 발전이 진행 중이다. 심지어 우리는 스스로 자신에 대해 사태가 점점 더 절박해간다는 생각에 유예할 여유가 없으며, 사태가 절박해서 유예할 수가 없다는 생각 아래 우리는 가까스로 한 개의 아주 작은 문제를 제출한다.

"친애하는 단체사진이시여, 당신들 말을 일체 모두 듣고 나니까 명백하게 알겠어요. 우리는 탈바꿈에 동의하며 재빨리 탈바꿈할 것인데, 단지 현재의 문제는 기다렸다가 우리가 원형, 마름모꼴, 삼각형, 사각형과 불규칙 다각형이 된 뒤 색채를 칠하고 약간의 염료로 자객에게 화장을 시켜줄 때, 우리가 알고 있는 근거에 따르자면 당신들의 각종 색채는 붉은색·주황색·노란색·녹색·청색·남색·보라색·분홍색·심홍색·회색·금색·나무색·물색·화색·황토색·무쇠색·강철색과 각종의 색채가 혼합된 것이 있어서 제각기 일개인의 진실한 인간과 진실한 신체 안에는 전부 제각기 다른 색채가 있는 것으로 알아요. 당신들 보기에는 흡사 단체사진인 듯하지만, 기실 색채가 제각기 다르다면, 그렇다면 우리가 화장하는 것을 기다리긴 하겠는데, 우리들의 신상의 머리카락과 얼굴의 피부 위에 화장을 하고 나면 대관절 당연히 이미 신체도 없고 머리카락도 없고 얼굴도 없고 피부도 없어지고 말겠죠. 우리는 당연히 우리들의 형상인 옷장의 골조를 향해 일종의 색채를 칠해야 하는 게 아닌지요?"

과연 우리는 이런 식으로 이간질하는 인간을 선발하는 수법으로 단체사진의 신상의 위력을 약간만 쥐어뜯어 재빨리 현시해서, 액자 속의 단체사진을 재빨리 분열시키고 파열시켜 뿔뿔이 흩어지게 만든다. 그들에게 우리 몇몇의 자객이 대응할 무렵 그들은 하나의 단체 그림자가 되긴 했으나 마땅히 그들이 대응하는 것은 그들 자신의 염료에 불과할 무렵 또다시 그들은 재빨리 근본 인간과 근본 신체로 되돌아간다. 이때 그들의 근본 인간과 근본 신체는 되레 원위치인 오십 번지 서쪽으로 복귀된다. 그들은 재빨리 오십 번지 서쪽 야채 시장에서 샤오스를 만들어내고 그녀의 동료들과 야채를 팔고 사는 고객들과 맞닥뜨리는 그런 일상의 모습을 만들어낸다. 바야흐로 야채는 제각기 다르기 때문에 가격도 제각기 다르다. 바야흐로 각종의 색채가 있기 때문이며, 바야흐로 그들은 각종 다른 세계 안에서 제각기 다른 수련을 진행해왔으므로 현재 비로소 그들은 고객들과 우리들을 그들의 올가미로 끌어들이기 위해 몸부림을 치는데, 그들은 각자 다른 세계와 다른 층위에서 수련을 한 그림자이자 인간이로구나. 하나의 엄숙한 대회의 장소나 다름없는 야채 시장은 재빨리 왕래가 빈번한 장소로 바뀌고 모든 진실한 신체와 근본 인간은 다들 사태가 절박해서 유예할 만한 여유가 없다. 이 순간 당연히 그들의 수레바퀴는 사태가 절박해서 지체할 시간이 없다. 드디어 액자에서 벗어난 것이다. 액자가 파괴되는 소리는 이쪽이 가라앉으면 저쪽이 일어나는 식으로 연달아 소동이 일어났다. 그 안에서 자기 색채와 염료 그리고 자기 세계의 형상을 지키면서 고객을 부르기 위해 고함을 친다.

　"빨리 와서 배추 사세요!"

　"빨리 와서 무 사세요!"

"빨리 와서 고구마 사세요!"

"빨리 와서 서양 호박 사세요!"

……

"배추 가격 떨어졌네요!"

"눈물을 훔치며 무 염가로 팝니다!"

"고구마 한 무더기 떨이 처리합니다!"

"서양 호박 팔아주면 웃돈 얹어 주겠소!"

……

"빨리 와서 붉은색을 칠하시오!"

"빨리 와서 주황색을 칠하시오!"

"빨리 와서 노란색을 칠하시오!"

"빨리 와서 녹색을 칠하시오!"

"빨리 와서 청색을 칠하시오!"

"빨리 와서 남색을 칠하시오!"

"빨리 와서 보라색을 칠하시오!"

"빨리 와서 분홍색을 칠하시오!"

"빨리 와서 심홍색을 칠하시오!"

"빨리 와서 회색을 칠하시오!"

"빨리 와서 금색을 칠하시오!"

"빨리 와서 나무색을 칠하시오!"

"빨리 와서 물색水色을 칠하시오!"

"빨리 와서 화색火色을 칠하시오!"

"빨리 와서 황토색을 칠하시오!"

"빨리 와서 무쇠색을 칠하시오!"

"빨리 와서 강철색을 칠하시오!"

"빨리 와서 각종 혼합 색을 칠하시오!"

……

"빨리 와서 붉은색 세계를 훈련하시오!"

"빨리 와서 주황색 세계를 훈련하시오!"

……

"붉은색 가격 대폭 하락이오!"

"눈물 머금고 주황색 염가 판매!"

……

게다가 우리는 마침내 결과를 기다린다. 바야흐로 그 몇몇 색채는 근본 신체의 분화가 일어나고, 비로소 그들이 우리를 한 사람씩 구하자 우리는 잠시 한숨을 돌릴 기회를 얻게 된다. 비로소 우리는 형상이 바뀌어서 병신 닭이 사라진다. 어떤 판매자 시장이 오십 번지 서쪽의 구매자 시장과 야채 시장으로 바뀌는데 이것은 다만 오십 번지 서쪽의 또 다른 속성이자 특징이라는 것을 우리는 깜박 망각한다. 이 순간 우리는 되레 해탈과 자유 그리고 시름을 놓을 수 있게 된다. 우리는 잠시 야채를 사지 않고 염료를 사지 않아도 되며 화장을 하지 않을 수도 있는데, 왜냐하면 몇 가지 색채가 팔려고 외쳐대는 행위를 멈추기 시작하더니 수십 종의 각기 다른 색채가 거대한 용이 되어 공중에서 서로 다투고 있다. 그들이 당연히 근본 인간과 근본 신체로 다시 원위치인 오십 번지 서쪽으로 복귀되는 순간 다시 한 번 우리 오십 번지 서쪽의 그림자는 동화되고 함몰된다. 거대한 용이 공중에서 서로 물어뜯자 온 전신에 피와 비늘이 골고루 생채기가 난 듯하자, 우리 몇몇 그림자는 푸푸거리면서 대뜸 웃음이 튀어나온다.

"그들은 정신 나간 듯하지만 정신 나가지 않았어!"

"그들은 멍청한 듯하지만 멍청하지 않아!"

"그들은 이 야채 시장을 잊었어!"

"말로는 다른 존재가 갈무리한 지방으로 다시는 가지 않겠다고 하지만, 지금 그들은 단체로 과거의 지방에 도착해 갈무리하려고 이 지방에서 서로 몸부림을 치면서 싸워대기 시작하는구나! 저들은 이 지방 역시 하나의 그림자에 불과하다는 걸 잊은 거야!"

"말로는 극의 레퍼토리가 훼손되지 않았다고 하지만 지금 그들은 극을 벗어났어!"

"말로는 수련이라지만 사실 싸워대는 것이야!"

"말로는 단결이라지만 사실 분화지!"

"말로는 천변天邊이 멀다지만 사실 눈앞에 있지!"

"말로는 색채와 층위의 세계가 다르다지만 사실 여전히 눈썹은 하나야!"

"보기에는 저들의 근본 신체가 온 전신에 피와 비늘이 골고루 상한 듯하지만 이미 정신 나가고 멍청해진 것에서 발전을 해서 양심도 없고 인정도 없는 존재인걸!"

"보기에는 저들이 대가리가 없는 듯한 몰골이지만 이미 양심도 없고 인정도 없는 목재로 바뀌었지!"

"그 목재는 이미 썩어 문드러진 목재야!"

"썩어 문드러진 목재는 이미 폐품과 쓰레기가 되어 넝마로 바뀐 거야. 우리는 그 참상을 차마 들을 수가 없구나!"

"그 폐품과 쓰레기는 이미 유인원과 원숭이로 변한 거야!"

"그 유인원과 원숭이는 이미 멍청한 닭으로 변한 거야!"

"저들은 우리의 정신 나가고 멍청한 역사를 다시 한 번 중복하려는 거야!"

……

다만 그들은 정신 나간 닭의 지경에서 여전히 정지되지 못하고, 한쪽으로 한쪽으로 물어뜯으면서 다른 한쪽으로는 서로를 질책하고 있다.

"너는 한 마리 파리에 불과해!"

"너는 한 개의 형상에 불과해!"

"너는 한 개의 원형에 불과해!"

"너는 한 개의 마름모꼴에 불과해!"

"너는 한 개의 삼각형에 불과해!"

"너는 한 개의 사각형에 불과해!"

"너는 한 개의 불규칙 다변형에 불과해!"

"병신 새끼, 면적조차 계산 안 되는 작은 놈아!"

……

이 순간 너는 오십 번지 서쪽을 정신병원이라고 표현해도 되며, 여기를 유치원이라고 말해도 된다. 우리는 여전히 수련하지 않고 저들 자신이 수련을 개시하며, 우리는 여전히 컨트롤하지 않고 저들 자신이 곧바로 상호 컨트롤하기 시작하며, 우리는 여전히 멍청한 닭으로 남아 있는데 저들은 파리로 변해버렸고, 우리는 여전히 각종 형상으로 변화되지 않고 있는데 저들 자신은 곧바로 각종 형상으로 변해버렸으며, 우리는 여전히 행동하지 않고 있는데 저들 자신은 곧바로 행동을 개시했으며, 우리는 여전히 머리카락 안의 밀령을 찾지 못하고 있는데 저들은 밀령을 찾아내고 이미 서로 물어뜯고 있구나. 다만 일개인이 얻은 밀령은 전부 자신에게 내려진 것이 아니고 제각기 전부 다른 존재에게 내려진 밀령을 들고 있으며, 우리는 여전히 색채와 화장을 자신에게 칠하지 않고 있는데, 저들은 각기 다른 종류의 형상과 색채로 화장을 개시하고 있다. 우리는 아직도 자객을 담당하지 않고 있거늘 저들 스스로 먼저 자객이 되어버렸고, 우리는 아직도 암살하지 않고 있거늘 저들의 그림자가 저들의 근본 인간과 근본 신체를 암살해버렸으며, 저들은 단박에 그림자를 뛰어넘어 직접 근본 인간을 암살하기 시작했다. 그런데 만일 극의 레퍼토리가 이런 식으로 발전해나간다면, 만일 여기 나타난 연극단원이 동시에 극과 감독의 말을 편집한다면, 이런 식의 연극 레퍼토리란 천만뜻밖이라는 표현을 하지 않을 수가 없으니, 이렇게 되면 다음과 같은 문제가 생긴다. 당신들, 우리 몇몇 오십 번지 서쪽의 정신병자와 멍청이들을 아직도 무대에 세워놓고 뭘 하려는 건가요? 무대 위에 있는 것은 이미 라오마, 라오서, 라오지앙, 멍지앙뉘, 라오펑, 여자 앵커, 백골정, 샤오빠이, 샤오스, 라오양과 라오후가 아니지 않은가? 또한 라오마, 라오서, 라오지앙, 멍지앙뉘, 라오펑, 여자 앵커, 백골정, 샤오빠이, 샤오스, 라오양과 라오후의 그림자는 뭘 하고 있는가? 그림자는 몸에 일체 조금도 의존하지 않고 떠났으니 그림자가 떠나버린 몸은 텅텅 비었는가? 이 안에서 또 본말本末이 전도되었는가? 지금 뒤집힌 본말을 다시 한 번 뒤집을까? 다만 우리 몇몇 그림자는 기뻐서 어찌할 바를 모르고, 아주 적절하게 여기서 저들 몇몇의 근본 인간과 근본 신체의 올가미에 걸려드는데, 사실 저들이 원한 목적은 물어뜯는 것이었다. 보기에는 저들이 서로를 물어뜯는 듯하지만 사실은 여전히 우리들을 물어뜯는 것이고, 보기에는 저들이 근본 인간을 물어뜯는 듯하지만 기실 여전히 우리의 그림자를 물어뜯는 것이며, 보기에는 우리의 그림자를 물어뜯는 듯하지만 기실 여전히 우리의 근본 인간을 물어뜯는 것이다. 예리한 양날의 칼로 차츰차츰 우리를 향해 찌르려고 하는데, 말로는 칼과 총을 쓰지 않겠다고 하더니 여전히 총과 칼을 사용하고 있으며 말로는 무기가 염료라고 하더니 사실은 염료가 아니고, 염료는 여러 종류라고 말하더니 지금은 물어뜯는 과정을 거쳐 혼합되어버렸다. 마땅히 우리는 공중의 수십 가지 색채가 그 범주 안에서 물어뜯는 것을 보고 있는데, 사람은 그 범주에서 소리도 소문도 없이 이미 자취를 감춰버렸고, 우리는 수십 가지 색채로 된 공중의 거대한 용이 그 범주 안에서 날면서 물어뜯는 광경을 바라보고 있는데, 사실 이 몇몇 거대한 용은 물어뜯고 혼합되는 와중에 이미 색채가 되고 게다가 염료가 혼합된다. 오십 번지 서쪽의 모든 지상과 담은 어수선해졌고, 보아하니 공중 전체가 핏빛이요 온통 상처투성이였으며, 오십 번지 서쪽은 이미 땅과 담장에도 피가 가득하고 염료는 상처투성이인 곳에 골고루 퍼져 있다. 우리는 마땅히 자기 자신을 경하하며 여전히 멍청한 닭인 채 인간으로 변형되지 못한 그런 형상으로 있는 순간, 오십 번지 서쪽은 이미 인간의 행동으로 인해 하나의 완전한 형체를 갖춘 형상으로 도배되고 바뀌어졌으며, 우리는 여태껏 머리카락 안의 밀령도 찾지 못하고 있을 무렵 오십 번지 서쪽은 이미 밀령에 닿은 것이다. 사실 밀령은 우리의 머리카락 안에 갈무리되어 있는 것은 아니었고 역시 그 오래된 지방에 갈무리되어 있었던 것인데, 말로는 그 오래된 지방에 갈무리된 게 아니라지만 기실 여전히 그 오래된 지방에 갈무리해두었던 것이며, 말로는 그 오래된 지방이 오십 번지 서쪽의 그림자라고 하지만 원래 오십 번지 서쪽의 근본 그 자체로서, 사실 우리 음모의 범주는 다른 존재이거늘, 우리는 다른 존재의 음모 범주보다 여전히 한층 더 큰 범주가 설정되어 있다는 걸 누가 알기나 하겠는가. 우리는 그 순간 오로지 자기 자신만을 생각할 뿐 저들이 오십 번지 서쪽을 조준하고 있다는 걸 잊고 있다.

라오마, 라오서, 라오지앙, 멍지앙뉘, 라오펑, 여자 앵커, 백골정, 샤오빠이, 샤오스, 라오양과 라오후의 근본 인간인 당신들은 근원적으로 우리가 당신들의 그림자였기 때문에 그처럼 독하다고들 하지만, 기실 이미 당신들의 그림자가 아니거늘, 말로는 당신들은 훈련이 없다고 하지만, 사실 당신들은 한창 훈련 중이다. 목전의 동작 역시 훈련의 일종으로서 당신들은 이미 훈련을 거쳐서 우리들의 근본 신체에 다시 도달해 당신들이 근본 신체가 된 연후에 천변의 그림자를 재주껏 먼발치에서 보고 있구나. 말로야 우리에게 당신들 그림자를 암살하라고 하였지만 사실 암살하게 되는 것은 우리 본인인 것인데, 말로는 우리에게 자객의 임무를 맡겼다지만 사실 자객이란 당신들 본인인 것을, 말로는 당신들 본인이 자객이라지만 사실 자객은 오십 번지 서쪽이로다. 보아하니 당신들은 소리 소문 없이 이 오십 번지 서쪽에 있구나. 이 순간 우리는 비로소 애당초 저들이 소리를 내지 말라던 말이 무슨 의미인지 돌연 깨닫는다. 다만 어째서 자객이 어수선하게 이루어져 있는가? 제각기 한 면의 담장에는 전부 피의 흔적과 염료가 있거늘, 모든 토지는 전부 상처투성이인 것을. 오십 번지 서쪽은 벌써 오십 번지 서쪽이 아니며, 오십 번지 서쪽은 이미 철저하게 달라졌는데, 오십 번지 서쪽은 원래 하나의 형상이었으나 지금은 당신들이 이 오십 번지 서쪽을 또 다른 하나의 형상으로 완전히 개변해버렸구나. 원래는 하나의 원형이더니 당신들이 마름모꼴로 바꾸고,

원래는 하나의 마름모꼴이더니 당신들이 그런 오십 번지 서쪽을 삼각형으로 바꾸고, 원래 하나의 삼각형이던 것을 당신들이 사각형으로 바꾸었으며, 원래 사각형이었던 것을 당신들이 다각형으로 바꾸어놓았구나. 게다가 불규칙인데다, 원래는 하나의 색채였는데 지금은 당신들이 다른 종류의 색채로 바꾸어놓았구나. 게다가 혼합된 색채인데다가, 이것을 지금 비로소 자기들 생각대로 되고 진정 산만해졌다고 부르고 싶구나. 우리는 극중 레퍼토리에서 나와서 우리 오십 번지 서쪽을 구제할 무렵 갑자기 깨닫게 되는데, 이 순간의 오십 번지 서쪽은 어수선한 화장의 과정을 거쳐서 일종의 다른 형상이 되어 이미 오십 번지 서쪽이 아니라 어떤 자객이 주인의 자격으로 들어서기 시작해서 단지 한쪽만 원위치인 오십 번지 서쪽의 그 몇몇 근본 사람과 근본 신체에게 복귀되었을 뿐이다. 오십 번지 서쪽은 되레 그들의 그림자로 이루어져 그 몇몇의 근본 사람과 근본 신체는 여전히 말을 할 수가 없으며, 썩 잘 드는 칼을 소지한 한 자객이 이미 우리들에게 말을 한다.

"어수선하다고 여겨지지만 실은 세심하게 창작한 것이고, 군중심리에 말이나 행동을 맞추어 그들의 호감을 사려 든다고 여겨지지만 기실 여러 차례 간난신고를 경험한 것이며, 여러 차례 정신이 나가고 또 정신이 나간 것으로 여겨지지만 기실 행위예술가이다. (이 순간 우리는 심리적으로 약간 밝아진다. 사실 행위예술가는 여기에 갈무리되어 있었구나. 이건 오래된 그 지방만은 아닌 것이다.) 지상과 담장 위에는 이미 색칠이 되어 있다고 여겨져 엉망진창이 되고 혈흔이 얼룩덜룩하겠구나. 그러니 이미 오십 번지 서쪽은 아니고 기실 약간 엉망진창인 혈흔일 뿐이야. 다만 그것은 염료 속에 불과한 것이고 아주 적절하게 다른 하나의 오십 번지 서쪽이 탄생한 것이며, 그것이 오십 번지 서쪽의 한 형상이라고 여겨지지만 사실 그것은 하나의 팔레트이고, 너희들은 등한시한다고 여겨지겠지만 실은 너희들을 점점 더 중시하는 것이며, 너희들은 칠해지지 않고 화장한 적이 없는 것처럼 여겨지겠지만 기실 너희들도 이미 나처럼 칠해져서 모양과 형상이 바뀌어버린 거야. 너희들 이외에 이미 칠해져 나온 다른 너희들 몇몇이 있고, 너희들 그림자 이외에 역시 칠해져 나온 몇몇 그림자가 있는데, 너희들 그림자는 이중인 것이고, 이 몇몇 그림자가 오십 번지 서쪽의 지상을 향해 걸어간다고 여겨지지만 기실 그들은 오십 번지 서쪽의 벽을 향해 걸어가는 것이야. 오직 이런 식이기에 너희는 나처럼 비로소 점점 더 우리의 본질과 그림자로 접근하고 있어. 너희들, 변신한 뒤의 모양과 형상 그리고 본질과 그림자를 볼 필요가 있지 않겠니?"

연달아 수중의 검劍을 두들긴다. 그 순간 우리에게 드러난 그 검은 의외로 하나의 컨트롤 스위치로 변해버린다. 그 검이 여전히 컨트롤과 컨트롤 스위치 작용을 한다는 걸 생각지 못하고 있는데, 그것을 단박에 비틀어서 누르자 어수선한 오십 번지 서쪽이 또다시 재빨리 모양이 변화되어 지상에는 혈흔이 얼룩덜룩한 산만한 구름이 떠다닌다. 땅이 곧바로 하늘이 되었구나. 비로소 그 거대한 용은 강하지도 않으면서 천상에서 싸우고 있구나. 우리는 천상에서 싸우는 것으로 여겨지지만 사실 여전히 지상에서 서로 맞붙어 있는데, 지상의 한 토막 장벽이 재빨리 은막으로 변해버린다. 어쨌거나 우리는 다시 수정금자탑으로 회귀하게 되었지만, 그러나 여기와 수정금자탑은 다른 것이고, 수정금자탑은 한 개의 은막이 있다면 지금 오십 번지 서쪽은 여러 개의 장벽이 있으므로 곧바로 여러 개의 은막이 있는 것이며, 고층 빌딩이 대형 은막이라면 낮고 왜소한 방은 작은 은막이겠고 모든 가정마다 십수 면의 벽이 있으므로 곧 십수 개의 은막이 있는 것이다. 집안이 사면이 벽이니까 곧 네 개의 은막이 있는 것이고, 외부 세계에도 사면이 벽이므로 곧 네 개의 은막이 있는 것이며, 아래층에도 십수 면의 벽이 있으므로 아래층에도 십수 개의 은막이 있는 것이고, 위층에도 십수 면의 벽이 있으므로 위층에도 또 십수 개의 은막이 있는 것이며, 모든 오십 번지 서쪽에는 몇만의 벽면이 있고 모든 오십 번지 서쪽에는 몇만의 은막이 있는데, 이 몇만의 은막이 동시 방영을 한다. 게다가 방영하는 것도 동일한 영화 필름인데, 우리는 곧바로 눈이 침침하고 어지러우며 아름다운 내용이 너무도 많아 눈이 쉴 틈이 없거늘 이 방대한 입체음향이 오십 번지 서쪽에 울려 퍼지고 몇만 장소의 은막銀幕이 동시에 방영되면서 요란스럽게 울어대는데, 이 영화 필름에서는 행위예술가를 찍긴 했으나 창작 행위가 대단히 서툴렀고, 우리까지 그 형식에 형상되고 있다. 우리는 그 형상이 다른 한 층위層位의 의미가 더 있다는 것을 갑자기 명백하게 알게 된다. 무엇을 수련하지? 사실 우리는 그들이 수련하는 것을 전혀 알지 못하고 느끼지도 못하고 있다가 음성과 그 기세만으로 감동을 받았다. 사실 이 행위예술가는 일부의 영화 필름으로 사람을 이렇게까지 감동시켰으며, 사실 이 일부의 활극을 연출해서 이렇게까지 사람을 진동하게 만들었으니 사실 그는 이토록 잔인한 것이다. 이미 피와 염료로 일체 다 같이 바뀌고 피는 한 방울 한 방울씩 불속으로 떨어진다. 게다가 그 잔혹성으로 인해서 모두들 비로소 감동한다. 몇몇 방대한 장면과 색채가 지나간 뒤 벽 위쪽의 동작은 어수선하게 변화하기 시작하고, 이 순간 우리는 색채와 염료 속에서 약간 변화된 자기 자신의 동작을 갑자기 발견하게 된다. 비록 상태와 모양은 이미 변형되어 현대예술과 추상예술 속에서 선도 변하고 이상한 상태가 되어 이미 약간의 추상화, 엉터리화, 우둔화 그리고 만화화되었다고 하더라도, 그러나 바야흐로 그 추상성, 엉터리성, 우둔성과 만화성 때문에 우리는 비로소 약간의 동작과 행위가 선이 변하고 이상한 상태가 되는 것이다. 그 약간의 우둔화로 발걸음을 앞으로 내디디던 와중에 우리는 유년 시절과 과거의 일을 어렴풋하게 발견하고, 바야흐로 그 엉터리와 만화 때문에 비로소 우리의 유년 시절과 과거의 추억으로 접근하는 것이구나. 당신이 대본에 적고 묘사한 대로 경을 읽어 나가면 우리는 우리 과거의 사건을 말해도 다른 존재의 사건처럼 느껴지고, 당신이 엉터리와 추상으로 비로소 우리들을 유인하고 유혹해서 모든 사물을 대하는 와중에 모모**의 일부분을 약간씩 편애하고 고집하게 된다. 말로는 우리를 닮지 않았다고 하지만 실은 우리를 점점 더 닮아가며, 말로는 다른 존재를 방영한다고 하지만 기실 우리는 되레 충동적으로 모모의 일부분과 약간씩 부딪치면서 그들이 자기 자신으로 간주된다. 게다가 색채와 염료가 현란하게 움직이자 농후하게 치근덕거리던 염료의 액체가 몸부림을 치면서 일어서는 것은 결코 우리들의 낮이 아니고, 게다가 제각기 한 색채가 몸을 완전히 드러내고 제각기 다양한 동작을 만들어내는 것은 밤이다. 보기에는 색채와 염료가 우리를 고정시키고 있는 듯해서 비록 우리가 약간은 난처해졌다 하더라도, 바야흐로 이 약간의 사정으로 인해 우리는 역사상 비로소 점점 더 정신 나가고 멍청해진 것이고 현재의 기억은 점점 더 새삼스러운 것이다. 그 짧은 촌각에 몇몇의 동작이 뿔뿔이 흩어져나간다. 우리는 정신 나가고 멍청했던 우리의 역사를 다시 반복해서 목격할 수 있을 것이며, 정신 나가고 멍청해진 것에서 농아가 되고 농아에서부터 의리도 없고 인정도 없는 존재가 되더니 의리도 인정도 없는 존재가 목재가 되고, 목재는 너덜너덜 썩어 문드러진 목재가 되더니 썩어 문드러진 목재는 폐품과 쓰레기가 되어서 넝마가 되고, 폐품과 쓰레기에서 멍청한 원숭이가 되고, 멍청한 원숭이는 멍청한 닭이 되더니 연달아 또 멍청한 닭에서 파리가 된다. 과거에 우리는 멍청한 닭의 단계에서 멈추고 그 상태로 남아 다른 존재가 파리로 변했다고 여겨졌는데 지금 우리가 색채와 염료 속에서 자기 자신을 목격하게 되다니, 그렇다면 물론 어느 것이 약간 촌각만큼이나 일찍이 멍청한 닭에서 파리로 바뀐 것인가? 그렇다면 당신은 유감스럽게도 도움이 안 되는 목재와 폐품이고, 당신은 그렇다면 원숭이이고 닭이며 파리이다. 당신은 털끝만큼의 목적도 없이 위쪽을 오락가락 날아다니는데 당신의 활주 흔적은 다만 우리 오십 번지 서쪽의 천년 역사의 족적에 불과하구나. 이 순간 우리는 지상과 담장 위의 피가 왜 어째서 어디에서 온 것인지 어디까지 미칠 것인지 전부 갑자기 명백하게 깨닫게 된다. 낮엔 우리가 자신을 똑똑하게 볼 수 없지만 지금 밤에 방영되자 똑똑히 우리에게 보였고, 지상의 자기 자신과 자기 그림자를 단독으로 보면 우리는 똑똑하게 볼 수 없지만, 지금은 당장 위의 염료 속에서 자신과 자기 그림자를 보고 나자 우리는 갑자기 자신이 정신 나가고 멍청해진 원인을 깨닫게 된 것이다. 사실 일체 모든 것은 체액 혹은 액체 때문이고 되레 형상의 변화는 아무런 관련이 없다. 일체 모두 주관이기 때문에 되레 객관은 아무런 관련이 없다. 그러나 우리가 각성하길 기다린 것이 이젠 너무 늦어버렸기에 아마도 몇몇은 원위치인 오십 번지 서쪽으로 복귀되었을 것이다. 단지 여전히 여기 오십 번지 서쪽인가? 근본 인간과 근본 신체가 이 시각까지 기다려왔을 뿐인데, 그들은 이미 우리가 각성한 것을 목격하고 재빨리 소지하고 있던 컨트롤 스위치를 눈짓으로 눌러 오십 번지 서쪽을 다스린다.

"시간이 되었으니 이젠 착수할 수 있어!"

그 형상의 자객이다. 기실 여전히 오십 번지 서쪽인 것이다. 재빨리 고개를 끄덕거리며 연달아 또다시 컨트롤 스위치를 대뜸 누르자, 컨트롤 스위치는 재빨리 여전히 비할 데 없이 썩 잘 드는 큼직한 칼로 환원還元된다. 변화가 한 차례 경고하자 흡사 썩 잘 드는 칼은 예전과 비교해서 아마도 많이 거칠어진 듯하다. 보아하니 칼 역시 수련한 게로군. 이 순간 자객은 지상의 우리와 우리 그림자를 내팽개치고 담장 위에서 아직도 방영되느라 거기 함몰된 몸을 덜덜 떨어대며 몸부림을 치고 질질 끌어대는 색채와 염료 그리고 액체와 체액을 바라보더니 비자발적인 우리와 우리의 그림자에게 말한다.

"갚지 않은 게 아니라 시간이 되지 않았던 것이고 시간이 되면 반드시 갚는다고!"

연달아 비할 데 없이 흉맹하게 색채와 염료 속에 있는 우리와 우리의 그림자를 향해 검을 휘둘러 과거를 암살하자, 검이 한 번 휙 하면 한 신체와 그림자가 암살되고, 한 명 한 명씩 신체와 그림자가 색채와 염료 속으로 쓰러지는데, 선혈이 한 다발씩 솟구쳐 올라오자 다시 담장 위는 원래처럼 염료와 색채가 어수선하게 칠해지고, 색채와 염료는 가면 갈수록 불규칙적으로 치근덕거리고 끈적거렸는데, 우리는 쓰러진 라오마의 신체와 그림자를 보아가면서, 쓰러진 라오서의 신

・・・

연달아 또다시 컨트롤 스위치를 대뜸 누르자, 컨트롤 스위치는
재빨리 여전히 비할 데 없이 썩 잘 드는 큼직한 칼로 환원還元된다.

・・・

체와 그림자를 보아가면서, 쓰러진 라오지앙의 신체와 그림자를 보아가면서, 쓰러진 멍지앙뉘의 신체와 그림자를 보아가면서, 쓰러진 라오펑의 신체와 그림자를 보아가면서, 쓰러진 여자 앵커의 신체와 그림자를 보아가면서, 쓰러진 백골정의 신체와 그림자를 보아가면서, 쓰러진 샤오빠이의 신체와 그림자를 보아가면서, 쓰러진 샤오스의 신체와 그림자를 보아가면서, 쓰러진 라오양의 신체와 그림자를 보아가면서, 쓰러진 라오후의 신체와 그림자를 보아가면서도 단지 우리는 자객의 형상만 보고 있을 뿐 여전히 원한을 풀지 못하고 있는데, 칼을 휘둘러 어수선하게 잘라내고 있다.

도대체 오십 번지 서쪽에서 우리들에 대한 원한이 얼마기에 굳이 정말 깨끗한 대지를 그만두고 뿌옇게 만드는가? 선혈과 염료의 농도는 가면 갈수록 끈끈한데, 우리들이 자객의 형상을 보아하니 치근덕거리며 끈적대는 혈액과 염료 속에서 썩 잘 드는 칼을 뽑아 들고 가면 갈수록 힘을 관건이 되는 곳에 쓰고 있으며, 기운이 차서 숨을 헐떡거리는 가운데 그것은 이미 면모가 흉악하게 드러난다. 이미 다시 마름모꼴이 삼각형으로 바뀌었고 다시 당신은 그런 식으로 내려가다가, 결국 당신은 추악한 파리로 변해버린다. 그러나 자객 형상은 여전히 노력을 하며 몸부림을 치지만 가령 수중의 칼로서 선이 변하고 형이 변하는 것을 멈출 수는 없다. 그 순간 우리는 지상에서 일어나긴 했고 육체와 그림자 역시 약간 심상치 않다는 것을 깨닫게 되는데, 그것은 단지 파리 자객이 모든 담장 위를 단칼에 베어낸 것에 불과하기에 우리 모든 사람의 머리카락은 위를 향해 대뜸 경련을 일으킨다. 한번 경련이 시작되더니 나중에는 열이 난다. 사실 그가 담장을 베는 것은 거짓이고, 베어낸 것은 참인데, 다른 하나의 신체와 그림자를 베는 것은 거짓이고 우리의 근본 신체와 근본 그림자를 베는 것은 참인 것이다. 한번 시작되자 라오마의 머리카락에 열이 나고 나중에는 라오서의 머리에 열이 났으며, 나중에는 라오지앙의 머리에 열이 났으며, 멍지앙뉘의 머리에 열이 났으며, 라오펑의 머리에 열이 났으며, 여자 앵커의 머리에 열이 났으며, 백골정의 머리에 열이 났으며, 샤오빠이의 머리에 열이 났으며, 샤오스의 머리에 열이 났으며, 라오양의 머리에 열이 났으며, 라오후의 머리에 열이 났다. 머리카락 한 개 한 개씩 한 뿌리 한 뿌리씩 열이 나자 온도가 상승하고, 온도가 재차 상승하자 곧바로 점화되었다. 사실 담장 위의 피는 최종적으로는 머리카락의 불인 것이다. 이 순간 우리는 머리카락 밑에 갈무리해두었다는 밀령이 무슨 의미인지 돌연 명백하게 깨닫게 되었는데, 사실 밀령이 아니라 불이었던 것이다. 갑자기 산뜻하게 깨어난 우리가 물을 찾아 헤매는 순간 원위치인 오십 번지 서쪽으로 복귀한 그 몇몇의 근본 인간과 근본 신체를 향해 자객 형상을 지닌 자는 고개를 끄덕인다.

"때가 되었구나."

이 순간 우리는 약간 주저하는 오십 번지 서쪽을 목격하게 되는데, 그 자객이 비록 썩 잘 드는 칼로 대뜸 후려갈긴다고 해도, 썩 잘 드는 그 칼 역시 하나의 정교한 동력 기계로 변해버린다. 볼썽사납게 방금 전에 칼을 휘두르던 그 흉맹함을 조금도 주저하지 않은 채로 그 자객은 동력 기계를 손으로 꾹 누르는데, 그 자객은 동작을 멈춘 채 지상의 우리 모든 인간을 하나씩 그리고 모든 인간의 그림자를 한 개씩 세심하게 관찰하기 시작한다. 이것은 오로지 담장 위와 지상을 구별하는 것에 불과하고, 담장 위는 필경 얼마간은 현대화와 행위 예술가로서 더군다나 지상은 되레 우리 근본 인간과 우리 근본 신체가 아닌가. 게다가 말하자면 도대체 신발 깁던 라오마, 돼지 잡던 백정 라오서, 지본가 라오지앙, 만리장성에서 통곡하는 멍지앙뉘, 목욕탕의 라오펑, 천하에 명성이 가득한 여자 앵커, 온갖 풍미가 있는 백골정, 배추 파는 샤오빠이, 가라오케 접대부 샤오스, 때밀이 라오양, 넝마주이 라오후가 다들 친인척이 아닌가. 지금 당신들은 흡사 담장 위의 육체와 그림자처럼 협조하지 않고 있는데, 비록 우리가 몇백 년간 헤어져 있긴 했지만 일체의 지난 일들이 역력하게 눈앞에 떠오르자 마치 어제 일인 듯하다. 나중에는 비록 정신 나가고 멍청해진 것에서 농아가 되고 농아에서부터 의리도 없고 인정도 없는 존재가 되더니 의리도 인정도 없는 존재가 목재가 되고, 목재는 너덜너덜 썩어 문드러진 목재가 되더니 썩어 문드러진 목재는 폐품과 쓰레기가 되어서 넝마가 되고, 폐품과 쓰레기에서 멍청한 원숭이가 되고, 멍청한 원숭이는 멍청한 닭이 되더니 연달아 또 멍청한 닭에서 파리가 되더니 곧바로 마치 방금 전에 담장 위에서 바람직하지 못하게 암살되어버린 것처럼 현재 당신들은 지상의 정신 나가고 멍청해진 원인을 찾을 수 없어 이 정신 나가고 멍청해진 것이 장차 널리 확산되어나가려 했으나 점화가 되지 않고 있는데, 점화되지 않으면 다른 하나의 오십 번지 서쪽은 뿌옇게 된 대지에서 진정 깨끗한 신생新生을 얻을 수가 없게 된다. 점화되지 않으면 우리가 수련할 방법이 없거늘, 다만 우리는 예전에 이미 필경 다 같이 수수께끼 놀이와 모방을 아주 우수하게 해서 변론대회를 열어 통과했고, 공동으로 피를 씻는 과정과 창자를 씻는 과정을 거쳤다. 동력 기계를 누르지 않은 것이 아니라 착화점에 불이 붙지 않은 것이 아니더냐? 이 순간 우리는 자객 형상이 손을 벌벌 떨더니 결국 마음까지 떨고 있다는 것을 목격한다. 그 몇몇 원위치인 오십 번지 서쪽으로 복귀된 근본 인간과 근본 신체는 자객의 형상을 목격하고 갑자기 약간 후회를 느껴 번복하며 몸을 빼돌려 퇴보하는데, 오십 번지 서쪽 지상의 탐색과 구제에 대한 대사의 최후 고비에서 힘이 부족해 실패할 듯해 재빨리 후퇴를 하면서 약간 초조해지기 시작한다. 완전히 새롭게 인도되고 교육된 오십 번지 서쪽의 몇몇 사람들이 일어서기 시작하고, 성격이 약간 급한 또 다른 몇몇 근본 인간과 근본 신체는 혈흔이 얼룩덜룩한 천상에서 거침없이 행동한다. 물론 그 혈흔은 다만 오십 번지 서쪽의 땅에 널리 흐르던 피가 지상에서 점점 더 튀어 올라가 직접 점화된 것이다. 다만 그들은 재빨리 다른 몇몇의 근본 인간과 근본 신체를 대뜸 끌어당겨서 붙잡는다.

"완전에 다다르지 않으면 이미 얻을 수가 없고, 역시 제기를 버리고 숙수 일을 하듯 제 직분을 넘어서서 월권행위를 할 필요는 없거늘, 그 모양의 불은 시기가 같고 시점도 같긴 하지만 곧바로 지상의 탐색과 구제를 널리 확산시키는 작용에 이르지 못하고 있으므로, 오로지 오십 번지 서쪽은 오십 번지 서쪽만 점화해야만 우리는 비로소 오십 번지 서쪽의 신생을 얻을 수 있어. 동시에 극의 레퍼토리를 고려해보건대, 오로지 자신의 점화는 자기 자신이 하는 식으로 진행해야 비로소 우리의 수련을 돌파해 다시 한 번 관중에게 뜻밖의 효과를 느낄 수 있게 할 수 있어!"

다만 오십 번지 서쪽은 그곳에서 여전히 유예하고 있는데, 그 몇몇의 완전히 새롭게 인도되고 교육된 근본 인간과 근본 신체에 대해서도 여전히 귀를 막고 전혀 들은 체도 하지 않는다. 만일 일이 이런 식으로 발전되어간다면, 우리의 지상에는 몇몇 신체와 그림자뿐일 것이다. 그렇다면 여전히 멍청한 닭과 파리 상태를 보류해야겠다. 아마도 여전히 구제할 수 있다면, 다만 사물의 발전이 뜻밖에 다시 한 번 우리들에게 놀라워야 한다. 그러나 저들은 이미 다소 참을 수가 없다. 사실 저들은 바야흐로 우리가 세계에서 최대의 원수인 것이다. 아마도 저들은 더 이상 참을 수가 없게 되었건만, 출발점이자 원위치인 오십 번지 서쪽으로 복귀한 근본 인간과 근본 신체가 끌채는 남쪽 방향으로 향하고 수레 축은 북쪽 방향으로 향한 채 동일하지 않게 움직여 일이 저들 뜻대로 되지 않게 되자, 극의 레퍼토리에서 발생한 것을 순수하게 고려하거나, 혹은 저들은 극장에 앉아 있기가 힘들었겠지만, 그림자 저희들이야말로 그 몇몇 근본 인간과 그 몇몇 신체에 도달하는 효과를 얻고자 하는 갈망이 더 간절했지만, 저들은 그 몇몇 근본 인간과 근본 신체에 도달하지 못한다. 사후에 그 근본 인간과 근본 신체가 말한 바 있다. 이것 역시 저들이 연극 레퍼토리를 의미 있게 배치한 것이긴 하지만 최후에 관중들이 결정하는 것은 이 활극의 발전 방향과 최후의 결과적인 국면이다. 역시 극의 레퍼토리는 다시 한 번 천만뜻밖이었다. 몇몇 관중들이 자리에 서서 떠들기 시작한다.

"사정은 이미 이런 지경까지 진행됐거늘 점화하지 않고 아직도 뭘 기다려!"

우리는 무대 아래에서 이미 수백 년간 앉아 있었거늘 아직도 점화되는 걸 기다리지 않으면 안 되나?"

"이미 지상의 형상은 파리가 된 것을, 여전히 무엇을 동정하며 주저했단 말인가?"

"재차 극의 레퍼토리가 천만뜻밖으로 발전할 필요는 없다고 보는

데, 우리는 지상에서 썩어 문드러지게 생겼어! 우리는 곧바로 표를 물러야겠어!"

"만일 지상의 정신 나가고 멍청해진 것들을 이런 식으로 질병도 없이 종결지어 내려가겠다면, 우리들을 희롱한 게 아냐?'

"빨리, 빨리!"

"빨리 태워, 빨리 태우라고!"

……

연달아 단체로 발을 구르고 손뼉을 치며 박자를 맞추기 시작한다. 사정은 이런 지경까지 이르렀으나 자객 형상과 오십 번지 서쪽은 일체 모든 것이 생각대로 즉각 되지 않으므로, 필경 여전히 극의 레퍼토리를 한 번 각색하는 바람에 극의 레퍼토리가 이런 지경까지 발전해버린 것이건만, 당신은 이미 세계의 역사와 극의 레퍼토리를 방향 전환할 방법이 없거니와 역시 화살도 이미 시위에 걸쳐져 있어 부득불 행동해야 하는구나. 이 순간 오십 번지 서쪽의 정교한 동력 기계를 손으로 누르는 것을 목격한 우리는 하염없이 눈물을 흘린다.

"지상의 육체이자 그림자인 당신들은 수련修練과 변화를 겪지 않은 것이 아니기에, 나 역시 유감스럽구나!

나는 몸을 빼내 퇴보할 생각은 아니었지만, 천 년 동안이나 누적된 당신들에 대한 원한 때문에 방금 전에 나는 담장의 색채와 염료를 이미 발산시켜버렸던 것이고 지금 나 역시 수동적이지!"

"나는 신생을 원하지 않은 것이 아니고, 나 역시 객관적이야!"

……

연달아 동력 기계가 칙칙 낭랑한 소리를 내자 우리 제각기 모든 사람들의 머리카락에는 큰 불이 일어나고 연이어 이 불이 육체를 태우자, 이어 우리는 통증을 감지하고 우리는 연신 온 전신을 비틀면서 지상에서 거꾸러지기 시작하며 호수로 데굴데굴 굴러가다가, 연이어 우리들의 온 전신에선 연기가 뿜어지기 시작한다. 라오마가 데굴데굴 구르며 연기를 내뿜기 시작하고, 라오서가 데굴데굴 구르며 연기를 내뿜기 시작하고, 라오지앙이 데굴데굴 구르며 연기를 내뿜기 시작하고, 멍지앙뉘가 데굴데굴 구르며 연기를 내뿜기 시작하고, 라오펑이 데굴데굴 구르며 연기를 내뿜기 시작하고, 여자 앵커가 데굴데굴 구르며 연기를 내뿜기 시작하고, 백골정이 데굴데굴 구르며 연기를 내뿜기 시작하고, 샤오빠이가 데굴데굴 구르며 연기를 내뿜기 시작하고, 샤오스가 데굴데굴 구르며 연기를 내뿜기 시작하고, 라오양이 데굴데굴 구르며 연기를 내뿜기 시작하고, 라오후가 데굴데굴 구르며 연기를 내뿜기 시작한다. 비록 이 사물들의 발전이 필연적인 결과임을 알고 있었다 하더라도, 사태가 이런 지경까지 이르자 나쁜 짓을 극도로 많이 해서 우리들에게 최후를 당하고 있는 셈이다. 방금 전 오십 번지 서쪽에서 그들이 우리들에 대한 철천지원한이 있다는 것을 우리는 이미 알아차렸다. 이런 식으로 극이 전개되어 내려가는 게 마땅할진대, 이 연극을 다 같이 행위 예술로 열심히 전개해나갈 필요가 없다는 걸 우리는 이미 알아차렸고, 우리는 역시 이 점화가 곧 수련이라는 걸 분명히 보고 알아차리게 된 것이다. 단지 최후의 수련만은 원만해야만 하거늘, 그러나 우리는 기괴함을 감지하고 이해할 수 없는 점들도 있다. 원위치인 오십 번지 서쪽에 복귀된 근본 인간과 근본 신체가 이 수련과 개변의 과정이 고통스러운지 아닌지 일의 사정을 먼저 우리들에게 알려주어야 하는 게 아니었나? 점화는 통증이 없다고 말한 게 아니었나? 지금 어떻게 고통을 감지하란 말인가? 어떻게 또다시 골수를 빼내는 듯한가? 심지어 골수를 빼낼 때보다 더 아픈데, 말로는 연기를 내뿜지 않는다고 하더니 오색찬란하게 내뿜지 않는가? 오색찬란한 불꽃이구나. 그것은 붉은색·주황색·노란색·녹색·청색·남색·보라색·분홍색·심홍색·회색·금색·나무색·물색·화색·황토색·무쇠색·강철색과 각종 혼합된 색채로다. 장차 그 색채는 오십 번지 서쪽에서 공중으로 치솟을 것이고, 세계의 각 모퉁이마다 우리 오십 번지 서쪽에서 점화된 오색찬란한 경축 행사 불꽃과 행동을 개시하는 신호의 불꽃을 목격하게 되리라. 그런데 지금 내뿜는 연기는 오색찬란한 것이 아니라 제각기 모두 시커먼 연기가 아니더냐? 그것은 라오마의 유백색과 우윳빛도 아니구나. 세계는 여전히 어떤 행동을 채택한 것이 없는 것처럼 여겨진다. 설마 이 연극이 이미 스스로 변화한 것은 아니겠지. 그것 스스로 사실적인 역사가 전화되어 이루어진 것이란 말인가? 우리는 점점 더 이해할 수 없게 되고, 우리의 근본 신체가 타들어가자 마땅히 타들어간 우리의 그림자에서 숯 찌꺼기가 한 움큼 한 움큼씩 기어 올라올 무렵, 설령 우리는 우리 근본 신체를 목격하게 된다고 하더라도 여전히 이해하기 어렵다. 이미 다시 대면해도 서로 인식할 수 없다. 때문에 눈물을 하염없이 흘린다. 정신 나가고 멍청해진 것에서 농아가 되고 농아에서부터 의리도 없고 인정도 없는 존재가 되더니 의리도 인정도 없는 존재가 목재가 되고, 목재는 너덜너덜 썩어 문드러진 목재가 되더니 썩어 문드러진 목재는 폐품과 쓰레기가 되어서 넝마가 되고, 폐품과 넝마에서 유인원과 원숭이가 되고, 유인원과 원숭이에서 멍청한 닭이 되더니 멍청한 닭에서 파리가 되고 파리에서 숯 찌꺼기가 되었구나. 그럼 이 원인은? 이 원인에 따라 처방전대로 약을 조제한다면 세계의 인간들 눈물에는 전부 소금기를 잃게 될 터인데, 그래도 우리의 정신 나감과 멍청함을 전 세계를 향해 밀어붙일 수 있을까?

이 순간 원위치인 오십 번지 서쪽으로 복귀한 그 몇몇의 근본 인간과 근본 신체는 결국 원형을 드러내고, 따라서 우리의 그림자가 된다. 이번에는 수련을 거친 새로운 그림자이다. 다시 한 번 출현하자, 그들은 근본 인간과 근본 신체에서 다시 한 번 단체사진으로 되돌아간다. 우리는 이것으로 극의 레퍼토리가 이미 일단락되었다고 여겨졌지만, 그들의 그림자가 연설을 발표하거나 혹은 손을 맞잡고 앙코르에 응답하는데, 다만 우리가 겁을 먹게 된 것은 극의 레퍼토리가 여전히 아래를 향해 내려간다는 것이다. 이것은 단체사진이 갑자기 자객의 형상으로 단지 오십 번지 서쪽을 점화하려는 데 불과하다. 이 순간 자객의 형상이 되레 조금도 지체하지 않자 우리는 거꾸로 천만 뜻밖인데, 사실 그들이 점화를 함으로써 우리의 심리는 역시 약간 평형을 이루었지만 단지 그들의 점화 이후에도 결코 숯 찌꺼기로 변화하는 것이 아니었고, 게다가 활활 불꽃이 타오르는 속에서 수백 년 전의 수정금자탑이 기이하게 변화된다. 수정금자탑의 근본 그 자체는 어수선한 각종 염료와 혈흔이 얼룩덜룩한 담장 위에서 몸부림을 치며 걸어나와서 일어섰다. 사실 수정금자탑이야말로 이 연극의 감독인 것이다. 탑이여, 감독이여, 당신은 결국 일어서긴 했는데, 수백 년 동안 당신은 어딜 돌아다닌 것이오? 당신이야말로 정신 나가고 멍청해진 우리의 발원지에서 처음으로 순장용으로 사용하기 위해 흙이나 나무 인형을 빚기로 고안한 자인데, 나중에 우리들을 한 단계 한 단계씩 발전시키더니 이젠 완전히 컨트롤하지 못하게 되었군요. 우리의 오늘이 비로소 있구나. 다만 여러 해 동안 변화와 수련을 경과했으니 수정금자탑 역시 과거의 수정금자탑이 아니다. 그것조차 벌써 인간들이 전복시키고 때려 부수기를 여러 차례 거듭했으므로 그것과 우리는 동일하게 정신 나가고 멍청해진 채 변화해버린 것이며, 그것 역시 자신의 그림자를 여러 개 만들어버린 것이다. 현재 그것을 보아하니 우리들을 향해 말을 하는 것도 곤란하고 속박에서 벗어나지도 못하면서 그림자를 교란시키기도 힘겹구나. 다만 숯 찌꺼기가 한 움큼 한 움큼씩 떨어지는 그것을 바라보는 우리는 하염없이 울고 있는데, 그것이 이 한 움큼 한 움큼씩 떨어지는 숯 찌꺼기를 향해 말하기를, 현재 그것들의 눈물에도 소금기가 없어졌다는 것이다. 감독조차 이미 연극 대본 그 자체를 컨트롤할 수 없게 되긴 했어도 그들의 눈물에 소금기가 없어진 것이 결코 정신 나가고 멍청해진 그 원인 탓은 아니다. 눈물에 소금기가 없어도 우리는 점점 더 정신 나가고 멍청해질 수 있으며, 바꾸어서 표현하자면 이것 역시 그것이 정신 나가고 멍청해진 것의 일종이면서 정신 나가고 멍청해지는 과정의 다른 한 단계일 뿐이다. 우리는 오직 한 가지 종류의 색채와 한 가지 종류의 염료로만 변화할 수 있기 때문에 오색찬란한 색채가 되기란 영원히 불가능하며, 오직 우리는 숯 찌꺼기로 변할 뿐이기에 영원히 신생을 획득할 수가 없다. 오십 번지 서쪽의 정신 나가고 멍청해진 인간들을 구원하기 위해서 장차 이 정신 나가고 멍청해진 원인을 찾긴 찾아야 한다. 우리들이 정신 나가고 멍청해진 원인을 찾기 이전에 현재의 임무는, 먼저 필수적으로 사람을 파견해 우리의 눈물에 소금기가 없어진 이유를 찾아내야만 한다. 사실 아직도 일이 완성되지 않았기에 그 순간 우리는 견디기 어렵다.

　"아직도 찾아야 되나요? 누굴 연달아 파견하실 건가요? 여전히 우

탑이여, 감독이여, 당신은 결국 일어서긴 했는데,
수백 년 동안 대체 어딜 걸어다닌 거요?

리를 파견하시죠. 아님 숯 찌꺼기를 약간 파견하실 건가요?"

"극의 레퍼토리가 아직도 끝나지 않았나요? 재차 상연해 내려가면 수업 시간이 약간 초과하는 거 아닌가요?"

수정금자탑 감독은 고개를 흔든다.

탑이여, 감독이여, 당신은 결국 일어서긴 했는데, 수백 년 동안 대체 어딜 걸어다닌 거요?

"찾지 않으면 좋지 않지. 탐색하지 않으면 우리는 곧바로 계속 정신 나가고 멍청해진다. 여전히 왜 숯 찌꺼기로 변화되었는지 모르고 있구나. 다시 말해서 탐색하지 않으면 이 정신 나가고 멍청해진 것을 역시 널리 확산시킬 방법이 없다니까. 우리의 동의가 곧바로 오십 번지의 동의이지. 그 자객 양반은 단지 연극 대본 그 자체에 불과해. 그러니 동의하지 않을 수밖에. 마침내 이런 식이기 때문에 우리의 활극은 비로소 방금 시작된 것이고 훌륭한 연극은 여전히 후반부에 재미가 있어. 과거의 모든 연극은 전부 막간의 공백을 메우는 것이었어."

또다시 우리를 위로한다.

"이번에 탐색하려고 파견하는 자는 너희들이 아니고, 이번에는 내 세 명의 아가씨를 탐색하라고 파견하겠어."

우리 약간의 숯 찌꺼기:

"당신 세 명의 아가씨는 뭐 하는 사람이죠?"

수정금자탑:

"하나는 불교를 믿고, 하나는 기독교를 믿고, 하나는 알라신을 믿는데, 이제부터 그 여자들이 천 년 동안 우리들을 대신해 소금기를 찾는 임무를 맡게 될 텐데, 그 여자들 머리카락 안에 밀령이 갈무리되어 있지. 일체 소금을 위해서야."

　그러자 우리의 문제는 줄곧 이어진다.

　아가씨, 당신 언제쯤 비로소 소금을 찾으시려나?

제10막
▲▲▲
오십 번지 서쪽

【전제: 전제 없음】

오십 번지 서쪽 소금 가격: 1킬로그램에 1.7위안.*

---

* 대략 한화 250원.

정신 나가고 멍청한
오십 번지 서쪽의 참과 거짓

1. 정보 사회의 우리 초상

오늘날 우리는 무차별하게 주어지는 정보의 홍수 속에 스스로 갇혀 산다고 해도 과언이 아니다. 텔레비전이라는 영상 문화가 우리네 안방을 차지하면서, 의도적으로 텔레비전을 치워버린 가정을 제외하면 거의 대다수 가정에서 가장 발언권이 센 존재가 텔레비전일 것이다. 텔레비전이라는 괴물이 인류 사회에서 가장 파괴적인 위력을 지니게 된 역사는 불과 백 년 남짓한데, 이젠 우리 시대의 우리 영혼과 우리 마음과 우리 두뇌를 조정하는 인터넷이라는 정보 매체가 인간이라는 실존을 길들이고 있다.

류전원의 장편소설 『객소리 가득 찬 가슴—腔癈話』은 정보의 홍수 시대를 살아가는 우리들이 유토피아Utopia가 아닌 디스토피아Distopia 상태에 놓여 있다는 것을 첨예하게 드러내고 있다. 매스 미디어가 인간을 지배하는 오늘날, 인류가 유토피아를 추구하기 위해 인류의 머리와 손으로 개발해낸 영상물이 이젠 그 자체로서의 모순과 한계를 지닌 채 인간을 한꺼번에 정신 나가고 멍청해져버린 집단으로 가지런히 노예화시키고 있다는 것을 보여주기 위해 이 작가는 중국 고전 문학 작품을 넘나들면서 오십 번지 서쪽이라는 특정 공간을 설정해 오늘날 전 지구촌이 한통속으로 광분하고 있는 모습을 아주 코믹하게 보여주고 있다. 때로는 소설 형식으로, 때로는 오십 번지 서쪽에서 벌어지는 한바탕의 마당극으로, 때로는 참이 곧 거짓이요 거짓이 곧 참일 수도 있다는 비논리적인 논리의 칼을 불쑥 들이미는 작가의 주제의식으로, 때로는 독자들까지 끌어들여 다 같이 정신 나가고 멍청해져서 영양가 없고 소금기 없고 영혼마저도 사라진 우리들의 초상을 되돌아보게끔 한다. 이 소설은 우리 스스로 스위치를 꾹 눌러 컨트롤하는 영상물로 인해 우리 스스로 조정당해 이미 정신 나가고 멍청해진 단계에서 귀 멀고 벙어리가 되더니, 귀 멀고 벙어리가 된 단계에서 의리 없고 인정도 없는 존재가 되더니, 의리도 인정도 없는 존재가 목재가 되고, 목재는 너덜너덜 썩어 문드러진 목재가 되더니, 썩어 문드러진 목재는 폐품과 쓰레기가 되어서 넝마가 되고, 폐품과 쓰레기에서 멍청한 원숭이가 되고, 멍청한 원숭이는 멍청한 닭이 되더니, 연달아 또 멍청한 닭에서 파리가 되고 결국 숯검정이 되어버린 우리의 초상을 향해, 우리들 스스로 우리를 각성시키는 자객이 된다. 때문에 이 작품은 글이 아니라 칼이며, 칼이 아니라 불이며, 불이 아니라 어쩌면 사막화된 우리가 비로소 처참하게 일그러진 얼굴로 어딘가에 숨겨져 있을지도 모를 유토피아를 찾아나서는, 인간의 집요한 탐색 과정을 단체사진을 통해 처절하게 보여주는 몸부림일 수 있다.

2. 유토피아 탐색 중인 디스토피아 오십 번지 서쪽

　작가 류전원의 작품 속에 등장하는 모든 소재는 무엇이 참이고 무엇이 거짓인지 이분법적인 잣대로 구분하기 어렵다. 또한 진지함과 가벼움 역시 그 경계가 모호하기 때문에 『객소리 가득 찬 가슴』을 그야말로 취경取經하듯 깊숙이 탐색하지 않고 작가의 황당한 '객소리'에 귀와 눈이 현혹되고 만다면 아마 '한바탕 헛소리를 늘어놓고 있구나' 여겨질 것이다. 그런 만큼 그의 소설은 대단히 코믹하면서도 유희적이고 악동 같은 장난기로 전개된다. 물론 이것 역시 하나의 소설적 기법이며, 작가가 독자들을 유인하기 위한 고도의 작전에 불과하다. 장편소설 『객소리 가득 찬 가슴』의 전개 방식은 시종일관 일상의 진지함을 뒤집는 유희와 느린 농담 그리고 블랙 유머로 점철되어 있지만, 그런 가벼운 어원이나 소재란 어디까지나 너무도 진지한 우리 시대의 초상을 그려 나가기 위한 작가의 올가미이며, 그런 올가미 뒤에 숨겨진 함정이야 말로 이 작품의 비하인드 스토리인 셈이다.

　오십 번지 서쪽에 수정금자탑이 생겨나면서 이 마을 주민들은 키가 십 센티미터 이상 자라고 열 살이나 젊어지는데, 오십 번지 서쪽의 신발 수선공 라오마는 백정 라오서의 호출을 받고 수정금자탑을 찾는다. 얼마 전만 해도 라오서는 오십 번지 서쪽에서 돼지 잡던 백정이었으나 이젠 수정금자탑 안에서 행동 지휘자 노릇을 하는데, 수정금자탑 안에는 라오서가 손잡이를 돌려 컨트롤하는 은막이 있고, 은막에서 방영되는 장면은 정신 나가고 멍청해진 오십 번지 서쪽 주민들의 모습이다. 바야흐로 오십 번지 서쪽이 거대한 정신병동으로 변화된 영상물이 방영되면서 라오서가 신발 수선공 라오마에게 하나의 지시를 내린다. 오십 번지 서쪽 주민들이 일제히 정신 나가고 멍청해져버린 원인을 탐색하라는 것. 그 원인을 탐색하는 과정은 취경하듯 경건해야 원형이 변형되지 않기 때문에 과거 오십 번지 서쪽에서 자기감정을 발산하지 않고 성실하게 일하던 신발 수선공이 정신 나가고 멍청해진 원인을 탐색하기에 적합한 인물이라는 것. 정신 나가고 멍청해진 곳은 오십 번지 서쪽뿐만 아니라 전 지구로 확산되는 과정이기 때문에 그 원인을 탐색하게 되면, 정신 나가고 멍청해진 전 지구촌의 현상을 연구할 수 있는 상품이 될 수 있다는 것. 취경을 나서는 탐색의 여정에 조수를 한 명 붙여줄 테니까 말벗을 삼으라는 것. 이런 몇 가지 조건이 부여되는데, 라오마의 조수로 배정된 여자의 원형은 전설적인 인물로서 통곡으로 만리장성을 무너뜨린 멍지앙뉘이다. 그 형상화된 겉모습은 과거 라오마가 오십 번지 서쪽에서 신발 수선공 일을 할 때 잔소리를 종알거리던 그의 아내와 유사하며 오십 번지 서쪽 가라오케에서 접대부로 일하는 샤오스를 흡사하게 닮아 있다. 수정금자탑 안에서 다시 라오서가 컨트롤 스위치를 누르자 멍지앙뉘가 나타나는데, 아무리 봐도 오십 번지 서쪽의 샤오스를 닮아 있어서 라오마는 그 여인이 정녕 자신이 그동안 알고 지내던 접대부 샤오스가 아닌지 따져 묻는다. 이때 라오서의 대답은 사람의 눈으로 취하는 사물은 진상眞相이 아니라 거짓일 수 있으니 이성적인 논리에 준거해서 사물의 본질을 볼 수 있는 안목을 길러야 한다고 말한다.

라오서가 하사한 멍지앙뉘를 데리고 오십 번지 서쪽으로 돌아간 라오마는 동네 주민들로부터 힐문을 듣는데, 변변찮은 잡탕과 과자를 구워 파는 라오꾸어는 네가 감히 진리를 탐색하러 가겠느냐 묻고,

배추를 파는 샤오빠이는 감히 취경을 나서느냐며 비웃고, 목욕탕 때밀이 라오양은 멍지앙뉘라는 여자를 대동하고 만리장성을 무너뜨릴 셈이냐 묻고, 접대부 샤오스는 생김새가 자신과 유사한 여자를 데리고 만리장성으로 찾아가 통곡할 것인지 묻는다. 주민들에게 구체적인 대답을 하지 못하고 여정에 나서지도 못하고 있는데, 라오서가 취경을 나서라는 분부를 내리긴 했지만 여정에서 사용할 일체의 경비를 주지 않았기 때문이다. 고민 끝에 라오마는 이메일을 작성해 라오서에게 적절한 경비를 책정해달라고 요청하게 되는데, 답신이 오기를, 아무리 어려운 일도 찾고자 하는 의지만 확고부동하면 찾아지는 것이지 돈으로써 찾아지는 것이 아니라며 어려운 고전 원문을 원용原用해 답장을 보내온다. 여정에 나서야 할지 말아야 할지 망설이고 있던 라오마는 주민들을 일일이 찾아다니면서 그들이 정신 나가고 미쳤는지 아니면 무슨 몹쓸 병이 들었는지 개개인에게 묻기도 하고, 단체로 기공을 연습하는 아주머니들을 찾아가 무슨 병이 있는지 묻기도 한다. 그러나 일체 모두 경천동지驚天動地하며 전혀 아무 병도 없고 막힘없이 소통되는 정상 상태라고 합창하는 소리를 듣고 나자 라오마는 라오서의 지시가 하나의 함정이 아닐까 생각하며, 탐색하지 않겠노라, 여정에 나서지 않겠노라, 명령권자로부터 해방되었노라 선언한다.

  그런데 다시 새벽 네시가 되자 라오마는 수정금자탑 안에 있는 자신을 발견하게 되는데, 이상한 것은 여태 수정금자탑 안에서 행동 지휘자로 일하던 라오서는 푸른곰팡이가 슨 날짜 지난 한 조각의 케이크가 되어 있고, 수정금자탑의 지휘자는 이제 라오지앙으로 바뀌어 있다는 것이다. 어떻게 그럴 수가 있느냐고 라오마는 라오서의 급격한 변신에 대해서 묻게 되는데, 라오지앙 왈, 자기 시대가 지나면 인간도 곰팡이가 슨 케이크가 될 수 있다고 답변하면서 어떤 사물이든지 최고조에 달하면 반대 방향으로 전화轉化될 수 있다고 말한다. 때문에 라오마가 취경을 나서서 궁극적으로 찾는 것도 신생新生이고, 이 신생을 얻자면 취경에 나서기 전에 라오마 본인부터 단순히 오십 번지 서쪽의 신발 수선공이 아닌 다른 존재로 개변改變되어야 한다고 타이른다. 새로운 행동 지휘자 라오지앙은 창의적인 아이디어나 지식으로 떼돈을 번 지본가知本家라고 알려진 인물이다. 라오마가 지본가 라오지앙에게 여정에 나서는 경비 문제를 다시 거론하자 그는 경비는 이미 통장에 자동 입금했고 멍지앙뉘가 입금된 돈을 찾아간 것으로 알고 있다고 대답한다. 이때부터 멍지앙뉘는 라오마를 휘어잡으려 들며 조수가 아닌 명령권자가 된다.

그런데 여태까지 라오서와 라오지앙 그리고 멍지앙뉘에게 명령을 하달 받는 수동적인 자세로 있던 라오마가 실존하는 신발 수선공이 아닌 다른 존재로 개변한 듯한 느낌이 들며, 오십 번지 서쪽은 갑작스럽게 시간의 흐름이 빨라져 불과 얼마 전의 일도 사실 객관적인 수치로는 이미 일 세기 전의 일이 된다. 때문에 멍지앙뉘와 라오마가 오십 번지 서쪽 한 농가 주택의 침대에서 함께 생활해온 후 어느덧 일 세기가 넘는다. 오십 번지 서쪽 주민이 정신 나가고 멍청해진 것은 사람들의 마음이 변했기 때문 아니냐고 반문하는 멍지앙뉘에게 다른 존재처럼 유식해진 라오마가 말하기를, 마음이 아니라 혼 때문이며 마음이 객관이라면 혼은 곧 주관인데, 이 혼이라는 물질이 오십 번지 서쪽 주민들이 실존하는 '나'와 다른 존재로 변신하고자 하는 이면의 '나' 그 틈새로 날아가버렸기 때문에 오십 번지 서쪽에 실존하는 존재는 꿈속에서조차 혼이 사라지고, 정신 나가고 멍청해진 것들만 남아 있다고 역설한다. 이때의 라오마는 라오마가 아니라 라오마의 가면을 벗어 던진 어떤 행위 예술가라는 것을 의식한 멍지앙뉘는 라오마 역시 라오서나 라오지앙처럼 상대방을 함정에 빠뜨리기 위해 올가미를 들고 새로운 신천지 오십 번지 서쪽을 배회하는 허상에 불과하다는 것을 깨닫게 된다.

제4막에는 텔레비전 여자 앵커가 진행하는 간담 프로그램이 전개된다. 내빈으로 초대된 인물은 오십 번지 서쪽에서 목욕탕을 운영하는 라오펑이고, 텔레비전 현장 중계 관람자들은 오십 번지 서쪽의 주민들이며, 간담 프로그램이 전 세계로 동시에 위성중계가 되기 때문에 몇몇 국가의 대통령이나 수상 그리고 황실의 구성원들이 텔레비전 수상기 앞에서 동시 참여를 한다. 내빈으로 참석한 오십 번지 서쪽 목욕탕 사장 라오펑이 간담 프로그램을 반드시 전 세계로 생중계해야지 만일 녹화 방송을 한다면 방송을 진행하지 않겠다며 고집하자, 여자 앵커는 하는 수 없이 라오펑의 요구대로 생중계 방송으로 결정한다. 그러나 프로그램을 진행하기 전에 일차로 만성 정력제와 여성 생리대와 여성 질 세정액 광고가 삼 분간 방영된다. 정신 나가고 멍청해진 오십 번지 서쪽 주민들의 정황을 진단하는 엄숙한 생중계가 방송되기 일보 직전에 텔레비전 방송국에서 이윤 창출에만 혈안이 되어 간담 프로그램과는 아무런 관련이 없는 미천한 물건들을 광고하고 있다며 라오펑은 다시 한 번 격분한다. 이윤 창출을 위해서는 광고주의 요구에 따라 간담 프로그램의 내용과 무관하게 광고하는 텔레비전 방송국을 향해 라오펑은 기녀들이 드나드는 기원技院이나 다름없다고 비난한다. 광고가 끝나고 간담 프로그램이 본격적으로 시작되는데, 라오펑은 오십 번지 서쪽의 목욕탕은 몸을 씻는 장소로 국한된 것이 아니라 집단 세례식을 하는 장소로서, 모든 사람들이 목욕탕에서 세례를 할 필요가 있다고 자각하게 된 것은 수정금자탑이 재건된 뒤부터라고 말한다. 불도저와 굴착기를 동원해 수정금자탑을 재건한 목적도 성찬식과 세례식을 거행하기 위한 장소가 필요했기 때문이라는 것이 라오펑의 주장이다. 수정금자탑 재건을 위해 사흘 밤낮 쉬지 않고 땅속을 파내려가다가 지하 깊숙한 곳에서 서로 꼭 껴안고 있는 백골 한 쌍을 발견하게 되면서, 라오펑은 이 소금 백골 한 쌍을 유추한 사랑 학설을 주장하게 되고, 오십 번지 서쪽의 주민들이 정신 나가고 멍청해진 원인을 사랑 학설과 관련해 원형을 조명해보고자 한다. 이때 간담 프로그램 진행 과정을 지켜보고 있는 전세계의 대통령이나 수상 그리고 텔레비전 수상기 앞에 앉은 익명의 존재들은 라오펑의 주장을 메모하기 위해 볼펜을 꺼낸다. 간담 프로그램을 진행하는 사람은 여자 앵커와 라오펑이지만 현장에서 중계하는 모습을 지켜보는 관중들이나 텔레비전 수상기 앞에서 구경하는 지구촌의 시청자들도 기실 간담 프로그램 진행자의 일원이며, 게다가 프로그램 진행 이전에 광고를 삽입하는 광고주는 간담 프로그램의 실질적인 조정자인 것이다. 간담 프로그램의 진행자인 여자 앵커는 목욕탕을 세례식을 거행하는 장소라고 주장하는 라오펑에게 생중계 방송을 지켜보는 전 지구촌의 칠억 인구에게 목욕탕을 한 차례 광고하는 게 아닌가 추궁한다. 간담 프로그램은 잠시 정지되고 다시 중간에 남성 정력제, 여성 생리대, 여성 질 세정액이 광고된다. 라오펑은 오늘날 정신 나가고 멍청해진 주민들의 목욕 형태를 열거하는데, 비단 세척하는 행위에서 그치는 것이 아니라 온기, 냉기, 침술, 기름, 부황, 불, 얼음 등등 모두 수단을 총동원해 초주검이 되는 순간까지 목욕하는 미친 행위가 증폭되고 있다며 자기 논리를 강하게 펼친다. 그러자 여자 앵커는 라오펑을 질타하면서, 앞뒤 논리가 결여된 학술을 계속 전개한다면 사회자로서의 자기 위신을 되찾기 위해 그 자리에서 상의를 훌렁 벗어던지겠다고 경각심을 일깨운다. 옷을 벗어보라고 라오펑이 태연하게 응수하자 여자 앵커는 과연 자신의 상의를 한 가지씩 벗다가 결국 브래지어까지 벗어버리자 중계방송을 관람하는 모든 사람들의 눈이 휘둥그레진다. 라오펑은 대중이 모인 공공장소에서 브래지어를 벗어던진 여자 앵커야말로 바야흐로 정신 나가고 멍청해지는 일차 단계로 접어들었고, 결국 옷을 벗어던졌으니 텔레비전 방송국의 앵커 일은 그만두기 싫어도 그만두게 될 테니까 이제부터 자신의 목욕탕으로 찾아와 안마사를 하라고 권유한다. 간담 프로그램을 진행하는 두 사람이나 무대에서 생중계 방송을 지켜보는 오십 번지 서쪽의 관중들까지 모두 생중계 장소가 목욕탕이나 술집으로 변모했다는 착각에 빠져들면서 둥둥 북을 치고 신이 나서 박수를 치며 함께 어우러진다. 그런데 이쯤에서 라오펑은 오십 번지 서쪽의 정신 나감과 멍청해짐은 목욕을 통한 하나의 깨달음이고 변신 과정이고, 향도向度에서 한 단계 더 발전해 심도深度로 나아가는 과정이라고 말하면서, 오십 번지 서쪽 주민들이 바야흐로 정신 나가고 멍청해진 것은 목욕탕의 물이 전부 고갈되어 무려 일 세기 동안 폐업했기 때문이라는 주장을 한다. 일 세기 전에는 항상 입욕하여 물로써 세척했지만 물이 완전히 고갈되어 마실 물조차 없는 단계에 이르자 인간 멸망의 발원지는 수분 부족에서 비롯되고, 오십 번지 서쪽의 주민들은 이제 정신 나가고 멍청해진 단계에서 갈증으로 인해 귀머거리가 되고 벙어리가 되었다는 것이다. 이런 오십 번지 서쪽이 곧바로 전 세계의 축소 경관이라는 것이다.

제5막에서는 나이가 백두 살인 늙은 부인이 서른두 해씩이나 아들을 찾아 심산유곡을 헤매고 다니는데, 그녀는 정신 나간 아들을 찾기 위해 반사동을 지나고 여인 왕국을 거치며 통천하도 넘고 화염산도 마다하지 않고 천리를 탐색하다가 백골白骨 요정을 만나게 된다. 그런데 이 백골 요정은 늙은 여인을 대뜸 어머니라고 부르면서 아들을 찾게 되면 자신과 결혼을 시켜달라고 생떼를 부린다. 늙은 부인은 아들 펑과 백골 요정을 짝지워주면 자손 대대로 악마가 태어날지도 모른다는 생각에 망설이는데, 백골이 말하기를 얼핏 보면 백골로 보일지라도 자신의 실체는 백옥白玉이라는 것이고, 늙은 여인이 꼬박 서른두 해 동안 화염산을 헤매면서 찾아다니던 그 아들이 지금 어디에 있는지 자신이 알고 있긴 한데, 그 아들과 혼인을 언약하지 않으면 아들의 행방을 알려주지 않겠다고 한다. 이쯤에서 백골은 인간 속의 객관과 주관을 구분 짓기 위해 늙은 여인에게 나름대로 논리적인 설명을 하게 된다. 과거의 라오서와 라오지앙이 주관적이라면 가라오케 접대부 샤오스는 객관이요, 이 세상의 모든 정신병자와 멍청이들은 객관적인 시각으로 보았을 때는 주관적이며 사물의 본질이 혼재混在된 이 세상에서 금목수화토金木水火土는 상당히 객관적이라는 것이다. 금金이라는 것은 이 세계가 금전지상주의이니까 당연히 객관적이고, 수水는 늙은 부인의 멍청이 아들 라오펑이 물의 중요성을 깨달아 인간을 세례하기 위한 집합소로 목욕탕을 개업한 바 있으니 객관적이고, 화火는 오십 번지 서쪽과 지금 세계가 이글이글 타오르는 적지赤地나 다름없으므로 객관적이요, 토土는 인간이 결국 흙에서 나와 흙으로 돌아가는 존재이고 백골도 흙에서 도굴된 존재이기 때문에 객관적이라고 백골 요정은 늙은 부인에게 강술講述한다. 이제 이 세상에 인간의 주관으로 지배할 수 있는 것은 목木이고, 오십 번지 서쪽의 주민들은 정신 나가고 멍청해진 단계에서 이차로 귀가 멀고 벙어리가 되더니 드디어 나무로 만든 목각 인형이 되었다는 것인데, 늙은 부인과 백골 요정은 서로 합심해서 십육 년이라는 세월 동안 여정에 나서 바야흐로 목재국에 도착한다.

목재국의 모든 사물은 나무로 만들어져 있다. 목재국에는 나무로 만들어진 강물이 흐르고 있는데, 백골 요정은 나무 강물 속으로 뛰어들어 신랑을 맞이하려고 몸을 깨끗이 씻다가 하혈을 하게 되고 강물의 색채는 이제 선혈로 바뀌는데, 뒤늦게 나타난 라오펑은 피로 범벅된 백골 요정을 삼켜버린다. 늙은 부인과 라오펑은 목재국과 목재 강물을 떠날 결심으로 뒷걸음치고 있는데 그들 두 사람 앞에는 여태까지 존재하던 목재국은 어디로 간데없고 오십 번지 서쪽이 연극 무대처럼 떡 나타나고, 라오펑은 목욕탕 문가에 앉아 새빨간 잡탕을 마시고 있으며, 그 옆에는 여자 안마사가 한 명 서성거린다.

제6막에는 오십 번지 서쪽에서 변변찮은 잡탕이나 팔던 라오꾸어가 수정금자탑 안의 몽환극장 감독으로 등장한다. 이 몽환극장은 '나'라는 존재가 평소에 '나'를 이탈해 닮고 싶었던 다른 존재로 모방하는 장소로서 뛰어난 모방을 통해서 인간은 결국 다른 존재로 변신될 수 있으며 결국 정신 나가고 멍청해진 오십 번지 서쪽 주민들의 유토피아는 이러한 모방을 통해서 이루어지는 신생新生이라고 감독 라오꾸어는 역설한다. 몽환극장에 도착해 모방을 시도하는 사람은 다름 아닌 오십 번지 서쪽의 배추 장수 샤오빠이인데, 그녀는 낮에는 시장에서 고단하게 배추를 팔고 저녁이면 장부 정리를 제대로 하지 못한다는 이유로 시어머니에게 잔소리를 듣고 남편에게 두들겨 맞는 신산스런 삶을 연명하던 여자이다. 감독 라오꾸어는 당연하다는 듯이 유럽의 왕족이나 현대판 귀족인 유명한 스타를 모방하라며 은근히 그녀를 유도하지만 샤오빠이가 모방하고 싶은 사람은 다름 아닌 오십 번지 서쪽 가라오케 접대부인 샤오스이다. 자신이 시장에서 고단하게 배추를 팔고 있을 때 샤오스는 낮엔 늘어지게 잠을 자다가 밤이 되면 아름다운 옷으로 갈아입고 화려하게 화장한 채 가라오케로 출근하곤 했는데, 그런 모습을 뒷전에서 볼 때마다 샤오빠이는 자신도 언제나 저렇게 살아볼 수 있을까 생각했다는 것이다. 샤오빠이는 이제 몽환극장에서 다른 존재의 모방을 통해 '나'이면서 다른 존재로 변신할 수 있게 되는 기회가 주어지자 당연히 평소 염원대로 샤오스로 변신하고자 한다. 그러나 이렇게 과거의 '나'로부터 다른 존재로 이탈했다고 해도 이 몽환극장의 '나'는 과거의 '나'를 완전히 다 버릴수는 없는 일이고, 때문에 몽환극장의 라오꾸어 감독 앞에 선 새로운 자아를 지닌 여자는 샤오빠이이자 곧 샤오스이다. 그러자 라오꾸어는 샤오빠이이자 샤오스인 새로운 실존에게 배추 팔던 야채 시장에서 가라오케라는 공간으로 이동을 했을 뿐 때때로 몸까지 팔아야 하는 고단한 심연을 예시로 드는데, 접대부는 오직 손님을 극진히 모셔야 한다는 객관적인 상품으로 존재할 뿐이기에 손님을 제대로 모시지 않으면 가라오케 주인의 채찍이 기다리고 있으니, 과거 모방하기전 배추팔이 샤오빠이가 남편에게 얻어맞던 신세에서 크게 이탈한바 없어 보인다. 그러나 몽환극장의 모방 시간은 전날 저녁부터 다음날 새벽 네시까지로 한정이 되어 있기에 시간이 경과하자 감독 라오꾸어의 수중에 들려 있던 채찍은 한순간 새끼줄로 변해버리고, 여자는 다시 오십 번지 서쪽의 야채 시장에서 힘차게 '배추 사려' 고함을 친다.

제7막에선 오십 번지 서쪽에 변론대회가 열리고 변론대회장의 주석으로 오십 번지 서쪽에서 넝마주이를 하던 라오후가 등장한다. 정방正方 변론 대변인은 산타클로스 할아버지 복장으로 꾸민 백 년 노인 샤오스이고, 반방反方의 변론 대변인으로는 팬티 차림에다 상의는 벌거벗은 채 때밀이 수건 하나만 어깨에 걸친 과거 오십 번지 서쪽 목욕탕 때밀이 라오양이 등장한다. 이제 오십 번지 서쪽 주민들은 정신 나가고 멍청해진 단계에서 벙어리가 되고 귀머거리가 된 단계를 거쳐 혼도 없고 마음도 없으며 아무런 감정도 존재하지 않는 목재의 단계에서 나아가, 너덜너덜해진 폐기물 단계에서 넝마주이 라오후의 분류에 따라 어떤 존재는 쓰레기통으로, 아직 다소 쓸모 있는 존재는 폐기물 처리장으로 보내지는 단계에 이른다. 정방의 대표인 백 년 샤오스는 오십 번지 서쪽 주민들이 쓰레기통 속으로 혹은 폐기물 처리장으로 보내지는 단계까지 이르게 된 데는 꿈이 사라졌기 때문이며 영성靈性과 몽상夢想이 사라진 공간에서 인간은 철저한 쓰레기로 변모할 수밖에 없기 때문에 자신의 이론 관점을 '꿈'에다 두고 몽파夢派 이론을 주장한다. 이때 반방反方의 대변인 라오양이 삼각팬티 차림으로 벌떡 일어나 백 년 샤오스 노인이 산타클로스 복장을 걸치고 나와 거창하게 몽파 이론을 주장하는 것은 가식이며 거짓과 위선으로 점철된 원형을 노출시키지 않으려고 스스로 속박하고 있다는 주장을 펼치며 백 년 샤오스가 걸치고 있던 산타클로스 복장을 확 벗겨버린다. 그러자 주석 라오후의 양 미간에 주름이 지고 변론대회장에 참석한 주민들은 좋은 구경거리에 환호성을 지르고 싶지만 변론대회장의 관중은 그 어떤 순간에도 아무 소리를 내지 말고 잠자코 앉아 있어야 한다는 내부 규정으로 말미암아 부득이 흥분을 마음속으로 감추게 된다. 라오양의 관점은 몽파의 주장과는 반대로 자질구레한 꿈이 아직 있기 때문에 오십 번지 서쪽은 점점 더 너덜너덜한 폐기물로 전락하고 있다는 것이며, 자신이 '참'이라고 주장하는 자가 '거짓'일 수 있으며 '거짓'이라고 주장하는 자가 '참'인지 '거짓'인지 그것조차 구분할 수 없다고 주장하면서, 때문에 자신의 관점은 황파謊派이고, 황당한 거짓말이 존재할 때 진리의 원형이 존속한다는 주장을 펼친다.

제8막에서는 이백 년의 세월이 흐른 뒤 오십 번지 서쪽에 라오마가 돌아오는데, 생김새는 라오마이지만 그는 자신이 라오예라고 주장하면서 이때의 '예'는 예수 그리스도의 '예'라고 언급한다. 라오예가 나타나자 오십 번지 서쪽은 일순간에 폭염에 휩싸이게 된다. 라오예는 수정금자탑을 세번째로 수건修建하게 되고, 수정금자탑 안으로 들어서면 상쾌해서 폭서를 해결할 수는 있지만 일시적인 현상에 지나지 않고, 바깥으로 나오면 다시 찌는 듯한 성하盛夏의 계절이다. 이때 라오예가 서늘하고 상쾌한 바람을 몰고 오는데, 주민들은 그 서늘하고 상쾌한 바람이 결국 풍습병과 관절염을 몰고 오는 병원체인 줄 알면서도 라오예의 서늘한 바람에 길들여진다. 라오예는 획일성을 강조하고 유백색과 우윳빛 세계로 도달하기 위해서는 '일어섯' 하면 일어서고, '구부려' 하면 구부리고 '염(생각하라)'하면 염하고 '창(노래하라)'하면 가지런히 노래하라고 명령한다. 이제 한 패거리의 병든 닭이 된 주민들은 언젠가는 우윳빛과 유백색이 찬란한 단계로 도달할 수 있고, 거뜬히 일어설 수 있다는 라오예의 구령에 따라 수련의 단계로 들어간다.

　제9막에선 그동안 사라졌던 존재들이 다시 오십 번지 서쪽으로 돌아오게 되는데, 라오서가 되돌아온 뒤 라오지앙 역시 되돌아왔고 연달아 멍지앙뉘·라오펑·여자 앵커·백골정·샤오빠이·샤오스·라오양·라오후 등이 제각기 잇달아 나타난다. 오십 번지 서쪽으로 복귀된 이들은 개별적인 존재가 아니라 하나의 색채인데, 붉은색·주황색·노란색·녹색·청색·남색·보라색·분홍색·심홍색·회색·금색·나무색·물색·화색·황토색·무쇠색·강철색 등 각종 색채가 혼합된 염료인데, 그 형상은 원형도 있고 마름모꼴·삼각형·정사각형과 불규칙 다각형으로 이루어진 것이며, 기실 이들은 일종의 부호와 대명사로 이루어진 그림자이다. 신기루처럼 한 단락의 사막과 쓰레기 위에 확고히 우뚝 선 오십 번지 서쪽은 개개인의 그림자가 만들어져, 그 그림자들이 빌딩에서 줄을 지어 아래로 내려가는 순간 먼 곳에서 바라보면 과거의 익숙한 옛 친구의 얼굴로서 라오마는 라오마이고, 라오서는 라오서이고, 라오지앙은 라오지앙이고, 멍지앙뉘는 멍지앙뉘이고, 라오펑은 라오펑이고, 여자 앵커는 여자 앵커이고, 백골정은 백골정이고, 샤오빠이는 샤오빠이이고, 샤오스는 샤오스이고, 라오양은 라오양이고, 라오후는 라오후지만, 사실 그들은 한 패거리의 가짜 인간들로서 종이 인간이자 그림자인 것이다. 그런데 이 그림자는 사실 하나의 단체사진이며 이 단체사진은 관중인 우리들에게 머리카락 안에 밀령이 숨겨져 있다고 말하며, 머리카락 안에다 눈물로 밀령을 써두었다고 하는데, 우리는 수백 년을 내려오는 동안 이미 눈물이 없었다는 걸 갑자기 깨닫는다. 우리는 이미 골수를 잃어버린 단계에서 발전해 눈물까지 잃어버린 것이다. 그러나 결국엔 원위치인 오십 번지 서쪽으로 복귀한 그 몇몇의 근본 인간과 근본 신체는 우여곡절 끝에 결국 원형을 드러내고, 따라서 우리가 근본 인간과 근본 신체를 되찾게 되는 순간 그들은 다시 그림자가 된다. 이것은 수련을 거친 새로운 그림자이다. 이 그림자는 근본 인간과 근본 신체에서 다시 단체사진으로 되돌아간다. 이것으로 연극 레퍼토리가 이미 끝났다고 생각하며 손을 맞잡고 관중의 앙코르에 응답한다. 그런데 이때 단체사진이 갑자기 자객의 형상으로 나타나 오십 번지 서쪽을 점화하자, 활활 불꽃이 타오르던 오십 번지 서쪽의 수정금자탑은 기이하게 변화된다. 수정금자탑은 각종 염료와 혈흔이 얼룩덜룩한 담장 위에서 몸부림치며 일어서는데, 기실 수정금자탑이야말로 오십 번지 서쪽의 진정한 감독이다. 일어선 금자탑의 살갗 거죽에는 숯검정이 뚝뚝 떨어져 내리고 하염없이 울고 있는데 금자탑의 눈에서 흘러나오는 눈물에도 소금기가 없다. 오십 번지 서쪽의 정신 나가고 멍청해진 인간들을 구원하기 위해서, 우리들이 정신 나가고 멍청해진 원인을 찾긴 찾아야 하는데, 그전에 당장의 임무는 먼저 필수적으로 사람을 파견해 우리의 눈물에 소금기가 없어진 이유를 찾아내야만 한다는 것으로 이 작품은 대단원의 막을 내린다.

3. 당신은 지금 누군가에게 컨트롤되고 있지 않은가?

오늘날 우리 사회는 고도로 발달된 정보화 덕택에 전 지구가 하나의 네트워크로 연결되어 종합지능통신망UICN: Universal & Intelligent Communication Network이 구축될 단계에 이르렀으니, 이것은 과연 인류가 탄생된 이래 가장 획기적이고 놀라운 진보일 수 있다. 인류가 하나로 네트워크된 세상에서 무엇보다 가장 인간을 유혹하는 매력 포인트는 상상을 초월하는 속도, 즉 '빠른 변화'일 것이다. 한 인간이 다른 여러 명의 존재로 분화되어 그림자놀이를 진행할 수 있으니 익명성을 지닌 존재가 버젓이 활성화되며, 안방의 텔레비전 수상기 앞에 앉아 있으면서 우주 탐사도 가능하다는 점에서 일단 우리 시대는 베이징 원인이 살았던 원시시대와 비교하자면 지극히 매혹적인 유토피아를 구축한 셈이다. 유사 이래 인류의 역사 과정을 관망해보자면 군중이 모여 있는 곳엔 언제나 권력자가 있게 마련이고, 이 권력자를 잉태시키며 그림자처럼 권력자를 추종하는 세력들이 있게 마련이다. 여기에 절대 권력자와 권력자를 추종하는 그림자 세력에 의해서 육신뿐만 아니라 영혼까지 완벽하게 지배당하는, 작가 류전원의 표현을 빌리자면, 바야흐로 '원숭이' '목재' '파리' '숯검정' 같은 존재로 전락된 피지배자가 있게 마련이다. 그런데 우리 시대의 권력자와 권력 추종자 그리고 '원숭이' '목재' '파리' '숯검정' 같은 존재는 누가 누군지 명확하게 구분할 수가 없기 때문에 숫제 권력자와 권력 추종자 그리고 '원숭이' '목재' '파리' '숯검정' 같은 인간들이 다 함께 정신 나가고 멍청해져간다는 데 문제의 심각성이 있고, 여기에 다소 황당한 이 작품의 수수께끼에 대한 해답이 숨어 있다. 우리 시대의 권력자는 이미 인간이 아니기 때문이다. 그것은 컴퓨터와 통신과 영상과 인간의 지식으로 버무려진 하나의 수정금자탑 같은 네크워크가 우리들의 지배자일 수 있고, 지배자를 추종하는 세력은 다름아닌 지식 집약적 산업을 창출하는 지본가知本家 계열일 수도 있고, 오십 번지 서쪽의 아주 평범한 주민들에 불과했던 라오서 · 라오마 ·

라오지앙·멍지앙뉘·라오펑·여자 앵커·백골정·샤오빠이·샤오스·라오양·라오후 등등일 수도 있다. 이들 모두는 자신들이 곧 '원숭이' '목재' '파리' '숯검정' 같은 존재로 전락되는 줄도 모르고 다른 존재로 변신하는 순간 권력을 주관적으로 다루며 객관적인 상관물인 금목수화토金木水火土 원형을 말라비틀어질 때까지 비틀어댄다.

목하 우리는 지금 '하드웨어hardware 수정금자탑'에게 컨트롤되던 단계에서 더 나아가 수정금자탑을 우러러보고 관람하던 일개 '소프트웨어software'들이라고 할 수 있는 백정, 신발 수선공, 잡탕 파는 자, 통곡으로 만리장성을 무너뜨린 여인, 목욕탕 때밀이, 가라오케 접대부, 배추 파는 여인 등등의 관중이 '너'도 '나'도 들고 일어나, 여차하면 연극 무대 앞으로 달려나가 자기주장을 펼치는 시대를 살고 있다. 말하자면 우리는 '소프트웨어software형' 존재가 '하드웨어hardware'에게 컨트롤되는 시기에서 벗어나 바야흐로 쌍방이 서로 컨트롤하기 시작하면서 누가 누구를 컨트롤하고 있는지 누가 누구에게 컨트롤 당하고 있는지도 명확하게 규명하기 어려운 단계로 나아가 전체가 다 함께 정신 나가고 멍청해진 층위에서 '원숭이' '목재' '파리' '숯검정' 같은 존재로 전락하고 있다는 것이다. 더군다나 고도 정보사회에서 전 세계가 국제화와 개방화의 길을 걷게 되면서 오십번지 서쪽 주민의 정신 나가고 멍청해진 문제로 국한되는 것이 아니라 이러한 새로운 변모의 층위도 하루아침에 해외 진출이 가능하고 각 국가 간에 상호 밀접한 연관 관계를 지니게 되었다. 정보통신이 발달된 현대인이 우리 시대의 편리한 도구 혁명에 의해서 우리 스스로 결국 정신 나가고 멍청해진 '파리' 상태로 전락하고 있다는 것을 뻔히 알면서도 맥없이 컨트롤 당하고 있다는 건 이미 주관적 현실이 아니라 확연한 객관이다. 더군다나 이런 정보통신망을 움직이는 실질적인 힘은 일차로 광고시장이라는 것과 맞물려 있고, 절대적인 '가치'나 절대적인 '참'이나 불변의 '진실'인 객관이라는 것도 상업성과 맞물려 있기에 '돈' 앞에서는 여지없이 무너지는 구조 속에 있다. 해서 이미 절대적 객관이 존재하지 않는 수정금자탑 안의 곧 사라질 은막 같은 곳에서 가식적인 춤을 춘다는 데 문제의 심각성이 있다. 이차적인 문제로는 이런 거대한 정보통신망을 독점하는 지배 계층이 등장해서, 이미 정신 나가고 멍청해진 층위에서 너덜너덜해진 쓰레기 층위로 와전된 군중을 '우윳빛 유백색 유토피아'로 인도해 나간다는 거창한 캐치프레이즈 아래 자기 권력을 무기화해서 함부로 휘두르는 정보 통제 사회를 구축할 수 있다는 측면이다. 요컨대 우리 시대의 정보통신망은 필요악이자 하나의 디스토피아이고 알게 모르게 우리를 노예화시키는 거대한 권력으로 성장했다는 것이다.

4. 원형 탐색 과정을 통한 우리 시대 분석

언뜻 류전원의 세계관은 이 세계가 더 이상 구원 불가능하다는 것처럼 보인다. 예를 들자면 구원의 대상으로 오십 번지 서쪽에 나타난 라오마이자 라오예는 예수의 '예' 씨를 도용하고 있는 인물인데, 정신 나가고 멍청해진 우리를 우윳빛 유백색 세상으로 유인한다는 명목하에 뼈를 깨뜨려 골수까지 빼앗는 철저한 이용자이지 결코 우리를 구원하는 존재가 아니라고 역설한다. 그렇다면 이 작가가 바라보는 지구촌은 완벽한 디스토피아이고 도무지 구제 불가능한 공간이며,

완벽하게 허무한 세상일까? 오히려 그 반대라고 주장하고 싶은 것은 왜일까? 차라리 이 작품은 정신 나가고 멍청한 디스토피아 상태의 오십 번지 서쪽을 조명하고 있긴 하지만, 그것이 바야흐로 유토피아를 찾아가는 여정 중이라는 상당히 계몽적인 측면이 있는 작품이라는 점에서 우리 시대의 갈망이 여실하며, 기실 갈망이 있는 존재라면 완벽한 디스토피아라고 보긴 어렵다.

오십 번지 서쪽이라는 공간은 작금의 중국의 축소 경관이기도 하거니와 전 지구촌을 나노 입자로 축소해둔 하나의 샘플에 불과한데, 이 동네 주민들은 주저앉아 모든 걸 포기한 상황이 아니라 정신 나가고 멍청해진 원인을 규명하기 위해 탐색의 여정에 나서려 한다. 그런데 이 탐색의 여정에 나서면서 등장하는 멍지앙뉘와 백골 요정 그리고 통천하와 여인 왕국은 어디인가. 이것은 엄연히 중국의 저 유명한 고전 작품 『서유기』에 등장하는 소재이자 공간이다. 매우 직선적이고 권위적인 서구 문명에 저항하는 새로운 층위의 공간을 탐색하기 위해 혹시 작가는 합리적이고 경험적인 세계관의 모순을 타파하기 위한 방법론의 하나로 황당함과 신비함 그리고 자연에 대한 외경심이 존재했던 삼천 년 전의 고대 사회를 새롭게 조명해 봄으로써 우리 시대 혹은 미래 사회의 유토피아를 모색하고 있는지도 모를 일이다. 이 작품의 결말에서 수정금자탑이 우리에게 선언하는 화두를 보자면, 어떻든 그래도 계속 탐색을 해야 하며 앞으로 탐색 여정에 파견되는 자는 오십 번지 서쪽 주민들이 아니고 세 명의 아가씨들이라는 것. 그중에 하나는 불교를 믿고, 하나는 기독교를 믿고, 하나는 알라신을 믿는데 그 여자들이 앞으로 천 년간 우리를 대신해 소금기를 찾는 임무를 맡게 되고, 그 여자들의 머리카락 안에 밀령이 갈무리되어 있다는 것이다. 고전 작품 『서유기』의 지배적인 사상이나 인간 영혼을 컨트롤하는 세계관은 유불선儒佛仙이고, 수직적인 단일 종교가 아니며 자연과 어우러진 타원형이자 불규칙 다변형이었다. 서방정토로 취경을 나서는 인간에겐 반드시 경과해야 할 통과의례식이 있게 마련이었으며, 그 통과의례식이 거행되는 포인트마다 인간의 힘으로 감히 저항할 수 없는 외경畏敬의 공간이 있게 마련이었다. 『객소리 가득 찬 가슴』 역시 마찬가지이다. 이제 우리 인간이, 우리 인간의 눈으로 흘리는 눈물에서 상실해버린 눈물의 소금기를 되찾기 위해 앞으로 천년간 취경에 나서는 자로서 불교, 기독교, 알라신을 신봉하는 세 명의 여자들을 제시하고 있기 때문이다. 그러므로 우리는 이 작품을 통해서 종말론이나 허무주의가 창궐하는 사회가 아닌, 특정 국가나 특정 사회가 아닌, 인간 영혼의 다원적이고 불규칙적인 자유로운 춤사위가 펼쳐질 때 지구촌이 아직도 생명이 살아 숨 쉬는 가능성의 공간이며, 여전히 유토피아를 찾아나설 수 있는 최소한의 가능성이 열려 있다는 계몽사상을 발견하게 되는 것 아닐까.

그러나 이렇게 계몽적으로 제시된 우리 시대의 좌표로 인해 컴퓨터와 미디어 산업이 결합해 개인의 프라이버시까지 침해당하는 우리 시대의 처절한 표상이 미온적으로 그려졌다는 점과 중국의 축소 경관이라 할 수 있는 오십 번지 서쪽 주민들이 탁월한 모방이나 몽환의 기회가 주어진다면 모두들 한결같이 다른 존재로 변모하려고 한다는 것은 이 작품의 한계점이라 여겨진다. 기실 일반적인 기술 속도나 경제 발전 속도 그리고 농경 사회와 가족 중심체제 가치관은 홍수처럼 스피디하게 퍼붓는 정보를 도저히 따라잡지 못하고 있기 때문에 고도 정보사회에서 헤어날 수 없는 좌절을 겪는 문제적 인물도 적지 않게 양산해냈다. 그럼에도 그들 불특정 다수의 군중들의 고뇌가 표피적으로 그려진 게 아닌가 싶다. 그러나 첨단기술과 정보화 사회에서 인간이 인간으로서의 실존가치를 상실하고 송두리째 정신 나가고 멍청해져가는 우리 시대의 초상을 고전 문학 작품과 접목해가면서 일목요연하게, 흥미 있게, 시종일관 블랙 유머를 곁들이며 독자의 시선을 매료시키는 이 작품은, 근자에 보기 드문 뛰어난 작품임에 틀림없다. 또한 정보통신망에 걸려든 우리 자신의 영혼과 지구촌의 장래가 어떤 심각한 국면에 처해 있는지를 극명하게 보여준다는 측면에서 이 작품은 항간에 거론되는 포스트모더니즘 소설이라기보다는 새로운 형태의 철저한 리얼리즘 소설이자 낭만주의 경향의 소설이라고 말하고 싶다.

아날로그 시대를 살아온 오십 번지 서쪽 주민들은 이제 정신 나가고 멍청해진 채 디지털 조직망 속에서 때로는 원숭이인 채, 때로는 파리인 채 여정에 나선다. 그 여정이 너무도 고단해 때때로 목숨을 방임해야 하는 통과의례가 대기하고 있긴 하지만, 결국 실존하는 생명체는 여정에 나서게 마련이다. 그리하여 디지털 조직망과 실존하는 우리의 실체 그 틈바구니 사이로 인간 영혼이 달아나는 고통이 따른다고 해도, '너'와 '나'는 마침내 찾을 것이다, 우리의 유토피아를.